死之泉

[日] 皆川博子 著

戴枫 译

北京燕山出版社
BEIJING YANSHAN PRESS

◇ 千本樱文库 ◇

文库，原本是指收纳书物的仓库和书库，也指收纳书与记事簿，以及不常用物品的小箱子。以前者为例，京浜急行线的"金泽文库站"就是以前镰仓时代北条氏用来收藏汉书用的，"金泽文库"名字的由来便是如此。东京都的世田谷区也存在收集珍贵汉书的"静嘉堂文库"。后者则更多地被称为"手文库"。

江户时代以来，可以放入袖袂的小开本书籍逐渐流行起来，被称为"袖珍本"。明治三十六年（1903年），富山房发行了小开本的丛书，起名"袖珍名著文库"。随后，明治四十四年（1911年），讲述战国时代的猿飞佐助和雾隐才藏系列故事的讲谈社"立川文库"发行出版。讲谈是日本民间艺术，以口语化的方式讲述历史故事的形式。而"立川文库"则是将讲谈收录成册集中出版的丛书，据统计，当时刊行量为200册左右。从那时起，文库就脱离了原本的释意，逐渐演变成了现在的类书集丛。

文库说法借鉴了日本出版业界的传统说法。而千本樱源自日本奈良县吉野山樱花盛开的奇景，世人皆以"一目千本樱"来形容樱花美景。千本樱文库的纳入作品皆为日系作品，题材包括推理、悬疑、幻想、青春、文化等类型，正如千本樱满山盛开的绝景。

现代日本，以"文库"命名刊行的丛书系列有200种以上，所谓"文库本"只不过是统称而已。日本传统的"文库本"常用的是A6尺寸的148mm×105mm，也叫"A6判"。千本樱文库的所有书籍将在"文库本"

的基础上提升，达到 148mm×210mm 的开本标准。在追求还原的前提下，力图带给读者更清晰的阅读体验。

吉川英治 (1892—1962 年) 是日本的"国民作家"，他的作品被人们称为"百万人的文学"。在日本能与吉川比肩的，唯夏目漱石一人。依照他的遗志，1967 年日本创立了吉川英治文学奖，是日本大众文学领域的重要奖项之一。松本清张、司马辽太郎、渡边淳一、森村诚一、东野圭吾等文坛大家都曾获此殊荣。本作出版之际即得到各方高度评价，夺得年度《周刊文春》推理作品 BEST 10 首位，并同时斩获了第 32 届吉川英治文学奖。1999 年，本作由 Studio Life 剧团首次搬上话剧舞台。

本作以"书中书"的形式展现在读者眼前。整本书是一个名叫"冈特·冯·弗吕斯滕堡"的人物所写的著作，再由另一名虚拟的人物"野上晶"翻译出来。德文原版书名 *Die spiralige Burgruine* 直译为《螺旋废堡》。作者采取这种形式的目的是模糊虚实。通过把虚构情节包装成纪实作品的手法，反而起到模糊边界的作用，借此构建出独特的故事世界。

本作的舞台设在二战期间至二战后的德国，始于为了让未婚产子的母亲安心分娩而创办的组织——"生命之泉"，再到地下洞窟，最后又抖出包裹整个故事的黑暗，着实是一场宏大叙事。皆川博子老师优秀的美学意识与最好的故事文学完美结合，令人不得不称之为艺术。读完本书后，想必有很多读者会陷入思考的迷宫。其实，继续疑惑也没什么不好。

千本樱文库编辑部

目录

深泉熟知那是什么

曾经谁都深深沉默

谁都对它了如指掌

——胡戈·冯·霍夫曼史塔

我曾一度如众神般过活

而我再不奢望更多

——弗里德里希·荷尔德林

死亡之泉

Die spiralige Burgruine

冈特·冯·弗吕斯滕堡

野上晶　译

DIE SPIRALIGE BURGRUINE

by

Günter von Fürstenberg
Copyright © 1968
Translated by
Akira Nogami
First published 1970 in Japan by
HAYAKAWA PUBLISHING, INC.
This book is published in Japan by
direct arrangement with
Günter von Fürstenberg.

目　录

主要登场人物

玛格丽特 ………………………… "生命之泉"入所者

克劳斯·维瑟曼 ………………… "生命之泉"所长

冈特·冯·弗吕斯滕堡 ………… 玛格丽特的初恋

米夏尔 …………………………… 玛格丽特之子

弗朗茨 ………………… 被"生命之泉"收容的孩子

恩里希 …………………………………… 同上

莱娜 ……………………………………… 同上

阿莉切 …………………………………… 同上

布里姬忒·卡芬 ………… "生命之泉"无证看护

莫妮卡·雪尼 ……………………………… 同上

保菈·赫斯拉 …………… "生命之泉"看护长

英格·库诺克 ……………… 维瑟曼家的女佣

杰尔德 ………………………… 布里姬忒之子

大卫·史密斯 …………………… 维瑟曼的助手

尼科斯·佩拉基斯 …………… 外出打工的希腊人

上校 …………………… "国防体育团"团长

赫尔穆特·查修威茨 ……… "国防体育团"团员

布鲁诺·贝姆 …………………………… 同上

莉萝 ………………… "行刑人酒馆"老板娘

提奥 ………………… 以买卖废车为业的辛提人 [1]

---

1 特指在欧洲和北美某些城市定居的吉普赛居民集团。辛提人和
喜好流浪的罗姆人合称吉普赛人。

＊一五七三年十二月十三日。天降可怖彗星，后于萨尔茨堡近郊哈尔施坦盐矿地下约630足[1]处现死骸一具。其身长9拃[2]，骨肉毛发竟不曾腐烂，仅有黄变硬化，其中定有恶魔介在，即刻行除魔之仪。

——萨尔茨堡年代记

＊它——或者该说它们——化作所谓的Salz Mann[3]，从而免于腐烂。从残存的头发，从保留的面影，都可以非常明显地看出它们曾是少女。也许称之为Salz Mädchen[4]更加合适。两具躯体的侧面紧紧愈合在一起。

——生命之泉私录

1　指鞋子的长度。约合三十厘米。

2　指张开的大拇指到中指两端的距离，约合二十厘米。

3　德语。直译为"盐男"。

4　"盐少女"。

I

生命之泉

1

一九四三年

我想起了"唱歌的城墙"。

那座城堡就建在环抱村庄的群山之中。把耳朵贴到城墙上，有时能听见孩子的歌声。据说听过的人既有交好运的，也有受诅咒的。而给我讲这个故事的人……我想，应该是我的外婆。

被遗弃在森林里的孩子、被继母丢进锅里煮熟的孩子、在月光下变成狼的男人、打了母亲后手臂变成铅块的男人……年幼的我，听外婆讲过许多故事。

把外婆的故事串起来，足以横跨几千年的时光。

在很久很久以前，外婆说众神中有一位叫洛基的，和女巨人生了三个小孩。

最大的孩子是狼，名叫芬里尔。老二是蛇，名叫约林格尔[1]。小女儿则是上半身活着，下半身死去的海拉。

有预言说，当世界迎来终结，在众神与巨人族最后的战役之中，芬里

---

1 按照神话，老二的名字应为耶梦加得（ヨルムンガルド，"世界蛇"），原文表记为约林格尔（ヨリンゲル，格林童话角色）。不知作者是否有意改编。

尔将会吞噬身为战神和风暴之神，同时也是万物之父的主神——奥丁。而奥丁会因此死去。

众神惧怕这个预言，所以他们不得不束缚凶暴的芬里尔。他们铸造铁链，对芬里尔说：

"你和这条铁链一样强韧吗？"

"当然是我更强，比它强得多！"狼瞥了一眼锁链，回答。

众神把铁链捆在狼身上。狼在地上站定，咆哮一声，铁链立刻被挣断了。

众神又准备了比先前那条坚固数倍的铁链。

"你和这条铁链一样强韧吗？"

"当然是我更强！"

狼使出全身力气，大吼一声。铁链应声四分五裂。

于是众神命令地下的侏儒，锻造能够捆住芬里尔的东西出来。

侏儒们用了六种材料，造出一条绳子。

这个故事我听外婆讲过很多遍，所以能轻松背出那六种材料的名字。

猫的脚步声、女人的胡子、群山的低语、黑夜的爪痕、鱼的呼吸、鸟的影子。

那是一条多么纤弱的绳子啊，就像用细丝拧出来的一样。

"你和这条绳子一样强韧吗？"

狼起了疑心：那绳子看着细，却八成是用坏主意和诅咒做出来的，我才不想以身犯险呢。

"如果你没挣断它的话。"众神说，"我们会帮你解开的。"

芬里尔不相信，众神却嘲笑它是胆小鬼，它一听就生气了。

"竟敢说我胆小？有种就来捆我啊。但是捆的时候，为了证明你们会信守诺言，你们之中要有一个人把手放进我的嘴里。"

众神听后面面相觑。

接着其中一个慢慢举起手，伸进芬里尔大开的口中。

这位勇敢的神，名叫提尔。

那条绳子紧紧嵌进狼的皮肉里。狼低吼着，咬紧牙关。上下的獠牙刺穿了提尔的手臂，提尔的血灌了狼满嘴。

众神笑得开怀，他们把狼捆得更加严实。狼蜷缩成团，满地打滚，发出痛苦的呻吟。可它越是挣扎，身上的绳子就捆得越紧。

只有提尔没笑。

手臂被狼死死咬着是很难笑出来的，就算是神也不例外。外婆说。

众神给捆绑芬里尔的绳头接上一条铁链，用它穿过一块巨大的圆石，埋入地底，又在上面压了一座大山。

芬里尔恨得咬牙切齿，它拼命挣扎，把还滴着鲜血的嘴张得老大。一位神见状，趁机拔剑捅进它的上颚，又把剑柄深深嵌进下颚之中。狼再也闭不上嘴了，血源源不断地溢出来，最终流成了一条河。外婆说，这河的名字叫"期待"，故事到这里便宣告结束。

接着她给我讲"会唱歌的城墙"的故事。

从前，有一个茨冈人的孩子，他的嗓音特别好听，而且非常擅长唱歌。

——茨冈人。外婆说，在各个国家被称作吉卜赛人、金加利人或塔诺人的他们，称呼自己的族群为辛提或者罗姆人。

她继续讲故事：那孩子的声音比悦耳的银铃还要通透，像水车上飞溅的水珠一样轻盈，又像是用蜜糖凝成的丝线，缠绕在每一个听到的人的心尖上。孩子的父亲贱卖了他。可是神奇的是，年岁渐长，这孩子却并没有失去他似银铃、似水珠、似蜜糖的嗓音。有着孩子嗓音的男人渐渐老了，成为一名圣职者，他把自己关在城堡的塔楼里闭门不出。如果把耳朵贴在城墙上，有时能听到优美的歌声。可是，这座城堡究竟在哪里，现在已经没有人知道了。当时外婆……应该是这么说的。

我把这个故事讲给冈特听，他听了便说那是他的城堡。那个夏天我五岁，时年八岁的冈特在我眼中显得格外成熟。我和冈特一起去了那里。

我的记忆只有零零碎碎的片段。塔里那个小小的房间，就像图画一样清晰地浮现在我的眼前。待在房间里的人，只有穿黑袍的圣职者和我自己，不知为什么冈特不在。年老的圣职者脸上是层层叠叠的皱纹，从中露出一双像沼泽一样发出暗淡光芒的黑眼睛。他开口唱歌，嗓音高得像个孩子。然后他伸出皱巴巴的双手，把一条链子挂在我胸前，链子上吊着野兽的牙齿。那是芬里尔的牙。

在很长一段时间里，这就是我的记忆。可是去年秋天，又见到十三年不见的冈特时，他却矢口否认。"我并没有去过什么城堡啊。"他说。

——我为什么会突然想起这些事呢？

肯定是因为那清冽的童高音。不知它究竟从哪里传来的。听上去，简直不像是窗外，而是从墙壁里……我都产生错觉了。

我看向敞开的窗。窗外是辽阔的麦田和菜田，几栋红瓦白墙的农舍点缀其间。农妇们弯着腰，埋头收割甘蓝菜。她们拨开甘蓝肆意生长的强韧老叶，用镰刀割下一颗颗水嫩的叶球。

直到昨天，天空还笼罩着冬日的阴霾，甚至前些日子还下过雪，今天却罕见地放晴了。毒辣的日光恍如盛夏，照得小巧的教堂塔尖闪闪发光。不时灌来的风虽然依旧凛冽，却也不至于冻住人们的肺管。四月已经过半。在南边与我们隔着一片山岳的意大利，应当已是春暖花开的好时节了。但德国没有和煦的春天，这里永远只有沉默的寒冬和试图与之拮抗的盛夏。枯槁的马栗枝条上缀有淡绿色的颗粒，如果明天也这样晴，它们就能在一日之间抽出一两厘米的嫩芽，但寒潮很快又会卷土重来，对它们施以无情洗礼。

我让自己全心投入那澄澈的歌声之中。

这里的每一天，原本都充满了婴儿的啼哭，孩童的欢闹、争吵、叫喊，看护们的怒吼等各式各样的喧嚣。

是我听错了吗？还是产生了幻觉？不是的，那确实是人的嗓音。优美的高音直入九霄，仿佛音域根本不存在所谓的极限。

我没听错。因为我身旁正在文件上奋笔疾书的维瑟曼博士，也抬起头侧耳聆听。

克劳斯·维瑟曼是这家机构的最高责任人。由于又矮又瘦，他看起来很文弱。这身高，实在达不到党卫军最低一米八零的入队要求，或许是被特批进队的？他的颧骨棱角分明，被凹陷的两颊衬得分外惹眼，扁平的鼻翼又生得很粗野，导致他的相貌丑陋极了。可是在他宽阔的额头下，那双下陷的灰色小眼却令我印象深刻。我对他的印象不坏。那双眼睛应该只看得到他自己想看的东西，比起外界，他更倾向于关注自己的内面。现在眼睛被眼皮盖住了。维瑟曼听歌声听入了迷，整个身体柔软地瘫在椅子上。

我还不曾与他共度多少时光，足以让我们亲密到在这个时候交换只言片语。这里是施泰因赫灵村，位于慕尼黑市以东三十多公里处。四天前，我才刚从慕尼黑的公寓搬进这家霍格兰产院。对他而言，我不过是数量众多的孕妇之中的一员。

霍格兰产院，属于纳粹设立的"生命之泉"计划。

"生命之泉"是个专为未婚先孕的女人设立的组织，旨在给她们提供安心产子的荫庇。提案人正是党卫军最高长官——海因里希·希姆莱。

如果这些母亲无力抚养她们产下的孩子，婴儿将被送到附属机构，最终由有收养意愿的党卫军家庭收养。除德国境内，在波兰、法国东部、德国的各个领地以及帝国委员管区、军政地域等，也设有多家属于"生命之泉"计划的机构。

元首想要国家的孩子越多越好，贞操观念被国家的力量拉下了"美德"的宝座。副元首鲁道夫·赫斯甚至公开发表演说，要求女人跳出婚姻制度的桎梏，多多生育——"女人该完成的第一项义务，就是为国家诞下健康且血统纯正的婴儿"。

国家会授予生育四到六个孩子的母亲青铜十字章，七到八个授银十字章，超过九个则是金十字章。

我在慕尼黑的书店里打工时，老板娘常把青铜十字章和写有"孩子让母亲成为贵族"字样的蓝色绶带骄傲地别在胸口。来店里买书的学生取笑她，说这是"兔子章"，每当此时，老板娘总会动了真怒，威胁他们要向盖世太保告密。

兔子产崽儿就像排粪，扑簌簌地一次下来许多。像兔子一样生育的母亲能获得许多好处，补助、津贴……国家甚至会"分配"几个被从波兰、捷克、俄罗斯等地强制迁来的女人给她们当女仆，使她们免除家事烦扰，专心投入生育。这是来自政府的关照。

我才不要整天只知道生孩子呢——当时我和学生们一起偷偷笑话她。我并不算是一个反政府主义者，只不过随口附和那些学生对政策的冷嘲热讽罢了。

就算不是坚定的反纳粹主义者，学生们也常把元首等党内要人编成讽刺小曲儿取乐。我也曾无忧无虑地跟他们一起唱过：

叫他们生娃呀，学学元首

过日子得简朴，看看戈林

人要精忠报国，瞧瞧赫斯

何谓保持沉默？问戈培尔

其中有些学生爱国意识很强，我跟他们的关系也很好。

自从得知我必须独自生下孩子，再独立把他养大后，我首先考虑的方案就是回故乡贝希特斯加登生活。但是那里已经没有我的亲人了，而且贝希特斯加登的人们和其他南巴伐利亚州的村民一样，全都是天主教徒。为了确保将来兵源充足，以希姆莱为首的一众纳粹高官干脆无视了伦理道德，但无论他们如何嘉奖多生多育，在贝希特斯加登的天主教徒看来，那就是无比可耻的行为。指望他们多多包涵是不可能了，孩子将和我一起沐浴在他人的责备和指指点点之下。要光是些素昧平生的人也还好，可村子里所有人都是老相识。到时候会迎头飞来多少干涉、操心甚至谴责，我已经能想象到了。

如果住进"生命之泉"管辖的产院，会有专业的医护人员照顾。哪怕我未婚生子，也不会被视为罪犯。不过，关于"生命之泉"一直有一些不三不四的传言。

比如，说它是"党卫军的配种场"。他们在这里让女人怀孕，并相应支付一些报酬。据说，这里还会收容一些德国士兵在北欧德占地区跟当地女人生下的小孩，把他们以德国人的方式养大后送去党卫军家庭做养子，之类的。

人们认为住进"生命之泉"的女人不守妇道，私生活不检点。我迷茫了许久，最终得出结论：怀上自己爱人的小孩，到底有什么淫乱、不道德的呢？

德国以闪电战快速制伏波兰，次年又打赢了法国。我们本以为战争很快就要告终，谁知活生生拖成了长期战。如今已是开战后第四个年头，敌机的轰炸攻势猛烈。我打工的书店被B17战斗机发射的直击弹炸毁的当夜，我恰好不在家中，因此逃过一劫。可是，如果天主手里真有一杆公平的秤，那么比起店主一家，肯定更愿意把死亡的命运分配给我。店主夫妇以及他们的六个孩子从来没缺席过任何一场周日弥撒。而那一天，八个人没有一个生还。

失去工作和住处之后，我眼前只剩下唯一的选择了……

布里姬忒·卡芬从文件柜里取出一捆病历卡，晃了晃她眼看要撑破裙子的腰。她总爱摇晃她的腰。

布里姬忒在这里生下孩子，送养之后以无证看护的身份留下来工作。这家机构里包括看护长保菇·赫斯拉在内，仅寥寥数人拥有从业资格，剩下全是像布里姬忒或我一样的无证看护。

这里拥有五十张产妇床位和一百零九张婴儿床位，在克劳斯·维瑟曼博士手下工作的职员总计约四十人。其中二十来名由医师、保菇·赫斯拉看护长、有证或无证的看护人员、保姆等组成，剩下便是厨娘、清洁女工、打杂的男仆和园丁，几乎都是外来的寄宿工。住在当地的人们厌恶"生命之泉"，不愿意来这里工作。

我望向天空，细细品味难得的悠然闲适。这里不仅能晒到很舒服的阳光，还不必听敌机引擎的轰鸣声。如果我还在慕尼黑，头顶这片万里无云的晴空就会很可怕了。且不说中央车站、圣母教堂、新市政厅、巴伐利亚国家剧场这些显眼的地标建筑，就连马路上的自行车，甚至扛着食物袋子快步归家的人们，在轰炸机飞行员的眼里，看得都是一清二楚的。

"敌人的飞机绝不可能飞进德国领土，倘若有一架飞机飞进柏林，我就不叫赫尔曼·戈林，改叫'迈耶'[1]！"戈林元帅夸下海口，最终依然被人嘲为男仆。不仅柏林，科隆、汉堡，连纽伦堡都没能幸免。夜晚是英军的"雷电"[2]，白天又有美军的波音 B17 "空中堡垒"和联合飞机公司的 B24 "解放者"等四发重型轰炸机大队一刻不停地投下炸弹。鲁尔工业区由此彻底沐浴在执拗的大范围轰炸之下。每次遭到轰炸，总有精悍的梅塞施密特战机英勇突入轰炸机大队，承受机枪子弹猛烈的洗礼。威武似城寨的防空塔上装载的高射炮喷火迎敌，尽管它们给敌军造成不小的损失，仍然阻止不了城镇渐渐在烈焰之中化为废墟。

去年九月和今年三月，慕尼黑先后遭受两次大型空袭，小规模的空袭已是家常便饭了。

北美战区，隆美尔元帅率领的装甲师团已然覆灭，东部战区的保卢斯将军在斯大林格勒宣告投降。斯大林格勒沦陷对我们而言是一个沉重的打击，布尔什维克士气大增！

在新闻短片和电台节目里，德军是屡战屡胜的。陆军驰骋在俄罗斯的雪原上，装甲战车部队发出阵阵轰鸣，德国的潜水艇穿梭在地中海里，进行曲、爆炸声、机枪声。"……我国海军成功切断敌军运输线路……""……经空军协助，我国陆军成功再次占据哈尔科夫……""……我军攻陷别尔哥罗德……"

视高射炮为无物的容克斯 Ju52 直接侵犯敌阵上空，空中夸张地绽放

1　德语姓氏，意为庄园管理人、小作农夫。引申为"男仆"。又有说法称"迈耶"（Meier）是犹太人名。

2　应当指的是 P-47 Thunderbolt，但这种飞机属于护航战机，有一定对地能力，主要是美军的装备，且在白天使用而非用于夜间轰炸。此处或许为原作者笔误，英国主要使用的是"惠灵顿"和"兰开斯特"两种轰炸机进行夜间轰炸。

出一朵朵降落伞。从天而降的猎兵队攻下坚固的要塞，投弹兵匍匐接近敌军的坦克，掷出一颗颗手榴弹。

然而每个人都察觉到，报道中"战线规模缩小，并顺利实行战术性撤退"究竟意味着什么，但依然没人敢把"败北""退却"这些词公然挂在嘴边。

宣传部部长戈培尔终日在电台里号召国民发动全面战争。他连日出现在新闻短片、报纸头版，那相貌、身躯、体态、语气，亲切得仿佛他本人就站在你面前。他瘦弱的身躯像是发育不良、想方设法长成大人的孩子，而那根纤细的脖颈支撑他硕大的头颅太过勉强，于是用浆得梆硬的高领圈补作支撑，看上去活像戴了一个颈椎矫正器。他的脸小而瘦削，导致丑陋的大鼻子和招风耳十分醒目，他还用特殊的义肢遮掩自己长短不一的腿。而尽管身材寒酸，从他浑身上下散发出来的热量，却能够绑缚住我们每一个人。"败北就意味着德意志人民被奴役！"一月份，盟军[1]在卡萨布兰卡放下豪言壮语，表示不接受除无条件投降以外的任何结果。"虽然坎尼会战[2]输了，罗马人还是打败了汉尼拔。因为他们没有失去勇气，坚决拒绝投降。罗马就是这样得救的！"戈培尔举起痉挛的拳头，让听众为他疯狂，"现在正是证明我德意志精神的时刻。试问诸君，为了斩获最终的胜利，你们是否不畏困苦，决心跟随元首？是（Ja）？否（Nein）？""Ja！Ja！"民众尖叫着回答他。

自我入住施泰因赫灵村的"生命之泉"育儿所已经过了四天。这四天

---

1 同盟国军队简称盟军。第二次世界大战中，中国、苏联、法国、美国、英国等反法西斯国家军队的总称。

2 坎尼会战，发生于公元前216年，乃是第二次布匿战争中的主要战役。汉尼拔运筹帷幄，成功地以少胜多，击溃了由罗马执政官保卢斯与瓦罗二人所统领的大军。此战虽然并没有彻底击溃罗马，但汉尼拔战术运用之高妙，使之时至当代，仍被誉为军事史上最伟大的战役之一。

里，警报还一次都不曾响过。

我感到，那歌声来自一个见到明亮的天空后情难自制，不由得放声歌唱的天使。除此以外，再无比喻可以形容那正在音阶巅峰自由翱翔的童高音了。歌词不是德语，似乎也不是意大利语或法语。

"太棒了，太棒了……"维瑟曼向我投来寻求赞同的目光。他的眼角微微发红。

"是谁在唱歌？"

我一个新来的自然不可能知道。

"是谁？"维瑟曼扭头去问正在查阅病历卡的布里姬忒·卡芬。

"不知道。"就这么一句简单的回答，布里姬忒也要扭动她的腰肢，声音甜得像在蜜里渍过的杏子。她妆化得太浓，几乎糟蹋了原本的美貌。即便不用眼影、睫毛膏、口红来粉饰，那张圆脸也相当有魅力，微厚的下嘴唇更含有强烈的挑逗意味。尽管初次见到她时，十九岁的我就感觉对方比我年长，但布里姬忒一向坚称自己年方十七。

维瑟曼站起来，向门走去。大概是想去找歌声的主人。

"博士——"布里姬忒娇声叫住他，"马上要给莱娜做处理了。"

"你来负责。"

他走了，就像听到罗蕾莱[1]的歌声后浑然忘我的船夫。

"你觉得他多大了？"确定脚步声远去后，布里姬忒问我。

"四十……来岁？"

布里姬忒不加掩饰地笑了笑："真可怜，他才二十九！而且还单身，没被军队抢走的年轻男人多难得啊。你别看他那样，他可是维瑟曼联合企

1　居住在莱因河里的女神。出自海涅创作的叙事诗《罗蕾莱》。

业的大少爷。"

"你说的是那个维瑟曼吗？"

无人不知已故的维瑟曼联合企业创始者——约瑟夫·维瑟曼的大名。他生于鲁尔盆地的埃施韦勒，从一家小小的铁环轧钢厂开起，最终成为一代大企业家。

"据说他是约瑟夫·维瑟曼的曾孙辈，虽然不是直系。不过传说约瑟夫·维瑟曼本人就矮得像个侏儒，这不是遗传吗？"

歌声添上了钢琴伴奏。

"会不会是维瑟曼博士在弹？"

"那还用说吗，他就是个乐痴！楼下食堂里的那架大钢琴，是谁让人抬来的？还不就是他。"

克劳斯·维瑟曼是那种——成功人士的家族里常常出现的、热爱艺术的苗裔吗？那种人尽管自己不受艺术之神眷顾，对艺术的憧憬却比常人强上一倍。我回想起先前他眼角的泪花。

布里姬忒从成捆的病历卡里抽出一张放在桌上，抬头看看墙上的挂钟。

这个房间里摆有各式各样的测量仪器。身高计和体重仪自不必说，很多仪器如果没有布里姬忒在旁解释，我根本想象不到它们的用途。

比如装有两条前端弯曲，呈放射状向外打开的金属棒的仪器。据说这是测量头部形状用的。还有一样东西，看上去就像缝纫包里的丝线颜色卡，但那些从细长卡板上垂下来的东西都是头发。它们的色彩有微妙的区别，从浅金色到耀眼的黄金色，红发、褐发、灰发，甚至连漆黑的头发都一应俱全，每种头发都有编号。"这都是真人的头发。"布里姬忒自豪地告诉新来的我，像展示她自己的藏品。

当布里姬忒打开那只长二十厘米、宽十厘米、高约十厘米的金属箱子时，我不禁倒吸一口凉气。箱子较短的一边装有合页，正好可以把它纵向掀开，里面装着两列眼球。因为猜到布里姬忒想看我惊讶的反应，我努力让自己的表情显得波澜不惊，也立刻就发现这些都是义眼。就像头发有许多颜色，义眼的虹膜也同样五彩缤纷。虽然茶色、黑色都有，但蓝色种类最多。从空洞的水蓝，到仿佛暴风雨前深沉的湖水一般浓烈而昏暗的青蓝。布里姬忒让我照镜子，举起义眼在我脸旁比对虹膜的颜色。

"你嘛……该是这种吧。"她脸上的表情显示出她不太满意我的反应。

门外轻轻响起犹豫的敲门声。

"请进。"布里姬忒应道。

黄铜门把手旋转，漆成白色的铁门吱呀作响，被人推开。

一名少女低垂着眼帘犹犹豫豫地进门，光彩夺目的金发让我一阵目眩。

我瞥了一眼，立刻感到自己应当见过这个孩子。在记忆中翻找一番后，我想起来了，是大约两周前的事。不对，那时候见到的女孩虽然和她很像，但应该比她年幼。不过两人长得太像，说是姐妹也完全有可能……

如果解开她的麻花辫，一定会掀起一阵金黄色的波浪。那美丽的蓝色眼眸世上简直找不出第二双。白皙透明的肌肤，仿佛血管里流的是牛乳和蜜糖。过于纤细的鼻梁和有些尖锐的下巴在蓝瞳的魅力之下都算不上什么。她身材高挑苗条，穿一件水珠图案的女式衬衫，丰满的胸脯描绘出柔和的曲线，跟纤细的脖颈格格不入。腰身细得像蜜蜂，裙下则是一双富有弹性的腿。我自己也是金发蓝眼，可一站在这名少女面前便自惭形秽，只觉得自己的金发不是足金，蓝眼不够纯粹。

她的脖颈和右手腕都有一圈白色痕迹，像是完美艺术品上粗心大意的瑕疵。

我用指关节敲敲桌子，试着引起少女注意。少女虽然抬眼，可就算见了我，她的表情也纹丝未动。那淡漠的目光穿过我的头顶，而后再度回落到地板上。我能看出来的，只有少女现在非常紧张，以及她似乎并未意识到自己的美貌。她缺乏美少女身上常见的傲慢。

我看了看桌上的病历卡。

"莱娜·艾伯特，年龄：10"。

十岁……真看不出来。她起码有十五岁吧？

我见过的那个女孩……我在记忆里寻找她的身影。十岁……对，感觉差不多是十岁的体型，而不是眼前这么成熟的肉体。

"这孩子真的才十岁吗？"我指着数字，布里姬忒意味深长地笑笑，点点头。

我继续阅读病历卡上的资料。

出生地　慕尼黑市

阿黛尔玛格丽特街 26

N-F-Ob

身高	5
体重	5
体格	5
体态	5
下肢	5
头颅形状	5
鼻孔	5
鼻梁高度	5
鼻宽	5

眼位	5
眼睑形状	5
内眦赘皮	5
唇形	5
发色	金（5）
发际线	5
瞳色	蓝（5）
遗传病	无

"这些数字是什么意思？"

"意思是，她是如假包换的雅利安人种。我每周给她做检查，回回都是满分。"

我听得出她语带棘刺。

"可这丫头却是个波兰佬。"布里姬忒厌恶地说。

少女的身体微微一颤。

我想起前天来所的党卫军高官给孕妇和看护们做的演讲。讲稿取自元首的著作《我的奋斗》，据说每一家"生命之泉"都会频繁举办。

"北欧雅利安人种才是文化的拥有者，才有资格代表全人类。因此，德国人民必须排除劣等民族，必须保持我们民族血统的纯洁。"

演讲者这样说。紧接着他又引用希姆莱长官的话，强调"未来的德意志帝国，应该是纯粹以日耳曼民族——雅利安人组成的国家"。

而判定一个人是否雅利安人，要从外表入手。

金发、蓝眼，身材高大，头颅细长，脸型瘦、下巴尖、高且坚挺的鼻梁，透着玫瑰红色的白皙皮肤。

这似乎才是日耳曼民族的理想状态。以上全部都是北方系的特征。讽刺的是，生于奥地利的元首本人，以及身为土生土长巴伐利亚人的希姆莱自己，长相都和理想样貌相去甚远。跟北方血统的人比起来，他们就显得胖墩墩的。

钢琴奏出舒伯特写的可爱乐曲，那个清亮的童声正在用德语唱歌。

Sah ein Knab'ein Röslein stehn,
男孩看见野玫瑰
Röslein auf der Heiden.
荒地上的野玫瑰

不等布里姬忒发令，莱娜就主动把袖子卷到肩窝，露出整条手臂。

"伊万呀，汤米呀，老美和法胡子都挺讨厌的。"布里姬忒连用四个蔑称代指俄罗斯人、英国人、美国人、法国人，"可他们加起来都没有波兰佬讨人嫌。那些'破烂佬'又脏又臭，浑身上下净是虱子，懒也就算了，骨子里还透着一股乡巴子的气质。"布里姬忒从金属盒子里夹出一块吸饱酒精的脱脂棉，粗暴地擦拭莱娜的上臂，"'出生地，慕尼黑'……没一句实话！"

她从鼻孔里发出一声嗤笑。

"为什么波兰的孩子会来这里？是党卫军跟波兰女人生的吗？"

"她爹妈都是破烂佬！可怜的破烂佬哟，压根不知道什么叫肥皂，还只会用烂木头做鞋子。擦一根火柴，恨不得四个人一块儿用呢。"

"可'莱娜'是德国人的名字呀。"

"'生命之泉'也收留孤儿啊。"

霍格兰除了产科医院，也兼营婴幼儿保育所和孤儿院。有很多母亲，生完孩子没法养育，于是把之后的事交给"生命之泉"，自己出院一身轻松。

"占区的孤儿院要是被砸了，或者给炸没了，'生命之泉'就会接收那些可怜的孤儿，还会帮忙找领养家庭。能来施泰因赫灵，进咱们霍格兰的孩子都是走了大运的。东西随便吃，也不用担心轰炸，还能找个好人家。为了让他们德国化，还会专门起个德国的名字。这些小鬼呢，很快就会以为自己真是德国人了。越小的孩子忘得越快，记东西也越快。我看，你肯定不知道'N-F-Ob'是什么意思吧？玛格丽特夫人。"

这里的人会用名字加上夫人（Frau）代替姓氏，我还没能习惯这种说法。因为不曾结婚，所以不能使用对象的姓氏。而且都是做母亲的人了，再叫小姐（Fräulein）也有点儿奇怪，所以我们以"玛格丽特夫人""布里姬忒夫人"互相称呼。至于看护长保菈·赫斯拉，大家都叫她赫斯拉小姐。她既没结过婚，也没有做过母亲。

"就连这里的职工，知道这个词的人都不多。而我嘛，就是其中一个。"布里姬忒得意地扬起下巴，"那意思是'绝无仅有的、完美的雅利安人'。波兰呀，捷克呀，偶尔也会有她这种人哪。"

她让我看莱娜脖颈和右手腕上的白印。"这就是最优秀的认证标记，用药弄上去的。那边孤儿院来的孩子如果超过六岁，本来是都要被送进收容所或者寄宿学校的。可是这段时间到处都满员，年龄大的孩子也只能先来这儿了。不过她嘛，待遇就另当别论喽。"

我眼前突然出现锐利的光点。只见布里姬忒拿起一根细细的金属管，那管子外径粗约三毫米，一端被削得很尖，反射出刺眼的阳光。

她毫不留情地把金属管扎进莱娜的手臂。

就算削得再尖，它也比注射针头粗得多。莱娜短促地惨叫一声，闭上双眼，紧咬牙关忍耐。

接着，布里姬忒把一种大约两毫米长的橙黄色颗粒放入管中，又拿一根严丝合缝的细金属棒把那些东西推向深处。完事儿后，她把金属管一拔，鲜血立刻从莱娜雪白的手臂上喷了出来。

几滴血溅到布里姬忒的围裙上。"真脏！"她尖叫一声，扒下围裙甩得老远。

我把消毒过的纱布抵在莱娜喷血的伤口上，又用创可贴固定好。

"喏，你的药。一星期的份，好好吃下去。"布里姬忒递给她药袋。

"平时都不做局部麻醉吗？"

我用德语提问，莱娜也用德语回答"做"。回答太简短，以至于听不出究竟是流利还是蹩脚，但能听得明白。

"好了，下周还是这时候来。你现在给我出去！"听到布里姬忒的吼声，莱娜立刻举起左手护住脑袋，就这样出了门。

布里姬忒把那根金属管丢给我，指指角落的清洗台："去洗干净。"

"好啦，日光浴时间到了！"她连护士服带内衣一并脱掉，把一身肌肤赤裸裸地暴露在窗外透进来的阳光之下，深深吸了一口气。

"你在维瑟曼博士面前脱成这样多好。"我一边洗管子，一边尽可能让语气轻松一些。我还不太习惯和别人互相打趣，冈特有时会说我太古板。我与他在慕尼黑久别重逢时，他已是路德维希·马克西米利安大学的学生。

"不上麻醉就打这个，一定很痛吧？"我洗完金属管还给她，问。

"麻醉针比这疼多了。"布里姬忒接过去，放进消毒器，"那丫头还皱巴个脸，小题大做！破烂佬天天跟老鼠住在一起，她倒像个床单底下有颗豌豆就睡不着觉的小公主。"

德国之所以不得不再次开始打仗，都是因为波兰。位于德国格拉维茨的一家电台遭到波兰军队越境袭击，成了德国对波兰发起战争的导火索。这是我们获知的事实。身为汉萨同盟成员，面朝波罗的海的海港城市——但泽，明明是属于德国的自由港口，可现在却处在波兰王国的支配之下。此前德国在世界大战中败北，但泽才根据《凡尔赛条约》成为一座非武装自由都市。而波兰境内没有通往海上的出口，于是根据条约，他们获得了一块包含海岸线在内的细长土地。这就是但泽走廊。东普鲁士因此被迫与德国分离。我们不但时常听说居住在但泽和东普鲁士的德国人被波兰人虐待的消息，新闻短片也常常报道。片中尽是逃回德国境内的难民团，以及波兰军队越境开炮的军事恐怖袭击现场。

可是，看着消失在门后的少女，我心中却没有涌起恨意。

我也解开领口的一颗扣子，指尖碰到脖子上的细链。项坠夹在双乳之间，垂在胸口，底端吊了一颗野兽的獠牙。

兽牙恰好悬停在我的胸窝附近。下面的腰身虽然扁平，但曲线已经消失。再过一段时间，我的腹部终会隆起，甚至连乳房都被挤上去吧。还有……五个月。

"你家那位是很了不起的人物吧？"布里姬忒用刺探的目光盯着我的肚子。

"没这回事。"

"你的资料上可是有祖尔曼长官的亲笔批示。要我们'做好万全的准备，保她平安生产'。"

"任何人都可以让他这样写吧？"

"我孩子的爸是个军官，在东部战区牺牲了。"布里姬忒试图做出混杂着感伤和自豪的表情，"我一知道自己怀孕，立马去了中央事务所。他们当场给我办手续来这里生孩子。生下来的宝宝呀，是个特别漂亮的金发蓝眼的宝宝。有个军官太太听说以后，立刻就来把他收养了呢。"

这些事我听其他入所的人说过。有个苍白的脸上生着大片雀斑，名叫莫妮卡·雪尼的女人，总是成天挥舞她细长的胳膊，四处传其他人的闲话。"布里姬忒是自己主动去党卫军配种场的。""党卫军配种场是什么？""你住在慕尼黑，竟然不知道？""听过一些传闻，是真的吗？""伊斯曼宁格大街上，不是有'生命之泉'的总部嘛。"

"生命之泉"的总部，设在伊萨尔河东部的伯根豪森区一条安静的住宅街里。我曾数次前往那里办手续。它原本位于慕尼黑市内的赫索格·马克斯街，据说原址是从犹太人手里接管来的，但空间渐渐显得逼仄，才于前年迁址。"总部搬过去之前，那里本来有'生命之泉'的附属机构。他们从占区之类的抓来金发碧眼的北欧女孩子，让她们跟党卫军的军官上床。那儿就是个政府开的妓院！一旦怀上了，就送到像这里一样有接生条件的'生命之泉'育儿所，让她们生下金色头发的小孩儿。不过嘛，其中也有布里姬忒这种自己想跟军官上床，自愿报名参加，'燃烧着爱国之心'的荡妇。自从总部搬来以后啊，他们倒是不开妓院了，可还是一车车把怀了党卫军孩子的北欧女人运到各地的'生命之泉'去呢。你问我吗？"莫妮卡·雪尼轻蔑地补上一句，"我男人去东部战区了，我是没办法才来的这里。"

我问，那你也把孩子送养了吗？她立刻回答："对啊。"

"我来之前，听别人说……"我问布里姬忒，"生了黑头发黑眼睛的孩子，会被处理……"

"对啊。"布里姬忒干脆地回答，"你知道莫妮卡·雪尼吧？就是那个瘦巴巴、长雀斑的女人。她就生了个黑头发的小孩儿。"

"真的吗？"

"真的啊，跟我同一个晚上生的。"

"可莫妮卡是金发呀。"

"她算什么金发！颜色比较浅而已。肯定是因为她男人是黑种[1]，后来孩子被保菈收拾掉了。"

"收拾……是说……"

"我可不清楚她具体怎么干的。你要想知道，就自己去问保菈·赫斯拉吧。前提是你有胆量呦。"

"真的会被收拾掉吗……"

"都是为了血统纯正。"

"可是，世上既有金发的白痴，也有黑眼睛的天才……"

"嘘！"布里姬忒竖起一根手指，"你要还想在这儿待下去，千万别再这么说了！"

去想那个刚一降生就被处理掉的孩子，实在让我心情沉重。现在我真希望莫妮卡·雪尼那张满是雀斑的苍白长脸的幻象赶快从我眼前消失。

"莱娜在这里住了十年吗？"

我决定换个话题，却又发现数据对不上。尽管对此了解不深，但我听说过"生命之泉"是在一九三五年前后创办的，无论莱娜的资历有多深，都不会超过八年。不过，在"生命之泉"出现之前，早就有为未婚产子的女人和孤儿开设的福利院。也许莱娜是被那边转送来的，又或许，这家机构的前身就是那一类的设施。

"她那么漂亮，却还没找到寄养家庭？"

"只要来看她的都想收养她，说什么'请一定要让她做我家的女儿！

1　原文为德语Dunkel，意为"暗色、深色的"。

我们会让她接受优渥的教育，把她培养成一个完美的元首的孩子！'"

"那为什么……难道，她有什么缺陷？"

"莱娜？她完美得很。"

"你给她打针……那不是普通的针吧。用细管把药埋在身体里，还给她口服剂……"

"那是为了让完美的东西更完美。"

布里姬忒再次卖弄地一笑，像是在跟我炫耀：她知道我不知道的秘密。

"不把她送养，是因为维瑟曼博士在用她做研究。"唯独这句话，她特意压低声音，"而且那丫头实在太完美了，等她一长成，立刻就要让她生下精挑细选的党卫军的孩子。万一到时候养父母舍不得放手就麻烦了。当然了，无论养父母说什么，该带走就是要带走，但最主要的是不能让她随便跟野男人生孩子啊。什么犹太猪，山里人，万一混了这些不纯正的血，那可就太浪费了。你没听元首的演讲吗？'种族间混血通婚导致人种素质低下，这正是古代诸文化灭绝的唯一原因。全世界的人除了优秀种族之外都是废物。'"

我摆满一桌药包纸，又从架子上整齐的瓶瓶罐罐中取出一只玻璃瓶。布里姬忒用镊子夹了几只砝码，放到小巧的天平的一侧。这些砝码顶端有提钮，夹起来很像西洋棋的棋子。至于那些重0.1或0.5毫克的极轻"砝码"，只是一些四四方方的金属片，现在并不需要这么精确。她把药包纸放在另一侧托盘上，拿起小匙粗鲁地舀入药粉。指针分明还在抖动，她却毫不在意，只管把药粉一点点平分到桌上的纸里，然后叫我包起来。全部分好之后本来应该再检查一遍，确保分量不多不少才对，布里姬忒太粗枝大叶了。

"怎么包？"

先对折成三角，再把两边折进去，变成扁平的五角形……布里姬忒一边演示，一边说：

"埃布纳博士现在只想着做莱娜的第一个男人，想得不得了。"她意味深长地给我使了个眼色。

"埃布纳……是这里的医生吗？"

"前天他不是才来演讲？"

"啊，那个人。"

那是个五十岁上下、戴眼镜的小个子。

"他是这家医院第一位主任医师，维瑟曼博士是接替他的。听说埃布纳博士以前还是希姆莱长官的主治医师呢，就因为跟希姆莱长官关系好，所以出人头地。现在当上整个'生命之泉'医务部的部长了，成天在各地的'生命之泉'来回跑。今天去波兰，明天去法国，后天又去挪威，去丹麦。不过他自己不是理想的雅利安人呢。"

"莱娜有妹妹吗？"

"我怎么知道？"

大约两周前……我终于下定决心，前往伊斯曼宁格大街的"生命之泉"总部。

市中心在遭遇多次轰炸后，四处可见只留下正面和部分墙壁，好似舞台布景板的建筑。就连耸立在瓦砾堆里的圣母教堂，洋葱状的塔顶也被炸得钢筋外露。但伊萨尔河东岸这一片几乎没有损伤。我想，我当时应该没看见任何能令人联想到"公家妓院"的痕迹。

申请处在二楼。柜台后的工作人员像是拥有严格的道德标准，且与他自己身司何职似乎并无关联。他盯着我，眼中是明显的厌恶与轻蔑。我们一时无言。

此时，一个健壮的高个子男人从里面的门走出来，尖锐地看了我一眼。工作人员连忙摆正站姿。

他向那人介绍说，我是想要登记入住"生命之泉"疗养所的孕妇。男人听后，原本猛禽般的神情立刻软化，问我：

"你叫什么名字？"

"玛格丽特·施特雷茨。"

"家人呢？"

"没有了。"

"哪里人？"

"贝希特斯加登。"

"哦！贝希特斯加登啊。"他笑着，大大点头。

那是一个在慕尼黑东南方约一百二十公里处，邻近奥地利国境，位于巴伐利亚阿尔卑斯山脉脚下的小山村。我的父亲曾在那里经营一家餐馆，招待被群山和湖水的美丽风光吸引前来的观光客。

在村庄东南部的山地——上萨尔茨堡处，建有元首的贝格霍夫山庄，以及纳粹党务部长鲍曼和元帅戈林的别墅。而整个上萨尔茨堡视野最好的凯尔施泰因山山顶，则设有元首的豪华待客山庄，它被称为"鹰巢"。

在被他逐条审问之前，我简单讲述了自己的身世。

"我三岁的时候母亲就死了，家里只有父亲、外婆和我三个人。十二岁时父亲去世，外婆继续经营餐馆，我在店里帮忙。三年后外婆也去世了，我一个人没法经营，就卖了店去慕尼黑找工作。"

"你住在市内吗？"

"是的，就住在施瓦宾区的阿亨内尔街。"

"那一片遭到轰炸……"

"是的。我之前在书店工作，住在店里的二楼。但三月那次大空袭的时候，整栋楼被炸弹直接击中，我就同时失去了工作和住处。"

那夜去私塾上绘画课的我听到空袭警报，躲进了私塾的地下室。紧接着是轰炸机引擎的声音，爆炸的声音，地动的声音，高射炮发射的爆裂音。虽然地下室的墙壁出现裂纹，但没有进一步的损害。警报解除后，我出去一看，只见没被炸到的房子对面摇曳着腾起一根粗壮的火柱，天空和大地都被它染成一片深红。天亮后，火柱依旧在燃烧，整片天空盖满煤灰，比夜晚还暗。回家一看，一夜之间，书店和住处都消失了。尚残留着灼烧痕迹的外墙之下，瓦砾堆积成山，缝隙间隐约可以看到其中埋着断裂的四肢，被压扁的头部，以及撕裂的各类脏器。这里大部分居民都是谦恭守礼的天主教徒，却像在猥亵的狂欢派对之中撞上此等悲惨遭遇，几乎所有人都赤身裸体。爆炸产生的气浪剥去他们的装束甚至内衣，比卷走枝头的枯叶更加容易。

"我目前暂且拜托朋友让我借住在公寓里，但是也不能一直麻烦他们。"

"原则上，预产期前六周的孕妇才能获准入所。但既然你没有住处，生活也有困难，可以作为特例处理。等资料审核通过了，你就以看护的身份去'生命之泉'上班吧。把你的资料整理一下交过来。首先是你上溯到祖父母辈的家谱，以证明你没有劣等血统。'生命之泉'本部会审核资料的真实性。然后需要本部指定医师出具的优生学调查报告和健康诊断报告，我们不接受有遗传疾病的人。此外还要两份附带照片的个人简历。"

男人用目光把我从头到脚细细舔舐一番，用手指梳理我的金发，说："你说你是贝希特斯加登出身，外表倒不像巴伐利亚人。头发、眼睛，都是完美的雅利安人啊。"

他满足地微微一笑。

"不用担心审核，你会通过的。我们会安排好一切，让你放心生下献给元首的孩子。"

我从他的语气里听不出一丝恶意。

"所有在'生命之泉'出生的孩子一定会过上幸福的生活，他们的母亲也会。"

方才的职员不知是否因为态度恶劣被上司撞见感到尴尬，此时正缩在角落里摆弄架子上的文件，假装公务繁忙。

"本人作为'生命之泉'的行政长官向你保证，不会有比这更确凿的事实。"

这个人，就是行政长官马克斯·祖尔曼……我听说过他的名字。

"这件事我只告诉您一个人。"

我说道，音量小得勉强只能让他听见。此后告知孩子父亲姓名的声音更加细微，几乎成了窃窃私语。

祖尔曼弯腰听我说完后吃惊地瞪大双眼。他修长的双臂环住我，像拥抱他自己的女儿。

"那么，你腹中不就是一位爱国者的孩子吗！"

"也有人说他是叛徒。"

"叛徒？！那些把爱国行为说成背叛的家伙才是叛徒！卖国贼！"

祖尔曼提高嗓门，声音变得异常严厉。见我伸手安抚他的情绪，他再次压低声音：

"我记得他去了西部战区……"

"是的，他和我没有正式结婚。"

"这完全不成问题。"

"我想，应该没有人知道我怀了他的孩子，可是凡事总有万一。为了能够平安生产，我希望您可以帮我安排一下。"

"这个自然，这个自然可以。"

"我还希望您能为我保密有关孩子父亲的事情，只要您心里知道就好。我很害怕被那些称他为叛徒的人知道这件事。"

"那些把爱国者称作叛徒的人都已经被处死了，难道还有漏网之鱼吗？"

"我不太清楚。只是，如果有个万一……"

"我知道了，知道了。"

祖尔曼的手抱我抱得更紧。

我之所以把孩子父亲的名字告诉祖尔曼，还有另一层考虑。我听说，"生命之泉"只想要金发碧眼的宝宝。如果在"生命之泉"出生的小孩的头发眼睛是黑色的，就会被处理掉。

虽然我与我的父亲以及孩子的父亲都是金发蓝眼，但我外婆的头发、眼睛都是黑色，乌黑的眼眸就像优质的煤炭。我只在照片里见过母亲，她果然也是黑色的。虽然我无法预测遗传因子究竟会怎样体现，但就算生下黑发黑眼的婴儿，只要祖尔曼知道孩子的父亲是"爱国者"，也许就不会被"当场处理"吧。这是我的判断。

开朗、肥胖的外婆。母亲死后我不曾感到孤独，都是因为有她——黑发黑眼的外婆。

"我给你介绍一位医生，你去他那里做检查吧。诊断报告医生会直接提交给我，你只需要准备先前提到的文件就行。我会安排你去全国上下设备最齐全的'生命之泉'待产。"

窗外传来刹车声。祖尔曼赶忙奔到窗边，探出身去。我也看向窗外。

党卫军的人带领三十来个孩子，正从灰色的巴士上走下来。年龄最小的五六岁，最大应该不超过十岁吧。

仿佛一片成熟麦田般的金发在我眼前摇曳。每个孩子都是金发碧眼，拥有近乎透明的白色肌肤。所有人的衣服都脏兮兮的，看上去土里土气，还很破旧。黑乎乎的大衣要么短得遮不住肚皮，要么下摆长得要拖地，总之，几乎没有人的大衣合身又服帖。虽说看看我自己，穿得也实在不算像样。旧衬衫上套一件旧毛衣，外套是磨破了的，如果没什么钱，那就意味着基本告别新布料。但就算是这样，他们的衣服也未免太寒酸了。

"我的孩子们来了！"祖尔曼就像美食家在珍馐馆点菜一样，满心欢喜地搓着他的双手。

走下边缘已经磨损的木楼梯，只见巴士上下来的孩子们聚集在入口大厅处。其中就有那个和莱娜长得很像的女孩。

我对他们笑了笑，但这群紧张之余浑身僵硬的孩子们，表情并未因此缓和。

他们之中一个看起来最年长——但也不知到没到十岁——的少年，把幼小的孩子护在身后，他的手臂、腰间，被好几只小小的手紧紧巴住不放。

"安静点，不要吵。"根本不需要党卫军下这道命令，孩子们连窃窃私语声都没有，顺从地跟着职员走上石质台阶。由于实在太安静了，我甚至以为他们是聋哑儿。

资料审查和医师诊断结束后，他们下达了入所许可。我在指定的日期到伊斯曼宁格大街的中央事务所报到时，有一个工作人员说"竟然有车接送，阵仗真不小啊。"这次这个男的似乎对申请者没有恶意，话里听不出讽刺的意味。好像是因为恰好有个我要进的那家"生命之泉"的职员来总部办事，因此回程可以载我同去。

那个职员是女的。她个子很高，肩膀又宽又厚，好像一位普鲁士军官。嘴唇薄得像用锋利的刀刃直接划了一道口子。褐色的衣领上别有用卢恩文写着"SS"字样的徽章。

我们并排坐进一辆看上去历经粗暴驾驶、车身满是伤痕的大众汽车后座。女职员的膝上摞着一叠起码有二十厘米厚的资料。

"你就这些行李吗？"女职员看了一眼我的布制手提包，问道。

我的提包被撑得有棱有角，完全是因为里面放了一本厚厚的书。封面是红色的山羊革，大约有五百页左右，但书里什么都没有印，全是白纸。

别的就只有朋友们设法帮我弄到的几件内衣和旧衣服。我本来就没有多少私人物品，原本放在房间里的东西也都在轰炸中烧尽了。只有那本全是白纸的书，外出时我也一直带着它，所以平安无事。

女性职员自我介绍名叫保菈·赫斯拉。"看护们背地里都叫我'铁处女'赫斯拉。"这么说的时候，她的嘴角绽放出一丝笑意。我于是心想，也许她没有外表看上去那么不懂谈笑。

我们沿着纽豪斯大街往东开，几乎自东向西贯穿整个老城区，从卡尔门到伊萨尔门。在开过伊萨尔河后，汽车继续向东行进，平坦的高速公路横贯在农地和牧草地之间。

沼泽在右手边时隐时现。有时明明路上没什么障碍，司机却会紧急刹车。重复三四次后我问怎么回事，司机答"有青蛙"。本想着他是个善良的人，谁知他紧接着就说"如果轧到，轮胎会容易打滑"，害我把伤感生生憋了回去。

大约开了十五分钟，驶过埃伯斯贝格的街道后，眼前再次展开广阔的农地。不一会儿，眼前就出现零散分布的小栋农居，教堂的塔在其中显得特别高。

铁处女保菈·赫斯拉依然抿着她的薄唇不发一语，但司机回过头来，告诉我这里就是施泰因赫灵村。还指给我看："那就是'生命之泉'。"

这栋被西洋椴和高大的栎树围在中间的四层建筑，远远看去相当显眼。但它除了体积格外庞大，那红瓦白墙并附带木制露台的外观，完全可以不着痕迹地融入周围的风景。除主屋外，还有带阁楼的两层小楼，左右砌有平房，以及其他几栋别的建筑。入口处的铁门大敞着。

入口处挂了两面缀有卢恩文"SS"字样的黑旗，旁边有棵树龄不知几百年的西洋椴。椴树下摆着一座石雕，雕的是一位乳房丰满、抱着婴儿的母亲。她的乳头高高膨起，眼里满是深切的慈爱之情。

"这里的孩子偶尔会去慕尼黑的总部吗？"

"才不会呢。"一边把五角形的药包每十个一组分好，布里姬忒一边回答。

"可是，我在总部见过跟莱娜很像的小女孩儿。"

"什么时候？"

"大概两个星期前。"

"你认错人啦。莱娜一直在这里，她的检查、饮食起居都是我负责，不会有错的。"

此时门没有任何征兆地开了。布里姬忒慌忙噤声。

保菈·赫斯拉踩着响亮的步点走了进来。赤条条的布里姬忒摆出立正姿势原地不动。

在保菈无言的目光下，布里姬忒扭扭捏捏地把手伸向内衣。在此期间，她一直用恳求的目光哀怨地抬眼看着保菈。而保菈的手毫不留情，径直伸向布里姬忒的胸部，两根手指钳住她的乳头用力往上拧。

"总部来电，巴士已经出发。新的孩子要来了，请做好接收准备。"保菈·赫斯拉宣布，手上的力道丝毫不放松。她继续发令："此外，施佩特中校及中校夫人将会到访，确定养子人选。你去把孩子们整理妥帖。"

那锐利的目光转到我身上："你也去帮忙。"

我刚遵从她的指示回到走廊，楼梯下孩子们的哭闹声就直冲进我的耳朵。琴声和歌声混在噪声里，难以辨别。

整个一楼绝大部分都是宽敞的食堂。朴素的木制长餐桌纵向排成数列，占据大厅一半面积。正面则有高高的讲坛，上置元首胸像。后面墙上贴着万字旗和宣传标语：一人为大家，大家为一人。

剩下一半地板则铺有方格地毯，上面乱糟糟的，满是婴儿和步履蹒跚的幼儿。虽然莫妮卡·雪尼带着七八名看护在照料，可是下手没轻重的孩子们抓啊挠的，还四处有人抢别人的玩具，弄得她们也束手无策。这边的幼童把看护的脸上抓出一道道红印，那边的婴儿又大哭大叫个没完。

维瑟曼博士正坐在演讲台旁的大钢琴前，灵活地舞动他的手指。一个小男孩在唱歌。他大约五六岁，很瘦，长相跟声音一样天真可爱。金色的头发就像用阳光纺成的丝线，眼睛蓝得好似五月的晴空。

后院里，一群年纪较大的男孩正在玩军队游戏。在仓库旁摆起旧椅子阵负责守备的是"俄罗斯兵"；拿木棍充当机关枪，展开猛烈攻势的则是"德国军队"。

"德军"的指挥官胸前戴着一枚用纸板和缎带做成的勋章。胜负从一开始就注定了。因为扮俄兵的孩子们不可以认真抵抗，只能单方面挨打而已。

我昨天才知道，"俄罗斯军"阵地上那栋镇守他们后方的白墙仓库，同时也是惩罚孩子时关禁闭的场所。昨天有个孩子不知犯了什么错，午饭被罚没了，在里面关了一天。傍晚终于获得赦免，却也不给晚饭吃，只能无力地瘫在床上。后来我半夜偷偷给他塞面包的事被布里姬忒知道了，她还威胁我要去跟赫斯拉小姐告密。只有保菈有权惩罚孩子们。

"给孩子们整装！"

保菈·赫斯拉拍拍手。

看护们急忙开始行动，抓住在地上四处乱爬的幼儿，用毛巾擦拭他们被鼻涕和口水弄得黏糊糊的脸蛋。看见莫妮卡·雪尼粗暴地抓这个按那个，我也有样学样。软绵绵毫不反抗的幼儿就放在膝盖上，不停挣扎乱动的就一把捞起来，把他们的脸擦干净。

庭院里的大孩子们一起跑到水井边，洗干净沾满泥巴的手脚，然后就穿过食堂，跑上二楼去了。

钢琴旁只留下那个拥有悦耳嗓音的男孩。

"你似乎不需要换衣服。"保菈把这个孩子从头顶看到脚尖，点点头。

"知道怎么回答问题吧。我们再练一遍：你叫什么？"

"安……"

"Nein。"

"恩、恩里希……"

"Ja。恩里希，还有呢？"

"恩里希·维……维歇特。"

"Ja。恩里希·维歇特。你为什么到这里来？"

"我爸爸是……党卫军的高级大队指挥官，被波兰的暴徒残忍杀害了。"他像背诵文章一样用德语回答。

"你妈妈呢？"

"病死了。"

"赫斯拉小姐。"维瑟曼插嘴打断,"这个孩子由我负责,不用送他去寄养家庭。"

"我们不允许这样做。"

"有莱娜的先例。我会去跟长官申请的。"

"在正式下达许可之前,我们不能给孩子特殊待遇。"

"我今天是第一次听到这个孩子唱歌。我以前根本不知道他的歌声这么美。"

两人的对话被打断了。因为载着新来的孩子们的巴士已经抵达。

工作人员领着八个孩子走进食堂,我在其中发现一张熟悉的面孔。就是那个在慕尼黑总部,把年幼的孩子们护在身后,年纪最大——但也应当不足十岁——的少年。其他人的长相我没有分别记住,有可能当时也在场吧。我没看到那个长得像莱娜的女孩。

就在此时,有人欢喜地叫了起来。是那个说自己叫恩里希的,嗓音和长相都很美的孩子。他跑过去抱住少年。

那少年也两眼放光,两人迅速交换几句我听不懂的语言。

"Nein!"保菈·赫斯拉硬是扯开两人。其他看护也来帮忙,各自从身后架住他们俩。

"别对他们这么粗鲁。"克劳斯·维瑟曼从保菈手里抱走年幼的恩里希,"这孩子的身体可是精密又神圣的乐器!"

"你叫什么?"保菈问那个被看护们押住的少年。

少年回答了一个"塔"字打头的名字,站在后方的我听不太清。

"Nein。叫什么?"

少年正要答"塔……",却没能说完,被保菈一句"Nein"打断,"你叫什么?"

领孩子们进来的工作人员代替他回答："这孩子的德国名字叫弗朗茨·亨克尔。"

"请您不要说话，我在问这个孩子。你叫什么？现在还不会说德语吗？"

少年狠狠地盯着保菈看。然后他大步走到钢琴前，双手放在琴键上，开始边弹边唱。唱的是德语。

Mutter, ach Mutter, es hunger mich.

Gib mir Brot, sonst sterbe ich!

妈妈，妈妈，我好饿

求你给我面包，我快要饿死了

这是马勒参考德语民谣创作的歌曲集《少年魔法号角》里的一曲，题为《Das irdisch Leben（尘世生活）》。

这名少年的歌声也受过训练。

Warte nur! Mein libes Kind!

Morgen wollen wir ernten geschwind!

等一等，我可爱的小男孩

明天，我就去割麦

于是恩里希·维欧特也开腔和声：

Und als das Korn geerntet war.

Rief das Kind noch immerdar:

麦子虽然割完了

可是孩子还在哭

那和声非常优美。被唤作弗朗茨·亨克尔的少年，把下一段乐句交给了恩里希·维歇特：

妈妈，妈妈，我好饿

求你给我面包，我快要饿死了

然后，弗朗茨独唱起来：

等一等，我可爱的小男孩

明天，我就去磨坊

保菈想要拍手打断他们，但被克劳斯·维瑟曼制止。

恩里希和弗朗茨的声音合二为一：

面粉虽然磨好了

可是孩子还在哭

恩里希唱道：

妈妈，妈妈，我好饿

求你给我面包，我快要饿死了

弗朗茨回应：

　　　　等一等，我可爱的小男孩
　　　　明天，我就烤面包

然后，两人一同歌唱：

　　　　面包虽然烤好了
　　　　可是倒在地上的孩子早已死去

　　外面响起奔驰汽车的鸣笛声，这表示中校夫妻已经抵达，于是保菈没能惩罚弗朗茨。趁保菈带着工作人员出去迎接的空当，维瑟曼博士像大鸟展翅般张开臂膀，揽着两个嗓音优美的男孩上了二楼。

　　他们前脚刚走，衣服收拾得干干净净，头发也抹得整整齐齐的孩子们后脚就下来了。打仗游戏里担任"德军"指挥官的那个孩子换了衬衫，胸口依然别着那枚纸板和缎带做的勋章。这次前来的空军军官，脖子上挂着真正的骑士十字章，胸口又别有真正的铁十字勋章，引得孩子们都用憧憬、尊敬的眼神抬头望着他。同行的夫人则对每个孩子都露出温和的微笑。

　　我看得出，这些排成一排的孩子都在拼命给中校夫妻留下印象。中校抬起他们的下巴，仔仔细细地观察他们的脸孔，问上两三个问题。孩子们热情地称赞元首，表达自己的爱国之心。其中一个孩子说自己的父亲遭波兰人杀害，痛斥他们是恶魔。我想起恩里希说过一模一样的话。原来他只是把听到的话囫囵背出来而已。

还有几个不太习惯这种状况的，都是刚刚才被送来的孩子。他们躲在后面抱成一团，僵直不动。

"所有的孩子都必须让中校先生看一看，否则不公平。我们必须给予所有孩子同等的机会。"保菈·赫斯拉说着，命令我去把恩里希和弗朗茨叫过来。

我先去二楼的医务室看了一眼，没人。医务室隔壁就是维瑟曼博士的房间。我敲敲门，维瑟曼的声音在里面应道："请进"。

我还是第一次走进这个房间。

只见维瑟曼坐在长椅正中央，把手搭在站在左右的恩里希和弗朗茨肩上。他看起来幸福极了。虽然我不觉得两个孩子都已经放松下来，但在进一步观察他们三个之前，我首先没能忍住，发出小小的惊叫。长椅背后的架子上摆了几十个大大小小的玻璃罐，里面都是浸泡在液体里的胎儿——婴儿的标本。而且全部都是畸形、双头、独眼，腹部被缝合在一起的双胞胎。独眼婴儿的肚子上有像毛绒玩具一样的缝线痕，纵贯整个腹部。是解剖刀口吗？

顺着我的目光看去，维瑟曼露出苦笑。

"如果你去医科大学之类的地方，这些东西想看多少有多少，没什么好稀奇的。孩子们只是表现出正常的关注和兴趣而已。可是看护小姐，你的表情却像看了低俗的戏曲节目一样。"

维瑟曼叫我"看护小姐"，而非"玛格丽特夫人"。估计，他甚至还没记住我的名字。

房里有烦人的咯吱声。角落里的架子设有金属围栏，声音就是从那边传出来的。是被关在里面的老鼠啃铁条的声音。鼠群乱哄哄的，所有老鼠两两相靠，如果其中一只移动位置，另一只也会被拖动。而我此时才发现它们的侧腹其实是缝在一起的，不禁一惊。有的老鼠肋边吊着的同伴已经死了。不知维瑟曼是专门抓了一帮天生畸形的老鼠，还是人工做的处理。我感到浸在液体里的畸形胎儿眨了眨眼。

"你有什么事？"

被他催问，我回过神，重复保菇要我带的话后，"别理她。"克劳斯·维瑟曼说。

我从设有医务室、分娩室、产妇床位和哺乳室的二楼上到三楼。三楼的一部分和整个四楼都是孩子们的寝室。四到八人共享一个房间，门边贴有他们各自的名牌。我在三楼没有找到莱娜的名字，于是登上四楼。

——我应该只考虑自己的身体，不该多管闲事的。

不近人情的钢铁保菇捏着布里姬忒的乳头往上拧。

保护自己的身体，就是保护肚子里那个恐怕还没有拳头大的孩子。我没能第一时间想到"胎儿"这个词。他是"我的孩子"。可是同时，身体里有个孩子又是一种很难习惯的奇特感觉。我心里并不会生出慈祥的母爱，就像我不会把自己的四肢内脏当作小猫小狗一样。

莱娜的房间在最偏僻的角落里，门边没有其他人的名牌。

"你有妹妹吗？"

我想，既然恩里希再次见到弗朗茨时那么开心，如果我在总部看到的人是莱娜的亲人，那么把这件事告诉她，应该算是一片好意吧。

莱娜的反应很大，整个身体都惊得一跳。

可是她不但没回答"有"，还反问我为什么这么问，声音里充满了恐惧。

"我看到一个和你很像的女孩子。"

"您是在哪里看到的？"

"在慕尼黑，'生命之泉'的总部。"

"没有，没有。"莱娜激烈地摇头否认，"我没有妹妹，也没有姐姐。只有我自己一个。"

架子上摆了几个娃娃。金发的人偶面朝下堆成一堆，感觉持有者丝毫不珍惜它们。我不经意地拿起其中一个，只见它的脸被砸烂，就剩一个凹坑。

衣架上挂了好多套洋装。莱娜的衣服比其他孩子干净，数量也更多。八成是那个"想做她第一个男人想得不得了"的埃布纳博士送的，娃娃估计也是。

我伸出手想跟她握一握，莱娜却装作没有看到。

回到食堂时，恰巧中校夫妇已经挑好了几个中意的孩子。为了进一步判断，他们刚刚一起出发去散步了。那个胸前别着纸板和缎带做的勋章的"德军指挥官"，是候选人之一。

我没把两个该带的孩子带回来，因此遭到保菇责罚。她叫我把手摊在餐桌上，用竹篾抽打我的手掌，疼得我简直怀疑手指要断了。保菇不会踹肚子，就算我的手指断了，孩子的手指也不会有碍。肚子是宝宝脆弱的小家呀——这句话浮现在心里，让我觉得有点不对劲。我的身体，是孩子的家吗？

中校夫妇和孩子们终于散步归来。他们定好了收养的人选，夫妻俩的新"儿子"被中校抱起来，不停地喊"爸爸，爸爸"。中校夫人从旁把他抱走，他便叫着"妈妈"把脸埋进她的胸口。这是个五岁左右的小孩。是在打仗游戏里被迫扮演俄罗斯人，一直挨打的孩子中的一个。先前成为候选人最终却没被挑中的孩子表情很凄惨，自尊让他们不允许自己流泪。那个胸口别着纸板勋章的小指挥官，在"亲子"三人乘坐的奔驰车发动时，甚至还能威武地笑着说"Auf Wiedersehen（再见）"，对汽车挥挥手。不过声音到中途就走了调。

车子驶远后，小指挥官冲进食堂跑上楼。在楼底下都能听见三楼的寝室门被摔上的声音。

我回想起在沙发上被维瑟曼揽着肩膀的弗朗茨和恩里希。

晚饭时，小指挥官虽然哭肿了眼皮，但胃口好得出奇。

恩里希、莱娜和弗朗茨也来到餐桌旁。弗朗茨的晚饭之所以没被罚掉，大概是多亏了维瑟曼博士。照往常，保菈是不可能放过他的。

小指挥官从口袋里掏出巧克力和口香糖，炫耀一番后，把巧克力丢进嘴里。这是那对党卫军中校夫妇补偿他空欢喜一场的零食，因此保菈没有没收。小指挥官把手掌上的口香糖展示给邻座的恩里希看，恩里希正犹犹豫豫地伸手去拿，"Nein！"却被维瑟曼博士拍着桌子喝止。紧接着他的声音又重回温和。

"嚼口香糖会让喉部的肌肉变硬。恩里希，你绝对不能去嚼口香糖。这是为了保持你喉咙的理想状态，是为了保护你的声音。"

孩子们吃完晚饭离席时，小指挥官手上的小动作没有逃过我的眼睛。那只手一瞬间滑进了恩里希的短裤口袋。手抽出来之后，口袋依然有些膨胀，恰好是一包口香糖的大小。小指挥官的嘴角一瞬间浮现出冷笑，很快便又消失。恩里希不懂自己身上宝物的价值，裤兜里的口香糖，只会被他理解成善意和宠爱吧。

此后，食堂里召开了一场高级职员会议。

看护们各自回到自己的房间。

此时用不着费心照料孩子们。他们不会兴高采烈地打枕头仗，只会在规定好的就寝时间乖乖上床。他们非常清楚，不遵守规则的话会有什么下场。

三楼有一半的房间是看护们的寝室，我被分配与布里姬忒同住。雪白的墙壁上贴了好几张布里姬忒的照片，有踮脚扭腰，自比西比尔·施密茨[1]和玛琳·黛德丽[2]的布里姬忒，还有和男人肩碰肩、微微噘起嘴唇的布里姬忒。明明我每天跟她本人低头不见抬头见，却还不得不看这些搔首弄姿的写真照，简直算得上一种恐吓了。

"维瑟曼博士和赫斯拉小姐吵起来喽。"

布里姬忒一找到借口就跑去食堂，每次都带回一些会议的片段。多亏了她的好奇心，我才得以知道维瑟曼博士和保菈·赫斯拉正为了如何处置弗朗茨·亨克尔一事展开激烈的争吵。

布里姬忒告诉我，弗朗茨今年九岁，恩里希则是五岁。

"他们俩以前在波兰的时候，在同一个教堂的圣歌队里。真巧啊，弗朗茨很抗拒变成德国人。明明恩里希好不容易快要完全忘记波兰了呢。"

"恩里希也是波兰人呀？"

"对，他来德国才半个月。"

爸爸是党卫军高级大队指挥官，被波兰的暴徒残忍杀害了——恩里希背诵的那些话。

"如果再让弗朗茨留在这里，会给孩子们带来不好的影响。所以铁处女保菈小姐认为，应该把弗朗茨送到达豪去，可是呢，维瑟曼博士说他绝不允许她这么做。"

达豪，是距离慕尼黑西北方大约十八千米处的一个小镇。我没有去过，只看过一幅画。那时我还很小，还生活在故乡贝希特斯加登。当时，一个

---

1 西比尔·施密茨（Sybille Maria Christina Schmitz, 1909-1955），德国演员，参演过《泰坦尼克号》。

2 玛琳·黛德丽（Marlene Dietrich, 1901-1992），德国演员兼歌手。

流浪画家在路边摆摊贩卖自己旅途中画下的风景。其中一幅画的是一棵树在积有薄雪的田野中央伸展它的枯枝，旁边还有一个树墩，那风景非常凄凉。我问画家这是哪里。"达豪"，画家回答。

此前我听说过，那里造了一座集中营。

"七年前柏林办奥运会的时候，别说柏林，整个德国的反社会分子都被送进集中营啦。"布里姬忒说，"在巴伐利亚被检举的人全给塞进达豪去了。你也知道吧？乞丐、流浪汉、茨冈贼、下岗的、妓女、同性恋，还有酒鬼。多亏了这一送，德国干净多了。像弗朗茨这么难管教的孩子，当然要丢到达豪去。"

"维瑟曼博士是在研究畸形儿吗？"我换了个话题。

布里姬忒立刻断言："说是在研究长生不老呢！博士自己亲口说的。"

"养那么多缝在一起的老鼠，要怎么研究长生不老？"

"谁知道！"

"你没问过维瑟曼博士吗？"

"我问过啊，早就忘啦。他说的全是难懂的医学名词，我根本听不明白。"

"那些恶心的标本，你生孩子之前看到过吗？"

"看到过啊。"

"你就不在意吗？说不定自己肚子里的宝宝也……"

"不会啊。博士说那样子的婴儿真的真的特别少见，所以才要做成标本。"

已经顺利产下金发碧眼宝宝的布里姬忒十分冷静。而作为孕妇前辈的她，为了打消未曾生产过的我的不安，"这里是天堂。"她说，"想想柏林和汉堡还在遭受空袭，赫斯拉小姐那点儿冷血无情又有什么所谓呢？光是永远不用担心没东西吃就谢天谢地了。"

"你能见到你送养的孩子吗？"

"我要这么干了，对得起收养他的人吗？"

"你都不会想他？"

"只要孩子幸福，那就够了。我嘛，要走我自己的路。"

最后一句话，布里姬忒是唱着说出来的。

"等这场该死的仗打完了，我要去当演员。"

等战争结束后……战争真的会结束吗？

我躺在床上，为了忘记那些泡在福尔马林里的标本，努力让自己眼前浮现故乡的景色，回想幼年还没有发生战争时的记忆。

我的故乡，贝希特斯加登。

那是一个被阿尔卑斯山脉环抱的小村庄。沿着溪流一路南下，被誉为全德最美湖泊的"国王湖"就沉睡在耸立的陡岸之间。

父亲经营的"旧爱"餐厅虽然面积不大，却拥有宽广的庭院。春天，白雪未融的斜坡上开着雪滴花和番红花，夏天则有西洋椴为游客遮阴避暑。开朗而肥胖的外婆穿梭在庭院里的各桌之间，四处分发大杯啤酒和盛有菜品的盘子。我在她身边像小狗一样窜来窜去，被客人们关爱。来店的人大多是贵族和富豪，但在我的记忆里，所有人都很好说话。贝希特斯加登可玩的项目非常多：山地狩猎、在湖泊或溪谷里垂钓、搭乘游船，冬日滑雪等等。

家附近有一座巨大的盐矿。远在几亿年前——我根本无法想象的太古时代，欧罗巴大陆曾是一片海洋。地壳变动后，海洋化为大地，大地变作海洋。海洋被关在陆地之中，山上挖出来的盐就是大海残留的余韵。我们吃的盐，都是从几亿年前的海里来的——虽然小学老师教过我这些，但早在他教之前我就已经知道了。是听谁说的呢？外婆吗？幼小的我想象的是一只巨手，它猛地抓起海底的沙土，揉搓，塑造出一座又一座险峻的山峰。那必定是天主的手。尽管几亿年、几十亿年的"时间"让我完全没有实感，但一想到放在掌心的岩盐碎片，就是虚无缥缈的"太古时代"留存下来的实体，便让我感到难以言喻的神奇。

盐矿工人们也会来喝啤酒。他们平日里穿破旧的工作服，但一到节日就会穿上成套的白上衣黑裤子，再戴一顶饰有羽毛的无檐圆筒帽，自豪地参与到游行中去。

岩盐的碎块被当作纪念品卖给前来观光的游客。它们的色彩和光泽，很容易被错看成大理石、紫水晶或玛瑙，甚至是绿柱石、孔雀石、石榴石……不仅如此，在不同角度之下，它们还会放出繁星般的光彩。白色的地层是真真正正的雪花石膏。从洞壁到整个洞顶都布满了这些像宝石一样美丽的岩盐。如果深入地底，据说还有一片蕴含大量盐分的地底湖泊。它潜藏在黑暗里，颜色比路德维希二世斥巨资在公馆地下挖的人工湖还要艳丽。我做梦都想去看一看，可是盐矿入口有一道森严的铁门，禁止一切无关人等入内。

盐矿山从奥地利一直延伸到波兰。据说地底那座废矿根本不管什么国境线，就像迷宫一样通达两国。穿过盐矿走来的矿工们告诉我，地下有一座所有东西——包括祭坛和墙上的浮雕在内——都用岩盐雕刻而成的礼拜堂。位置上，它接近波兰的克拉科夫，在一座叫维利什么的巨大盐矿底下。据说那个盐矿曾经归皇家所有，从前非常繁荣。

盐矿山原本是属于地底矮人的东西。风精灵是西尔芙，水精灵是温蒂涅，火精灵是萨拉曼达，而土精灵就是矮人科博德。

科博德的传说里也有合理的部分。盐矿山曾属于数千年前便居住在此的某个家族，而由于几个世纪以来不断近亲结婚，以及严苛的地底劳作，导致这个家族的后代变得极端矮小。被其他种族赶走的他们，虽然还栖息在地底某处，但因为和地上人交流不多，一直使用的是中世纪的语言。但这些也都只是传说，我身边没人真的见过矮人。

小时候，只要有柔和的风吹过，我就能感觉到风精灵在亲吻我的脸颊。熊熊燃烧的火焰里也真的有火精灵在扭动，我还远远看到过水精灵在人迹罕至的沼泽里沐浴。

常常有茨冈人把马车停在村外的森林里，在那边安营扎寨。

外婆对他们很好，她还给我讲过他们祖先的故事。

"以前，森林像大海一样，遍布整片欧罗巴大陆。"外婆说。

框在城墙里的都市不过是孤零零的小岛。每到夜晚，森林会像涨潮一样扩张它的领土，一旦太阳升起就又会退回。人类花费了数百年才击退森林，展开自己的农田和牧地。

地中海沿岸的森林很脆弱。无论是高大的栎树和罗汉松，还是低矮的开心果树、杜松和香桃木灌木丛，包括林地里的薰衣草和欧石楠，最终都没能胜过铁刃和火焰，屈服在人类的支配之下。

但如果向北方前进，枹树、山毛榉、冷杉、赤杨和山茱萸仍在顽强抵抗。

黑死病站在森林那边，执拗地一再卷土重来。不再有耕者的耕地根本无法摆脱森林无孔不入的触手。

森林里巨木丛生，它们的树龄大多超过两千岁，比城堡里的塔还高还大。枝条缠绕在一起，繁茂的绿叶拒绝阳光入侵，道路被争相隆起的树根无情阻断。蘑菇菌丝编织成幕，绵密得仿佛蜘蛛网般盘踞在两两树干之间，寄生植物的气根纷纷垂至地面。

"他们的祖先，是跨越比大海更恐怖的森林，从一个城镇迁移到另一个城镇的。"

一日成功穿越森林，他们会爆发出欢喜的歌声。那是情不自禁的歌声。

五颜六色的衣袖碎布在风里上下翻飞，阳光缠绕着他们古铜色的发丝，漆黑的眼眸里仍留有森林中的黑暗，人人都仰着头歌唱。"所以茨冈人才喜欢唱歌。哪怕肚子饿得要命，哪怕累到直不起腰，刚从深不见底的森林里走出来的那种喜悦，是必然会化作歌声的。"

老马的背上驮着帐篷卷和干粮袋，本就不长的毛被剃去，露出底下发黑的皮肤。开裂的马蹄缝里塞满了苔藓和泥巴，吊在马腹附近的铜锅和勺子互相碰撞，奏出清脆的声响。

"森林里有野兽，有怪鸟，还有许多潜藏在黑暗里没有名字的毛怪，他们可是穿过它们的偷笑和窃窃私语，才走到阳光下的。"

不过，就算穿越了森林，前方还有不得不遭受的苦难在等待着他们。

反射着刺眼阳光的河流在原野上蛇行，城墙耸立在道路前方的城镇边境，带有檐廊的石桥，以及石桥前方紧闭的大门。在看到这一切之前，他们最先认知到的东西，是一座绞刑架。

"上面吊着好几个死人。行刑结束还挂着他们，是为了吓退那些想进城的流浪汉。"

走到近前去看，可以发现尸体的腐烂程度随着被绞死的顺序递进。时间最长的第一具尸体，肉几乎都烂光了，骨头散落一地，只有卡着绳圈的头骨和脊椎骨上还留着一点碎肉和韧带。由于下颚已经脱落，头骨看起来小得出奇。

第二具尸体同样烂得斑斑驳驳。第三具虽然是男人，但轮廓已经烂得像女性一样拥有圆滑的曲线。腐烂的尸液不断从第四具尸体上滴落，滋养他脚底的杂草。最后一具尸体尽管已经被挂在刑架上，却仍在不安分地动弹。无数只乌鸦正盖满他的体表大快朵颐。

护城河里漂浮着人们丢弃的厨余垃圾和死老鼠，墙与河之间狭窄的空地上密密麻麻满是犹太人的小屋。猪群周身围绕着嗡嗡的苍蝇，在路边四处游荡。

茨冈人们刚一走近桥旁，便听到警钟响起。高低不同的警钟声意在通知城里的人们，要提防成群结队的流浪者。

守桥人拒绝让他们进城。他身后是手持刀枪棍棒的镇民。茨冈人暂且放弃，在城墙外安营扎寨。第二天，他们巧妙地分散成几批，先后过桥进入城门。

男人去各家打听有没有人需要补锅；女人四处贩卖牛角梳或用马的尾毛编成的掸子；老婆婆叫住路人，为其占卜即将到来的灾难之后兜售护身符；孩子们满街乱跑，四处观察。这是为了"找东西"。只要东西的主人没盯着，那它就不属于任何人，谁的手抓到就是谁的。

现在的森林没有以前那么可怕了，也不再有人敲钟拒绝他们进城。进入村庄后，他们会帮村民收割庄稼，或售卖手工编织的篮筐，然后再次离去。

也常有训练熊在路边卖艺挣钱的茨冈人到我们那儿。但在我十岁时，巴伐利亚州通过了新的法律，明令禁止了茨冈人的熊舞表演。

元首的上萨尔茨堡别墅就是在这个时候开始改建的，不知禁止茨冈人在大路上卖艺是不是因为这个。后来，从我因外婆去世而离开故乡的前一年开始，茨冈人再也没到村里来过。别人告诉我，政府又出台了叫"禁止迁移令"的新法条，他们被禁止四处旅行了——

元首的避暑别墅大兴土木的模样，清楚地留在我十岁的记忆之中。那别墅原本是一座木瓦片屋顶的二层小楼，某个晴朗的夏天，来这里小住的元首曾笑着和村里的女孩子交谈过。我也被他摸过脸。

但开始大规模改建工程之后，村子里的人就被赶出了上萨尔茨堡。他们买下广阔的土地，又把别墅改造成三层的豪华楼房，称它为"贝格霍夫"。据说就连挂斗篷的小角落，都宽敞得足够挂上五十件。大厅里的石柱用的是意大利的大理石，窗玻璃则是昂贵的火石玻璃，壁炉贴有奢华的瓷砖。此外还有鲍曼党务部长和戈林元帅的别墅、党卫军的宿舍、剧场、邮局——他们在这片土地上建造了许多设施，功能相当于一座小镇。

而且，凯尔施泰因山山顶还建有豪华的待客山庄"鹰巢"。装满建筑材料的卡车在沥青铺设的林道上来回奔走，为了完成突击施工，这里夜间也灯火通明，不时响起炸药爆破岩石的巨响。

外圈是高耸的隔离墙，入口处设有党卫军的监视所，严禁闲杂人等出入。据那些被征去做工的人说，陡峭的沥青坡一直往上延伸到海拔一千七百米处。路的尽头是黄铜和青铜两扇大门，穿过其后灯火通明的隧道，可以看到一架电梯。乘上它，一口气攀上一百三十米的高峰，电梯门再次打开的地方，就是"鹰巢"的入口。

鲍曼部长的儿子最开始和我上同一所小学，有专车司机负责接送，还有党卫军在旁护卫。之后上萨尔茨堡的围城里建了专为他们准备的学校，他就再也没到外面来过。后来听说转学去了其他地方读书。

有两个年轻女人常常坐车到贝希特斯加登来，身后也有党卫军跟着。别人告诉我，那是元首的情人和她的妹妹。

画家和诗人也会光顾父亲的"旧爱"餐馆。他们卖画给食客，朗诵自己创作的诗，赚取一些零钱。我从他们那里得到过用旧的画笔和写废的纸头，也画过画、作过词。

前来避暑的冈特一家人是我们餐厅的贵客。冯·弗吕斯滕堡家是贵族，他们第一次来"旧爱"吃饭的时候，坐到桌边的冈特瞟了我一眼，然后翻开他手上的红皮书，开始埋头阅读。那书非常漂亮，冈特又读得那么入迷，我便好奇起内容，踮着脚去偷看。不料他翻阅的每一页都是白纸，恶作剧得逞的冈特心情大好。等到夏天结束要离开避暑地时，他把那本书送给了我。

最初的契机是什么我已经不记得了，但我应该……告诉了冈特会唱歌的城墙的故事。然后，我们俩就一起……

可是，去年秋天，偶然与我在慕尼黑重逢的冈特却苦笑着对我说，他没去过什么城堡……

完成义务教育后，我下定决心卖掉餐馆，离开家乡去慕尼黑。教堂的神甫和邻居们异口同声表示反对，他们说，女孩子孤身一人进城只会堕落。我应该总是笑容满面，永远是那个坚强、勤劳又可爱的玛格丽特，那个"小格蕾琴"。幼时，也许那的确是我的真面目。可不知什么时候，它就变成了一张与我不相符的面具。外婆去世恰是我脱下面具的好机会，我想画画，想写故事。慕尼黑是艺术之都，白天在店里打工，夜晚去上教素描和速写的美术私塾——是无名的画家为了赚取生活费而开设的。战争也在那一年打响。

如果我没有再次遇到冈特，我孩子的父亲也许就会是别人吧。我不仅很想谈恋爱，也对男人的身体拥有充分的好奇心。那时的我一心想跟某人坠入爱河，只不过出现在我身旁的人恰巧是冈特罢了。

那天，一个学生轻巧地走进我打工的书店，他就是冈特。明明我们只在十三年前一起玩过一个夏天，我却立刻认出了他。笑的时候，他左边的唇角会浮现小小的皱纹。这皱纹会把全无他意的微笑变为略带嘲讽的冷笑。当年八岁男孩展现出来的讽刺笑容，被原原本本地保存在二十一岁的青年脸上。

"不会吧！"

闻言，冈特诧异地看看轻声尖叫的我，然后他的唇边就露出那个我所熟悉的，带有一丝嘲讽意味的坏笑。

"难道您是……"

"你好你好，好久不见。"冈特虽然回应了，但他铁定以为我认错了人，所以只是跟我调笑而已。

"冈特·冯·弗吕斯滕堡先生！"

"啊——您是……那位小姐，那位……"唉，哪位都无所谓啦——冈特再次露出苦笑。那是一种早已习惯了被女性示好的讪笑。

他误会我是想跟他搭讪了。我感到自己脸颊发热，转过身去。

当夜闭店之后，冈特和我走在利奥博德大街上。虽然他终于回想起十三年前的夏天，可是对他来说，那个夏天没有任何特别之处。"因为'旧爱'那个女孩子只有这么点儿大……"冈特用手在膝盖附近比划，"还胖嘟嘟的。"他又比划水桶的形状，"我实在想不到，这么漂亮的一位小姐，竟会是当年那个小女孩儿……"他的嘴唇，正在吸吮我的嘴唇。

我太过简单就坠入了情网，就像突然一脚踏空摔进地洞一样。五岁时我便爱上那个坏坏的、有些讽刺气质的八岁男孩。故事的后续，现在开始了。

"你送了我一本书呢。每页都是白纸的书，红色封皮的。"

"是吗？啊，我想起来了。那是父亲认识的出版社职员送我的，是印刷之前的样品。"

"我吓了一跳呢。因为你看一本没有字的书，还看得那么入迷。"

"我以为被我弄丢了，原来是送给小丫头了啊。"

"那是我的宝贝呦，我一直都很珍惜它。总有一天，我要在这本白纸书上写下自己的故事，插画也都自己画。"

那是我第一次感受男人的身体，很舒服。

"那年夏天，我们俩一起去城堡玩了，就是那个传说中墙壁会唱歌的城堡。你当时还说那是你的城堡呢，冈特·冯·弗吕斯滕堡。"

"是啊，那座城堡在冯·弗吕斯滕堡家的领地内。以前就是废墟，我去过好几次了。"

"你听到歌声了吗？"

"那只是传说而已。"

"也带我去嘛。"

八岁的冈特轻快地攀上长满山毛榉和桧树的陡峭山坡，阳光透过嫩绿的树杈照进来，在他洁白的衬衫上印出斑斑点点的图案。他的脊背挺得笔直，红色的背带在上面交叉，深蓝色短裤下延伸出一双健壮的小腿。虽然他的步伐很轻快，鞋子却像要把脚跟嵌进土里似的，一步步重重踏在杂草上。阳光照不到的树荫里，积雪上还留有兔子和松鼠的爪印。我心想不能输，气喘吁吁地追在他身后。淡红色的樱草花丛，淡紫色的风铃草，白色的雏菊，以及蒲公英鲜亮的明黄色，把我们脚边点缀得五彩缤纷。

走着走着，路变得更陡了。对五岁的孩子来说，难度堪比登上阿尔卑斯山顶。狭窄的岩石平台，陡崖下流淌的小溪，八岁的冈特和五岁的我站在会唱歌的城墙跟前。

"我想去爬那座塔。"

"那我们得从地底过去。"

冈特钻进岩石和岩石之间的狭窄缝隙，我也跟着他一起往里钻。

塔中。我站在那里，面前是身穿黑袍的圣职者。

圣职者有两个头。一张脸满是皱纹，另一张青春年少。

两个头都在唱歌。

两个头的声音，都是澄澈空灵的童高音。

年轻的头也就罢了，那个皮肤松弛、满是皱纹的老人脑袋竟也用可爱的童高音唱歌，听着让人很不舒服。

妈妈，妈妈，我好饿

求你给我面包，我快要饿死了

等一等，我可爱的小男孩

明天，我就去割麦

麦子虽然割完了

可是孩子还在哭

这是在梦里啊，我突然发觉了。我的身体还躺在霍格兰的床上，原来是在做噩梦。

妈妈，妈妈，我好饿

求你给我面包，我快要饿死了

两个头张开大嘴向着对方大笑，又齐齐转头望向我。他们先各自独唱一句，又再度合声。

歌词变成了我没听过的歌。

吾血即汝血

> 汝血即吾血
>
> 吾肉即汝肉
>
> 汝肉即吾肉

　　两人的手脱去黑袍，露出其下的裸体。苍老的身体和年少的身体在侧腹处融合在一起，苍老的右手和年少的左手为我挂上一条链子，链子末端吊了一颗兽牙。

　　歌声早已不是清澈的童高音了。两个头的圣职者用鹅叫般粗野的声音歌唱起来。

> 吾命即汝死
>
> 汝死即吾命
>
> ⋯⋯⋯⋯

2

一九四三——一九四四年

"弗朗茨！弗朗茨！"我在医务室整理资料，外面恩里希的哭闹声冲进我的耳朵。

同一间房里，原本坐在桌边的维瑟曼博士以撞飞椅子的气势跳了起来。

"别让恩里希哭！"

他回头，对我说："玛格丽特夫人，请你也跟我来"，然后就跑下了楼。我想跟着他过去，但是抱着沉甸甸的肚子，动作快不起来。

恩里希在拍打后院角落里的那座仓库大门，每敲一次他都大喊：

"弗朗茨！弗朗茨！"

孩子们被罚到仓库关禁闭本身并不稀奇，食堂里的其他小孩和负责照顾他们的看护都一副事不关己的模样。只有莱娜盯着仓库的方向。她原本在为看护们打下手，清洁三个月大婴儿们的脏屁股，但由于被后院吸引了注意力，手上一马虎，污物就掉到地上了。眼看着布里姬忒的巴掌就要飞往莱娜的脸蛋，我下意识挡开了她的手。

"怎么？你要帮破烂佬？"

我用纸尿裤的一角拭去地上的污物，然后走进后院。

刺眼的夏季阳光照遍后院的每一个角落，干涸开裂的地皮像鳞片似的翻卷上翘。

径直穿过食堂跑到仓库门口的维瑟曼正抱着恩里希不让他上前。

"不要叫。"

"塔迪修！"

就在恩里希拔高嗓门儿大叫的同时，保菈·赫斯拉走了过来。

她强行把恩里希从维瑟曼手里剥开，扇了他一耳光。维瑟曼抓住她的手臂："你做什么！"

"博士，您又在做什么？"

"塔迪……"话到嘴边，恩里希中途改口，"弗朗茨！"然后他沙哑地呜呜哭起来。

"不许哭。"维瑟曼强硬地说，"别哑了你的嗓子。"但恩里希并没有停止啜泣。

"弗朗茨，呜呜，弗朗茨……"

"把门打开，放他出来。"

"Nein。"保菈的声音很严肃，"原本弗朗茨是要去达豪的，他在抗拒德国化，这种行为已经开始给其他人造成恶劣影响了。恩里希方才叫他什么，您也听见了吧？"

"我会好好和他谈的。"

"惩罚一旦定下，就该严格执行，否则将失去意义。"

"我会把弗朗茨也收作养子，不准你对我的孩子出手。"

"尽管您说'也要'收养弗朗茨，但恐怕恩里希目前都还不是您的养子呢。"

"我在申请了，这两天就会批准。赫斯拉小姐，你是在反抗同时身为所长和党卫军上尉的我吗？"

阶级是绝对的。保菈只好不情愿地把钥匙交到我手里。

恩里希发出惨叫。他望向仓库高处的那扇小窗，从离地约有五米高的窗子里垂下一根粗绳。

"不许叫！"

维瑟曼操心的只是恩里希可能哭坏的嗓子，他并不在乎弗朗茨的性命。

我急忙把钥匙捅进铁门，扭开了锁。

恩里希推开门冲进仓库。

"塔迪修！塔迪修……"

其后的话就变成了波兰语，我一个字也听不懂。

弗朗茨正踩在堆成山的杂物顶上往窗外爬，已经快探出半个身子了，闻言回头看他。

等弗朗茨从垃圾山顶上下来后，克劳斯·维瑟曼命令我给他拿点面包和水，然后带着两个孩子回了自己的房间。

我带着他要的东西前往二楼那间有点诡异的研究室。

维瑟曼像我之前见过的那样坐在沙发上，两边一左一右坐着恩里希和弗朗茨。

弗朗茨大口大口把水灌进喉咙，又狼吞虎咽地吃面包。

"那么危险的杂技，你在孤儿院学的吗？"我不经意地问他。

"我才不是孤儿。"弗朗茨强硬地回答，"不是你们把我们抢来的吗？"

说完他马上抬起手肘护住自己的脸。

"就因为我们是金发。你们从波兰把所有金发的小孩儿……"

"住口。"维瑟曼制止他，"小心我把你送去达豪。"

"不要！"恩里希拖住维瑟曼的手，"塔……弗朗茨要是被送去达豪了，我就哭！就叫！就哭坏嗓子！"

"这孩子简直像个狡猾的商贩。"维瑟曼苦笑道，"他已经知道什么东西对我重要了。"然后他竖起一根手指恐吓恩里希："恩里希，我爱你的声音，但你要是再这么不听话，我就把你跟弗朗茨一起送到达豪的集中营去。你最好别以为你在达豪能有这么好的待遇。"

"比卡利什[1]还要……"恩里希缩了缩身子。

"跟卡利什根本不能比，达豪是收容罪犯的地方。"

十月。群林的叶子变成干燥的朱黄和金黄色，一阵轻风拂过就飞舞落地。连勤勤恳恳保持常绿的枞树、桧树等针叶树，叶子也暗了几分。

我用毛毯包好刚出生一个月的儿子，抱着他站在地上铺满绒毯的会客室里。

面前是元首的雕像。它的背后是万字标记和交叉的党卫军军旗，还有月桂树和芳香的花朵。

两侧墙边，一侧站着士兵们，另一侧是军乐队。

我身后站着育儿所的众职员。

克劳斯·维瑟曼在元首雕像前发表演讲。

"命名仪式作为我族习俗，为古来恒例。而后天主教才将这一形式变更为洗礼。"

所有在"生命之泉"出生的孩子，都由党卫军举行命名仪式代替受洗。这是我入所后就被告知的规定。

孩子在我身体里得到充分的养育，上个月——九月份——于正午时分

1　波兰中部城市。

健康地降生。过程不算很疼。分娩时我甚至有余力去想，一个生命的结晶正从我身体里昏暗的巢穴之中，为了寻求光明而不断向下蠕动。

是个男孩子。金色头发，蓝色眼睛的。这次分娩相当轻松，我对克劳斯·维瑟曼产生了好感和信任，就像是患者对技术高超的医生产生的那种——几近恋爱的情感。

军乐队开始演奏国歌。

列席者齐声合唱，维瑟曼转向我，道："德意志的母亲，你是否起誓，将在国家社会主义精神的指导之下，把你的孩子教导成人？"

"Ja。"

我俯首回答，按照他们事先教给我的礼仪步骤伸手，跟维瑟曼握手。这代表接受誓言。

然后，一名士兵出列。尽管他紧贴头皮的赤金色头发抹得一丝不苟，发旋处却翘起一束叛逆的毛发。他的军衔是下士。

维瑟曼问他："你是否做好准备，在我亲卫队氏族思想指导之下，监管这孩子的教育过程？"

"Ja！"

年轻的党卫军下士紧张地跟维瑟曼握手完成立誓。这名与我没有任何关联的士兵，就这样被安上了相当于教父的职责。

维瑟曼把党卫军的短剑放在婴儿头顶，宣布："你将置身于我族共同体的保护之下，今赠予你'米夏尔'之名。"

战争让我变得多疑。死于轰炸的书店老板一家那开膛破肚的尸骨更加深了这种怀疑。可是，如果事先知道孩子不会被天主祝福，而是被党卫军的短剑祝福的话，我还会到这里来吗……

我不想把孩子送走，我要亲手把他养大。尽管我也考虑过，孤身一人可以更自由地生活……可是即使如此，我根本无法接受要把他交给别人。

我半是无意识地隔着衣服，摸了摸脖子上挂的那颗兽牙。

这是我和冈特一同前往那座古堡的塔里时，黑袍的圣职者为我挂上的。我一直如此坚信着。可是，如果冈特说的是真的——他也没必要撒谎——那这颗牙，就是别人给我的了。

可能是外婆送的吧。这颗牙从小便与我形影不离，就好像我身体的一部分，我甚至从未想过要摘下它。

有时我也会想，兽牙和天主教徒一点都不搭调。它就像异教徒的护身符一样。

贝希特斯加登的男人们喜欢在怀表链子上挂很多东西，譬如土拨鼠或雄鹿的牙雕、硬币、鹿角等等——这叫作"夏瓦利"——而女孩子胸口挂狼牙吊坠是很少见的。

包括外婆在内，村里的老人们在身为虔诚天主教徒的同时，又顽固地遵守着一些异教的、近乎迷信的习俗。

比如家里大门上要钉一块开口朝上的 U 形马蹄铁，说是能积蓄运气。

比如吃完鸡蛋，壳一定要捏碎或者烧成灰。老人们说，因为鸡蛋壳会被魔女当成船用。

不过，外婆还另外给我讲了一个故事。

有个茨冈人小姑娘很同情魔女。"为什么魔女就不可以拥有一艘船呢？这也太可怜了。"说着，她把鸡蛋壳丢得远远的，"看呀，魔女，这是你的船。"鸡蛋壳乘着风飞向远方，渐渐看不见了。女孩听见有人跟她道谢，"谢谢你呀，小姑娘。"此后的内容是老生常谈的寓言故事——好心会有好报云云。

有一天，女孩乘坐的小船被上涨的潮水冲走了。正在她不知该如何是好时，一艘白色的小船来到附近。一个肩上趴着黑猫，用扫帚划船的女人把女孩接到白船上，一路载她到岸边。女孩上岸后，那女人对她说：你顺时针转三圈。女孩每转一圈，白船就缩小一分，最终变成鸡蛋壳消失不见。而女人也不见了踪影。

用药方面，老人们比起医生开的化学处方，更信任自古以来的老药草。甚至，不仅老年人会来求外婆调药，连年轻人也会来。外婆拥有多年的实战经验，她为铁匠铺老爹爹那条被痛风困扰已久的腿敷上用公羊油烤过的荷兰芹和芸香碎末，又给哀叹自己少年脱发的邮递员涂抹用熊脂和麦秆灰拌成的药膏，据说非常管用。配方不是任何人都能复制的，必须加上只有外婆知道的咒语才行。外婆从不把咒语的内容告诉别人。而且，虽然她不是接生婆，但曾在别家难产的时候被叫走过。她用沸水烫过茴香和驴蹄草，用力拧干水分后抵在产妇的大腿和背部，又用布一圈圈缠好。"分娩时产道会因为体液冰冷而关闭，药草可以起到加热体液，打开产道的效果呢。"外婆总是很认真地讲述这些毫无科学依据的知识。如果活在中世纪，也许她早被当成魔女送上宗教法庭了。

可是外婆又确然不是什么魔女。她会把七灶花楸和桦树的细枝用苇绳绑在一起吊在窗下，每年五月二日换新，说这是驱魔的护身符。魔女怎么会给自己家下驱魔的咒语呢？这一天，恰好也是我的生日。她会在新换的驱魔符下给我庆生……

党卫军的短剑，在我孩子的头上发出铁链一般的声响。

几天后，我抱着儿子出了门。那座授乳母亲的石像上散落着西洋椴干枯的树叶，寒风刺骨。儿子喷着软绵绵的鼻息沉睡，我把他脸旁的一圈毛毯竖起来，充当挡风的屏障。

他在元首雕像之下顶着党卫军的短剑，只接受了一场命名仪式，这让我很不安。

朴素的信仰已经很淡薄了。可是，我依然抱着裹在毛毯里的宝宝走出有卫兵把守的大门，向教堂前进。卫兵跟我面识，并没有为难我。我们本来就不是囚犯，也没被禁止外出。

整个"生命之泉"很大，想全部转一遍得借助交通工具。除霍格兰产院之外，维瑟曼博士的住处以及待客用的旅宿、职员宿舍等也都建在附近。但其中并没有教堂。

农妇们整齐地蹲在田里，挖出一串串土豆丢进身旁的竹筐。每装满一筐，就搬去倒进板车上的箱子里。板车前，胖墩墩的马儿们不时抖抖耳朵，看破红尘似的垂下双眼。

农妇们看着我，毫不掩饰厌恶和敌意。她们只是害怕党卫军，才没有人做出出格的行动。她们觉得，进"生命之泉"的女人，个个都是死后该下地狱的大淫妇。其中一个年纪较大的女人轻轻划了个十字，像是想祈求天主庇护，不受我的坑害。

这是一座三角屋顶的小教堂，只有一座钟楼，内部空无一人。地板、墙壁和椅子无一例外透着彻骨的寒气。

我献上硬币，点起一根蜡烛，来到抱着基督的圣母像下，把蜡烛立在烛台的横木上。上面已经堆积了厚厚的凝蜡。

我跪在地上，祈祷的话兀自从口中流淌而出。主啊，请您救赎这个孩子。请您保佑他，不要让他受伤……

我眼前清晰地浮现出在克劳斯·维瑟曼房间里见到的双头胎儿标本。那畸形儿并不是黏土捏就，而是来自大抵相爱、又相拥的一男一女，他们在女人的身体里养育而成。既然神明创造了人类，那么那个凄惨的残次品，也是神的造物。

人们互相憎恨，互相残杀，被逼到为活下去而不得不杀的境地。而杀人是罪……盟军士兵的母亲应当也在祷告，就像德国人的母亲那样。求求您，保佑我的儿子平安地从战场上回来吧。

我难以不去回想弗朗茨的话。

不是你们把我们抢来的吗？后面的话被克劳斯·维瑟曼打断了。那之后，即便我挑起这个话题，弗朗茨也不再提这件事。一旦拒绝德国化，就会被送去达豪，被迫与恩里希分开，甚至连恩里希都有被送去达豪的可能。弗朗茨应该也是这样想的吧，所以他才开始控制自己的反抗态度。"抢来"是什么意思呢？维瑟曼和保拉自不必说，就连布里姬忒她们也在有意识地回避这个话题。很容易察觉到这是一条不可触碰的红线。

我想起当初为了建造元首的贝格霍夫山庄，上萨尔茨堡的土地被大量买走时的事。由于那附近的土地比较贫瘠，大部分人答应了收购，但其中也有人十分顽固，不肯乖乖放手祖辈传下来的土地。有位叫"耶格"的老人常常下到我们那儿贩卖山羊奶，我也认识他。可有一天，他突然就失踪了。听说他名下的土地被强行征走，耶格本人被带去别处坐了牢。这么说来——我突然想到，那时候没问他被送去了哪里……

儿子躺在我的臂弯里，睡得像一团绒毛。

神甫进来了。一看见我，他的表情就变得很不愉快，指了指出口。

回去的路上，我同样感到农妇们冰冷的目光刺穿我的脊背。

我走进门，一路来到母子石像前。西洋椴金黄色的叶子翻着跟头下落。"旧爱"庭院里的西洋椴，在我的追忆之中总是夏季那种水灵灵的绿色。明明应该也有黄叶凋零的秋日，以及枯枝裸露在风雪之中的寒冬啊。

突然出现的人挡住了我的视线。

"玛格丽特夫人。"

他抓着我的肩膀。

"您有什么事，博士？"

克劳斯·维瑟曼仿佛刚刚结束一场惊天动地的演讲，整个人情绪极度激动。

"您不必这样做，我不会逃跑的。"

"逃跑？逃跑？谁要逃？"说着，克劳斯·维瑟曼还是放松了力道，"是我冒犯了，但应当没有让你太痛苦吧。"

他的下一句话唐突至极。

"玛格丽特夫人，我希望你能跟我结婚。"

我还以为是我听错了。

"请你回答'Ja'。"

冈特他……我心想，冈特从没和我提过结婚。首先是亲吻，然后爱抚我的头发，手指伸进衣服里，不知什么时候，我的身体就接受了冈特的一切。"我爱你""你真美啊"，手上爱抚的同时，语言的爱抚也濡湿我的全身。结婚？冈特一次都不曾提起，我也从未这样想过。我只是浸泡在从身体核心涌出的蜜糖里，深深为之陶醉罢了。

"玛格丽特夫人！"克劳斯·维瑟曼申斥道，"我在征求你的意见，问你是否愿意与我结婚。"

他的眼神像锥子一样尖利。

"我的孩子们渴望你。希望你能协助我，玛格丽特夫人。"他继续说，"我不能把恩里希·维歇特交到别人手里，打磨那块宝石的人必须是我。"

克劳斯·维瑟曼从两个月前就联系总部，申请收养恩里希和弗朗茨，但许可迟迟没有下达。

每一天，克劳斯·维瑟曼都挤出空闲时间，督促恩里希和弗朗茨做发声训练。

少年时代，他似乎是朗茨海姆少年合唱团的一员。这个合唱团发源于维特尔斯巴赫家族的宫廷合唱队，拥有悠久的历史。朗茨海姆征用了一座修道院充当宿舍和学校，实行寄宿制管理，但战况愈演愈烈后就关了门。

每当克劳斯·维瑟曼谈起在合唱团的经历，就会露出追忆过往的眼神。他们不能大量出汗，因为容易感冒。也禁止大喊大叫，免得哑了嗓音。

嗓音。美丽的嗓音。澄澈透明、直冲天际的嗓音。严格遵守训练章程制造出来的天籁之声。团员们生活中的一切，都是为了保护它。

噤声！指导员常常给他们下命令，而且非常突然。学习的时候；课后大家一起爬树玩闹的时候；"鬼机灵"卡尔飞快地踹了"胖子"古斯塔夫屁股要逃跑的时候；"小矮子"克鲁特的帽子被其他人抛向半空的时候；所有人正在用餐的时候。

噤声！我们这些孩子听了，就会把即将喷出喉咙口的声音咽回肚里，闭上眼睛，停止身体的动作。嘴里还留着一片刚送进来的肉，就连嚼烂它都不行。静寂、思索，在指导员下达结束的指令之前，我们被强制要求进入冥想状态。

噤声！有时，这道命令就像在惩罚他们犯下的罪。发笑的罪，说话的罪，奔跑的罪，进食的罪。

迎来变声期退团后，他才走上从医的道路。因为拥有这些经历，尽管身为外行的我看不出门道，但克劳斯·维瑟曼的指导方法似乎是非常正统的。

他在两人面前各放了一根燃烧的蜡烛："你们不应当吐气，而应该被从下往上的压力推动着，让气息自然而然地释放出来。如果你们做对了，烛火就不会晃动。"他这样教导两人。

"我今天又去了一趟总部问结果。他们说，问题在于我是单身，收养孩子的家庭必须得是双亲齐备的模范德国家庭。不能再拖了，我希望你能成为母亲，来保护恩里希。"

"是恩里希他自己希望我做他母亲的吗？或者，是弗朗茨吗？"

此时怀中的儿子哭闹起来。我晃着臂弯哄他。

"是莱娜。"克劳斯·维瑟曼说。

"您也打算收养莱娜吗？可是，莱娜她……"

埃布纳盯着她，不让莱娜成为任何人的女儿。如果布里姬忒的话不假，在莱娜成年之时，他要赶在所有人前面做她的第一个男人。"我不是要收养。玛格丽特夫人，你没发现吗？现在霍格兰里正绽放着一段可爱的恋情。"

言罢，克劳斯·维瑟曼对我眨了眨眼。意外的是，那一瞬间他的表情竟显得十分天真无邪。原来这个人还能露出这样的表情啊，我感到自己被打了个措手不及。

"原本应当叫友情，但那三个孩子之间的联系，还是称作恋情更加合适。"

他们三个的关系特别好，这事我也发现了。

"似乎是莱娜向他们推荐你的。她说在看护里，你是最温柔的一个。而后他们俩便希望由你成为他们的母亲。"

"一定要？"

"一定要。"

克劳斯·维瑟曼的目光移向我怀中的儿子。

"我有能力保护你的孩子。"

我也发现了。如果我成为他的妻子，不知会有多么心安。

我是否想象过自己以后会经历这样的婚姻呢？没有爱，一切只为了孩子。不，说实话，也是为了保护我自己。

如果日子就这样过下去，"生命之泉"会要求我带着孩子离开，或把他送给党卫军家庭收养。只要离开"生命之泉"一步，我便是既没有住处，也没有吃食的孤家寡人。如果只有我自己，或许还能想点儿办法，但我实在没有自信确保孩子不挨饿，同时又万万做不到放手。如果把他送养，不要说见面，我甚至不能自称是他的母亲。我知道他们会篡改书面记录。他们会把资料改得像他就是送养家庭的亲生儿子一样，然后抹去我的名字。我的孩子会连记住我长相的时间都没有——我的，米夏尔……

克劳斯·维瑟曼耐心地等我回答，但眼见他的脸渐渐因烦躁不安的情绪而扭曲。我本以为要被他吼了，没想到的是，维瑟曼忽然轻声说道：

"你也许无法爱我……"

他有自觉。他知道自己的宽额头、窄下颚、比实际年龄老上许多的丑陋相貌、瘦弱的身躯——他知道自己不曾拥有被异性所爱的外貌。

察觉到这点时，我内心的一角突然软化了。似乎就在这个瞬间，我对他产生了强烈的好感。

他拥有另一种魅力，足以弥补外貌的丑陋——尽管这种魅力应当与温和、大方等美的品质恰好相反。

有时，外观上满是负面因素的宣传部部长戈培尔，比起相貌堂堂的外交部长里宾特洛甫，更能拨动我的心弦。

强健的体魄，端正的五官，外表受到上天眷顾的人不需要努力充实自己的内心，也不需要深刻的思考，仅凭外表的魅力便足以立于人上。就像冈特·冯·弗吕斯滕堡那样。

像戈培尔和克劳斯·维瑟曼这样先天不足的人，一旦他们用某种力量填满内在——不管是光明的，还是黑暗的——或许，我会在产生排斥的同时从他们身上感受到魅力。

"您爱我吗？"

我反问他。然而，甜蜜的爱情往往不会从这样一句审讯开始。

"如果你不愿意，我可以允许你放弃履行作为妻子的义务。"

我感到此时克劳斯·维瑟曼的语调里，扭曲交织着属于发号施令者的傲慢，和自认为不可能为人所爱的痛苦。他这句话的意思是说，我可以不必与他同床共枕吗？

"我只想让你成为恩里希的母亲。"

仅仅嗓音优美这一点，竟能让他狂热到如此地步吗？他的执着，已经强大得有些可怕了。

在这场战争中，美丽的嗓音到底能带来什么呢？

我觉得恩里希很可爱，对弗朗茨也有好感。我知道，由于被维瑟曼露骨地偏爱，其他孩子嫉妒恩里希，背地里还会合伙欺负他。虽然我只要看见就会上前阻止，但毕竟不可能一天二十四小时盯着他们。

那我的儿子米夏尔，对他来说又是什么？如果嗓音不好听，就不会被爱吗？如果他没有恩里希那样的嗓子……米夏尔会怎么样？也不知是不是我把想法表露了在脸上。"真是个可爱的孩子。"克劳斯·维瑟曼说道。在我听来，这像是一句客套。

"请来我的住处做客吧。现在，马上。"

他的家就在"生命之泉"园区内，一切生活起居有仆从和女佣打点。我至今只站在外面看过那栋房子，是红瓦白墙的两层小楼，带有木制露台，跟四周的建筑没什么区别。另有一栋建筑与主屋呈直角排列，那似乎是他的研究室。"研究室平时有两个助手从霍格兰的宿舍交替过来上班，但这和主屋的生活无关。"

我站在大厅里吓呆了。因为克劳斯刚打开通往客厅的门，从中便窜出一条巨大的狗。我喜欢狗。只要蹲下来和它的视线平齐，再伸出手掌让它闻一闻味道，大部分的狗都会表现出亲近。那些被人类欺负得很惨的野狗除外。

然而，这条大得像一头牛犊的狗却蹭着克劳斯的腿，一转向我便皱起鼻子，龇出它的牙根。

"别摸它！这种狗攻击性非常强，它属于巴西护卫犬。是为了追踪逃亡的奴隶，让马士提夫獒犬和寻血猎犬杂交，进一步提高凶猛度得来的犬种。"

"它叫什么名字？"

克劳斯摇摇头。我感觉他的意思是：你没必要知道。

我实在很想和这条狗搞好关系，于是一边打响舌，一边蹲下来对它伸手。这条狗频频嗅闻我的手后，把前肢放到了我的手掌上。我挠挠它耳后的皮肤，它便很享受地眯起眼睛。我想，我们是可以成为朋友的。克劳斯似乎对狗做了什么动作，但狗没有发觉。于是克劳斯的骂声随即到来，狗吓得睁开眼睛，鼻子被克劳斯狠狠拍了一巴掌。我感觉它的眼里浮出了一层泪水，然后克劳斯便把狗赶到厨房去了。

宽敞的客厅里充满了厚重而静谧的气息。克劳斯·维瑟曼指指那把舒适的缎面扶手椅，示意我不必拘礼。

壁炉上挂着一块大理石架板，其上装饰的两尊青铜大鹭昭示着这间屋子的主人是一名党卫军士兵。沙发上放有暗绿色靠垫，地上铺着波斯毯，墙上挂的则是哥白林织棉毯。

房间一角置有三角钢琴和电留声机，置物架上的唱片多得夸张。一直修到天花板的橡木书架上堆满了数量更加夸张的藏书，书脊上都有烫金文字。

与充满婴儿哭喊、幼童吵闹、看护之间互相谩骂、保菈的尖利叱责，以及消毒水和婴儿尿布气味的霍格兰比起来，尽管处在同一片土地内，但这里就是另一个世界。

这间客厅之所以让我感受到不同寻常的静谧，是因为墙上挂着的一幅画。

"这是……弗美尔吗？"

在黑暗的一角，从斜上方射来淡淡的光，照亮了沉睡少年的面庞。我在画集里也没见过这张画，不过这沉静而深邃的笔锋，如果不是弗美尔本人，就一定是深受他影响的画家。

"对。"克劳斯满足地点点头，"看来你对美术有些了解。"

"我了解不深，只是很喜欢弗美尔。不过，他的作品太安静，有时也有些可怕。"

这位十七世纪的荷兰画家著作甚寡，所有拥有他作品的人据说用一张清单就可以列完。而其中一幅就被悄无声息地装饰在此。

比起看画集，实物给人的感觉更加沉静。在采用写实手法的同时，也描绘出了静寂和光影。

"元首也最中意弗美尔，他同时也是一位艺术收藏家。这幅弗美尔他也很想要，但唯独这幅我是不会割爱的。这是某位犹太富豪赠予我的东西，你如果喜欢看画，之后可以让你看看我的藏品，都在地下室保管着呢。有克拉纳赫[1]，还有丁托列托[2]，不过和元首或者戈林元帅的藏品比起来就是小巫见大巫了。元首和元帅的藏品数量可真称得上是国库级，足以原地建造一座美术馆。他们的藏品大多存放在萨尔茨堡附近，但在上萨尔茨堡地下也有很宽敞的保管库……"

克劳斯一个人喋喋不休地说着。

果然如此。克劳斯·维瑟曼这个人，就是实业家族末裔之中常见的那种类型。尽管自身没有成为艺术家的天分，对艺术的憧憬却比常人强烈一倍。我感到有点窒息。

眼前的他整个人完美融进了房子的氛围之中。

"我再次向你求婚，你愿意与我结婚吗？"

我之所以没有马上回答"好"，是因为不想让他误会我是被眼前这一切美术品和什物——换言之即"富裕的证明"迷花了双眼，才会答应。

"我至今从未允许他人踏足我的私宅。"

只有你是特例——他语中暗含催促之意，而我却……

"弗朗茨说，他不是孤儿，请问那是什么意思？"

我知道他会感到厌恶，但还是甩出这个问题。

克劳斯·维瑟曼回答了我：

"波兰的所有孩子都要接受 RuSHA（人种与移居部）的检查。只有他们认定为适合德国化的优秀儿童，才会被选拔出来，聚集到一处。"

我脑海里浮现出弗朗茨所说的"抢来"二字。"金发的孩子都被你们从波兰……"

---

1 指德国画家卢卡斯·克拉纳赫（Lucas Cranach）父子同名，又皆是著名画家，原文没有指出是哪一位。

2 丁托列托（Tintoretto, 1518–1594）意大利画家。

"为什么要这样……"

"我们要把具有种族优势的人聚集在德国，而只在波兰等地留下劣等人种，这是元首和希姆莱长官定下的方针。世界上所有的优良血统都该集中在德意志，我们要从全世界找出日耳曼人的血族，再抢夺回来。孩子们将会成长、交配，继续播下他们的种子。三四十年后，德意志的绝大部分国民都会被改良成北方系的雅利安人血统。"

"从父母手里夺走孩子……"

我不禁紧了紧抱着米夏尔的手。

"就结果而言，所有德国化的孩子都能得到幸福。他们会被送去很好的家庭。"

"霍格兰所有的工作人员都知道内情吗？"

"下级不知道，你原本也没有必要知道。关于国家的战略方针，你没有什么要考虑的。你只需要在这个家里养育三个孩子，只需要去看美丽的东西。"

见我没有立刻回答，他那双深邃的灰色眼瞳放出强烈的光芒。

"不肯遵守国家战略的人，会以叛国罪被送去集中营，即便是纯种的雅利安人也不例外。希望你记住，这是只需我签个名字就能决定的事。"

一条看不见的绳套，不知何时，已经箍上了我的脖子。如今它缓缓地，正被他越扯越紧。

"玛格丽特夫人，我要求跟你结婚。"

在随处皆是布里姬式照片的房间里，我躺在床上闭着眼睛，回想维瑟曼博士的话。随后，也不管我愿不愿意回想，跟冈特一起的短暂时光径自浮现在眼前。

我很快得知，冈特还对很多别的女孩施展过同样的爱抚。因为他本人从来不加掩饰，甚至可以说非常坦然。他就像拥有好几只诱人的点心袋，还会慷慨地分发给任何一个想要的女生。别人和他自己都不得不承认一条真理：独占才是任性之举。"和你在一起的时候我很快乐，你也很快乐。这不就够了吗？"他会这样说，"和你在一起的时候，我心里想的只有你啊。"而跟其他女孩在一起的时候，他所想的便只有她了。我实在太古板，很难跟他保持同样的节奏。

　　三月，冈特要上战场去了，他来和我道别。我告诉他，我怀了你的孩子。冈特的眼神变得极度认真。他含混几句后，让我去"生命之泉"待产，说那里是党卫军的组织，只要告诉那里的行政长官马克斯·祖尔曼我怀的是他的孩子，就能确保孩子的安全。

　　"为什么？怎么回事？你跟"生命之泉"的长官关系很好吗？"

　　"对。冈特虽然这么回答，但我看得出他在撒谎。冈特有事瞒着我。他是个很不会撒谎的人，甚至从不打算隐瞒自己和其他女孩玩乐的事实，因为他觉得根本没必要骗人。

　　"我要忏悔。"冈特半开玩笑地说，"因为有可能会战死沙场呀。我是不会去教堂的，就全告诉你吧，其实我是个爱国青年。"

　　二月份白雪压境，城里处死了三名路德维希·马克西米里安大学的学生[1]。他们被押上断头台砍下了脑袋。逮捕后第四天举行了庭审，当庭宣判午后行刑。

　　我认得那几个学生，他们常常会来书店。汉斯·朔尔和他的妹妹索菲给人很难接近的印象，因此我们没有说过话，但另一人克里斯托夫·普罗

1　改编自真实事件"白玫瑰事件"

布斯特是个大大咧咧的学生。我这边和冈特享受鱼水之欢，那边又对克里斯托夫·普罗布斯特抱有强烈的好感——只需有个契机就很容易转变成恋爱的那种好感。虽然他还是个医学生，但克里斯托夫已经结婚了，还有个年幼的孩子。他是嘲笑"兔子勋章"和纳粹政策的其中一人，家中有妻，所以没想过跟其他女孩玩乐。

他们一直在推行反纳粹运动，用锡模板印刷"白蔷薇"传单，私下里到处分发。他们也无声无息地把传单放在我打工的书店里。尽管老板十分慌乱，却也没有上交给当局，而是烧掉了事。

他们站在大学本部的楼梯井最顶端，把传单撒向大厅。这粗暴的做法显示出他们已做好被逮捕的心理准备。我知道冈特也会嘲讽或咒骂纳粹的行径，也知道他平时跟克里斯托夫他们玩得不错，所以还担心过一阵子。

"是我把'白蔷薇'成员的名字告诉盖世太保的。"冈特双手用力捧着我的脸说。

我本想别过脸去，他却狠狠吸住我的嘴唇，让我动弹不得。等他的力道终于缓了几分，我责问他："你为什么要这么做……"

"汉斯他们之所以做出不经大脑的自杀行为，是因为发现盖世太保已经盯上他们了。"

"你出卖了……朋友吗？"

"出卖？"血色涌上冈特的双颊，然后他扬起手。巴掌扇到我脸上之前堪堪停住，"他们才是把帝国交到敌人手上……"话说到一半，冈特的嘴角浮现出一个略显讽刺的笑容。

"没错。"他说，"我把卖国的家伙出卖给了国家。"

我眼前绽开克里斯托夫·普罗布斯特那温和的笑脸。

"如果能平安回来，我会去'生命之泉'接我们的孩子和你。"冈特说。

我们不会再见面了——

但我答应了他。

进入十一月，整个德国突然迎来阴郁的寒冬。浑浊的天空沉沉下坠，大地冻结，四周的风景失去了色彩。

柏林正遭到集中轰炸，市中心几乎全毁了，慕尼黑的空袭也从不间断。就在这样的日子里，克劳斯·维瑟曼和我的婚礼，与孩子的命名仪式一样，在霍格兰的待客室——元首的雕像前举行。恩里希和弗朗茨也出席了典礼。

附近虽然有天主教的教堂，但没有请神甫来。两名党卫军士兵交叉举着两柄锷部饰有花朵的剑站在门口，克劳斯·维瑟曼以及抱着刚出生两个月的儿子的我，穿过了那道剑门。

酒宴途中，总部打电话来找克劳斯。

"扎莫希奇[1]的小孩儿马上要被送来施泰因赫灵。今天之内应当就会到，快去做准备。"

克劳斯把电话的内容告诉工作人员，宴会就此中止。

太阳落山前抵达霍格兰的卡车里装满了婴儿和孩子。

"带这么多过来，叫我们怎么收啊？"

"满员了！现在都忙不过来呢！"

看护们纷纷表示抗议，士兵则怒吼道："命令！这是命令！"

据说是因为战区的"生命之泉"被游击队员一把火烧了，所以才把收容的儿童送到这里。

某个破烂得像一块布头的婴儿，随着一句"这个已经不行了，死了"，

1　波兰东南部城市。

就被丢出了卡车。

我抱起磨人的米夏尔，带着恩里希和弗朗茨一起走向克劳斯的家。我还没有那是我家的实感。克劳斯忙于接收工作，留在了霍格兰。

米夏尔一哭，我沉甸甸的乳头便会迸发出蓄积已久的奶水。它会浸透事先贴好的纱布，让胸口处晕开一片带有香甜气味的水渍。

小小的脚步声在背后接连不停。回头一看，恩里希把自己的右手放在弗朗茨手里，左手则交给莱娜。刚与我目光相交，莱娜立刻停步，甩开恩里希的手，扭头向着霍格兰跑走了。"没关系，你也一起来吧！"我说。我的声音没能传进她的耳朵。

在克劳斯家门口，恩里希和弗朗茨有些畏缩。这是他们俩第一次来养父的家。

壁炉里燃着火，是平时照顾克劳斯的女佣为我们准备的。她应当有五十岁？由于骨架粗壮，虽然身体很结实，但却没多少脂肪。她给我一种不苟言笑的农妇的印象，头巾里露出来的发丝和凹陷的眼珠都是黑色，是有斯拉夫血统吗？她出来迎接我们后，立刻又缩回了厨房。

我坐在壁炉前的椅子上，掀开胸前的衣服，给米夏尔喂奶。米夏尔涨红了小脸用力吸吮，连脚趾头都用上十足的力气。本来乳腺肿得我从腋下一路疼到乳头，这会儿轻松了不少。

我发现那条巨大的狗不在。是为了防止孩子们害怕，事先关进厨房了吗？

米夏尔终于满足地松开了乳头，我让他睡在旁边的摇篮里，迷迷糊糊地摇晃他。

我是不是走上了一条不得了的道路？让克劳斯来做米夏尔的父亲，真的好吗？

"希望你能和我结婚。"如果他在说这句话时，我能够当场清晰、果断，不给他任何希望，直接说"Nein"的话，后面的一系列发展也许就会不一样。克劳斯会放弃我，去找别的女人……因为克劳斯那句话里瞬间的犹豫，我才会产生好感，才会因为生活可能有了保证而受到鼓舞，才会动摇，把破绽暴露在他眼前。克劳斯于是得以大步踏入我的内心，我那不清不楚的态度，甚至逼得克劳斯言语威胁。不肯遵守国家战略的人，会以叛国罪扭送集中营。只需他签个名字……

"……夫人……"一只柔软的手犹犹豫豫地触碰我的肩膀，"玛格丽特夫人。"

我回以一个微笑后，"妈妈。"恩里希小声唤道。

弗朗茨移开目光，假装漠不关心。

"如果弗朗茨是我的孩子，那他就是我在十岁那年生的了。十岁的妈妈……"

咯咯……恩里希虽然在笑，可是他自己似乎也不明白哪里好笑。我也轻轻笑了几声。

"就当作是姐弟吧，不要告诉博士呦。"我向被独自丢在笑声之外的弗朗茨搭话，"你和莱娜关系很好吧？"

下一句从我口中说出的话，没有其他深意。只是轻巧地，不经意地脱口而出。

"是因为跟那个女孩儿很像吗？"

弗朗茨的反应让我感到惊讶。

他像被人扇了耳光一样往后一缩，口中含糊其辞半天后，才问我说的是谁。

"在慕尼黑总部的时候，她不是跟你在一起吗？我本来以为她是莱娜的妹妹，莱娜却说没有姐妹。"

"不像。"弗朗茨慌忙否认，"劳拉和莱娜一点都不像。"

"那个孩子叫劳拉吗？"

他眼看要点头了，却又立刻说："不对，她叫阿莉切。"

"阿莉切？那个孩子被送到别的机构去了吗？"

"Ja。"弗朗茨简短地回答，移开了视线。

他望着的地方，有米夏尔。

"米夏尔笑了。"弗朗茨的声音听起来喘不上气，"米夏尔对我笑了！"

"这是米夏尔第一次笑呢。"

自他降生后恰好两个月，米夏尔除了哭、睡和认真吸吮乳汁以外，第一次露出了其他表情。他的第一个笑容没有送给我，而是送给了没有血缘关系的"义兄"。

"真的吗？第一次？"弗朗茨向我确认。见我点头，他叫道："啊！米夏尔，我的小米夏尔！你把你的第一个笑容给了我啊！"

弗朗茨是打心底里觉得感动。

"我可以抱他吗？"

"小心点哦，他的脖子还没有力气。"

"我会轻一点的。"

"我也要抱！"恩里希也伸出手。

"你不行。"在我说不行之前，弗朗茨便阻止了他，"太小了，你会把他摔掉的。"

恩里希立刻开始闹别扭。

"我们一起抱吧。"

弗朗茨拉起恩里希的手，一同托着怀里婴儿的背。

女佣进来添柴火，我对着她的背影不经意地问："那条狗呢？"

"死了。"她冷淡地回答，"是我埋的。"然后她小声没好气地嘀咕了什么，听起来像"还满身是血呢"。我不想再问她，女佣的背影却拒绝了进一步对话。

克劳斯归宅时已是深夜十一点，恩里希和弗朗茨已经在分配给他们的二楼寝室里睡下。因为房间很多，原本每人一间也足够，但恩里希害怕一个人睡，于是我把他的床摆在了弗朗茨的房间。

接收从占区转来的婴幼儿肯定需要花费很多精力，克劳斯看起来又疲惫又烦躁。他整个人摔进椅子里，一边喝女佣给他准备的咖啡，一边怒骂："全是虱子，病原体的老巢。"还不住挥舞双手，"霍格兰在施泰因赫灵好不容易保持住清洁有序的状态，他们却又把肮脏和混乱丢过来，这帮破烂佬！"

我在唇前竖起一根手指，虽然两个孩子不太可能听见。

"他们已经是德国人了。"克劳斯抬眼望天花板，"绝对不能让弗朗茨说波兰语，恩里希现在好不容易快忘了过去那些穷日子。为了让弗朗茨彻底德国化，玛格丽特，你来负责这件事。可以吧？"

"不要。"

"在我面前不准说'不'，只准说'是'！"

克劳斯怒吼道。

米夏尔简直就像被他挟持的人质。我不得不承认这一点。

达豪，他深深刻下这个地名。"比卡利什更糟糕"——就因为有这句话，恩里希和弗朗茨都再也无法表现出明显的反抗举动。

"去给我放唱片。"克劳斯说。

就在我慢吞吞起身时，克劳斯说了一句我意想不到的话。

"对不起。"他说，"我累了，不由自主把气撒到你身上。原谅我吧。"

克劳斯的道歉哪怕再迟上一分钟，恐怕我的心就将完全冻结，再也不会接受他了。

"我需要你的帮助。如果你肯原谅我——我想把这个词换成'爱'，我需要你的爱。"

"那么，就请您不要再吓唬我了。"

"吓唬？"

"爱情是不会从恐吓开始的。"

"你竟敢训诫我……"他几乎已经拔高了嗓门，但克劳斯克制住了自己，"帮我放一张唱片吧，我现在一根手指都不想动。"

"您想听什么呢？"

"你来选。"

感觉他像是在测试我的直觉。也许他期待着，我能恰好选出一首契合他当下心境的曲子。

而我并没有这种能力。

"唱片是按照作曲者姓名首字母的顺序排列的，每位作曲家的作品又按曲目的标题首字母排列。"

那堆唱片恐怕有几百盘，我根本没有头绪，只好随便抽出一张。

"放之前，帮我点上蜡烛，再关掉灯。"

我把唱片放在唱盘上，然后去给所有的蜡烛点火。可手持的，孤零零的，还有烛台上不计其数的粗蜡烛。

钢琴旁，沙发边，壁炉上……好几个地方都摆有电灯，外面套着灯罩柔化灯光。每关掉一盏，蜡烛摇曳的火焰便让房间角落里的昏暗加深一分。

我借着烛光，打开留声机开关，轻轻地把唱针放在唱片上。

音乐流淌出来,掺杂在噪声之间的诡异男高音让我起了一身鸡皮疙瘩。这声音就像是惨叫,听在耳中却又分外妖娆。

这样的歌声怎么能抚慰克劳斯的心呢?得趁被骂之前赶快换掉。我伸手去碰唱针,克劳斯却说这样就行。

"也许你不知道,其实这是一张很贵重的碟片。"他疲惫的声音稍微有了些力气,也许是把自己的知识分享给无知者的优越感让他恢复了精力。

"这是最后一位阉伶——亚历山德罗·莫雷斯奇在1902年录制的歌曲。"

"阉伶?"

"通过阉割的手段,保留孩童时期高音域的男性歌手。不知道这样说你能不能听明白。"

"阉割……?"

"连阉割是什么意思都不知道吗?"

"我知道……可这也太亵渎了。"

"亵渎吗?但最先需要阉伶的地方,就是教会啊。"

"怎么会……"

"教会和人道主义总是水火不容。"克劳斯讥讽地说,"'女人在教会应当保持沉默',这是《圣经》上的教导,记载在哥林多前书上。因此,女性不被允许参加任何教会的音乐活动,高音域的工作便只能由儿童或成年的假声男性歌手来负责。后者是一种靠假声发出高音的技术,但在十六世纪前后,无伴奏的复调音乐愈加复杂化,对音域的需求变得更宽了。假声歌手即便能唱出高音,声域最多也不过到女中音的程度,并且仍有勉强之处。而阉伶们唱出的女高音甜美至极,就连主教克莱孟八世也曾为之倾倒。"

"这样的嗓音……"

"不要以为从前的阉伶都是这种嗓音。刻录这盘唱片的时候，莫雷斯奇已经是七十岁的老人了，而且还是在录音技术不成熟的年代录制的。你想想看，喉咙保有少年的柔软，同时胸廓和肺部却拥有成年男子的力量。这样发出来的声音，该是多么优雅、澄澈、性感，又坚韧啊。"

"这样太不可饶恕了……"

"谁不饶恕？神吗？我刚才不是说过，最先需要这种嗓音的就是教会吗？阉伶是一种为神的荣光献上身心的神圣职务。一名阉伶如果不能保持成功，或从未取得成功，可以改行做圣职者。因此从圣域到俗界，女声男高音越来越多，歌剧的诞生更进一步让阉伶绽放出它的光芒。他们为王公贵族所爱，享尽了荣华富贵。意大利歌剧若没有阉伶则无法成立，阉伶曾经统治了整片欧洲。"

像是嫌继续解释太麻烦，克劳斯摆了摆手。

"即便现在，阉割也非常普遍。虽然不是对歌手，而是针对有遗传疾病的人。为了给下一代构建一个健全的社会，我们必须消除所有盘踞在族人体内的劣质遗传基因……只是这噪音不适合放松，你换张别的吧。"

我换上德彪西的夜曲，然后坐在稍远处的椅子上。克劳斯闭上了眼睛。

——如果你不愿意，可以放弃履行妻子的义务。

当晚在床上，克劳斯完全忘了他曾说过这句话，或者只是假装忘了而已。在他无视我的意志，施加几近凌辱的性行为途中，我一面感受到强烈的厌恶，一面却又在与厌恶近乎相抵的猛烈快感里，浑身起着鸡皮疙瘩任由他肆意摆布。

克劳斯给恩里希和弗朗茨决定了每日需要完成的功课内容。早饭前要做三十分钟发声练习，虽然刚起床不好出声，但吃完东西只会更加困难。白天其他时候克劳斯自己抽不出身来，无奈只得放弃。

"首先要做伸展运动，软化筋骨。叉开两腿，全身放松，试着把自己想象成一具提线木偶。想象着提线放松，身体软绵绵向前垂落的样子。现在头顶上的丝线突然被拉紧，脊柱一节一节挺立起来，往肛门和肚脐用力，用横膈膜支撑住身体。其他部分不能僵硬。背挺起来，来，发出声音吧。下巴不要抬高，直视前方，放松下巴的力量。别让喉咙紧张，别往舌头发力，把你们口腔内部的软腭完全打开。你的肺还可以继续膨胀。挺直脊背，放松，把喜悦带给肺里的小鸟。你的肋骨就是鸟笼，它会在里面唱歌。让你的身体内部像广袤无限的宇宙一样膨胀开。保持打开笼门的状态，尝试吐气。不行，气还没吐彻底。这时候不能吸气，把腹肌往里收，肺部从下往上慢慢地施加压力……"

恩里希几乎不需要具体的指导就可以很自然地打开喉咙，把澄澈空灵的声音解放出去。弗朗茨则容易紧张，克劳斯只能对他费尽唇舌。

"我在朗茨海姆少年合唱团的时候，"克劳斯有时会很怀念地同我讲起幼年时光，"并不是恩里希那样的天才。我的老师苦口婆心地给我解释横膈膜的重要性，以及如何放松喉舌，向上扩张软腭部等等，所以我现在才这么会教。而天才可以自然而然做到这些，没有办法给别人解释理论。"

吃完早餐，克劳斯去霍格兰上班后，是孩子们学德语和数学的时间。负责上课的是我。虽然没有教师资格，但毕竟只是教导小孩一些初级的知识，还算可以对付。中午十二点半我们吃完午饭，克劳斯会在下午一点左右回家一趟，狼吞虎咽半小时解决他的午餐，然后一点半开始教授下午的课程。据说饭后休息一个多小时是课程需要，这个时间安排，是克劳斯精密计算之后得出的结果。花两个钟头做完发声和歌唱练习后，克劳斯又得回霍格兰去。也就是说，他把自己的午休延长了九十分钟，为此牺牲了白天所有休息时间。晚上六点半，克劳斯回家用一小时吃晚饭，然后再回霍格兰，用晚上加班弥补白天落下的进度。

因战争而停止活动的不仅仅有朗茨海姆，连维也纳少年合唱团都没能幸免。他们的宿舍现下似乎被奥地利军队征走了，不知合唱团还在不在。这种状况下，克劳斯给恩里希和弗朗茨安排的那些课程，就我看来不过是在满足他自己的美学欲求。孩子美妙的歌声总会消失，弗朗茨也很快就会迎来变声期。顶多看是战争先结束，还是这件事先发生而已。

由于女佣——英格·库诺克井井有条地承包了所有家务，我每天除了盯着孩子们学习和给米夏尔喂奶，基本无事可做。

英格有黑色的头发和一双小而深邃的黑眼睛，她真可谓恪尽职守。米夏尔的尿布得先拿到地下洗衣房洗干净，再生火用大锅煮沸消毒，整个过程会散发出难闻的恶心气味。鉴于这是门苦差事，我一开始提出要自己干，英格却像被侮辱似的严词拒绝了我："太太怎么能侵犯女佣的领域呢？"

英格待人冷淡，但我听说她来自贝希特斯加登附近的下萨尔茨堡，不禁感到十分亲切。

英格是个虔诚的天主教徒，对我未婚产子很是不满，但她同时又拿可爱的米夏尔毫无办法。而且一跟我聊起家乡，她的眼角便会柔软几分。她丈夫曾经是木雕师傅，在上次大战中战死，所以她就成了寡妇。元首在上萨尔茨堡建好山庄后，她就一直在别人家里做帮佣，后来受维瑟曼博士雇佣，才来这里包揽家政。

英格说，如今下萨尔茨堡已经没有她的亲人了，但她的女儿一家住在舍瑙。在贝希特斯加登以南数千米处，有两条小溪合流的地区就是舍瑙。其中一条溪还发源于国王湖。她的女婿是个靠小规模放牧和务农为生的男人，夫妻俩给她生了两个孙儿。"……我家小孙子就跟米夏尔差不多年纪，一看到米夏尔我就想啊，我女儿的孩子大概也长这么大了吧。"她俯身亲亲米夏尔的脸颊。

每到学习时间，莱娜也会加入我们。恩里希还在学龄前，但弗朗茨和莱娜都该上学了。虽然可以让他们去村里读书，不过克劳斯另有计划，那就是在施泰因赫灵的"生命之泉"设立一所专为孩子们准备的特殊学校。他们现在读书写字还不利索，就算去念书也考不出好成绩。四处找来的"优秀种子"，要是去村里的学校当差生，那简直有辱"生命之泉"的颜面。克劳斯说，育儿所的学校大概还要一两年才能建成，建好之前先让孩子们在家自习。虽说奥地利的奥伯维斯最近新建了一座可以接收"生命之泉"学龄孩子的特殊机构，但他是不可能让两个小孩离开自己身边的。

三个孩子尽管能用不算流畅的德语交谈，但读写能力都不好。

克劳斯嘱咐我，绝对不能让他们讲波兰语。可是每次莱娜一来，在二楼教他们写字的时候，我就开不了口阻止他们用波兰语交流。

他们会一起唱波兰的歌曲。弗朗茨把歌词的意义解释给我听：

有一棵哭泣的柳树

有一个流泪的姑娘

只因那士兵占满她的心房

柳树啊，不要哭泣

姑娘哟，你莫悲伤

我们的心也会痛

你们不要再哭了

在咱们游击队里

没有任何的不幸

虽然在学习时间内英格不会上二楼来，但我听了心里还是咯噔一声。这首歌很有斯拉夫风格，我也喜欢那阴郁却又扣人心弦的旋律。可是在德国，唱游击队的歌等于自杀，孩子们根本不明白危险之处。恩里希甚至连"游击队"是什么意思都不知道，弗朗茨倒是八成知道，但这种时候，他已经忘记我是德国人了吧。

"不能唱这首歌。要是叫人听见，你们都会被送去达豪的！"我严厉地说了他们一次，后来他们就再也不唱波兰的歌了。

然而达豪究竟是什么样的地方，我和他们都不知道。

恩里希提起自己被送来施泰因赫灵之前的经历。他们三个里，只有恩里希最能天真无邪地讲这些事。"被打，被罚，没饭吃，那些逃跑失败的孩子个个都被打死了。博士说，达豪比那里还恐怖……"讲到这里，弗朗茨摇摇头警告他，于是恩里希沉默不语。

莱娜没办法每天都来。她还得做检查，还得打针，有时埃布纳也要见她。莱娜不在的日子里，恩里希和弗朗茨都无精打采，上起读写课来毫无热情。我感觉到，莱娜并没有对我敞开心扉。虽然是她向恩里希和弗朗茨推荐我做母亲的，但应该只是因为我比其他的看护稍好一点。我想起布里姬忒说过的话——不把莱娜送养，是因为维瑟曼博士在用她做研究。

克劳斯雇了几个民工在家附近修筑围墙，弗朗茨和恩里希被允许在墙内庭院的某个角落玩耍。庭院里有积雪，而除雪都由勤务兵和仆人负责，我没有自己动手的必要。

尽管还在打仗，克劳斯家的丰厚物资却没有受到丝毫影响。餐桌上总有肉，黄油和牛奶也从来不会短缺。

现在的我整天待在克劳斯家里，变得几乎不出门了——我还没有这是"我家"的感觉。这是克劳斯的家，我只是个暂时的住客。在封闭的空间里，我们几个安安稳稳过着日子。外头雪下个不停，冻硬，新的雪又覆盖其上。柴火、煤炭都很充足，既不必挨饿，也不必受冻。世上还有比这更奢侈的生活吗？况且在狂躁的战争里，静谧就仿佛天赐的恩宠。一种不可见的富足填满了这个沉默的空间，恩里希的声音流淌其中，像易损的丝绸。

只是，"金发的孩子都被你们抢来……"这句话，成了我心底一根拔不出的棘刺。

"关于国家的战略方针，你没有什么要考虑的。你只需在这个家里养育三个孩子，只需去看美丽的东西。"我明明对克劳斯的话心生反感，可不知不觉中，我完全照着他所说的状态在生活。

三个孩子。那是属于克劳斯的艺术品，由克劳斯打磨出来的美妙童高音。每当亲吻米夏尔胖嘟嘟的脸颊，我总得把弗朗茨和恩里希生母的模样从心头驱走。

十一月宣告结束，日历翻篇。到了十二月的某夜，克劳斯给了两个孩子各一张图画纸。恩里希欢叫起来，克劳斯慌忙让他克制。弗朗茨的表情也明朗了几分，但很快又移开了视线。

那张纸上画着雪人、圣诞树、屋顶上盖着雪的房子和小孩等，还有二十四扇小小的门扉。每扇门都有一个编号，如果每天按顺序打开一扇，里面就会出现点心和娃娃的图案。等二十四扇门都打开，圣诞节就到了。也就是说，这是一本"待降节日历"。

孩提时代打开那一扇扇小门的我，曾是多么快乐！既想赶快知道门下藏着什么样的图画，又不得不遏制自己的好奇心，每天只翻开一张。每翻一张，圣诞节就迫近一分。

"这是旧物了。"克劳斯又露出那种天真无邪的表情，最初就是这种表情戳到了我的软肋，这时的他看起来甚至有些羞涩。"现在外面根本没有地方印刷待降节日历，店里也不卖。"因为空袭一轮接着一轮，没有地方出版。"这些好像是我小时候别人送的，但我不记得是什么时候了。只不过偶然在杂物堆里发现它们还没被翻开过。"

原来克劳斯也有过小时候啊。我觉得很难想象。

"纳粹不是讨厌基督教吗？"

出生在"生命之泉"的孩子连洗礼都不能接受。他们用党卫军的短剑代替圣水，施以米夏尔祝福。

"但我们不能夺走孩子们的圣诞节。"克劳斯像个恶作剧的孩子一样对我眨眨眼，我欣然接受他在我脸颊上落下的吻。

次日，我找英格帮忙收集了不少枞树的小枝，捆在一起编成环，又在上面竖了四根蜡烛。弗朗茨和恩里希都目不转睛地盯着看。在圣诞夜之前的四周里，每个周日都要点燃其中一根蜡烛，这叫作"待降节王冠"。在战争还没有如此惨烈的时候，外面还有专门的工匠卖非常精美的成品。我做的这个环歪歪扭扭的，往上面竖蜡烛的时候，我和英格都不由自主笑出了声。

"你女儿的家里也会摆待降节王冠吧？"

"当然啦。"英格黑色的小眼睛眯缝起来，"都是给孩子们的，还有圣景木雕[1]。"

"这个家里没有圣景木雕，总觉得缺了些什么呀。"

1　德语Krippe，也称马槽圣景、圣诞马槽。表现耶稣降生场景的木雕工艺品。

贝希特斯加登是个盛产木雕的地方。早在它成为观光景点，旅客纷至沓来之前，它就以木雕的动物、人偶、玩具、祈祷念珠和圣人浮雕而闻名。圣诞节必不可少的马槽圣景木雕，自然也是贝希特斯加登工匠们的拿手好戏。我娘家就有一座非常气派的圣景木雕，每当家里摆上圣诞树，装饰上圣景木雕时，就有一种圣诞节近在眼前的氛围，让我雀跃不已。

"那时候总盼着平安夜赶快来，可是'不吞蛮登'太恐怖了。"

听我这么一说，英格的眼神变得更加温柔，她点点头，道："确实，孩子们都怕它。"

"'不吞蛮登'是什么啊？"恩里希问。

"是妖怪哟。"

浑身上下包着稻草，腰间挂着好几只牛铃，脸上戴野兽面具的"不吞蛮登"，会跟圣尼古拉一起飞越白雪皑皑的道路，造访每家每户。孩子们听见嘈杂的牛铃声越来越近，就会吓得缩成一团。

"圣尼古拉会奖励好孩子，至于坏孩子嘛，就会被'不吞蛮登'……"英格"哇"地一下，作势要扑过去。

"我不怕！"恩里希很努力地说。

"这就对了！恩里希是好孩子，咱们才不怕'不吞蛮登'呢。"英格亲了亲恩里希的脸颊。

来到慕尼黑后，每到圣诞节，我都会感到有些寂寞。平安夜前一天，新市政厅前的玛利亚广场上摆满了圣诞市集的露天小摊，卖圣景木雕、烤点心、蜡烛等，五彩缤纷好不热闹，还有许多来往的游客。可一到平安夜，这里就鸦雀无声。我没有家人跟我一起庆祝节日，只能自己摆上小小的木雕，点一根小小的蜡烛，独自度过。可是，我又不能当着恩里希和弗朗茨的面说自己曾经很寂寞。

圣诞节前十天，克劳斯手下的勤务兵搬了一棵有天花板那么高的冷杉进客厅，把它种在盆里。恩里希别提有多高兴了，绕着树蹦来跳去没个完。他的年纪还是太小，不太可能记得自己出生长大的家。只要现在的生活足够快乐，他似乎就不会为逝去的回忆掉眼泪。

弗朗茨则无精打采的。现在的生活并不会覆盖他的记忆。

"礼物该怎么办呢？"

夜晚在床上，我问克劳斯。

"孩子们真正期待的东西是礼物呀。"

到底会得到什么呢？

"别忘了我是维瑟曼家的人。就连该送什么东西给你的小米夏尔，我也考虑过了。"

临时速成，四处拼凑起来的……家庭。

这个家靠着我们对一家之主克劳斯的恐惧才得以维系。而我对他又不是全无信任和爱，既然如此，不如干脆只有憎恶、恐惧该多好……

我暗自揣测克劳斯的情绪可能由于为圣诞节做准备而缓和了不少，于是放松戒备，问他平时都研究些什么东西。

"跟你说专业名词，你也听不懂吧。"

"那些腹部两两缝在一起的老鼠……究竟是怎么回事？是天生的畸形吗？"

"是把血管缝合在一起了。"

"是人为的？"

"对，专业上这叫'异种共生'。被缝合的两只小鼠的心脏分开跳动，但它们共享同一个循环体系。也就是说，两只小鼠身体里循环的是同一套血液。"

"为什么，要这样……"

"年老的小鼠和年轻的小鼠一旦结合，年老的那只的寿命会较正常情况有所延长，年轻的则会早死。这里有一个推论——当年老的个体认知到自身正在接近极限寿命的事实，它将会拼命主动吸取年轻小鼠的生命力。并且也有观点认为，健康小鼠的免疫系统会去保护虚弱小鼠，利用掌管神经分泌物的激素让对方的细胞活化。所以这个方法，理论上可以成为研究长生不老，或者给体虚者注入生命活力的一种手段。"

"更年轻、更有活力的那方，会成为更老、更衰弱那方的牺牲品吗？"

"如果年轻、有活力的那方，在智力或者种族基因上有劣势，没有存活的价值，而年老、衰弱的那方更能为世界做贡献的话，这就意义重大了。不是吗？"

"你的意思是，人类也可以这样吗？"

"目前还没进入人体实验阶段，但理论上确实是可能的。你生过孩子，也能理解吧？胎儿对母体来说虽然是异物，但怀孕期间，两个不同的生命体之间会不断产生血液交换。母体排除异物的免疫系统会暂停，这是无关主体意志自行运作的自然规律。只不过是胎内和体外的区别罢了。理论上，你可以认为'异种共生'和怀孕是基于同种原理运作的系统。"

老人的侧腹部挂着一个年轻人……

吾命即汝死，汝死即吾命

两句歌词突然浮上心头。我从哪里知道这种内容？啊，是在梦里……

"更年轻、更有活力的那方，会先死吗？"

"死了的话就切下来，再缝合一个新的年轻生命上去。小鼠实验已经成功了。”

“我不能输给约瑟夫。”克劳斯接着说。

“约瑟夫？”

克劳斯说那是他的前辈。接着他一边抚摸我的头发，一边继续详细说给我听。

克劳斯曾在慕尼黑的路德维希·马克西米里安大学攻读医学。他在大学医院做实习医生时，结识了同事约瑟夫·门格勒[1]。门格勒比他大三岁，那时已经取得了人类学的博士学位。克劳斯也对人类学和优生学很感兴趣，所以与门格勒亲密起来。后来他和约瑟夫一起移籍到法兰克福歌德大学的遗传生物学与种族学研究所，在冯·费尔西亚教授门下基于遗传学育种方式，研究并实验如何提高人类的基因品质。

“这时候我也拿到博士学位了。后来我和他都以党卫军军医的身份加入 RuSHA，我被分配到‘生命之泉’工作，约瑟夫在克拉科夫附近，用几千对双胞胎进行遗传相关的研究。”

“几千对双胞胎……能找到那么多吗？”

“他在研究上比我方便得多。”

克劳斯发泄他的不满，之后没再多说一句话，开始寻求我的肉体。我本打算拒绝，可体内却渐渐不受控制地融作了一团。

等到待降节王冠的蜡烛点燃了三根，恩里希床边墙上的待降节日历也翻至二十一号那天，我们收到一个从瑞士寄来的大包裹。寄件人姓名一栏

1　真实存在的人物。约瑟夫·门格勒（Josef Mengele，1911年3月16日—1979年2月7日），人称“死亡天使”，德国纳粹党卫队军官和奥斯威辛集中营的“医师”。

写的是"伊丽莎白·赖谢瑙",是克劳斯去国外躲避战事的姐姐应他的请求寄来的。因为克劳斯事先嘱咐过,于是我把大包裹藏进了壁橱。

平安夜当天,我关上客厅的门,找英格帮忙。我们一起在冷杉的枝条上绑了许多小小的蜡烛,然后再把藏在壁橱里的礼物放到树下。

夜晚,克劳斯准时回家。

我和克劳斯一起点燃冷杉上的小蜡烛。圣诞节本该只由家人一起庆祝,而我还没能习惯自己是这拼凑家庭中的一员。最快习惯"家人"的是恩里希,他喊克劳斯爸爸,喊我妈妈。有时候还会直接叫我"玛格丽特",甚至是更亲密的"格丽塔"。

总感觉隔着门都能看到恩里希在门外迫不及待跺脚的样子了。

"进来吧。"

听到这话,恩里希就像听到发令枪响的运动员一样推开门冲进房间。

装饰在枝条上的蜡烛和用银纸剪成的星星,在昏暗的房间里闪耀着光芒。

恩里希看到写着自己名字的包裹,问是不是给他的,小脸上溢满了欢喜。他叫着"妈妈"朝我抱过来,雨点般亲吻我的双颊。

然后他有点紧张地走近克劳斯,对他说谢谢。克劳斯把他抱过来,亲了亲恩里希的小脸蛋,却又转头对弗朗茨说:

"看见刚才收到礼物时恩里希是什么样了吧。张开双手,两眼放光,两个嘴角往上翘,这才是唱歌时该有的表情。唱歌的时候,眼里一定要有光。睁大眼睛,鼻腔自然就会打开,只有敞开的软腭和鼻腔才能发出最动听的音色。"

就连热火朝天过圣诞节的时候都得听他讲课,真可怜。

"这是你的,弗朗茨。"我把礼物递过去,弗朗茨有些犹豫。

他没有接受这个"家庭"。要是没有达豪的阴影，或许他早就拂去巨大的诱惑，直接抗拒这一切了。只见他几乎马上要摇头，却又偷偷瞄了克劳斯一眼。只见克劳斯拿出一个巴掌大的小方盒，递给我说"这是你的"，又拿出一个扁平的盒子放在摇篮旁，说是给米夏尔的。

我拆开米夏尔那份礼物，不禁笑出了声。里面装着一套给两三岁小女孩穿的淡粉色衣服。"我姐姐太马虎了。"克劳斯的太阳穴抽搐着，苦笑道。在瑞士买衣服不用给布票吗？还是说，党卫军的军官和布票这种东西无缘呢？

"你那份也打开看看吧。我想，她总不至于寄个烟斗或者背带扣过来……"

小方盒里装着一只蛋白石胸针。克劳斯让我站在穿衣镜前，然后他把胸针别在我的胸口，亲亲我的脸颊。镜中原原本本地映出他满含温柔的举动。

送给两个孩子的东西里，有玩具士兵，有儿童笛、木琴、铃鼓等等，还有绘本、文具……一件件礼物接连出现，两个孩子目不暇接，瞪大了眼睛。

"我还是第一次过这样的圣诞节。"恩里希说。

"幸福吗？"克劳斯问。

"幸福！我现在好幸福！"恩里希大叫道。

弗朗茨在旁边沉默不语，脸上交织着惊讶、喜悦，以及反抗、排斥等好几种复杂的情绪。他在克劳斯催促之下掀开一只扁平礼物盒的盖子，立刻发出一声感激的赞叹。里面是一套起码有三十种颜色的彩色粉笔。

弗朗茨拿起其中一根粉笔，就像对待一只虚弱的小鸟，轻轻把它放在掌心。

我翻开一本同样是送给弗朗茨的速写本，伸手去拿灰色的粉笔，想把孩子们画下来。

"Nein！"而弗朗茨立刻反射性地盖上粉笔盒的盖子，打掉我的手。然后他心里的矛盾、纠葛，全表现在了脸上。

这盒颜色浅淡的粉笔，在弗朗茨眼里不知是多么美丽，多么珍贵。粉笔这种东西很快就会磨损，磨尽后，是无法补充的。

"对不起。"赶在克劳斯破口大骂之前，弗朗茨向我道歉，然后不情不愿地说"请用"，把粉笔盒往我怀里塞。

"没关系的。"我推辞了。

尴尬的气氛立刻消失，接下来克劳斯弹钢琴，弗朗茨和恩里希唱圣歌。这真是一个过得无比奢华的平安夜。英格从厨房探出身，她也为孩子们准备了可爱的小礼物。她一边说"我爱你"，一边送给两个孩子一种在桦树和榆树上常常见到的寄生果实。这种散发着油亮光泽的白色果实，被称为"树上珍珠"。肯定是空闲时候采来攒下的吧，而我此时才发现自己没有给英格准备礼物。孩子们送给她拥抱和亲吻，而我除了拥抱和亲吻没有东西可以给她。英格同样回我以吻。

恩里希两三次差点要提到莱娜的名字，都被弗朗茨用眼神制止了。莱娜不是我们"家庭"的一员，所以没被邀请来这次聚会。霍格兰的窗户一片漆黑，无论是婴儿的啼哭，还是孩子们的啜泣，都传达不到克劳斯家的客厅。

翌日，我从电台中得知，平安夜当天，柏林依然遭到大规模空袭。

年关已过，我一直在哺育米夏尔。弗朗茨和恩里希也很疼他，就算我还在给他们俩上读写课，只要米夏尔一哭，弗朗茨就会先我一步把他抱起来，恩里希来哄。

　　弗朗茨对两个弟弟注以平等的爱意，不必担心发生恩里希因为嫉妒米夏尔而欺侮他之类的老套悲剧。我一边哄米夏尔，一边让他们三个看德语的绘本，自己在石盘上习字。莱娜原本话就不多，现在更加沉默，每一次见面，她都变得更加成熟、沉稳。

　　虽然时间不会太长，但我常常借口去给米夏尔喂奶，把他们三个单独留在二楼。我心里希望他们能利用这段时间无拘无束地聊天。用克劳斯的话说就是——虽然这个短语和他本人非常不搭调——"可爱的恋情"。处在恋情之中的人是弗朗茨，而非莱娜。单相思，我是这样觉得的。弗朗茨在莱娜面前明显越来越拘谨。

　　莱娜是怎么想的，又是否感觉到什么，我弄不明白。也不知她究竟是聪明，还是迟钝。或许她无意识间，早已把整颗心锁进铅制的容器里了吧？身体一天天发育成熟，情感上却反而日渐迟钝。莱娜的造访，渐渐减少到一周一次或三周两次，越隔越久。

　　我对克劳斯无法产生肉体上的欲望。每次他表现出渴求，我总会努力若无其事地蒙混过去。但这也是有限度的，顽固拒绝会惹得他暴跳如雷。克劳斯的愤怒有时会突然疯狂炸裂在我身上，我已经数次被他施暴了。

　　从他的爱抚之中，我同时体会到厌恶和舒适两种相反的感觉。他的手指是一条条在我肌肤上蠕动的蛇，为了米夏尔，我必须保护好自己的乳头，绝不能让他触碰。有时我会回想起冈特的爱抚是什么样子。冈特的爱抚里毫无任何沉淀的痛苦，我就像一个在浅滩上嬉戏的幼童。

　　而克劳斯的爱抚像是森林，诡异又可怖。他会割开我的身体，把脸埋进内脏里。在我忍耐的同时，痛苦会被悄无声息地替换成欢悦。即使如此，我也实在无法吞下他的唾液。

　　所幸，克劳斯大部分情况下都无比疲惫，夜晚的床事不算太频繁。而且他还得常常出差去占区过夜。

我明明不爱他，却总又盼望他平安归来。没了克劳斯的庇护，我和米夏尔就相当于赤身裸体站在荒原上。

克劳斯一面解决繁重的工作任务，一面毫不懈怠恩里希和弗朗茨的发声课程。真称得上令人毛骨悚然的执念。

我知道，即便捂住耳朵，闭上眼睛，RuSHA 还是会把精挑细选出来的孩子一车一车，像运蔬菜一样运来施泰因赫灵。虽然克劳斯家条件优渥，霍格兰却永远缺少食物和衣料。每当盟军从德国手中夺回已被占领的地区，原本安置在那里的"生命之泉"的婴孩们就会被接连送达。有的孩子病恹恹的，还有的孩子早先是金发，却因为年龄增长变色，而被剔除出名单。大人眼中没有价值的孩子们纷纷被装上卡车，送离"生命之泉"。我根本不想知道他们究竟会被送去哪里。

尽管我已经察觉，克劳斯家之所以没有在定量供应制度下陷入物资匮乏的状况，是因为营私舞弊。但我还是会为自己辩解。家里的粮食给米夏尔、弗朗茨、恩里希三个孩子吃虽然足够，可要是拿来分给霍格兰那么多人，一天就会被吃个精光。我是不可能让米夏尔挨饿的，我要冷酷到底。霍格兰的孩子怎么才能不挨饿？这个问题应该由 RuSHA 来操心，而不是我。米夏尔渐渐也能在喂奶的间隔吃一些浸透了牛奶的面包了。

英格提出要回舍瑙是在三月中旬，那时外头还积着一些雪。她说女儿卧病在床，家里还有小孩子，所以不得不回去照顾他们。她决定顺路搭上前往上萨尔茨堡的军用卡车，说是等到了地方，女婿会驾运货马车来接。

英格离开家的时候，弗朗茨很干脆地和她握了握手，说完"再见"后径直回了二楼。恩里希则目送她远去的背影，掉了几滴眼泪。

而我反复咀嚼英格离开时跟我说的悄悄话。

"狗是博士开枪打死的，博士说它没用了。"

"狗？"

我已经完全忘记了那条用马士提夫獒犬和什么别的品种杂交出来的狗。

"那条狗？它受了很重的伤吗？"

是给它安乐死了吗？

"它不是第一次和你见面就很亲近你吗？"英格说，"那狗原本除了博士以外不亲近任何人。它确实警戒心很重，也很有攻击性，以前根本不让陌生人靠近一步。结果好巧不巧，它偏偏当着博士的面亲近你。我喂它的时候它也喜欢我，但是只要博士在，我就不会逗它，好瞒着这件事。"

见我惊愕不已，英格的表情有点难过。她说："早知道就不告诉你了……"

弗朗茨一直不下来，于是我上楼去找他。打开门的瞬间，一道亮光从我面前划过。目光顺着轨迹追寻过去，只见墙上贴了一块靶子，一柄小刀插在靶子的边缘。

"打偏了。"

那块用纸板做的靶子上已经开了好几个洞。

"你的刀是从哪儿来的？"

"是英格的。"

"她送你的吗？"

"我以前说过我想要，可能她记住了吧。今天刚给我的。"

弗朗茨拔下小刀，把玩起来。

"英格是第二个说爱我的人。"他说，"可是英格更爱她的孙子。"

他走向对面的墙，摆好架势，投出小刀。小刀微微偏离了靶心，直插在纸板上。

我本打算一个人承包所有的家务，谁知很快就来了继任者。

面色苍白，满脸雀斑的莫妮卡·雪尼以女佣的身份从霍格兰移籍过来，就是那个整天跟我说布里姬忒坏话的长舌女人。

"挺厉害啊。"她环视家中，又故意礼数周到地强调一遍，"尊敬的夫人。"

"我都听博士说了，女佣辞职后你可烦恼了，所以我自愿来帮忙啦。毕竟咱俩都很了解对方的脾性，不用客气，尽管使唤我吧。这里简直就是皇宫啊，太太，你先前每天都过着这么奢侈的日子吗？嘻，人各有命，我是不会忌妒您的。这孩子就是米夏尔？发育得很好嘛，霍格兰的宝宝全都瘦巴巴的。这段时间又没人管啦，尿布湿答答，成天在地板上拖着尿痕来回乱爬。又没人哄他们，所以学话也慢。最近呀，生完孩子直接走人的女人越来越多了，婴儿全丢给生命之泉照顾，想收养孩子的党卫军也一天比一天少。这年头，就连党卫军都没空去管别人的孩子了呢。"

3

一九四四年

海涅在他的诗里歌颂五月是"黄金织成的绿"。土地上遍布着水仙、风信子、蒲公英、银莲花等。疯狂生长的蔷薇足足和视线齐平，梨花和杏花或白或粉地点缀在半空。眼下正是百花齐放时，整个季节展现出自己最美的模样。

英格寄来一封信，似乎是找人代写的。由于她的女儿因病去世，她不得不留下照顾孙子并承担所有家务，所以没办法回来做事了。我在回信中表达她无法归来让我感到十分寂寞，也让孩子们各写几句话送给英格。但弗朗茨表示拒绝。

"为什么？看到你写信给她，英格肯定会很高兴。"

"英格伤了我的心，所以我也不要让她高兴。英格撒谎了，她说她会回来的。"

"情况有变啊，这也没有办法。"

弗朗茨狠狠抿着嘴唇，蓝色的眼睛紧盯着我，固执地摇了摇头。米夏尔抓过被他推开的那根铅笔，握着笔在纸上乱涂乱画，歪歪扭扭的黑色线条占据了大半张纸。

我每天都被话多的莫妮卡·雪尼吵得十分头痛，她实在太能说了，而且一旦开始说话，舌头就再也停不下来。

"太太，听说你反对 RuSHA 的战略方针是吧？还说过什么金发的白痴，黑发的天才，对不对？我听布里姬忒说的。"我闻言心中一惊。

难道一句无心之言会把我……把我和米夏尔……

"布里姬忒可是个定时炸弹呀，她觉得自己手里握着你的把柄呢。我以前说把孩子送给党卫军养，那是骗你的。八成布里姬忒已经告诉过你了，因为他是黑种，才被他们抱走的。怎么会，他们不会杀小孩的啦。顶多送到哪个孤儿院去了呗。不过呢，我对国家的战略可是忠心耿耿，我从来没有怨恨过国家。人嘛，要一片忠心对国家，一片诚心待朋友，博士也是看出来我是全院上下唯一对你有真情的人，才会选我来的。我可没有哪天把你取而代之的想法呦。"

和窝在家里足不出户的我不同，莫妮卡几乎每天都去霍格兰露脸。大概是因为就算待在家里我也不陪她说话，让她觉得很无聊吧。她每天打扫完房间洗完衣服，下午一有空闲就会出门。然后每次赶在做晚饭前回来时，又总想跟我报告些家长里短。我开始怀念辞职不干的英格·库诺克了。

恩里希似乎完全忘了自己过去是波兰人的事实。而弗朗茨年纪大，难以做到这件事。虽然他平时很努力掩饰自己没忘，但只要稍有疏忽，他就会说漏嘴。

"别担心嘛。"莫妮卡·雪尼给我使了个眼色，"我既不会跟博士打小报告，也不会找赫斯拉小姐告密。因为我既不忌妒你，也不怨恨你呀。你想想，如果是布里姬忒在这儿，会怎么样？那你可就惨喽。再说哪止布里姬忒呀，院里的看护个个都羡慕到想你快点儿死呢。她们成天盼望着天上掉下来个炸弹，把你连屋子带人一起炸个干净。就连恩里希和弗朗茨也招霍格兰的孩子们忌妒，你可得小心着点儿。那些被人收养到远方去的小孩儿，是不会被忌妒的，反正看不见又摸不着。可是，恩里希和弗朗茨就在他们眼皮子底下，成天过着吃香喝辣的生活，招人忌妒也是情有可原的。"

迎来生日后，我二十岁了。

两三天前，克劳斯就出差去了占区的"生命之泉"，现在不在家。

二十岁……我心想，年纪好大了。从贝希特斯加登来到慕尼黑时，根本想不到今后竟会过上这样的生活。现在不要说十年，就连一年、两年后自己会是什么样子，我都难以想象。感觉自己好像一名囚犯啊。虽然我是自愿进到这座监狱来的。

走进客厅的弗朗茨和恩里希吹散了我的忧郁。

"祝你生日快乐，玛格丽特！"恩里希拿出一束野花，"这是我们俩在院子里采到的花！"

旁边的弗朗茨又拿出一个长方形的纸包。我打开一看，惊讶得连忙摇头："这个我不能收！"里面是圣诞节弗朗茨收到的那盒粉笔，看来那时我想用却被拒绝的事情他一直记到现在。我紧紧抱住他，不断地说"谢谢你，可是我不能收下"。弗朗茨的头发里有一股淡淡的汗味。

米夏尔原本被我放在旁边，此时他伸出双手，歪着小脑袋撒娇要我抱。

弗朗茨让步了，他指了指已经熄火的壁炉，说："我会放在那上面，你想用的时候，就用它吧。"

"谢谢。可是，真的不需要。"

"我希望你能用它画画，因为我画不好。"

虽然我马上说没有那样的事，但弗朗茨不擅长画画是真的。今年二月他就满十岁了，就算把年幼也纳入考量因素，他画的画依然不好看。但我深深明白他是多么喜欢那盒粉笔梦幻的色彩，所以他才不会使用它们，他舍不得，就像吝啬的守财奴一样。尽管自己无法创造，但享受美丽事物的能力比常人高出一倍。就这一点来说，或许他和克劳斯很像。

即便在歌唱方面，弗朗茨也无法像恩里希一样唱出顺滑的高音。恩里希不费吹灰之力就能达到的高音域，弗朗茨却磕磕绊绊，总会哽住喉咙。克劳斯从不对弗朗茨说太重的话，因为他根本不认可弗朗茨的能力，就怎样都无所谓了。对克劳斯而言，弗朗茨不过是帮助他把恩里希留在手边的一件工具。

弗朗茨似乎也察觉到了这一点，所以我感到，这或许极大地挫伤了他的自尊。

不过，就算没办法轻松地唱出高音，就算画画不好看，也构不成他的缺点呀。

我心里很依赖这个比我小了足足十岁的少年。每次跟他在一起时，我总会落入一种奇妙的错觉：我是个年幼的小女孩儿，弗朗茨反倒是年纪比我大的哥哥。就像五岁的玛格丽特和八岁的冈特在一起时感受到的那样。弗朗茨是个远比冈特讨人喜欢的少年，他甚至好像天生不了解"讽刺"和"自我中心"是什么意思。坚忍、聪明、满身伤痛的弗朗茨……

我本该顺从地接受弗朗茨的好意。可是，对话最终却陷入僵局。

"你画吧，因为我画不好。"

"没有这样的事。"

所幸恩里希闹着要我给他占卜，化解了我们之间的尴尬。他举起铃鼓往我手里塞。恩里希这个孩子，总是能在绝妙的时机给我解围，自己却浑然不觉。

铃鼓是去年圣诞节他得到的礼物之一。有一次，我想起从前外婆教给我的占卜法，于是表演给孩子们看过。外婆曾经有一只廉价的破旧铃鼓，我从没见她敲打过它。外婆是专门用它来占卜的。铃鼓表面蒙了某种动物的皮，皮上刻有九条折痕，按照某种法则组成了图案。占卜时，往上面撒九颗植物的种子，再从鼓面下方敲击九下鼓皮。每敲一下，种子都会跳舞。等敲到第九次时，观察刻痕和种子的位置。外婆用它预言明天即将发生的事，寻找失物的所在，以及询问该如何解决烦恼。然后她又把方法尽数教给了我。

折痕的形状我记得，所以照样子在铃鼓皮面上刻好，撒上了九颗苹果的种子。煞有介事地开始占卜后，孩子们渐渐被我吸引了注意力。

"你想问点儿什么呢？"

在恩里希说出自己的愿望之前，弗朗茨一脸认真地问："你能帮我占卜一下吗？"

"占卜什么？"

"是 Ja，还是 Nein，只需要占卜这个就可以了。"

"你是说，愿望能实现，还是不能实现，是这个意思吗？"

"对。"

我在敲打铃鼓之前就默默打算好了，待会儿要回答"Ja"。

这只是个游戏。我怎么可能真的会占卜呢？这一点，弗朗茨应该也很清楚。

我把种子撒在铃鼓上，一边出声数数，一边从下方敲打鼓皮。

就在此时，莫妮卡从我们背后经过。"太太。"她喊了我一声，"你是茨冈人吗？"

"为什么这么问？"

"因为那是茨冈人的占卜方法呀。"

"是我小时候从别人那里看来的。"原本要说是外婆教的，但我心里突然涌现一阵没来由的忐忑，于是把到嘴边的话咽回去，撒了谎，"我们村里常常有茨冈人来。"

"茨冈贼活该被流放。赶走一批又来一批，看见一个往集中营送一个。要是谁敢包庇他们，那包庇的人也要被送到达豪去。"

"所以啊，"莫妮卡说，"你那个什么占卜，还是别在外人面前表演的好，会被误会的。"

我把向着铃鼓伸出小手的米夏尔抱起来，若无其事问："那你呢，莫妮卡？你怎么会知道这是茨冈人的占卜方法？"

"我也见过呀，小时候见过。"莫妮卡说。

"不占卜了吗？"恩里希很伤心地问，"那就不知道莱娜明天会不会来了呀，弗朗茨。"

弗朗茨慌忙摇头，想阻止恩里希继续说下去。

"你想打听的事情就是这个吗？这段时间她完全不来了。"

直到我说完这句话，恩里希才终于发现弗朗茨给他的信号。

"莱娜？"莫妮卡插嘴，"那个女孩儿昨天刚刚离开霍格兰啊。"

弗朗茨的表情太凄惨了。恐怕他心里隐隐约约有一个猜测，如今却被当面指出了自己不愿相信的事实。

"莫妮卡，这件事你昨天为什么不说？"

"因为你不是根本不想和我聊天儿吗，太太？"

我代替已经说不出话的弗朗茨问了那个他现在最想知道答案的问题：

"她去哪里了？"

"当然是埃布纳博士来接她，把她带走了啊。发育成熟了嘛。"

由于我只在演讲上见过一次，虽然不太能清晰地回想起来埃布纳博士的长相，但我唯独记得，他是个五十来岁，戴着眼镜的小个子男人。紧接着布里姬忒的话也浮上心头：埃布纳博士想当莱娜的第一个男人想得不得了呢。

"莱娜也才十岁，却已经开始了呢，就最近这段时间。真是早熟呀，说明博士的研究出成果了。"

"他研究的是细胞啊。"

"莱娜的身体也是细胞组成的呀。"

"开始什么了？开始什么了呀？"

恩里希毫不掩饰自己的好奇心。

"莱娜开始什么了？"

"就是说，她已经不是小孩子了。"

"不是小孩子了，那会变成什么？"

"魔女。"

"你不要开无聊的玩笑吓唬孩子。"

等到恩里希和弗朗茨在二楼的房间里进入梦乡，我才有机会再次谈起莱娜的事。

因为这次是我主动过来请聊，莫妮卡神气活现地坐在壁炉前的安乐椅上，双手搭着扶手，一副了不起的样子。我平时一直尽可能回避与她对话，只要看出一丁点儿莫妮卡在客厅里的迹象，就会缩回二楼卧室避难。

"他是收养她了吧？"

我向她确认。真希望莫妮卡那句"完全成熟"只是开玩笑的，非得是开玩笑的不可。就算她已经来了初潮，而且外表看起来年满十五，但莱娜实际上还只有十岁啊。

"收养？才不是呢。你不是也知道这事吗？"莫妮卡皱着鼻尖笑道，"今天晚上他就要试试那姑娘的手感喽。"

"埃布纳博士不是结婚了吗？"

"就因为你在人家演讲的时候一个字都没听，所以你才理解不了国家战略，太太。明明多亏了'生命之泉'的恩典，你才能把你的私生子喂得白白胖胖。已婚男性可以让其他女性怀孕生子，这样的话元首的孩子会越来越多。但是呢，妻子瞒着丈夫跟别的男人生孩子就不行，会导致家庭不和的。"

在莫妮卡补充"希姆莱长官说要增加允许男人重婚的新法条"的时候，我站起来往门边走去。刚把门推开一条缝，只见门外的弗朗茨缩了缩身子。

"米夏尔他……"弗朗茨狼狈地说，"他哭起来了……所以我来叫玛格丽特。"

"谢谢你。"我对莫妮卡道声晚安，正打算和弗朗茨一起走上楼梯时，莫妮卡的声音紧追其后。"亏我还好心想告诉你另一件重大新闻呢。"她说，"算啦，不跟你说了。太太啊，你比起挂念不知哪来的小女孩儿，更应该担心自家丈夫啊。"

我让弗朗茨先去我的卧室等着，回身走向莫妮卡，问："什么意思？"

"另一件重大新闻是什么？和克劳斯有关系吗？"

"博士这次出差，带上布里姬忒作伴去啦。以秘书的名义。"

莫妮卡压低声音。而我花了一点时间才明白这件事意味着什么。

理解其中意义的瞬间，许多思绪涌上我的心头。

克劳斯和布里姬忒同床共枕，其实没让我有多不愉快。如果他晚上能少索求我的身体，对我来说反倒是一件好事。前提是能继续保持现在这样的生活。

我丝毫不为自己是他的妻子而感到喜悦，可是为了保护米夏尔，我需要这个家。克劳斯会把我赶走，迎娶布里姬忒做他的新妻子吗？这样的话恩里希肯定不同意。至少在克劳斯还执着于恩里希的嗓音这段时间里，我和米夏尔都能平安无事吧。米夏尔被恩里希的"声音"保护着……

"丈夫要被人抢走了，可真叫人心急，是不是啊太太？放心吧，我是站在你这边的。"

我登上楼梯。

克劳斯不在家的时候，我会把米夏尔的小床放在自己的床旁。

打开侧边桌板上光线微弱的电灯，米夏尔可爱的睡脸映入眼帘。我坐在床上，也让弗朗茨找一把椅子坐。

"对不起，我撒谎了。"

弗朗茨的脊背挺得笔直，跟我道了歉。然后他整个人突然瘫软下来，跪倒在地抱住我的腿。

"玛格丽特，请你告诉我，莱娜她怎么样了？"

"埃布纳博士收她做养女了。"

"玛格丽特，我对你撒谎了，我在偷听！"

我点点头说我知道，但他却伸出双手："所以你可以罚我。"

克劳斯常常罚他，他会用竹篾打弗朗茨的双手。如果要下更重的惩罚，就让弗朗茨面壁站好，甚至叫他双手扶着墙，再用竹篾抽打他的屁股。"我是孩子们的父亲。"克劳斯会说，"严格管教他们是我的责任。"

"玛格丽特，求求你不要撒谎，我知道大人们在改造莱娜，莱娜以前告诉过我。她很讨厌那样，可是，圣诞节之后她就不再说话了。就算见了面她也什么都不肯告诉我了。"

"你可以打我的！"弗朗茨再次苦苦哀求，"告诉我莱娜到底怎么了，不要敷衍我！"

他的情绪又激动又混乱，原本他受不受罚和我说不说真话是根本没有关系的。

"莱娜会死吗？"

改造……他们加快了她的发育速度，让一个十岁的女孩子拥有十五岁的外表。

我想起布里姬忒那引人遐想的话：让完美的东西变得更完美。奇特的注射针。那就是克劳斯的研究……

"她怎么可能会死呢？埃布纳博士肯定会成为一个好爸爸的，他会很疼莱娜，会很重视她的。"

"玛格丽特……"

失望——不，我在弗朗茨眼里看到的情绪是绝望。他已经看出来我在撒谎。

我让弗朗茨坐在自己身边，单手揽过他的肩膀，紧紧抱住了他。弗朗茨想要挣脱我的手。

我必须挽回弗朗茨对我的信任，我必须让如今正拼命想要推开我的他知道——我是多么爱他。

"莱娜她变成大人了。"

"是埃布纳博士……"

"对。他要她做他的情人。"

弗朗茨的全身失去了气力。他的脑袋无力地垂在我的肩膀上，静静地抽泣起来。他没有掉一滴眼泪，只是啜泣。我扶着弗朗茨在床上躺下，他的两条胳膊箍着我的脖子。于是我也躺下来，把他拥到胸口，轻轻抚摸他的头发，亲吻他的眼睑、脸颊。弗朗茨的脸颊又软又滑，我的嘴唇轻易地从表面滑过，碰到他的嘴唇。感觉就像一道湿润的伤口。

"玛格丽特，你爱我对不对？"

那是坠落谷底的人拼死求助的呐喊。不要背叛我。救救我。

"我爱你。"

说出这句话的瞬间，我感到一阵悖离人伦的痛楚。

他寻求的分明是母亲和姐姐的爱，可是此时的我，却摇身一变成为五岁的玛格丽特，回答十岁的弗朗茨的疑问。

于是我这样想：弗朗茨，你要快快长大，长成强壮的青年，然后把我从这里掳走。

忽然感受到一股视线，我于是爬起来。只见有着微弱灯光的角落里，米夏尔正睁开眼睛注视着我。他蓝色的眼瞳，看上去像一个空洞。

"晚安。"弗朗茨离开了房间。他的背平时总是毅然挺得笔直，此时虽然稍稍有些前屈，却好像立刻发现自己乱了方寸，为了拂去羞涩又再度绷紧。他纤细的脖颈，终有一天会变得坚实可靠。互相矛盾的两种气质此刻同时存在于他的背影之中。

那天晚上，我做了一个幼小的玛格丽特和年长的弗朗茨一起在塔里的梦。

拥有两张面孔的圣职者在唱歌。

吾血即汝血，汝肉即吾肉。

而后迎来一如既往的清晨，弗朗茨也以一如既往的态度对我。至少，他在努力保持。

就算克劳斯不在家，弗朗茨和恩里希也会照往常那样，在钢琴旁做发声练习。

早上声音放不开是很正常的，然而今天早晨，弗朗茨的声音尤其惨烈。

那感觉，就像他即便扩开胸口的鸟笼，里面的鸟儿也并没有自由地在空中翱翔，只管收起自己灰色的双翼，蜷缩在他的喉咙里。

"玛格丽特……"弗朗茨用他嘶哑的嗓音对我诉说自己的不安，"我也……开始了吗？"他具体地理解了莫妮卡那句"莱娜也才十岁，却已经开始了"其中的意义。

"男孩子变声要到十五岁，再早也是十四岁。你还早得很呢。"为了打消他的疑虑，我特意笑着回答，就像刚刚听他开了一个荒唐的玩笑。

如果失去了美妙的嗓音，那他就会连存在的意义和价值都一并失去。克劳斯的态度让弗朗茨对此深信不疑。

"不出两三天，你就会恢复的。只要不勉强自己就好。"

弗朗茨的恐惧也传染给了恩里希，他也知道孩子的声音迟早会丢失。或许他们俩私下里讨论过这个问题。

"我的喉咙也好奇怪！"

我笑着对他说："没事的。"

"不过今天你们两个还是休息吧。"我说完，恩里希点点头，像要给今天的课程做最后的润饰，唱出优美似水晶铃铛般的歌声。他的嗓音缓缓膨起，仿佛蕾苞绽放成华丽的花朵，轻快地在风中起舞。

一旁的米夏尔仿佛也受到感染，跟着他叫喊起来。

早饭后，我打发弗朗茨和恩里希去庭院里玩，自己抱着米夏尔上楼走进他们俩的房间。英格在的时候，打扫儿童屋和我们夫妻的卧室都由她全权负责，但自从女佣换成了凡事都爱刨根究底的莫妮卡，我就主动要求帮忙分担了。

床铺看上去收拾得很整洁，但弗朗茨床上毛毯的一角下露出了破损的床单。我原本想，大概是布料长期使用被磨旧了，可掀起毛毯一看，底下的床单破得稀碎，就像被野兽咬过一样。昨夜弗朗茨当着我的面把恸哭压抑在心底，回到房间后便全数释放出来了。但他同时又不想被睡在旁边的恩里希知道，于是只好咬住床单。床单被他啃咬、撕裂，弗朗茨一定是大哭了一场，但没有发出任何声音。声音被他自己杀死，他的喉咙成了那只小鸟的墓场。

帮他换一条吧。我把床单剥下来，发现就连底下的褥垫也被撕裂了。是弗朗茨自己用小刀割开的，里面塞的稻草束上留下一道深深的巨大伤口。也不知在一刀刀刺下、割裂的过程中，弗朗茨心中的郁愤有没有因此消散。

等我回过神来，发现自己用手指摸了好几次那道被割开的刀痕。我重整心情，把干净的床单重新铺好。

然后我抱着米夏尔来到露台，低头望向下方的庭院。

一棵几乎要抵达露台的高大榆树的叶子在微微摇晃，恩里希站在树下，正抬起头仰望树梢。沿着恩里希的视线追寻过去，只见他一双脚踏着粗壮的树桠，弗朗茨的身影就藏在树荫之中。他手里拿着一条绳索，打算把它绑在树枝上。

难道……不，他应该不会当着恩里希的面……

好像是为了测试树枝的强度，弗朗茨扯了扯手里的绳子。在我出声喊他们之前，他把那条绳子的一端放在地面，恩里希则把一捆木板绑在绳头上。弗朗茨把绳子拉上去，他手边早已备好了钉子和铁锤，然后他开始把那些木板逐块钉在树上。

到了读写课的时间，恩里希简直按捺不住他内心的激动，告诉我他们要造一栋小屋。我装作第一次听到这桩大新闻，惊讶道："在哪里？"

"你不知道了吧！在树上！"

弗朗茨当然已经察觉到我发现了床单和褥垫上的破损，但是我们俩都佯装不知，没人主动提起。

晚上八点，是家里规定的就寝时间。这对恩里希来说挺合适的，但对弗朗茨来说太早了。平时他总是在床上看书消磨睡前时光，但是今晚，等恩里希睡着以后，弗朗茨下楼来到了客厅。

"玛格丽特，我想和你单独谈谈。"

客厅有莫妮卡进进出出，我便和弗朗茨一起来到了二楼的卧室。

就像昨晚一样，我坐在床上，弗朗茨坐在床边的椅子上和我面对面。

他似乎在等着我叱责他弄破床单和褥垫的事。见我沉默不语：

"有件事情我想告诉你，我就说这一次，希望你能替我记住它。"弗朗茨说，"我的名字叫塔迪修·奥勒布里斯基。"他很快又纠正，"是曾经叫。现在的名字叫弗朗茨·亨克尔……或者，是弗朗茨·维瑟曼……才对。"

"你想回到波兰去吗？"

"我要忘记以前的事。恩里希已经把自己的姓都忘了，就连安杰伊这个名字，如果我不常常提醒他，他也会忘记。恩里希不明白自己为什么有两个名字，我也不知道他姓什么，因为我一直是叫他安杰伊的。"

他略作停顿，接着说：

"我有七个兄弟姐妹，我是老四。爸爸妈妈从来没有吻过我，爸爸只有在揍我的时候才会想起我。妈妈只有在骂我的时候才会想起我。"

我指了指自己身边的位置，然后在移到我身边的弗朗茨脸颊上落下一吻。

他笨拙地说了一声"谢谢"。

"我很喜欢待在你身边的感觉，你能答应我吗？以后不会把我交给任何人。"

"当然啦，你是玛格丽特的弟弟嘛。"

"就算我再也发不出声音了也一样？"

"当然。"

"他们要我们在学校集合，有好几个个子很大的德国人——应该是党卫军吧——来采我们的血，量我们脑袋的形状，还给我们拍照。后来只有被选上的孩子被带到了车站去，好几个人的妈妈躺在铁轨上阻拦他们，可是我妈妈不在里面。我们被他们装上列车，然后就被送去了卡利什。"

"他们说，我们的父母都死了。小孩子都信了他们的话，然后很快就忘记了自己的父母。我不相信，也没有忘。有好几个人的爸爸妈妈为了抢回自己的孩子，特地跑到卡利什来，在孤儿院附近四处走动。可是我的爸爸妈妈还是没有来救我。"

我能做的事，只有揽过他的肩膀，亲吻他的脸颊。

"整天生病的孩子和太笨的孩子都被送去了别的孤儿院。只有我们这群他们觉得适合德国化的小孩儿，被送到德国国内的机构里……这些事，我不想再想起来了，我要全部忘掉。"

"可是你在教堂参加圣歌队的时候，应该很开心吧？恩里希……安杰伊也和你在一起。"

弗朗茨摇摇头。

"你是第一个，你是第一个说爱我的人。你会让我一直待在你身边吗？玛格丽特。"

还有莱娜，她也爱你——我把这句话咽了回去。正是因为莱娜被带走了，这个少年才会陷入如此忐忑不安的状态啊。

"那个孩子不是也很喜欢你吗？叫什么名字来着……阿莉切？"

我也不该提到这个名字的——我立刻发觉了这个事实。我一心只想安慰他，鼓励他，告诉弗朗茨也有别人爱他。是这个念头促使我想起了阿莉切的名字，并情不自禁用它来代替莱娜。记得当时，弗朗茨先脱口而出的是她另一个名字，然后又慌忙改口称她为阿莉切。恐怕另一个名字是那女孩儿在波兰的本名，阿莉切是德国化时被冠上的德语名。莱娜肯定也有原名。我回想起提到莱娜和阿莉切长得很像时，弗朗茨表现出的狼狈模样。他就像被扇了一记耳光，往后直躲……

这么说来，当初莱娜的反应也很大——我没有姐妹，我是独生子！她否认得太拼命了，明明根本没必要撒谎啊。就在此时，克劳斯的话掠过我的脑海。

"门格勒用双胞胎进行遗传相关的研究。"

莱娜的外表看上去像是十五岁，实际年龄只有十岁。然后，阿莉切的年龄看起来恰好也在十岁上下。双胞胎？但是用莱娜做实验的人是克劳斯啊。虽然不知道门格勒用双胞胎做什么实验，但就算莱娜和阿莉切真是双生姐妹，我也想象不出任何她和弗朗茨要拼命隐瞒这件事的理由。

我脑海里转着这些念头，房里陷入短暂的沉默。

"我和劳拉……阿莉切，以前关系很好。她是我的……女朋友。"弗朗茨低声但非常坚定地说，然后他看着我的眼睛。那目光不容我有任何敷衍。

"玛格丽特，我愿意信任你。在遇到困难的时候，你会来帮助我们，而不是站在克劳斯那边吧？"

我不能犹豫，哪怕一眨眼的停顿都不被允许。我几乎是条件反射地回答了"当然"。如果犹豫了哪怕一瞬间，就会推翻弗朗茨对我的信任。不过，虽然不知道他所说的"困难"具体是怎样的情况，但成为弗朗茨的伙伴，会意味着要与克劳斯为敌吗？这样不会给米夏尔带来危险吗？

弗朗茨向来是个很敏感的孩子，但这一次，他没有察觉到我的犹豫。

门格勒究竟在利用双胞胎做什么实验？是很危险的实验吗？

我其实不想知道，但还是问了。

"弗朗茨，这个问题你一定要回答我。你刚才说的'困难'，按照你的预想，会是怎么样一种状况？"

我清晰地感受到弗朗茨内心的挣扎。

"我愿意相信你。"

弗朗茨重复这句话。

"这是我听莱娜说的，她说，双胞胎的孩子会被特殊对待。"

"莱娜和阿莉切是双胞胎吗？"

弗朗茨的头缓慢地移动。他表示了肯定。

"阿莉切是被我村子里的阿姨收养过去的。在来这里之前，我从来都不知道还有莱娜这么一个人。因为她和阿莉切长得很像，吓了我一大跳。我和她提了阿莉切的事情之后，她就告诉了我。"

"特殊对待是什么意思？"

"她说，其中一个会被杀掉……"

"这……为什么？"

"不知道。莱娜只是说收容她的机构里有这样的传闻，所以让我绝对不能告诉别人她有个双胞胎妹妹……"

"只是传闻而已吧？"

我感到难以置信。那些孩子被人强行从亲生父母手中抢走，又被送进集中机构，这一定只是在忐忑不安的他们之间私下流传的谣言而已。大概是门格勒用双胞胎做实验的事，传进机构以后就变味了吧。

"肯定是瞎编的。"

"真的吗？真的是瞎编的吗？"

"肯定是瞎编的啊。杀掉双胞胎的其中一个，为什么要这么做啊？"

"那，就算被别人知道莱娜和阿莉切是双胞胎，也没有关系吧？"

"也没必要到处去宣扬。"

我心中的某个角落里还存有一抹疑念。虽然应该不至于杀人，但既然被用来做实验，待遇肯定不会好到哪里去。看看莱娜受到什么对待就能类推了。

"就跟之前一样，瞒着不说就好。"

在我给他晚安吻时，弗朗茨的手紧紧抓着我的手。我刚想抽出来，他的表情就扭曲了。一瞬间那张脸泫然欲泣，下一秒却又十分果断地松开我的手。"晚安。"弗朗茨别过头，躺下用毛毯蒙住整个儿脸。我再次亲了亲他的额头。

我走进克劳斯的书房，这里的书架和客厅的书架不同，摆满了我根本看不懂的医学专业书。原本想来找找看有没有"实验"的记录或资料，最后却一无所获。假如真的有与双胞胎相关的文字资料的话，除了这间书房，要么放在上锁的研究室里，要么就是在霍格兰那间摆满畸形胎儿标本，还有侧腹部被接合在一起的老鼠不停地啃噬金属栅栏的房间里了。

莱娜才刚满十岁，却不得不违背自然规律，被迫发育成熟。还有那些被强行抢来德国的孩子，我没办法为他们做任何事情。

次日傍晚，克劳斯回来了，一脸心情很好的样子。我们正打算吃晚餐时，布里姬忒突然到访。莫妮卡负责转达来意，说客人"来送博士先前寄放在她那儿的资料"，然后她对我使了个眼色。

"要让她进来吗？"

"不，不必了。你代收一下资料就好。"

莫妮卡去转达克劳斯的话，不一会儿回来说："她坚持说那是很重要的东西，一定要亲手交给博士。"

于是克劳斯去了大厅，隔着紧闭的大门传来布里姬忒尖锐的嗓音。虽然听不清他们具体在说什么，但话音里的甜腻还是很明显的。

克劳斯什么都没有辩解，我也没去问他。她之所以特意跑一趟，把大可以明天在霍格兰转交的东西亲自送到家里，大概是想向我示威吧。

这夜在床上，克劳斯向我索求。

我非常冷淡。

要是没有米夏尔这道枷锁，我铁定已经对克劳斯投去刻薄的话语了。双胞胎会遭到什么样的对待？门格勒又究竟在做什么实验？我铁定已经毫不留情地质问他了。

克劳斯以家长的身份，用爱和权威对待他四处凑来的家庭成员们，这点确凿无误。但只有在他容许的范围内，我们才能安稳地生活。我不能放松警惕，不能大大咧咧地说出双胞胎的事情。

"格丽塔……我亲爱的小格蕾琴。"克劳斯带着情欲的鼻息喷向我的耳朵。我一边浑身泛起鸡皮疙瘩，一边感受到身体内部已经开始回应，憎恨也随之涌上心头。瞬间，莱娜被埃布纳扑倒在床的样子从眼前闪过，我不禁一把推开已经压上我躯体的克劳斯。

"怎么了？"克劳斯双手撑住身体居高临下俯视着我，狐疑地问。

我不能说出莱娜的名字。此时，我想到一个拒绝他的好借口。

"我听说，你这次让布里姬忒同行。"

克劳斯用一阵大笑打断了我的话。他并不是觉得好笑才笑，而是用这笑声替换了愤怒。

"你在吃醋？还以此责备我，是吗？"克劳斯一只手揪住我睡衣的领口往上提，"就为了保护你，害得我要对那个女人言听计从！"他的话音里带着笑声。

"为了保护我……？"

"对布里姬忒说那些大逆不道的话的人不是你吗？"

"我说了什么……这段时间，我都没见过她啊。"

"金发的白痴，黑眼睛的天才。"

啊！我呼吸一滞。

"看来你确实说过，是吧？"

"我是说过……但那只是开玩笑而已。"

"不会以玩笑收场的。从我的妻子口中说出嘲弄国家战略方针的话语，如果这件事传进希姆莱长官的耳朵，你觉得会怎样？"

"可是她没有任何证据啊。我会向长官起誓，我从来没说过那样的话。"

"事到如今，已经晚了。莫妮卡也从你嘴里得到了证词。"

"太太，听说你反对 RuSHA 的战略方针，是吧？还说过什么金发的白痴，黑发的天才，对不对？我听布里姬忒说的。"

莫妮卡问我的时候，我心中一惊，放跑了立刻否认的机会。

"布里姬忒可是个定时炸弹呀，她觉得自己手里握着你的把柄呢。"

我根本没有想到，只是不小心说漏了嘴，却真的会被布里姬忒拿来当威胁我的把柄。那之后我就忘得一干二净了。

"布里姬忒的要求没什么大不了，她只要我不拒绝她的邀请就够了。我是为了保护你才接受布里姬忒的，你根本用不着介意。"

克劳斯抱着我，他的唇在我肌肤上游走。

"我爱的只有你。我爱你，我爱你——我的妻子。"

我的身体渐渐消融，就像一块落入泥水的方糖。

后来，克劳斯在家里休息的时间少了很多。婴儿和幼童被源源不断地从四面八方运来这里，在慕尼黑总部和施泰因赫灵之间往返几乎成了他每日的必修课。但就在如此繁忙的生活之中，他都没有懈怠孩子们的发声训练。恩里希声音里膨胀的花蕾一天比一天丰富起来。

"等到战争结束——"有一次，克劳斯这样说，"恩里希，你就会成为最棒的歌者。"

战争结束……战争真的会结束吗？在施泰因赫灵虽然听不到防空警报声，针对德国全域的轰炸却一日比一日激烈。

"太太，听说盟军已经登陆诺曼底了。"莫妮卡跟我报告这项消息时，时间已进入了六月。报纸上登了这项消息，电台也有通报，所以我也知道。那是发生在距离巴伐利亚非常遥远的法国北部的事，与施泰因赫灵无关。

啊，是卡车的声音。肯定又是婴儿。"来呀，不得了了太太，咱们去看看吧。你到后面的露台上就能看见了。他们会把婴儿用布包好丢出去，如果不接住就……"莫妮卡耸耸肩。我把目光投向米夏尔。

米夏尔只要醒着，就没有一刻是安分的。他在地上到处乱爬，抓着椅子站起来，松开手的话可以走出一到两步的距离。一旦看见盒子和罐头，他就会充满好奇地打开它们，检查里面的内容物。他管弗朗茨叫"弗昂"，管恩里希叫"恩伊"。

家中从未停止过播放音乐，因为我总是给那台电留声机更换不同的唱片。

音乐对我来说并非必不可少。那些我能够轻松享受的爵士乐和弦乐，在克劳斯的收藏里一张都没有。自从美国宣布加入盟军，爵士乐的现场表演和唱片贩卖就都被禁止了，但也有喜欢爵士乐的学生把标题篡改成德国风格，悄悄演奏。因为，听到以《圣路德维希小夜曲》为题的音乐，官僚们根本不会料到，它竟然就是《圣路易斯蓝调》。

尽管克劳斯的收藏里没有爵士乐，但同为被禁止的音乐，来自犹太人或敌国音乐家的古典乐作品不论是门德尔松还是马勒，这里都一应俱全。平时要经常给他们听优秀的音乐——这是克劳斯的命令。为了米夏尔，我遵守了这项命令。

我既没有音乐才能，也没有音乐素养。我不但分不清文艺复兴和巴洛克有什么区别，甚至还会搞混柏辽兹和贝利尼，最后总是落得克劳斯怜悯一笑。不过，由于克劳斯收集的所有唱片都是"优秀的音乐"，所以不论我拿什么，都不会是错误的选择。

除了人尽皆知的那些歌曲之外，大多数音乐都是我从没听过的。有时候歪打正着，选到的曲子很对我的口味，比如中世纪民俗歌谣集里由卡尔·奥尔夫作曲的《布兰诗歌》，还有斯特拉温斯基的《春之祭》，听得我颤抖不已。

我想起来，卡尔·奥尔夫在慕尼黑的麦林格尔大街上经营过一家以体操、音乐、舞蹈为主要教学内容的"欣特工作室"。每当路过那里，总能听到里面传出钢琴声和孩子们的声音。茂密的庭院里种有紫丁香、水蜡树、接骨木和白蜡树，那栋拥有爬满常春藤的小小凉亭的房子，想来也在轰炸中被摧毁殆尽了吧。

我不热爱严谨的古典音乐——这点总要遭克劳斯诟病。

我一定要让米夏尔拥有绝对音感，丰富他的音乐感性。如果他像我一样对音乐一无所知，今后会被克劳斯抛弃的。为了米夏尔在成长过程中能够得到养父的爱，我不断往他的耳朵里注入各式各样的音乐，衷心希望他能像恩里希那样，生来就拥有神赐的美妙嗓音。

虽然通常是随便拿一张，但我时常留心不要选到曾被克劳斯说是"贵重物品"的那盘《莫雷斯奇——最后的阉伶》。那盘唱片里的音乐，就像遭到阉割这种不合理对待的歌手临死前发出的惨叫一样，一听到它，我就会浑身起鸡皮疙瘩。被美丽的东西深深感动时，身体深处也会颤抖，但我从这盘音乐里感受到的是与这种颤抖完全两个极端的不快。它让我联想起克劳斯的爱抚。可是，我明明留心着，却还是好几次恰巧拿到刻有莫雷斯奇歌曲的那盘。

我正沉浸在《布兰诗歌》之中。"你倒乐得清闲。"莫妮卡·雪尼的讥讽随即到来，"霍格兰可忙疯了。塞满了婴儿和孩子，就连看护们都忙不过来，放他们自生自灭。现在哪有时间常常给他们换尿布啊，臭得要死！不过，能进霍格兰都算好了。我从那些跟着他们一起被带来的看护嘴里听说，用来运孩子的火车连带整个车站都被饿疯了的难民袭击，因为那里有食物。最后还是党卫军开枪才把人赶走的呢。"

也是莫妮卡告诉我，德国正在开发了不起的秘密武器。她说是从国内的广播节目里听到的。"他们说就快做好了，可厉害了，是一种炸弹。从我们的阵地发射出去，能飞过英吉利海峡，一口气飞到伦敦！砰——伦敦就成一片火海啦！胜利万岁！"

最近施泰因赫灵村的人口数量激增，同样也是莫妮卡说的。"大家都是从空袭里逃出来的，眉毛头发都烧得干干净净。他们说，城里已经变成火盆了，防空洞直接成了焚化炉。就算执行灯火管制，照明弹还是一茬接一茬，把整个镇子照得像圣诞树似的，所以关灯也没有用。"

"空袭的话，"我打断喋喋不休的莫妮卡，"我在慕尼黑也遇到过。"

"啊，可不是嘛，你什么都懂。"莫妮卡耸耸肩，闭嘴了。

虽然"生命之泉"的入口处设有卡哨，拒绝无关人士入内，但偶尔也有人能逃过岗哨的眼睛，溜到后门来乞讨食物。

"请给我们一点吃的吧，请给我们几块布头吧，我的孩子还在拉稀呢！"

我把面包和布头递给他们。

"下次不许再来了！"莫妮卡对他们吼道，"下次再敢来，我就告诉党卫军，把你们全丢到达豪去！"

他们离去时投来的目光，盯得我不敢动弹。

"你真是好心呀。"莫妮卡冷笑道，"太太，咱俩一个唱白脸一个唱红脸。但是如果这次不干脆一点儿赶走他们，以后可有的是苦头吃。全村人都知道这里有充足的食物，哪天暴民找上门都是完全有可能的。下次那些人再敢来，我就不说话了，太太，你自己去应付他们吧。只要敢让他们踏进厨房一步，下一次就会直接进屋。敢给他们一片面包，下次就跟你讨一整块。这次你帮一个人，以后就是十个人，一百个人，你追我赶都来了。然后你和米夏尔就会被他们扒光了衣服丢出去。不过我倒是无所谓。你别以为自己是什么大好人，我看见你那张脸就想吐！太太，你也和我一样，不过是个怀了私生子的不检点的女人，只不过运气好长了张漂亮脸蛋，才会被博士看上。不过我看你也得意不了几天了，博士现在被布里姬忒收拾得服服帖帖的。"

只要米夏尔不会挨饿，哪怕饿死多少无辜的人……我都可以忍耐。

七月十日，克劳斯告诉我，他要到我的故乡——贝希特斯加登去一趟。此前他已经去过好几次了。

"元首目前正在上萨尔茨堡的贝格霍夫庄园，军总司令部的各个部署也都集中在那里。"

"什么时候回来？"

"还说不准，要看情势。"

交换过简短的对话，在克劳斯出发三天后，慕尼黑又再次遭受大型空袭。这一次，他们炸毁了伊斯曼宁格大街上的"生命之泉"中央总部。

接到电话报告的克劳斯快马加鞭往回赶。

行政长官祖尔曼，法务部主任提休，以及医务部长官格雷戈尔·埃布纳，和他们的家人一起坐着奔驰车来到霍格兰，奔驰后面跟了一辆载有他们个人财产的大卡车。

"生命之泉"总部将要搬迁至施泰因赫灵的消息，也通知到了我这里。

为了给他们准备住处，整个霍格兰乱翻了天。

莫妮卡立刻跟我报告他们卡车上载来的随身行李有多么奢华：波斯产的绒毯、威尼斯的玻璃工艺品、夫人们的黑色貂皮大衣、昂贵的古董。

祖尔曼让霍格兰给他空出一部分房间，自己携家带口住了进去，而提休征用了村子里主教的住处。并且为了容纳基层职员，仅仅征用附近的农民房屋还不够，他们还在园区内紧急搭建了一批简易的住房。

格雷戈尔·埃布纳原本也打算征用村中民居的房屋，却迟迟确定不了人选，因为埃布纳只想要最完美、最舒适的住处。

"总而言之，我会先把这个家的一部分提供给长官。"

"把我们的家吗？"

我脱口而出，然后突然反应过来。这是克劳斯的家，而我是暂住的房客。我不是一直这么想的吗？不知不觉，我已经把这里当成自己的家了……挂有弗美尔画作的墙壁、海量的唱片收藏、三角钢琴，我的目光一件件扫过这些东西。

埃布纳的妻子已经被疏散去了安全地点，因此陪同前来的只有养女莱娜。"维瑟曼家的人们"为埃布纳和莱娜召开了一场盛大的欢迎晚会。

克劳斯事先就提醒过我,招待他们不必太过丰盛。即便他们属于同一组织,似乎也是需要讨价还价的。与其充门面装阔,不如把辛苦调配食材的一面表露出来,这是克劳斯的判断。

莱娜已经长成一个绝美的少女,就连同为女性的我,目光都会不由自主被她吸引而去。病历上的数字根本不能取信,谁见了她能想到她今年才十一岁呢?说十七甚至十八,都是完全可信的。

我突然感到自己的身体十分丑陋。乳房因喂奶而下垂,曾一度膨胀到极限的腹部,哪怕生产早已结束,也无法再回到以前那样紧绷的状态了。我今年二十岁,心态却完全是一个疲惫不堪的中年妇女。

莱娜像个一本正经的玩偶,表情纹丝不动,也几乎不说话。就连再次见到弗朗茨和恩里希时,她也没有表现出任何天真无邪的喜悦,唯有眼里浮现出一丝困惑的神色而已。

弗朗茨也表现出显而易见的困惑。虽然当时她就由于实验影响,外表显得比同龄人成熟得多,但他们一起唱过禁歌,甚至有时候,反而是弗朗茨更像他们的监护人。但是现在,面对一名外表看起来比自己大上足足七八岁的女性,肯定让他感到自己无比年幼吧。

埃布纳毫不在意他人的目光,宴席间他的手也从未停止对莱娜的爱抚。

饭后,我把莱娜带去寝室,弗朗茨和恩里希回了自己的房间。

二楼东侧的两间房分配给了莱娜和埃布纳,每间一张单人床。是以养父女名义做下的安排。

给她晚安吻时,莱娜的身体微微一僵。她似乎对自己成熟如蜜桃般的乳房感到羞耻,但也许只是我想太多。

回到客厅,克劳斯和埃布纳正推杯论盏,相谈甚欢,谈的好像是有关"生命之泉"的话题。

他们看都没看一眼走进来坐在稍远处的我。

克劳斯说，由于希姆莱长官没来贝格霍夫，所以他没能向长官报告"生命之泉"的实际情况。

"元首的情况确实很怪异，跟我之前听你说的一样。"克劳斯说，"我在贝格霍夫见到的是一个身心麻痹，步履蹒跚的老人。他才五十四岁啊，不但拖着腿，手是痉挛的，眼球浑浊，就连站都站不直了，必须得靠着墙壁或桌子。嘴角还淌下口水。"

我不禁打了个寒战。

"我原以为认错了人，可那确实是元首本人。"

"没错吧？我上个月在大本营见到他的时候，也是那个模样。"

两人毫不在意这些对话会传进我的耳朵。

"传言说，元首的梅毒血检结果是阳性，而且报告掌握在希姆莱长官手里。因此元首只好对他言听计从，事实真是如此吗？"

"没有的事。我也给元首做过血检，是阴性。不过麻痹性病情依旧加重是确凿无疑的，我怀疑是帕金森。对了，阿尔卑斯要塞那边黑卡美洛的工程进度如何？"

阿尔卑斯要塞？黑卡美洛？他指的是什么？我记得，"卡美洛"是英国传说中的国王——亚瑟王城堡所在地的名称。

"元首下令，我们执行。"克劳斯念出党卫军的口号，"元首一直在自言自语这么一句话，'活着，就是不断地毁灭……'"

"如果活着就是毁灭，那么死亡绝对无法被毁灭。"埃布纳说，"如果生命日渐消亡相当于通往衰老，那么长生不老就等同于死亡。"

"你这是诡辩啊。"

"你的长生不老研究看来要赶不上了。"

"即便赶不上元首，我的研究还有未来。"

"出成果了吗？"

"至少在小鼠身上成果很显著。听说T-4[1]收集的大脑样本量非常庞大，如果我也在海德堡或者波恩大学医院的精神科，就能给研究提供很多方便。但在'生命之泉'上班，事情总不能如我所愿。要是能得到批准，同意我用死刑犯做实验就好了。"

"这么说你想被调到达豪或者奥斯维辛了？做研究的话，那儿的器官你想用多少有多少。克莱默博士的肝脏萎缩实验似乎成果颇丰。先给他们注射费洛卡品，从活体中取出脏器后，肝脏和脾脏用卡诺氏液，胰脏用Zenker液固定。当然他给我展示的样品是从十八岁男孩儿体内取出来的。"

"我的研究对象如果不是同系交配的后代，就会有排斥反应，所以用双胞胎最合适。"

"用双胞胎会侵犯门格勒博士的研究领域吧，他不会给你好脸色的。"

"我跟他的研究领域不一样。"

"塞加尔[2]那个用到睾丸提取物的长生不老药方，最后也只让狡猾的商贩赚了个钵满盆满啊。"

"即便现在已经被证明无效，似乎依然有商人在凭借它挣大钱。"

"原本也是多亏了那项研究，科学家们才把目光转移到人体组织和腺体提取物上，促进了治疗药物的开发。所以十九世纪老医学家的研究，也

1　即T-4行动。战后对二战时德国"安乐死"计划的称呼。数以万计的残疾或有身心疾患者被医生系统地杀死。

2　爱德华·布朗-塞加尔（Charles-Édouard Brown-Séquard, 1817-1894），毛里求斯生理和神经学家。曾认为睾丸对延长生命活力有显著功效，并用猴子的睾丸做制药实验。

并非全是毫无意义的。"

"细胞疗法也是建立在塞加尔的研究基础上的总结嘛。哦，说到这个我想起来了。奥斯维辛那里，能不能加大新生儿的体内组织干燥标本的生产效率？'生命之泉'这里专攻分娩和托儿，缺乏研究设备。"

"你不是用废城地下的那间旧拷问室来做研究室吗？"

"我确实很重视那个地方，能做这里做不了的实验。但设备短缺的问题……"

"铁定能备齐的。"

两三天后，埃布纳确定了征用某个富农的房子，于是就和莱娜搬去了那里。

而从广播里听到那条惊天动地的大新闻，是在数日之后，也就是七月二十日的傍晚。元首回到东普鲁士大本营，险些遭到炸弹袭击。电台的播音员在提到元首本人没有受伤，并且即将在今天通过广播对全体国民开展一场演讲的时候，因为情绪激动，不禁兴奋地抬高了嗓门儿。

克劳斯在霍格兰跟埃布纳他们开会，我于是独自一人在客厅听广播。等到元首开始演讲，已是深夜了。

"德意志民族的各位同胞，今天我发表这次演讲有两个理由。其一，是为了让诸位听到我的声音，知晓我平安无事。其二，是为了告知诸位这场德意志帝国史上空前恶劣的犯罪。"

我听的过程中，日期变成了二十一日。

"有极少数利欲熏心、不负责任、不守法条且愚钝至极的军官组成团体，密谋抹除我，同时抹杀德意志国防军总司令部的诸位幕僚。由冯·施陶芬博格上校设计放置的这枚炸弹，在距我右侧两米处爆炸，将我忠实的部下炸成重伤，导致其中一人死亡。而我自身除去些微的擦伤、磕碰和烧伤外，几乎毫发无损。因此，我将此次事件视为上天要我继续追求大业的铁证。"

时间进入八月，宣传部长戈培尔被提拔为"战时国家总动员总监"后，接连发布一条又一条命令：旅游限制、营业限制、每周六十小时劳动、取消休假……而对于依旧被关在克劳斯公馆里的我而言，这些命令完全没有波及我的生活。

我略有察觉周围人的敌意。日子过得既安稳又奢侈，而我从不去霍格兰帮忙。明知那里需要人照顾的婴儿多如牛毛，尽管心底感到一丝丝愧疚，我也决不外出。现在柏林、慕尼黑的女性都被召集到工厂，缝制降落伞，用车床加工枪支部件。如果当初没有生下米夏尔，现在的我铁定也饿着肚子，在慕尼黑的军需工厂里干活了。如果当初克劳斯没有提出跟我结婚，我现在肯定在霍格兰一边哺育米夏尔，一边没日没夜地照顾其他婴儿吧。

克劳斯公馆的客厅，即便是大白天，也像身处弗美尔的画里一样静谧。我实在一步也不想踏出客厅的门，哪怕我明知自己将在这个茧里渐渐腐烂。

我点起一盏灯，第一次给冈特写信。为什么我会产生这种念头？笔尖在纸上快速游走，连我自己也渐渐搞不清楚写信的初衷。大概是因为忐忑，因为胆怯，因为我甚至没有一个可以说话的伴儿——我没有办法对克劳斯敞开心扉。

冈特曾经说自己要去西部战区，但我不知道他如今身在何方。不过，每个士兵所属的部队都有固定的邮编，只要知道这个邮编和收信人的名字，理论上寄出去的信件一定可以送达。只要还没有牺牲……负责的士兵会骑着自行车，在战场上接连不断的炮火里四处配送包裹。

我写的尽是一些即便被人中途拦下审核也没有大碍的内容：去年秋天我在"生命之泉"生了孩子，我给他起名叫米夏尔。我跟同时身为"生命之泉"医生的党卫军成员克劳斯·维瑟曼结了婚。

我曾经在心里暗暗骂过出卖了"白蔷薇"成员朋友的冈特是人渣，觉得自己无法爱他。可是现在，我根本没有资格去批判他的明哲保身，他的自私自利。一想到自己现在也靠着自私自利来武装自己，便因为与冈特分担同样的罪孽而对他产生了亲近——也可能只是我心里感到胆怯和孤单而已……

我把信纸装入信封，写上隶属部队的邮编和冈特·冯·弗吕斯滕堡的名字，贴好封口。踌躇片刻又将它撕成两半，扔进了废纸篓。

4

一九四四—一九四五年

八月二十五日，盟军夺回巴黎。

九月，米夏尔迎来了他的第一个生日。

今年不再有人从瑞士寄礼物来，我们度过了一个只点蜡烛的寂寞圣诞节。只有英格给孩子们寄来了圣诞卡片，尽管只是印着粗劣图案的明信片，但弗朗茨和恩里希把它摆在了壁炉顶上。

然后，时间就到了一九四五年。

每次霍格兰放映新闻短片，莫妮卡都一定会去看，回来就驱动起她的舌头。

"太太，那帮布尔什维克人太过分了！他们在东部战线连女人小孩儿都杀，满地都是尸体。以前我听说他们杀女人还不够，还要先奸后杀，原来是真的啊！不过德国军队马上就去救人啦。他们又是强奸，又是抢劫，还屠杀没有抵抗能力的孩子，真是一群禽兽！还把俘虏的衣服全剥光了，赶到西伯利亚去呢！

"柏林给每个市民都发了一杆枪要他们自卫。可是，年轻男人都上战场了，市里只剩下小孩子和老头儿。真叫人担心呀……

"查修威茨少尉可好了，空军的那个。新闻上说，他把汤米的重型轰炸机大队打得一个不剩，还拿了勋章呢。人长得又帅，英姿飒爽，开飞机的士兵可真棒呀。

"破烂佬全是布尔什维克的奴隶！真傻，是德国人从布尔什维克手下保护了他们，可这帮人就是不明白！

"每回看完新闻，我们大家都这么干：Durchhalten（坚持就是胜利）！"

莫妮卡高举她的拳头大叫。米夏尔模仿她，恩里希见了也觉得有趣，高举起小拳头喊："坚持就是胜利。"

"唉，好想要男人。太太你真好啊，每晚都能被疼爱。"

虽然圣诞节什么都没得到，但二月份弗朗茨过生日时，克劳斯送了他一件非常棒的礼物。是一台放置不用的古旧显微镜。

克劳斯滴了一滴液体在载玻片上，放到镜头下，叫弗朗茨来看。

刚一看到镜头下的景象，弗朗茨那激动的神情甚至让我心生醋意。他脸上的陶醉，比当时收到那盒彩色粉笔还要更甚几分。

"它们在动！"

"没有男孩子对显微镜不感兴趣。"克劳斯朝我眨了眨眼，"我第一次看显微镜的时候才七岁，当时它就改变了我的世界观。微观世界竟然如此庞大，既然世间万物都由它组成，那不就意味着无穷无限吗？更不用说，这里面根本不存在人类那些微贱的情感。"

"我也要看！我也要看！"恩里希吵闹起来。

我不得不按住和他一同挥手起哄的米夏尔。克劳斯竖起一根手指，提醒恩里希不要喊哑了嗓子。

"让我看看嘛。"恩里希小声恳求。要是放在平时，弗朗茨早就把位置让出来了，但今天的他太过沉迷于新世界，把凑过来的恩里希用手肘推到一边。

见恩里希哭丧着脸，"这是弗朗茨收到的生日礼物。"克劳斯摆出严父的态度说，"恩里希，你不可以闹着要哥哥的东西。"

弗朗茨很快又变回那个懂事明理的小孩，他让恩里希爬到椅子上，把最好的位子让给他。直到恩里希欢叫"我看到了"！之前，都一直在帮他调整镜头的位置。"这个东西在看我！"恩里希叫道，"这个小小的，扭来扭去的，在看我呢！"

克劳斯的心情绝好，他说要让弗朗茨看看培养细胞的过程，便带他去了研究室。被留在客厅的恩里希则像逗猫一样逗米夏尔玩。

我从未进过别栋里的研究室，就连克劳斯放在霍格兰的那些标本我都根本不想去回忆。由于研究室的助手从不来主屋，我就连他们的长相都不知道。

弗朗茨回来后两眼放光，跟我报告他的所见所闻。他受到的感动远远超出了他贫瘠的德语词汇量所能描述的范围。

"人类的细胞可以无限增……那个词怎么说来着？增殖，对，就是增殖！格丽塔，你知道吗？玻璃培养皿里有细胞的……嗯……培养基，把细胞组织放进去再供给养分的话，细胞就会分裂，慢慢变大！可以变到无限大！原来细胞可以经过无限分裂一直存活下去啊！"

弗朗茨的亢奋似乎让克劳斯很满意。为了进一步活跃气氛，他开始讲述自己大学时代的失败经历。解剖实习的时候，他们班趁教授不在，轮流偷喝一瓶红酒，谁知喝到一半教授回来了。"要是被他发现就麻烦大了。你们猜，我们把红酒瓶子怎么了？"

"你们用瓶子打了教授！"回答的人是弗朗茨，他也有点儿得意忘形，

"只要把他打晕，就不会被骂了！"

"这主意不错！"克劳斯放声大笑，"但是我们的做法更聪明。我们马上把瓶子藏到尸体的腹腔里，然后再把伤口缝上。"他笑得更加开怀，孩子们也笑了。就像是发现了这个时候他们可以笑，并且被要求大声发笑。就连米夏尔，他明明什么都不懂，却也迸出一阵反常的笑声。

"瓶子里还有红酒吗？"恩里希问。

"还剩了些。"

"那死人会想尿尿吧？"

恩里希说这话的时候很认真，见克劳斯听了又爆发出惊天大笑。他愣愣地看着克劳斯。

"以后不能让你学解剖啊，你将来是要当歌手的。"

"可是剧场全都烧光了。"我在这时插嘴。

"等到恩里希可以作为歌手活动的时候，肯定已经完成重建了。弗朗茨，你对医学感兴趣吗？"

"嗯，很感兴趣。"弗朗茨少有地诚实回答了克劳斯的提问。

"你想像我一样成为医生吗？"

"我可以吗？"弗朗茨的目光无比恳切。

"看你够不够努力了。"

克劳斯虽然这样说，但我认为那绝非易事。想进大学读书，必须先修完十三年的学业，并且还要通过大学入学考试。只要能通过，无论何时想进入何地的大学进修，都是个人自由。尽管那一天还很遥远，但大学入学考试无疑是一道难关，并且弗朗茨至今还没去过正规的学校读书。那个在"生命之泉"内部建造学校的计划毫无进展，眼下的战争局势，人们根本顾不上去新建一所学校。

弗朗茨也理解个中隐情。"您能允许我去上学吗?"虽然他有些犹豫,但还是积极地问,"我只要能去村里读书就可以了。"

"那要由我决定!"克劳斯突然吼道。

他心情越好,就越会因为一些小事瞬间翻脸。我们明明深知这一点,却不自觉地忘记了去留意。

不过克劳斯的心情立刻重新回暖,他把恩里希抱到膝上。"等到你过生日,就送你喜欢的东西。"他用手指抚摸恩里希纤细的喉头,"你想要什么?"

面对这从天而降的恩宠,恩里希就像突然被恶魔——或者仙女——赐予了三个愿望似的,冥思苦想起来。

克劳斯那句话给弗朗茨带来了希望。他开始给自己房间的墙壁、地板、天花板、椅子、窗户……所有的物件,都贴上写着它们名字的纸条。这是为了记住正确的德语拼写。他第一次对可以窥探的未来表现出想要将它们紧抓在手的欲望。我把弗朗茨最近热心学习的事告诉克劳斯后,克劳斯借了他几本科学、历史方面的书。虽然其中好几本对于一个读写都还不灵光的孩子来说太晦涩难懂了,但弗朗茨翻翻字典,依然埋头苦读。

莫妮卡说,从各地"生命之泉"被送来霍格兰的婴幼儿数量日渐上升,如今已经超过了三百人。"床铺就一百零九张,现在整个院里塞了三倍的人数,不论谁身上都爬满虱子,还有皮肤病。得了传染病快死掉的也有好几个,真是臭死人了。太太啊,她们恨你恨得牙痒痒,现在这么缺人手,你一点儿忙都没去帮过。看护们都要杀人了。"

恩里希和弗朗茨把乐谱放在钢琴的谱架上,齐声唱起勒韦的《母子谣》。

我的孩子，你的剑上沾满了血

我杀了一只黑猫呀，母亲

弗朗茨弹钢琴的技术虽然不到将来能成为钢琴家的程度，但他看得懂谱，给歌曲弹个伴奏不成问题。他说是以前在教堂学的，这不是训练，只是玩耍，所以他俩很放松。弗朗茨唱母亲的词，恩里希唱儿子的词，我在旁边擦玻璃杯。米夏尔探出身子，要去摸钢琴的琴键。弗朗茨把米夏尔抱到膝盖上，一只手揽住他，另一只手弹奏旋律。其间，米夏尔的手指时不时在键盘上按出几声低沉的不和谐音。

孩子啊，黑猫的血可没有这样红

我杀了一头恶狼呀，母亲

抱着柴火走进来的莫妮卡唤我"太太"，一边给壁炉添柴一边说："有件事我到今天都瞒着你，实在是过意不去了，还是告诉你吧。这里要有新的宝宝喽。"

又是关于霍格兰的传闻。

即便食物衣料短缺，但命令一经颁布，在下达中止令之前会一直生效。卡车依然一车一车地往这里运送婴儿和幼童。

孩子啊，狼的血可没有这样红

我杀了一只秃鹰呀，母亲

"不是每天都有人运婴儿过来吗？"

142

孩子啊，秃鹰的血可没有这样红

我把父亲给杀了呀，母亲

"不是不是。"莫妮卡大力摆了摆她瘦弱的手。

那么，我的孩子，你今后打算怎么做？

我要过流浪的生活，母亲

"是布里姬忒要生了，生一个宝宝。"

那么，我的孩子，我的命运又将如何？

母亲啊，你将会下地狱

"孩子的父亲是谁，你很想知道吧？当然就是……"

因为，让我去……

我不禁失手把正在擦的那只玻璃杯掉到了地上。

"……克劳斯·维瑟曼博士喽。"莫妮卡后半句话随着玻璃落地的巨响一同破碎，似乎没有传进两个孩子的耳中。

因为让我去杀父亲的人就是你啊，母亲——

歌声也戛然而止。

"呀,碎成末末了!格丽塔搞砸了!"恩里希开心地说。

大块碎片可以空手捡走,但尖锐的细小碎片被深埋在地毯的绒毛里,怎么扫也扫不净。

"得换一块地毯了……"

"唉,唉,真浪费。"莫妮卡叹道,"我先把它收到仓库去吧。"

我和莫妮卡把沉重的地毯卷好,合力扛起它。一旁的弗朗茨想来帮我们的忙。

"你留在这里,跟恩里希一起保护好米夏尔。"我跟他交代好任务,然后和莫妮卡两人一起把地毯搬入地下室。这间装有通风口的地下室严格祛除一切霉菌和湿气,平时用作储藏室和粮仓,紧急情况下还兼任防空洞。但由于没有安装供暖设备,地面的冷气顺着腿直往人身上蹿。

克劳斯的艺术品都收在这里,几个比棺材还大的方柜装的则是衣物和贵金属。

通往地下室的门钥匙,由克劳斯和我各执一把,以前从没让莫妮卡进来过。莫妮卡擅自打开方柜,窥探里边的内容物后,馋得简直忍不住要用舌头去舔嘴唇。本来是为了不让孩子们听见,我才紧急选了这个地方和她谈话的,是我太草率了。

我把柜门关上,可莫妮卡早就顺走了一条黑貂围巾。她的脸贴着毛皮不住摩擦,享受它柔软的触感。

"真奇怪那些孩子怎么能每天干干净净,底下明明有这么大一个宝物库!这些都是从流放的犹太人手里缴来的吧?真厉害,太太,我看你这辈子都不用愁衣裙珠宝啦。"

"这些不是我的东西,都是克劳斯的。我不能随便取用。"

"哟，博士的东西不就是你的东西吗，太太？光靠变卖都能吃到进棺材。不过啊……"莫妮卡继续说，"你要是再这么稀里糊涂的，这些东西就都是布里姬忒的啦。"

"她什么时候生？"

"已经八个月了，还有两个月吧。四月末就差不多了，肚子都这么大了。"

"你明明知道，却故意瞒着我？"

"太太，你不是不愿意听我说话吗？亏我还好心好意告诉你那么多事情。"

确实，莫妮卡讲话的时候，我从来不会认真听。

"很久以前博士去占区的'生命之泉'的时候，不是带着布里姬忒一块儿去了嘛。我当时告诉你了呀。"

"我听见了。"

"从那以后，他们就一直有关系，然后布里姬忒可喜可贺地怀上了。她现在在霍格兰可威风啦，仗着自己是维瑟曼博士的二夫人，什么活都不干，吃饭也叫别的看护给她送到二楼的寝室里吃。成天跟赫斯拉小姐吵架不说，还当着别人的面跟博士腻在一起。"

"为什么你今天突然告诉我这些？"

莫妮卡几个月来心里憋着这么大一个新闻，对她而言应该是几近于绝食的痛苦，只可能是某种相当强大的力量迫使她保持沉默。我看着把黑貂皮围巾贴在脸颊上摩挲个不停的莫妮卡，突然明白了——她是被收买了。

不过，有必要保守秘密吗？在霍格兰内部根本瞒不住，而且既然仗着克劳斯的宠爱四处作威作福，说明这已经是人尽皆知的事实。

布里姬忒那边别说隐瞒了，肯定想跟我好好炫耀一番。怀孕能提高她的地位，她很可能跑来当着我的面劝我退出。

"是谁给你下的封口令？"

"封口令？！你怎么这么说话，分明是你不愿意听我讲话，所以我没告诉你而已。"

"是博士吗？"

莫妮卡扭动肩膀，说："太太，我真羡慕你啊。博士那么爱你，他不想让你为这些小事烦忧。"

"但你却背叛他的信任，把这件事告诉了我。为什么？"

"因为我觉得太太你好可怜。我不是一直说，自己是站在你这边的吗？所以这事儿瞒着你，让我也觉得好痛苦呢。"

"契机是什么？你今天突然告诉我，吹的是什么风？"

"太太，你说话就不能好听点儿吗？你也是仗着博士的宠爱狐假虎威的人哪。没了博士，你跟我有什么区别？学会对别人客气些，对你将来的日子有好处。就因为布里姬忒没完没了地使唤别人，把我惹恼了，我才下定决心来帮你的。我莫妮卡，莫妮卡·雪尼，可是无比靠得住的。毕竟你是个有叛国倾向的人呀，危险得很。"

"胡言乱语！你什么意思？你不要信口雌黄，说一些怪话。"

"这话可不是我说的，大家都这么说。而我呢，是站在你这边保护你的人。你都不知道我为了你多么尽心尽力……"莫妮卡的眼圈有些泛红，她吸了吸鼻子，然后说，"你要是再被人抓到把柄，就算你是维瑟曼博士的妻子，他们也不会放过你的。到时候就是达豪了，太太。"莫妮卡把围巾搭在肩上，双手捧起我的手，静静地抚摸它，"你这手滑溜溜的真漂亮。而我呢，成天在这儿给米夏尔洗尿布，去了霍格兰又得给别的宝宝洗尿布。所以你看看我的手啊，都糙成什么样儿了。可我一句都没有抱怨过，还是整天为你当牛做马。"

"我让你去洗尿布，就证明我叛国了？别整天散播没头没脑的谣言可以吗？"

"我还什么都没说呢。"

"那是布里姬忒在到处说吗？"

"谁知道？谣言这东西就是自然而然传开的。别的事也就罢了，这叛国啊……"

"我什么都没做。"

"你手上是没做，但你心里就是那么想的。"

我究竟还要承担"金发白痴"的恶果到何时？

"脱口而出的一般都是心里话，人总不可能说出想也没想过的话嘛。"

莫妮卡的语气渐渐带上了恐吓。

我拿走那条黑貂围巾，收回柜子里。

"你真傻，太太，竟然与我为敌。亏我还想来投奔你，告诉你许多重大新闻呢。"

"所以在今天之前，你都是布里姬忒的人，跟她告密了许多我的事情是吗？"

"怎么，你做了亏心事，怕被别人告密吗？"莫妮卡冷笑道。

允许别人踏进厨房一步，下一次就会直接进屋；给一片面包，下次就要一整块；一个人之后就是十人，百人。用这些话吓唬我的正是莫妮卡。她说得没错，给她十分，接下来就是二十、五十、一百，她会无限地索求下去，这就是莫妮卡。我绝不会用钱物收买她，而她就像是看穿了我的想法……

"你简直是个什么都不懂的傻子。"莫妮卡仰起下巴，"现在也一样，你把米夏尔交给那两个小孩儿，自己在这轻松愉快，可是谁知道他会受到什么样的对待呢？"

"弗朗茨是个可以信任的孩子。"

莫妮卡嗤之以鼻："他可没忘记自己是被绑架来的。哪天你要是知道在你没盯着他的时候，弗朗茨是怎么对待米夏尔的，还不知道会说什么呢。"

"你要是再敢诽谤弗朗茨，我就只能请你离开这个家了。"

"怎么，要解雇我？不好意思，我是维瑟曼博士雇来的。太太，我可不会听你的命令。"莫妮卡狐媚地笑了笑。

走回客厅的路上听到米夏尔在哭，我立刻跑了过去。我可以凭借本能分辨他撒娇的哭声和紧急的哭声，米夏尔正在诉说他的痛苦。

我差点撞上从反方向跑来的恩里希。他告诉我"米夏尔受伤了"！而我连回答也没有给他，径直冲进客厅里。

弗朗茨正抱着哭得凄惨的米夏尔，他脱下自己的上衣，包住米夏尔的下半身。那件上衣已经浸透了血。弗朗茨的手也一片血红。

"刚才米夏尔摔倒了，地上刚好有一块碎玻璃……"弗朗茨的声音在颤抖。"叫我来之前，应该先通知博士吧！"我怒吼的声音也在抖，"给霍格兰打电话，叫博士回来！就说米夏尔出事了！"

莫妮卡拿起话筒，一边呼叫接线员，一边向我使眼色：你看，我说什么来着？

我下意识地制止向我靠近的弗朗茨，让米夏尔平躺在桌上，叫他先不要哭，然后脱下他的裤子。玻璃碎片似乎没有刺进肉里，但他一哭，伤口就往外冒血，看不见具体状况。恩里希拿了急救箱来，我用纱布暂时先给他止血。雪白的纱布转眼间就吸饱了血液。

"说是马上到。"莫妮卡告诉我。

"是克劳斯接的电话吗？"

"我让别的看护去传话了。"

"那不行，一定要直接跟他本人说！"

"没问题的。"

"再打一次！"

"你现在打，没准他已经到门口了，又要跑回去接电话呢？"

我烦躁得不住去看座钟。

"再催一遍。"

"都还没过五分钟呢。霍格兰离得近归近，他又没长翅膀。"

看到克劳斯手上拿着包走进门的身影，我松了一口气。我第一次感到丈夫是如此可靠。

"没有伤到动脉，没什么大碍。"克劳斯坚定地说着，快速给米夏尔做应急止血。

"你一定要好好看看，伤口里有没有留下玻璃碎片啊，亲爱的。"

"没问题。但是伤口必须缝针了，我带他去手术室。"

"霍格兰的……"

我倒吸一口凉气。

"对。"

"在这里做不了吗？"

——太太啊，她们恨你恨得牙痒痒……

克劳斯已经像捧着小小的宝物一样，抱着米夏尔迈开了步子。

"在这里……"

"没有器材。"

"对不起……"弗朗茨的嘴唇白得像纸。

"你别跟过来，就待在家里。"

不知是不是因为我的声音太过严厉，让弗朗茨本就发青的脸色雪上加霜。

莫妮卡斜眼瞟着弗朗茨，用手肘捅了捅我的侧腹。

从克劳斯家通往霍格兰的沥青路两旁堆满了铲下的雪块，树上也覆盖着厚厚的积雪。

时隔将近一年半，我再次踏入霍格兰的大门。

刚一进门，叫喊、哭闹、呼唤的声音，立刻化作一团砸向我的耳朵。

霍格兰内部的混乱已经比我想象中还要严重了。刚走进食堂，粪便的臭味和奶腥味就拧成一股绳，直冲进我的鼻腔。满地乱糟糟的都是婴儿和幼童，一个不注意就会踩到。房间一角并排放着小孩用的便盆，有好几只翻倒了。全身长满疱疹的婴儿在污物堆里爬来爬去，几名看护厌烦至极，自暴自弃地把一个个倒扣在地的便盆重新摆好。而在她们擦地板的时候，其他的孩子又会打翻新的便盆，还把手伸进去大搅特搅。有的孩子刚被扒掉脏尿布，扭头那光溜溜的屁股就撞上了暖炉的发热管，疼得哇哇大叫。

一群挺着大到快要脱落的肚子，似乎来自北欧的大个子金发女人绝望地挥动双手，快速说着我听不懂的语言。其中也有人操生硬的德语极力和看护们争辩，断断续续能听到她们在谈配给物资的问题。

一见到克劳斯，四处有人喊他"博士"，想叫他过去。看护们也唤我"玛格丽特""维瑟曼夫人"。

"好久不见呀。哟，你孩子怎么啦？浑身是血呢。""那就是玛格丽特生的那个小鬼？看来营养很好嘛。""博士，也请您帮忙看看这个孩子吧。这孩子烫伤了，埃布纳博士在管产妇，那边正生着孩子，他实在走不开。""哎呀不行的，博士根本不会给孤儿看病。孩子嘛，那帮人能找多少就找多少来，倒把照顾的活儿全推给咱们。你给他涂点油顶天啦，哪怕化了脓也不关我们的事。""哎，你瞧，玛格……维瑟曼夫人那神情，她正嫌弃咱们肮脏呢。""没办法，哪里有多余的布头给这些娃娃做尿布呀，想换都没得换。再说连肥皂也没有，让我们怎么洗？""你告诉夫人有什么用？她呀，那么铁石心肠。博士家里想用多少肥皂，就用多少肥皂，屋子里头什么都有。莫妮卡不是说了吗？太太她可高贵了。""瞧，她连看都不看咱们一眼。不就是个怀了私生子的小荡妇嘛。""她那件毛衣真不错，看起来暖和极了。"

我连这些声音分别出自谁口都不知道，她们窃窃私语，荡起一圈圈微小的涟漪。

我用充耳不闻武装自己，跟在丈夫后面上了二楼。

检查室里，保菈·赫斯拉让两三个看护帮忙，正在测量婴儿的数据。桌上的竹筐里满满当当躺了十几个赤条条刚满月的孩子，细细的胳膊腿四处乱动，好像快要融化的糖棒，每个孩子都在哭。其中一个看护把孩子抓起来，放进体重计上的箩筐，另一个负责记录数据。

"赫斯拉小姐，我要给这个孩子缝合伤口，请你来帮忙。"

"这是怎么了？"

"出了些意外。"

手术室同时也是分娩室。拉着窗帘的角落里飘出阵痛的呻吟声，还能听到埃布纳博士和助产士鼓励产妇的声音："不要太用力，自然些！坚持就是胜利！"

麻醉生效后，米夏尔睡着了。在克劳斯让保菈担任助手，给米夏尔缝合伤口期间，我跪在地上，紧紧握着他的小手。

缝合很快结束，克劳斯说霍格兰太吵，还是自己家更适合静养。当他再次把米夏尔抱起来，要离开房间时，挺着大肚子的布里姬忒恰好出现在走廊上。她似乎是听到了风声，一直等在门外。

她没有穿看护的制服，松垮的丝绸睡衣下摆微微晃动。怀孕八个月的孕妇想像女演员那样走台步确实很难，不过她照着玛琳·黛德丽的样子化了妆，高高扬起柳叶细眉，做出懒洋洋的神情。

"有些日子不见你了，格丽塔。"布里姬忒狎昵地说，"咱俩现在的关系可不一般，你都听博士说了吧？"

"我今天听莫妮卡说了。"我尽可能冷淡地回答。克劳斯扬起了眉毛，他以为莫妮卡还在给他保守秘密吧。

"怎么，不是博士告诉你的？克劳斯，你还没和夫人说吗？"

"现在情况紧急，有话以后再说。"

"你知道我等你邀请我去家里做客等了多久吗？听说你孩子受伤了？"她娇媚地依偎在抱着米夏尔的克劳斯肩上。

"走开。"克劳斯推开她，布里姬忒一个趔趄，摔倒了。不知不觉，走廊里已经挤满了来看热闹的看护和孕妇。

"所有人回到岗位上去！"克劳斯喝道。

"呀，我的脚扭着了，站不起来了。哎呀，肚子好痛，好痛，我撞到肚子了，流产了可怎么办呀。克劳斯，你帮帮我嘛。"

"去叫格拉夫医生或者保瓦医生，让他们看。"丢下这句话，克劳斯下楼叫来勤务兵，让他跟我们回。这样一来，待会儿就能把米夏尔的小床从二楼搬到客厅，我也能一直在旁边陪护了。

我很担心一直沉睡不醒的米夏尔。

"等他醒了伤口会疼。他哭的话，把这个给他喝下去，这是止痛药。他太小了，不能用效力太强的药，尽量少喝。最好让他做点别的什么事情转移注意力，你不用担心，只是很轻的伤。还有其他事的话，就立刻打电话到霍格兰通知我。"

莫妮卡先前在　-旁看戏，但被克劳斯一瞪，她就躲进了厨房。

现在孩子们还在场，所以我也不能开口问布里姬忒的事。

"等晚上我慢慢跟你说。"克劳斯说完便回去上班。

弗朗茨走到我面前站得笔直，垂着小脑袋。

"我没有尽到我的责任，对不起。我愿意接受任何惩罚。"

"没关系，弗朗茨。"嘴上虽这么说，但我的声音依然很僵硬。先前看到米夏尔腿上的伤口喷血还不算，又目睹了布里姬忒挺着大肚子的模样，打击着实不小。

"玻璃杯是我打碎的，所以是我不好。"

"都是我的错。"

旁边的恩里希不明白究竟是谁错了，又错在哪里。他困惑地交替看着我们俩。

"玛格丽特，请你惩罚我吧。"

"不用了。"

弗朗茨垂着头，上了二楼。

晚饭时克劳斯回到家。米夏尔中途醒过一次，但由于麻醉的效力依然昏昏沉沉。

"你什么都不用担心。过几天我会给他拆线，然后就一切正常了。"

"会不会影响走路？"

"没伤到筋骨，所以不会的。他立马就能活蹦乱跳的了，那样的伤每个男孩子都会经历个几次。"

"布里姬忒真的流产了吗？"

"她装的，真是个烦人的女人。我回霍格兰的时候，她已经什么事都没有了。"

这个时候弗朗茨和恩里希一起走进餐厅，我于是不再继续这个话题。克劳斯的目光停在弗朗茨一瘸一拐的腿上，问他怎么了。我这个时候也才刚刚注意到，弗朗茨走路时一直拖着左腿。

"没事。"弗朗茨说着，在位置上坐下。每次吃饭的时候，克劳斯作为一家之主坐在正面，他的对面是我，弗朗茨和恩里希各坐在左右两边。座位就是这么自然而然定下来的。

"扭伤了吗？"

"没有。"

"给我看看。"

克劳斯话音刚落，弗朗茨便脱口而出那个绝不能在他面前说的禁词：

"Nein。"

"这是命令！给我看看你的腿。"

"Nein！"

怒上心头的克劳斯一把拉过椅子，抓起弗朗茨的左腿放在自己膝盖上。弗朗茨忍住了惨叫，左边裤腿附近已经开始渗血。

"受伤了是吗？我给你处理，把裤子脱了。"

"我不要！"

"脱！"

弗朗茨尝试反抗，但他没能敌过克劳斯的力气，硬是被扒掉了短裤。他腿上虽然包着布，但一通挣扎过后，伤口似乎又裂开了。眼看着血越渗越多。

"怎么弄的？"克劳斯说着，伸手想把布拆下来。

"请不要管我了。"弗朗茨却按住他的手。一看弗朗茨的表情便知，他正强忍着疼痛。

"我是医生。医生一见到病人和伤者，就没办法放着他们不管，这是本能。"克劳斯说，"当然，为了保护纯血种族，不被需要的人另当别论。"他又补充一句，"而你是宝贵的雅利安人。"

现在伤口完全暴露在空气下了。

"这是刺伤。"

克劳斯一边用我拿来的急救箱里的药品做应急处理，一边问是谁干的。

弗朗茨一言不发。

给米夏尔做完手术回家时，弗朗茨走路的样子还好好的，那么他受伤就是后来的事。但直到开饭前，弗朗茨应该都和恩里希一起待在二楼才对。

"谁干的？恩里希，是你吗？"

"不对，不对，不是我！是弗朗茨自己用小刀刺的！"

"笨蛋！"弗朗茨粗鲁地打断了他，"你个大嘴巴！"

"可是……"恩里希快要哭了。

"玛格丽特，我自己惩罚了自己。"弗朗茨凝视着我的双眼，"仅此而已，所以求求你不要管我。"他虽然开口请求，语气却完全不像央求，只是顽固地，翻来覆去地重复那句话——Bitte，Bitte（求求你，求求你）。

"很好！"克劳斯大声喊道，拍了拍弗朗茨的肩膀，"好极了！帝国的好儿郎就该这样！"

弗朗茨原本发青的面孔恢复了少许血色。

我的喉咙被某种毫无来由的担忧紧紧扼住，小刀割开的褥垫在眼前一闪而过……

今天的克劳斯既是一名值得信赖的医师，也是米夏尔可靠的父亲。恐怕今天是我结婚以来第一次真心感到他是我的"丈夫"。

但我心里依然有个疙瘩。"为了保护纯血种族，不被需要的人另当别论，而你是宝贵的雅利安人"。这句话表达的是一种对美术品的爱。就好像在说，克劳斯爱的并不是弗朗茨的资质，而是他金色的头发和蓝色的眼睛。

他也只爱米夏尔的金发蓝眼吗？我很想去相信不是这样。

这夜，我躺在克劳斯身边，再次提出布里姬忒的话题。

"布里姬忒是你的二夫人吗？"

"我的妻子只有你一人。"

"可是，布里姬忒怀了你的孩子……"

为了防止点燃克劳斯的火暴脾气，我必须小心斟酌我的措辞。

"她怀的是一个雅利安人。现在国家失去了许多宝贵的生命，增加下一代——以及雅利安人——是我们的重要使命。我也会尽可能遵循国策来行动。"

见我不说话，他继续说：

"等那孩子生下来，允许男子重婚的新法条应当已经通过了。目前相较女人，男人的数量变得极端稀少，重婚政策应该不论男女都会支持吧。这对于那些丈夫死在沙场上的不计其数的寡妇而言，也无疑是一件好事。"

我想起冈特，又想起被斩首的克里斯托夫·普罗布斯特。情感不容厌恶、憎恨插足，只因清冽的爱而结婚，组成温暖的家庭。这是不可理喻的幻梦吗？尽管时日不长，但克里斯托夫和他的妻子、孩子，应当确实拥有过这样的家庭吧？

"但我是不会重婚的。生下雅利安宝宝是身为一名男性对帝国应尽的义务，所以我要履行职责，但我的妻子只会是你。"

爱抚随之而来。

"……生下来以后……你打算怎么做？"

“找一个优秀的党卫军家庭送养。”

“明明是……自己的孩子……却不放在身边……”

“你肯定不愿意抚养他吧。我很理解这种场合下女性的心情，不比为帝国效忠的男人，你们通常会以个人情感优先。所以我才事先叮嘱莫妮卡别告诉你……”

我自然无法像抚育米夏尔那样公平对待布里姬忒的孩子，绝对不可能。但是这个人，他都不会对自己即将降生的亲骨肉有感情吗？明明他都能以严父的形象去爱弗朗茨和恩里希，还有米夏尔，这三个与他没有血缘关系的孩子啊。尤其是米夏尔受伤后，在不知所措的我看来，今天的克劳斯无比可靠。要是没有布里姬忒那件事，我几乎已经爱上他了。

尽管没有血缘关系，但相比连面都没见过的胎儿，克劳斯会觉得每天同吃同住的三个孩子更亲吗？他是不是只会为存在于眼前的，拥有实体的美丽物件注入他的关怀呢？

“我们不是生活得很好吗？我丝毫没有破坏现在这个家庭的打算，我想让你可以一直舒适地生活下去。如果你觉得舒适，那么我也舒适。”

——布里姬忒的孩子，对你来说，只是增大雅利安群体的一个“数字”吗？

“既然你这么爱我，为什么还跟布里姬忒……”

“我要说几次，你才能听明白？哪怕让雅利安女性多生一个孩子，都是国家大事。并且让她们生孩子，也是我们男性的义务。”

“我那句无心之言，一直被布里姬忒当借口用来束缚你吗？”

“无心之言？”

“你以前和我说过的。”

像是过了半天才终于想起来，克劳斯爆发出从前我曾听过一次的惊天大笑。

"对了，你是个思想危险分子来着。"

他用笑声把这个问题搪塞过去。

一周后，拆完线的米夏尔跟从前没有任何不同。他看到那条隆起的细痕，说它是一条蛇，可是抓了半天也拿不走，惹得他大发脾气。那伤疤没有蛇那么粗，更像一条在他腿上爬行的蚯蚓。我告诉他疤痕总有一天会消失，米夏尔却听不懂。每次看到那条伤痕，他都想把它抓起来扔掉，大喊"有蛇咬我，好痛"，整个人气鼓鼓的。

弗朗茨的左腿还是有些跛，而我装作没有察觉。又过了半个月，他的行动也恢复到了从前那般灵活。

最近布里姬忒那边悄无声息，我有点儿害怕。莫妮卡违背承诺泄露了秘密，遭到克劳斯叱责之后，她最近安分多了，但也可能是在赌气。每次她看起来想要开口说些什么，又都煞有介事地闭上嘴。

没了莫妮卡的消息，我就对外界的动向一无所知了。坐在弗美尔静谧的画下，沉浸在音乐之中，日子就这么一天天过去。

现在，原本幽静的施泰因赫灵也开始拉响防空警报了。美军飞机执着于反复轰炸慕尼黑，英军飞机大队还会袭击附近的埃伯斯贝格和瓦瑟堡，每当机影从施泰因赫灵上空掠过，警报声就会响彻全镇。我们躲进地下室，由于遭到灯火管制，不能打开电灯，只能靠着蜡烛的微光度过一个又一个夜晚。

克劳斯开始让人把他的艺术品和贵重物品搬到上萨尔茨堡避难，弗美尔的画也被卸下来送走了，墙上只留下画框的痕迹。

"上萨尔茨堡那边更安全吗？不会被轰炸吗？"

克劳斯告诉我，那边地下库房的设备齐全，跟这里完全不能比。自从前年，国内大都市接连遭到轰炸后，他们就建造了那座防空洞。与其说是防空洞，更像是在地底下建了一座巨大的城堡。据说那座城堡设计之精密，无论多么强烈的震动都能扛住，也能把爆风和烟气通通拒之门外。

"毕竟是为元首、鲍曼长官和戈林元帅能够安全、长期、毫无怨言地居住而建造的地方，每个角落都考虑周到，设计得很完美。"

他给我列举了一堆诸如混凝土的厚度，耐震装置的规格等数据。虽然我没完全听明白，但是得知那边有一间发电设施齐备的巨大机械室，电力、换气、排风、给排水、供暖……一切都不需要操心。除了海量的住房之外还有食堂，备有烤箱的厨房，铺满瓷砖的浴室、书房，以及收纳美术品和唱片等一众贵重物品，保护它们不受潮气和霉菌侵害的特殊库房。食物的储备量"足够吃上两百年"——这是不是夸张了？——等等这些事情，深深留在我的耳中。

"跟上萨尔茨堡比起来，施泰因赫灵就相当于裸奔了。而且为了保护上萨尔茨堡，国家还在贝希特斯加登附近设置了高射炮台和烟雾发生装置，有许多警卫兵驻扎在那里呢。"

"你说的是阿尔卑斯要塞吗？"

"比阿尔卑斯要塞的规模还要更大。"

克劳斯随手取来一张纸，画了简易地图给我看。他用红色铅笔在图上标示出战线所在的位置。

东部战线和西部战线在德国北部靠得很近，越往南便拉开越大的距离。南巴伐利亚州的都市，比如慕尼黑，虽然在空袭中被炸毁了，却离战线很远。险峻的巴伐利亚阿尔卑斯山脉与蒂罗尔地区的阿尔卑斯山脉接壤，就像一柄巨人的手杖，撑开东西两侧战区的版图。

"我们在这一带的巴伐利亚阿尔卑斯山脉上建了一座要塞。山岳要塞易守难攻，即便有敌袭，受过特殊训练的'狼人部队'也能攻其不备。但我们的对手只有布尔什维克，在那之前，我们应当已经跟英美讲和了。"

"讲和……战争要结束了吗？"

克劳斯用手势拒绝了进一步解释，但他的心情似乎并未受到影响。出于好奇心，我问道：

"阿尔卑斯山脉的黑卡美洛，是什么东西？"

"你怎么知道这个名字的？"

"你和埃布纳长官聊天时提到过。"

"看你安安静静窝在旁边，没想到是竖着耳朵偷听呢。"克劳斯苦笑道，"也不是什么秘密。所谓的黑卡美洛，就是党卫军首领希姆莱长官的住处。它的正式名称叫'维威尔士堡'，位于威斯特法伦。上萨尔茨堡也建有它的仿制建筑。"

时间进入四月，各类货物被更加频繁地运往上萨尔茨堡。

"太太，有个天大的新闻！"

我已经不会再为莫妮卡的口头禅感到惊讶了。

"怎么，布里姬忒早产了吗？"我反射性地说出这句话。

"不凑巧，你听了铁定觉得很可惜，布里姬忒的肚子还是那么大呢。还有啊，莱娜的预产期跟布里姬忒差不多是同一时间，都在下个月末。"

"莱娜要生孩子？"

"太太，你这个人真是不谙世事，不过我也是今天才知道的。莱娜一直躲在埃布纳长官的住处不出门，所以先前我也不知道她怎么了，结果今天在霍格兰不小心听到长官和博士谈话。"

十二岁的莱娜，要生宝宝了……

我问克劳斯莱娜是否真的临产，得到了肯定的答复。

"原本可以趁早给她堕胎的吧？"

"这是个测试十二岁少女是否拥有生殖能力的大好机会。我们给她进行了特殊处理才加快了她的发育速度，马上就能知道结果了。"

"她会死的……"

"这个……不做实验谁也不知道。"

"埃布纳长官也无所谓莱娜死掉吗？"

"没有比平安分娩更好的事。"

我一瞬间有种错觉，感觉自己好像在跟一个语言不通的人对话。

我违背了自己先前的决定，把克劳斯送我的蛋白石胸针给了莫妮卡，命令她绝对不能告诉弗朗茨和恩里希莱娜要生孩子。其实我不需要用这么贵的东西，但我也想不到其他合适的物件了。这次是一，下次便是十……

莫妮卡很激动，说她这辈子都会拥护我，然后又发誓绝不告诉孩子们。

"不过，就算我不说，他们迟早也会知道的。到时候你可不要觉得我违背了誓言哟。"

很快，我们一家也被疏散到上萨尔茨堡去了。家财早已运走，施泰因赫灵这里相当于一间空房。我打点完随身行李，钻进由克劳斯手下的勤务兵驾驶的奔驰车。克劳斯要过几天才会到上萨尔茨堡来。

我把已经一岁七个月大，总是安分不下来的米夏尔抱在膝上，坐在副驾驶席。弗朗茨、恩里希和莫妮卡坐后座。如果我去求克劳斯，让他开除整天危言耸听的莫妮卡，重新雇个女仆来也不是不可能。但我后来改变了想法，与其来个不知底细的新人，倒不如让已经被收买的莫妮卡继续留在身边更好。如果放她回霍格兰，我怕她会跟布里姬忒串通一气。

祖尔曼夫人和提休夫人是最早一批被疏散到别处去的。

霍格兰并没有闭院，虽然行政长官祖尔曼和法务部主任提休预计立刻离开，但医务部长官埃布纳和他手下的医师、看护都会继续留在这里。因为需要有人负责照看孕产妇和婴幼儿，即将临盆的莱娜和布里姬忒也留在霍格兰。

恩里希无精打采，被迫迁移让他感到非常不安。被强制带离母国，辗转于各地的养护设施等每一次经历都深深伤害了他的心。恩里希几乎忘记了所有具体事情，但他的身体，他的深层意识也许还记得一切。也许那些记忆化作一阵阵没来由的不快，正涌上他的心头。

我们乘坐的奔驰车在开往上萨尔茨堡的路上，跟满载着婴儿和小孩的卡车擦肩而过。

卡车的货斗里，孩子们吹着寒风，看上去很冷。

莱娜！我瞪大了眼睛。不，不是莱娜。她既没有那么成熟，腹部当然也没有膨胀。那只是个孩子。

"劳拉！"弗朗茨拍打着车窗玻璃叫道。见她没听到，他打开窗子探出身去，拼尽全力大喊："劳拉！劳拉！劳拉！"

紧接着他唤了她的德语名："阿莉切！"

"是我啊！塔迪修！是我塔迪修啊！"

——我不要再想起来了，我要忘记它。

他曾经这样说过，此时又喊出了那个名字。

"劳拉！阿莉切！是我啊。我在这里，我是弗朗茨啊！"

卡车渐行渐远。莫妮卡把半个身子都探出窗外的弗朗茨拉回车里，关上车窗。弗朗茨把脸贴在车子的后窗上，目送着卡车远去。

——她曾经是我的女朋友。

被撕裂的年幼爱侣……

她原本在其他机构，现在被转送到施泰因赫灵来了。事到如今……

米夏尔第一次坐车，对窗外流动的风景很感兴趣，一直目不转睛地看。一路上既没有军用车开过，也没有飞机的影子，更没有士兵，几乎让人忘记现在正处于战时——即便战况非常紧迫。大片大片的牧草肆意生长，右手边，繁茂的山林渐渐逼近，遍覆积雪的巴伐利亚阿尔卑斯山脉在对面连绵不绝。

我转身告诉后座的弗朗茨和恩里希，人们把那座山称作"侧卧的魔女"。

"你们看，山脊的形状是不是很像躺倒的女人？"那山的背后就是奥地利。

"魔女！"米夏尔口齿不清地重复这个词，然而不仅恩里希无精打采，看起来心情很差，弗朗茨也两肘撑着膝盖，垂头丧气地捂着额头。我也不知是否由于晕车，突然感到一阵胸闷。只好叫司机先停车，下车吐了一遭。

大约一小时不到，我们便从施泰因赫灵驶出大约一百千米，进入极负盛名的疗养地——巴特赖兴哈尔。这里现在没有逍遥自在的度假客，整个镇子冷冷清清。路人望向奔驰车的目光里都藏着疯狂的光芒，我们车头的引擎盖上饰有纳粹的翼鹫标志。

镇公所的大门旁贴了好几张写有宣传标语的海报。"今朝不胜利，明朝做奴隶！""相信希特勒，就是相信胜利！""咬紧牙关！像恶魔一样战斗！"等等。从这些残破的海报下，露出电影《科贝尔格》海报的一角，那是戈培尔部长命人花费整整两年时间拍摄的大作。电影的内容改编自真实历史事件：十九世纪初，普鲁士遭到拿破仑的铁蹄蹂躏，东部一个名叫科贝尔格的小镇居民团结一心，抵抗外敌。表达了只要前线士兵和后方人民万众一心，无论什么样的强敌都能战胜的思想，是一部旨在鼓舞民族斗志的电影。但据说他从前线抽调来许多因人手不足而不得不苦苦奋战的士兵充当群演，克劳斯对此十分愤慨。

我们沿着夹在山间的道路向南继续行驶大约十千米后，进入了贝希特斯加登。

这条狭窄的小路弯弯曲曲，汽车一路上以一百多千米的时速飞驰而来，此时也不得不放缓速度。但即使如此，汽车依然快速掠过集市广场上的大理石喷泉，掠过自十四世纪起就开在贝希特斯加登的古老旅店"灯塔"，没给我留下感伤的时间。

"旧爱"的位置离主路比较远，只需请求司机绕一绕路，就可以路过娘家，但我无法允许自己这么做。弗朗茨和恩里希也被迫与故乡分离，无法怀念自己的家乡，幼小的恩里希甚至连回忆都失去了。

教堂的钟声响彻全镇。他们在为烈士办葬礼吗？特产商店大门紧闭，拉着窗帘。

驶出东方，奔驰车开始攀爬上萨尔茨堡那树木繁茂的陡坡，路旁铲起的雪堆有点脏。车窗是紧闭的，冷气却依然穿过缝隙往里窜。

监视所门口持枪的党卫军叫住我们盘问，我看得出弗朗茨很紧张。当初正是党卫军士兵把波兰孩子们强行掳来的。但司机给他们看过文件后，党卫军的态度就变得毕恭毕敬，允许我们通行了。

监视所后面有一栋三角屋顶的二层小楼，似乎是营房。一楼是抹过灰泥的石墙，二楼是木造的，一名军官正站在伸出楼体的露台上。

5

一九四五年

自从我们搬到上萨尔茨堡居住后，恩里希、弗朗茨，就连米夏尔的气色都越来越好。因为这里地势高，所以风吹过来很冷，背阴处还留有没化完的雪。阳光下的黑刺李树枝头，就像积雪直接变作花朵一般，绽放出一簇簇小小的白花。

我们这些"克劳斯·维瑟曼的家人"，跟建有营房和贝格霍夫山庄的丘陵隔着一条路，住在南侧的陡坡上。房子周围开垦了一片草地，再往前是匍匐在山体上的森林，它一直延伸到高耸入云的凯尔施泰因山脚下。元首的"鹰巢"就在山顶上，通往"鹰巢"的入口封闭着。对面，裸露的群山层峦叠嶂，头顶雪冠的上柯尼希山尤显得鹤立鸡群。再往南看，便是在阳光下闪闪发亮的巴伐利亚阿尔卑斯山山脊了。

我用一本笔记本记录了在上萨尔茨堡生活的点点滴滴。还在施泰因赫灵的"生命之泉"时，我是用冈特送我的那本红山羊革封皮的书做记录的，那本书里蕴含着无限的故事。"总有一天，我要在这本白纸书上写下自己的故事，插画也都自己画"——就是基于这个想法，我才总是寸步不离地带着它。但等写到前往上萨尔茨堡的原委时，它洁白的书页已被尽数填满，封皮上留下了手掌摩擦的痕迹。已经没有空页了，所以来到这里之后的事，只能记在这本单调的笔记本上。

抵达这里翌日，一名年轻的士兵开着车，带我们参观上萨尔茨堡周边的风景。我记得这名士兵的长相。与其说记得长相，不如说是在看到他赤金色的头发被抹得服服帖帖，发旋附近却有一撮叛逆的翘毛之后才想起来的。他是那个在代替洗礼的命名仪式上，担任米夏尔教父的年轻下士。而现在，从肩章可以看出来，他的军衔已经升至中士。

对方率先和我攀谈。"这孩子就是当时那个婴儿啊。"中士亲切地说，"后来我就离开施泰因赫灵，去秘密基地训练'狼人部队'了。当时我分明发了誓，要在氏族思想指导下监护这个孩子的教育，最终却没能完成使命啊。"

沥青路沿着建有我们住处的斜坡蛇行北下，横通往国王湖和奥伯劳的路。尽头是一片广场，那里有一个分岔口，各自通往戈林元帅和鲍曼长官的山庄。戈林元帅的山庄里住着他的夫人和女儿，在自带泳池的戈林邸稍远处，有一片被修整过的平坦空地，可供小型飞机在这里起降。

主路自广场向西大幅度弯曲，环绕整座丘陵一周。环路的中途向西分出一条岔路，通往贝希特斯加登。这座丘陵的直径将近十六千米，北侧是元首的贝格霍夫山庄，南侧建有数栋营房、车库、室内训练场、武器库、大大小小的迎宾馆、剧场、邮局、供应新鲜蔬菜和花卉的温室、用人宿舍、猪舍、马厩等各种设施。紧邻贝格霍夫山庄的那栋大型建筑，曾经是很受游客欢迎，拥有深厚历史渊源的"土耳其人旅社"。我记得它建造于本世纪初，据说勃拉姆斯、克拉拉·舒曼、茜茜公主以及威廉皇储等有名的人物都曾在这里投宿。

如今它被征用为国家警察司令总部大楼。环绕丘陵的道路外侧也分布着不少房屋。

由帝国元帅戈林率领的国防军，以及由既身为全国党卫队首领，同时还兼任德国警察首脑的希姆莱长官带领的武装党卫队，再加上国家警察——目前总共三个组织驻扎在此地。

上级军官大多跟人一起住在独立房屋里。如果算上用人，驻扎在此地的总人数就将近两千了。

由于元首的情人爱娃去了柏林总部，贝格霍夫山庄里只留下爱娃的妹妹和她的友人。

我们居住的房子先前是希姆莱长官的山庄，克劳斯借用了空置的其中一间。长官本人目前住在柏林附近的霍恩里黑。

这栋山庄外表上只是一栋有三角屋顶的朴素石造乡村建筑，内部装潢却比克劳斯在施泰因赫灵的家还奢华得多。从克劳斯家里运来的家具全部被收纳在地下仓库里，由于替换起来很麻烦，干脆直接使用了房子里原有的摆设。钢琴和电唱机是克劳斯的私物，摆在客厅。而书房的书架全被希姆莱的藏书占据，墙上还挂了一幅星座图，藏书也大多是与神秘学和占星术有关的书。

我们在中士的带领下，也到地下参观了一番。克劳斯事先给了他钥匙。地下的通道好似迷宫一般错综复杂，拱形的天花板上每隔数米便设有照明，两侧排列着许多铁门。这里的空气凉飕飕的，中士介绍说，地板下埋有一根供暖用的管道，如果要长期居住在此，可以提供舒适的温度。客厅、两间寝室、食堂兼厨房、铺有瓷砖的浴室等等，生活所必需的房间在这里一应俱全。备有发电机的机电室，上下水管道以及换气设备也非常齐全，尽管这里比地面上的房子狭窄得多，"但这就相当于地下还有一套完整的居住设施。"中士非常自豪地说，就像是在介绍自己的东西。放克劳斯那些书本和唱片的仓库，防潮设计做得相当完备。

"弗美尔的画收在哪里了？"

"我不知道。"中士回答，他连弗美尔是什么都不知道，"请问是博士的珍贵藏品之一吗？"

"对，是很好的东西。"

"想必价格相当昂贵吧？"

"它的价值几乎无法估量。"

"贵重物品全部被运送到更深处的秘密仓库去了。搬运时是我负责指挥的，您想去看看吗？未经博士允许，我不能给您带路，也不能拆开贵重物品的包裹。如果您的需求非常迫切的话，可以由您向博士提出要求，征得他的同意。"

"不了，现在就不必了。"

如果今后要长时间定居在此，要是能把那幅画挂在墙上，倒肯定能让我的内心获得安宁和平静。

"那里的保存条件比这里还要优越。因为它处在盐矿深处，是利用废弃矿坑改建的。湿度一年到头恒定 65%，气温即便在盛夏也只有四摄氏度，冬天反倒会稍稍上升，达到八摄氏度，条件上不会逊色于用来保管元首藏品的阿尔陶塞盐矿。您知道阿尔陶塞吗？我也有幸参与了那边的运输工作。它离萨尔茨堡很近，所以距离这里也不远。废弃的盐矿地下四通八达，就像蛛网一样。"

不知是否因为和米夏尔重逢让他感到兴奋，中士表现得相当健谈。

"那里还有湖呢，也在地下。要驾着木筏渡湖，一路沿地下河前进才能抵达维瑟曼博士的秘密仓库。唉，我真是太想给您带路了。"

"'黑卡美洛'这个地方在哪里呢？"我若无其事地问。

"就在地底湖前方……"中士刚开口却很快闭上了嘴，"这是机密。"接下来他指指通道的一侧，说前面就是元首的地下室。"那里有一扇铁门，从里面上了锁。有卫兵把守，是禁止进入的。"那条通道的尽头没有灯光，消融在黑暗之中。似乎是有个拐角。

我们往反方向走去，中士指着一扇铁门，说里面就是博士的研究室。两个助手轮班，负责在这里照顾那些诡异的老鼠，还有不断增殖分裂的细胞之类。"有一个出入口直接通向外界，博士和助手平时会走那边。"

拐过一个直角弯，前方是下行的石阶，底下漆黑一片。"前面也走不通。"中士指了指沉积在石阶下方的黑暗道，"那里有一扇门，同样禁止通行。"

我们折返。有好几条路通往地面，登上螺旋阶梯后，就从一面用天然石块和混凝土筑成的掩体背面走了出来。

底下可以看到一队扛着枪，戴着铁制头盔的警卫兵列队前进，还能看到武装党卫队正在训练。系着红或黄色围裙的女佣们在营房的院子里来来往往。

中士说，党卫军宿舍、训练大厅和车库所在的区域地下，还设有手枪、步枪的射击训练场。

参观附近的布置和地下区域时，大概被激发了好奇心，弗朗茨表现得很有活力。但吃完晚饭安定下来后，他又面露消沉。

"玛格丽特，我们可以给霍格兰打电话吧？能知道劳……阿莉切现在怎么样了吗？"

"她的待遇应该和其他孩子一样吧。"

"不知道她和莱娜是双胞胎的事情有没有暴露……"

我不知道她在波兰的出生地和双亲的信息有没有记载在文件上。即便为了保密没有留下过去的记录，但只要看一眼阿莉切，任谁都能立刻察觉她和莱娜相貌酷似，也很有可能从年龄上推断出她们是双胞胎姐妹。

我不能去问克劳斯。还不仅仅是克劳斯，霍格兰所有的人都不能问。

我能为弗朗茨和阿莉切做些什么呢……

莫妮卡立刻就找到了唠家长里短的伙伴。广场上开设有一家咖啡馆，不仅卖咖啡，还卖啤酒。士兵不当班时会去光顾，杂役、高级军官家里的女佣、邮递员、温室的工作人员，还有照顾牛马的男仆也都在那里畅饮欢谈。据他们说，戈林元帅胖得活像膨胀的气球，粗壮的腿上穿着一双鲜红鲜红的驼丝锦皮靴，平时还会化淡妆。诸如此类的情报，都是先由莫妮卡从咖啡馆听来，再回家跟我大肆宣扬一番。她讲得活灵活现，仿佛元帅两颊的胭脂正是由她亲手扑上去的。

有一天，这片地区入口处的邮局工作人员给我送来一张绘图明信片。寄信人是英格·库诺克。英格在信中说这里和她家距离很近，邀请我们过去玩。我先前已经写信通知过她我们搬来了这里，这一封是她的回信。弗朗茨回复英格，表示自己非常想去拜访。

英格去世的女儿的丈夫名叫威利，他特地驾驶一辆载货马车来到上萨尔茨堡，接走了弗朗茨和恩里希。因为不能让家里空着，我于是和米夏尔一起留下。两人走后，米夏尔到处找弗朗茨在哪儿。

住了两晚，第三天他们又搭威利的马车回来了。米夏尔一见到弗朗茨就抱了过去。

"我差点儿掉进湖里了！"恩里希最先叫道，像是报告一件惊天大新闻。"英格家里有牛呢！""我们帮忙挤奶了！""还有猪呢！威利叔叔杀了一头给我们吃。""其实本来要在冬天杀的，但是他说我们难得来一趟，就特别招待我们了。""猪肉好好吃呀！"

两人你一言我一语热切地说着，我一开始还笑吟吟地听，见他们这么开心不禁有点儿窝火，于是忍不住讽刺了一句："既然这么好玩，你们去当英格家的小孩儿吧。"

"真的可以吗？"恩里希天真无邪地问道，弗朗茨慌忙用眼神制止。

在那之后，弗朗茨便绝口不提在英格家玩耍的经历，就算我主动挑起话题，他也会刻意掩藏自己脸上兴奋的神情。

两天后，我收到了弗朗茨在英格家给我寄的明信片。

"致亲爱的格丽塔。恩里希和我跟着威利叔叔和他的两个孩子一起去了国王湖，我们玩得特别特别开心，明天就会回去了。英格让我帮她向你问好，晚安。"单词的拼写全都正确。

莫妮卡非常中意那家咖啡馆。平时分配家务给她，她是从不偷懒的，但等把家里四处擦完一遍，她就会立马出门。据说那里女人不多，她很享受被男人前呼后拥的感觉，还四处炫耀自己很受欢迎。如果莫妮卡告诉我的传闻都是真的，那家咖啡馆同时也供男人私下找女人玩乐。贝希特斯加登也有几家取悦上萨尔茨堡男人的店，在没有游客的如今，似乎唯独这些店铺生意兴隆。士兵们只要不当班，就会到贝希特斯加登去，把他们的钱都交给妓女。我简直不愿相信现在的贝希特斯加登竟成了一个淫村。

"我亲眼看见的！"莫妮卡说。

莫妮卡的行动范围也早已超出上萨尔茨堡，扩展到那一片去了。

"有个男人讨好我，说他爱我纤细的腰肢爱得不得了，还说我就像精灵一样轻盈！"

然而我只看到一个瘦得皮包骨头的女人。

莫妮卡带回来的传言不仅限于男人的八卦。

"太太，他们说看到元首来贝格霍夫了！"

"什么时候看到的？"

"这个不知道，怎么说也是秘密行动嘛。元首在贝格霍夫策划战术，然后给狼人部队下令。总司令部早就搬到这里来了，柏林已经空空荡荡啦。可是英军和那帮布尔什维克屄都不知道，还在围攻柏林呢，那儿人都没了！真该让那帮汤米尝尝苦头，知道谁才是真正的敌人。我们德国是跟盟军站在一起，合力攻打布尔什维克的呀。"

"你听谁说的？是真的吗？"

"在咖啡馆，大家都这么说呀。"

我想从克劳斯口中听到确切的说法，于是给霍格兰打了个电话，但等了很久都没打通。终于接通时，对方说克劳斯正在做手术，目前不能和我说话。我拜托对方转告克劳斯，等他手上空闲了回个电话给我。

两天后，我终于跟克劳斯联系上了。

"我听说元首在贝格霍夫，这是真的吗？"

"他已经到了吗？按计划应该二十号才到。"

"但我没有亲眼见到他。"

"这样啊，他终于要来了。"

"如果司令部设在这里，孩子们会不会很危险？能不能让他们去瑞士投奔你姐姐？"

隔着电话，我能感觉到对面的克劳斯张口结舌。

"你……你是在考虑逃跑吗？"

他情绪很激动。

"什么逃跑……逃离战场应该是很正常的反应吧？这里还有小孩儿呢。"

"我马上就会出发去上萨尔茨堡。到时候家里没人出来迎接我，你不觉得这很荒唐吗？"

这次轮到我哑口无言了。

"你要从我这里抢走恩里希吗？"克劳斯说，"你以为我为了什么才收养他？每天的训练总该在做吧？基础发声练习没有偷懒吧？"

"嗯，每天都在训练……"

莱娜怎么样了？布里姬忒已经生下你的孩子了吗？

在我问出这些问题之前，对面粗声丢下一句"好了，我爱你"，便切断了通话。我再打过去，就提示占线了。

不知阿莉切和莱娜是否已经见到对方。她们俩是双生子的事……应该没人知道吧。克劳斯应该也不例外，希望他不知情……

依照莫妮卡听来的风声，戈林元帅的夫人和女儿目前似乎还住在山庄里。真有危险的话，应该会优先疏散元帅的妻女。

我虽这么想，但一想到元首可能就在这里，心中便惴惴不安。这里不会变成整个德国最危险的地方吗？

我之所以这样忐忑，是因为几天后，他们让整个上萨尔茨堡的女性都到地下的射击训练场集合。我让莫妮卡留下跟三个孩子一起看家，独自前往。

训练场是个像体育馆一样宽敞的房间。虽然这里是没有窗户的地下室，但换气系统很完善。

他们名义上叫了所有的女人来，但爱娃的妹妹和她的朋友，还有戈林夫人都没出现。也许我们和她们的地位差距太悬殊了吧。

武装党卫队的下级士官郑重其事地环视在场的所有人，宣布接下来将发表重要通知，希望我们安静聆听。"柏林的女人、老人和孩子都武装起来了，这是为了保护柏林，但元首不会让他们牺牲。在布尔什维克抵达柏林之前，元首会将指挥总部迁至这里，也就是上萨尔茨堡。如今柏林已是一座空城。"

下级士官告诉我们的事，除元首本人尚在柏林以外，跟莫妮卡从咖啡馆听来的传言几乎一致。盟军和布尔什维克将在柏林狭路相逢，开始一场枪战。这才是战斗该有的样子。先前英国把欧洲对布尔什维克的防御工作一股脑儿全推给了德国，这次得让他们把欠下的账一并偿还。趁着盟军和布尔什维克殊死搏斗，德国就可以重整旗鼓，再跟盟军一起抵抗布尔什维克。

士兵开始给每个人配手枪。窃窃私语顿时像海浪一样向四周蔓延："这里也要变成战场吗？""我们也得上前线吗？""不是说上萨尔茨堡是最安全的地方吗？"

"布尔什维克要打过来了！"不知是谁说了这句话，差点引发集体恐慌。士官大喝一声"肃静"！女人们闭上了嘴。

"你们怕了？德国的女人害怕敌人的风声？"

"我听说元首本人现在就在贝格霍夫。"有人大声询问，"请问这是真是假？"

"如果他在的话，请让我们看他一眼吧。"

"我们会为元首而战！"

"元首在柏林，敌人还离我们很远。如果他太早转移，会被敌人察觉到他的动向。敌人会发现柏林已经是一座空城，从而改变他们的攻击目标。为了避免这种情况发生，同时也是为了引诱敌人深入腹地，元首现在会留在依然遭到狂轰滥炸的柏林。"

我回想起埃布纳和克劳斯之间交谈的内容。

一个身心麻痹，步履蹒跚的老人。才五十四岁，不但拖着腿，手是痉挛的，眼球浑浊，就连站都站不直了，必须得靠着墙壁或桌子，嘴角还淌口水……

"此地决不会化为战场，我们狼人部队将会在那之前消灭所有的敌人，附近这一带都处在坚固的阿尔卑斯要塞的庇护之下。但我们的敌人是既卑鄙又野蛮的布尔什维克，假如发生意外，我们会疏散女人和未成年人，但你们在座的每一位都要做好自己保护自己的心理准备。今天正是为此才把宝贵的武器分发给你们，之后会有人教你们开枪。"

此时门开了。有人抢先大喊"元首"！而站在后面的人看不到来人的长相，于是拼命往前挤，举起她们的右手。

"胜利万岁！希特勒万岁！"

然而，走上讲坛的只是一名武装党卫队的军官。

"元首迟早会让你们目睹他的英姿。"

军官把刚才下级士官的话又简单重复一遍。然后他说：

"你们杀敌就等于为帝国除掉一头野兽，这是绝无仅有的立功机会。帝国期待你们的表现。"

此后他教我们如何使用手枪。手枪的型号是被德军正式采用的瓦尔特P38，他们解释了半天说这是"9毫米口径的双动型手枪"，但我依旧听得一知半解。

从那以后，我们偶尔会来上射击课。他们公示训练日期，让女人们轮流到地下训练场接受士兵的教导。女人们会在结束后对这些男人评头论足，从中挑选对象寻欢作乐。我猜士兵也在做同样的事。

"肩膀放松。吐气，把手枪架好。右手慢慢往前伸，手臂角度不要太大，左手轻轻盖在右手上。其实单手也能开枪，但你们不熟悉，就用双手吧。枪管前方的突起部分就是准星，后方是瞄准器。保持目标、准星、瞄准三样在一条直线上，然后扣扳机。慢慢扣紧你的手指。"

手枪很沉。我扣下扳机时，肩骨被强大的反冲力震得几乎脱臼。

这里的国防军和武装党卫队越来越多了。

莫妮卡的脸皮一天比一天厚。

有一天，我听到厨房里很热闹，进去一看，有五六个不认识的男女和莫妮卡一起在厨房里喝咖啡聊天。

见我进来，莫妮卡丝毫不见慌乱之色，大大方方地跟我介绍这些人。他们是她在咖啡馆结识的温室园丁，党卫军军官家的女佣，还有杂役之流。

我之所以没有当场呵斥她，是因为我自己也不习惯现在的地位。如果我生在上流社会，早点儿习惯怎样使唤别人的话，应该就能巧妙地应付这群用人。可是实际上，我的境遇原本跟莫妮卡一样，只不过偶然被挑中才成了太太。正因为莫妮卡深知我的心虚，她叫我"太太"的时候，语气里才会充满调侃和讽刺。

第一次我没有拒绝，后来莫妮卡就堂而皇之地把她的朋友请进厨房来了。但她好像自知只有厨房是她的领域，尚且不会闯进其他的房间。

比起住在施泰因赫灵的日子，整个家变得开放多了，各种传言也会流进我耳朵里。

元首已经抵达贝格霍夫的消息，一旦传开就被马上否定，然后又再次重复这个过程，没完没了。

传言还说，布尔什维克已经攻入柏林了。

"广播里说德军在奥得河附近把他们打回去了，但是其实已经进入巷战了呢。"

"不对，不对！柏林整座城早都撤空啦，现在在柏林打仗的是盟军和布尔什维克好不好？"

"元首在贝格霍夫下令，说要跟英军单独和谈呢。"

我们早已得知的消息，如今又像大新闻一样被反复提起。

那是在我们搬到上萨尔茨堡大约两周后发生的事。跑到贝希特斯加登去玩的莫妮卡满面春风地回来了，她对正在补袜子的我说，村里有男人向她求婚，就是那个"爱她纤细的腰肢爱得不得了"的男人。

"他在东部战线伤了手，复员回来的，所以不用再上战场了。多放心啊，我用不着担心自己成寡妇啦。结婚以后我会住到他家去，不过我还是好心过来上班好啦。但要是敌人来了，你可得让他全家人到这里的地堡避难。他家好多人呢，除了爹妈兄弟，还有爷爷奶奶，连曾奶奶都还在世呢。"

怀念的情绪涌上心头，我拿一块补丁抵在袜子脚后跟的破洞上，一边小心地缭缝，一边脱口问出："'旧爱'那边现在怎么样了，他知道吗？"

莫妮卡本就好奇心旺盛，自然也很擅长进一步打听。我于是给她讲了此前从没有对她说过的幼时回忆。

庭院里枝繁叶茂的西洋楸，肥胖又开朗的外婆端着饭菜和大杯啤酒在餐桌间穿梭，小格蕾琴像小狗一样跟在她身后探头探脑。

"你原来是贝希特斯加登人啊？你可真会保密，居然到现在都瞒着我。"

"跟你求婚的人是谁？我们村子很小，大部分人我都认识的。"

"他爸爸是铁匠，姓氏也是施密特（铁匠），名字叫汉斯。"

"啊啊，汉斯·施密特。"

"你们很熟吗？"

"也不算熟，不过汉斯·施密特是我基础学校高年级的学长。"

那是个体型庞大，面色潮红，小学时身上就有一股酒味的人。

"明天你要不跟我一起去吧？你不是很怀念那里吗？"

我有点犹豫。为了向被夺走故国回忆的弗朗茨和恩里希赎罪，我早已决心不再怀念家乡。虽然无法控制自己心里波涛汹涌的思乡之痛，但我是决不会去探访的。至少弗朗茨和恩里希还在我身边时不会。再说父亲不在了，外婆也不在了，那里没有我想见的人。我与汉斯·施密特，以及他的家人之间，都没有什么特别值得怀念的回忆。

"我就不去了。"我摇摇头。

"你家什么样啊？"莫妮卡问道。我翻开弗朗茨的速写本，打开同样属于弗朗茨的彩色粉笔盒盖，画了"旧爱"的庭院给她看。怀念就像忧愁一样使我心中苦闷，我翻开下一页，又画了一张人像。

"这是谁？"

"我外婆。"

"啊？是黑种啊。"莫妮卡注视着外婆黑色的头发和眼睛，"还好你长得跟她不像。"她伸手来摸我的头发。

我本想挡开她，却因为恩里希的一声惨叫，手上的动作停在半空。弗朗茨在二楼醉心于看书，只有恩里希和米夏尔两个人在院子里玩。

跑进客厅的恩里希瘪着嘴，给我看他渗血的手臂，说是米夏尔咬的。好像是他们两个打闹的时候，不知轻重的米夏尔狠狠咬了他一口。

我把米夏尔叫来，打了他的屁股。米夏尔号啕大哭，把那盒彩色粉笔摔到地上。这个孩子最让人头疼的就是这点，也不知是因为他太小，还是因为生下来就是急脾气。弗朗茨和恩里希他们两个想来也有境遇的影响，都很懂事，几乎不需要费心。而米夏尔暴躁易怒又反复无常，时常让我恍惚觉得他继承了克劳斯的血脉。并且，也不知道这点像谁，他做事总是很极端。心情好的时候是拉斐尔的小天使，一旦闹起来就是小恶魔。后来是恩里希苦苦恳求我住手，我才发现自己正把米夏尔摁在膝盖上打屁股。

当夜我躺在床上正要盖被子，门外响起小小的敲门声。还没等我应答门就开了，克劳斯提着行李箱进来。

"怎么这就回来了！"

我一心以为他还在施泰因赫灵，语气像在责问一个不速之客。

克劳斯抱过来亲我的脸颊，我下意识想把他推开。如果没做好心理准备就被他碰，最先感到的只会是厌恶。

"让你沾到煤灰了。"

克劳斯的脸也被煤灰弄得脏兮兮的，他误以为我是不想被弄脏脸才会拒绝他。

"我都没听到开门声！"

"大概因为我是从地下进来的吧。"

"堂堂正正走大门不就好了吗？这里是你家啊。你为什么浑身都是煤灰？在霍格兰碰到火灾了吗？不会是从轰炸里逃出来的吧？"

"我烧了一些文件。"

克劳斯脱下制服上衣，坐在床上伸出双腿，脸上是明显的疲惫。我代替勤务兵，先帮他脱下长靴，又拿出箱子里的室内鞋，并拢放在他脚边。

"布尔什维克终于开始对柏林发动总攻击了，'生命之泉'总部也要搬到这里来。"

"要关闭霍格兰吗？"

"不会，上萨尔茨堡没有可供收容大批产妇和婴幼儿的机构。祖尔曼长官办完剩下的公务就准备过来，但是埃布纳长官、医师和看护们留下，产院和孤儿院会继续运作。"

"布里姬忒已经生了吗？"

"还没有。"

"她要在霍格兰生吗？"

"对。"

"莱娜呢？"我装作若无其事地问。

在克劳斯回答之前，我们之间有一段短暂的沉默。随后克劳斯像是想填补这段空隙一样飞快地说："莱娜死产了。"

"所以莱娜呢？"

"我说了，她死产……"

"不是，我是指她的身体。生孩子很勉强吧？"

"母体平安无事。"

"她现在怎么样了？死产……对肉体和精神的负担都很大吧……"

"手术中途大出血，当时情况十分危急。不过莱娜的运气好得简直像个奇迹，她恰巧有个双胞胎妹妹，那孩子又恰巧从别的机构转来霍格兰了。这样的人最适合做输血供体。"

"既然和莱娜是双胞胎，那她也才十二岁吧？阿莉切不会更容易贫血吗……"

"医学上的事，不需要你这个外行人操心。"克劳斯打断我的话，然后诧异地反问我，"你怎么知道莱娜双胞胎妹妹的名字？"

我一时语塞，在心中斟酌措辞。如果说真话，会波及弗朗茨吗？最终我判断这件事不会给他造成影响，于是和盘托出实情。

"弗朗茨听别人说，如果有人知道她们是双胞胎，其中一方会被杀掉。他一直很在意这个，所以到现在都瞒着我们。这是乱说的吧？"

我原本期待他会像上次那样发出惊天大笑，克劳斯却说隐瞒才是聪明的做法。"但他不该连我都瞒着，应该早点儿告诉我才对。"

"隐瞒才是聪明的做法，是什么意思？"

"唉，罢了。"克劳斯没让我再深入问下去。

"阿莉切现在也很好吧？"

我想让弗朗茨开心。

"很好。"

"不能把她叫来这里吗？"

"阿莉切不是我的养女，我不能特殊对待她。"

"可她是你儿子的女朋友啊……"

克劳斯只当我在开玩笑。

翌日早晨，克劳斯立刻开始了对恩里希和弗朗茨的训练。

由于弗朗茨的喉咙很僵硬，克劳斯只能一直重复跟他强调：要用横膈膜支撑全身，放松上半身，不要往舌根用力，云云。倒是恩里希，就像压根没有早晨发声困难这么一回事似的，他那澄澈、通透的美丽嗓音直冲云霄，消散在遥远的天际。"真是天使。"克劳斯亲了亲恩里希的小脸蛋，"这证明了即便我不在，你也在诚实地继续训练。"然后他转头又重复他说过无数次的口头禅："这孩子就是无可取代的宝石。"

我心想，如果说恩里希诚实，那么，弗朗茨也是每天诚实地认真练习的。这不是诚实与否的问题，而是天赋才能的差距。你不必跟恩里希解释任何原理，他的身体就会自然而然，非常轻松地发出声音。弗朗茨虽然理论上理解了，可他不知道该怎么做身体器官才会像原理中所说的一样运转。

克劳斯让恩里希唱了几个小片段。他的眼眶微微发红。

"恩里希的歌声总会给我带来至高无上的幸福。这样的歌声应该永生永世保存下去！怎么能让它变成转瞬即逝的彩虹呢？你说对不对，恩里希？"

他又对模仿恩里希"啊、啊"叫唤的米夏尔说："用横膈膜支撑全身，还要绷紧肛门。"克劳斯摸着米夏尔的肚子，指出横膈膜的位置给他看，却又苦笑道："你也不可能明白啊……等你长到五岁，就给你上发声课吧。"

"要这样做哟，米夏尔。"弗朗茨在旁边说，"想象你嘴里有一个肥皂泡泡，尽可能不要弄破它。"然后他的喉咙唱出前所未有的优美高音。从弱音到强音，再柔和而有力地过渡到极强音，最终又如同黄昏时分的一束微光缓缓变细。这是他的喉咙第一次发出这样的声音，弗朗茨无比珍惜地让它回荡在虚空里，直到最后一刻。

他愣愣的，蓝色的眼睛追着歌声的余韵直往天际。

克劳斯用力拍拍他的肩膀。

"你做到了！就是这样，不要忘记这个做法就好。"

"简直就像奇迹……"弗朗茨讷讷道。

"不过是我的教法有了成效罢了。只要方法正确，即便是古稀老人也能唱出美妙的歌声。"

克劳斯由此感到前所未有的满足，然后他便出门前往贝格霍夫。

敌人对柏林发动总攻击的消息立刻在上萨尔茨堡的女人之间传遍了。用人们时不时去偷听家主的谈话，又到处散播他们因此产生的愿望或臆测。尽管元首早已住进贝格霍夫的传闻根深蒂固，莫妮卡却说，汉娜告诉她那是假消息。汉娜是戈林元帅家的女佣。"不过，可能她被主人家命令要保密吧。你去问问博士是不是真的嘛。"

"没，他还没来，不过应该快了。包括希姆莱长官和戈林元帅在内，所有人都在翘首盼望元首抵达。"克劳斯告诉我。

莫妮卡越来越频繁地往贝希特斯加登跑，去跟汉斯·施密特共度午后的时间。"我不会每天去的啦，天天见就没有新鲜感了。我要吊着他，让他着急。"话虽这么说，最耐不住寂寞的人却是莫妮卡自己，才三天不见她就忍不住要迈着小跳步下山往村子里去。

虽然克劳斯说元首会在二十号来到上萨尔茨堡，但二十号当天只有戈林元帅抵达了这里。

那天，厨房里的常客们问莫妮卡打算什么时候结婚。"四月二十五日！"她高声宣布，"我们会在贝希特斯加登的教堂里举行婚礼，到时候大伙儿都要来啊！"

"那不就五天后吗？你都做好准备了？你还打算在这里干多久？"

"我可没有辞职的打算。结完婚休息个两三天，就回来上班啦。"

"你真是勤劳肯干啊。"

"对啊。所以维瑟曼夫人也常常说，有我在帮了她大忙呢，还是她求我哪怕结了婚也不要辞职的。"

她明知我能听见，还故意对别人说瞎话。而且我也是今天才听说她已经定好了结婚日期。

"真好啊，我也好想结婚。"

"找个当兵的嘛。"

"不是不退役就不能结婚吗？"

"莫妮卡你多好啊。天上掉下个不用再打仗的好对象，怎么这么巧，就给你碰上了呢？"

"汉斯可是拿到过元首本人签名的士兵呢！"莫妮卡骄傲地说。

"啊！真的吗？"

"真的啊，他还给我看了。当时汉斯还是小学生，有次元首在贝格霍夫的时候，他们一群小孩儿去见他了。元首特别开心，挑几个小孩儿给签了名呢。"

那是发生在元首改建山庄之前的事，我也记得。当时元首跟孩子们愉快地聊天，完全没有架子，他还摸了摸我的脸颊。自从山庄开始大兴土木之后一切都变了，居民们被从上萨尔茨堡赶了出去，而我现在就在这个地方……

"婚纱我要穿汉斯妈妈以前穿过的。典礼当天我就在这里换衣服，汉斯会驾着马车一路到警卫把守的门那儿来接我。典礼开完就是大派对，你们都得来啊。"

等所有人离开后，莫妮卡再次来跟我说，她二十五号要办结婚典礼，请我去参加典礼后的派对。

"维瑟曼夫人要是能出席，我该多有面子呀。拜托你啦。"

"家里还有小孩儿呢，我去不了。"

"有什么关系。你把小孩儿也带去不就好了？米夏尔不会没东西玩的。咱们喝喝酒，跳跳舞，多好玩啊，贝希特斯加登的派对不都是这样吗？"

我不想去，所以拒绝了她的邀约。莫妮卡问我为什么，我也不好回答。除了讨厌你，还能有什么理由？

次日，莫妮卡准备下山去贝希特斯加登时，偶然被我看见她穿得鼓鼓囊囊，大衣下摆里露出来的裙角跟她平时的衣服不一样。而且撑开的外套几乎扣不上纽扣，两边的衣襟是硬被拉到一起的。我抓住她的衣领用力一扯，把外套扯下来了。

"太太，你这是做什么？"

莫妮卡身上套了两件晚礼服。原本长到拖地的下摆被她卷起来，拿皮带捆在腰间。

"就算我去找你借，你肯定也不借的不是？"

"因为这不是我的东西啊，这是克劳斯的。"

"他还不是从犹太人手里没收的？整天放在柜子里，多糟蹋啊，还不如让我穿呢。"

是她擅自跑进地下仓库拿的。难道她趁我不注意，自己配了钥匙？

我感到身体里腾起一股热流，她偷偷配了钥匙这件事让我尤其不快。

"真小气。我只要在派对上穿一穿就好了，你借给我又不会死。"莫妮卡很可惜似的站在镜子前，拿着礼服在身上比来比去。

"Nein！"

我对莫妮卡的积怨在这一刻爆发。

"你再敢私自这样，我就让你走人。而且从今天开始，我禁止你带人进厨房。"

为我的气势所迫，莫妮卡不情不愿地脱下晚礼服，为她干瘪的身躯裹上大衣，出门了。

第二天她也照样下山去贝希特斯加登。傍晚回来时，脸上挂着一丝不自然的微笑。

"太太，你想辞了我吗？看来你是不能如愿了。只要我跟别人一说，你和米夏尔就都得下地狱！你最好当心着点儿。"

"你说那件事？那点小事算不上什么，就连克劳斯都不在意，你不会得逞的。"

"那件事是哪件事呢？"

"你不是很清楚吗？"

"是啊，我当然很清楚。我连你不知道的事都门儿清。"

"你在说什么？"

"要是你敢开除我，我立马全说出去。到时候你和米夏尔都得下地狱！"

她在虚张声势。只是装作自己手里还有王牌而已，我根本没有什么见不得人的秘密。

"你不知道祖尔曼长官很看重我吗？"我反而强硬起来，"米夏尔的父亲可是个了不起的爱国青年，他为国家做过很大贡献！"——虽然是出卖朋友，换来自己的安全……我按下内心的声音。现在我必须把自己手中底牌的强大表现给她看，"祖尔曼长官为了让我能平安生下孩子，还特意给我的入住文件写了批示！"

莫妮卡沉默片刻。她在思考她手上的牌能比我强多少。

"他为国家做了什么贡献？"

"你到底知道我什么秘密？"

"无论米夏尔的父亲是谁，只要我把你的出身说出去，你立马就会被送去集中营。"

"怎么，你要说我是犹太人？我的家族可没有一丁点儿犹太血统。入所前，我已经接受过'生命之泉'的调查了。我可不像你一样，生个要被处理掉的黑种。"

莫妮卡的脸色瞬间变了。原本就发青的双颊更失血色，嘴唇也白了，脸上的雀斑清晰可见。很快，血液又蹿上她的面孔。莫妮卡盯着我的双眼，微笑道："可是我的孩子不是茨冈人。虽然头发和眼睛都是黑色的，但他是如假包换的德意志人。"

她灰色的眼珠泛起红光。

"就算这样，我的孩子还是被处理掉了。更不要说万一被人知道身上流着茨冈人的血，又会是什么下场？你能想象到吧？"

"茨冈人？你在说谁？"

“你啊，太太。当然，米夏尔也不例外。这下可翻了天啦。茨冈人跟犹太佬一样，不是被流放就是进集中营的命！”

“你到底在说什么傻话？”

莫妮卡笑得肩膀发颤。

“我不小心问出来啦，连你自己都不知道！你是个茨冈人。”

“我的双亲都是德国人啊。”

莫妮卡开始围着我跳舞。

“你什么都不知道，而我却问出来了。汉斯家里人很了解‘旧爱’，正巧他曾奶奶从你外婆小的时候就认识她。她老人家都九十多岁了，一直躺在床上，所以我以前都没去拜访。今天啊，我第一次坐在她床边，听她讲了好多事呢。明明晚饭吃了什么都记不得了，可是好久以前的事，就连一点点小细节她都记得一清二楚，还准到惊人的地步。”

莫妮卡拈着一张折过的纸在我面前挥了挥。

“这张画画得很好嘛，你那个黑头发黑眼睛的外婆。”

是我画的那张人像。

“我跟汉斯的曾奶奶说，‘我呢，在维瑟曼博士家里做事。他是党卫军上尉，夫人是这个地方的人，老家是个叫‘旧爱’的餐馆’。曾奶奶听完很惊讶地问我，‘是那个玛格丽特吗？‘旧爱’的格丽塔成了纳粹的大人物的妻子吗？’然后她说，‘她明明有茨冈人血统的，也能给大人物当老婆啊？我还以为纳粹讨厌茨冈人，看来也不是啊。以前他们下令，如果见到茨冈人，要立刻告诉政府呢’。”

莫妮卡从汉斯的曾祖母那里打听到了详细的原委。

汉斯的曾祖母曾经和我外婆的母亲——我的曾外婆——关系很好。有一天，我的曾外婆认识了一个茨冈男人。那个人长得很俊美，又非常温柔，曾外婆无可救药地爱上了他。茨冈男人很快便离开了，曾外婆虽然想跟着他走，可是她没有这样做的勇气。她生下了我的外婆。后来曾外婆去世，外婆被村里的一对夫妻收养。现在已经很少有老人知道这件事了，但包括汉斯的曾祖母在内，依然还有少数几个知情者活着。

"生命之泉"的调查尽管覆盖到了祖母那一代，但就连村公所的文件上也没记载我外婆亲生父亲的事。

"你在血统上撒了谎，才挤得进'生命之泉'！明明是个肮脏的茨冈贼！这种事情一句'不知道'可收不了场。只要我跟人家那么一说，他们立马就会重新启动调查，证人要几个有几个。以前没人知道你现在是党卫军军官的夫人，也没人故意去告密。但要是党卫军来问了，他们绝对会说的。要是敢说半句假话，自己也得进集中营，谁敢撒谎呢？茨冈人要查到你曾祖父母那辈，哪怕只有八分之一的混血都得被消灭，你不也知道吗？"

对着陷入混乱又茫然无措的我，"太太。我呢，想在婚礼之前保养保养我这双手。"莫妮卡说，"不然起了皮，勾破衣服怎么办？我要用光滑的左手戴汉斯的戒指。所以从今天起，用水的活儿我一律不干。"她悠然自得地坐在客厅的椅子上，"要么咱俩单独在一块儿的时候，我当太太你当仆人，这也不错。"

我默默拉起米夏尔的手走进厨房，没洗的碗碟在水槽里堆积成山。就在此时，我听到外面传来爆炸声，但警报没有响。

我立刻反射性地抱起米夏尔。

"太太！"莫妮卡向我跑来。

"是空袭，我们得到地下室去。"

"但警报还没响啊？"

"那可是飞机啊！飞机来得比警报快。"

莫妮卡把通往地下室的门钥匙递给我。她果然擅自去配了。

"布尔什维克可能也有空降猎兵，可能是伞兵部队！"

听了莫妮卡的话，我立刻把枪套捆在身上，装好那把瓦尔特 P38。

下楼梯前，我往窗外看了一眼。飞机的影子从窗框里有限的视野中一掠而过，只有一架。它在低空盘旋。看到尾翼上清晰的"卍"字标识后，我感到浑身的劲立刻松懈了下来。

"是友军。"我对正打算下楼的莫妮卡说了一句。手上依旧抱着米夏尔，来到室外。

此时已经有很多人集聚在外面，对着半空中盘旋降低高度的飞机挥手了。

"是 Fi 156！"有个男人喊出机种的名字。

"是元首！一定是元首！"有个女人大叫道。

"元首成功逃出柏林了！"

"万岁！胜利万岁！"

戈林元帅从山庄里走出来。

那架飞机在修整好的跑道上着陆，机体看上去格外娇小。

一个穿着飞行员装束的男人下来了。他走到戈林元帅面前，向他敬礼。元帅傲慢地点点头，回身走进山庄，飞行员跟着他一块儿进去了。就这样而已。山庄的门再次关上，为这次让我们一头雾水的事件画下句点。

之后陆续赶来的好事者七嘴八舌地讨论"听说元首到了"？"好像要在露台上发表演讲"等等诸如此类的内容。看到了飞行员的人解释说好像不是元首，只是个飞行员。但还是没看见的人更多，他们坚信元首要在露台上发表演讲，于是一拥前往元帅的山庄。国防军的士兵们端起枪，把人都赶走了。

我抱着米夏尔回了家。

"是元首吧？"莫妮卡的鼻息喷到我脖颈上。

"我要托你办件事。"她微笑着说，"你会答应吧？我可爱的黑种格丽塔。"

拥有茨冈人黑发黑眼血统的格丽塔。

"元首他还记得汉斯吗？"

"怎么可能记得。"

"可是他跟汉斯聊过天儿呀？"

"都十几年前的事了，早就忘记了。"

"你让博士跟元首说，请他给我和汉斯的婚礼下个亲笔批示，就写'新婚快乐'吧。"

"你傻吗？怎么可能？"

"当然有可能啊。元首都来贝格霍夫了，你尊贵的丈夫又是党卫军大人物，汉斯该有多自豪啊！他一定会受到全村人敬重的。"

德军在战场上势如破竹的时候，元首是受人憧憬、尊敬的对象。而如今连战连败，所有人都疲惫不堪，民众已经没那么信任无法取胜的元首了。如果人们听到埃布纳和克劳斯聊天的内容，不知道会怎么想。

"刚才来的飞行员不是元首。"

"你怎么知道他不是？"

"戈林元帅不可能在元首面前耀武扬威。"

"元帅很胖，所以看起来才像耀武扬威不是吗？"

"难道你觉得元首会一个人开飞机过来吗？飞机上根本没有别人。"

"飞行员肯定留在飞机上了。只不过你看不清驾驶舱里有没有人而已。你不会拒绝我的请求吧？黑种格丽塔。"

"……我问一下克劳斯吧。"我实在受够她的逼迫了，不得已说道。

"你真是个好人！"

不久我便接到了克劳斯的电话，他说他今晚要在贝格霍夫留宿。

"是元首来了吗？"

"不是。"

"那今天那个飞行员是谁？"

"就是一个飞行员而已。"

我告诉惬意地靠在客厅扶手椅里的莫妮卡，虽然我很想实现她的愿望，可是实在无能为力。我说我问了克劳斯，那个人果然不是元首。"真的吗？"听了这话，莫妮卡怀疑地看着我。

"不如你直接电话里问他？"

"不用了。"莫妮卡退缩了。她敢对我作威作福，但依然害怕克劳斯，"我还是叫你办点儿别的事好了。"

我对她说，博士今晚要在贝格霍夫留宿。"那么今晚咱俩就对调吧。"莫妮卡说，"我是个有同情心的人，不会让你当着孩子的面丢脸。等孩子们睡着以后，今晚我就是太太。"

"别在米夏尔面前说这样的话。"

"我不会让这个小鬼知道的。你呀，分明跟我一样未婚生子，却摆着阔太太的架子心安理得。可爱的小黑种格丽塔啊，是时候让你吃点儿苦头啦！你给我去把碗洗了，把地板擦了，再躺那张冷冰冰的床睡觉吧。"

洗碗、擦地，我都不觉得辛苦，这都是我一直在干的活。因为"心安理得地做一个阔太太"实在让我非常难受，正因为我内心有愧，才无法完全拒绝莫妮卡的要求。

"难受两个字，嘴上说说谁不会？自己一个人占尽好处……"

"我把米夏尔哄睡了就来。"

"打算逃走吗？是不是其实元首真的来了，但你故意瞒着我？"

她又开始没完没了了。

"我实在太想把你的事告诉大家了。只要说一句话，你就立马完蛋，那感觉肯定爽！不过呢，我会忍住的。这可都是为了你好，黑种夫人。"

晚餐后收拾完毕，等米夏尔和恩里希睡下以后，我和弗朗茨在客厅各自点起一盏灯。

弗朗茨一会儿看看书，一会儿瞄瞄显微镜，把观察的结果记录下来。克劳斯送他的礼物现在成了他无可替代的珍宝。也许这个孩子很适合成为一名学者。

厨房里吵闹起来。

"莫妮卡，不好了！听说布尔什维克要打过来了！"一个女人的声音说。

闻言我浑身一悚，立刻站起来。弗朗茨也惊得抬头。

我凝神去听，却没有听到任何枪炮声。

"武装党卫队都在元帅门口集合了，国防军也在那儿，咱们还是趁早进地堡的好！"

等我抵达厨房，来通风报信的女人早已跑走了。

"我们快点儿下去吧！"莫妮卡催促道。

正式的避难通知还没有下达，刚才那能算是正式通知吗？我再次把瓦尔特 P38 别在身上，如果能用它抵着莫妮卡的肚子扣下扳机，我该有多轻松啊？

我登上二楼，想观察观察情况。弗朗茨和莫妮卡也跟着我一起上楼。

家里的露台和戈林元帅的山庄之间隔着一层浓重的黑暗，丘陵南部还留有几扇微小的灯火，那是军队营房的窗户。平常这个时候，他们已经熄灯了。元帅的山庄距离这里差不多有四百来米，但由于中间是一片洼地，两边的房子又都建在斜坡上，因此视野极佳。

山庄在星光下浮现出一层黑亮的轮廓，它的周围摇曳着无数盏小小的灯光。

"那就是武装党卫队和国防军。跟咖啡馆的赫尔玛说得一模一样！这下怎么办？先前飞机都到了，我早就觉得情况有点儿不对劲，这是战时状态了呀。主啊，请您救救我——"

莫妮卡的两手交在一起，叫道。

我首先前往卧室，检查紧急逃生时携带的求生包的内容物。现金、身份证明、最要紧的红皮书和后来用的笔记本……没错，都在里面。

我披上一件短大衣，背好包，抱起熟睡中的米夏尔。弗朗茨拉着睡眼惺忪的恩里希的手，跟我一起下楼。

我来到厨房，把什么面包、新鲜蔬菜、火腿、鸡蛋、芝士黄油一类的东西一股脑塞进箩筐里，叫弗朗茨拿好。我和莫妮卡两人扛着毛毯，用钥匙打开通往地下室的铁门。虽然他们说地下有充足的粮食，仓库里却没有生鲜食材和面包，只存了最基本的原料。这样的话，即便能够长期固守城池，却解不了燃眉之急。

"太太，你倒是让汉斯他们一家人也进来啊。怎么办……他家没电话，我该怎么通知他们啊？敌人来了……他们要是开着坦克冲进贝希特斯加登，那小村子根本撑不住，一下就被轧扁了！我后天都要结婚了啊，这些布尔什维克混蛋……"

她在我背后吵个没完。

我手上抱着米夏尔，恩里希的小手紧紧攥住我的裙摆，弗朗茨的手里握着那把收进鞘中的小刀。

"格丽塔。"弗朗茨轻轻地说，"如果敌人冲进来了，我会保护大家的。现在博士不在，我就是这个家的男人。"

"谢谢你。"

关上铁门后，金属音回响在空荡荡的地下通道里。

我从内侧把钥匙插进锁孔。

"既然你是男人，"莫妮卡娇声对弗朗茨说，"给你个传令任务。你下山去贝希特斯加登，叫汉斯·施密特一家人到上萨尔茨堡来，进维瑟曼博士家的地堡。你就跟他们说，哪怕布尔什维克打过来了，这里也绝对不会出事，所以快来吧！"

弗朗茨看了看我："格丽塔，这是你的命令吗？"

"不是。弗朗茨，你绝对不能出去。"

我锁上门，拔出钥匙，放进口袋。

一切外界的声音就此被完全遮蔽，我再也不知道外面的情况了。这让人心里有些忐忑。

我们走下石阶，在地下通道中前进。

"太太，你就跟弗朗茨说一下嘛。你来说他就肯听了，去贝希特斯加登……"

"不要胡言乱语。弗朗茨还是个孩子，外面路那么黑，都不知道敌军什么时候打过来，你还叫他一个人去？就为了通知你的未婚夫？莫妮卡，你要是无论如何都想去，自己去不就好了？让他们进碉堡，我倒是不介意。"

"你让我去？你让我一个女人自己过去？他们抓到女人会怎么对待，你不知道吗？"

"可是小孩子更危险。"

"我说黑种格丽塔，你现在很威风嘛。汉斯家全家上下都是纯种的德意志人，而这些个小鬼，哪怕是金发蓝眼，到头来不还是破烂佬吗？而你和米夏尔是茨冈贼，你们全是元首口中的杂种！"

她的声音回响在混凝土墙之间。

"这太没天理了！破烂杂种和茨冈贼躲在德意志人的地堡里，为帝国光荣负伤的汉斯却享受不到一点儿恩惠！"

"闭嘴。"

"你竟敢命令我？黑种！"

"我叫你闭嘴！"

我怒吼道，莫妮卡吓得闭上了嘴。

我本想让米夏尔睡在地下卧室的床上，但也许是环境太陌生的缘故，他扭来扭去，就是不肯听话。没办法，我只好把孩子们带进厨房里。这里有火、有水、有食物，总能让人放心一些。停电时，备用的家用发电机会运转。但为了防止连备用电源也遭到破坏，这里还备有手电筒，足足五只。

"村里的地堡哪有这么多设备啊？那就是个地洞！真太没天理了！要是布尔什维克真的打过来，他们绝对会屠村的！"莫妮卡又开始没完没了，"汉斯说过的，坦克很恐怖，房子啊树啊，就连碉堡的墙都能撞倒！我……我在新闻里看过！汉斯家的小破房子一下就会被轧瘪！你们这些波兰的小杂种！还不都是因为你们没骨气，布尔什维克才会从东边打过来！"

恩里希呆呆地看着她，他已经不记得自己的出身了。但弗朗茨的脸立刻没了血色。

"闭嘴！"我单手抱着米夏尔，另一只手狠狠扇了莫妮卡一耳光。

"你这个茨冈贼！"莫妮卡来扯我的头发，"看老娘给你全捅出去！

汉斯家哪怕死了一个人，我就告诉别人你和米夏尔是茨冈贼，到时候你们全得滚去达豪！"

我得用一只手护住米夏尔，无法自由还击。

见莫妮卡撕扯我的头发，米夏尔打了她的脑袋。

"你这个死小鬼！"莫妮卡伸手要把米夏尔扯下来，"等着滚去达豪吧你！"

就在她怒吼的瞬间，弗朗茨弓起身子冲过来撞了她。莫妮卡瞪大双眼，诧异地盯着我看。她整张脸唰地一下变得惨白，身躯像沉入水底一样缓缓倒下。

米夏尔被甩到地板上，疼得号啕大哭，而弗朗茨的动作比我还快。他先我一步抱起乱动的米夏尔，脚步被带得有些踉跄。

我们脚边的莫妮卡像一座小山一样缓缓隆起。她分明瘦得皮包骨头，此时却显得异常高大。她惊愕地翻着眼珠，仰头瞪着我，我紧紧握住她腹部的刀柄奋力一扭。要是直接拔掉，铁定会带出一片血雾，那就不好处理了。可是，就这么插着也有点……

"莫妮卡她怎么了？"恩里希问。

"她受伤了。"

这么一说，恩里希就不再问了。"可是，她都不喊痛。"

"我来保护你了。"弗朗茨亲了亲米夏尔的脸颊。

"你去看看心跳。"我吩咐完弗朗茨，把米夏尔从他手上抱过来。无意间，我又把讨厌的差事强加给了弗朗茨。

"好像已经停了。"弗朗茨郑重地搭了搭脉搏，"想知道她死没死，拿根羽毛放在鼻孔附近就好，可是我们没有羽毛。"

他把手指凑近她的鼻孔试了试，说："没问题，停止呼吸了。"这句话说到最后几个字，他的语调突然上扬，最终变成了好似打嗝般的笑声。

"啊哈！啊哈！她死了！米夏尔，没事了，我来了，我来保护你，你不要哭了，我的、我的……米、米夏尔……"弗朗茨抽噎起来。

"我饿了！"米夏尔伸手去抓面包。我打掉他的手，说现在是深夜，不是吃饭的时候。可他却格外执着于眼前的那块面包，我只好拿起面包刀。弗朗茨在水槽边洗手，我让他们注意不要踩到地上的血，然后在切好的面包里夹上香肠，分给他们三个。

"格丽塔，你不吃吗？"弗朗茨咬下面包前，问我。

"待会儿吧。"香肠的味道和血腥味混在一起，让我无比想吐，但为了不让孩子们发现，我强行忍着恶心。

"好臭！讨厌这个味道！"恩里希皱着鼻子，建议大家换个地方再吃。而我不想让附近到处都沾上血迹，拒绝了他的提议。

吃饱以后，安分下来的米夏尔就睡着了。恩里希也开始靠在椅背上打盹儿。

地面上开战了吗？我凝神细听，却没有一丝声音愿意传进我的耳朵。

"我出去侦查一下！"

弗朗茨似乎安分不下来，主动提出要去巡逻。

"我随便找一扇有碉堡的门，悄悄推开一条缝看看外面，看到开打马上关门就好！"

"我们再等等吧。明天天亮我会去看情况，今天晚上就在这里休息好了。"

"在厨房吗？"

我看了看孩子们的情况。恩里希没问题，只有弗朗茨的衣服沾了一点血，我帮他把衣服换掉，带两人去客厅隔壁的卧室，让他们在床上睡下。

"格丽塔，布尔什维克会不会等我们睡着了打过来啊？"恩里希问。"没事的，"我给他看腰间的瓦尔特手枪，"这次轮到格丽塔来保护你们了，放心睡吧。"现在说话的人不是我自己，是别人在用我的喉咙发声。

"你不要关灯啊。"

"不会的。如果半夜停电，你就打开这个手电筒。"

恩里希点点头，盖上毛毯。

我把熟睡的米夏尔放在弗朗茨的床上。

弗朗茨正撑起上半身坐着，我亲亲他的脸颊和额头。他的手环过我的脖颈，身体微颤。

"格丽塔，你是茨冈人吗？"

我在心里默默给浮现在眼前的外婆送去一吻，回答"不是"。然后吻上弗朗茨的嘴唇。

弗朗茨柔软的下唇被我的嘴唇包住，吸吮。同时，我的舌头分开他的唇瓣，两人的舌尖微微相碰，嘴里漫开一种甜蜜的味道，我的舌头再次在弗朗茨的口腔里缓缓游移。他闭上眼，双手轻轻用力，把我拥向怀中。我把这名少年从舌尖的陷阱中解放出来，又吻了吻他的脸颊和眼睑，但口腔里依然残留方才那种无比甜蜜又柔软的触感，它让我沉浸其中，不禁痴醉。

"晚安，弗朗茨。"

"晚安，我的……格丽塔。"说着，弗朗茨依旧没有放手。

我让他躺下，给他盖好毛毯。灯光在少年柔软的脸上投下阴翳。

回到厨房，只见莫妮卡摆着无忧无虑的神情，依然倒在原地。

她分明瘦得皮包骨头，此时在我眼中却显得格外巨大。那张脸甚至让我感受到一丝威严。人死后会变大吗？我全部的视野都被她占据，什么东西也看不见了。整个房间里，只有穹穹隆起的莫妮卡被光照亮，其他的一切都是暗沉的。倒在地上的臭妮卡发着光，就像一只巨大的萤火虫。

我坐在椅子上发了一会儿呆，于是看到了那一幕。我自己走向布草架，拿出一条床单，铺在地板上，把黏糊糊、无从着手的大堆肉块搬到上面。整条床单被死去的女人染得通红，刀柄在床单之下挺立不动。我把床单卷起来，两边各打一个结，现在它变得像巨大的香肠了。气味令人作呕。

我拖着那东西向前走，中途被门框绊了一跤。摔倒的疼痛把我从奇妙的分裂感之中拉了回来。

那个坐在椅子上呆呆凝望的我已经消失不见。我正双手抓着床单两头的结，拖着它走在地下通道里。

这条道是走不通的。最前面应该有一扇紧闭的门。可是，万一它开着呢？那反而更危险，不知道会有谁突然闯进来。这座地堡的通道虽然复杂得堪比迷宫，但归根结底还是像一只细长的布袋。而且元首那边的门，只有里面的人才有钥匙。我们这边打不开，他们却可以自由出入。

我开始向着和元首地堡相反的方向前进。要不扔到粮食库里去吧。不，不行。我路过研究室的门，四下只听得见自己脚步声的回音。担任米夏尔教父的中士说过，最深处有存放弗美尔等美术品和贵重物品的仓库，如果我能过去……可是，中士也说路上得过一条河，还是湖来着……再说，那里肯定也锁着门。

那搬到地面上的住处呢？如果上面在打枪战，那把尸体往外一丢就行。现在在打仗嘛，尸体根本不稀奇。而且士兵们大概都自顾不暇，没时间看我在做什么。

这个想法非常诱人，但我依然没有采纳。我根本不知道现在地面上的状况。我停下脚步喘了口气，擦擦额头的汗，调整呼吸，揉揉酸痛的手掌，又拖着包裹继续前行。我心里根本没有明确的藏匿地点，只是一味地走着。

我必须回去，米夏尔还被我留在床上呢，我怎么会在这儿？天花板上的灯之间有间隔，我的影子被灯光拖得老长，末端先是萎缩，又一下铺满整面墙壁。我渐渐变成了年幼的格蕾琴。每踏出一步，年岁就减去一分。不对，我是一个母亲了，我必须保护米夏尔。

一步差点儿踏空，我好不容易稳住一看，脚边是通往下层的石梯，一直延伸到黑暗中去。那个床单包裹先我一步坠下楼梯，沉入深渊，落地发出一声闷响。好痛啊！莫妮卡的声音回荡在我耳内。黑暗中，她的尸骸也许已经变成别的东西了，又或许正在经历变形的过程。我好想就这么抛下她逃回去。可是我做不到，弗朗茨的刀还插在上面呢。不，没问题的。只要被炸弹直接命中，管它是被捅死的还是被炸死的，别人根本看不出来。我真傻。谁能保证她被直接命中呢？外面连防空警报都没有响啊。

我瘫坐在石阶上，看见自己正沿着石梯往下走。本该是背影，我却能清楚地看到自己的脸孔。沉积在通道之中的黑暗就像河水一样上涨，渐渐漫过下行的我的脚踝、小腿，直到腰间。不管怎么样，我都得收拾了它。不管怎么样？不管怎么样。无论如何，必须。

我完全沉入黑暗之中。双目失明，脚踩到某种柔软的东西。我往脚上用力。我要收拾掉什么东西来着？踩过去了。我不敢把手伸向黑暗，更不敢在黑暗中回头。

米夏尔在哪里呢？他总是在我身边的啊。

等我收拾了莫妮卡，就能回去陪着米夏尔了。我必须得想点办法处理掉我脚边——我脚下的这玩意儿。

就像踏入深不见底的海洋一般，我再次踏出一步，地板撑住了我的腿。

又是一步。我双手往前方摸索，有一股金属的气味。待我再踏出第三步时，脚尖踢到某种坚硬的物体。我伸手去摸。手感像是金属，它耸立在前方挡住我的去路。是铁门，这是……门把手。我拧下门把，门应声而开。门后并不是无尽的黑暗，微弱的灯光下，一条通道径直向前。

文件记录

摘自《第三帝国的灭亡》

1945 年 4 月 23 日，戈林元帅于上萨尔茨堡山庄接空军参谋长卡尔·科勒通报，获知希特勒将在柏林自决。戈林元帅立即拍电报去柏林，请求希特勒移交权力给他，若 22 时前没有答复，他将直接作为代总统进行指挥。此后他命一架小型飞机在山庄附近待命，打算与盟军最高司令官艾森豪威尔元帅会面，商谈投降事宜。希特勒将戈林的这项举动视为谋反，发电报命令上萨尔茨堡地区党卫军队长弗兰克少校逮捕并监禁戈林。

当夜 22 时，弗兰克少校率队包围山庄，戈林被捕。

4 月 25 日 9 时 30 分，防空警报响彻上萨尔茨堡。整片天空布满英国的兰开斯特轰炸机，一小时内投放炸药量高达五百吨。其中有两枚炸弹直接命中希特勒的贝格霍夫山庄。戈林邸、鲍曼邸、国家警察总部、党卫军宿舍及其他上萨尔茨堡建筑物均遭到毁灭性打击，死伤无数。山脚下的贝希特斯加登，邻近的布亨豪艾、巴特赖兴哈尔等地也在空袭中被炸毁。

4 月 30 日，美军攻入慕尼黑。

5 月 1 日 21 时 30 分，德国国家广播电台宣布，将发表一项重要通知。紧接着电台开始播放瓦格纳的歌剧精选片段，以及布鲁克纳的第七交响曲。德国北部战区总司令卡尔·邓尼茨通告德国全体国民："我们敬爱的，冲在德军最前线作战的总统先生，已于今日午后战死。"并且他宣布根据希特勒的遗愿，下一任第三帝国总统由自己接任。

5 月 2 日 6 时 45 分。盟军司令朱可夫元帅接受了柏林方面的投降。

5 月 4 日，美军进入上萨尔茨堡。

5 月 8 日，双方于柏林签署最后一份无条件投降协议。

II

慕尼黑

5月2日

  F1   体表起皱。

  F2   暴露腹部脏器。成功。

  M1   使用5%福尔马林溶液固定。

  M2   使用10%福尔马林溶液固定。

5月9日

  M1   去除福尔马林。

5月10日

  M1   脱水。

  M2   去除福尔马林。

5月12日

  M2   脱水。

5月20日

  M1   开始强制浸透。

5月30日

  M1   浸透失败。

  M2   开始强制浸透。

6月10日

  M1   腐烂。废弃。

  M2   浸透完成。

       硬度未能达到理想值，需讨论是否加大硬化剂剂量。

1

母亲拥有一对金色的翅膀

它却没为她找到世界在何方

——拉斯克－许勒

"我他妈受够了，受够了！讨厌的肥猪！"

杰尔德趴在地上翻着眼珠，狠狠瞪向好似一座大山般耸立在他面前的上校。

上校又照着他侧腰踹了一脚。

杰尔德今年才十四岁，体格却好得出奇，不但身高早已超过一米七，现在还正是长身体的时候，全身上下开始出现肌肉线条。然而眼前的上校远比他更壮实，更有威严。上校约摸四十来岁，拥有一口十分符合"上校"名号的大胡子，以及圆滚滚的将军肚。他的头发是赤金色的，发旋处翘起一撮不听话的毛，额际有一束白发。据说二战时期，上校前额附近的骨头被子弹削去了一片，伤疤附近新长出来的头发是白色的，怎么都变不回去。而对于出生在德国战败那年的杰尔德而言，战争造成的伤和摔倒留下的伤没什么区别，并不会让他心生多少敬意。

最开始邀请杰尔德加入"国防体育团"的是他的玩伴，彼得。彼得说，这里能上射击课和格斗课。而彼得自己又是受到在团里当干部的表哥邀请，"你要不要一起来啊？每周末训练两天，夏天还有为期一个月的集合训练，而且每年都跟其他组织联合举办竞技大会。不过有那么一点儿偏右翼啦。"杰尔德对"射击课"很感兴趣，于是同意了。

杰尔德很爱看美国的西部片。德国的电影全是老片重修，比起翻拍卡尔·迈[1]那些老掉牙剧本的德制西部剧，当然是美国出品的片子更爽更有意思。但是国外战争片通常把德军描绘成极端丑恶甚至滑稽的形象，没法带着轻松的心情去看。片子里的英军美军个个都是帅哥，对女人小孩也很好，到了德国将领就全是冷酷无情、行为反常的恶棍。早听说英国也有穿着黑衣服发起歧视犹太人运动的法西斯主义者，但明面上谁都不会提这码子事。尽管杰尔德在战后长大，没被灌输什么爱国教育，可是见到别国人在作品里故意贬低自己的国家，总是很恼火的。

他跟母亲住在一起，有时候家里会多一个男人。这个男人可以是任何国籍，但共通点是绝不属于社会的中上阶层。母亲靠着在店里站柜台，给人打扫卫生，还有洗盘子挣钱。一旦成功把新的男人招进家里，她就会当场休工，像女演员一样仔仔细细化好妆，四处花天酒地。但男人往往很快便跑了，于是她又回到和儿子同住的状态。头发乱蓬蓬，衣服脏兮兮，涂很重的口红和眼影，整个人自暴自弃。日子只是一天天这样重复而已。

每次杰尔德问自己的父亲是谁，母亲的回答都不一样。一开始说是美国大兵，杰尔德想着或许以后能到美国去，还期待了一阵子，可下一次母亲又改口说是战死的国防军军官了。

1　卡尔·弗里德里希·迈（Karl Friedrich May, 1842-1912）德国小说家，作品被广泛翻译，在全球都有出版。

由于杰尔德成绩太差，义务教育阶段他没拿到主干学校[1]的毕业证书，只有入学证明，所以不能接着读职校，也因此无法参加职业资格考试。如果不通过考试，哪个单位都不会正式雇用他，干到天荒地老也只会是工资很低的学徒，这等于关上了他通往大师资格证[2]的门。彼得跟他一样。杰尔德确信，他们俩之所以落得今天这个尴尬境地，并不是因为笨，只不过是没把学校教的内容听进去罢了。"总有一天我要去美国，那个国家肯定没有什么狗屁资格考试吧。"

　　在街上四处闲晃的话，不仅容易遭受毒品的诱惑，还到处都是偷店的、掏兜的、顺手牵羊的……这些人都邀请过杰尔德加入自己的队伍。而尽管杰尔德曾因打架闹到警察局，却唯独从不沾手海洛因。之所以暗暗决定不碰毒品，是因为七八岁时，他在和母亲一同居住的公寓庭院里发现了一具年轻男人的尸体。尸体是半裸的，就像在骨架上蒙了一层土色的羊皮，硬邦邦的，在原地缩成一团。男人的唇角往里卷，牙龈暴露在空气之中。警察很快就来了。当时的大人们都说，那人铁定是海洛因打多了。

　　自从不再上学，杰尔德靠着在外面砌墙给自己挣零花钱。虽然这活没屁点儿意思，但杰尔德有一种感觉——要想堕落很简单。哪怕走偏半步，他就会加入掉队者的行列。一个人要想过正经的日子，就像小心翼翼地行走在纤细的吊桥上一样，是十分惊险刺激的。但他唯独允许自己在一件事上放纵：谁敢惹他，他就揍谁。

　　跟他干同一桩活的人里虽然有德国同胞，但还是来自希腊、土耳其、

1　德国中等教育机构名称。从基础学校毕业后，学生可从三种学校里选择之后的进修方向，主干学校相对于文理中学和实科中学属于成绩最次的一档。另有三者合一的"综合高中"。

2　德国的高等职业能力资格认证。

阿拉伯等地的打工仔，以及第三帝国时代被从波兰强行征来的劳工——帝国垮台之后他们依然留在国内——占大多数。

杰尔德现在住的地方依然是一栋便宜的小公寓，位于慕尼黑南郊的施特拉斯拉赫。母亲近来钓男人一无所获，于是在慕尼黑中央车站的一家面包店里站柜台。

"你爹是个大富翁，总有一天他会来接你。"

"你成天除了瞎话还会说别的吗？"

"怎么，你觉得我在骗你吗？"

"对啊，你就是个骗子。对男人也成天撒谎，所以他们都跑了！"

"男人会跑还不是因为有你这个死小鬼巴着我不放！"

"我让你生我了吗？谁求你生了？"

他母亲气得扬起巴掌。杰尔德避过巴掌，一把推开她，不料母亲竟立刻瘫坐在地上。这下就没法下手了。而经此一次，母亲也开始害怕。虽然后来再没有打过他，但相对的，两人之间拌嘴吵架的次数变得越来越频繁。

杰尔德应彼得的邀请，直接参加了"国防体育团"的夏季长期集训。告知住宿费、餐费全免之后，母亲也同意了。他们先乘专线公交一路向南，车上的人从十四五岁到二十四五岁都有，起码来了百来号人。他们在叙尔芬史坦湖附近的森林里支起帐篷露营。教官给他们发了制服：缀有阶级肩章的衬衫、配套的裤子、系带高筒靴、军帽。自己的衣服上交给大队长保管。杰尔德后来才发现，这都是防止他们私自逃跑的措施。团员全是德国人，一个外国人都没有。

紧接着，持续数日的严苛训练让杰尔德立刻就后悔了。"匍匐！"上校发令，所有人必须一齐卧倒，"前进！"

——还不如趁着砌墙的空闲，跟那些客工打架瞎扯有意思呢。

杰尔德脚上起了水泡，很疼。老团员见了，拿根烤过的针直接把水泡戳破，也不管杰尔德叫得比杀猪还惨，用力把水都挤出来，贴个创可贴完事。

即使如此，依然也有令人陶醉的快乐时光。它通常会在一天将近结束时来到，虽然在那之前还得通过另一项必经的考验——在不睡着的前提下，听完上校长篇大论的训话。

在泥堆里摸爬滚打一整天后，他们拖着散了架的身体回到帐篷里。新来的摸不到枪，只有整天被呼来喝去的命。露营场的地主会送很多吃的来慰问，第一天送的竟然是一头放好血的生猪。他们拿铁棍从猪嘴一直捅到屁股，把整头架在火上烤了吃。围在猪旁边的都是年龄大的老团员，像杰尔德和彼得这种新来的只能远远站着看。两人不禁担心能不能分到肉，再说人这么多，一头猪够吃吗？然而分配非常公平。杰尔德意识到这里并不会按照阶级分配财富——也就是食物——之后，对这个集团产生了好感。

篝火让杰尔德十分亢奋。见到火舌冲天，向夜空撒下星星点点的火花时，他便感到血液没来由地沸腾起来。让他更加陶醉的是之后的合唱，杰尔德手里端着啤酒，合着拍子与大家共同欢歌。

高举战旗，稳固队伍

突击队的前进是庄严肃穆

我的同志，即便你倒下了

你依然与我们同在

他以前从未听过这首歌，但很快就记住了。就像一度碎成百来片的灵魂在此刻融合为一，又无限延展铺满整片星空。杰尔德感到身体深处涌出一股难以名状的喜悦，向四面八方爆散。这很像自慰给他带来的快感，而且还不会留下悲惨的后劲儿。

然而第二天，他们在朝霞染红天边的同时被踹醒。整队、笔直地踢腿行进、锻炼腹肌、跑步、匍匐——开始一天的训练后，杰尔德心里又重拾不爽。我凭什么要遭这份罪？

所有人被粗分为两支大队，往下再细分中队、小队。彼得的表哥布鲁诺·贝姆担任第一大队队长，杰尔德所在的第二大队队长名叫赫尔穆特·查修威茨。这两个人的地位仅次于上校。

在队员之中，除了身为团长的上校，布鲁诺·贝姆是唯一有实战经验的人。他过去所属的希特勒青年团，是个年纪最小仅十五六岁，任队长者也不过就二十来岁，充满了少年的团体。配给物资用夹心糖和巧克力代替香烟，因此也被盟军戏称为"婴儿师"。他们在卡昂和英联邦军作战，大部分人都战死了。布鲁诺·贝姆很自豪地说，他们当年甚至逼得英国的蒙哥马利元帅说出"虽然是一帮坏孩子，但他们都是出色的士兵。我们的兵跟他们比起来简直就像外行人"这种话。那些战死的伙伴会在英灵殿每晚笙歌夜宴，同时等待最后一场战役来临。看着年近三十的布鲁诺·贝姆一脸认真地讲起日耳曼神话，杰尔德觉得很扫兴。

至于赫尔穆特·查修威茨，他比布鲁诺年轻得多，模样也就二十五岁。尽管他长得精致，那张脸蛋就像在蜡雕上嵌了两块透明蓝色宝石，体格却相当健壮。

有一天晚上，他们在野外拉了块银幕，给团员放电影看。内容是二战时期德国的每周新闻。

布鲁诺·贝姆跟赫尔穆特·查修威茨交替给他们解说。

"《每周新闻》的胶片是PK（宣传中队）的摄影师拼了老命从战场上拍回来的。"

看到德国人在但泽——现在波兰通称"格但斯克"——被波兰人杀害的场景，杰尔德非常吃惊。电影的旁白说，住在但泽的德国居民经常受到波兰人的迫害。由于军队不能入驻，德国居民只好组织警备团，而波兰人对这些警备团的团员实施了残忍的屠杀。电影中播放的是他们的葬礼、哭倒在地的寡妇，还有逃进德国领土的大群难民。

旁白说，是英国人背地里教唆波兰人，煽动他们歧视和迫害德国人的。杰尔德根本不知道还有这样的事。从小到大，老师在课堂上教的都是只有德国做了坏事。老师说，凶狠、残暴、不知廉耻，必须不断向全世界赎罪的，只有德国人而已。

接下来一集播放的场景是德军在快速进击。装甲部队驰骋于草原之上，侦察队驾驶着两轮摩托飞速奔驰。

拥有"飞行堡垒""大胖子"等等绰号的美军重型轰炸机——波音B17的大队从空中飞过。每架都装备有十六门机关炮，只要在射程范围内，它的防护便毫无死角。然而飞行高度可达七千五百米的迅猛战斗机梅塞施密特 Me109 从敌机大队头顶投下炸弹，"大胖子"的主翼便被炸飞，纷纷坠落。

"查修威茨少尉击坠敌方重型轰炸机三架。至此，其带领的第一战斗航空团第五中队总计已击坠五十架重型轰炸机。"旁白介绍道。

团员们拼命鼓掌的气浪扇得银幕微微摇晃。播放到少尉从战斗机上下来接受铁十字勋章的场面时，掌声比先前还要疯狂。一开灯，赫尔穆特·查修威茨就站起来，把从胸前口袋里掏出来的东西举得高高的，展示给所有人看。那是铁十字章，帝国垮台后就禁止平民持有了。

"片子里那个少尉是他哥。"老团员告诉杰尔德，"死在战场上了。"

托这枚铁十字章的福，赫尔穆特·查修威茨成了团里的红人，就连新来的杰尔德都看得出布鲁诺·贝姆对此感到很不愉快。

杰尔德心想，来之前彼得说只有"一点点"偏右翼，看这架势根本就是"极右"吧？极右派是被国家基本法条明令禁止的。

而他的戒备心变为上进心，是在第二天列队时。上校走过来，感叹他真是个完美的雅利安人，还拍了拍他的肩膀。

"年轻人，体格不错。叫什么？"

"杰尔德·卡芬。"

"杰尔德吗？好名字。几岁了？"

"十四。"

"那你是生在帝国垮台那年啊。要是像你这样的年轻人再多一些，德国恐怕就不会输了，对吧？"上校转向赫尔穆特·查修威茨寻求同意。

"您说得太对了。"赫尔穆特点点头，向杰尔德投去一道亲密的视线。尽管这从天而降的善意打了杰尔德一个措手不及，却也让他心情大好。

就像所有处在这个年龄段的少年一样，杰尔德希望自己与众不同，希望自己是某种特殊的，被上天眷顾的存在。而今天这一点得到了上校和赫尔穆特的保证。

然而次日，上校的巴掌轻而易举地打碎了他的决心。所有人列队跑步时，心急的杰尔德超过了前面的人。"不许打乱队形！保持整齐！"旁边立刻飞来一巴掌，"你叫什么？"分明昨天刚问过，上校却根本不记得他的名字了。

他是不是看我不顺眼啊？杰尔德之所以这么想，是因为第二天他又挨打了。起因是他在休息时间哼歌。高举战旗，稳固队伍——周围的人也开口和他一起唱。就在马上要发展成大合唱的时候上校来了，破口大骂："谁让你们唱歌的！谁给你们下的指示！"几个人指了指他，"不许擅自决定！"

又是一巴掌。

再来就是今天。我不过是鞋带松了而已，有必要一脚把我踹开吗？"在战场上，哪怕是衣衫不整也会让你丧命！"嘴上这样对我说，我就能听懂！用得着踹我吗？这不过是玩打仗游戏而已！你看看彼得，他的鞋带系得也很松啊，你怎么不去踢他打他呢？更别说彼得还耷拉着脑袋，下巴都快贴到胸前去了，上校却对他睁一只眼闭一只眼。八成是因为他有个当大队长的表哥吧。真不公平。

杰尔德对于自己"应得的那一份儿"非常敏感。无论是别人对他的爱，还是他应当享受到的待遇，杰尔德都有着极其敏感的标准。他无法忍受被人愚弄。该死的独裁法西斯！他偶尔也想过，值得信赖的独裁者或许不算太招人反感，然而上校并不在此列。尽管彼得告诉杰尔德，此人似乎在二战时期担任过国防军的上校，但是十五年前，这位上校顶多二十五六岁。无论战功如何显赫，也绝无可能官至上校军衔。估计就是个连战犯名单都上不了的党卫军小喽啰。所谓的"上校"不过是自称而已。

上校又踹了杰尔德一脚，命令他起立。杰尔德照做了，却立刻又被一记耳光扇倒在地。他下意识伸手去抓对方的脚踝，却又有些犹豫。如果在街头打架，两方都陆续会有帮手来助阵。尽管最终会发展成混战，但只要条子一来，就立马作鸟兽散。两边的人都知道什么是规矩。可是在这里跟上校打架，就好比在警察局找局长的茬儿，明知胜算为零还要挑起纷争，除非经过深思熟虑，否则傻子才会这么干。而上校没有放过大好机会，一脚踏在杰尔德的左手上。杰尔德抬眼看去，目光恰好跟站在上校身旁的赫尔穆特相汇。加油啊。赫尔穆特用表情传达这句话，还晃晃拳头给他助威。

当日深夜，杰尔德从榻上爬起来。他自己的衣服依旧放在大队长那里，他只好在内衣外面套上制服，然后把藏在枕头底下的零钱包塞进裤兜里。

他的左手肿得老高，就连抓个钱包都费劲。

杰尔德早就瞄上地主的自行车了。那车连锁都没上，就这么放在外头。杰尔德披着星光匍匐前进，像一条狡猾的蛇，快速穿过一片又一片草丛。训练时被灌输的技术反而在逃脱时派上了用场。

那辆被保养得很好的自行车跑得十分顺畅。由于杰尔德的左手握不紧车把，搞得车头歪歪扭扭，总得注意修正行进轨道。如果骑摩托，这趟归途想必更轻松，但万一有人被马达声吵醒就麻烦了。既然鞋带松了就得遭受那么苛刻的体罚，要是逃跑被抓回去，真说不准他们会不会动用私刑虐他个半死。只要骑到屋子多的地方就好了，即便是那帮人，也不至于在大庭广众之下搞得血肉模糊吧。

杰尔德昨晚的睡眠时间不足以抵消魔鬼训练带来的疲劳，但紧张感让他一时忘却了疲惫。晚上围着篝火唱歌时，老团员教会了他怎么看星星辨认方向。杰尔德也看过放在帐篷里的地图，把附近的路都记在了脑子里。沿着 13 号道路往北，一直往北，一小时后就会进入巴特特尔茨镇。到那时候天也该亮了，他可以在面包店买个香喷喷的圆面包吃。杰尔德更用力踩下自行车的踏板。

夏季天亮得很早。在星光渐稀，开始泛起鱼肚白的天空下，渐渐能够看清巴特特尔茨镇的轮廓了。由于这是个以观光疗养为主业的小镇，街道两旁大多是特产商店。每家的大门都仍然紧闭，窗帘也拉得严严实实，连个面包店的影子都找不着。期望落空后，空腹感更甚。

从巴特特尔茨往北走的路有好几条。杰尔德很想找个人问问，究竟哪条才是通往施特拉斯拉赫的，四下却空无一人。他只好自己挑了一条上路，就算搞错了，往北走总能到慕尼黑吧。到了慕尼黑，无论在什么地方，他都知道该怎么回家。虽然到时候还得调头南下，有点绕远，但至少不用再担心迷路。

一旦心里有了底，想想回家又得听老妈发没完没了的牢骚，以及又要回到砌墙做工的日常生活中去，心里的腻烦更长几分。离家越近，杰尔德越有种这几天都在白费力气的感觉。

如果他能坚持下去，下次就能上射击课，也能吼新来的小毛头，使唤他们做这做那。只要坚持到成为老团员……彼得说的也不全是谎话，团里的生活不是没有乐子。可是在找到乐子之前得浪费多少无意义的时间，彼得却只字未提。

太阳出来了，毫不留情地悬在杰尔德头顶炙烤他的皮肤。他的外衫渐渐湿透，像刚从水里爬上来似的。被抓到就惨了——杰尔德这么想着，乱蹬了一气，但左看右看没有上校的手下追过来的迹象，他又放慢速度。

一路走来，只有连绵不绝的森林、荒原和耕地。睡没睡饱，吃又没得吃，搞得杰尔德眼下心情极度烦躁。如今的他只想不分青红皂白，随便找个人打一架。

途中抵达一个不知名的小镇，他终于在那里吃到了刚出炉的面包和冰凉的饮料。

但是他走错了路，没有途经施特拉斯拉赫，而是直接进入慕尼黑市内了。于是杰尔德顺便去了一趟中央车站。刚才的面包根本不够果腹，杰尔德想去跟老妈死乞白赖再要点儿，没准顺便还能讨到冰激凌吃。

宽广的车站内部满是旅客和上班族。人们挤在轻食店、面包屋、冰激凌店门口，卖报纸的小贩快速从夹在腰间的纸束中抽出一卷又一卷报纸，递到过路的人面前。

为了防止车被偷走，杰尔德推着自行车往母亲工作的小店走去。母亲的同事——希腊人尼科斯·佩拉基斯正在那儿一个人忙碌地应付来往的顾客，杰尔德也认识他。尼科斯虽然身材修长，面孔精致得足以当演员，但他瘦得皮包骨头，神情中总带着几分忧郁。德语和英语都说得结结巴巴，总让客人无名火起。"我要的不是这个，是那个！"尼科斯把手上拿的三明治放回原位，又去拿另一件商品。与此同时他竟还想顺带算钱，因此理所当然地陷入混乱，眼神绝望地在空中游移。

杰尔德停了车，走进柜台后面。他脱下湿透的制服上衣，去果汁区拿了些冰块敷在左手背。尼科斯从口袋里掏出一块红色的手帕想帮他捆好。看到手帕上有擤过鼻涕的痕迹，杰尔德摇头拒绝。客人在催了，代替不知所措的尼科斯，杰尔德把三明治递给客人，收钱，找钱，然后问尼科斯："我妈呢？""她还没来。她今天大概也不来上班了。"尼科斯又露出绝望的神情。

"今天也？她昨天也休假吗？"

自己不在家的这段时间，母亲生病了吗？

"前天她跟一个路过店门口的男人说话，好像十几年没见了，她看起来特别高兴。我记得，说是从帝国垮台以后就没见过了。"

"那男的什么样？"

"很矮，下巴肉胖胖的垂下来……大概四五十岁吧。"

"不是我妈喜欢的类型啊。"

"可是她紧紧贴着那个男的，那个男的看起来不怎么高兴。你妈妈丢下工作，请那个男的回自己家，后来她就没来了。那个男的好像很有钱，穿的衣服很好。"

客人络绎不绝，杰尔德为了打发时间，开始帮店里的忙。

"她真的不来。"尼科斯笑着说，"不来的话，我就开心了。她很恐怖，会大声骂我。"

然而才帮了三十分钟，杰尔德就厌烦了。他又跨上自行车。

杰尔德回到公寓，母亲却不在家。老妈无论干什么都跟我没关系——杰尔德原本下定了决心，他的手却抓住厨房的三脚椅，举起来，甩了出去。椅子撞上餐具柜，弹得抽屉往外飞，几张照片跟里面的垃圾一起散在地上。上面是像演员一样漂亮的年轻女人。

每张照片都是同一个人。搔首弄姿，高高抬起大腿，得意扬扬地摆出挑逗姿势，但她摆的姿势和衣服都很土气。杰尔德回想起母亲的面孔，在脑子里去除她脸上的赘肉。虽然难以置信，但老妈……以前原来这么漂亮啊。

杰尔德抽出一张塞进屁股后面的口袋里，把剩下的放回原来的抽屉，然后仰天往床上一躺，睡了过去。

他睡得很熟，最后是被窗外的夕阳晃醒的。脑子里还回荡着哨声。

高举战旗，稳固队伍，突击队的前进是庄严肃穆——

是那首歌。旁边有个脑袋盯着他看。

杰尔德发现那人是"国防体育团"的赫尔穆特，吓得从床上弹起来，却被对方按住了——我应该锁过门啊，难道忘记了吗……

赫尔穆特·查修威茨好言好语地问他为什么要中途逃跑。"上校最看好的人就是你啊。"尽管语气很柔和，赫尔穆特却死死按住杰尔德的手脚，让他只有指尖可以活动。

"正因为他看好你，才会对你特别严厉，我想你一定是误会他了。你天赋异禀，虽然你自己可能没有察觉。"

"怎么，你打算拼尽全力把我带回去吗？"

"拼尽全力？"赫尔穆特的右手略微松了松。杰尔德本想用重获自由的左手给他来一记，手却使不上力。

赫尔穆特拔出小刀，笑着把刀尖抵在杰尔德喉头。"你很快就会想回去的。都这个岁数了，怎么还想着和妈妈撒娇呢？真是的。"

收起刀刃，赫尔穆特下了床，却反身又用手肘狠狠顶了杰尔德的胸窝。

看着杰尔德缩成一团发出痛苦的惨叫声，"如果你在团里，就能学到这种格斗招式。"赫尔穆特说着，又在他耳边窃窃私语，"你偷了别人的车。失主要是报警，你就有前科了。"

"我本来想马上还给他……"

"我会帮你和失主说情，就当那辆自行车是我送给你的礼物吧，我不会让宝贵的团员变成罪犯。再会。"

留下这句话，赫尔穆特便离开了杰尔德家。临走前，他还转了转食指上的钥匙给杰尔德看。杰尔德赶忙一摸口袋，他的钥匙还好好地躺在里面。

母亲当夜终究没有回家。第二天没有，第三天仍然没有。一个星期过去，公寓的管理员劝他报警，但杰尔德·卡芬立刻回绝了。他可不想跟警察扯上一点儿关系。

7月24日

KOPF　　　　　　　　结扎靠头动脉一侧的切面。从另一端注入20％F溶液。静脉开放。F灌流完成后，管体没入10％F溶液中。

LEBER　　　　　　　　使用10％福尔马林溶液固定。

HERZ　　　　　　　　使用10％福尔马林溶液固定。

VERDAUUNGSORGANE　使用15％福尔马林溶液固定。

GEBÄRMUTTER　　　　使用15％福尔马林溶液固定。

RUMPF　　　　　　　除去皮下脂肪。除去胸膜部前壁。不进行固定，使用DF尝试冻结。

8月1日

KOPF　　　　　　　　流水冲洗。去除福尔马林。使用DF冻结。

LEBER　　　　　　　　流水冲洗。去除福尔马林。使用DF冻结。

HERZ　　　　　　　　使用一贯方式保存。

VERDAUUNGSORGANE　流水冲洗。去除福尔马林。

GEBÄRMUTTER　　　　流水冲洗。去除福尔马林。

RUMPF　　　　　　　于DF内S槽进行强制浸透。

8月8日

KOPF　　　　　　　　于DF内A槽进行脱水。

LEBER　　　　　　　　于DF内A槽进行脱水。

VERDAUUNGSORGANE　于DF内A槽进行脱水。

GEBÄRMUTTER　　　　于DF内A槽进行脱水。

RUMPF　　　　　　　浸透失败。

8月15日

KOPF　　　　　　　　于DF内S槽进行强制浸透。

LEBER　　　　　　　　于DF内S槽进行强制浸透。

VERDAUUNGSORGANE　浸透失败。

GEBÄRMUTTER　　　　于DF内S槽进行强制浸透。

RUMPF　　　　　　　开始腐烂。

8月21日

KOPF　　　　　　　　浸透完成。

LEBER　　　　　　　　几近成功。但两侧肝叶相互黏合，无法分离。

VERDAUUNGSORGANE　严重腐烂。废弃。

GEBÄRMUTTER　　　　浸透完成。

RUMPF　　　　　　　去除腐烂部分。仅保存成功部分。

9月2日

　　　　　　　　　　　撤退。

1　全部是德语中代表身体器官的单词。分别为头、肝脏、心脏、消化器官、子宫、躯干。

2

这是我的帽子

我的大衣

我有一把刮胡刀

装在亚麻布袋里

而我的粮囊里

有一双羊毛袜

还另有几样东西

不能告诉任何人

———艾希

窗外下起小雪。冈特·冯·弗吕斯滕堡坐在暖气充足的三楼房间里，望着窗外的马路发呆。

三十九岁的年纪让他感到很烦躁。已经不年轻了。可是在被死神拥抱之前，还有很长的路要走。这个年纪的人看不到前进的方向，处在人生的半山腰。冈特的身体依然灵活，波涛般汹涌的金发海岸线也并未出现退潮的迹象，因此常被错认成三十出头。但冈特并未对外貌显小感到任何一丝喜悦，长得比实际年龄小的话，对工作是派不上什么用场的。反而会由于外表不够威严，被人误以为还是初出茅庐的愣头青。

这是个适合公开处决死刑犯的沉闷二月天。只见一身黑袍的魔女，拖着尾巴的恶魔，从王宫舞会里偷溜出来的王妃，吟游诗人、小丑，还有熊、鹿、山羊等等混在身穿羊皮大衣、帽子、长靴御寒的人群里，在马路两侧形成两道人墙，跟着乐队震耳欲聋的欢快乐曲，跺着步点，唱"咱们慕尼黑有宫廷啤酒屋"，驱走四下蠢动的寒气。今天是四旬期[1]前最后一个周日，马路上即将举办谢肉节[2]，围观群众都是来看变装游行的。

而连这些来看热闹的人也穿得稀奇古怪，戴着面具在路上四处喧闹。看来整条街很快就要变成一艘搭载愚者的小船了。

曾经，在城邦还由城墙保护的年代，被赶出城门的疯子们会被装上一条"愚者船"。这条船要么顺莱茵兰一带的河流南下，要么沿莱茵河北上。他们穿着带头巾的斗篷，上面缀有许多铃铛，这是疯子的特征。偏离了正常人生道路的疯子，尽管总是敲锣打鼓好生热闹，但船的去向不定，他们只能依靠星辰或水中恶魔的指引，过着流离失所的日子。

圣母教堂的两座高塔和新市政厅，在飘落的小雪中只剩下模糊的灰色轮廓。每一座建筑看起来都古老、庄严而神圣，但在十五年前世界大战时期的七十多次轰炸之下，它们早已被夷为平地，最后还是按照托马斯·曼所著短篇开头，"慕尼黑阳光灿烂"[3]的好时代的模样重建。总体积近

---

1 基督教的年历节期，正教会称为大斋期。天主教徒须斋戒、施舍、克苦，共持续四十天，结束后便是复活节。

2 也称狂欢节。原本是天主教等西方教会文化圈的通俗节日，在四旬期前举办。人们在节日上变装游行，投掷点心和花。

3 引自托马斯·曼著短篇《上帝之剑》的开头首句。"慕尼黑阳光灿烂。在富丽堂皇的广场上空……"

七百万立方米的残垣断壁，至今还有一部分堆在市内北部的练兵场，成为一座小小的丘陵。

"德国啊，苍白的母亲……"怀着几分讥讽，冈特吟诵起贝托尔特·布莱希特[1]诗中的语句，"你的儿子对你做了什么？"——1933年纳粹党夺权时，布莱希特便如此感叹过。"……你多么肮脏，当你坐在各民族中间……你的儿子对你做了什么，使你变成嘲笑和害怕的对象！"布莱希特后来流亡到美国，德国战败后，他又写下"猪在饲料里拉屎，那猪正是我的母亲。母亲啊，我的母亲。你本想对我做些什么"这样的词句。

不必受饥挨饿，没有生命危险，在敌对国家舒舒服服过日子的家伙，也有脸辱骂祖国？冈特·冯·弗吕斯滕堡向这位受全世界尊敬的诗人冷笑几声，一口喝光了啤酒。让母亲苍白的脸孔重拾血色并不需要这些诗人的力量。不过冈特自身同样没有力量，所以这冷笑也是送给他自己的。

冈特向空空如也的玻璃杯中注入啤酒。泡沫溢出杯外，滴在三天前便被丢在桌上的名片上，留下了水渍。

他又拿起那张名片，看了看内容。

"克劳斯·维瑟曼"。

医学博士头衔。

那人说过今天还要来拜访的，把脏兮兮的名片摆在外面，被看见可不大好。冈特把名片扔进抽屉。

作为一名以整洁有序为傲的德国人的住处，这间房子四下都透露出屋主自暴自弃的态度，称得上杂乱无章。

1　贝托尔特·布莱希特（Eugen Bertholt Friedrich Brecht, 1898-1956）德国戏剧家、诗人。因纳粹迫害流亡在外，后经苏联去美国，但战后反遭美国迫害，定居东柏林。1956年逝世于柏林。

那个陌生男人打来电话，是大约一周前的事。对方问过此处是否是冯·弗吕斯滕堡先生的事务所后，表示有一事相求，希望能和冈特见上一面。冈特想先听听内容，对方却拒绝回答，说要等会面之后详谈。语气尽管很柔和，但同时又透着一股不容置疑的气势。

五天后，克劳斯·维瑟曼来了。这是个身材轮廓已经变形，肌肉开始脱离皮肤，唯有脂肪不断堆积的中年男人。他身上的大衣、靴子，以及灰色的细条纹西装都是高级货。下垂的赘肉让这个男人显得丑陋的同时，也为他带来了威严。而他梳得一丝不苟的茶褐色背头一退再退，已将额头的阵地让出了大片。

"Gruess Gott[1]。"对方说着向冈特伸出手。

冈特微微欠身与对方握了手，闻到一股淡淡的福尔马林味。

这个维瑟曼不是来找他做设计的。"我想买下您的城堡。"这是对方的开场白。

"我并没有把它挂牌出售啊。"冈特有些不知所措地回答。

"但目前它一直是被荒废、弃置的状态吧。"尽管对方的言谈举止很老练，但话语各处总透着一股固执又强硬的味道。

"因为也没有修复的必要。"

由于几个世纪以来诸侯大动干戈，致力于扩大自己的领土，即便放眼整个欧洲，德国也算城堡遗迹相对较多的国家。唯独巴伐利亚州由于早早处在维特尔斯巴赫王朝的统治之下，尽管居城（Schroth）和王宫（Residenz）不计其数，攻城略地时驻扎的城寨（Berg）却相对存留较少。那座建在弗吕斯滕堡家领地内的城堡，甚至连是何人在何时建造的都不可考了。它似

1　在德国南部、奥地利等地，这句寒暄语同时包含"初次见面、早上好、你好"三个意思。

乎早在十六七世纪时便无人居住，因缺少修缮而崩毁，只留下外墙和塔的一部分。冈特虽然知道自己的领地里有城堡的残骸，但他本人一次都不曾去探访过。

"我想修复它。"维瑟曼说。

想买下那座城堡的人不少。八成是出于邻家芳草绿的心理，常有美国的富翁前来求购欧洲古城。以及，尽管城堡的样式会随着时代变化，但也有来自瑞士的富豪对此毫不在意，只管四处搜集各地城堡的残垣断壁，用罗马式、哥特、文艺复兴、巴洛克等等各个时代的残片在慕尼黑郊外拼凑出四不像的城堡。眼前的维瑟曼八成也属于此类好事之徒。不过，若这位豪绅的财力当真雄厚到愿意出钱修复的级别，那应当不会这样亲力亲为，而是先派个秘书之类的人物过来谈判比较合理吧？念及此，冈特稍稍提高了警惕。

"我是偶然见到那座废城的。"维瑟曼继续说，"绝大部分都崩塌了，那是被难以想象的冗长岁月侵蚀后的痕迹。那座废墟里充满了庞大的'时光'。当时我简直如蒙天启一般，我听到天主对我说，'就是这里，这就是能庇护我的空间'，所以我不论如何都该把它买下来。我认为，再没有什么地方比一座由充盈着巨大'时光'的废堡更适合用来思考了。"

"您是想买去做别墅吗？"

"是的。"维瑟曼望向窗外，"如今外面也看不到浑身爬满虫虱，饥渴如亡灵般的灾民了。战败后十五年……"

对方感慨至深的话语勾起了冈特的回忆。

回想起来，总觉得那好像还是五六年前的事。这些年来，作为战败的代表性场景，女人们站在掩埋了整座城市的瓦砾堆旁接力搬运石块的照片，和占领柏林的红军站在帝国议会屋顶高举胜利大旗的照片，常常一起出现。

他们在城镇的残砖断瓦上架起供简易矿车运作的轨道，蒸汽火车喷着黑压压的浓烟在上面奔驰，把一车车残骸弃置郊外，然后"捡瓦砾的女人们"再合力堆起一座座新的砖石小山，开始重建德国。

在重建街道的同时，经济方面，德意志联邦共和国也达成了奇迹般的复苏。如今已经看不到白天翻垃圾箱，夜里赤脚窝在瓦砾堆背后熟睡的孩子。也没有破门入室的占领军士兵，更没有被他们强奸虐杀的少女。没有了流浪汉快速捡走士兵们丢弃的烟头，也没有黑市商人找他们回收，再重新卷成整烟出售。骆驼牌和切斯特菲尔德牌的香烟，不再比一夜间通货膨胀成废纸的帝国马克更受青睐，如今满大街都是香烟铺子。广播电台和各大报纸的版面上，也不再有"咨询者"登报，寻找下落不明的亲属或友人。

马克的地位升高，对美元兑换率也随之上涨。国民生产总值在战败的次年下降为 1936 年的 33%，三年后回升到 90%，十五年后的如今，它甚至展现出高达 126% 的惊人增长率。人们开始以此谈笑，说俄罗斯和法国从占区连根挖走了工厂和里面所有的设备，可是就在他们生产德国的旧产品时，德国人早就开发出最新式的机器了。就连在轰炸中被夷为平地的鲁尔工业区也彻底复活，如今的产能甚至比战前还要兴盛。

然而这两年，原本急速增长的经济突然停滞，而后一举萧条。煤炭和钢铁的需求量爆发式增长，鲁尔工业区再次处在崩坏的边缘。但由于电子工学、信息科技、机器人工学等新兴产业开始盛行，整个德国处在经济回暖的大好前景下。冈特却在这个时候失业了。他原本在一家建筑公司做设计师，公司却因经济萧条的余波而宣告破产。由于一直找不到下家，尽管他在发达时期租住的公寓门牌上挂了"设计事务所"字样，却很少有顾客上门来找寂寂无闻的冈特。他手下什么也没有，是个光杆司令。考虑到经费，原本他该搬去房租更便宜的地方，但为了取得客户的信任，冈特不太想放弃好不容易占到的黄金地段。

"德国变得富裕了。"维瑟曼接着说，"但代价是德国人不再审视自己的内心。为人本该下沉，往地底伸展自己的根系，吸收地下的水。而思绪要像展翅高飞的鸟儿，去沐浴天上的光芒。但不安的情绪会把鸟儿的腿跟地面的风捆绑在一起，我们德国人就是在思考之中一路走来的。"

"但思考最终带来了战争啊。"

战败前，尼采和海德格尔是学生们的思想航标。希特勒把尼采的《权力意志》作为自身主义的支柱。战后，在大骂希特勒以证清白的风气之中，柏林的戏剧评论家阿尔弗莱德·克尔凭借一句"希特勒不过是个读过尼采的暴徒"，赢得了许多拥趸。

海德格尔是一名超越了民族与个人命运的"存在者"[1]，他认为整个德意志民族作为指导者，应坚持主张先验论[2]，并基于此理论，为"将完成德意志民族神圣任务"的希特勒站台。尼采于十九世纪最后一年去世，冈特只读过其著作，但他亲临现场听过海德格尔的演讲。

"所有的哲学家都为希特勒卖命。"冈特说，"但帝国垮台后他们就翻脸不认人了。海德格尔尽管一时间被剥夺了大学教授身份，但不是很快又恢复人望了吗？Denker（哲学家）和Henker（行刑人）之间，只差了一个字母啊。"

听完冈特的话，维瑟曼突然爆发出一阵惊天动地的笑声。但笑的只有声音，他的眼睛锐利地盯着冈特，反驳他"思考本身并不是一种恶行"。

1　海德格尔自己的"存在哲学"中的概念。

2　先验论是唯心主义认识论的一种表现形式，同唯物主义反映论根本对立。其认为人的知识是先于感觉经验、先于社会实践的东西，它是先天就有的，亦称先验主义、唯心主义先验论。

然后维瑟曼的腔调变得近乎沉痛，他说："战时我流亡去了美国。"

"您是犹太人吗？"

"不，我是地道的德国人。只不过反对纳粹的方针，人身安全得不到保障。"

"那么您便不必见证'零点'惨状了。"

"流亡者总被这样批判。人们总说我这样的人不知道垮台后的残酷，不必忍饥挨饿，在美国过得逍遥自在。我已经习惯了。"

"是我冒犯了，我无意批判您。不过，您得以成功流亡到国外，也算是非常幸运了。所以您才对废墟情有独钟吗？在德国亲历'零点'[1]的我们已经受够了断壁残垣。一切都成为废墟，从零开始至今已有十五年，我们都再也不想回想起废墟的模样了。"

"美国……倒算不上奉行法西斯主义。不过，我对于从商业主义诞生出来的一切物质崇拜、暴力行径和野蛮的正义感，实在是无法苟同。您一定不知道我有多么想回归故里。而到我好不容易得偿所愿时，却又痛感我的祖国也渐渐变成了他们的模样。物质、物质，所有的人都在追求物质。我只能独自去想：'人若除却内在，世界将不复存在'。"维瑟曼诵出里尔克[2]诗歌中的一节，"唯有美，才是我所追求的东西。美是亘古不变的。"

这说法着实俗不可耐。冈特苦笑道："那么，您是想同时逃离西方资本主义和东方社会主义吗？但这与我的城堡又有何干？您若想要废墟，帝国垮台之后的慕尼黑便是当之无愧的废墟。怎么，难不成您认为保持那个

1　德语为Stunde Null。指1945年5月8日德国签署无条件投降书，第二次世界大战欧洲战场以希特勒帝国彻底覆灭而宣告结束的一刻，即德国战后史的开端。

2　赖尔·马利亚·里尔克（Rainer Maria Rilke, 1875—1926），奥地利诗人。引用出自他的杜伊诺哀歌第七首。

残破的模样更好？"

"您究竟想让我重申多少次？我要修复它，修复那座中世纪古堡。我将在那里思考，随心所欲地享受我要的美。"

他特地强调了"美"字。

"即便说美，美也不是唯一绝对的。您所求的究竟是古典之美，还是巴洛克之美？是调和，还是混沌？"

维瑟曼没有回应冈特的暗讽。

"从残存的塔楼遗迹和城墙的状况来看，那座古堡想来是十世纪至十一世纪期间，为了抵御马扎尔人的侵略，在边境修筑的众多藩侯城寨之一。恐怕他们不仅牢牢掌握岩盐开采权，还向过路的盐贩征收关税吧。"维瑟曼说。

"我翻阅地籍册得知，您是那座古堡的所有人。我只希望，您能将被您放弃的土地转让给我。自然，我会支付您相应的价款。我确信这对您而言也是一桩美妙的生意，您就算另寻买家，也不会轻易觅得。天底下没有哪个好事者愿意为那样偏僻的残骸出钱，除我之外。"

此人连我的资产状况都事先调查过了吗？

"我并没有放弃那片土地。古堡就该保持它原有的样子才有价值。"这是冈特现场想到的托词，但他却说得像早有感慨，"您且看龙岩堡，它不也只留下极少一部分外墙吗？可它依然是绝佳的观光去处。"

冈特推测，这位维瑟曼氏之所以想买下崩塌的古堡，是想吸引游客，借此大赚一笔吧？"同理我的城堡——"他正要开口接着说，却被对方打断了。"龙岩堡处在莱茵河畔的游览路线上，它同时拥有受游客喜爱的传说故事。"

莱茵河两岸保存有数不胜数的古堡遗迹。曾经各个小领主纷纷在河上设卡，向来往的商贩征收过路税，遗迹便是那个时代的残响。而游船上一边听导游讲解一边对两岸风景目不暇接的团体游客，绝大多数来自美国。

屠龙的英雄齐格飞，因沐浴龙血而成为不死之身。龙岩堡建造于十二世纪，其遗址如今只剩下荒凉的岩山和一部分外墙，在传说故事中，它正是齐格飞屠龙的地点。早在十九世纪末，龙岩堡便已成为观光名胜，据说德国最古老的地面缆车就诞生于此地。用栽种在遗址西南方山坡上的葡萄酿造的酒，也被称为"龙血葡萄酒"。

"但是游客们并不会轻易拜访你的城堡。"

"那么，请问，您究竟是何时，又从何得知我那'交通不便'的城堡的？"

"偶然看到了城墙。"这句话让冈特觉得不对劲，那不是一个能偶然路过的地方。它位于巴伐利亚州东南部的上萨尔茨堡一带，接近奥地利国境线，况且还藏在深山里。

许多德国人腿脚强健，喜爱登山。然而散步先不说，冈特生来就对登山不太感冒，他从未到访自己的古堡也是出于这个理由。"从去年归国后，我便接受美国友人的邀请，陪同他去德国南部观光。"维瑟曼说，"由于我并不清楚祖国有什么值得一看的观光景点，因此这次经历对我而言同样很有趣味。恰巧当时，我的朋友很想去上萨尔茨堡看一看。帝国垮台后，原本驻扎在那里的美军士兵，常常把诸如贝格霍夫的墙壁碎片，戈林邸的泳池瓷砖等等，作为纪念品带回国内。至今依然有许多美国人想探访那里。在帝国垮台前，我从未想到上萨尔茨堡竟会成为观光名胜，山脚下的贝希特斯加登倒似乎久负盛名。"

冈特脑中掠过那个应当已为他产下后代的女孩儿——出生在贝希特斯加登的玛格丽特·施特雷茨。那段关系很短暂。她是个一本正经，有点固执的女人。当年的冈特玩心很重，他知道自己总有一天得去服兵役，因此要享受短暂的快乐时光。纳粹提出，帝国男人的精液是国家重要战略资源，而这项方针为那些死神在头顶盘旋，个体几近灭绝的年轻男子免除了未来的责任。无论是德国会战败，还是战后要度过如此漫长的时光，都是当时的冈特始料未及的。

在他玩过的女人里，只有玛格丽特告诉他自己怀了孕。他让她去"生命之泉"，也不知是否平安生产。有时冈特会忽然想起她，却又很快忙于自己的生计，一直没有去找她。就这样到了今天。

那一滴没有毁灭的精液成了活生生的人，制造出一段真实的人生。如果还活着，今年就该十七岁了。

回想起玛格丽特的同时，另一桩他本想封锁在意识深处的回忆，也推开层层堆积的岁月，悄然浮上心头。

"我喜欢走山路，因此顺便去附近的山里走了一遭。"维瑟曼的话把冈特拉回现实，"虽然当时迷路了，却偶然见到了您的城堡。就是这么一回事。至于我是如何对那座古城一见钟情，方才也和您说过了。"

"您是想在修复我的城堡后，再修筑道路，吸引上萨尔茨堡的游客前来观光吗？"

"怎能做如此庸俗之事！"

维瑟曼情绪激动，差点儿拍了桌子。他的动作太夸张，很有故弄玄虚的嫌疑。

"您根本没懂我在说什么。把那座古堡包装成观光资源，完全与我的意志背道而驰。"

"无论您本来的意图为何，那座城堡一旦被修复，必然会引来业内人士。贝希特斯加登，上萨尔茨堡，观光盐矿，还有国王湖。而您现在又要把一座新的观光名胜加入它们之中。"

"铺设旅游栈道将耗费大笔钱财。如果政府和业内人士判断这笔生意划不来，他们是不会行动的，更不必说如今正处在经济萧条时期。且从山顶的'鹰巢'俯瞰并不会看到那座古堡，不必担心遭到游客烦扰。我之所以焦急，是因为有人建议将那一带建设成国家公园。如果提案通过，就再也不可能随意动工了。既然要修复，就该趁现在。您作为一名设计师，不会对修复中世纪古堡的项目感兴趣吗？如果您感兴趣，我也可以让您参与到修复计划中来。"

对方说的话挑起了冈特的兴致。

"我会考虑的。不过，我认为修复工作不可能做到完全还原。我手头没有任何那个年代的资料。"

"如果'修复'一词会引起您的误解，那么我们可以称之为'修缮'。"

"既然您想把它改装成别墅，那么也必须考虑加装现代化设备，来保证居住的舒适度吧。作为现代人，您并不曾拥有中世纪初那些藩侯的强健体魄——或者我们可以换用'野蛮'这个说法。供电的问题，您打算怎么解决呢？还有生活用水。"

"电力可以依靠家用发电机。至于生活用水，可以通过凿井，或者从附近的湖泊引水。"

"搬运石材也是相当费时费力的，那附近可没有能跑卡车的大路。尽管当年希特勒在凯尔施泰因山顶建'鹰巢'时修建了公路和隧道，甚至还加装了电梯，但我想，您的工程应当不至于那么大规模吧。"

"我会雇几个脚夫，靠人力建造城墙。他们背着石材走路，就是走过历史的岁月。况且，如今丝毫不必担心找不到廉价的劳动力。"

难民源源不断地从东德、东欧地区拥入国内。其中有从巴尔干或土耳其出来挣钱的打工者，还有总是找不到工作的茨冈人。

"我倒不认为中世纪的城主有哪一位像您这样热爱思考。他们终日沉浸在战争和享乐之中，甚至以读不懂文字为傲。在那个时代，读书和思考都是圣职者的职责。"冈特指出矛盾，维瑟曼却不由分说地回答："那么我将成为那个例外。我会等待您的应允。"

"我不打算卖掉它。"见对方态度强硬，冈特也较起劲来。

既然维瑟曼如此坚持，那么那座废墟的某处，没准还隐藏着冈特自己不知道的价值。哪怕他再怎么对金钱没有欲望，可要是自己名下的财产被人仨瓜俩枣买走，总感觉吃了亏。

"您连自己的城堡在什么地方都不了解。既然物主不珍惜，那么转手于我对它更有好处。"

"总而言之，我想先去实地考察一下。"

"我来为您带路吧。"

"您这么清楚它在哪里吗？方才听您说的，好像只是偶然迷路时发现的啊。"

"我当然清楚。但眼下这个时节若不等积雪融化，想接近城堡是不可能的。等到春天我再与您同行吧。"

"那么，四月末……五月……看来我还得让别人带路去找自己的财产。"

"还有两个月的空闲时间。鉴于您总归是要把它卖给我的，不如先签署一份合同？"

"不，我并不打算出售。也没有那个必要。"

"您莫不是想另觅一位买主，来同我坐地起价？"

"或许吧。"

冈特揶揄道，对方却突然爆发出一阵惊天动地的笑声。

维瑟曼低头看看窗外，表情突然柔和了许多。"楼下这条马路，是后天的游行路线吧。您能把这扇窗户借我一用吗？这里可是最佳位置。我想让我儿子看看变装游行。犬子是在美国长大的，去年秋天刚刚回国，还没在这边看过谢肉节呢。"

这个固执又强硬的男人竟然还要来侵占他的假日。嫌烦的冈特撒了个小谎："已经有好几个人跟我这么说了。"

"那么我可以买断它。"

维瑟曼提出的金额实在太有魅力，让冈特没法一口回绝。

"嘈杂的庆典与您所追求的内心世界，难道不是互相矛盾的吗？"

"民族独有的文化必须世代传承下去。即便要拥有一双观测内在的眼睛，也应当是在充分了解本国文化习俗的前提下被培养出来的。"

"令郎今年多大？"

"十七岁。"对方回答，而后他稍作犹豫，道，"他小时候发过高烧，留下了后遗症。发育比起其他的孩子稍显迟缓。"维瑟曼的态度显得有些难以启齿。但很快，为了打消可能给他人造成的坏印象，他又补充道："但犬子因祸得福，得以拥有无比美妙的嗓音。他都十七了，却仍然能唱出悦耳的童高音，那真是个奇迹。"

十七岁的少年——童高音。与其感叹所谓的奇迹，冈特反倒觉得有点诡异。发育再怎么迟缓，长到十五岁，喉结也该突出，变成低沉的成年人嗓音了。如果直到十七岁都没有变声，那根本不是"稍显迟缓"的程度，这属于病态，是荷尔蒙出了问题。

"他的声音是我必须呵护一生的至宝。虽然想让他来看，可是又不能让他在风吹雨打下患上感冒，因此矛盾许久。还请您务必让我包下这个席位。"维瑟曼继续坚持。

游行时就连幼童也一样站在寒风里围观，你对自家孩子未免保护过度了吧。冈特虽这样想，但还是答应了。"请吧。给您特殊优待。"他说，"不过尽管您包了场，但应当还是允许我同席的吧。"

"那是自然。您也可以让妻儿同行。"

"我是单身。"

"那着实有些冷清。"

"您带全家一起来吗？"

"拙荆体况欠佳，平日无法外出，只有我和犬子。再加上您，我们三人一起观看吧。"

"我纯粹出于好意招待二位，不会收取费用的。把这样的事和金钱交易扯上关系，实在太有悖我的原则了。"冈特说道，话里暗含自己身为贵族末裔的骄傲。

当夜，他感到胸口像被重物压着，就连饮酒助眠都毫无睡意。"白蔷薇"成员的面孔一一浮现在他的脑海里，克里斯托夫·普罗布斯特、汉斯·绍尔、索菲·绍尔……一直以来被他强行按在潜意识里的面孔，在事发十七年后重又回到他意识的表层之中。都是联想惹的祸。那个维瑟曼口中的地名——贝希特斯加登。还有玛格丽特·施特雷茨、"白蔷薇"……

关于他们的记忆早已被冈特压在岁月的箱底，却因为维瑟曼的一句话，"白蔷薇"众人的影像又固执地冒头，在他脑海里挥之不去。如果汉斯、克里斯托弗和索菲都还活着，他们战后会过着怎样的生活啊……

人们称赞"白蔷薇"的成员为二战犯罪国——德意志第三帝国唯一的良心。而所有称赞"白蔷薇"的话语都会化作一把把剜扎冈特心口的利刃。

你出卖了……朋友吗？玛格丽特的质问低低地回荡在他耳边。

我没有！我那时只是觉得他们在背后给前线士兵捅刀子！冈特在心里

回答她。

"在背后捅刀子"是上次世界大战中德国战败时，尼采的妹妹伊丽莎白愤然写下的语句。后来德国人提及一战战败时便常常用到这个短语。伊丽莎白在位于南美洲的巴拉圭建立了德国的殖民地，是炮制出所谓"新日耳曼尼亚"的民族主义者。

尽管冈特与民族主义并不亲密，他却对布尔什维克抱有很强的敌意。汉斯他们读过陀思妥耶夫斯基的小说后，认为可以凭借俄罗斯人的精神、生命和斯拉夫人的神秘，满足以德国政情无法填补的某种空虚——满足他们对于充实内在的需求。这个烦恼非常具有德国特色。隶属于医学生第二中队的他们曾于一九四二年夏天前往东部战线实习，同样身为"白蔷薇"成员的维利·格拉夫常常十分怀念地讲起当时的情形：

"傍晚我们在为军营工作的俄罗斯大婶家听他们唱歌。我们坐在野外，看着月亮从树林后面升起来。女孩儿们合着吉他伴奏唱歌，我们给她们和声。那真是个美好的夜晚，喝最烈的酒，唱歌，跳舞……"

接下来，他们通常会这么说："俄罗斯的民众都很淳朴，我们应当去爱他们。现在民众们对布尔什维克的憎恨太激进了。哪怕战争结束时局势不利于德国，整个俄罗斯的人也不会都变成布尔什维克……"

"白蔷薇"就是以此给前线士兵"从背后捅刀子"的。那是一种多么伤感的乐观啊。战败后的德国分裂为东西两国，而东德不是依然被布尔什维克践踏吗？汉斯，还有维利，你们要是看到东德现在的样子，会认同这个状况吗？他们大学的库尔特·胡贝尔教授是"白蔷薇"背后的支持者。他鼓动学生们为了结束战争不择手段，恐怖活动、暗杀……都应当试一试。被盖世太保审问的时候，冈特虽然说了汉斯和克里斯托夫的名字，可是他也没料到竟然判了那么重的刑。本以为最多送去集中营，或者东部战区……

以此阻止他们的行动。他本以为仅此而已。

而汉斯和他妹妹索菲被逼上了绝路，做出在大学楼梯井里撒反动传单这样的过激行为，由于某个目击全程的勤杂人员紧急报警，兄妹俩随后被捕。新闻里对处死绍尔兄妹和克里斯托夫一事只提及寥寥数语，不明真相的群众几乎无人注意这则消息。而大学的学生们召开了"忠诚会议"，在会上达成一致，声明"白蔷薇"的行为与普通学生无关。那个通报警方的勤杂人员则受到学生们热烈欢迎。

谁能想到战后是这样呢？为国家而战者遭人冷嘲热讽，"从背后捅刀"者却被褒奖称颂。前线的士兵也死了啊，敌人的手段还极其残忍。德军士兵缩在地上挖好的小坑里瑟瑟发抖，布尔什维克开着坦克毫不留情地碾上去，像巨大的脚踩死蚂蚁一样压扁瓮中士兵的头颅。可是时隔多年，那次行刑却在今天不断刺痛冈特的肺腑。

看了美国陆军通信队在诺德豪森拍摄的朵拉集中营纪录片，冈特才知道集中营的实情。

在美军占领下的几个地区，如果不提交看过那部电影的证明书，是无法得到粮票的。

每周的配给量是猪油五十克，肉一百二十五克。想要合法得到这些物资，就必须去看粗糙画面里的那些骨瘦如柴的尸体堆成的山，那些瘦得像木乃伊一样无力地对美军挥手的收容者，还有堆满骨灰的焚烧炉。

然而占领军所期待的罪恶感和忏悔并没有出现。看完那些片子，包括冈特在内，许多人的反应都是茫然失措。这些资料和他所经历的战争实在差太多了。看完片子的感觉，简直就像被强行把脑袋按进他人的呕吐物里。

不是只有德国在迫害犹太人。战后把那些从俄罗斯逃来的犹太人通通遣返的不就是英国人吗？英国人明知送他们回去后，他们会在国内受到怎样残酷的刑罚，却依然不允许他们继续流亡。那些被遣返的犹太人的命运与在奥斯维辛时并无区别。然而这些言论却被视为为罪责开脱，遭到封杀。

忠诚与热情。冈特认为，自己与这些地道德国人的性格十分疏远。他更爱寻欢作乐，比起为国尽忠，他更忠于自己。有时候他甚至会想，自己生为德国人是不是出了什么差错。

他原本可以不告发"白蔷薇"。然而，冈特自己去服兵役的日子也将近了。明知叛国贼的存在却不去揭发他们，还要走上前线，在他看来就等于支持叛国贼，属于卖国行为。

哪怕他们是朋友，他也无法对给前线士兵背后捅刀子的行为视而不见。

直到最终下定决心之前他都十分矛盾。尽管同为战区，但东西两部的情况完全不同。如果被送去东部战区，就等于走向地狱，走向终有一天横死沙场的命运。而西部战区与东部完全不能相比。就算旅途的终点同样都是"死"，当然选一条好走的路更轻松。只要他告发那些卖国贼，就有不被送去东部的可能。

在产生这种想法之前，冈特从未觉得自己是如此卑鄙无耻的人。他犹豫、踌躇，最终下了决断。为了帝国，他应该阻止他们。

而同时他又并不是一个具有克己精神的人，能让他在告发友人后自愿前往东部。

成为克里斯托夫那样的人曾是他的理想。而那些和冈特肆意玩耍的女孩儿们从不掩饰自己对克里斯托夫的好感和称赞，也让冈特心里感到异常苦闷。

他决不承认这是他告发克里斯托夫的理由之一。一旦承认，他就不得不将自己贬为猪猡了。

但玛格丽特丝毫没有察觉他内心的挣扎和痛苦。

"你出卖了……朋友吗？"

"对，我出卖了他们。"他故作恶态，嘴角还挂着一抹微笑。

直到一九四四年八月，败色渐浓的德军开始撤离被他们占领的巴黎时，冈特·冯·弗吕斯滕堡都还在残留部队里。八月十九日，一直处在德国领导下的法国警察逮捕了他们的德国总监，在外升起三色法国国旗。同时反抗组织集体揭竿而起，在城中与德军展开激烈的巷战。冈特开着装甲车，操控机枪炮台四处乱射。警察和反抗组织的人则用手枪对付他。一枚子弹射穿了冈特的肩膀，他被俘后被扭送到收容所。尽管他在那里遭到非常残酷的对待，却花了敌国的军费治好了在巴黎时被妓女传染的性病，这让冈特觉得痛快极了。据说性病的别名就是"法国病"。自十五世纪以来，把这一棘手病症传播到欧洲全域的正是法国男人。军医和护士尽管手段粗暴，却不得不把民间难以取得的盘尼西林用在敌人身上。

翌年五月，帝国垮台。半年后冈特被释放，乘上火车回国。

归国的士兵大多数都失去了家人和荣耀。许多女人举着写了丈夫、父亲、兄弟姓名的牌子站在屋顶被烧塌的中央车站，瞪大充血的眼睛，试图从下车的士兵中找到她们的血亲和家人。冈特家的老宅早已焚毁，父母死于轰炸，兄长死在东部战区。就这样，他成了冯·弗吕斯滕堡家最后一个活着的人。

每个人都在避免提及纳粹。审判纳粹主犯的法庭早已闭庭，但国内依然没有停止搜索那些正在逃亡的战犯。曾经高举双手，狂热地呼喊"希特勒万岁"的人们，渐渐开始拼命强调自己实际上憎恶纳粹党。战败后，每个人都在高声宣扬"德国重获新生"，冈特听在耳中却只觉得扫兴。战争中发生的一切都仿佛褴褛衣衫，与"希特勒"这个令人忌惮的名字一同褪下，被丢弃。战后的人们，就像在拼了命向整个世界宣扬自己的不在场证明，并试图表达经战争荼毒后，想要重新振作的全都是洁白无垢的灵魂。

冈特自己既不是党卫军士兵，也不是纳粹党员。然而，所有身处最危险的战线，以最勇敢的方式战斗过的武装党卫队队员，都一视同仁被打上了罪犯的标签，甚至不允许读大学，这令他难以接受。由盟军制定的《纳粹主义者与解放法令》命令所有十八岁以上的德国公民填写政治倾向申告表，彻底排查他们的过去。党员想隐姓埋名非常难。

战胜国的牺牲者是英雄，战败国的死伤者就是罪犯吗？

冈特回国后，也曾与在路边结识的一位女性短暂同居，但不久她那被俘的丈夫就从西伯利亚的拘留所回来了，争吵过后他们最终分手。他没有爱那个女人爱到能怀着疙瘩继续和她住在一起。跟后来遇到的女人们也只是重复同居与分手的过程。

冯·弗吕斯滕堡家尽管拥有真正贵族的称号，且至少在这次世界大战之前，他们一家都遵循祖训过着优雅的日子。然而早在二十世纪初期，他们家便失去了大半曾经的领土，勉强保留下来的两三块土地都未能取得可观的收益，并不能供他衣食无忧。就算冈特家的老宅没有在空袭中焚毁，战后他依然不得不早早将它脱手。尽管一九四八年，德意志联邦共和国实行的货币改革政策促进了经济复苏，市面上物资变得充裕，部分国民却被强行要求作出牺牲。因为要把旧帝国马克换成新马克，公民的存款暂时被冻结了。而在每人分到四十马克和其后的二十马克配给额后，所有的存款都以十换一的比率被强行贬值。平头百姓因此失去了大部分一点一滴存下的财产。回到大学读书的冈特将几乎没有收益的领地拆分出售。而有价证券并未受到货币贬值影响，于是他用一部分卖地和出售证券的收入支付学费和生活费，其余全部用于享乐。

冈特喝光了啤酒，正打算倒第三杯，呼叫铃提醒他有客人到访。

维瑟曼那句"发育稍显迟缓"都算有所保留了。他的儿子，说好听点儿叫纤弱，说难听点儿是异常羸弱。那少年的外表最多只有十三四岁，鼻梁细长，唇角柔和，即便说是一位少女也完全可信。他的身体就好像无法得到那些理应出现的第二性征，无法——或者说拒绝确定他本是什么性别。不过无论怎样，再过数年，这种优美也总会消失吧。

儿子只不过咳嗽几声，父亲便皱起眉头。于是儿子伏下双眼忍耐咳喘。他解开从耳根一直包到下颚，厚实得仿佛石膏的围巾，脱掉大衣与冈特握手，道："我是米夏尔·维瑟曼。"

他的声音让冈特一阵毛骨悚然，那是完全没有变声的童声。

"感谢您今天招待我来，我很荣幸。冯·弗吕斯滕堡先生。"

米夏尔很紧张。冈特握手时感到他的手在微微颤抖。然而米夏尔没有收回目光，而是紧紧地盯着冈特看。

"外面冷吗？"

"直到半路都是坐车来的，所以也没有太冷。"

大路禁止车辆通行。两人肩上都有雪花，薄薄的雪片在室温下立刻就融化了。

隔着玻璃也能听到热闹的音乐和人们的欢声笑语。冈特在窗边放好三把椅子。米夏尔满脸好奇地贴着窗玻璃看，这一举动同样显得他稚气未脱。

冈特一边低头望窗外，一边时不时悄悄看一眼米夏尔。结果米夏尔也常常去看冈特，两人的目光不时相合。冈特感觉到，这名少年正在观察自己。

街上的小号声突然格外洪亮，定音鼓的鼓点紧随其后。

变装队伍开始收紧阵形。神话、传说、历史人物都聚集在大路上，凝缩成一团混沌。

那些缀满了假珍珠、玻璃球、人造革和彩珠粒的丘尼卡[1]和长袍，是用人造丝绢缝制的。古代就不必说了，哪怕到中世纪，世上都铁定还不存在这种材料呢。

小丑用红色和绿色在全身上下画出不同的色块，戴着饰有铃铛的帽子，在乐队前列蹦蹦跳跳地前进。

一群强壮的半裸男人在前头拉着车，身穿山羊皮衣，身后有尾巴的酒神巴克斯戴着葡萄串做成的冠冕坐在车上，挥舞着手里绿叶包裹的金杖。他豪爽地用桶中的美酒大宴宾客。

紧跟在凯旋的战神玛斯车后的是美神的卧榻。美神本人横卧在缀满鲜花的天盖下，几乎全身赤裸，骄傲地展示她巨大的义乳。尽管天寒地冻，雪片落在她的肌肤上，然而不知群众的目光是否成了热源，这位半裸的维纳斯额角甚至冒出点点汗迹。

手持弓箭的月神阿尔忒弥斯，浑身上下仿佛缀满纯银饰品一般闪亮无比。她的车以岩山为原型，装饰着一颗颗野兽的头颅。

在表达完对南方希腊的憧憬之后，中世纪工会的师徒们身穿各色衣服，挥舞着旗帜前进。开肉店的穿红色和黑色，配上狐皮围饰；卖靴子的穿黑色和绿色；做胡椒点心的穿深红色和淡黄色；那个穿绿色、白色和红色的则是蜡烛铺老板。剃头匠们担着剃刀和金盥，其中几位还骄傲地向人群展示他们肩上巨大的灌肠器具。这代表了那段由理发师兼任医生的旧时光。其他还有铁匠、钟表匠、木雕师傅、金匠和榫卯匠。

他们之后是昏暗的日耳曼森林。万物之神奥丁；纸糊的巨人；拴着铁链，口中竖着一把尖刀的芬里尔；大蛇约林格尔；身体下半部分死去，上

---

1 一种罗马服饰。

半部分活着的海拉；摆动着蓝色透明的裙摆翩翩起舞的水精灵温蒂涅；像天使一样的风精灵西尔芙；最后是熊熊燃烧的火蛇萨拉曼达。他的红发根根倒竖，不时抖抖它以烈焰为原型的火红羽毛。

一座布满金银矿石和水晶的山上，长长的白须直拖到膝盖的地底矮人之王，由一名充满威严的佝偻患者扮演。他背上高高突起的瘤子，正是神秘和魅力的根源。

勇猛刚强的马克西米利安皇帝仿佛从肖像画中蹦出来一般，由仆从牵着他的车辇。他本人悠然端坐在黄金打造的安乐椅上，回应群众的欢呼声。

其后是皇帝的侍童。他们手举绘有纹章的盾，身穿金色的织锦衣。皇帝的旗帜在他们头上飘扬。然后是身披甲胄的骑兵、狩猎官、驯鹰人、火炬手。

他们身后的佣兵团比前人更加吵闹。这些佣兵身穿袖口有开衩的衬袄，下身配阔腿五分裤，五彩斑斓的拼布袜子上还带有流苏。他们轻巧地扛着足有五米长的刺枪和大板斧，一边唱"愿天主保佑我们伟大的马克西米利安陛下"一边前进。那与其叫唱歌，叫鬼哭狼嚎还差不多。

佣兵团里的人，有的断臂，有的瞎眼，有的瘸腿，只能拄着拐杖走路。还有的双腿尽失，只能把小小的躯体趴在别人的背上。还有人下巴缺了一块，嘴唇开裂的人也混杂其中。就连这些残疾的痕迹，都被他们身上那些光辉灿烂的中世纪服饰衬托得极其失真，让人恍惚间以为是化装效果。

"他们应该是二战伤兵。"维瑟曼说，"敬这些地缝里喷出来的疯狂。"他端起装满啤酒的玻璃杯，向着窗外举了举。

跟在佣兵团身后的年轻舞娘们向空中撒下无数的花瓣。此时雪已经停了，天空裹着一包尚不足以落地的雪花，沉重地垂向地面。

队列中有一位老婆婆。从她尖尖的阔边帽下可以看到乱蓬蓬的白发，再加上弯折的假鼻子和黑衣，正是一身约定俗成的魔女打扮。

老婆婆把背在身后的葡萄篮解下来，抓起内容物往四周抛撒。她抛的不是葡萄，而是十几只小孩子的脚。

"那是死亡女神和鼠疫女神——古莉都尔。"维瑟曼跟儿子解说，"远在五百年前，鼠疫席卷了整个慕尼黑。所有人都躲在自己家里，门窗紧闭。但是如果想赶走恶魔，效果最好的方法是在户外弄出很大的动静。因为以前的人是这么考虑的……"

米夏尔好奇地看着游行队伍。

各队展示过后，连最后一人也退场了，老婆婆却留了下来。她最终从篮子里取出的东西，是一把古老的鲁特琴。

还有一个男人也离开队伍，留在场上。他上穿蓬袖紧身短衣，下着露腿白绿紧身裤，整体是一副中世纪吟游诗人的打扮。那男人也拿着鲁特琴，两人一同奏响格调优美的乐曲，并开始唱歌。人们跟着歌声打起拍子。

拿红酒来，格热戈日

我还没醉，不必挂心

阿努尔卡在哪？带她来我身旁

库尔德西，库尔德西，库尔德西

唱的虽是德语，旋律和歌词中出现的人名却都是斯拉夫名。就连末尾的叠句"库尔德西"也不是德语词。

老婆婆的声音是和她诡异的魔女装扮完全不符的女高音。那嗓音既清冽，又透着一股异样的妖娆。

女高音与男高音的二重唱唱罢，老婆婆摘下白色假发丢得老远。一头金发瞬间如瀑布般流泻在她肩上。她又摘下假鼻子，露出年轻女孩可爱的脸庞。群众爆发出喝彩声。女孩身上的黑衣反倒把她的肌肤衬托得更加洁白。

"再唱一遍！"

"安可！"

群众叫道。

为了答谢情难自制的观众，两人再次拿起鲁特琴，弹起一段哀伤的前奏。女孩那像水晶般通透的嗓音径直贯穿了沉重的天幕。这首歌也是德语歌，但旋律同样来自斯拉夫民谣。

> 月儿下山，猫狗入眠
>
> 就在那枫树下
>
> 斐洛等我赴约
>
> 直到永远，直到永远

"有望远镜吗？请借我一用。"说着维瑟曼手忙脚乱地打开窗户，狂风立刻灌进室内。

虽然冈特也想好好看看那个女孩的模样，但不巧的是他这里没有望远镜。

"他们是茨冈人吗？"米夏尔问，而维瑟曼没有回答儿子的问题，只把身子探得更远。

> 我不能赴约了，亲爱的
>
> 我被人劫走，杀害

埋在六尺之下

男高音一边弹奏鲁特琴，一边唱：

我会等着你，我亲爱的劳拉
直到永远，直到永远

这首令人揪心，与庆典气氛毫不相符的小调突然变为轻快的旋律，男高音与女高音齐声唱道：

劳拉和斐洛不会分开
直到永远，直到永远
哪怕死亡也无法将他们拆散
直到永远

男人一边不断重复最后的乐句，一边拿着翻过来的帽子，穿行在人群中。

"安可！"人们的欢声久久不散，于是那男人又绞上了鲁特琴的琴弦。

女孩开始用歌剧演员般纯正的女高音唱歌。这一次，她嗓音里独特的甜美和香艳，以及最深处那一丝若有似无的苦闷，被更加鲜明地表现了出来。

安宁离我而去
只觉内心沉沉

安宁不会再来

不会再来

他不在的地方

于我只是墓场

这是歌剧《浮士德》中，由浮士德的恋人玛格丽特所唱的《纺车旁的格蕾琴》。澄澈的女高音不着痕迹地消融在冬日的天空之中。

....

若我能吻他该有多好

那就是我唯一的愿望

一曲唱罢，女孩行提裙礼致意，男人则把帽子扣在胸前，优雅地低头致礼。

"安可！"维瑟曼用双手圈在嘴边大喊，"留在原地！等着我！"然后他突然返身开门，冲出室外。

那一句"等着我"是向着窗外，而不是对他坐在窗边的儿子说的。冈特看得目瞪口呆。

吟游诗人拿着帽子向看客们讨要赏钱。女孩则一手叉着突起的腰，摆了个意大利电影里性感女星的姿势。她还挑逗地仰起下巴，脸上浮现出可爱又傲慢的笑容。

一个醉汉从围观群众里踉踉跄跄走出来，伸手去环女孩的腰肢。女孩灵巧地避过，那个拿着帽子的吟游诗人立刻插入两人之间，挡开了那只意图不轨的手。

女孩穿上她的变装道具，重新变成白发苍苍的老魔女。她背起葡萄篮，和吟游诗人一起混入身穿相似服装的群众之中。楼上的冈特再也无法辨认出他们的踪迹。

尽管时不时能看到四处询问两人去向的维瑟曼在人海里浮浮沉沉，但人潮实在太过拥挤，他也很快消失在冈特的视野里。

"你被一个人丢在这儿啦。"冈特向把额头贴在窗玻璃上的少年搭话，对方却回他一个成年人的苦笑。

"博士他总是这样，一旦沉醉，就会入迷。"说着，米夏尔像是察觉到自己的表达有些奇怪，一个人暗笑起来。

"博士？你这样称呼你父亲吗？"

"是的。"

"你们认识那两个街头艺人？"

"不知道，我并不认识他们。"

"听说你是在美国长大的，但你的德语很标准嘛。"

"因为平时博士都用德语和我交谈。"

冈特从少年流利的对答中发现，这具发育迟缓的躯体拥有一个相当伶俐的头脑。相比初来乍到时，米夏尔多少放松了些，但他仍旧没有完全信任冈特。

"你母亲是美国人吗？"

"不是的。她是德国人。"

"听说她生病了？"

"是的。"

"我可以叫你米夏尔吧？"

"那是自然。冯·弗吕斯滕堡先生。"

"叫我冈特就可以了。"

冈特装作不在意米夏尔那尖得不自然的嗓音。他觉得无法变声对本人来说，应当是一件很不好意思的事。就像无论长到几岁都拖着蝌蚪尾巴的青蛙。

"你在哪所文理中学就读呢？"

为了转变话题，冈特不经意地问道。他的嗓门儿这么高，会被同学取笑吧。再加上他是从美国转学回来的，没准男生们会管他叫"大小姐"。

"什么是'文理中学'？"

"美国的学校制度应该和这里不一样吧。就是你这个年纪的人要读的学校，你不是还在上学吗？"

"不是。"

米夏尔的回答出乎冈特的意料。一般来说，精英知识分子家庭的孩子都会就读文理中学，参加高中会考，再升入大学才对。

"但你现在也没有职业吧？"

"因为已经是死人了，所以和学校、职业都扯不上关系。"

"死人？你说谁？"

"我。"

"你身体这么弱吗？去上学都不行吗？"

米夏尔一时无话，像是在烦恼该如何措辞。

"你是去年秋天回国的吧。"

"是的。"

"从那以后，就没去上学了吗？"

"我从来没有上过学。"

"美国应该也有义务教育吧？"

此时，气喘吁吁的维瑟曼回来了。

"跟丢了，找不到了。你不认识吗？那两个歌手……"

"不认识。"

"太遗憾了，就没有什么线索让我找到他们吗？应该有的，你肯定知道什么，你在这里住了那么久。我该怎么办？"维瑟曼步步逼近，双眼发出异样的光彩。

"你干吗对两个卖艺的那么执着？"

"你问题太多了，太烦人了。总想知道理由。我没时间一一和你解释，但我必须找到他们。"

尽管维瑟曼强横的语气让冈特有些恼火，但他也开始对城堡的修复工作有了兴趣，并不想跟维瑟曼不欢而散。

"如果能帮上忙，我很愿意协助你。"

"Nein，不必了。"维瑟曼先是一口回绝，却很快又撤回前言，"只要你有哪怕一点儿关于他们的线索，都请务必提供给我。"

"你是中意那个女孩儿？"

"Nein。"

"那你是找男的有事？"

"Nein。"

"说来说去只有一个 Nein，要我怎么帮你啊？他们是你的熟人吗？"

"我不知道。"

烦躁地不断敲打手指的维瑟曼突然自顾自点了点头，说："去问纳尔哈拉之王就行了。"

"今年的纳尔哈拉之王是谁？"

"这我也不清楚。"

每年的谢肉节都由愚者工会"纳尔哈拉"组织，舞会和变装游行的策划也都由纳尔哈拉包办。说白了，他们就是谢肉节的运营主办单位，但按传统，"纳尔哈拉"总会以王室的形象出现。人们将每年票选出来的会长称为"纳尔哈拉之王"，国王又会挑选王妃，举办盛大的舞会。

"先去有国王的会场找吧。"

"到处都在开舞会。国王究竟出席了哪一场，这个就……"

"谢谢你，下次再会吧。下次见面时，咱们就谈工作的事。"维瑟曼匆忙跟冈特握了手，取下大衣，转头对儿子说，"你自己坐车回家。"

"您这是打算去找国王的会场吗？"冈特提出帮他一起找。儿子的身体发育迟缓，自称从没上过学，父亲则狂热地追赶在路上偶然见到的卖艺人。这对父子成功唤起了冈特的好奇心。

从禁止通行的大路旁延伸出去的小路边停满了私家车。司机从一辆最新型的梅赛德斯奔驰 300D Saloon 里下来，为维瑟曼打开车门。

"送我儿子回家。"

"请问接送您的车在哪里呢？"

"我不需要接送，自己打车回去。"

奔驰车的司机不断打着方向盘，好不容易才从前后车的封锁中脱身，载着米夏尔远去。坐在渐行渐远的奔驰车内，米夏尔扭过头，目光自始至终牢牢盯着冈特。

拨开熙熙攘攘的人群，冈特和克劳斯·维瑟曼徒步探访了数个舞会会场。即便太阳落山，昏暗的天空中依然残留着深深的青色。被几百只脚践踏过的雪融化后，又结成了薄冰。

某个与他们擦肩而过的醉汉脚下一滑，一把抓住维瑟曼才勉强维持住平衡。被带得脚下跟跄的维瑟曼也差点摔倒，冈特扶住了他。

愤怒的维瑟曼大声呵斥对方，而那名戴着防寒帽的醉汉先是破口回骂，却突然瞪大了眼睛，上上下下地打量维瑟曼。

"您莫非是……博士！"

维瑟曼想无视他直接离开，却被醉汉抓住了手腕。

"是我啊，博士。"

"哦，下士……"

"不，最后的军衔是中士。哎呀，好怀念啊。不知当年由我担任教父的那个婴儿，如今怎么样了呢？唉，真是太令人怀念了。如何，您要不要同我去小酌一杯？"

浓妆艳抹的妓女对冈特抛媚眼，搔首弄姿往他怀里蹭，其他女人也闻声而来。就在冈特忙于应付她们期间，维瑟曼和疑似他老熟人的男人便不见了踪影。

冈特渐渐失去了找人的热情。绞尽脑汁想找到那两个艺人的是维瑟曼，而不是他。他之所以会一时心血来潮，顺从好奇心加入找人的行列，无非是想打发时间罢了。

这次再找不到，就回去吧。想着，冈特走进一家被征用做舞会会场的餐馆。

这家餐馆大厅灯火辉煌，像万花筒一样叫人目不暇接。天花板上吊下一串串用柊木、月桂和麻栎树的短枝绑成的装饰品。不计其数的烛台上摇曳着星星点点的烛火，但在头顶那盏绝无可能存在于中世纪的枝形吊灯下，烛光显得黯然失色。环顾四周，似乎只有墙上的挂毯是正儿八经的古物，但在这间难以掩藏现代气息的屋子里，它便失去了原有的古韵，只留一股老旧的寒酸气。

头戴卷毛假发的乐师们奏出华尔兹舞曲，"贵族"们踏着节奏优雅地翩翩起舞。在这里，穿毛衣配长裤，外面又披着大衣的冈特，实在是太格格不入了。冈特在人群中寻觅一番，推测其中一个身披毛皮披风，头戴镶有玻璃珠王冠的男人就是所谓的"国王"。

一曲跳罢，场内进入休息时间。打扮成仆从的服务员托着银盆，四处运送大杯啤酒和红酒。其间，妇人们也端起洛可可时代的架子，轻摇她们手中的羽扇。

冈特一只手端着服务员分发的红酒杯，穿过人群的缝隙走近"国王"，表示有一事相问。

这位"国王"郑重其事地回答"说来听听"，害得冈特差点没憋住笑。

"关于参加变装游行的人，您知道他们的身份吗？"

"国王"回答太详细的资料他也不清楚，并招手让一个扮作大臣的男人过来。

这位"大臣"就没什么演戏的心思了，他公事公办地回答了冈特的问题。大臣说，他们让所有组团报名，或是按职业群体报名的团体都填写了申请表，但中途突然闯入的乞丐和卖艺人并不在他们的管辖范围之内。此时场内再次响起华尔兹舞曲，摇摆的羽扇拂过冈特的鼻尖。

"那些乞讨卖艺的家伙应该都在犹太巷吧？"此时，旁边一个小丑打扮的男人突然插嘴，"你去那里头问问'行刑人酒馆'的莉萝，没准她知道呢。"

慕尼黑有一块由错综复杂、杂乱无章的窄巷子组成的区域。人们都管这里叫"犹太人的小巷"，与"隔都"同义。

自针对犹太人的恶意、蔑视和排外情绪之中诞生的"隔都"，在十九世纪时已被陆续废除。犹太人不再居住在这里后，最底层的贫民又搬了进来。尽管十八世纪时，尚有以歌德为首的许多人认为"隔都"是令人厌恶，难以忍受的不洁地段，但自从这里化作废墟后，就摇身一变，成为浪漫主义画家们寻找创作灵感的好去处了。

实际上，这一带与曾经犹太人们的"隔都"毫无历史上的关联。尽管二战期间，此地幸运地逃过了盟军的地毯式轰炸，但也因此在重建时不在修缮名单之列，肮脏的老房子原封不动地留在原地。早在二十世纪初，这里的房屋墙壁上就有了裂痕，墙漆脱落，暴露出内里的砖块。这里的居住密度一度相当可怕，常有数个灾民和难民家庭共居一室。

人们最终陆续搬去更舒适的住处，房间空出来，被后来的难民和流浪汉，还有辛提人——蔑称为"茨冈人"——占据。他们在路上乱丢垃圾，四周恶臭弥漫，似乎帝国垮台后，唯独在城市的这个角落，还依然保留着"零点"的模样。狭窄的巷子里，就连半空中连接两栋房子的通道也保持着从前的样子，通道本身还兼任晾衣场。墙壁烂得像腐败的牡蛎，屋后的楼梯上又爬满铁锈，踏板最底下的两三级都烂塌了。不仅如此，这里所有的房子都烂得像一个个被白蚁啃过的标本箱。

中世纪时，由城墙框出来的城镇里，城主的宅邸旁建有石砌的牢房，牢房地下有一家酒馆。酒馆是行刑人开的，来喝酒的客人也是行刑人。除了他们，还有乞丐、流浪艺人、赤脚医生、魔女、疯子，以及其他各种地面上的寻常酒馆明令禁止进入的家伙。在地下酒馆也能听到教堂的钟声。这是第一次晚钟，它提醒地面上的人们停下手头的工作，宣告由太阳统治的白昼在此刻终结。吟游诗人拨响了手中的鲁特琴，他说，让我们来歌颂黄昏吧。让我们在宣告黑夜降临的第二次晚钟之前，享受这短暂的应许时光吧。一旦第二次钟声敲响，整个城镇便要闭门谢客，酒馆也不得不将客人们逐出门外。那就是地面上的规矩。同时兼任行刑人的酒馆老板淡淡地说，我的酒馆从来不受地上那些规矩限制，想喝的人尽管喝，哪怕喝到敲早钟时都可以。随你们赌钱也好，唱歌也罢，只要人在这里，就没人会责怪。要是我被送进监狱，就该轮到地面上那些家伙头疼了。毕竟我自己可没法把自己送上绞刑架啊。即便他们抓到了小偷儿和杀人犯，可要是我坐了牢，谁来给他们套绞索？牢房就是我的城堡。我就是这里的王！我就是城主！我将允许一切，所以尽管喝吧！唱吧！

而在二十世纪的如今，地下酒馆的老板娘——莉萝，给自己的酒馆取名为"行刑人酒馆"。她今年还不到三十岁，但高耸的胸脯和坦荡的态度却足以让男人们的眼神在她身上驻足。她分明有一头天然的金发，却刻意染成红色，又烫得无比蓬松，这么做自然把她外貌的魄力加深了一层。尽管体态过于丰满，但她依然算得上是个华贵的美人。

平时，莉萝通过为片区的警察透露线索，让他们对这栋屋子里各种不合法的勾当高抬贵手。这里很多人既没有身份证明，也没有入国签证。就算有，也大半是伪造的。这栋房子本身名列州政府的拆迁清单，却由于里面的居民不肯搬迁，让政府头疼不已。如果想请他们出去，势必得准备另外的住处收容这些家伙，但要是被哪片的居民知道有辛提人要搬来住，绝对会引发抗议浪潮。然而若用武力手段赶人，主推反歧视运动和强推民主化进程的相关团体又决不会保持沉默。

"赚到没？"莉萝询问在吧台前落座的魔女和吟游诗人。

魔女卸下白色假发和假鼻子，抖出她浓密的金发。

吟游诗人哗啦一下把帽子里的钱全倒在吧台桌上。莉萝从中取走几枚钱币，算是饮品的价款。然后她为魔女端来一大杯啤酒，在吟游诗人跟前则摆上玻璃杯和一瓶火酒[1]。

饮下一口火酒后，"我的衣服。"吟游诗人说。他有一头暗淡的冷金色头发，以及一双带点灰色的透明蓝眼睛，个子高挑，肩膀宽阔，是个清瘦的男人。

"拿弗朗茨的衣服来！"莉萝扭头对右边隔着布帘的屋子里大声喊道，"弗朗茨的衣服！"

布帘里伸出一只手，递来一件缀有褶皱和蕾丝花边的裙子。这只手肿得像皮肤下积满了水，苍白的手指胖嘟嘟的，小巧的指甲盖却反而给人以可爱的印象，还涂着浓浓的玫瑰红色。

"不对！这是你的裙子吧！要弗朗茨的衣服！他走之前在里面换下来的！真的是……"

莉萝走进屋子，片刻后拿着毛衣和裤子回来，丢在吧台上。吟游诗人脱下身上紧巴巴的戏装，换好衣服后，把一柄收在皮鞘里的小刀又插回腰间的皮带。

"唱一曲嘛，恩里希。唱一曲，弗朗茨。"

一个坐在吧台旁的男人煽动魔女和吟游诗人唱歌。他是从希腊来的尼科斯，很早以前就住在这里了。

"他是新来的。"说着，尼科斯把自己带来的少年介绍给他们，"叫杰尔德·卡芬。他老妈离家出走了，付不起房费，现在被房东赶出来啦。"

"别多嘴！"杰尔德没好气地说，但尼科斯浑然不觉，"他现在跟我住一间。"接着他柔声向杰尔德介绍道："这是弗朗茨·库诺克和恩里希·库诺克。是两兄弟，在到处旅行，平时靠唱歌赚钱。去过奥格斯堡，也去过

---

1 原文为Schnaps，德语地区常见的高浓度白酒，多用苹果、梨子等蒸馏而成，也叫果料酒。

菲森，美因茨、海德尔堡、罗滕堡都去过。但是，慕尼黑才是他们的大本营。这栋房子里有他们的住处。这次是打算在谢肉节上赚一笔，所以回来的。有机会你一定要听一次，魂都会被抽走的。恩里希啊，你就看在我的面子上，给我小弟唱一首嘛。"

身穿魔女服装的恩里希毫不客气地上下打量这个新来的住客。杰尔德弓着背反瞪回去，又问尼科斯：

"她明明是女的，怎么叫个男名？"

尼科斯竖起一根手指，封住杰尔德的疑问。

"你小子扳手腕挺强吧？"此时，一个坐在吧台旁的红发醉汉问杰尔德。

"是挺强的。"杰尔德应道。

"老子倒要试试。"

在醉汉站起来之前，弗朗茨拿起鲁特琴弹唱起来。曲调欢快却暗含哀愁的斯拉夫民谣顿时流淌在酒场之中。

拿红酒来，格热戈日

我还没醉，不必挂心

阿努尔卡在哪？带她来我身旁

库尔德西，库尔德西，库尔德西

恩里希飞身跃到吧台桌上，边唱边跳。

拿红酒来，格热戈日

我还没醉，不必挂心

那是像丝线一般柔滑的女高音。

库尔德西，库尔德西，库尔德西

恩里希的金发在昏暗的酒馆中卷起一阵阵波浪。人们纷纷起身，拍手跟唱"库尔德西，库尔德西"，辛提人演奏他们的乐器，醉酒的客人在桌椅板凳之间狭窄的缝隙里跳起了舞。

"Blonde Bestie（金发的野兽）！""BB！"

呼唤恩里希昵称的声音四下此起彼伏。

尼科斯有点担心地看了杰尔德一眼。后者却对四周的热闹毫不领情，一脸赌气的样子单手撑着脸颊，闷头大口大口地灌啤酒。

聚集在此地的人鱼龙混杂，有从东欧逃来的流亡者，还有巴尔干诸国的人，以及希腊人、土耳其人、辛提人。还有战时被从波兰等国强行掳来充作劳动力，战败后因祖国局势动荡，或难以在母国找到新工作等诸多理由，逗留在德国国内的人们。

一些人有固定工作，一些人拿着日结薪水。既有无业者、乞讨者，小偷、毛贼，也有毒贩，还有妓女、街娼，更有靠她们养活的小白脸。绝不偷邻居的东西，成了这里的居民之间一条不成文的规矩。

"BB，你过来。"红发醉汉向恩里希搭话，"让我好好疼爱你……"

他探头去看黑裙里的秘密，却突然仰天向后倒去。因为恩里希狠狠照着他的下巴踢了一脚。

那红毛倒在地上，嘴里却依然在喊"你这个天生没蛋的杂种"！恩里希直接扑向他。

然而在此之前，弗朗茨已经拔出他的刀，抵在红毛喉咙口了。他一边膝盖捣进红毛的侧腹，另一条腿则狠狠踩着红毛的手掌。

红毛剩余的那只手此时垫在恩里希的脚下。恩里希抬起另一条腿，举到红毛脸上。靴子尖锐的鞋跟就悬在眼睑上方。

"救命啊莉萝！你来说，你让他们住手！"

红毛男人苦苦哀求，一句话未说完又变成惨叫，因为恩里希又踩了他的鼻子一脚。鼻血从男人脸上喷涌而出。

"你啊，眼珠子保住了就偷着乐吧。"

男人捂着满是鲜血的脸在地上痛苦地打滚，恩里希从他裤子口袋里抽出钱包，道："这头死猪说，为了谢谢我折断他的鼻梁，要请大家喝酒呢！"然后把钱袋丢给莉萝。

"他到底是男的女的？"杰尔德问尼科斯。

"嘘！"尼科斯摇摇手指，小声告诉他，"不要看他那样，他真的是男人。"

"但是你可千万别问。不然就跟那家伙一样了。"

"他比我大吗？"

"二十二了。"

"就那小不点儿？生下来残废也就算了，还没人养啊？"

"是你长得太大啦……"

恩里希身上的衣服松松垮垮，从外表看不出体型轮廓。从刚才的纠纷里可以看出，他身手十分矫健。但红毛之所以吃瘪，只是因为他轻敌，而且恩里希还有同伴帮忙。

哼，他以为自己是谁啊？以为自己面子多大，一副了不起的样子。没人帮的话早就输了！

"一对一的话，我可不会输给那个豆芽菜。"

"怎么着，小屁孩儿？"恩里希顶上来。

"干架吗？"你个没蛋的杂种——杰尔德这句话到了嘴边，眼看着战局一触即发，尼科斯没头没脑的一句话却驱散了杀气。

"你们别看杰尔德个头大，今年才十五岁，还是小孩子呢……"尼科斯对弗朗茨和恩里希怯生生地笑了笑，"求求你们和他交个朋友吧。Bitte，这个孩子的妈妈……"

"烦死了！"

杰尔德提拳便往尼科斯鼻梁上打，就在此时，旁边有人泼了他一杯啤酒。是莉萝。

"拜托了。"尼科斯毫不在意自己的鼻子差点儿遭殃，再次重复，"和他做朋友吧。Bitte，Bitte。"

弗朗茨开始弹他的鲁特琴。乐音一扫杀气腾腾的氛围，让场内的空气舒缓了许多。恩里希朗声高唱，其他人在曲到中途时加入合唱。莉萝也开腔唱了起来。

有一棵哭泣的柳树

有一个流泪的姑娘

只因那士兵占满她的心房

柳树啊，不要哭泣

姑娘哟，你莫悲伤

我们的心也会痛

你们不要再哭了

在咱们游击队里

没有任何的不幸

"游击队"这个词让杰尔德受了刺激。弗朗茨，恩里希。从名字来看，大概是德国人，可他们却唱游击队的歌？旁边那些合唱的家伙看起来像斯拉夫人，却是破烂佬吗？那个叫弗朗茨的家伙唱这首歌是为了挑衅我吗？

杰尔德不是右翼，也从未经历过战争，但是……

——你们赚着德国人的钱……

怒上心头的他自顾自扯开嗓子，唱道：

> 高举战旗，稳固队伍
>
> 突击队的前进是庄严肃穆
>
> 我的同志，即便你倒下了
>
> 你依然与我们同在

现在的状况和他曾经在电影里看过的很像，虽然立场完全相反。那是一部美国产的电影。演的是嘲讽德国，同时称赞法国人爱国精神的故事，杰尔德火冒三丈，气得中途离场。

馆子里鸦雀无声。周围人投来的目光里满是露骨的敌意，杰尔德感觉背后发凉。但是，其中也有几个人用非常怀念的语气跟他一起唱。

有个男人走过来举起右拳，伸到杰尔德鼻尖上。这个深色皮肤的男人左肩以下空空如也，只有衣服袖子无力地垂在体侧。

"我以前可是塞尔维亚的义勇兵，是游击队员。"那男人说，"那个时候，大家都是同志。打仗的时候，就连我们茨冈人也是塞尔维亚人。我们团结在一起抵抗纳粹。"他的嗓音沉了下去，"可是一到战后，我们就变回原来的茨冈人了。"男人用右手从口袋里摸出一张照片，展示给周围的人看。然而其他人早已看过无数遍，谁也没搭理他。

"莉萝，莉萝，你看啊，这是我老婆，这几个是我儿子。我要把在这挣的钱都寄回去，让他们变成全塞尔维亚最有钱的茨冈人！"

"杰尔德还是小孩子，他什么都不懂……"尼科斯拼命挤出最最和善的笑容试图从中调解，然后他用希腊语唱起了歌。也许他是想借此顶掉突击队之歌带来的凶险气氛，但唱得实在太难听了。

尼科斯这种帮着皮孩子息事宁人的态度，反而让杰尔德更为恼火。

——你知道什么？我妈离家出走，我轻松得很呢！

但是，自从他孤身一人之后，就再也提不起劲去砌墙了。同样，他也没兴趣逐步融入混混们的圈子。记忆中，那个死于海洛因中毒的男人丑陋的死相不但没有淡化，反而越发鲜明起来。他只不过闲晃去中央车站，帮笨手笨脚的尼科斯干了点儿活，这个希腊人听他讲完来龙去脉后，竟然就擅自认定他是"被母亲抛弃的可怜男孩儿"，又擅自认为必须承担起保护他的责任。大半年付不出房租而被房东赶走的确是事实，但杰尔德之所以会应邀来尼科斯的公寓居住，主要是因为他害怕无比执着地出现在他面前的赫尔穆特。

"请你一定要回来，上校很看好你。他命令我，不惜用尽一切手段，也要把你带回去。再说，如果放着中途逃跑的人不管，也会影响整个团队的士气。"然而回去了，我十有八九会被严刑拷打吧，"但是强行把你带走是不会有好结果的，所以我建议上校，先让我试试看能不能说服你。听着，你知道一战之后，德国遭受了多少屈辱吗？我们是被逼无奈才不得不发动二战。如果不这么干，整个国家早就在贫穷和屈辱中灭亡了。什么自由、平等、友爱……都是那些法国混蛋搞革命时说的蠢话，德国人追求的是义务、秩序和正义。"赫尔穆特苦口婆心地劝说他，杰尔德尽管没听懂，却对自己的内心渐渐被赫尔穆特那双真挚的眼睛拉拢的事实感到恐惧。一转眼圣诞过去，年历也已翻篇，杰尔德本以为他终于放弃，没承想几天前赫尔穆特又来了。

"上校在等你。"

如此顽固的死缠烂打让杰尔德毛骨悚然，于是他接受了尼科斯的邀请。临走前，他事先跟房东打好招呼：如果有一天母亲悔改归来，请通知她自己去了哪里。母亲那张塞在他裤子后兜里的照片已经软作一团，就好像洗衣房里任由女工摆布的衬衫。

"打仗之前，纳粹是很好的。"那个鼻子里塞着一团纸巾的红毛说，"就是纳粹把你们这些茨冈贼都赶走了，才不用担心自行车、板车放在外头被人偷。"

"我从来不偷车！"其中一个辛提人抗议道，"我有工作！"这个叫提奥的男人平时以买卖汽车废品为生。自然，赃车交易也属于他工作的一环。

"你有脸说他？"恩里希对那红毛说，"你不是靠着在中央车站偷人家的包吃饭吗？"

红毛的表情一瞬间变得无比狰狞，但对上弗朗茨的目光后，他退缩了。

"希特勒掌权以后，再也没人失业了。"此时另一个人开口，"我以前在科勒尔煤矿做工。那时候过的是什么日子啊！后来希特勒一上台，就突然好过很多。纳粹的'德意志劳工阵线'还常常带我们去旅游呢！"

"是啊。"又有人伤感地附和道，"又是爬山去阿尔高[1]，又是坐船

---

1 瑞士北部州名，北邻德国。

去马德拉岛，或者挪威的峡湾。那条客船大得吓人……"

"当年还流行跳舞吧。"

"对对对，当年煤矿工人还能跟小姑娘一块儿跳舞呢。"

"那真是个好时代。虽然这话只能悄悄说，可是在他们打起仗来之前，那真是最好的时代了。"

"瞧你们得了点儿好处就死心塌地的样！一帮法西斯混蛋。"第三人反驳道，"经济为什么会好起来？不是因为要打仗，还能因为什么？"

"什么叫'他们打起仗来'？发动战争的不就是你们这些人吗？然后别国来了，飞机炸弹一丢，别说煤矿没了，什么都没了！你们现在还不是混得这么惨？"

杰尔德发觉莉萝在给他使眼色。她往这边丢了什么东西过来，是一只靴子。杰尔德接住又丢出去，靴子正中某人的额头。那是悄悄摸到恩里希背后，举起啤酒瓶正要挥下的红毛。只见红毛惨叫一声，捂着额头蜷成一团。

其他人一瞬间没明白发生了什么，只能来回打量捂着脸惨叫的红毛和杰尔德。红毛好不容易止住的鼻血不但再度井喷，额头上还挂了新彩。连他手背上蜷曲的体毛都吸满了鲜红的血沫。

恩里希楚楚动人地笑了笑，向杰尔德伸出右手。杰尔德有些犹豫。他不是想帮恩里希，只是相比之下，他更看不惯从背后偷袭别人的红毛而已。

红毛虽然鬼哭狼嚎地跑了，但在离开前，"极右的死小鬼，看我不跟警察举报你！"他恶狠狠地说，"还有莉萝，想不到你也是个极右！有人在'行刑人酒馆'唱那歌，你居然当作没听见！"

"他没办法告密的。"尼科斯小声告诉杰尔德，"他是非法入境，非法滞留。他怕警察。"

就在杰尔德的注意力全被尼科斯的话吸走时，恩里希的手指悄然抚上杰尔德的手。在被对方握住之前，杰尔德立刻把手抽走。两只手间顿时有了一段距离。恩里希没有尝试缩短这段距离，只是那张笑脸静静地多了几分怒意。

他走过来，凑近杰尔德耳边，轻声道："找个没人的地方吧。"

最终，已经喝得烂醉的酒客们一窝蜂拥出莉萝的店门。

冈特在错综复杂的巷子里迷了路。他第一次来这片地区。这里极少见到亮着灯的窗户，路灯也大多是坏的，无人修理。这里依然沉淀着战败后那段灰暗年代的气息。可是，当他走到某栋房子前，却听见里面传出笑声和交谈声。门大开着，从外头就能看到庭院里的状态。整个院子被一垛熊熊燃烧的篝火照得透亮，旁边并排停放着侧面描有图案的带篷马车，还有拴在车头的马儿们。在市中心不可能闻到的马粪味儿刺激着冈特的鼻腔。这里的人用木板、铁皮和砖块靠着主屋砌了一栋小屋，男男女女围着篝火唱歌谈笑。冈特看出他们是罗姆人。近年尽管也有些群体换开二手机动车，但这群罗姆人依然驾驶着他们的有篷马车。

二战时期，纳粹将辛提人与犹太人一视同仁，全部划入"需彻底根除"的种族分类，把他们抓到集中营，实施惨无人道的屠杀。而战后，德国国内的环境对辛提人稍微友好了些。由于战时大屠杀的受害人数将近四十万，承认辛提人的人权，是当前德意志名义上的国家政策。有很多辛提人找到工作后不再流浪，或者在特定季节踏上帮工之旅，冬天再回到聚居地。他们说德语，衣着尽管破旧，但并不算特立独行。特别是一部分年轻人，外表和斯拉夫人几乎看不出区别。因为他们愿意以极低的报酬承接人人厌弃的脏活，于是市民们把他们视为复兴期的方便劳动力。然而，从其他国家流入的罗姆人本性难移，许多人依然在干掏兜乞讨的老勾当，于是好不容易构筑起来的信誉再次崩塌，这成了辛提人憎恨罗姆人的理由。然而大部分市民才不管谁是辛提、谁是罗姆，通通把他们看作肮脏又棘手的"茨冈人"。

冈特仔细裹好大衣前襟，问他们："'行刑人酒馆'在哪里？"

警惕的目光齐刷刷射向冈特。孩子们脸上满是毫不掩饰的敌意。

一个体格健壮的男人向冈特走来。他开始咆哮。冈特听不懂他用的语言，但其中混杂着德语的"我们有许可""我们做生意"等短句。这个男人威胁地向冈特挥挥手，用行动表示"给我滚出去"。

"穿得像魔女一样唱歌的漂亮姑娘在这里吗？"

回答冈特的只有"滚出去"的手势和听不懂的吼声。

"你认识'行刑人酒馆'的莉萝吗？莉萝、'行刑人酒馆'。"

他似乎只听懂了"莉萝"这个名字。男人一边说"莉萝"，一边指指左侧。

冈特往左边走，那人却摆摆手指，示意他不对——你得出了这个院子，再往深处走一段。

冈特来到路上，只见迎面走来一群醉汉。冈特退到路边，给他们让路。他仔仔细细观察每一个人，想看看那魔女和吟游诗人有没有混杂其中，但并没有人乔装打扮。肮脏的大衣、围巾，一眼就看得出全是穷工人和流浪汉。冈特记不清他要找的人长什么样子。他只是在楼上远远望见而已。两人的戏服是唯一的线索。假如有别人穿和他们一样的衣服，冈特十有八九是分辨不出来的。

"你他妈看什么看？"醉汉堆里的人冲他喊。

"他要挑咱们刺儿，让咱们滚蛋！""他要把咱们的事捅去州议会！"几个杀气腾腾的声音七嘴八舌地说。

"别被他挑衅了。"也有人试图抚慰同伴的情绪，"要是打伤市民，州里那帮家伙就有借口遣返咱们了。"

"'行刑人酒馆'这个地方在哪儿？"

"是你这市民去不着的地方！""怎么，想跟莉萝打小报告？"

"你们认识打扮成魔女和吟游诗人的样子，在游行队伍里唱歌的卖艺人吗？"

"是不是恩里希和弗朗茨啊？"他们的窃窃私语掠过冈特的耳朵。

"不是，是一个年轻女孩儿和一个男的搭档。不是两个男人。"

窃笑和讽刺的笑声渐渐扩散，从醉鬼堆里出来几个人，把冈特围在中间。

"恩里希不在啊？"

"弗朗茨，恩里希不见喽。"

冈特听到他们这样说。

包围他的男人们一边窃笑，一边对他推推搡搡。冈特正踉跄着，反方向又有个男人轻轻拍了他一下。

"杰尔德不见了！"一个口音很重的男声不知所措，"杰尔德，杰尔德！弗朗茨，杰尔德和恩里希不见了，恩里希喜欢打架，杰尔德也喜欢打架，他们是不是在哪儿打架呢？"

"走，先去拉个架。"

两个男人离开醉鬼堆，跑远了。

冈特依然被醉鬼围在中间动弹不得。他们的手不但堂而皇之地伸进冈特大衣口袋，还探进冈特怀里。钱包被抽走了。醉鬼们大摇大摆地离场。

杰尔德和恩里希在空无一人的荒地上对峙着。狂风吹拂，天色昏暗。两人都赤手空拳。

年纪大又如何？这么个豆芽菜，一拳就撂倒了。既然没蛋，那跟女人没区别。由于对方的外表也是小丫头的模样，杰尔德的斗志不禁有点动摇。要不是刚才在酒馆亲眼见到对方敲诈红毛的全过程，恐怕他会因为对手长得像女人，而根本提不起打斗的兴致。

恩里希忽地嫣然一笑，而后脱下包裹双腿的长裙弃置一旁。他松松垮垮的黑色上衣下摆处，一双灰白的大腿完全暴露在外。"喂，他可是个男的。"杰尔德对自己说。就在那一瞬间，对方把裙子朝他一甩。裙子在风中翻飞，占据了杰尔德整个视野。恩里希从裙摆的阴影下向他扑来。太卑鄙了吧——杰尔德连说这句话的时间都没有，就被裙子整个儿蒙了脑袋，脖颈也被死死勒住。

他现在的模样，就像刑场上被黑布蒙头的死刑犯。裙子有一股在城里沾到的灰味和恩里希的体味。杰尔德想挣脱，对手的力气却比他想象中大得多。你好卑鄙！杰尔德想喊，喉咙却被勒紧，发不出声来。裙子的某个部位正缠在他脖子上。对手又用力把它绞紧，好像还在背后打了个结。双腿忽地腾空，杰尔德摔倒在地。

"蠢蛋，认不认输？"

"你说自己吗？"

趴在地上的杰尔德听见有人朝这边跑来。紧接着他听见尼科斯在叫他的名字。

"你不许帮忙，尼科斯！"杰尔德喊道，"这是单挑！"

"不许帮忙，弗朗茨！"对方也在说同样的话。

尼科斯公寓的正下方，就是弗朗茨和恩里希的住处。地底下就是莉萝的酒馆了。

刚进门，杰尔德就瞪圆了眼睛。一架三角钢琴摆在这间小小的屋子里。尽管油漆脱落，琴体上也伤痕累累，却依然不减它庄严的气质。墙边有张简陋的床，钢琴底下铺有稻草床垫和毛毯。

弗朗茨点亮了房里的石油灯。

先前正准备斗个你死我活，裁判就赶来调停，杰尔德还觉得意犹未尽，但他听了弗朗茨和尼科斯的劝，被招待来兄弟俩的房间。弗朗茨坐在钢琴凳上，其他三人则落座那张床。

"提奥帮我找了架便宜的二手货。"弗朗茨指指那架跟房间整体氛围毫不搭调的三角钢琴，说。

"说便宜，也要花不少钱吧？"

"原本就是免费的，所以卖价也不高啦。"恩里希话里有话，暗指卖家进货渠道也不光彩。

"这么破，弹得响吗？"

弗朗茨掀开琴盖，弹了两三个和弦。杰尔德不懂钢琴，但觉得很好听。

"每次旅行回来，第一件事就是调音。"恩里希说。

"你自己调？"

"他调。"恩里希指指弗朗茨，"他什么都会。"

杰尔德不由得对弗朗茨心生敬意。只是打架厉害的话，他倒还能拼个高下，可是还会给钢琴调音，那简直是神人了。

弗朗茨打开一瓶红酒请客人们喝。他给自己杯子里斟的是火酒。

见他们不再吵架，尼科斯立刻喝得烂醉，在床上的角落里缩成一团，阖眼睡去。

"你老妈为什么离家出走啊？"恩里希问。

"她跟男人跑了。"

"那她是不要儿子要男人咯？"

杰尔德花了一点儿时间才从这句话里缓过来，他立刻反击。

"你为什么没蛋啊？"

在恩里希开口之前，弗朗茨很快地回答道："他被狗咬了，小时候的事。"然后他交叉双臂，又往两边一挥，断绝了这个话题。

"你们是茨冈人吗？"杰尔德问，"兄弟两个出来旅行，还靠唱歌赚钱。"

弗朗茨那双透明的、略带灰色的蓝眼睛看向杰尔德，"也许是吧。"然后回答。

"要在第三帝国，你俩就是进集中营的命。"

"我记得你唱了突击队的歌是吧？"恩里希的眼神里又带上敌意。

"他，小孩。他什么都不懂。"表面上醉得昏睡过去的尼科斯缩在床上摆了摆手。

"是哪国人，又是什么民族，我都无所谓。"弗朗茨说，"我跟那些半吊子德国人不一样，我是'帝国的好儿郎'。"他像吟诵诗歌一般，自言自语说出这样的语句，"好极了！帝国的好儿郎，就该这样……"然后语气重归凶险，道："对我来说，只有敌人和自己人而已。"

"那我是敌人吗？"

"也许是吧。"

杰尔德有点待不下去了。原本给他以冷静沉稳印象的人，突然变得十分诡异。

"弗朗茨的敌人就是我的敌人，我的敌人就是弗朗茨的敌人。"恩里希说。

"杰尔德喝醉了，你们不要生气。Bitte，Bitte。"尼科斯苦苦哀求。

"他只是说我们是茨冈人而已，为什么要生气？是德国人组建了纳粹，茨冈人可没建过灭族集中营。尽管他们曾经是被屠杀的对象。"

尽管弗朗茨这么说，尼科斯还是不停地道歉。"弗朗茨和恩里希跟你一样，是德国人。"他告诉杰尔德。

"这话我对很多人说过了，今天再跟你说一遍吧。"恩里希说，"我和弗朗茨是在舍瑙长大的。汤米轰炸完上萨尔茨堡和贝希特斯加登以后，顺便把剩下的炸弹往那儿丢了。整个小村子都被炸没了，家里人全被炸死，我俩就成了孤儿。听他们说布尔什维克要打过来，我们俩只好在山里到处乱逃——虽说实际进来的不是伊万，是老美……就那个时候，我被狼咬了。不是狗，是狼。我那时候太小，打不过狼。弗朗茨杀了那头狼。"

"狼！嗬，那你刚才干吗说是狗……"

"说狼的话，就得从头到尾解释一遍，麻烦得要死。但也因为被咬了，我们可以靠着唱歌赚钱。明明是男人，却能用女人的声音唱歌，哪怕你找遍全世界也只有我一个。弗朗茨一直教我正确的唱歌方法，所以我才能像歌剧的女高音那样唱。唱完把胸露出来，他们就知道我是男人了，没有一个不惊讶的。然后就会给很多钱。"

"那你不就是被你哥当赚钱工具吗？"

他话音刚落，弗朗茨的拳头便袭向杰尔德的心窝。这一拳很重，杰尔德当即从床上摔下去，痛得在地上打滚。

尼科斯一边求饶，一边把杰尔德拖出门外："回房间吧，睡觉吧。Bitte。"

"……你们不要再哭了。在咱们游击队里。没有任何的不幸……"恩里希哼道。

"没有任何的不幸……"恩里希的女高音和弗朗茨的男高音重叠在一起，跟钢琴伴奏声一同飘向门外。

3

你的恋人在彼方被埋进沙土

砂砾让她飘扬的长发结成了块

还堵住她的话语，命她保持沉默

——巴赫曼[1]

钱包被抢走了，但冈特决定放弃报警。如今他相当于失业，本来每个马克都得精打细算地花。要是真的完全丢了工作，倒还能领取失业保险金，但因为他的门上挂着事务所的招牌，所以享受不到这项优惠。尽管战败后过过几年苦日子，但或许是少年时家境优渥的缘故，冈特对金钱看得比较淡。那个趁经济上行时期买的鸵鸟皮钱包，比捉襟见肘的内容物更加值钱，但既然已经丢了，冈特也并不觉得可惜。如果报警，就得从他为什么一个人跑到那么危险的地方开始解释。冈特不想这么麻烦。

那天在人山人海中走散后，当晚维瑟曼再也没来拜访。

这个维瑟曼，又说想买他的城堡，又是只看了街头艺人一眼，就狂热地寻找对方。米夏尔说自己从未去过学校，因为已经是死人了……还有玛

---

1 英格博格·巴赫曼（Ingeborg Bachmann, 1926—1973），奥地利女性诗人、作家。

格丽特、"白蔷薇"……

冈特整晚都没睡好，早晨醒来，脑袋像被紧箍括住似的难受。

九点左右，维瑟曼打电话来了。

"后来你找到他们了吗？"

"没有。对了，我恰好想问问您。您究竟为何想找那两个街头艺人？"

"我想看看他们是不是我以前照顾过的两个孩子。"维瑟曼对答如流。

如果真的只是这样，他昨天完全可以直接说啊。

冈特又去了一次犹太巷，他本想再问问莉萝的店，整个巷子却空无一人。四处只有开裂的墙壁、破损的玻璃窗、脱落的油漆。冈特推测，也许居民白天都在外工作，可这里连女人、小孩的踪影都没有。就连那些把马车停在庭院里的罗姆人，都似乎带着孩子一块儿出门挣钱去了。院里只有几辆并排停放的蓝篷马车，北风吹拂马儿的鬃毛。冈特想走近些，马车里却传来责骂的声音。从车里探出一张老人的脸，皮肤像鞣革一样刻满深深的皱纹，估计是留下看马的吧。冈特问他莉萝的店在哪里，却发现仍然语言不通。

到了晚上，店铺会开灯，应该能好找些。但一想起昨天被那群醉鬼抽走钱包的经历，冈特便有些抗拒半夜三更独自探访这里。

第二天，像完成每日功课似的，维瑟曼又在早上九点打来电话。

"有没有线索？"

——我又不是你雇的侦探。冈特回答："什么都没找到。"

"我想找个时间，请您来我家一叙。"维瑟曼却说，"届时请务必光临。"

"我很荣幸。"

"不如就定在今天如何？"对方很性急。

冈特放下电话不到一个小时，维瑟曼家的司机就开车来接他了。是那辆他之前见过的奔驰 300D Saloon。司机郑重地为冈特打开车门。

他们往北穿越城镇，在洛霍夫车站附近左转向西。一条铅灰色的细流弯弯曲曲穿行于湿地之间，西北方则是平缓起伏的丘陵地带。枫树、桦树和山毛榉掉光了树叶的秃枝刺向沉重的冬日天空，洼地里积满了雪。四下没有民家。汽车行驶了大约四十分钟，穿越一片树枝上挂着积雪、仿佛银饰品般精致的冷杉林后，道路的尽头出现爬满干枯常春藤的石墙，一扇漆黑的铁门拦住了去路。司机下车打开铁门，开车进入后，又下车把门关上。

眼前是一片深邃的森林，由山毛榉和高大的榉树共同构成，而汽车马达的轰鸣声打破了这片静谧。堆积如山的枯树叶上隐约留着一些积雪，涓涓细流在其间若隐若现。

这片地方很大。大到冈特觉得维瑟曼根本没必要买一座偏僻的城堡，这栋私宅完全可以满足他"庇护我的空间""适合用来思索的场所"两个条件。

在两侧西洋椴的荫庇之下，有一条长长的石板路，可能是以前的马车道。汽车在这里略微放慢了速度。

"维瑟曼氏就是维瑟曼联合企业的人吗？"

"Ja。"寡言的司机点点头。

德国战败后，维瑟曼联合企业也随之覆灭。然而矗立在林荫道尽头的洋馆，在设计上明显融入了新文艺复兴时期的风格，从其宏伟的规模之中尚能窥见昔日的繁荣。

冈特进入洋馆，发现光是门厅就宽敞得足以用作舞会会场。这里没有充分吸收到暖气，跟室外一样冷。女仆接过冈特脱下的大衣。只见一座巨大的楼梯描着圆滑的曲线通往二楼，扶手上雕有唐草纹样。

左边的门开启，一名少年出来迎接冈特。他伸出手，相比初见时已放松了很多。

"很高兴能再见到你，米夏尔。"

少年身后跟着一个女人。要说是他母亲，年纪有些太大。她斑白的头发盘在脑后，穿灰裙配灰衣的模样虽然朴素，却又暗含威严，不像是女仆。她外套里衬了一件白色女式衬衫，似乎是用上等的丝绢缝制的。难道是米夏尔的家庭教师吗？冈特正困惑不已，米夏尔就为他介绍：

"这位是我的姑姑，伊丽莎白。"

她额头很宽，高高的颧骨下方脸颊凹陷，下颌角十分突出。如果再胖一些，这张脸就跟克劳斯很像了。

"欢迎您的到来。"

伊丽莎白伸出右手，举手投足间透着贵族的优雅。冈特毕恭毕敬地牵过她的手，轻轻在她浮现蓝色血管的手背上落下一吻。

"请进。"伊丽莎白邀他进屋。

穿过大厅和一个房间，走过可以看到庭院的走廊，右拐进入客厅后，只见维瑟曼缓缓从安乐椅上起身，迎接来客。

他旁边趴着一条杜宾犬。见冈特走过来，便发出带有警戒和威吓意义的低吼声。这个犬种原本就拥有扎实的肢体，通常还会通过断尾和断耳来让它的外形显得更加剽悍。这条狗也不例外。据说，杜宾犬是十九世纪时由一群征税官培育出来的犬种。由于每次收税时钱款都会被抢走，他们相当恼火，因此杂交出这种狗来保护人身财产安全。所以光论凶猛和攻击性，几乎无犬能出其右。维瑟曼只打了个手势，杜宾犬便藏起它的獠牙。

而冈特毫不在乎那条狗对他的敌意，也丝毫没有因初次到访而感到拘谨，他只觉得很怀念。这间屋子里有那种他幼时熟悉的静谧氛围。古色古香的典雅家具，熊熊燃烧的大理石壁炉，墙边发黑的裙板酿造出暗沉的气息。至于裙板和天花板之间的墙面，则装饰着一幅幅泛黄的佛兰德派画作。

壁炉对面的角落里放着一架乌黑发亮的三角钢琴。缀有沉重褶皱花边的窗帘被束在两侧，外界的光尽管能够透进来，却在穿透云层时变得像叹息一样无力，最终只显得屋里更加昏暗。透过窗子，可以看到窗外有一片直接活用了丘陵地形和深林的天然庭园。

然而冈特的眼睛根本没看窗外，他直勾勾地盯着那个倚靠在壁炉旁安乐椅上的女人。火光将她半个身子映作金红色，剩下一半融入从客厅角落里涌出的昏暗之中。在这间本就静谧的屋子里，她坐的那一角显得更加幽静。那女人一动不动，看上去，仿佛只有她膝毯边缘的流苏随着火光摇曳的影子，才是唯一的活物。

冈特突然想到他在佛罗伦萨的教堂见到的大理石圣母像。雕的是玛利亚抱着受十字架刑后断了气的儿子。看着受刑的基督和为他哀叹的玛利亚，冈特心中并不会产生同情或共鸣。世上比十字架刑更残忍的刑罚数不胜数。许多个儿子追随基督的脚步惨死于刑场，那么自然也有无数个母亲肝肠寸断。可是，为何人们却独独赞颂玛利亚呢？年轻气盛时便存在的逆反心理，长期下来更转变成连本人都毫无自觉的漠不关心。教堂里那座大理石雕像，只会让他感叹艺术家的技艺高超。那是一块被净化过的悲哀的结晶。它被从石头里提炼出来，以女人的形象显现于世。那是一种纯粹的悲哀。

玛格丽特……冈特心里的默念脱口而出："玛格丽特！"

也许他没有喊出声吧。那女人的表情没有丝毫波澜，一旁的维瑟曼也平淡如水地向他介绍："这是我的妻子玛格丽特。"

"格丽塔，这位是冯·弗吕斯滕堡先生。"

玛格丽特嘴边浮现出一丝淡淡的微笑，那是应对初见客人时礼仪性的笑容。冈特用力握住她伸来的右手，玛格丽特却只把指尖放在他手心里点了点，没有回握。

格丽塔，小格蕾琴……冈特无法喊出她的昵称。或许当着她丈夫的面，玛格丽特想要隐瞒和旧情人之间的关系？她肯定只是装作不认识我而已。冈特调整呼吸，不让任何人发现自己心中汹涌澎湃的情绪。

当初，五岁的小丫头长成十八岁的大姑娘出现在眼前时，冈特完全没想起来她是谁。明明玛格丽特一见到长成青年的他，就立刻从他脸上看出了当年那个九岁男孩的影子啊。

他们短暂地交游，而后分别。自重逢到他们今天第三次的邂逅，过去了整整十七年。十七年的岁月，把一个身上带有苹果香气，固然楚楚动人却总脱不出乡土气的平凡姑娘，变得像一朵濒临凋落的玫瑰，变成一个危在旦夕却极美的女人。

"您的住宅相当气派啊。"为了隐藏内心的动摇，冈特随口扯了一句不痛不痒的恭维话。

"这一带没被烧毁，因此原样保留了下来。"

"您说您流亡去了美国，那段时间，宅子是怎么处置的呢？"

"交给专人管理了。据说那些火灾难民曾住进来，赶他们出去费了好一番工夫。他们把房子弄得一团糟，好不容易想了些办法修复。"

护墙板上有划痕，某些地方的涂料异常簇新，就是这个原因啊。

冈特试图从米夏尔脸上寻找自己的影子。他看起来和现在的玛格丽特挺像，但跟冈特之间，没有像到一眼就能看出是父子的程度。或者，维瑟曼是再婚，而米夏尔是他带来的孩子，这也不无可能。

——那么玛格丽特腹中我的孩子，若非流产、死产，就是被送养了吧……

冈特想趁四下无人的时候单独和玛格丽特聊聊。既然她不想被维瑟曼知道自己从前的情人关系，那他也可以按照这个准则行动。不过，总可以告诉维瑟曼，两人是旧相识吧？维瑟曼是不是开始怀疑自己的反常举动了？就算维瑟曼没发现，他那个敏锐的姐姐是不是已经察觉了呢？

冈特从玛格丽特的表情里除了凝固的悲哀，什么都解读不出来。她没有给他发送任何讯号。如果她已经察觉是他，却还能保持这份沉默和冷静，那她的演技真是了不起。现在，哪怕玛格丽特只动一根手指，冈特相信自己也能理解她的意图。比如，让我保持沉默，装作互不相识；比如，待会儿我们两人单独再谈；比如，不要告诉我丈夫。

她都听见别人叫我的名字了，不可能还想不起来。旁边的伊丽莎白不是一直叫我"冯·弗吕斯滕堡先生"吗？难道"冯·弗吕斯滕堡"这个姓氏，从你的记忆当中消失了吗？

冈特对一直彬彬有礼地称呼他姓氏的伊丽莎白说，叫他冈特就好。这句话同时也是说给玛格丽特听的。

冈特，冈特……年轻的玛格丽特在他耳边呻吟着——我的身体好像要不听使唤了……对那时的冈特而言，她的爱语没有任何特别之处。好几个女孩都在他耳边这么喘息过。啊啊，冈特……

"那么您也可以叫我伊丽莎白，而不是赖谢瑙夫人。'赖谢瑙'是亡夫的姓氏，他在瑞士去世了。我丈夫和我为了躲避战火，二战期间都在瑞士避难。"

女仆端着银托盘给他们送咖啡的时候，玛格丽特站起来，想到屋外去。

"你就待在这里。"克劳斯命令道。

"该给米夏尔喂奶了……"玛格丽特呆呆地自言自语。

冈特下意识望了一眼她的胸部。乳房依然描绘出美丽的曲线，可是并没有像哺乳期妇女那样生猛如母牛般的隆起。

"米夏尔不是在这里吗？他早就不需要喂奶了。"想来是忌惮在场的冈特，伊丽莎白放低了声音叱责她。

玛格丽特朝默默坐在长椅一端的米夏尔投去讶异的目光。

"这个孩子……是谁……"她默念道。伊丽莎白强行拉过她的手，按着她坐回椅子上。维瑟曼则爱怜地把她裙子上的褶皱整理好。

"亡夫生前是一位律师。战后他本想回德国开始新生活，却不幸罹患肺炎……"

简直像所有人都当刚才玛格丽特的奇特言行从未发生过一般，伊丽莎白又回到先前的话题。"他只不过躺在床上睡了两三天！就静悄悄地去了天国。我们夫妻也没有孩子，我就成了孤家寡人……"

伊丽莎白刻意在每句话的句末加重力道，且句与句之间停顿半晌，像是催促冈特接话。

"而舍弟流亡到美国，需要有人为他打理家中事务，我便来帮他了。从那之后，我们姐弟就一直住在一起。毕竟，她如今是这副模样啊。"伊丽莎白的眼睛看着玛格丽特。

"她连使唤女仆都办不到。每天的日子过得也真轻松，一整天尽是呆呆坐在那儿。"

说到这里，伊丽莎白顿了顿，似乎在等冈特帮腔。

维瑟曼仿佛什么都没听见，米夏尔也垂着双眼。

玛格丽特的表情同样没有变化。冈特心想，伊丽莎白的责骂和讽刺或许尖刻如箭矢，却根本不能在她这尊由悲哀凝成的大理石塑像上划出一点伤痕。

由于冈特没有给出得体的回应，伊丽莎白那些话只好茫然消散在虚空之中。最后，是维瑟曼让米夏尔为客人献唱一曲，才给房内尴尬的沉默画下了休止符。

维瑟曼在钢琴前落座，翻开乐谱。杜宾犬坐在他身旁，见维瑟曼给了信号，它摆出一个放松的姿势。

"啊啊，这孩子的声音，着实是无比美妙。"伊丽莎白说。但是看到她的神情，冈特不禁揣测，她这句话恐怕并不只是单纯的褒奖。

"可是，"米夏尔吞吞吐吐，"母亲她……"他话到嘴边，却很快被维瑟曼强硬的语气打断。

"可是？你在我面前，说'可是'两个字？"

"你也该习惯了，玛格丽特也是。"说这话的人是伊丽莎白，"并且，她应该为自己的儿子感到骄傲。"

米夏尔站在钢琴前。

安宁离我而去

只觉内心沉沉

安宁不会再来

不会再来

他不在的地方

于我只是墓场

若我能吻他该有多好

那就是我唯一的愿望

这歌声仿佛光的浪潮，荡漾在昏暗的房内。冈特的眼里渗出了泪水，我竟然还会被美妙的歌声感动？他为此惊讶不已。他本以为，自己心中的这种情感早已被消磨殆尽。

"我深信不疑！让他装扮好站在国立歌剧院的舞台上，丝毫不会比其他歌手逊色！"就连伊丽莎白的声音，此时听着都无比刺耳。

冈特若无其事地看了看玛格丽特。只见她闭上双眼，手指在胸口附近微微动着。就冈特看来，她是在画十字。然后玛格丽特的手指紧紧交缠在一起。当年和冈特交往时，玛格丽特根本不信神。她并非坚定的无神论者，只是对这些事情漠不关心。就跟冈特一样。

冈特看见玛格丽特的手在颤抖。某种震颤从她体内涌出，它倒竖着浑身的鳞片，游走在玛格丽特的皮肤之下，不但无法停止，她浑身的痉挛还渐渐激烈起来。米夏尔的声音变得沙哑，他恳求地看向父亲。维瑟曼的手指继续在琴键上跃动，而儿子和他的母亲一样，浑身开始了颤抖。

痉挛的二人共享同样的律动，母子都不禁扭动起身体。玛格丽特脸上失了血色，越发像一座大理石雕像。

米夏尔的嘴唇也白了。逼迫他歌唱的钢琴声却依然不停。"Nein！"冈特喊道。就在这一瞬间，玛格丽特的身体向前倾倒，从腰部折作两半。她的双手依然紧紧握着，无力地垂向脚尖。

维瑟曼毫不动摇。

"赶快帮她处理一下！"冈特跑向玛格丽特。他伸出手，想去接住像断了线的木偶一样半身垂落，眼看着就要摔倒的玛格丽特。

就在此时，冈特的腿部受到猛烈冲击，让他摔倒在地。灼热的痛楚蹿遍全身，腿部动弹不得，就像踩进猎人的铁夹。那条杜宾犬的獠牙深深刺进他的小腿。受伤部位分明只有一处，火焰却走遍他全身的血管，灼烧他的肉体，连骨头都备受炙烤。恐惧更是让痛楚加倍放大。下一次袭击就该瞄准咽喉了，冈特根本防不住。

他无法不挣扎，可狗的牙齿丝毫不放松。仿佛整根胫骨被咬碎般的声音回荡在他脑内。玛格丽特怎么样了？米夏尔又是否安好？冈特就连抬眼去看他们都办不到。痛楚在他体内嘎吱作响，让他的五脏六腑紧紧绞作一团。

在无比漫长的痛苦之中，冈特疼得近乎失神。意识模糊了，痛楚却没有减弱，他在自己的眼皮内侧看见一摊暗沉的死水，水面上有一艘船……或许称呼它筏子更为妥当。那筏子有边缘，但很窄。上面坐着一个女人，是玛格丽特。

冈特心里清楚，这是痛楚让他看到的幻觉。只要张开沉重的眼皮，就会看到维瑟曼家的客厅。可是，光要维持眼皮睁开的状态，所消耗的能量就让他难以忍受，于是他又闭上了眼睛。黑暗的水洼里水波摇荡，玛格丽特蹲在筏子上，身旁放着一只巨大的白色包裹。

维瑟曼八成下了什么命令，犬齿终于放松，然而冈特依然能感受到那狗从极近处喷来的粗重鼻息。他感觉自己的上半身被某人抬起，脱掉上衣，衬衫袖子被往上卷，一根橡胶皮管绑住他的上臂，手肘内侧的柔软部分有被针扎入的感觉。很快他的痛楚便消失，意识也随之远去。

冈特让自己像死尸一般四肢无力的躯体委身于玛格丽特的怀里。他能以局外人的视角看到自己的模样。而怀抱他的玛格丽特，洁白得就像那尊大理石雕像，那一抹充满悲哀的微笑挂在她脸上，恰如淡淡的红妆。

冈特本想对她说我爱你。这句话他曾经毫不吝啬地赠予所有的女孩，而尽管每个字都相同，个中意义却完全相异。"玛格丽特，我爱你。"这句没有出口的思念悄然膨胀于舌根。

那句话忽而抵达嘴边，仿佛在将近窒息时突然得到解放，却只化作苦吟。冈特醒了。

他的身体横卧着，四周一片黑暗。冈特本想起身，身体却使不上力。并且他的左腿是麻痹的，整条腿就像塞满了铅块，空余沉重。出于恐惧，冈特伸手在四周摸索一番。左手碰到了什么东西，像是一盏带有布罩的台灯。他继续找开关，摸到一根坠有提柄的细链，往下一拉。

泛黄的光晕照亮了周围的事物。

冈特躺在一张床上。他的视野一阵晃动，最终回归平静。

这里是野战医院吗？肩膀中弹……不对，这里既没有脓血的气味，也没有充满痛苦、屈辱的污垢和汗水味。

意识渐渐清晰起来，冈特伸手去摸毛毯下沉重的左腿。摸起来……似乎是石膏。他环顾四周，光线很弱，看不清角落里有什么。

房里除了床，左手边还有一张桌子和一把转椅。旁边是个木架，一扇门，木框上镶嵌着毛玻璃，看不清内部。以及带有小抽屉和对开门的储物柜，墙边有好几张折叠椅。

空气中有一股淡淡的福尔马林味。

床板很硬，似乎只是在铁床架上铺了条毛毯。墙壁、天花板大概都是白色，地面上铺有深色的亚麻油毡。

照明器具除了枕边床头柜上的台灯，还有墙壁和天花板上的数盏电灯，但一盏都没开。

除此之外——虽然这盏也是关闭的——天花板正中央有一盏巨大的电灯。银色圆盘上镶嵌了数只灯泡，看起来就像手术室里的无影灯。这里很有可能就是手术室。墙上没有窗户。

冈特借台灯的光看了看腕表，时针显示两点刚过。看来现在是深夜。

痛苦随着意识一并苏醒。止痛药的药效过了。

冈特想看看自己左腿的情况，身体却动弹不得。腿以外的其他部位尽管没被固定在床上，可他哪怕只是微微蜷曲身子，都会立刻感觉像有根烧红的铁棒紧贴在皮肤上。

护士铃在哪儿？来人啊！这些念头无法变成语言，话到嘴边便变作呻吟。

房间角落里站着一个人影。眯起眼仔细去看，竟是一具有些肮脏的白骨。冈特在战区见惯了死人。如果这是个医生的住处，那么有骨架标本倒也理所当然，冈特丝毫不会惊讶。然而——

"您醒了？"

然而那具"骨架"却说话了，把冈特吓得不轻。

这是个冈特不认识的男人，他坐在标本旁的椅子上。此时他站起来，走到床边。福尔马林的气味和一股恶臭几乎是从这个男人骨子里渗透出来的。他一走近，气味就更浓烈。

此人个子很高，脸却很小。淡淡的眉毛下长着一双小而深陷的褐色眸子。他还有红润的脸颊和溜圆的鼻尖。

"您好，我是博士的助手大卫·史密斯。"

这个男人操一口带浓重美国口音的德语，轻轻和冈特握手。

"我这就去叫博士来。"

赶来的维瑟曼身着睡衣，外面又披了一件室内穿的便服。

"没想到会发生这样的事！我深表遗憾。"他虽这么说，脸上却未见半分愧色，堂而皇之地俯视着躺在床上的冈特，"我是一名医生。我将会负起责任为你治疗，让你尽快痊愈。"

"已经拍过片子了，胫骨有轻微骨裂。我为你做了清创，防止化脓，之后又用石膏固定。就请你暂且安心静养一些时日吧。"

尿道里插着导尿管，意思是让他就地解决。

"请问，这里是……医院吗？"

"这里是我个人的研究所，备有全套的医疗设施。你尽可以安心休养。"

"养那么危险的狗……"

"'战车'被训练得很好。我不下令，它是不会加害他人的。我也很疑惑它为何会去咬你，你有没有做出挑衅它的行为呢？"

"怎么可能！"

"那么只有一个解释。'战车'误会了你想加害我的妻子，因为妻子倒地和你赶往她身边几乎是同时发生的。"

维瑟曼不但毫无歉意，甚至他的语气，还像是在谴责冈特冲向玛格丽特身边太欠考虑。

"会痛是吧？再注射一次止痛药吧。会好受些。"

"我得狂犬病的可能性……"

"完全为零，你丝毫不必担心。"

那个名叫大卫·史密斯的助手往冈特的静脉里插入注射针。"请你安心静养。"维瑟曼下达指示后，便和助手一同离开了。

随着药物走遍全身，痛楚立刻得到缓解，与此同时，浓稠的睡意也一并袭来。冈特有些不安。所谓的止痛药应当是吗啡吧。他认识好几个在战区负伤被注射吗啡的人，最终都对这种药物产生了依赖。然而即使如此，冈特依然无法拒绝剧痛渐渐减缓的过程中席卷而来的舒适。

——那条狗为什么咬我？

——玛格丽特为何会不省人事？

——那个维瑟曼……

药物带来的强制睡眠，最终切断了他的思考。

杰尔德和尼科斯一起站在中央车站的柜台后面卖面包。他并不是正式雇员，所以拿不到固定工资。尼科斯虽然有工资拿，数目却寥寥无几，除此之外就是销售额带来的提成了。尼科斯会把拿到的提成跟杰尔德一人一半，可是杰尔德觉得自己比尼科斯干活卖力得多。

"德国的冬天，太长。"说着，尼科斯又深深叹了一口气。他端正的鼻孔微微濡湿，"夏天永远不会来。希腊就很暖和。"

"那你干吗不回国？"

"没有活儿干。"说完这句话，尼科斯扭捏一番，最终像终于鼓起勇气似的开口，"杰尔德，我有事跟你说。"他用平时那种文文弱弱的眼神看着杰尔德，活像一条楚楚可怜的幼犬。

"我要换工作了。"

"为什么？"

"我爸爸病了，在家乡。我要多寄钱回去，所以要换工资更高的工作。"

"哦？什么工作？"

"看护。"

"在医院吗？"

"机构。"

说到机构，杰尔德首先想到的是那些收容不良少年的笼子，其次是没有监护人的小孩待的孤儿院。

"那个机构的看护很多是客工，德国人很少，不会说德语也没关系。"

"是收容什么的机构啊？"

尼科斯本想回答，却不知该怎么解释。"咦？叫什么来着？缺胳膊少腿的。因为受伤或者生病，走不了路的。"

"跛子?"

"对。还有，智……智力低下的，就是收容那些的。在一个叫施泰因赫灵的村子里。"

"啊，那边啊。我听说过。"

杰尔德之所以知道，是因为施泰因赫灵的那家机构，同时也是拒服兵役者完成替代勤务[1]的定点机构之一。

四年前，德意志联邦共和国恢复征兵时，他的母亲曾紧紧抱住当时十一岁的他，哭闹道："你可千万别去当兵啊，到了二十岁也不许去！"那一天的情景，杰尔德记得很清楚。"明明所有人都受够战争了，怎么还要恢复征兵啊……征兵的来了你也绝对不能去，记住了吗！""可是我更不想搞替代勤务啊。去养老院，去精神病院那些地方当看护，根本不是正经人干的活儿。反正都要干十五个月苦力，真不如去当兵呢。还能学到怎么用武器！"母亲听罢，一巴掌把杰尔德打倒在地。

"那边不远！"尼科斯热情地给他讲解起来，"有车的话可以从公寓开过去上班。可是我没有车，夜班也很多，所以要住宿舍。你可以住我的房间，这里会有土耳其人来替我。你帮忙的话，跟以前一样，提成分你一半，我跟他说好了。"

杰尔德根本没注意听尼科斯在说什么。两个年轻女孩正跟他买圆面包呢。他尽自己所能友善地接待她们。两个女孩晃了晃高耸的胸脯，咯咯地笑。

一个粗犷的声音插进来："要两个椒盐棍，一个炸膝饼[2]，还有两个小面包！"他说得很快，又有浓重的北方口音。见尼科斯不知所措，那人

1　德国拒服兵役者可以通过完成十三个月的社会福利活动代替服役，称替代勤务。

2　原文为Ausgezogene，是德国南部及奥地利一种很受欢迎的炸面包，又称Kniek ü chle。据说早期在膝盖上揉制成形，故译炸膝饼。

又吼道："不要椒盐卷饼！我要小面包！没有？那些不是吗？"

"这个，圆面包。"

"就是它，就是小面包，只有巴伐利亚人管那玩意叫圆面包。快点儿！还有啊，我不是说了要椒盐棍吗？到底要我说几遍？要两个！你们这些土巴子（对巴尔干诸国及土耳其人的蔑称）就是不行。快点儿，听到没！我赶不上车了！小鬼，你总不是土巴子吧？你来拿。要两个椒盐棍……"

"请稍等，我先接待完这边的客人。"

"你快点儿！"

女孩们走了。杰尔德刚把男人点的东西放进纸袋，那人就一把抓走，向着车站大厅跑去。

一个红发男人蹲下身，若无其事地抱走那人忘在原地的包。他被恩里希踩扁的鼻子依然歪斜，那张脸看起来简直像个拳击手。红毛的目光和杰尔德相汇。"闭嘴！"他用眼神说道。如果那是个和善的客人，杰尔德倒会大声提醒对方忘了东西，但这次他选择睁只眼闭只眼。

次日，用一只提箱打包好行李后，尼科斯离开了。

杰尔德去中央车站的面包店看了一眼，那个土耳其人正在店里干活儿。杰尔德走到柜台前。

"杰尔德？"

"对。"

土耳其人伸出他宽厚的大手跟杰尔德握手。他不太会说德语，因此两人之间的对话只有这一句。

晚上，杰尔德去了"行刑人酒馆"。弗朗茨和恩里希也在吧台前喝酒。

杰尔德坐在恩里希旁边，端起莉萝给他倒的啤酒一饮而尽。

弗朗茨在和提奥聊天儿。

"车，明天给你。肯定，明天。"提奥说。

提奥是好不容易才从纳粹大屠杀中幸存下来的辛提人，据说他曾被关押在达豪集中营，但本人几乎不提起这些事。虽然提奥定居在这里，但他和那些流浪的罗姆人一样喜欢马匹，在一片堆满破车零件的空地上养了小马。他有个熟人是开小工厂的，主要做金属板的加工与焊接，每次提奥从破车上拆下还能用的部件，总会送到熟人那儿去。等攒够好几辆车的零件，就能请人家帮他造一台勉强能跑的车。造完后再重新刷刷漆，外观就能变得相当好看。提奥把这种车卖给外人的时候总会大敲一笔，但卖给弗朗茨他们这样的伙伴，就只收一点点佣金。代价是，不但漆车的步骤全省了，车体上的坑坑洼洼也维持原样。

弗朗茨他们一直开的车似乎终于罢工了，跟提奥说要买辆新的，对方却迟迟不交货。这不，弗朗茨正催着呢。

"车，明天没问题。但是，显微镜得再等等。"

转卖赃物也是提奥的工作。只要跟他下订单，他就总能从哪儿弄到需要的货。

"很少有人卖显微镜。"提奥耸耸肩。

"我多少年前就问你要了，我自己都放弃了，早忘啦。"

"你忘了，提奥不会忘。说好的事情，就一定会守约。但是弗朗茨，你为什么要那东西啊？"

"你只要看过那玩意，世界观都会改变的。"弗朗茨说着，把送到嘴边的酒杯倾斜过来，滴了一滴里面的火酒在手背上，凝视着它，"这一滴里有整个宇宙。微观世界竟然如此庞大，既然世间万物都是由它组成，那不就意味着无穷无限吗？更不用说，这里面根本不存在人类那些微贱的情感。"

杰尔德顺着弗朗茨的目光看去，却只看到他被酒打湿的手背。"人类的细胞会无限增殖，可以变到无限大。细胞可以经过无限分裂一直存活下去。"弗朗茨的声音像默念咒文似的渐渐低沉，"想成为医生吗？我可以吗？看你够不够努力了。"

他一口喝干了杯里的火酒。

"尼科斯说去施泰因赫灵了是吧？"恩里希跟杰尔德搭话。

"你也知道施泰因赫灵？"杰尔德问他。

"那里我很熟。"恩里希点点头，"战后也去看过，完全变了个样。我认识的人全都不在了。以前住在那里的人，好像都不会再靠近那儿。"

为什么？在杰尔德提问之前，弗朗茨严厉地瞪了恩里希一眼，阻止他继续说。

"等你们拿到车，又要出去旅行吗？"杰尔德换了个话题。

"对。"

"要不我跟你们一起去吧。"

"你声音太难听，唱歌不行。乐器会不会弹？"

"我觉得会弹钢琴和鲁特琴的人都是天才。"

"那我们还得养个吃白饭的啊？"

"我给你们当保镖。"

"明明连我都打不过？"

"来一局？"

杰尔德从凳子上摔了下去，但那个从背后打他脑袋的人不是恩里希。杰尔德好不容易从地上爬起来，心口却又挨了红毛一记老拳。

"这小子竟然敢告我的密！"红毛踹得倒在地上的杰尔德打了个滚儿。

居民之间虽然会打架，却唯独不会跟官僚告密。这是犹太巷一条不成文的规定。听了这话，那些本来想帮杰尔德的人也收回了手。

"都怨他，老子昨天蹲了一晚上局子！最后他们没证据才放了我。这家伙就是个告密的小人！"

杰尔德本想回嘴，却发不出声音。红毛正踩着他的脸。

弗朗茨和恩里希从座位上跳下来，弗朗茨的手里握着一把刀。

"拿开你的蹄子。"

"收起你的破刀，不然我就把这小鬼的脸踩扁，就像那天你们踩我一样！"

"在你踩下去之前，脚筋就会断。"不知何时摸到他背后的恩里希，已经将刀尖抵上红毛的跟腱，"所以把你的腿慢慢抬起来，听见没？"

红毛虽不情不愿地把脚移开，"没蛋的杂种！"却转而瞄准恩里希双腿之间。结果恩里希的刀尖划开他的长裤，在小腿上划出一道血线。

"大家听着！"红毛大叫，"这两个家伙跟告密的小鬼一条心！他们是整个犹太巷的敌人！"

"我没告密！"杰尔德终于能说话了。

"证据呢？"

"你又有什么证据？上来就给我扣告密者的帽子，我不会放过你的！"杰尔德回呛一句，然后俯下身子呕吐起来。

弗朗茨和恩里希拿刀对着红毛，步步紧逼。红毛仓皇逃出屋外。

"我从来不告密！"杰尔德继续说。敢告密是会被犹太巷流放的。"虽然我确实看到那家伙偷了东西。"

莉萝用下巴指了指酒馆里侧。弗朗茨和恩里希架着杰尔德，把他扶进里面莉萝的房间。香水的气味陡然浓烈起来。狭窄的房间里并排摆着两张床，床单和毛毯都乱糟糟的。两人让杰尔德躺在其中一张床上。

梳妆台前的摇椅上坐了个女人，正把她花白的棕色长发编成三股辫。发型虽然很少女，外表却在四十到五十岁上下，看不出具体年龄。她的眼睛外凸，如果把浮肿的眼皮拨开，那眼球简直就像要蹦出来似的。同样浮肿的苍白脸颊毫无光泽，像给一只满是皱纹的胶皮袋里灌满了水。她膨胀的手指上唯一显得楚楚动人的就是小巧的指甲，上面涂了玫瑰红色的指甲油。她上身穿着一条华丽的纯色长裙，肩披缀有流苏的蕾丝小披肩。这身打扮，简直像马上要去参演《吉卜赛男爵》[1]。但衣服是旧的，披肩上也全是小洞。那女人编完辫子，用粉红色的丝带扎好，然后陶醉地照起镜子，仿佛根本不把杰尔德他们几个放在眼里。

有时候，确实能感觉到里面的房间有人，但杰尔德还是第一次亲眼见到她。莉萝走进来，用冰毛巾冷敷他脸上的伤。

"她是谁？"

"我姐姐。"

尼科斯不在，真不想一个人睡在房间里啊。心里这么想，但杰尔德没有把话说出口。结果弗朗茨喊他，让他去他们房间睡。

恩里希和弗朗茨把房间里那张唯一的床让给杰尔德，自己两个睡在钢琴底下。

第二天早上起来，虽然身上不疼了，但杰尔德还是决定休班。弗朗茨去废车场催他要的货，恩里希留在房间里，边弹钢琴边唱歌。

"我每次一听你唱歌，就会肚子饿。"杰尔德说。他本想表达恩里希的歌声让他心情畅快，对方却没听出这是夸奖，恶狠狠地丢来一块面包。

下午，车送来了。是一辆外观比他们上一辆车还破的甲壳虫。恩里希

1　由奥地利作曲家小约翰·施特劳斯创作的歌剧作品。

和弗朗茨把行李一件件塞进车里。

弗朗茨钻进驾驶席，恩里希坐在副驾驶席。提奥半推半拧地帮他们关上车门——因为有点儿变形，开关门需要一定的技巧。"真好，不错。"提奥满足地说，"你们回来之前，我会搞到显微镜。"

"我不抱什么期待。"弗朗茨应声道。

"什么时候回来？"杰尔德敲敲窗玻璃，问。

"钢琴发疯之前吧。"恩里希挥挥手。

发动机发出心情不佳的声音。杰尔德踹了一脚车后的保险杠。

"我看还没等你们的琴发疯，这车就要疯啦。"

甲壳虫吐着黑色的尾气，开走了。

傍晚，杰尔德前往莉萝的酒馆。

赫尔穆特像一团膨胀的黑影，倚靠在通往酒馆的上行台阶口吹口哨。是"你依然与我们同在"那一句的旋律。

"Gruess Gott。"赫尔穆特笑着向他伸来一只手。杰尔德背脊一阵发凉。

"听说你妈妈失踪了？"

"对。"杰尔德生硬地回答。

"那我帮你找吧，我们绝不会抛弃任何一个遇到困难的同伴。"赫尔穆特的手伸过来，眼看就要戳到杰尔德的心口窝。他在催促杰尔德跟他握手。

"我去你的公寓找你，结果里面住了个不认识的人。所以我问了房东，他说你现在在这儿。"

杰尔德的手仿佛被提线控制一般，不听使唤地抬了起来。手被对方扎扎实实握住的瞬间，除了恐惧涌上心头，围着篝火唱歌时那种比自慰还舒服的快感也在他体内复苏了。

"上校在等你。"赫尔穆特说。

"你们为什么老缠着我啊?"

"把逃跑的人带回去是我的任务。"

杰尔德逃也似的回到屋里锁上门,趴在床上。他一个人在这实在待不下去了。赫尔穆特之所以缠着他,是奉了暴政上校的死命令。我逃了惹得他很生气。杰尔德解开皮带,脱掉裤子,一边摩擦床单,一边用手自慰。快感半天没有到来。眼看着就要成功,却又被外面一阵声响吓了回去。那帮人想拉拢同伴,就像吸血鬼那样。我不幸被他们看中了。虽然红毛离开了犹太巷,但谁也说不好他以后还会不会再来找茬。"在你眼里,男人比你儿子还重要啊?"杰尔德一边咒骂失踪的母亲,一边狠狠咬住枕头,继续摩擦下体。

次日,他骑着自行车前往施泰因赫灵村。就是那辆赫尔穆特让杰尔德"当作送给他的礼物"的车。从地图上看,想去施泰因赫灵,只需从慕尼黑沿着 304 号高速公路直行三十千米即可。除了那儿,杰尔德想不到其他更合适的避难所。他这次离开也没有告诉原来的房东。如果母亲回来找不到他,或许她会着急,但这也无可奈何。顺着北风,杰尔德踩动自行车的踏板。

进入村庄时他还有点儿迷路,但问过路人后很快就明白了。目的地就是那栋一开始就映入他眼帘的四层大屋。那屋白墙红瓦,窗外有木制的露台,铁门紧闭。建筑旁一棵瞧着树龄起码有几百年的老西洋椴伸出它光秃秃的枝条,树下的落叶堆里摆了一尊石雕,雕的是一位乳房丰满,抱着婴儿的母亲。她的乳头高高膨起,眼里满是深切的慈爱之情。

杰尔德下车推了推铁门,门被锁住了没推开。他抓住门一阵摇晃,一个像是门卫的男人走过来，大声吼他别来这里捣乱。

"我是来会面的！"杰尔德抓着铁栏杆也吼道。

"找谁！"

"尼科斯·佩拉基斯。他应该是前天来的。"

"瞎扯什么呢！前天没人进来！"

"他是看护！"

"你找看护干吗？"

"我就是来跟他见面。"

"所以我问你找他干吗？看护都在干活儿。"

"那什么时候能见面啊？"

"不当班的时候吧。"

"他什么时候不当班？"

"我怎么知道？！"

快走！快走！那门卫像驱赶一条野狗似的摆摆手。

杰尔德捡起一块石头，朝着大屋狠命一丢。那块石头越过铁门，描绘出完美的抛物线飞向天空，最后打破了二楼的玻璃窗。

杰尔德飞身跨上自行车，踩起踏板。可是不一会儿就一个趔趄，脑袋直往地面拱。是轮胎的链子掉了。只见那门卫大叫着往这边跑来。

门卫揪住他的手臂，把他拖进屋子里，一路带他到二楼的某个房间。杰尔德尝试挣脱，力气却没对方大。

"看护长，是这个小混蛋打碎了玻璃。"

桌子对面坐着的，是个肩膀很宽，体格健壮的中年妇女。

"故意的？"

"肯定是故意的，他就是瞄准了那扇玻璃丢石头的。您刚才没听到响吗？"

"这是在表达他对入所者的轻蔑吗？"

看护长的目光锁定杰尔德。她的眼神和警察的眼神一样，象征着不容争辩，象征着严罚。

"如果是这样，那决不能轻饶。"

"我是来找朋友的，这家伙却故意使坏，不让我见他。"

"入所者里有你的朋友？"

"不是的。"门卫慌忙插嘴，"他说想找一个前天来上班的看护。但是按规定工作时间不能见面，我跟他说不行他就怀恨在心，在这儿闹事。"

"我不就丢了块石头吗？"

"要把他交给警察吗？"

"联系他的父母，让父母赔偿吧。如果同意赔偿，可以不用警方介入。"看护长从桌子抽屉里拿出一张纸，握好笔。

"叫什么？"

"卡芬，杰尔德·卡芬。"

"年龄？"

"十五。"

听罢，看护长露出任何人听说他年龄后都会浮现的表情：还是个孩子啊，真看不出来。

"住处？"

"没有。"

"没有？离家出走？还是流落街头？"

"跟我住在一起的尼科斯来这上班以后，我就没地方住了。"

"尼科斯？你是说前天来上班的那个姓佩拉基斯的希腊人吗？"

"我跟那家伙也是这么说的。"杰尔德指指门卫。

"你没和父母住在一起吗？你父亲叫什么？"

"不知道。"

"私生子啊。母亲呢？"

"布里姬忒·卡芬。"

布里姬忒·卡芬……看护长默念这个名字，显得有些疑惑。

"你们没住在一起？"

"她死了。"杰尔德说。

怎么，她不要儿子要男人啊？——想起恩里希那句话给他造成的重击，杰尔德干脆说了谎。

"那你就是孤儿了。你一直和佩拉基斯住在一起吗？"

"对。"杰尔德驯顺地说。

"你见到他以后，打算干什么？"

"我想问能不能让我和他一起在这里上班。"

"我们需要人手，所以一直接受志愿者。但如果你没做几天就跑了，我们会很困扰。"

"我会好好干的。"

"我们无法以正式职员的身份雇用你。你就和佩拉基斯干同样的活儿吧，实习期你会暂时没有工资拿。如果通过我们的审查，可以按临时雇员的身份付你时薪。无薪期间，你的餐费和住宿开支都由我们负责。等到可以拿工资后，这部分经费会从你的工资里扣除。听明白了吗？"

杰尔德点点头，然后就被要求在合同上签名。

"你母亲什么时候去世的？"

"去年。"

只要撒了一个谎，接下来就必须撒更多的谎来圆它。杰尔德觉得说谎有点好玩。

"带他去洗衣房。"看护长指示门卫。

地下室里的洗衣房充斥着浓烈的恶臭，好几个男人正在里面干活儿。他们在用大锅煮沸脏衣服。其中几个人站在像马槽似的洗衣盆前，正用搓衣板搓洗床单。大致搓掉污渍后，再把床单塞进洗衣机里。旁边并排放有三台带拧干器的电动洗衣机。只要转动拧干器的把手，床单就会平平整整地从两个紧凑的滚轮之间往外蠕动。

杰尔德家没有洗衣机，所以母亲出门上班前，会在公寓地下室骂骂咧咧地洗衣服。早上洗衣服，然后上一整个白天的班，晚上要做饭，还得缝缝补补。不过说做晚饭，其实从来都是面包配香肠而已。"唉，这过的是什么日子呀！简直是地狱！以前的女人只用管好家事就行，可是仗打完了，不但得跟男人一样出去上班，还得在家洗衣扫地，做饭洗碗。这太不讲理了吧！而且就这样，工资还不如男人拿得多呢。杰尔德，你就不能稍微帮点忙吗？帮我把床单拧拧干啊。我砌了一天墙累都累死了，怎么回家还得被你使唤啊？"

尼科斯把床单和尿布铺在地面上，拿铲子把上面的污物刮下来后丢进桶里。杰尔德原本一边笑着打招呼一边走近，此时被臭气熏得连连后退。那门卫只是把杰尔德带到这里，然后就溜得不见踪影了。

"干活！"那个转动拧干器把手的男人说道，"别偷懒！"

"一整天都要在这干活吗？"

"嗯。"

"你不觉得臭啊？"

"臭。"

杰尔德两手插进口袋，开始思考。这股子臭味，我能受得了吗？肯定受不了啊，要不还是回犹太巷吧。可是那家伙会来找我的。杰尔德不禁痛骂老妈是混蛋，找到厕所吐了一遭。

有一根灼热的铁棍，在铁锅般的脑壳里翻搅。没有窗户的房间总是很昏暗，火红的烈焰炙烤着眼睑内部，身体重得像铅块。一阵温暖靠近脸颊，然后温暖变得滚烫，脸颊像被燃烧的箭矢所贯穿。有人抱住他的身体，嘴唇贴上他的嘴唇。几滴唾液流进咽喉，像口对口喂食蜂蜜。啊啊，弗朗茨！不对，我不叫弗朗茨。你不记得了吗，玛格丽特？我是冈特。我是冈特·冯·弗吕斯滕堡。玛格丽特，玛格丽特，我爱你。他伸手抓住对方的衣服前襟，他无法起身，只能仰面躺着把对方拉近自己。嘴唇碰到一个浑圆又柔软的东西，他用舌头描摹它的形状。柔软又炽热的珍珠，消融在味蕾上。多喝点儿，米夏尔，趁现在。玛格丽特的手上端着一盏烛台。蜡烛制造出的微弱光晕里，有一张男人的脸。是克劳斯·维瑟曼。

"这个德国土豆佬得了淋病！"盟军的护士咒骂道，"我们居然要把宝贵的盘尼西林打进土豆佬的屁股！"

冈特在眼皮里看到夏天的湖泊。坐在船上的人是头戴宽檐帽遮挡烈日的玛格丽特，有个男人在划桨。冈特看不见那人长什么样，只知道不是维瑟曼。那人比维瑟曼年轻得多。男人用单手解开玛格丽特衣服上的纽扣，现在玛格丽特浑身上下只有一顶帽子了，阳光在她的乳房上跳跃。阴翳开始侵犯湖水，水渐渐变得暗沉。玛格丽特在筏子上蜷成一团。

冈特察觉到躺在床上的自己。四下依然昏暗，嘴里还十分鲜明地残留着乳头和嘴唇的触感，脸颊上还留有熔化的蜡液带来的灼痛。

后来，玛格丽特再次，甚至第三次出现在冈特的床前。微微发出白光的她站在黑暗里，低声呢喃弗朗茨的名字。她背后站着克劳斯，像大理石般洁白的玛格丽特穿着巴伐利亚的民族服饰微笑。她踮起脚尖转圈，裙摆飞舞。冈特剥开花瓣，把自己的脸贴在她的胸口处。玛格丽特的心跳透过眼睑，传递到他的眼球上。

高烧最终退了。尽管梦和现实划清了界线，但缠人的低烧依然一刻不停地夺走冈特的气力。

他的饮食起居由一名矮个子中年女佣照顾。她应该是斯拉夫人，说话带口音，只听得懂简单的德语。把毛巾浸到热水里，拧干后帮他擦拭身体的任务，也由这名女佣负责。她灰色的头发被一条红色头巾包裹，长裙下的两膝稍微有些内翻。当年冈特还在集中营医院的时候，曾经连排泄物都得交由他人清理。当时他受到的对待真叫屈辱。但这名女佣并不带任何感情，总是公事公办地解决问题，冈特于是也免于羞赧。

女佣给他送早饭的时候会打开天花板上的电灯，晚饭后十点准时熄灯，所以哪怕外面的光照不进来，冈特也能分辨日夜。但每一天的生活都只是昨日的重复，让他搞不清究竟过了多少日子。他让女佣拿镜子来，说要剃须。脸上被烫起的小小水泡已经破裂，留下红色的痕迹。融蜡痕告诉他，玛格丽特那灼热的吻并不是梦。可是她背后还站着克劳斯·维瑟曼，这又究竟是幻觉，还是现实呢？入夜后，冈特竖起耳朵聆听。可是早已听不到任何脚步声，门也不再开启。

维瑟曼帮他测了体温，"情况不错，再静养几天吧。"

"几天大约是多久？"

"请你信任我。在我的帮助下，你的身体会完全康复到受伤前的状态。这是我的使命。"

"这间房子简直就像收容所啊，都没有窗户。"

"因为这里是地下室。"

那么我在地下病房里高烧不退的时候，你的妻子有没有来这里？你是不是也和她一起？在你的妻子抱我、吻我，嘴里喊"弗朗茨"的名字时，你又是不是平静地站在黑暗里旁观呢？冈特开不了口问他。

"您妻子还好吗？米夏尔还好吗？"

"都很好，他们都在等你康复。"

维瑟曼冷淡的语气显示他不接受任何进一步提问，之后谈到金钱赔偿的话题，他给了个十分可观的数目。

"如果你上诉，我们就得打官司了。我将聘请一名律师，而你会败诉。因此我衷心希望你能够接受和解。"

冈特答应后，维瑟曼像一个终于得到所求之物的孩子一样搓搓手，笑得无比灿烂。

他在床边的小桌上摆了一个相框，恰好是冈特把靠在枕头上的脑袋往左稍偏一些就能看到的位置。

"这就是你拥有的城堡。"

那是一座建造于十一至十二世纪，设计简朴的城寨。

维瑟曼说这照片是他第一次见到时，用远景镜头拍摄的。"等你的腿痊愈，我们就去现场看看吧。"

他又在照片旁放了个小玩意儿。是老鼠的摆件。

"这是剥制标本吗？"那并不是什么让人心情愉快的东西。

维瑟曼优越地笑了笑。

"是皮下填充标本。剥制的货色根本不能比，你再仔细看看。"

见维瑟曼想把老鼠递过来，冈特以自己讨厌老鼠为由回绝了。

"这也是我研究的一部分。我在开发如何制作崭新的、前所未见的生物标本技术。"

"它就像用树脂做出来的玩具一样。"

"这可是真的老鼠啊。为了防止腐烂，目前只能用福尔马林和乙醇浸制。然而这并不是万全之策，不但臭气熏天，还很容易受损，生物的固有色也会发生变化。只要是医学方面的学者，谁都想以更加容易操作的方式固定标本。我假设，只需将生物组织中的水和油脂替换成其他东西，再令其硬化就可以达到效果，然后进行了多次实验。但是想要完全浸透，在此之前……"

冈特对他的理论不感兴趣，于是换了个话题。"我实在想不明白，维瑟曼先生。"

"你可以叫我克劳斯，毕竟你对我来说就像亲弟弟一样。什么东西想不明白？"

"你为什么那么执着于我的城堡呢？"

"想要修复城堡，就必须上溯时间的洪流。"克劳斯说，"我无法容许现状。为了满足现在的空虚，就只能得到过去的丰登。而一座封闭城堡的内部空间，正意味着无穷无限。"

随着时间流逝，硬化的石膏里体温蒸腾，脚上像有无数只小虫乱窜般奇痒无比。这痒比疼还让人难以忍受。冈特不由得诅咒那条狗，同时诅咒它的饲主。

玛格丽特和米夏尔，还有伊丽莎白，白天都从未探望过他。

"我通常不让家人进入我的研究所，但所有人都很关心你的身体状况。"克劳斯说。

剧痛一旦消失，冈特每天便只能无聊地打发时间。与玛格丽特重逢、被狗袭击——除了反刍当时的情景，他没有任何事可做。玛格丽特也再没在深夜来拜访过他。

冈特尝试把涌上心头的无数疑点、揣测和想法一桩桩排列整齐，按照顺序去思考。

首先是那条狗。克劳斯说，狗是因为感觉到我要加害玛格丽特，才会来咬我的。然而杜宾犬从小就被灌输绝对服从的指令，只会听主人的命令。假如它的主人同时还是一家之长，拥有无上的权威，那么它就会认为自己处在仅次于家主的地位。那条狗只会听令于维瑟曼一个人。维瑟曼不下命令，它是不会袭击别人的。那么，维瑟曼究竟是怎样给狗下令的呢？他没有出声。一定是把狗训得只需微微一动，就会按照对应的命令行事。他让那狗休息的时候，也同样没有说话。

很好。总之先假设那狗之所以会扑来咬我，是听了维瑟曼的命令吧。

那么下一个需要思考的问题，就是他为什么要让狗袭击我。

我冲向玛格丽特身边这件事，真的严重到需要放狗咬我吗？

莫非他看穿了我当场坠入爱河？还是因为吃醋？不会吧，那也太粗暴了。眼看妻子就要不省人事，却不允许其他男人碰她，未免也太超脱常理。

我有把自己对玛格丽特的爱意表现得那么明显，甚至让维瑟曼勃然大怒吗……

这也不失为一个假设。

难道……冈特想到，克劳斯·维瑟曼会不会早就知道他是玛格丽特曾经的恋人，这次是刻意主动来和他接触的？

他会不会从玛格丽特口中打听出了我的名字？所谓修复城堡，也许只是接近我的借口。

那么为何事到如今他才找上我？我跟玛格丽特之间都过去十七年了。

而且，冈特坠入爱河并非是在十七年前，而是在见到脸颊瘦削，让他联想到悲哀的圣母雕像的玛格丽特那一瞬间。

但玛格丽特是爱过我的，就在十七年前。即便和克劳斯结婚，玛格丽特也没有停止爱我，而得知这一切后，克劳斯对我心生怨恨……

冈特不得不打消自己美好的幻想。

——你出卖了朋友。玛格丽特的爱，不是在那时就已然冷却，转变为不屑一顾的轻蔑吗？再说了，玛格丽特还有别的恋人。弗朗茨。

当年玛格丽特隐瞒了自己怀孕的事实，让维瑟曼以为她腹中是他的孩子。如果从他们结婚那年算起，孩子降生时并未足月。后来，维瑟曼才知道米夏尔不是自己的儿子。也许是从血型得知的。而发现自己上当受骗的他，就此展开了复仇。

因为已经是死人了，所以和学校、职业都扯不上关系——米夏尔说这话时，冈特理解为，他由于身体虚弱才无法去上学，但或许是维瑟曼为了复仇，在背地里谋划什么呢？或许他强行要求米夏尔过不寻常的生活，让米夏尔误以为自己先天不足，不去上学，慢慢把他培养成一个精神性的畸形儿。而且，就连现在，他也在强迫米夏尔这么做？……

去年秋天，从美国流亡归来的维瑟曼找到我的资料，主动跟我接触。那他下一步……又想干什么？

冈特数次在心里反刍同样的疑问。狗袭击他，究竟是否出自维瑟曼的命令？克劳斯又是否知晓他是玛格丽特的初恋情人，并曾与她共度一段短暂却甜蜜的时光，是否知晓玛格丽特腹中怀的是他的孩子？他是怀着恶意将我囚禁在此，还是认为自己应当负责，出于诚意为我治疗呢？现在的玛格丽特把冈特误认作别的男人，那么维瑟曼是否知道那个男人的存在？一连几日，他都不断询问自己这些没有答案的问题。

低烧渐渐退去，接下来只要等腿骨完全愈合即可。等着等着，冈特的腿慢慢可以在石膏里动弹了。石膏的尺寸自然不可能有变化，是他的腿瘦了而已。冈特向女佣借来一根细长的竹签，伸进石膏和腿的缝隙里搔痒。

而深夜里的幽会再未重演。

某天，维瑟曼为他拍了伤处的 X 光片，次日上午，一个冈特不认识的中年女人进入他的房间。这是一名宽肩膀，高个子，像普鲁士人一样健壮的女性，语气也是不容置疑的命令式。她为他测量了从腋下到脚跟的尺寸，然后便离开了。

午后，健壮的中年女人为他拿来一副拐杖。她帮他站起来，练习拄拐走路的方法。那副拐杖的滑扣经过调整，正好契合冈特的身高。

"您腋下不能用力，要凭借搭在横木上的手掌支撑整个身体，而不是把重心倚靠在拐杖上。拐杖只是辅助工具，您该用自己的双手支撑自己的身体才对。"

"我得一辈子拄拐吗？"冈特嘴上调笑，心里却真的有点担忧，"这位夫人……"他还没问过她的名字。

那不苟言笑的女人纠正他："是小姐，赫斯拉小姐。"

"假如您肯认真完成康复训练，很快就可以恢复到正常走路的状态。再过一周，石膏也可以取下。您的伤已经痊愈，接下来只需进行一些训练，修复萎缩的肌肉即可。"

冈特拄着拐杖走到门口折返后，她要求他再走几圈。拐杖轧得手掌和手腕都疼得要命，冈特不由得叫出声来。他只要稍微一动，就累得气喘吁吁。

躺回床上时，他才终于注意到自己后面的墙上挂着一张照片。角度原因，卧床时这张照片不会进入他的视线。照片里是个标本瓶，里面装着长了两个脑袋的胎儿。既然它不是版画而是写真，也就是说确实有一个这样的畸形儿曾从某个女人体内降生。把这样的东西装饰在伤员床头，品位着实叫人不敢恭维。

就在看到那张照片的瞬间，冈特失去平衡，摔倒了。

"您不能东张西望！"赫斯拉小姐呵斥道。

她高高在上地俯视着冈特一边挣扎，一边努力爬起来的模样，并不出手帮忙。

"我不可能每天都盯着您。我平日在收容身心障碍者的机构内负责重要任务，这次是受博士再三请托，才会来帮助您进行康复训练。以后，您必须得一个人做这些事情。"

"您跟维瑟曼先生很熟吗？"好不容易站起身，冈特抢在她命令他继续走路之前发问。同时也是为了歇口气。

"是的。每天不断重复简短的训练步骤，是康复训练中非常重要的一环。循序渐进，毫不松懈。来，再来一次，请您走到门口后折返。"

"您跟维瑟曼夫人，也很熟络吗？"

"不。快，再来一次。"

"维瑟曼夫人生病了吗？"

"我并不清楚博士家人的事，也没有见到她。来，再来一次。放松您的两腋，如果养成靠在拐杖上的习惯，您迟早会后悔的，腋下将会剧痛难忍。请用您的手掌支撑身体。"

"我的手掌现在也很痛啊。"

"坚持就是胜利！"

这句口号，冈特在战时都听到耳朵起茧了。

"我十天后还会再来，请您在那之前学会灵活运用您的拐杖。"赫斯拉小姐一口气说完，大步流星朝冈特走来。

"这是奖励。"她用铁制紧固件似的嘴唇触碰他的脸颊。

"你可以称呼我'保菈'。"补充完这句后，她古板的脸上多了些血色。

而冈特装作没听见，同她郑重作别道："非常感谢您，赫斯拉小姐。"

女佣搬来便盆，放在床边的地板上。"从今天开始，请您用它来方便。我会负责收拾。"

冈特凝视着离开房间的两人的脚。现在在他眼里，就连女佣的罗圈腿都显得步履轻盈。门关上后，紧接着响起的金属声让冈特不由得一惊。他慌忙拄拐来到紧闭的门前，扭动把手。那门纹丝不动。冈特不停敲门，又毫无意义地抓着把手不停扭动。

他们给了他拐杖，而作为可以步行的代价，他的活动范围被限制在这间狭小的房内。

冈特努力压下涌上心头的烦躁、愤怒和担忧。总之，要先让自己恢复到能走路的程度。

铺在地上的亚麻油毡吸走了拐杖的声音，这让冈特回想起他还在收容所医院时的事。虽然冈特日渐康复，可是邻床的伤兵腹部的伤口却严重化脓，甚至侵蚀到内脏，眼看着就要归西。冈特看着那士兵，从对方的眼里清晰地看见了汉斯和克里斯托夫等人的眼睛。这是在他浑身无力时发生的。若他具备充足的体力和精神，固然可以选择翻身不看。但每当冈特情绪低落的时候，就会被那双眼睛压倒。

冈特努力遗忘那些往事，也确实忘记了八九分。然而一度存在过的事，是决不会回归虚无的。

冈特在床边落座时，不经意间眼睛又瞟到墙上的画框——他又看了不想看的东西。冈特抓起拐杖，瞄准那画框狠狠丢去。

结果玻璃碎片溅了个满床，在女佣赶来收拾之前，冈特连躺都没得躺，只能靠在铁架上。那照片有了损伤，胎儿的腹部附近破了个大洞。

女佣端着载有食物的托盘进门，也不抱怨，先把托盘放在办公桌上，然后从一角卷起床单，连着上面的碎玻璃一块兜走。冈特站在俯身忙活的女佣背后，左手环过她的脖子，右手拿碎玻璃抵住颈动脉。他没法靠自己的腿站稳，于是只能靠在女佣身上。

"你不挣扎，就不会受伤。"冈特低声道。他当年跟姑娘们窃窃私语"我爱你"也是这个声线，"把钥匙给我，我不喜欢莫名其妙被人关起来。"

女佣稍作抵抗，但眼看玻璃片要划破皮肤时，她放弃了。"你可以杀了我。"

冈特一时不知该如何应对。他本以为只要随便恐吓一下，对方就会乖乖交出钥匙。

"你这个说法，好像不介意去死一样。"

"确实不介意，我的家人都死了。"

冈特把碎玻璃丢回床单上。

"你们为什么把我关起来？"

"我什么都不知道，只是执行命令而已。"

"你是从哪个国家来的？"

"罗马尼亚。"

第一次世界大战后，由于罗马尼亚惧怕与它国境相接的匈牙利和俄罗斯的入侵，在第二次世界大战中选择了站在轴心国一方。自从斯大林格勒一役战败，覆灭的罗马尼亚军队宣布向盟军投降后，整个国家都被布尔什维克占领，至今仍处于其管控之下。

女佣抱着床单离开房间，片刻后拿着打扫工具和新床单回来了。她每次出入，总要重复开门锁门的过程。

冈特和拐杖苦苦争斗了一些时日，他必须尽快取回人身自由。虽然冈特最不擅长的就是脚踏实地诉诸努力，但除此以外别无他途。

之后每次运送食物、清理便盆的时候，女佣都十分紧张，警惕着冈特的突然袭击。

冈特现在已经可以非常灵活地运用拐杖了。有一天，趁女佣来撤餐盘的时候，他算准女佣走到门边的时机，跟在她身后尝试穿过那道门，无奈女佣的动作比他快。在冈特磨磨蹭蹭，好不容易从地上爬起来时，女佣已经出门，锁上了门锁。隔着门能听到她的笑声。

数日后的上午，赫斯拉小姐踩着响亮的步点出现在他面前。

她所有的问候冈特都冷淡以对。要是一个不小心展现出不必要的热情，对方的误会只会更深。

赫斯拉用一把电动圆盘刀切开了石膏。冈特担心那刀划开他腿上的皮肤，暗自捏了把冷汗。

"你也是医师吗？"

"不。我不是医师，但我是医师的左膀右臂。"

"看护？"

"是看护长。"

相比右腿，暴露在外的左腿显得苍白而细瘦。腿毛被刮净，表皮出现细小的皱纹，到处都是一道道的红印子。右腿的肌肉也萎缩了不少，小腿肚凄惨地瘪了下去。

在战场上负伤时他还年轻，恢复得很快。即便留下伤痕，也没有旧伤疼痛难忍这种事。但如今年近四十，怕是无法再指望当年那样强盛的恢复力了。

"站起来。"

冈特伸手去拿拐杖，手却被"啪"的一声打掉。

"您已经不需要拐杖了，请用自己的双腿走路。"

冈特有点害怕把身体的重量压在左脚上。

"没事的，走。"

他一走，左脚的脚后跟就像抽筋似的剧痛起来。

"只是一直没有使用导致肌肉萎缩而已，习惯就不会痛了。来，走到门口。"

"那你倒是让我去外面走啊，这房间我已经受够了。况且，你们为什么还要上锁？这不搞得我像犯人一样吗？"

"锁门是博士的要求。这楼栋的走廊里有无数个房间，每一间都是博士的研究室。因为不能让您随意进去，才会锁门的。"

"开什么玩笑！不会事先跟我说一声吗！"

"因为不了解您的好奇心究竟到什么程度，因此我们采取了最稳妥的措施。也有一些人，越是遭到阻碍，就越想打破禁忌。"

"那你们不会把研究室的门锁上？"

"研究室的数量更多。如果锁这里，便只需要锁一间。"

"那是你们的事儿，不能成为囚禁无辜民众的理由。"

"这不是囚禁，我们只是想避免无谓的麻烦。如果您现在和我一起外出，那么我可以允许您到走廊散步。"

赫斯拉领先一步走出房间，敞开房门。

"请不要依靠拐杖，走到这里来。"

铺着亚麻油毡的走廊里一侧是墙壁，而病房所在的一侧每隔几米就有一扇门。其中一扇敞开大约四五厘米的缝隙，从里面飘出福尔马林的气味。

某人从里面探出脑袋，是有些时日没见的大卫·史密斯。他亲切地对冈特笑了笑，道了句"请您加油"，然后回到房内。隐约听到他在里面锁门的声音。

"来，走吧。"

冈特总是下意识地想伸手去扶墙。每次他刚想这么做，就会遭到赫斯拉劈头盖脸的叱责。右手边的尽头有一扇门，赫斯拉说那是这栋楼专用的玄关大门，可以在不打扰到主屋的状态下出入。冈特拧了拧把手，是锁着的。

"请您折返，一路走到反方向的尽头。"

左手边的尽头是一扇橡木门，也同样锁着。

这样的话，只不过是囚禁的空间稍微扩张了一些而已。

"之后就请您自行训练吧。"

"我不需要奖励。"

冈特抢先一步躺回床上拒绝领赏，赫斯拉听了扯扯嘴角，离开了。

"别锁门！"

她无视了冈特的怒吼。

午饭里有涂成彩色的水煮蛋。"您的腿和主耶稣一同复活了，真是可喜可贺呀。"送餐来的女佣笑着对他说。看起来并没有因为冈特拿碎玻璃挟持她的事情怀恨在心。

"今天是复活节吗？"

那么，他在床上就躺了将近四十天了。

"我有个请求。希望你别锁门，这让我很不舒服。"

"这是博士的命令。"

"你要是敢违抗，就会被开除吗？"

"是的。"

当日午后，维瑟曼大踏步走进房间。他紧紧抱住冈特，连连说"太好了"，活像迎接他从地狱战场上活着返乡的亲生儿子。

"站起来看看。很好，没事了，很完美。我的处理万无一失！你走走看，疼吗？这你不必担心，习惯了就会好的，重点在于康复训练。"

他一直不断地说很好、很好。

"我心里想，我绝对不能让你丢掉一条腿。不知为何，在你身上我能感受到一种仿佛血肉至亲般的亲切感。我和我的亲人缘分很浅，留在身边的只有姐姐。我一直很想要个弟弟，现在就有一种有了弟弟的感觉。看来，我真是需要一个兄弟啊。"

"你为什么要锁门？"

"啊，赫斯拉小姐没告诉你吗？这是为了避免你误入我的研究室。"

"那你应该给研究室上锁。"

"你在对我的决策指手画脚吗？我总是在考虑最合理的对策。"然后他直言道，"你身上着实拥有一种理想化的美丽。"

"我已经不是被人夸美男子会高兴的年纪啦。"冈特只能苦笑，"如今不过是个疲惫的中年人罢了。"

"我喜欢观赏美丽的东西。"

"现在我能走路了，所以想回公寓一趟。东西都摊着没管呢。"

"你不必担心，我早就帮你安排好了。所有联系你的电话信件，我都办好了手续，要求电话局和邮局转接到这里处理。但迄今为止，还不曾有任何人联系你呢。"

冈特早已将领地证书，以及虽然不太值钱但还存余的证券等贵重物品送交银行托管。万一有人闯空门，不至于蒙受太大损失，只是……

"总之我必须回去一趟……"冈特正要阐述自己的意见，就被克劳斯打断。"没必要。"他说，"我已经安排好了，支付给你房东的房租也每月从我的户头上扣除。你就把这里当成自己的家吧。"

"要跟一条不分敌友的狗住在一起，恕我拒绝。"

"我已经按照你能满意的方式处置了它。"

"你把它毒死了吗？"

"你并没有生命之虞，却想让我杀了'战车'吗？"

维瑟曼说他把狗隔离在附近的围栏里了。

"因为我要让你专心修复城堡，这样一来，你会没有余力接受其他的工作。虽说我也不认为会有工作上门。"

"你言下之意是我不可能接到工作了？"

冈特故意表现得很愤怒。他想借此测试，如果自己态度强硬，克劳斯·维瑟曼会如何应对。但对方毫不慌乱，只是举起一只手，做了个安抚的动作。

此时冈特突然想到：克劳斯唆使狗咬伤我的腿，使我陷入暂时无法行动的状态，可能是为了防止在积雪融化、我们去实地参观城堡之前，我就把城堡卖给其他买主。又或者，是为了在那之前，把我这个人牢牢掌握在他手上……这样想，是不是稍显突兀了？还是说，因为我没有爽快答应出售，他要向我示威？难道他打算一直把我软禁到肯在售卖合同上签字的那一天吗？

克劳斯·维瑟曼的声音传入冈特耳中。

"我的妻儿都很期待见到你，我带你去主屋找他们吧。"他光凭这句话，就封住了冈特心中所有的疑问和不满，"还请你不要提起之前的事，现在他们的状态都不错。"

冈特脱下身上充作睡衣的浴袍，穿好许久不见的内衣后，又套上衬衫和西装。这是他当初来拜访时身上穿的衣服。

维瑟曼扶着冈特前进。虽然对冈特来说，配合个子不高，身材又肥硕的克劳斯·维瑟曼的节奏走路并不轻松，但他实在有些害怕把全身的重量压在左腿上，因此也只能忍下内心的不快，任由对方揽住自己的胳膊。

"他们二位是生病了吗？"

"我妻子常常会发作。她若发作，有时孩子也会起反应。"

"这是为什么？"

"母亲和孩子之间存在感应是很正常的。胎儿还在她腹中时，母亲的血就会流进胎儿体内。母亲的思考会成为胎儿的思考，母亲的苦痛即是胎儿的苦痛，母亲的快乐便是胎儿的快乐。他们两人在整整十个月间共享同样的感官，即便胎儿离开母体，物理的联系被切断了，这种共享感官的能力也会残留下来。"

"但我母亲去世的时候，我人在战场，就毫无感觉啊。"

"共感的能力会随着年龄增长日渐薄弱。米夏尔还保留着胎儿时期的感应力。"

"你太太发作，难道不是因为你强迫米夏尔唱歌吗？"

"是战争和流亡途中的悲惨经历让玛格丽特混乱了。如今虽然暂时好转，她的状态却正如把碎裂的陶器勉强拼合一般。今日他们两人都能笑着迎接你的回归。"

维瑟曼打开走廊尽头的门，只见里面铺满混凝土，有一座石制台阶通往地面。头顶上的天空让冈特联想到巨大的鱼腹，尖利的寒风割开它，裸露的树梢刺破它。而阵雪好似内脏，从破口处一股脑儿倾泻下来。

来到地面上，冈特回身一看，发现研究所所在的一角和主屋的院子之间是用铁栅栏隔开的。他还看到那头杜宾犬跑到栅栏跟前，不禁下意识地往回缩了缩。

主屋的地势比他们来时的路稍微高些，维瑟曼非常细心地扶着冈特，往上爬了大约五级阶梯。

他们在走廊里七拐八拐，最终停在其中一扇门前。玛格丽特就在里面——这个想法掠过脑海的瞬间，冈特感到一阵窒息。

维瑟曼请他进的那间房，并不是他第一次来时那间装饰豪华、奢侈，充满上世纪风情的昏暗屋子。面向庭院的大窗让整个房间显得宽敞又明亮，墙纸也是温暖的象牙白色，上面缀有淡淡的花朵图案，属于常见的现代化内装，并没有什么值得一提的特征。

玛格丽特和米夏尔并排坐在壁炉旁的长椅上，脸贴着脸看一册绘本。冈特被维瑟曼搀扶着，一边当心左腿一边摇摇晃晃地进入房间后，两人一齐抬眼看他。玛格丽特对他笑笑，像一块浅蓝色的天鹅绒。

"我家的狗咬了您，真是不好意思。"玛格丽特口中，吐出冈特终究没从克劳斯·维瑟曼嘴里听见的道歉。

"希望您能原谅。"她向他伸手，"冯·弗吕斯滕堡先生……"

冈特试图从玛格丽特的表情深处读出些什么。

"我小的时候，认识一位和您同样名姓的人。您的名字是冈特对吧？我小时候认识的那一位，也叫冈特·冯·弗吕斯滕堡。"

这是信号吗？她的意思是，当着克劳斯的面，只说两人是旧识？她想让冈特配合她圆谎？要他隐瞒慕尼黑的旧情史？包括她怀孕的事在内？还有深夜中的接吻，还有她叫了弗朗茨名字的事情？

"玛格丽特！你就是那家'旧爱'餐厅里的小女儿吗？"

自己竟然能如此顺畅地装腔作势，冈特心下暗暗吃惊。

"你们是老相识吗？这真是何等巧合！"克劳斯·维瑟曼在一旁大声

称奇。然而冈特早从自己的装模作样中类推对方心里有鬼，因此没能直接相信维瑟曼的态度。

"我都没认出来。因为当时'旧爱'的那个女孩子只有这么点儿大……还胖嘟嘟的。"

冈特用两手比划出水桶的形状。你还记得吗，格丽塔？我们在慕尼黑重逢的时候，我应该说过这样的话。那个时候，我真的没认出来你，而你却还记得我。

米夏尔的目光一直紧追着冈特不放。

此后伊丽莎白入席，对话的走向越发装模作样，渐渐远离冈特想知道的核心。"战后一切从简，比起战前的日子，真不在同一水平线上。"伊丽莎白颇有不满地说，"我们小时候，家里的仆人多到连脸都记不全。我与母亲更衣化妆，根本用不着自己动手，整天都有女侍跟着我们，还另有专人负责家务。而您瞧，现在又怎么样呢？一切都得由我亲自打理。仆人成天无谓地主张他们的'权利'，活像这里是个共产主义国家！我们曾经在客厅招待外国来的贵客，办了一场音乐会。还从巴黎请来很有名的歌手献唱呢。"

"如今你也是我们的家人了，不必拘礼。"克劳斯说着，在主屋给冈特准备了一间带浴室的房间。

"这次总不会锁我门了吧？"冈特语带讥讽，克劳斯却面不改色。

"在主屋，你可以自由穿行。倒是研究所那边，我把'战车'留在研究所的地界里了，劝你最好不要接近。接下来每一天，你就努力有规律地完成康复训练吧。"

"既然研究室是你的禁地，为了不让我进去甚至要锁门，那最开始把我放在这里不就好了吗？"

"但这里没有医疗设备啊。待你的腿完全恢复正常，那片地区也会同时迎来春夏两个季节。"维瑟曼十分期待地搓了搓手，"既然只需要稍加修缮，一旦开工，想必竣工能比我预计的更快吧。"

4

骑手啊！跨越一项罪业之后才是你的生

在你的憎恨倒下之前独恨那一人

唯有死者才能从狂乱的冲动之中

将你解救

——格奥尔格

几天来，冈特一直在来往寝室、客厅和食堂的过程中习惯自己伤病初愈的腿。

每天上午，克劳斯都会在二楼的大厅给米夏尔上声乐课，然后去书房和冈特面对面讨论城堡的设计图。克劳斯的藏书中收有海量的古城堡照片和平面图，每次他拿出这些东西，看起来都相当乐在其中。如果不实地考察遗迹的状态，并测量残存的地基、城墙和主塔，是无法订立具体计划的。目前，他们只是一边看维瑟曼拍摄的废墟照片，一边参考各种古城堡的照片和绘画来讨论大致方向。

午饭后，克劳斯就会躲进研究室，有时似乎还会出门。冈特一个人在庭院里散步，专注于康复训练。"全家人"一起吃过晚饭后，就到了一边听录音机播放音乐，一边享受"阖家团圆"的时间。冈特几乎没有跟玛格丽特单独相处的机会，总有伊丽莎白在旁盯着。

　　尽管维瑟曼联合企业已然没落，但光靠父辈留下的遗产，克劳斯·维瑟曼便不必当牛做马，也能过上像老贵族一样优雅的生活。生活中的一切，都只为了满足他个人的嗜好而存在。

　　说是研究，也不知他具体在研究什么。不与企业合作的研究，多半只是散财罢了。不过维瑟曼提过，由于流亡途中他得到了一项与细胞遗传有关的重要成果，制药公司时不时会给他汇专利使用费。

　　然而冈特还是能多少感受到落魄的气息。这栋大宅里的用人，只有从罗马尼亚来的女佣乔安娜和那名司机。

　　管家、女仆长、奶妈、侍女、女佣、园丁、听差……正因为有大量仆人承担事无巨细的分工职责，才能维持住宅邸的奢华。而如今由伊丽莎白一手操持家务，事事周全是不可能的。宅子太大，人手太少了。

　　冈特也疑惑过，连多雇几个用人都雇不起，维瑟曼真有那样大的财力投入到城堡修复工作中去吗？

　　后来赫斯拉小姐再没出现过，待在研究所里的助手大卫·史密斯也从不来主屋露面。

　　午后，玛格丽特会在明亮的大厅里做针线活打发时间。她放松地靠在沙发上忧郁地运针的样子，像极了拉斐尔前派活人画里的模特。冈特本以为她在做刺绣，实际却是在补袜子上的破洞。察觉到这一幕被冈特看见了以后，伊丽莎白的脸红了。

　　"我跟她说过不要做这么丢人的事，可她就是不听，就是改不掉这战时养成的穷性子。我要是说她几句，把她的针线拿走，她怕得就跟盖世太保来了似的，所以只好由着她了。"

　　冈特来到庭院。为了锻炼腿脚，他确实有必要出门散步，但更多是为了打消自己肉体上冲过去紧紧抱住玛格丽特的冲动。

冈特侧着身子，一步一停地挪动左腿，慢慢走下坡度较缓的石阶。到了底部再往前走一会儿，在杂草繁茂一侧，有一座老旧的秋千椅。它长久以来被岁月侵蚀，支柱已经发黑，藤蔓悄然攀上毛糙的系绳。

冈特在秋千上坐下。他用脚尖轻轻踢了踢地面，却陡然失去平衡摔倒在地。绳子老化了，无法再支撑他的体重。两截断裂的绳子仅靠着藤蔓勉强相连。

不会又把腿摔断了吧？冈特惴惴不安地站起来，小心翼翼踏出一步。不疼。看来一点点小磕碰，并不会对胫骨造成什么损伤，这让他有了自信。

他还没有掌握这座宅邸的全貌，不如借此机会探查一番。于是冈特在树木缝隙中横穿庭院，登上了另一边的石阶。这时眼前出现一栋建筑的外墙，有一条石阶通往地下。地下的门开着，维瑟曼的助手——大卫·史密斯正从里面出来。他的目光和低头俯视的冈特相交。史密斯先回身锁上门，然后和冈特打了个美式招呼："嘿——"

"看来您已经恢复到可以长时间走路啦。太好了，太好了。"

"这栋建筑不是研究所吧？"冈特向他求证。

"不是呀，这是主屋。"

"我还以为我迷路到有那条狗的院子里了，吓我一跳。"

史密斯朗声大笑，沿着台阶走上来。

"'战车'关在研究所的地界里呢，您放心吧。"

"你平时也会来主屋吗？"

"有事的话就会。"

"这边地下有什么吗？"

"有储藏室。"

"从这里看，研究所在哪里？我注意一下，尽可能不接近。"

史密斯指了指右手边，跟冈特道别后，便向那个方向走去。他的背影消失在树林里。

几天后，克劳斯邀请冈特旁听米夏尔的声乐课。

大宅二楼除了设有夫妻俩的卧室，克劳斯的书房，米夏尔的房间，钢琴大厅，还有很多其他的房间。

在那间宽敞到足以开一场小型音乐会的大厅里，听众只有坐在墙边的冈特一人。

看着米夏尔轻轻松松唱出高音，冈特虽然感叹自己和他天生长的不是一种喉咙，但发声练习对冈特来说还是相当无趣。

"声乐光靠努力根本不够。肉体就是乐器，如果乐器不好，无论怎么努力都唱不出美妙的歌。小提琴、大提琴的奏者可以挑选他们的乐器，但人却不能选择与生俱来的肉体。而米夏尔生来就受上天眷顾，拥有最好的乐器。"克劳斯的手指一边在钢琴琴键上游走，一边说。

"但在此基础之上，热情——对歌唱的热情，更是必不可少。"接下来这句话是对米夏尔说的，"光是声音好听还不够，要对唱歌充满热情。你好不容易有一副上天赐予的好嗓子，你要在歌声里注入生命！"

长达约一小时的课程结束，等看上去如释重负的米夏尔回到自己的卧室后，"您是打算将来让他成为一名歌唱家吗？"冈特问，"打算让他上音乐学校吗？但若是这样，难道不该先让他就读文理高中，再参加大学入学考试……"

"现在的音乐学校不接受女声男高音入学，他们只会毁了米夏尔的嗓子。"

323

"可米夏尔总有一天会变成男高音或男低音啊。"

"米夏尔不会变声，绝对不会。他可以一辈子保持这样的嗓音。"

"那样不是发育不全吗？米夏尔有发育障碍吗？"

"不，我会保护他的声音。历史上的女声男高音歌者，曾经广受王公贵族甚至平头百姓的爱戴，那时候他们还叫'阉伶'。"

"男人唱女高音？怎么可能呢？"

"他们可是很受敬重的。我让你听听吧。"

克劳斯从占满整面墙壁的架子上抽出一张唱片。

房里有最新式的立体声音响设备，而克劳斯拿出来的那张是很老旧的SP唱片。虽然音质不及LP唱片是无可奈何的事，但话虽如此，这张唱片也实在太过破旧。又是杂音，又是摩擦音，还有惨叫似的人声夹杂其间。虽然令人毛骨悚然，听来却又像撒娇的猫一样，有一种诡异的妖娆感。

克劳斯非常热情地跟冈特讲解关于阉割歌手的知识。

"那真是听得人浑身颤抖的美啊！他们在社会上一度得到最高的赞誉、声望和财富。所以贫穷人家主动让小孩儿接受手术，又积极送他们入读音乐学院。最好的音乐学院就在那不勒斯。"

"您该不会想用那样非人道的方式保持米夏尔的嗓音吧？"

"我倒想问你，难道你认为人道主义就是绝对的正义吗？在战场上讲人道主义等同于败北。战争中的正义，战后便被打上邪恶的标签。然而，美丽的东西不论何时都是绝对的，天赋之美就该被最好且最大限度地发挥出来。"

"简直不可饶恕。"

"谁不饶恕？神吗？最先需要这种嗓音的就是教会啊。阉伶是一种为神的荣光献上身心的神圣职务。一名阉伶如果不能保持成功，或从未取得成功，可以改行做圣职者。因此从圣域到俗界，女声男高音越来越多。歌剧的诞生更进一步让阉伶绽放出它的光芒。意大利歌剧若没有阉伶则无法成立，阉伶曾经统治了整片欧洲啊。"

"但它终究被禁止了！"

"你能因为它眼下遭到禁止，就断定它是绝对的邪恶吗？社会会变化，终有一天不得不接受真正的艺术。"

"你为了满足一己私欲，把你的儿子……"

"如果世上有人拥有与自身才华相符的肉体，却不为此感到喜悦，那便是他愚蠢无知。你会理解的，一定会。你最终会赞同我，认可我的处理方式最为妥帖。米夏尔就完全理解，他甚至很高兴，因为他拥有超脱普罗大众的天赋之才。他很理解那就是他生命的价值。"

"但社会不可能接受您这套理论。男人用女人的声音唱歌，这是绝好的花边新闻啊！只会沦为笑料罢了。"

"唉，你不懂艺术。你根本不理解保持米夏尔的嗓音是一件多么美妙的事情，我将会改写社会上那些无聊的常识。"

"你已经把你的儿子变成畸形了吗？"

冈特正想进一步逼问，却被乔安娜的敲门声打断。女佣通报说，有人给冈特打电话。

"谁打来的？"克劳斯问。

"是赫斯拉小姐打来的，博士。她挂念冯·弗吕斯滕堡先生的康复训练完成得如何。"

"我来接吧。"

"这通电话不是打给我的吗？"

"如果有事需要通知你，我稍后会转达。首先由我来接。"克劳斯强硬地说完就下楼去了。

冈特急忙赶去米夏尔的房间。

米夏尔正坐在窗边的桌旁，单手撑着脸颊看书。

"米夏尔！"

冈特的声音非常焦急，闻言米夏尔回过头。

"米夏尔……有件事我必须问问你。"

冈特强迫自己把堵在喉咙口的话吐出去。

"什么事呢？"

"博士有没有对你做很残忍的处理……就是……作为歌手，把你的声音……"

"我想我应该没有理解错您话中的意思，但姑且问一句，您指的是阉割吗？"

"对。"冈特的声音低沉下去。

"我还没有接受处理。"

冈特打从心底里舒出一口气。

"这样啊，那你的声音不是人为处理的结果了？"

"我比较特殊，相比其他人来说。"

"我想求你一件事，我想亲眼见证你的身体有没有受到伤害……拜托了。"

米夏尔走到门边反锁上门，又回来拉好窗帘。

他脱掉毛衣、衬衫，然后是长裤……他一件件褪下身上所有衣物，最后脱去贴身的内裤。一束细如丝线的阳光透过窗帘的缝隙照进来，贯穿米夏尔双腿之间。

重新穿好衣服后，米夏尔拉开窗帘。

"不过，总有一天，为了保持我的声音直到死去，博士一定会实施手术的。"米夏尔的额头靠在玻璃窗上，目光飘浮在虚空之中，说道。

"我不会让他那么做，绝对不会。"

"重点在于我个人的意志。"米夏尔说，"而我甚至非常期待接受那个手术。"

"说什么傻话！你真的了解吗？真明白会变成什么样吗？"

"是的。"

"你会失去一切啊！"

"但我将永远拥有一样东西。"

"能有什么用？顶多能取悦那个男人而已！"

"有用，或是无用，对我来说都没有意义。"

"你肯定被那个男人根植了某些错误的认知。"

"错误的认知，正确的想法。您是以什么基准来判断它们的呢？"

冈特本想说服他，却发现自己根本下不了任何定论。

"总之你千万不要服从博士的决断。"

"如果失去了声音，那我还剩下什么？"

"你完全可以从现在开始追求很多东西啊，你还什么都没见过。能拖多久就拖多久吧。等到我可以自由活动了，如果维瑟曼真要对你施暴，我会在那之前打断他的胳膊。"

"其他的东西，我都不想要。"米夏尔看向墙上的书架。

冈特注意到，那书架上不仅摆着小说、诗歌和戏曲等文学作品，还有哲学书、美术书，从科学著作到宗教典籍、医学资料，甚至还有神秘主义读物，简直无所不有。并且不止德语，还有法语和英语的原版书，其中几本书脊上竟是连冈特也要举手投降的拉丁语。让人难以相信这个书架属于一名少年。克劳斯不让米夏尔去上学，却给了他足够的读物。

书架上除了书，还整整齐齐地堆着一沓笔记本。

"我想，我不会得到比那书架上更多的东西了。我想要的一切都在那里。我经历了不知多少段人生，我穿梭于太古和未来之间，置身于历史的洪流之中。再不需要其他任何东西了。"

"可是你在看谢肉节变装游行的时候，不是很开心吗？"

"看过一次就足够了。我在戈特弗里德·凯勒[1]的《绿衣亨利》里读到过谢肉节的片段，所以才想亲眼观摩一次。但是我发现，实际情况远远没有我自己从文字中想象的场景有意思。"见冈特在斟酌措辞，米夏尔继续说，"在书本里体验别人所经历的趣事，比现实更有趣味，就连痛苦也可以在想象中替换成愉悦。人们都不想经历真正的痛苦，不是吗？无论如何，'外界'对我来说都不是必要的。"

"你明明什么都没见过，为什么能这么笃定？"

对在米夏尔口中的'外界'长大的冈特而言，一旦认可对方的话，就等于否定自己的人生。

"按你说的那样，根本算不上活着！"

"所以我承认自己是一个死人。不过，您也不能断言生者一定好过死者吧。"

"可你现在还活着……"

米夏尔看向窗户。半晌，他把目光移到冈特的胸口附近，然后说：

"我并不是完全没有不安或恐惧的情绪。可是，既然有些事无论如何都无法避免，那么积极接受反而比较轻松。认可那件事对自己来说有好处

1　戈特弗里德·凯勒（Gottfried Keller, 1819—1890）瑞士德语作家。

才比较好。"

"不是无法避免的。你完全可以有不同的活法，你也应该那么活！"

冈特加强了语气。可是所谓"不同的活法"究竟是怎样的，这个问题就连他也没有答案。

是顺应社会潮流，在打拼中提高社会地位吗？社会并不是一片坚实的大地。战败已经带来过崩坏，还有经济下行造成的萧条期。当代社会变得只重视物质和金钱了。

"冈特，你和我母亲是旧识，对吧？"

"对。"

"那你和我母亲曾经相爱吗？"

冈特再次无言以对。当年玛格丽特爱他的时候，他并不忠于她。而现在，他爱着玛格丽特，玛格丽特却置身于雾霭之中，不再回应现实中的他了。

米夏尔走向书架。他从那一沓笔记本中抽出一册，递给冈特。

那是一本学生常用的笔记本，并不厚。灰色的封面上有手摩擦的痕迹。纸质不佳。

"冈特·冯·弗吕斯滕堡先生……请您读一读它。然后希望您能告诉我，为了母亲，我该怎么办？"

"这是你的日记吗？"

"请您读一读它。"

"现在？在这里？马上？"

"请回您的房间。我想，那样更能静下心来。"

冈特抱着那册轻飘飘的笔记本，一边对自己无法灵活动作的腿万分不耐烦，一边走下楼梯，回到自己的房间。

在这栋到处都有锁的大宅里，只有他的卧室没有上锁的待遇。门是向里开的，所以冈特只好往门后顶了一把椅子，坐在上面用全身的重量压着门，再翻开那本本子。

第一页的文字穿透了冈特的双眼。

"自从我们搬到上萨尔茨堡居住后，恩里希，弗朗茨，就连米夏尔的气色都越来越好。"

好不容易逃来施泰因赫灵村，杰尔德的行踪却又被赫尔穆特查到了。晚饭后门卫喊杰尔德出去，说有人要见他。去门口一看，赫尔穆特倚在摩托车上，正吹着口哨笑眯眯地等他呢。杰尔德扭头往屋里逃。赫尔穆特没有追进来。

"难得你朋友来找你玩，怎么躲着人家啊？"后来门卫责备杰尔德，"他可失望了。"

"那家伙是极右。"

"那多好啊，靠得住。"

"说这种话没关系吗？"

"有什么关系？当年帝国那会儿，整个国家都是真正有用的人。那些派不上用场的……"门卫欲言又止，瞟了大楼一眼，不再说话。

"那人要是再来，你帮我把他赶走吧。不然我就把你刚才的话告诉所长或者看护长。"

"我什么都没说。"

"你刚才说极右靠得住。"

"我才不会那么说呢，你小心我反过来告密。就说有个极右派的人天天跑来找你！这可是事实。"

"别啊……"

从那以后，赫尔穆特就常常在日落时分骑着摩托来找杰尔德。他总是站在门外往里瞧。

"这家伙怎么好像要追你似的？你就见见他呗。"门卫说。

"他想把我也拉进极右派。要是他再这么烦人，你就报警吧。极右违反了基本法条。"

"他又没像左翼那帮家伙一样鼓动你，也没暴力威胁你加入，你真要叫警察啊？"

"他很可怕啊，而且很能打。"

"听你这么说，我越来越喜欢他了。最近的年轻人都太软弱啦。"

日子一天天过去，杰尔德变得只要在门外看见赫尔穆特，就会暗暗松一口气——世上还有人关心我……但是当着赫尔穆特的面，他还是会摆出一副臭脸。

杰尔德一步步靠近铁门的样子，像极了一只饥饿的小野猫。脚下慢慢走近向它伸出手的人，却又随时做好逃跑的准备。

赫尔穆特总是笑颜以对。那是一张足以让杰尔德忘记对方曾经粗暴地把他按在床上，拔刀抵在他喉咙口的笑脸。

毕竟还有一道铁门拦着，杰尔德稀里糊涂走过去，谁知那只从铁栅栏之间伸进来的手，一把钳住杰尔德的左手腕。力道大得简直像捕兽夹，把杰尔德整个人直往门上拉。杰尔德伸出右手去剥，谁知右手也被赫尔穆特抓住，巧妙地一扭，让他整个人无法动弹。要敢随便乱动，手腕就会骨折。杰尔德扭头向门卫求助，谁知门卫只是笑着站在原地看戏。

"上校很生气，你的逃跑损害了整个'体育团'的名誉。"

"退团是我的自由！"

"不行，我奉了上校的命令，一定要把你带回去。"

杰尔德想，干脆咬他一口吧。或许是察觉到他内心的想法，赫尔穆特右手的力道稍稍松懈。下一瞬间，赫尔穆特的手伸去钳住杰尔德的脖颈，直接把他的脑袋扯到门上。铁栅栏嵌入他的脸颊。

赫尔穆特的吐息碰到杰尔德的耳朵，低声道："我想让你心甘情愿地来我这儿。其实我不想来硬的……"杰尔德扭动脖子想别过脸去。对方温热的舌头灵活地钻入他的耳孔。

那只紧紧钳住他脖子的手让杰尔德差点窒息。越是挣扎，对方手上的力道就越紧。赫尔穆特另一只手搜遍杰尔德全身，最后探进杰尔德裤子的后兜，抽出某样东西。他右手的力道此时一松，杰尔德才脱身出来。

"还给我！"杰尔德的喉咙被他抓得很疼，声音也变得沙哑。

"这是你女朋友？"赫尔穆特把那张皱巴巴的照片伸到杰尔德面前。

杰尔德笑倒在地。这年头哪有女孩会穿那么老气的衣服啊！

"到底是谁？"

"怎么，你吃醋了？"

赫尔穆特把照片塞进自己的裤兜。

"还给我啊！"

"我会再来。"赫尔穆特留下这句话，走了。

"怎么？你们还真是那种关系？"旁边看戏的守卫早就笑得满地打滚，"真有你们的啊！知不知道这违反基本法条的！"

门卫笑得开怀无比，活像刚刚目睹两条狗当街交配。见状，杰尔德要上去揍他，却反而被揍倒在地，晚饭还被罚没了，最后还是多亏尼科斯藏了面包和香肠接济他。

这天是个万里无云的星期天。后院里插满了竿子，两两搭着好几根粗绳。杰尔德先用拧干器拧干床单，再把变得像木板一样平直的床单摊开。他和尼科斯一人拿一边，抖擞几下展平，然后挂在粗绳上。每个天气晴好的日子他们都得这么做。干这个活儿的时候，杰尔德总是松一口气。外头的寒风虽然刺骨，但总比待在充满臭气和热气的地下室舒服多了。前天下的小雪已经融化，地面泥泞不堪。铁丝网将庭院分隔开来，隔着一条路的对面是一片种满马铃薯和甘蓝的菜田。

杰尔德下意识地吹起口哨，中途却慌忙停下。因为他发现，自己下意识间吹奏的旋律正是那首突击队之歌。要是给路过的村民听见，事情就麻烦了。

地下的恶臭几乎渗透到他的骨子里，微薄的薪水又相当于打白工。虽然多少会给一些报酬，可是扣掉餐费等一系列杂费，就所剩无几了。

杰尔德感觉背后有一道目光，这让他很不自在。有人正盯着他。回头一看，看护长抱着手臂站在那里，身边还有个老男人。虽然他的个子比看护长矮，但浑身上下肉嘟嘟的，反而衬得他很有威严。才看了对方一眼，杰尔德就想，这家伙真讨厌。

看护长大步走来，把一条已经晾在粗绳上的床单一把扯到地上。湿漉漉的床单瞬间沾满了泥巴。

"重洗！"看护长一脚踩在泛黄的床单上面的污渍上，"不许偷懒！"

倒不是偷懒，只是不论怎么洗，总有些色素已经渗透到布料深层，压根洗不掉。但看护长不允许任何人在她面前辩解。"非常对不起。"旁边的尼科斯给她道歉。

"不准因为对方是残疾人就偷懒，这种行为侵害了他人的人权，这是所长一再强调的。如果是健全人分配到这样肮脏的床单，一定会表示抗议。我决不允许因为残疾人无法抗议，你们就在应尽的义务上要滑偷懒。要注重民主主义，还要尊重人权，你们要时刻记住这一点。这条，还有这条，都给我拿去重洗。"

"原来你就是杰尔德·卡芬啊！"那男人走来，摸了摸杰尔德卷着袖子的胳膊。"脱掉衬衫，给我看看你的左肩。"

杰尔德扭过头，没理他。

"博士让你脱你就脱！"看护长叱责道。杰尔德反问："为什么？"

"这很重要，博士有可能是你的父亲。"

"我不需要父亲。"

"杰尔德·卡芬，这是命令。"

杰尔德把领口扯到一边，露出左肩。

那男人脸上明显露出失望神色，摇摇头。

看护长也面露歉色，道："没有呢。"

"您确定有吗，博士？布里姬忒的宝宝的肩上，真有一块胎记吗？"

"我听她分娩时在场的人说的。"

"也许是在成长过程中淡化了呢？如果我当时在场，便能亲眼见证是否确有其事。可是不巧……"

"这么说来，你在美军进驻霍格兰前就逃走了啊。"

"不是逃走，只是在前去联系其他地区的机构时恰好碰上了垮台，无法回到施泰因赫灵了。这件事，上次也已和您解释过。"

"啊，确实。"

"请问那个布里姬忒分娩时在场的人是谁呢？"

"那时霍格兰还留有近三百名婴儿和儿童。孕妇及婴幼儿，由大约十五名看护和士兵护送，到国境附近的山中修道院避难。布里姬忒是在修道院分娩的。修女们负责照看她，士兵也帮了忙。战后我和其中一位士兵偶然重逢，是他告诉我布里姬忒分娩和婴儿的消息。"

"我本来就没有胎记。"

"他不是我的儿子，真是太遗憾了。难得你通知我，这才跑了一趟……"

"我也感到很遗憾，世上就是有同名同姓的人啊。布里姬忒·卡芬……"

从服装上看，这男的好像是个有钱人。杰尔德试着想象自己以小少爷的身份被迎入豪门的画面。

但这人的眼神太让人不舒服了。温和、慈爱之类的东西，杰尔德一点儿都感觉不到。那双眼里只有异样的冰冷和疯狂的热情，杰尔德能从他的表情里同时看出两种相反的情绪。

"我听看护长说，你的母亲去世了？"男人向杰尔德搭话，"是怎么去世的？"

"什么怎么去世？"杰尔德反应过来他是在问死时的状况，于是一时兴起，把第一个冒出来的念头说出口，"出车祸死的。"

"什么时候？"

"去年。"

"去年？去年的什么时候？"

"夏天。"

"她是开着车出的车祸吗？"

"是走在路上被车撞了。"

"你亲眼看到了吗？"

越问越烦了。杰尔德耸耸肩，把男人晾在一边，去追搬着洗衣桶往地下洗衣房走的尼科斯。结果男人追上来叫住他："你亲眼见到母亲的尸体了吗？"

"见到了。"

“在哪里出的车祸？”

“中央车站旁边。”

“你母亲确实叫布里姬忒·卡芬，是吧？是真名吧？”

“是啊。”

“她为什么去中央车站？”

“因为她在车站里的面包店当柜员。”

“撞她的车是什么车？”

“奔驰。”

“奔驰？奔驰也有很多种，是哪种型号的？”

“……忘了。”

“那辆车呢？”

“跑了。”

“开车的是个什么样的男人？”

“不知道。”

“你不是亲眼见到车祸现场了吗？”

“我没看到。”

“那你怎么知道的？”

“警察告诉我的。”

“警察介入调查了吗？”

“……嗯。”

“中央车站旁边，来往行人也不少。有没有目击者？”

“我还有事。”杰尔德本想往地下楼梯跑，却再次被那男人叫住。

“跟我去兜个风，如何？赫斯拉小姐，能否请你允许这名少年抽出一小时与我叙话？即便他与我没有血缘，也算是个怀念我失去的孩子的契机。"

"工作时间原则上不允许自由行动，不能坏了规矩，对任何人都要公平公正。"

"你还是老样子。规矩，规则，公平。"

"是的，博士。我贯彻始终。哪怕在战争中，我也向来奉行民主主义。我一向致力于公平对待每一个孩子，即便是如今，我依然平等地关照每一个入所者。而您那时总是偏心。为此我们时常起冲突呢。"

"这次就不要争执了吧。我已经不是你的上司，不再有给你下令的立场。但我要博得你的同情心，是你让我心怀希望，盼望着或许能再见到自己失去的亲生儿子。所以能否请你让我在一个小时内，活在失而复得的错觉之中？让久别重逢的父子共度一段短暂的时光。"

"您真是贪得无厌呀，您不是已经有米夏尔了吗？尽管后来我就再也没能见到他了。"

"儿子并不是有了一个，就可以对其他的不管不顾。况且我已经解释过无数次，因为玛格丽特的精神状态很不安定，我想让她远离一切与过去相关的事。更何况是让她见你。"

"我想看看冈特康复训练的成果，您会邀请我吧？"

"找机会吧。倒是话说回来，你不介意吧？让我借走这孩子。"

"今天就对您网开一面好了。"

——这男的是变态吗？同是变态，赫尔穆特比他好太多了。

而赫尔穆特本人此时就把摩托车停在门口，正往里探头探脑。在杰尔德眼里，赫尔穆特从来没有像现在这样让他感到可靠过。

门口堆着一群手持标语牌的人。最近这几天，他们天天都在搞示威游行。

那男人看了一眼游行队伍，问看护长怎么回事。

"有人在背后煽动他们来反对我。他们找所长抗议过好几次没被搭理，就故意来捣乱。"

"前党卫军滚出村子！"

"我们绝不原谅法西斯！"

"要求前党卫军看护长立刻辞职！"

一看到看护长本人，群众立刻开始吵闹。

只见那男的坐进漆黑的奔驰车驾驶席，打开副驾驶席的门，向杰尔德招手。

"还不赶快走人！"

"我们绝不允许！"

"党卫军看护长立刻辞职！"

"立刻辞职！"

他们开始喊口号。

看护长以前是党卫军的人。这件事，杰尔德也从知道内情的勤杂工那里听说过——战争期间，这里是纳粹的机构。看护长当年也是看护长。其实她没隐瞒，只不过当着她的面说，看护长会不高兴，咱们也就不好干活，所以平时缄口不提。前年她被分配到这里来的时候，还没什么人在意这事。但是最近村民突然开始闹起来，肯定是因为最近村子里要选议员，左派的人占着话语权呢。

"要我跟你们解释几遍才能听明白？"看护长挥动手臂大叫，"非纳粹化法院早就证明了我是清白的！我没有任何被你们诟病之处！"

纽伦堡审判中，判定党卫军领导层是战犯，大多数人都被执行了死刑。然而，尽管党卫军本身是个犯罪组织，但没有犯下虐杀战俘等战争罪行的人并不会被起诉。此外，于德国国内广泛分布的非纳粹化法院中，前党卫军被分为重罪、积极分子、轻罪、赞同者和无罪五个级别。除无罪者以外，其他几个级别的人都会按罪状领取相应的刑罚，如前往劳改营服刑或接受罚款等。党员中的小人物可以通过在法庭上宣誓自己无罪来洗脱纳粹的褐色，得到被美军政府称为"White Wash"，被德国民众称为"洗净证"的材料，变得"洁白无瑕"，从而回归社会。

"我当年在这里工作的时候，这里还是一间私生子产院兼孤儿收容所，他们甚至称赞我！称赞我的工作充满了对弱者的人道主义关怀！你们与其在这里责备我，为什么不去找更加……"

"快过来！"那男人在驾驶席上不耐烦地催促杰尔德。

奔驰的后座上有一条凶猛的狗。见它想钻进副驾驶席，吓得杰尔德往后飞退。

那狗前腿搭在副驾驶席座位的靠背上，龇出獠牙狺狺低吼。

杰尔德逃向门外，一屁股跨上赫尔穆特的后座大喊：

"开车！快点儿！"

赫尔穆特没多问，点火一次成功，发动了摩托车。受到惊吓的群众纷纷给他让路。

摩托车拖着500cc的巨体直线前进。

杰尔德回头一看，奔驰追了上来。它超过摩托车，绕到前方，堵在他们前进的路上。

赫尔穆特没能及时避过，只好紧急刹车。杰尔德整张脸拱进他背后。车子没有翻倒，赫尔穆特伸出一条腿，架在地上保持车体平衡。杰尔德在后座上一边稳定身体重心，一边紧紧抱住赫尔穆特的腰。

那男人下了车。最初他毫不掩饰内心的愤怒，表情十分狰狞，却又强行软化下来，往两人的方向靠近，说："怎么啦，杰尔德？你为什么要逃跑？这是你朋友吗？"

赫尔穆特的手瞬间伸进夹克内襟，再抽出来时，枪口已经对准了那男人。

枪声轰鸣。

杰尔德紧紧闭上双眼。他感到整个身体被猛力向后一扯，于是抱得更紧。摩托车发动了，杰尔德战战兢兢地回头去看。

那男人毫发无伤，站在原地挥舞拳头。他身旁的奔驰车爆了一个后轮，活像一头腰部中弹趴在地上的狮子。车里那狗把鼻子贴在玻璃窗上狂吠。

好厉害啊，一枪就打中了轮胎！没有伤害对手，却夺走了对方的武器！真聪明啊！

拐过一个弯，那男人和机构大楼都看不见了。风里混着汽油味，还有一丝夹克的皮革味。从一开始就应该这么干，赫尔穆特一点儿都不可怕。他的后背真可靠。

杰尔德心情大好地哼唱那支被禁止的歌曲。

"去我家可以吧？"

"可以。"

"那男的想强行把你带走？"

"对。"

"是警察吗？"

"不是，我也不知道他是什么人。"

杰尔德怀疑自己放跑了天大的运气。没准那男的真想把我当儿子疼呢？不，要真是那样的话，他不会那么盯着我看。还有狗……杰尔德决定毫不犹豫地相信自己对那人的第一印象。

因为这里地势高，所以风吹过来很冷。背阴处还留有没化完的雪，而沐浴在阳光下的黑刺李树枝头，就像积雪直接变作花朵一般，绽放出一簇簇小小的白花。

冈特继续阅读笔记本上那些一丝不苟的深蓝色文字。

我们这些"克劳斯·维瑟曼的家人"，跟建有营房和贝格霍夫山庄的丘陵隔着一条路，住在南侧的陡坡上。房子周围开垦有一片草地，再往前是匍匐在山体上的森林，它一直延伸到高耸入云的凯尔施泰因山脚下。元首的"鹰巢"就在山顶上，通往"鹰巢"的入口封闭着。它对面，裸露的群山层峦叠嶂，头顶雪冠的上柯尼希山尤显得鹤立鸡群。再往南看，便是在阳光下闪闪发亮的巴伐利亚阿尔卑斯山山脊……

此后的内容记述了来到上萨尔茨堡后的日常生活，以及玛格丽特家族中混有茨冈人血统一事被人得知令她十分恐惧，还有她受到那个名叫莫妮卡的女佣的威胁。

虽然冈特不记得玛格丽特的字迹是什么样，但他相信这上面的记录不是伪造的。尽管他正在强行窥探玛格丽特的内心，眼下却没有余力愧疚。冈特继续往下读。

曾经，有一个贝希特斯加登的村姑和一个茨冈男人相爱。他们的曾孙就是玛格丽特。在战争已经结束的如今，这样的事根本不值一提，根本不会成为威胁某人的把柄。但在战时，这却是性命攸关的一件事。纳粹不但企图灭绝犹太人，也对茨冈人赶尽杀绝。更何况玛格丽特偏偏就成了一个比谁都要看重血统的党卫军军官的妻子。克劳斯·维瑟曼不仅不是反对纳粹的流亡者，根据这本笔记记载，他还曾在党卫军服役……

弗朗茨，是玛格丽特深夜来到房间里抱住冈特时，口中默念的那个名字。

从手记中可以看出，弗朗茨和恩里希是两个金发蓝眼的波兰小孩儿，还有，玛格丽特曾对克劳斯说过弗朗茨是"你的儿子"。

克劳斯和玛格丽特结婚前，曾经娶过波兰女人吗？是离婚，还是前妻去世？那两个孩子是前妻留下的吗？

文章中还有这么一句：弗朗茨和恩里希也被迫与故乡分离。那么，克劳斯是把前妻的两个孩子当作德国人养育，还命令他们忘记自己身为波兰人的事实吗？

但冈特同时又想起克劳斯的话。当时他问对方，为什么要去找那两个街头艺人时，克劳斯的回答是"想看看他们是不是我以前照顾过的两个孩子"。他回答得相当仓促，像是情急之下找的借口。如果是前妻的孩子，根本没必要如此隐瞒。是不能对外公开的私生子吗？

冈特的目光回到笔记本上。

那些用深蓝色墨水写就的文字，中途开始变为紫色。

厨房里吵闹起来。"莫妮卡，不好了！听说布尔什维克要打过来了！"

实际上那场骚乱源于希特勒下令逮捕戈林元帅，但当时的玛格丽特自然无从得知。

玛格丽特和三个孩子，以及那个莫妮卡一起到地下防空洞避难。然后，弗朗茨刺死了出言威胁玛格丽特的莫妮卡。

弗朗茨柔软的下唇被我的嘴唇包住，吸吮……

玛格丽特拖着包有尸体的床单，在黑暗的地下通道里无尽地前行。

……就像踏入深不见底的海洋一般，我再次踏出一步，地板撑住了我的腿。又是一步。我双手往前方摸索，有一股金属的气味。待我再踏出第三步时，脚尖踢到某种坚硬的物体。我伸手去摸。手感像是金属，它耸立在前方挡住我的去路。是铁门，这是……门把手。我拧下门把，门应声而开。门后并不是无尽的黑暗，微弱的灯光下，一条通道径直向前。

背后是黑暗。而面前的光，尽管微弱得像是我的幻觉，但它确实存在。黑暗阻断了道路，光明诱我前行。我迈开脚步。

我发现自己的大衣口袋里有一只手电筒。根本不记得是什么时候塞进去的。我身上分明带着这么可靠的物件，却愚蠢地在黑暗里四处徘徊。光明给了我勇气。

我得赶快找个地方处理掉手上这个大包，弗朗茨的刀还原样插在莫妮卡肚子上。要是血喷出来就麻烦了，所以我没有拔。可是，那把刀会成为告发弗朗茨的证据。我强忍着呕吐感，剥开床单，小心注意不要让手电筒照亮莫妮卡的脸。在我拖着包裹前行时，那把刀已经把伤口划开了。可是，弗朗茨用尽全身力气捅入莫妮卡体内的刀尖插得极深，还被收缩的肌肉紧紧夹住，纹丝不动。我一只脚踩着莫妮卡柔软的腹部作固定，双手握住刀柄，前后晃动、旋转，把附近的肉剐了下来。

伤口裂得更大，肌肉终于放开了那把刀。心脏已经停跳的莫妮卡虽然失去了喷出新血的能力，可是积存在腹腔里的血却不像样地流得满地都是。

原本被限制在狭窄天地里的内脏悠然自得地涌出体外，和血液一同摊在地上。我用床单盖住它们，按回原处，重新包好。

一扇木门拦在我眼前。本以为此路不通，可我一拧把手，这门便开了，于是我走进去。光晕里浮现的墙壁上有像大理石、玛瑙或石榴石那样的斑纹，细碎如繁星的尖锐光点在其上闪烁。

我的记忆深处蓦然浮现出幼时在特产店里见到的岩盐碎片那宝石般的光辉。我伸出手摸摸那堵墙，然后把手指含进嘴里。咸味在舌尖散开，是盐窟。我拿着手电筒照亮四周，发现这里是个天然的圆形大厅。但不是真正的圆，更接近多边形。

大厅中央有张桌子，跟墙壁呈同心圆状。它半透明的晶体表面上，星星点点分布着雪粒般的光芒。这张大桌也是盐做的。它并非被放置在大厅中央，而是原本就与地板紧密相连，用岩盐块雕刻而成。旁边同样用岩盐雕成的椅子共计十三把。最最豪华的一把好似国王的宝座，它的靠背和扶手上或浮雕，或镂空雕刻着精美的纹样。

我抬头望向拱形的天花板，发现桌子正上方有一架枝形吊灯。它的材质也同样是内含小小结晶，如水晶般透明的岩盐。

我转了一圈，照亮周围的墙壁。墙上每隔几米，就雕有一个画框状的突起，里面是复杂的浮雕图案。有手持刺枪坚盾、兵刃相接的中世纪士兵；还有身披甲胄、策马奔腾的骑士。这些图案让我想起小时候看过的亚瑟王与圆桌骑士传说的绘本。

亚瑟王的城堡，就在卡美洛。

黑色的卡美洛——这句话突然浮现在我脑海里。是埃布纳长官提到它的。后来，克劳斯告诉我，那是一个按照神智学样式建造的仪式场地，是个开化灵智、觐见神明的场所。

这里——就是黑卡美洛。

哪里是黑，这分明是个由纯白的雪花石膏，还有层次分明的玛瑙、大理石和石榴石构成的巨大空间。

每片浮雕之间都有一扇打满铁铆钉的沉重的栎木门，共十三扇。其中一扇是我进来的门，但从里面看，根本分辨不出是哪一扇。

手电筒微弱的光芒照亮了埋在墙壁里的神龛。那些浮雕的画框之间，雕满了镂空的神龛。

其中一个神龛里摆有两尊互相依偎的雕像。据说那个叫维利……什么矿山的地底下，还有用岩盐雕成的国王和矮人。但是这神龛里的雕像没有反射出岩盐那样亮晶晶的光辉，在泛黄的手电筒光下，它们的颜色看起来就像黏土。

接近之前，我就隐约察觉到了那是什么。

等我走到近前后，发现我的预感终究化作了现实，它就那样存在于神龛之中。

它们半靠在神龛的墙壁上，瘫坐在地，向前踢出的双腿是扭曲的。两人浑身赤裸，皮肤有些干涩，但那浓密的金发尽管失去了光泽，却依然从额际蓬松地垂到肩上。眼皮下盖着蓝色的双眼。

莱娜和阿莉切——就像克劳斯饲养的那些两两成对的老鼠一样，侧腹部被缝合在一起。

我当场理解了一切。对年仅十二岁的莱娜来说，分娩是不可能的任务。死产、大出血。克劳斯所谓的输血，就是这个叫"异种"什么的方法。让强健的阿莉切的血液流进莱娜衰弱的身体。克劳斯为了救莱娜，打算牺牲阿莉切。他期望濒临死亡的莱娜能够吸收阿莉切的生命力，因为她是克劳斯实验的——加速发育实验的——成功个体。可是，看来他失败了。

如果这里有一位神甫，我的心该受到多么大的救赎啊！神甫能把罪人的忏悔传达给天主，又能把天主的宽恕转达给罪人。

主啊，请您原谅我，也请您原谅弗朗茨。请您原谅弗朗茨捅死了莫妮卡，他是为了我和米夏尔才杀人的。罪都在我的身上。愿您让弗朗茨永远像一张洁净的白纸，不要让他沾上一点脏污。愿您能将刀尖刺破他人肚腹，沉入骨肉深处的手感从他记忆中抹去。如果我可以替他偿还，就请把一切惩罚降在我头上吧。还愿您赐予米夏尔健全没有痛苦的一生。若我堕入黑暗，能够换取米夏尔未来的光明，那么请求您，将所有的罪和偿还都降在我的头上。

但没有任何东西回应我，没有任何迹象证明我得到了宽恕。

我献上祷告，但这并不代表我取回了朴素而坚定的信仰之心。不论是虔诚的天主教徒，还是一无是处的人渣，敌军的轰炸都一视同仁。亲眼见过那副惨状之后，还要去爱天主，我实在做不到。教会教导我们，一切都是神的旨意。那么，如若莱娜和阿莉切那凄惨的死状也是神的旨意，我便想唾弃天主了。可是即使如此，我依然不得不祷告。恐怕我永远不会得到宽恕吧。现在我能做的，只有祈求自己能够得到原谅。然后，假如有某种东西——眼所不能见的某种东西——能在天上的某个地方为我祷告的话……

附近的空气在我的皮肤上躁动，巴掌大的小个子男人列队从我面前接连通过。浮雕里的骑士们，还有那些被骑士的尖枪贯穿的人们发出嗤笑。以黑暗为盾牌的骑士们膨胀起来。我拧下门把手，它纹丝不动。门被锁上了。每一扇都打不开吗？我来时那扇门，就是我唯一的退路了吗？

我拖着大包裹，站在下一扇门前。手搭在门把上，用全身的力气往下一按，眼前这扇门缓缓打开了。

这是我来时的路吗？我将在岩窟中永恒的黑暗里彷徨到死吗？我能听到包裹里莫妮卡渐渐腐烂的声音。它变成声声低语，像有一只白蚁在我的耳道里定居。我的身体也随着那声音一同腐烂。头盖骨之下，腐汁从大脑处滴落。

脚下，被光晕照亮的景色渐渐变了。坚硬的石质地板反射出黏稠的光，眼前展开一片黑色的水域，手电筒的光映得它波光粼粼。上天赐给莫妮卡一块墓地，同时也是赐给我的恩惠。水面和湖岸的高度差大约有几十厘米。我蹲下身，把包裹推下去。包裹静静地滑入水中，就像一条白色的小船，漂浮在湖面上。

你为什么不沉下去？水底就是你的墓地啊。我跪在岸边，伸手把包裹往水里按，附近根本没有东西可供借力。我把手电筒和小刀放在一边，双手去按包裹，可是水好像有弹力似的，总把眼看就要下沉的包裹重新抬起来。

我为什么没有马上想到这水里有很多盐呢？狼狈的我想把包裹重新拖上岸，可是吸满了水的包裹变得无比沉重，我反而险些被它拖下水去。水面波光摇曳，包裹漂离岸边。我伸手去抓，却只够得到床单的一角。就在我决定用小刀扎上去，继而借力把它整只拖回来时，却不小心压到手电筒的开关。光亮突然消失。我下意识地放开了刀柄。

据说约旦的死海那极高的含盐量不允许任何生物在海里栖息。如果我掉进眼前的地底湖，浓盐水恐怕会渗透我的身体，和血液混合，缓慢引导我走向死亡。我不禁大叫起来。

我的叫声化作一柄薄刃割开了黑暗，只见惨白的内脏从黑暗的伤口处滑落，展开，层层堆叠，像岩盐雕像一样闪烁着半透明的光芒。

——我在前方看到了小小的光点。好像穿透冰雪的阻隔透出来的微光。

那光越来越近，最终变为一圈光轮。我被晃得不禁伸手遮脸。一瞬间，身体感受到轻微的震动。

从湖水深处的黑暗之中显现的黑影站立在水面上，用手里的光指着我。

他并不像默西亚[1]那样踏着水面一路走来，而是乘着像给木筏加了一圈矮边的平底小船来的。对方手上的照明工具照亮了浮在水面上的包裹——啊啊，还有我根本无法隐藏的血迹。同时，也照亮了浑身是血的我。

"玛格丽特。"对方呼唤我的名字。双眼习惯亮光后，我辨认出木筏上的人是克劳斯。

我告诉他莫妮卡是如何威胁我的，又告诉他，是我捅死了威胁者。我请求克劳斯，不要把米夏尔送去达豪。

克劳斯让我上船。石窟的墙上钉有绳索，他扯着绳索，带动木筏前进。

"你带我回去找米夏尔，只有他……"我依然不停地说着。然后问克劳斯，"布尔什维克不是打过来了吗……"

"没有那种事。"

"米夏尔呢？我、我得回到地堡里去，我把米夏尔丢在那里了。"

我原本是想立刻收拾掉莫妮卡的。

我如今身处一间狭窄的石屋，天花板上垂下来的吊灯无法照亮房间的每个角落。恩里希像一片枯叶一样，躺在房间中央的病床上。

"博士说要给我做手术，我好害怕。还好格丽塔你来了。"

"米夏尔呢？"

"他和弗朗茨在一起等我。"

床头墙边站着一个影子般的黑衣男人。他穿着圣职者的衣服，外表

---

1 即弥赛亚。

苍老。脸上层层叠叠的皱纹之中，有一双像沼泽一样发出暗淡光芒的黑色眼睛。

"玛格丽特，我要请你担任助手。"克劳斯说。

那个圣职者开始唱歌，嗓音像惨叫一样高亢幼细。那是女高音。尽管听来诡异，却又有一种异样的妖娆。

"我要让恩里希永远保留他的声音。"

"Nein！"

"不许在我面前说'Nein'，只许说'Ja'。"

"Nein！Nein！"

"我不会过问有关你出身的谎言，但你却自己承认杀了人。我会把你的罪孽藏在心底，我就是这么地爱你啊，玛格丽特。所以你必须帮我的忙。尽管这件事我也可以单独完成，但我希望和你一起实施。让我们共同承担一切吧，这将成为你我两人不可分离的证明。"

"给我一些水，我好渴……"

"既然你拒绝我，那我也将拒绝你。米夏尔会怎么样呢？会变成你所恐惧的样子。你杀人的罪行将被公之于众……"

"捅死莫妮卡的人不是我，我没杀她。是弗朗茨……"

我背叛了弗朗茨。

克劳斯毫不动摇："没有差别。你已经说过那是你做的，紧接着你又否认。无论真相为何，对我都不构成影响。既然你拒绝与我结合为一，那么我就把你当做杀人犯看待。米夏尔这一生都会有个杀过人的母亲。"

如果冈特在这里，他会为了米夏尔帮我的忙吗？

克劳斯让恩里希服药，然后给他注射液体。恩里希紧紧握住我的手，不安地抬眼看着我，他的眼皮渐渐盖住那双蓝色的眼睛，沉沉睡去。我也背叛了恩里希。

"恩里希最终会感谢我的。你也一样，玛格丽特。我会让被社会灭绝的艺术品重现在这世上，而你将亲眼见证这件艺术品的诞生。睾丸摘除手术只需十分钟即可完成，比缝合米夏尔腿部的伤口还要简单。"

终于，克劳斯宣布结束，脱下橡胶手套。

然后，我在家中的客厅里抱着米夏尔。究竟是什么时候，又是怎么回的家，我都不记得了。恩里希在二楼的寝室内昏睡。是谁，又是什么时候送他回来的，也从我的记忆片段中脱落。房内没有克劳斯的身影。

喉咙干渴异常。我去厨房喝水时，手里也抱着米夏尔。米夏尔嫌我的胳膊太挤，想爬出去。我削了一只苹果，把苹果切成两半，其中一半递给米夏尔，另一半我自己咬了一口。酸味的果汁滋润了口腔，舌尖上那个味道，至今我都能清晰地回想起来。

防空警报响起。不是警戒，而是正式的空袭警报。连反应都来不及，外面就响起熟悉的轰鸣声。是空军大队。飞机俯冲轰炸时发出的尖锐金属音，嗖、嗖……还有炸弹撕裂空气的声音，以及接连不断的爆炸声。我抱好米夏尔，想冲进地堡躲避。

"格丽塔，格丽塔！"弗朗茨叫住我，"避难的话也带上恩里希……我一个人搬不动他！格丽塔！等你把米夏尔抱到地下室，就回来吧，帮帮我！格丽塔！恩里希会死的！"

恩里希一动不动。扛着因麻醉而昏睡的恩里希从二楼下到地堡，实在超出了弗朗茨的能力范围。就算恩里希醒了，刚刚动完手术的他也走不动路。

"我会回来的，你在这里等我。"

"格丽塔，博士把恩里希阉了！你是不是早就知道啊，格丽塔！"我感到后背被弗朗茨的叫声撕裂，"格丽塔，救命啊！恩里希会死的！"

我紧紧抱住米夏尔进入地下室。

哪怕只有一分钟，我也决不会把米夏尔一个人丢在这里。决不会，决不会。

头顶上一阵巨响，天花板上的水泥碎片散落一地。我抱住米夏尔的小脑袋钻进餐桌底下。轰鸣声、爆炸声穿透厚厚的水泥天花板，此起彼伏。

米夏尔吓得大哭。我的身体能感受到轰炸带来的震动。我在地下洞窟中苏醒。盐水湖；不肯沉底的包裹；用像砂砾一样闪烁的墙壁雕成的神龛；侧腹部被缝合在一起、干瘪得像木乃伊一样的莱娜和阿莉切；躺在床上的恩里希——我惨叫起来。

然后我察觉到，米夏尔不见了。我明明紧紧抱着他的。米夏尔！米夏尔！不对，他还在我怀里，我抱着他呢。不见了！我大叫起来，丈夫给我注射药品。他在这儿，米夏尔就被我抱在胸口呢。

我看向窗外。巴伐利亚阿尔卑斯山脉不见了！就连那连绵不绝的雪峰都被空袭炸得一干二净！

哪怕爆炸声平息，也没有响起解除警戒的警报声。被我紧紧抱住的米夏尔饿得大发脾气，我根本制不住号啕大哭的他。我掀开衣服前襟，给他喂奶。

三角屋顶简直像被巨人一脚踩扁了，外墙塌得只剩一点儿，碎裂的窗玻璃堆成小山。那间侧面开了个大洞，变得像歪歪扭扭的雪屋似的建筑……是营房吗？我根本认不出眼前的残骸曾经是什么房子。一具具尸骸肚破肠流，倒在残垣断壁之间。许多尸体被烧得连长相都无法辨认。从破裂的水管中涌出的水在洼地聚成一片小池，大量木材碎片漂浮其上。赤裸的树干一片焦黑，仿佛刚刚遭到雷击。

我把我还记得的事写在笔记本上。我的记忆就像是被老鼠啃噬过的破布。那些洞会变大，有时我什么都想不起来。脑壳里装的不是大脑，而是金属制的大洞。电影胶卷被人瞎剪一气，又在那个大洞里四散飞舞。

试图把还记得的事尽可能写在笔记本上的我，身处梦境之中。醒来一看，我发现自己倒在盐水湖的岸边。那只床单包裹还浮在水面上。我狼狈不堪，只想把它按到水底去。灯光消失了。我惨叫起来，克劳斯揽住我的肩膀。

"你什么都不用担心了。"克劳斯这样说，耀眼的阳光照来，"这里是美国。战争已经结束了，玛格丽特。"

美国？怎么可能。

美军大队在上萨尔茨堡大踏步地前进，一个美国兵从背后把我架住。那时，米夏尔不在我的臂弯里。"米夏尔！"我叫道。"妈妈。"米夏尔柔软的嘴唇吻上我的脸颊。

"米夏尔的嗓音很棒。"克劳斯说，"你听听。"他的手指在琴键上游走。我划着木筏在盐水湖中前进，木筏上有莱娜和阿莉切。她们没穿衣服，于是我担心她们俩会不会冷。"不冷。"莱娜说，"因为阿莉切的血很热。"她们俩的身体自腰部以下合二为一。两条腿，一只腰，上面长着两个人的胴体。两颗头张开大嘴，向着对方大笑。然后她们一起转头看我，开口唱歌。

吾血即汝血，汝血即吾血；吾肉即汝肉，汝肉即吾肉。

克劳斯的手上有一把手术刀。恩里希躺在床上。克劳斯切开他自己的侧腹，又切开恩里希的侧腹，把两人的伤口紧紧贴合在一起。

吾命即汝……

我醒来。"结束了。"克劳斯说，"这手术比缝合米夏尔腿部的伤口还要简单。恩里希很快就会活蹦乱跳的，伤口只会疼上几天而已。"

所以，我才会抱着米夏尔，待在客厅。

"博士把恩里希阉了！"弗朗茨叫道。

弗朗茨——我已经不能再呼唤这个名字了。这是不被允许的。弗朗茨，我是如此眷恋你。弗朗茨，你要快快长大，长成强壮的青年，把我从这里掳走。我已不能这样去想了。我无法原谅自己，我背叛了弗朗茨和恩里希。坚忍、聪明、诚实的弗朗茨。和他在一起的时候，我总会陷入奇特的错觉。我是个年幼的小女孩儿，弗朗茨才是年纪比我大的哥哥。就像五岁的玛格丽特和八岁的冈特在一起时感受到的那样。

冈特·冯·弗吕斯滕堡，你是米夏尔的父亲，而我曾经在心里痛骂过这样的你是人渣。可是，我根本没有资格去批判你的明哲保身和自私自利。我记得我应该给身在战场的你写过一封信的。不，我确实写了，但我又亲手将它撕毁丢弃。

冈特，你还记得"旧爱"那个小小的格蕾琴吗？

我们一起去了会唱歌的城堡，对吧？

你说过，那是你的城堡呀。冈特·冯·弗吕斯滕堡。

塔中。我站在那里，面前是身穿黑袍的圣职者。

圣职者有两个头。一张脸满是皱纹，另一张青春年少。

两个头都在唱歌。

两个头的声音，都是澄澈空灵的童高音。

妈妈，妈妈，我好饿

求你给我面包，我快要饿死了

等一等，我可爱的小男孩

明天，我就去割麦

麦子虽然割完了

可是孩子还在哭

这是在梦里啊。我突然发觉，我的身体还躺在霍格兰的床上，这是在做噩梦。

妈妈，妈妈，我好饿

求你给我面包，我快要饿死了

两个头张开大嘴向着对方大笑，又齐齐转头望向我。他们先各自独唱一句，又再度合声。

吾血即汝血

汝血即吾血

吾肉即汝肉

汝肉即吾肉

两人的手脱去黑袍，露出其下的裸体。苍老的身体和年少的身体在侧腹处融合在一起。苍老的右手和年少的左手，为我的脖颈挂上一条链子。链子末端吊了一颗兽牙。

歌声早已不是清澈的童高音了。两个头的圣职者用鹅叫般粗野的声音歌唱起来。

吾命即汝死
汝死即吾命

天主啊，请您救救我。我现在，到底在哪里？

笔记本的文字断在此处，后面只剩下几张空页。冈特一时间陷入混乱。

而后他重整精神，试图分析眼前的文章。这些片段由各式各样的噩梦、妄想和现实混杂在一起，仿佛一本装订错页的书籍。

用了深蓝色和紫色两种墨水，应该是由于记述的时间点不同。用深蓝色墨水写下的前半部分相当正常。可以推测，这部分应当是玛格丽特住在上萨尔茨堡，精神尚正常时写下的。那么紫色的部分应该怎么解读？

我是如此眷恋你。弗朗茨，你要快快长大，长成强壮的青年，把我从这里掳走。

玛格丽特这样呼唤那个少年。不知弗朗茨是否遂了玛格丽特那错乱的心中许下的愿望，长成一名青年了呢？深夜里的拥抱，还有玛格丽特对冈特低声呢喃的那个名字——弗朗茨。

帝国垮台后十五年的时光，应当足以让现实中的弗朗茨长成一名强壮的青年了。冈特为自己的想象感到十分苦涩。

从文面上看，后半部分是在美国记述的吗？文字记录会加深写下的内容在脑海里的印象。虽然冈特现在没有记日记的习惯，但是……那件事发生在小学一年级，他六岁左右。那时的冈特偶尔心血来潮，曾动笔写下一两天的日记。教室里进了野狗；同学们很兴奋。尽管没有什么东西给冈特留下特别鲜明的印象，但由于他写在了笔记本上，这些事在脑海里总是挥之不去。

但是玛格丽特呢？那些事被她写下来，没准反倒给了她一个放心逃往遗忘之海的契机。

即便这些片段是在妄想和混乱之中被记录下来的，但"冈特·冯·弗吕斯滕堡，你是米夏尔的父亲"一句，冈特认为可以相信。

"人渣"这个词让冈特心如刀绞。

——你出卖了……朋友吗？玛格丽特逼问他时，冈特没有明确地告诉她，自己只是无法饶恕他们的行为。你说是出卖，那就是吧。他只是讽刺地苦笑了几声。像玛格丽特这样古板认真的女孩，要她察觉他的弦外之音太强人所难了。

玛格丽特，你太苛责自己了。冈特在口中默念，没有出声。敌军来轰炸，你只能护住自己的孩子，这无可厚非。不要再为这件事苛责自己了。那两个在"异种"什么的手术中以异常的姿态死去的女孩子，还有那个名叫恩里希的少年接受的手术，这一切都是维瑟曼干下的勾当，与你无关。

"如果冈特在这里。"玛格丽特写下的这句话仿佛是她的悲鸣，久久回荡在冈特耳中。

"人渣。"在母亲笔下，冈特就是这样一个男人。不知在米夏尔的想象里，冈特是什么样的性格。尽管从这本笔记本中看不出施泰因赫灵的霍格兰产院是专门为私生子设立的机构，但或许他会认为冈特是个玩弄女人又抛弃的薄情儿郎。

既然他今天给我这本笔记，也就是说，他认同我是父亲？米夏尔不可能知道玛格丽特说冈特是人渣的真正理由。如果知晓了事实，米夏尔会撤回他的认同吗？

"弗朗茨，我是如此眷恋你。弗朗茨，你要快快长大，长成强壮的青年，把我从这里掳走" "弗朗茨！" ……深夜里的爱抚。

克劳斯根本不是什么反纳粹主义流亡者，他不仅身为党卫军的高级军官，同时还是施泰因赫灵"生命之泉"产院的医师。玛格丽特在那里生下米夏尔，和克劳斯结了婚。为了躲避空袭轰炸，他们一家人才搬到上萨尔茨堡居住。

上萨尔茨堡的地堡连通着盐矿的废弃矿道，那个用岩盐雕成的大厅，还有地底湖……很难认为这一切都只是玛格丽特的妄想。

从贝希特斯加登到上萨尔茨堡，再到奥地利的萨尔茨堡，甚至连波兰的一部分版图都包括在内的一大片区域，都是巨大岩盐块的产地。无数条矿道中，不仅有目前正在发挥作用的，同样也有许多已经被废弃的。

在盐矿工作的矿工们，尽管近世待遇已经得到一些改善，但在中世纪之前，他们的工作环境严苛得近乎身处地狱。其中大部分人是服刑人员。矿道、矿区，就连矿工的住处都建在地下，矿工们每天都被迫过着暗无天日的采掘生活。地底深处的地下都市就像一张网。挖掘工不断挖掘矿道，采石工切出岩盐块，石匠再把它们加工成方便运输的盐板。由于身体里的水分都被盐吸去，他们的皮肤红肿、脱落，渐渐变薄、皲裂、干涩，就连年轻人看起来也老态龙钟。那些在地下过着漫长到近乎永恒的岁月的矿工们为了解闷，在盐做的小屋里把岩盐刻成桌椅板凳、橱柜、床铺甚至雕像的模样。波兰的维利奇卡矿山至今还保留着用岩盐造出来的古老地下城市，城中的礼拜堂里，从祭坛到墙上的浮雕都尽数由岩盐雕琢。

阿尔陶塞那座已被废弃的盐矿里保存着希特勒四处搜刮来的艺术品。尽管被美军发现后全部遭到没收，但战争结束后，其中一名发现者把当时的事情经过写成纪实文学并出版。据说希特勒想在养育他长大的林茨建一座规模庞大的美术馆，这才从占区抢来海量的艺术品。以凡·艾克[1]的《羔羊礼拜》为首，伦勃朗、勃鲁盖尔、韦切利奥、鲁本斯……矿坑里还埋有炸药，若盟军真的打进来，就直接引爆坑中的炸药，让一切付诸一炬。

论起来，地底下的盐矿确实是个远离日常生活的地方。

然而克劳斯乘着木筏突然出现在湖面上，这就太过于偏离现实了。在那种地方施行手术也是。

那是个不知什么时候就会有敌军空袭的关头，克劳斯又为什么要施行手术呢？也许正是因为战事紧急，克劳斯早就知道战争已然步入尾声。戈林被捕，柏林眼看就要沦陷。如果现在不做，就将失去绝好的机会。因为他这么想，所以才无比焦急。不，他已经失去了。手术之后紧接着就是轰炸，克劳斯于是遗失了他的创造物——恩里希……

地底的盐水湖、像木筏般扁平的小舟、白色的包裹，冈特眼前出现了这些东西的幻象。尽管他从不相信超自然事物，但他不得不承认，看到这些幻象是在他阅读笔记内容之前。也就是说，当时在那里有某种感应力发挥了作用。而他负责承担现实，拒绝不合理的神秘现象的那部分体力恰好衰弱，于是没能反抗感应力的狂潮。

既然米夏尔是冈特的儿子，那么不论克劳斯有没有看过这本笔记，他都很清楚米夏尔不是自己所出。到头来，不让米夏尔上学，把他关在家里，养育成精神上有缺陷的孩子，还是因为他憎恨米夏尔吗？米夏尔的发育状

---

1 指尼德兰画家胡伯特·凡·艾克和扬·凡·艾克兄弟。《羔羊礼拜》出自两人共同完成的《根特祭坛画》的一部分。

况之所以差，也是因为克劳斯采取某种手段阻碍了他的生长发育吗？

有一段文字，冈特最初读到时就有些在意，但一时被后续的异样描述夺去了心神，就忘记了思考个中奥秘。

还在施泰因赫灵的"生命之泉"时，我是用冈特送我的那本红山羊革封皮的书做记录的，那本书里蕴含着无限的故事。"总有一天，我要在这本白纸书上写下自己的故事，插画也都自己画"——就是基于这个想法，我才总是寸步不离地带着它。但等写到前往上萨尔茨堡的原委时，它洁白的书页已被尽数填满，封皮上留下了手掌摩擦的痕迹。已经没有空页了，所以来到这里之后的事，只能记在这本单调的笔记本上。

那本外皮用红色山羊革装订成册，内页全是白纸的书。这么说来，当初那个夏天……冈特回想起自己小小的恶作剧。

如果这本笔记本之前的内容都记在那本书上，冈特当然很想读一读。他也必须去读。但中途历经战火，如果书已经烧毁了，那么即便想读也读不到。

那些紫色的片段行文混乱又诡异，怎么看都出自精神失常者之手。但是，正因为那两个被缝合在一起的女孩子，那场夺走少年男性机能的残忍手术，紧随其后的空袭，还有在战火中遗弃了两个孩子的罪恶感——正因为这些"事实"真实存在过，玛格丽特才会精神失常。

那么制造出这一系列事端的克劳斯·维瑟曼，是疯子吗？

不能说他疯了。纽伦堡的那场审判和战后的出版物揭露了多项事实。不论是种族灭绝集中营的发起人和推动实施者，还是那些用被收容者当研究材料的医师，他们都不是疯子。身为其中一名医师的约瑟夫·门格勒，正是用双胞胎充当主要的实验材料，给其中一方移植皮肤、骨骼和器官，并与没有动过手术的一方做比较。实验个体一旦死亡，为了解剖、对比，同样还要杀害另一方。他还做过往眼球中注射染料，将虹膜颜色变为蓝色的实验。然而，门格勒并不是疯子。

维瑟曼虽然也不是疯子，可被他强制要求旁观全过程的助手玛格丽特却疯了。

冈特翻动余下的空白页，从中滑落一张纸片。冈特把它捡起来，上面的文字笔迹稚嫩，像是孩子写的。头两行出自冈特也耳熟能详的《格林童话》中的歌词，只不过稍稍做了些改编，但后两行完全不是。

是母亲把我们杀害

是父亲把我们吞食

此恨我们决不遗忘

定来杀你们的孩子

弗朗茨与恩里希

5

我为看而生

以观为己任

一心守塔门

逍遥快活人[1]

——歌德

米夏尔桌上摊开的书本还在同一页。在冈特阅读笔记本的时候，这个房间里的时光像停止了似的，仿佛一秒都没有前进过。

冈特双手搭上米夏尔的肩膀。

"我的……儿子。"说完这句话，冈特稍作沉默，像是想压下涌上喉头的千言万语。

"那……你早就知道吗？那天来我公寓看谢肉节游行的时候，你就……"

"那时我确实想过，您和他是同一个名字。但世上也有同名同姓的陌生人。"

"你是什么时候发现的？"

米夏尔没有回答。

---

1 《浮士德》第五幕第三场"守塔人之歌"。

"在玛格丽特承认我是她旧识的时候，你这样聪明，应该发觉了吧？"

"我当时想，果然没错。"

"那你为什么直到今天……怎么不早跟我说……"

"我不确定您究竟会否愉快地承认我是您的儿子……我也想观察您。只是，刚才您走进房间的时候，我感受到了……您对我强烈的关心……还有爱意……"

沉默持续片刻。最终，冈特问："为什么玛格丽特的笔记本会在你这里……"

"从美国搬来这里居住时，我帮助母亲收拾过行李。因为母亲行动不便……抵达这里后，我在整理自己的箱子时发现了这本笔记，应该是不小心混进去了吧。我实在无法……不去读它。"

"玛格丽特没发现她的笔记本不见了吗？"

"也许她就连曾经写下这本笔记都忘了。"

空袭中被丢下的两个孩子，后来应当与玛格丽特接触过一次，把那张几近于恐吓的纸片交给了她。

"你没告诉她你看过了吗？"

"我没有勇气说，也没有勇气把它给母亲看。如果母亲身体健康，想必我就说实话了。可是……再读一遍那些文字，将会给母亲带来很大的打击。您怎么看这件事呢？您认为给她看更好吗？然后，也要告诉她我已经读过这本笔记了吗？"

冈特无法回答他"Ja"。

"根据这本笔记，博士曾经是党卫军。但纳粹前成员是不允许移居到美国的，这一点我有些想不通，不过看来你们曾移居美国是事实。"

"是的，直到去年秋天，我才初次踏上故国的土地。只有博士，为了修整破败的宅院和调度研究所的器械设备，先我一步在三月份左右回国，之前他一直都在美国。我的记忆是从居住在美国的日子开始的。笔记本上所写的施泰因赫灵和上萨尔茨堡，我都毫无印象。"

"这很正常。战败那年你才两岁，要是还记得，那简直是奇迹了。在美国时，博士甚至不允许你去上学吗？"

"我也没有想过去上学。我认为自己已经得到了足够的知识。"

"朋友。每个孩子都不能没有同龄的朋友。"

"我不需要。"

"你当时就跟现在一样，不跟外界接触，整天被关在家里……"

"我并没有受到暴力威胁。我只是不知道外界是什么样，也没有想过要出去。"

"你在书里不是读到过吗？外面也有广大的世界。"

"那些只是故事，和我无关。"

"博士是知道你被那两个孩子盯上了，才不让你出门的吗？"

"我认为……不是。"

"你为什么没把这件事告诉博士，寻求他的保护？"

"有两个理由。首先是，我很害怕。我视为父亲的人，竟然面不改色做出那么残忍的事。而且，如果博士知道我看了那本笔记本，不知道他会怎么对待我。此外……"米夏尔接着说另一点，"就是弗朗茨和恩里希。我觉得，就算他们因为恨母亲，把仇恨发泄在我身上，也是无可奈何的。他们有这个权利。"

"这种念头不能有，哪怕是开玩笑也不行。米夏尔，你太容易放弃了。你把什么事都看得太悲观，从一开始你就选了失败的道路，就连对那个手术的看法也是。你说'既然有些事无论如何都无法避免，那么积极接受反而比较轻松',你不要这么轻易就放弃自己啊。"

冈特把纸片夹回原位,又把笔记本插回满是学习笔记的书堆里。就在此时,他不经意地翻开最上面一册笔记看了看。

背后投来一道目光,米夏尔盯着他。

"您是想比对笔迹吗?"

冈特愣了一会儿才理解这句话的意思。米夏尔误会他想对比纸片上的字迹了,可是冈特根本没有怀疑过那张纸片是米夏尔伪造的。如果说玛格丽特是个碎裂后被勉强拼合的陶器,这名少年就像是只需轻轻一捏,浑身就会立刻布满裂缝的玻璃工艺品。

"结果如何?"

"没有经过你的许可,就擅自翻开你的笔记本,是我冒犯了。"

因为米夏尔的体型像个孩子,冈特很容易忘记他已经十七岁了。一个十七岁的年轻人,被人擅自偷看私密的笔记本,肯定会感到非常不愉快。他不经大脑的行为刺伤了少年。这可是十七年后,两人第一次见面啊。而且,冈特还是被玛格丽特在手记里贬为"人渣"的男人。这样的他,如何能赢得米夏尔毫无芥蒂的信任呢?哪怕只是鸡毛蒜皮的小事,都会挫伤他们之间的感情。

"我想,我们应该见到过弗朗茨和恩里希。"米夏尔说,"就在谢肉节上。"

从中世纪来到现代的魔女和吟游诗人。那个女孩儿唱出无比正统的女高音,以歌剧演员的唱腔演绎《浮士德》中《纺车旁的格蕾琴》。"安可!"克劳斯·维瑟曼为之痴狂,大喊着冲出门去。

克劳斯肯定想到了,那正是阉伶的声音。那个街头艺人,正是经由他的手改造了肉体,令奇迹之声重现在当代的歌手。

回想当时克劳斯的劲头，实在不像去亲手抓捕复仇者的样子。惊愕之余，有的只是极致的感动和欢喜。

"如果他们俩真的怀着强烈的报仇念头，我会去说服他们。就说，哪怕伤害了你，也无法对克劳斯进行复仇。因为你是我的儿子。"

"我是玛格丽特的儿子，而我的母亲背叛了他们。"

"不要连你都这样责备玛格丽特啊。"

"我根本没有责备她的资格。毕竟是母亲救了我，我才活到今天的。可是，弗朗茨和恩里希就……"

"你没有任何罪过，该恨的从来只有克劳斯·维瑟曼一个。只有他。"

只要抹杀克劳斯，就能把玛格丽特和米夏尔从这个封闭的牢笼里救出来。米夏尔不必被强行夺走性别，玛格丽特也能从令人窒息的噩梦里得到解脱。

如果单单只是杀了克劳斯，机会要多少有多少。可是"定来杀你们的孩子"……他还得想办法消磨弗朗茨和恩里希的意志。即便冈特亲手杀死克劳斯，那两人的复仇心理大概也不会得到满足，只会让他们变本加厉地针对玛格丽特和米夏尔。

"都过去十五年了。或许他们的恨意已经被漫长的岁月磨平，没准也忘记了那句诅咒呢——"

外面响起敲门声，女佣来通知他们吃午餐。

玛格丽特和伊丽莎白已经坐在桌边，克劳斯的家主位还空着。伊丽莎白说，克劳斯外出了。

"玛格丽特，你还记得吗？我们在贝希特斯加登见面的那个夏天，我送了你一本红色山羊皮封面的笔记本。"

幼时在贝希特斯加登度过的那个夏天，对玛格丽特来说应当是个不需要担心她会陷入迷乱的安全话题。

玛格丽特微微一笑，说还记得。"当时你装作在读一本没有字的书，故意来逗我吧。夏天过去的时候，你把那本书送给了我。我一直很珍惜呢。"

但是，冈特一问那本书后来怎么样了，她的眼神就迷离起来。"我弄丢了，对不起。"

"我会再送你一本的。"

"那么稀奇的书，外面应该没有卖吧？"

"只要跟出版社说一声，很轻松就能拿到。"

"那太好了。"

对话平淡无奇。

"这个家里有足球吗？"冈特问伊丽莎白。

"没有。"

"您要不要试着考虑买一个呢？米夏尔，你踢过足球吗？"

"没有。"

"我教你踢吧。这也算是我康复训练的一环，你一定会玩得很开心的。"

次日足球就买来了，于是冈特请米夏尔到庭院去，两人开展盘带训练。第一次玩球的米夏尔几乎毫无运动细胞可言，球总是立刻偏离目标，滚下斜坡。他强忍着困扰的情绪，试图遵从冈特的意愿。竟然真有对踢球毫无兴趣的男孩子，冈特觉得很不可思议。

"你觉得足球不好玩吗？"

"很好玩啊。"

米夏尔擦干手汗，扯出一个笑容。他脸上的泥垢顺着汗水，从眼睑滑到眼角。

"射个门看看。"

米夏尔一踢，那球无力地落在草坪上。

"要这么踢。"冈特把球踢得老高。

"好厉害！"米夏尔叫道。就在此时克劳斯走来，让他不要叫。

"不让这个年龄的男孩儿大叫，未免太残忍了吧？"

"这是为了不伤到喉咙，很正常。"

"您就不打算给他点自由时间，像个男孩儿一样玩儿吗？"

克劳斯爆发出一阵大笑："怎么，你当自己是专为孩子打抱不平的老师？"

两人争论起来，米夏尔走进屋里。他在浴室洗净满是泥巴的手脚，又洗过脸，悄悄哭了一场。

我必须给米夏尔制造更多的自由，必须让他多多了解外面的世界。那是我身为父亲的义务——冈特心想。

"我的伤已经痊愈了吧？"

克劳斯点点头。

"我想回一趟家，能请你把车和司机借我一用吗？"

"你又说这种话。先前我不是已经和你解释过一遍，忘记了吗？你没必要回家。怎么，莫非你对自己的待遇不满意？"

"我马上就会回来的。"

"你要办什么事？"

"我想把自己的车开过来。"

"开来做什么？"

"带米夏尔出去兜风。"

"没那个必要。"

"我应该不是你管辖下的囚犯吧？"

"你是我的重要合作伙伴。我不是说过，我把你当成亲弟弟吗？"

"但我有一种自己被软禁的感觉。"

"哦？"克劳斯表现得很意外，"你为何会这么想？为了确保你过得舒适，伊丽莎白也费尽了心思。莫非还有不足之处？"

"不足之处，就是行动不够自由。"

"这无可奈何嘛！"克劳斯笑道，好像刚刚听了一个天大的笑话，"你的腿伤方才痊愈，行动不自由岂不是理所当然！"

"现在我的腿自由了。但没有车，我还是动弹不得。请把你的车和司机借给我。只需要让他送我到停车的地方就好，我开自己的车回来。仅此而已。我会回到这里的。"

"你不需要汽车。"克劳斯的语气像是在哄一个不听话的孩子，"好不容易恢复得这么好，你却又要跑到我的视线之外。万一出事，至今为止所有的治疗和康复训练不就都化为徒劳了吗？"

他的表情极度认真，看起来一点也不像为了软禁冈特硬找借口。

"你杞人忧天也未免太过分了。当着饲主的面被狗咬，这种事可不是在哪儿都能碰上。"然而冈特的讽刺伤不了克劳斯分毫，"我只是去取自己的车而已，不会有任何危险的。你再这样束缚我的人身自由，我就要怀疑你有其他不可告人的目的了。"

"这不是束缚。这里对你来说是医院，而我是你的主治医生。我作为主治医生，可以很确定地告诉你，你现在还不能出院。"

"我会回来的。这里住着很舒适，我反而想主动提出长期逗留在此的请求。但是，就算我在住院，既然已经恢复到这个程度，应该足够拿到外出许可了吧？"

"这不是患者该插手的事。"

"那么，在你不用车的时候，把它借给我开又如何？让我出去兜个风总没什么吧。"

"在庭院里走路、跑步，对脚力的恢复更有帮助。开车是无法锻炼脚力的。"

"你究竟为何不惜说到这个份儿上也要软禁我？"

"我是个很爱操心的人啊。"克劳斯的笑脸简直像在乞求冈特的怜悯，"一不注意，你就会从我手边飞走。就像鸟儿总是追求在天空里自由翱翔一样，而我想把你放在我目所能及的地方。你想离开我们的家吗？你不中意这里吗？"

"不是的。"冈特当场否认，他自己也对此感到惊讶。

"对吧？在你身上我能感受到一种仿佛血肉至亲般的亲切感。我和我的亲人缘分很浅，留在身边的只有姐姐了。我一直很想要个弟弟，现在就有一种有了弟弟的感觉。果然，我还是需要一个兄弟啊。你留在我身边，不仅能过得舒适，应当同时还会感受到如同皮肤被剥去般火辣辣的痛楚才是。"

"你在说什么？"

克劳斯的下巴在颤动，像是拼命忍着笑。

"你应当过得很舒适。对你来说，应当再没有比现在更舒适的生活了。你正和你本该拥有的'家人'在一起生活。你，玛格丽特，还有米夏尔。"

"你……那么……你看过那东西了？"

"看过了。"克劳斯点点头。

"城堡是借口吗？你早就知道玛格丽特和我的过去，故意来接近我？"

"我所求的那座城堡，持有人恰好是冈特·冯·弗吕斯滕堡。此事你绝不能称之为偶然，这是命中注定的必然。"

"你当时唆使那条狗咬我，是出于妒忌，还是想直接让我死？"

"那是为了让你融入我们的'家庭'而采取的一种手段。"

"这有违常理！"

"怎么，难道你相信所谓的常理？"

"你什么时候看的？在美国的时候吗？她又是什么时候写下的那些文字……"

"我阅读的那封信，是大约五月份写的。至于你曾在何时，又收到多少封，我就不得而知了。"

"信？"

"信封上记有你的姓名和所属部队的邮编。如果寄出，一定能送到你的手里。"

"你说你看过了，是指看过了寄往战地的信？"

"那信连着信封被一起撕毁，丢在垃圾桶里。"

"上面写了什么？"

"玛格丽特生下名叫米夏尔的男孩儿，以及她与我结婚的事宜，就这些。你从玛格丽特那里收到的信上又写了些什么？"

"我在战区从没有收到过她寄来的信件。"冈特把心一横，问出那个问题，"但是，我在这里的病房休养期间，晚上玛格丽特来床边找过我。她就像得了梦游症一样。"

克劳斯点点头。

"当时你也在。"

"我是一家之长。掌握家人的一切情况，是身为家长的义务。让家人感受到幸福也同样是。如今的玛格丽特活在一个我们既无法理解，也无法介入的时空里。而我将用我的爱，填满她所在的那个时空。'我为看而生，以观为己任'，这是歌德的诗。"

冈特没读过那首诗。

"我应该和你说过，我喜欢观赏美的事物。而美丽的两人相爱是美上加美，更令我欢喜。"

下一个瞬间，克劳斯爆发出的笑声里带着狂暴的怒气。

"你以为我不痛苦吗？妒忌！是啊，我自然会妒忌！然而……"克劳斯举起双手，挡在眼前，"然而你也听过迈达斯王的故事吧。王触碰的所有东西都会变成黄金，而我触碰过的东西——姑且称为在我支配之下的东西——都会变得美丽。我将让它们变得美丽。自然，我要挑选素材。渣滓就是渣滓，一头肥猪无论怎么打扮，都只是一头肥猪罢了。若要打比方，我便是用凿子将潜藏在大理石中的美神雕琢成形的雕塑大师。是我把玛格丽特变得如此美丽的。"

那是一个秋天……克劳斯沉浸在回忆之中。

"她沐浴着飘落的枯叶，伫立在母子石像近旁，抱着婴儿。正是她身上蕴含的美，让我不禁顶礼膜拜。"

"这又是什么时候的事？在美国吗？"

"夜晚，我解放她到你身边时，玛格丽特又展现出我从未见过的绝美。自然，我对此早有预感。正因如此，我才解放了她。"

"玛格丽特嘴里喊的可不是我的名字。"

"我知道。"

"那是谁啊？"

"除去我容许的范围，其他你一概不许涉足。你能知道的，我自会让你知道。"

用暴力制服克劳斯，再从他口中逼问真相或许并非不可能。但至少目前，冈特还不想把表面上的关系搞得太糟。他必须一边跟克劳斯连线，一边打探弗朗茨和恩里希的消息。

"总有一天，我会把一切告诉你。"克劳斯说，"在那之前，烦请你不要忘记，是我养大了你丝毫没有放在心上的儿子。"

"我打算下个周末去城堡看一看。"克劳斯说出这话是数日后的事。

"没有几天了。你在勉力于康复训练的同时，还请自重，不要因疏忽大意而受伤。开车的话，不足两小时就能抵达。原本当天来回已经足够，不过为了能够凝心定神在城堡附近参观，还是在上萨尔茨堡的土耳其人旅社住上一夜，次日再出发吧。我已同大众公司订好一辆康比面包车，待到新车送达，就开始咱们的计划。玛格丽特和米夏尔也会同行。"

"为什么？你为什么要带上玛格丽特？"

"你又为何会有这种疑问呢？"克劳斯疑惑地反问他，"与家人共同出游，不是理所当然吗？"

"还要爬山呢，腿脚不灵便的话……"

"玛格丽特尽管在精神上有些脆弱之处，但她的肉体并未衰病。德意志女性的肉体很结实。那一点儿小山坡，就连六七十岁的老妇都能征服。而呼吸高地上的空气，想必对玛格丽特的健康也将大有益处。还有米夏尔，若我们一家难得进山游玩，却让他独自留守家中，他铁定是要严正抗议的。我在他那个年纪，早已走遍巴伐利亚阿尔卑斯山脉了。你不也是吗？"

"我从小就对登山没有多大兴趣。"

"那还算德意志人吗？"克劳斯开怀大笑。

冈特心念一转，或许让他们同行更好。"一定会来杀你们的孩子"……

他不能把玛格丽特和米夏尔丢在这里。

首先，将塑胶黏土塞入直径五厘米，壁厚两毫米，长度将近六厘米的铁管一端。放入铅制霰弹，填入火药压紧，再次塞满铅弹，扯出导火索，用塑胶黏土封口。铁管上事先刻有纵向六道、横向五道的划痕。这些工序由多人分工完成，杰尔德的任务是第一步——塞黏土。

这几天一到深夜，狭窄的地下室里就回荡着摩擦金属的声音。先用小型电锯切割铁管，再用锉刀在上面划道，噪声简直要把人的头骨都给削平。今天既是工程收尾的日子，又是星期天，他们一大早就开了工。

这个地下室就位于赫尔穆特公寓的正下方。一旦出事，第一个遭殃的就是他家。

赫尔穆特严厉地盯着二十来个手下干活。即便在"国防体育团"内部，这二十来个以赫尔穆特为中心的人，也会特别称呼自己为"雅利安之子"。第二大队不分中队、小队，大家都是因为仰慕赫尔穆特才聚集在他麾下。他们年龄都比杰尔德大，有人是汽车修理工，有人是电工，还有漆工、煤气管道工……总之，所有人都有份正经营生。

布鲁诺·贝姆从第一大队选拔出一帮精锐，自称"狼人部队"。有二十来名成员，但他们没有参与制造炸药。

而尽管"雅利安之子"和"狼人部队"同属"国防体育团"，关系却很差。两队人各自为政，私下里招兵买马，扩大自己的势力。

除了周六周日，赫尔穆特每天早上八点到下午五点都会去汽车零部件外包工厂上班，厂里多次表彰他既勤勉又能干。那里的劳工多是从波兰等地来的外国人，赫尔穆特每每提起那帮"拖慢生产效率的波兰懒鬼"都十分唾弃。

既身为第一大队队长，又率领"狼人部队"的布鲁诺·贝姆，是所谓"元首预言"的狂热信徒。"元首将会转世重生，再次成为世界的主宰。为元首而死的人，将会随着元首一同转世，在决战中并肩杀敌，共同创造新世界。而以现在的状况来说，只要遵从贝姆大队长的命令，就等于为元首而战，就会获得未来转世重生的资格。"每当布鲁诺讲起这些事，狼人部队的成员总听得无比痴迷。

杰尔德跟赫尔穆特住在一起快半个月了。赫尔穆特让他在自己工作的厂里当临时雇员，这同时也是为了防止他逃跑。杰尔德分配到的工作很简单——洗螺丝钉。就是把刚生产出来的螺丝钉铲到金属筛网里，再放进油槽涮干净。这份工作哪怕戴了橡胶手套，手也会受腐蚀。据说厂里已经决定要采购高效的清洗设备，杰尔德只是在那之前填个空缺。

周末他会被拖去参加"体育团"的训练，上校姑且还算宽容地接纳了归团的他。尽管他们没对杰尔德动用他一直提心吊胆的私刑，但训练强度依然一天比一天严苛。

上校要训话了。

"德意志人在历史上，总是最伟大、最强悍的。"

但不还是输了吗？杰尔德心想。

"这种强大，并非源于身处弱者之中，而是来自不畏牺牲的纯粹意志。德意志应当再次取回曾经的理想和骄傲。"

夜晚躺在床上，杰尔德问赫尔穆特："上校平时靠什么吃饭啊？"

"他给别人看仓库。一天是三班倒，本来周末也得上班的，但是上校把谁都不愿意干的夜班揽来自己干，换取周末的休息时间来训练'体育团'。他都是为了我们。"

"那他还挺辛苦。"

"'国防体育团'是五年前作为 DPR（德意志帝国党）的活动内容诞生的。DPR 的行动纲领旨在恢复德国的名誉、权利、秩序，党员要宣誓效忠于德意志帝国，保护德国军人的名誉，以及要求外国返还旧德意志帝国的所有领土。"

"DPR 这个政党我连听都没听过。"

"暂时还没有议席，不过只要'体育团'活动积攒到足够的人气，支持率也会上升。就是 DPR 任命上校当'体育团'团长的。"

"他是雇来的团长啊？哦，我懂了。他要是不抓紧多招点儿团员就会被开除，所以才拼了老命把逃跑的人拉回来。"

"蠢蛋！上校教导的是真正的德意志精神，'一人为大家，大家为一人'。"

"那不是战争时期的标语吗？"

赫尔穆特房间的墙壁上挂着他哥哥身穿空军军官制服，佩戴橡叶双剑骑士铁十字勋章的照片。

这里会定期收到《德意志新闻周刊》和《志愿兵》两种杂志。两种都是在车站小卖部根本见不到的右翼刊物，《志愿兵》更是前武装党卫队的全国组织机关报。

赫尔穆特每天晚上都给杰尔德灌输理念。

"身为党卫军士兵，要遵守四项最崇高的美德：廉正、洁净、服从、爱战友。我们的组织是在严苛的管理之中发展起来的。"

"党卫军不是杀人犯吗？"

"但是创立集中营的艾克[1]曾经下令，禁止利用囚犯满足自己的施虐

---

1 特奥多尔·艾克（Theodor Eicke, 1892—1943），纳粹德国党卫队上将。

癖好。"

"既然明令禁止，不就证明确实有一大堆施虐狂？"

赫尔穆特强行忍下揍他的冲动，耐着性子继续循循善诱。

"英法两国表面上披着伪善者的面皮说得好听，实际上却苛待亚洲殖民地的原住民，奴役他们。只有德国既没有侵略过亚洲，也没奴役过那里的人。德意志和元首都是很诚实的。元首奉献出他的一切，全心全意地爱着德国。德国人也爱他。元首曾经想把德国锻炼成最强的国家，可以抵抗一切外敌的入侵。如果不这么做，德意志就会被其他国家蚕食殆尽。可是，德国却没能回应元首的爱到最后，所以应该由我们夺回这一切。德意志文化的根基在于勤勉。劳动会带来自由，国家社会主义就是这类思想的一种。"

赫尔穆特没有使用"纳粹主义"这个暗含蔑视的略称。

"德意志联邦共和国一边宣称思想自由，一边却不许任何人提及国家社会主义。这不是很矛盾吗？"

杰尔德很不擅长深入思考，于是心中认定纳粹和自己生活在两个世界，对其他内容充耳不闻。希特勒不就是个跟我们毫无关系的死人嘛。

玩笑间，赫尔穆特吻过来，动作渐渐变得粗暴。

"让我睡啦……"杰尔德故意厌烦地说，但他其实也没想严词拒绝，省得坏了赫尔穆特的心情。被赫尔穆特触碰不但并未让他感到不愉快，反倒有一种自慰时得不到的舒适感，这让杰尔德很困扰。

眼看着杰尔德马上要坠入浓稠的梦乡，赫尔穆特的低语静静地渗进他的耳朵里。

"那天吹着夏季的风。"赫尔穆特讲述着，"我当时才四岁，老妈抱着我去看航空表演。只要付几个马克，就能坐双翼飞机。大哥为了那一天存了好久的零花钱。大哥坐的飞机起飞后，地上的草被吹得随风摇荡。本来我那么小，不可能记得这些事，记忆却很清晰。飞机飞了十五分钟。驾驶当然是由专业的飞行员来，大哥只是被安全带固定在后面的座位上，但是他下飞机的时候兴奋得满脸通红，我到现在都记得那副表情。大哥经常说起在天上飞的感觉有多美妙。听他那样说，简直就像我自己也亲身体会过一般。第二年战争就开始了。大哥报考空军的士官候补生，也通过了考试。然后他战死了，老爸老妈也都被空袭炸死了。"

次日早晨醒来后，杰尔德就忘记了故事的内容。

在地下室制造炸弹的任务，就是在这样一天天之中开始的。

"这些要拿来干吗啊，走私吗？"

杰尔德问其中一个正往铁管里塞炸药的"雅利安之子"。

"你没听大队长说吗？"对方却反问他，"他明明那么宠你。"

"不是做生意，是打仗用的。"其他人回答。

"打仗？"

——你就算长大，也千万别去当兵！所有人都已经受够了战争……说这话的人是他的母亲。可是，杰尔德有时会想，母亲讨厌战争，只是因为德国打了败仗，害她过得不好罢了。如果像美国那样，在本土没有受到任何空袭的状态下打赢，她可能就不会那么反感了吧。

"跟谁打啊？"

"犹太巷。就是'犹太人的小巷'。"

"为什么？"杰尔德不自然地拔高声调。

"因为有市民投诉，有个拉客的带他进了犹太巷里的酒馆，告诉他只要肯给舞娘小费，就能把她们买下来。他喝完酒就睡着了。醒过来的时候被丢在大马路上，钱包也被偷走了。他报了警，警察却说没证据，所以没法查。他听说'国防体育团'会帮助市民清除盘踞在城里的虱子，所以才来委托咱们。"

"我们早就打算一窝端掉那地方了。"另一个人说，"那里是淫窝，骗子窝，有宰人的赌场，还有一大帮毒贩子。"

"我们为了让德意志回归洁净有序的社会，一路奋斗至今。"

"并且今后也会一直奋斗下去。"

"就连那些中央安保警察，其实心里也很欢迎咱们这么干。"

"警察只会等咱们冲完了，撤退了，再过来装模作样调查一下。官僚要是轻易对那儿出手，立马就会接到人权什么什么组织的投诉，会很麻烦。得由咱们代替他们去做大扫除。"

"要是放着不管，那帮家伙就会像鼻涕虫似的在慕尼黑大街上到处乱爬，留下邪恶的黏液。"

"他们正盘算着在中央车站里开妓院呢，怎么能放任咱们心爱的慕尼黑变成邪恶的巢穴！"

"捣毁犹太巷，也是给那些肆意妄为的蛆虫一个警告。只要咱们炸飞他们的房子，他们就会没地方住，到时候就清静啦。就该把这些个肮脏的脓痂都轰出市外！"

"咱们'国防体育团'要是被'维京青年团'抢了先，那可就丢人了。得先给他们来个下马威才行。"

"'维京青年团'是什么？"

"跟'国防体育团'差不多，不过他们很招摇，最近在跟咱们求盟。虽然结盟挺好的，但是要想在指挥体系上占据优势，咱们就得先做出点儿好看的实绩。"

"要是袭击犹太巷成功，'国防体育团'的名号可就打响啦。"

"今天点起一堆篝火，明天火焰就会烧遍全世界！"

"德意志是世界之冠！这次袭击就是狼烟，为了把咱们的思想展现给德国和全人类！"

起初，杰尔德听了这些振奋人心的话还挺激动，但他很快给赫尔穆特使眼色："赫尔穆特，你来一下。"他们避过其他人的目光，来到室外。

"不要炸'行刑人酒馆'好不好？"

"要炸。那个酒馆就是腐败和堕落的老巢。"

"那起码给莉萝一点儿逃跑的时间吧……"

"莉萝是谁啊？"

"酒馆的老板娘。我现在就去通知她一下，叫她快跑。"

赫尔穆特目不转睛地盯着杰尔德，质问他："你要去告密？"他的声音虽然沉静，杰尔德却感到膀胱一紧。

"我怎么会去告密呢？我只是想让莉萝，还有……"

"别再提了。我可以当没听见，但要让别人听到，你会立马被揍个半死。你要是告诉那个什么莉萝，对面会去报警。警察哪怕没想对我们动手，要是犹太巷的家伙抢先告状，他们就不得不出警了，不然事后会被骂死。"

一百来个投掷弹全部完工时，已经快六点了。

"都去填饱肚子，七点半集合，八点出发。"

他们留下四个成员看守放置炸弹的地下室，其他人暂时解散。负责望风的人有面包和香肠吃。

两人回到地下室正上方的公寓，吃了顿简单的晚餐。赫尔穆特快速切好蔬菜，全部丢进装满肉汤的炖菜锅，跟切成块的牛腱子肉一起炖煮。

"这就是明天的午饭了，炖得越久越好吃。"

杰尔德也算有点担心，明明八点要出发，却还有闲心在这慢吞吞地做饭，到时候能赶上吗？他一边希望莉萝能逃走，希望弗朗茨和恩里希的钢琴平安无事，一边想起战争片里的投弹兵，不禁又涌起几分期待。

"今晚真的要去啊？"

赫尔穆特点点头，看起来倒没什么热血沸腾的势头。杰尔德见他表情温和，于是一边嚼香肠，一边恳求："求求你了，不要害莉萝，好不好？还有弗朗茨的钢琴……"

"弗朗茨是谁啊？"

"我朋友，现在大概在旅行。他房间里有架他很宝贝的钢琴。你跟大家说一下吧，不要往弗朗茨的房间里丢炸弹。"

"Nein。"

盘子空了。"记得洗。"赫尔穆特把擦过嘴的餐巾往桌上一丢，抓过手枪插进腰间的枪套，"我回来之前，你就乖乖待在屋里吧。"

"我不是也要去吗？"

"小孩子留下看家。锅里再炖三个小时，你就把火关掉。"

赫尔穆特用当初命令他架枪、匍匐前进时的语气交代完做菜步骤，在褐色衬衫外面又套上一件黑色皮夹克，就下楼去地下室了。

等到脚步声远去，杰尔德关掉煤气，悄悄出门。他打开自行车的车锁。

天平一边是莉萝，另一边是赫尔穆特。在两边都无法背叛的困境里，杰尔德打好了他的算盘。首先由于没法偷骑赫尔穆特的摩托，他只能骑自行车去犹太巷，但是现在开始全速骑行的话，应该能赶在摩托团到达之前通知莉萝。这样一来，就算莉萝知道了也没时间报警。她光是自己逃走——或者叫上几个人逃走，就得拼尽全力吧？既不背叛赫尔穆特，又能帮助莉萝。一时间，杰尔德只能想到这唯一的办法。

但那架钢琴怎么办？要是他们俩旅行回来，第一眼看到的却是跟砖瓦碎片混在一起的钢琴残骸……而且，要是被他们知道我跟袭击者一伙儿……

　　林立的楼栋之间，路上车水马龙。杰尔德的自行车被挤得只能往人行道上靠。

　　背后响起引擎的轰鸣声，一瞬间淹没了杰尔德。赫尔穆特他们的摩托车速比杰尔德预想的要快得多。

　　被这么一催，自行车失去了平衡。杰尔德伸出一条腿去撑，却没能赶上，到底还是摔了个狗吃屎。一辆摩托在他身旁放慢速度。

　　"傻子！我不是叫你待在家里吗？我都不惜违背上校的命令，才把你……"

　　赫尔穆特嘴上一边骂，一边向他伸出戴着皮手套的手。杰尔德丢下自行车，跨上摩托后座，抱住赫尔穆特的腰。他们很快被卷入摩托车大潮之中。

　　这下没时间通知莉萝了。钢琴要怎么办？

　　杰尔德突然灵机一动——我只要站在弗朗茨他们房间的窗户门口，摊开双手挡住袭击者不就好了嘛。所幸，弗朗茨他们的房间还真就在一楼。

　　一群在院子里生火扎营的罗姆人成了"雅利安之子"的第一个目标。好几道导火索的火光在黑暗中划出明亮的轨迹，爆炸声里混杂着罗姆人的惨叫。四分五裂的马车散落一地木屑，熊熊燃烧起来。缰绳断了，受惊发狂的马儿们纷纷逃往外面的主干道。

　　原本这次行动中，犹太巷的人应该像遭到狼群突然袭击的羊一样乖顺。可事实却是，他们一早就备好反击手段，等着杰尔德他们到来。

　　有人从两边楼上的窗户用桶往他们身上泼水，打湿了铁管炸弹的导火索。还有人对准他们的摩托丢石块和铁片。

　　被打了个措手不及的"雅利安之子"狼狈不堪，只得仓皇逃窜。

　　赫尔穆特依旧骑在摩托上丢炸弹。炸弹砸破二楼窗户，在屋里炸开了。队员们纷纷效仿。其中有几个湿透了的顶多相当于石块，但也足有十几个躲过泼水的炸弹打破了窗玻璃。

爆炸声响起的同时，从室内冒出滚滚浓烟和烈焰。那些没被投弹砸中的窗玻璃也因震动出现裂纹。

这样就根本顾不上通知莉萝了。杰尔德本来要保护那架钢琴，可现在的他却依然坐在摩托后座上紧紧抱住赫尔穆特的腰，简直像被钉子钉在原地似的无法动弹。

手持斧头、刀具、铁棍的居民们一齐拥上来，赫尔穆特猛然发动引擎向前突进。几个挡在车前的男人立刻被撞飞，摩托车的车身也在冲击力之下大幅摇晃。有人从窗户里朝袭击者丢石子。杰尔德甚至没空注意到自己正把赫尔穆特当肉盾。

赫尔穆特突然飞身弹起，仰面摔倒在地。失去了骑手的摩托也横倒在地面上，杰尔德堪堪在倒地前一刻跳车。

四周响起低沉的号角声。以此为信号，居民们纷纷退回屋内。有人从窗户往袭击者身上泼洒某种液体。是油。

紧接着被丢下来的是点燃的木柴。

袭击者们仓皇逃向小路的出口，杰尔德也混在其中。

但他们被大量警察堵住了去路。不论是"雅利安之子"还是犹太巷的居民，不论有伤没伤，通通被警察们五花大绑。等杰尔德回过神来，他早就被扣上手铐，坐在押送犯人的警车上了。

车厢里满是哭声和呻吟声，烧焦的头发那股惹人厌的味道飘浮在杰尔德鼻腔周围。而他尽管浑身都痛，却没有受伤。他也没在这群被抓的人里看到赫尔穆特。

当夜的电台新闻播报称，有一群青年前往人们俗称为"犹太巷"的恶势力巢穴进行抗议，其中一名青年遭到非法持有枪支的居民射杀，并且所使用的子弹是达姆弹。

"当今社会，没想到竟还有人用达姆弹。"克劳斯在客厅一边听广播，一边向冈特搭话，"那可是只有狩猎猛兽的时候才允许使用的子弹啊。"

一旦命中，弹头就会爆开，轰得肉体像石榴籽一样四下飞溅。

"真是暴行！这帮该死的非法入境者，一旦放置不管，总有一天他们会变成恶性肿瘤，让德意志从内部开始腐败崩塌。非得把他们全赶出去不可。"克劳斯拍拍冈特的肩膀，"你也对那些潮水般拥来的难民感到不快吧？你的情感很诚实。"

战败后立刻颁布的法案《基本法条》地位相当于宪法，其第十六条规定，无论有在哪个国家受到政治迫害的流亡者，德国都必须无条件接受他们入境。

之所以制定这条法规，既是为了偿还纳粹时代犯下的暴行，也有另一层考量。战争年代，国外有一支和德国人并肩作战的游击队。即便只算在乌克兰帮助德国人抵抗布尔什维克的俄罗斯人，也有将近五十万的数量。战后要是任由布尔什维克处置他们，那会遭到屠杀是不言自明的事。多亏了基本法条第十六条规定，大约近百万的外国士兵才能流亡到德国得救。

难民在这条法律的保护下一窝蜂似的拥进德国。然而来的并不全是政治流亡者，生活困难的难民也以流亡的名义一并入国了。从东方不断流入的难民同时也是德国复兴工作的重要劳动力。到了五十年代后期，就连难民都不够填补国内的劳动力空缺，于是德国开始接受南欧及巴尔干诸国的劳动者入境。土耳其是往德国输送劳动力的国家之中最积极的一个。但是，尽管合法移民有权享受社保待遇，可这些年来，德国那奇迹般的经济复兴吸引了一大批偷渡者前来淘金。结果现在，国内的移民人数已经有些超出了承载量。

次日早晨的新闻同样报道了这件事。这家媒体在昨晚的信息上做了补充，说前去抗议的是一个极右青年团体，同时也提到，据说有东部来的间谍乔装成难民混入那个地区。与间谍有关的消息总是真伪难辨。毕竟如今东西德处在冷战状态，两方关系紧张到民间认为战事一触即发。报道称，以这次事件为契机，政府恐怕会立刻拆除被那些人非法侵占的建筑，想必也会陆续逮捕走私军火和毒品的商贩吧。

三天后，"国防体育团"为去世的同伴举行了葬礼。

团员们拉横幅，持标语牌，扛着盖有团旗的灵柩走在大路上。送葬的行列同时也进行了一次抗议游行。铁十字、卢恩文"SS"、纳粹式敬礼、喊"胜利万岁"……但这一切行径的尖牙利爪，都掩盖在有为青年惨死的忧愁之下。附近几个规模稍小的右翼团体为了表达哀悼和赞赏，也纷纷参与到游行之中。

抬棺的团员们轻声唱："我的同志啊，即便你倒下了，你依然与我们同在。"来往的行人里，尽管有人听了愤怒地举起拳头，但还是态度冷漠的人占大多数。

杰尔德坐在车子里，与游行队伍擦肩而过。

开车的人是克劳斯·维瑟曼。他作为身份担保人，来接被塞进看守所的杰尔德。

杰尔德看着那些横幅。

"哀悼我们的同志——赫尔穆特"。

赫尔穆特死了？看错了，横幅上写的是赫尔曼。

"赫尔曼为保护慕尼黑不受恶行侵染而死"。

"赫尔曼·门达斯以身殉德意志之精神"。

"咱们'国防体育团'要是被'维京青年团'抢了先，那可就丢人了。得先给他们来个下马威才行。"赫尔曼就是当初对杰尔德说这话的青年。可这反倒被对方来了个下马威啊。

"我们将继承赫尔曼·门达斯的遗志"。

"绝不让慕尼黑沦为淫窝"。

警察很干脆地放了杰尔德。原本要是无人担保，目前没人监护的杰尔德得被送到相关机构去。因此就这点来说，杰尔德还挺感激维瑟曼的。可一想到这个男人怎么知道他被拘留的事情，他就不禁感到毛骨悚然。尽管新闻媒体速度很快，但杰尔德作为未成年人，节目里应该不会提到他的名字。

维瑟曼让他坐在副驾驶席上。那条凶猛的狗不在，车里只有他们两人。

杰尔德有一种随便动动手脚都会被非难的感觉，不由得浑身僵直，但他依然不由自主地去看身后渐行渐远的送葬行列。

他想起灶台上被他置之不理的那锅炖菜。"这是明天吃的，炖得越久越好吃。"赫尔穆特明明叫他炖上三个小时，可是他立马把火关了，菜肯定都没熟吧。

外面经久不散的歌声传入车内。"我的同志，即便你……"博士握着方向盘，哼唱歌词的后续，"……倒下了，你依然与我们同在。"

记得博士去施泰因赫灵的收容机构找他时，曾经对看护长说"我已经不是你的上司"。那就是说，他曾经是她的上司。而看护长以前是党卫军。这就意味着，博士曾经也是党卫军。

尽管杰尔德被释放的时候没有受罚，但由于他参与了极右团体袭击，名字上了警察的黑名单。下次要是犯其他事被抓，铁定会彻底被当作罪犯处理。

"您要带我去哪儿？"

就连问出这个问题，都花了他不小的勇气。对方的表情里毫无温和之色。

杰尔德不禁打了个寒战，他从对方身上感受到之前看见那条猛犬时相同的恐惧。那时候还有骑着摩托的赫尔穆特在。可是现在，没有人能来救他了。

肯定是误会，是我的错觉，我只是没来由地怕他而已。杰尔德本想如此说服自己，身体却敏感地起了反应，恐惧在他的皮肤下四处游窜。

碰到红灯停车时，杰尔德打开车门，飞身冲出车外。前后还有其他汽车，博士的奔驰是没办法马上发动的。

他在一条又一条巷子间没头没脑乱跑一气，然而他根本无处可逃。就算去找尼科斯，施泰因赫灵还有那个看护长呢，她跟博士的关系也不一般啊。

要说最后一个靠得住的人选，也就是砌砖工地上的老大了。但他既没有受到老大特别赏识，也不知道老大住在哪儿。杰尔德只是个被临时雇来实习的小工而已。

要不回一趟以前跟母亲住的公寓吧。去问问房东，说不定这段时间母亲联系他了呢。可是如果博士先他一步抵达公寓，又该怎么办？那边是没人会帮杰尔德的。

这样一来，杰尔德能想到的逃匿处只剩一个，就是犹太巷的莉萝那儿了。附近的警察虽然比平时多，但已经撤掉了警戒线，不再禁止进入。维瑟曼的车似乎也没抢先开到这里来，杰尔德不禁松了一口气。

院子里没有那帮罗姆人的身影，半毁的马车残骸跟焦炭一起躺在满是水洼的地面上。

铁管炸弹的杀伤力虽然远不及能炸平所有建筑的飞机空袭，但足以让墙壁开裂，在内部引发火灾，震破窗玻璃，让这里的荒废程度更上一个台阶。尽管这里还有人居住，现在的犹太巷看起来却如同一片荒坟。

和弦声接连不断地冲击着杰尔德的鼓膜，像是有人在狠狠敲打钢琴琴键。那几个音根本构不成曲子。稍等片刻后，又是活像几个大钟从钟楼上掉下来砸到地面上的声音。三次，四次。听到这毫无章法的和弦，杰尔德脸上不由得绽开微笑。

——等到旅行回来，弗朗茨会先给钢琴调音。

——什么时候回来？

——钢琴发疯之前吧。

弗朗茨和恩里希房间的窗户上糊着补窟窿的厚纸。每次响起和弦，纸板就会发颤，震掉几片玻璃碎片。

杰尔德握紧拳头，直接把纸捅破。固定用的钉子脱落了，纸也掉了一半。杰尔德干脆撕开它，把脑袋伸进屋里。玻璃碎片划伤了他的脸。

琴声停了，两人的目光转向杰尔德。那目光十分冰冷，浇灭了杰尔德的喜悦。

我没背叛你们！我没参加袭击队伍！杰尔德一心解释。平时的他早就自暴自弃：既然对方已经误会了，那就让他们误会吧！可是他唯一无法忍受的事，就是被弗朗茨和恩里希两人视为叛徒。

"我们是昨天回来的。"

弗朗茨说道，恩里希接上他的话。

"有个从看守所出来的家伙说，条子也抓了你，但你跟袭击的人是一伙儿的。"

"不是的！"杰尔德大叫，"我会解释，你们先让我进去！"

刚进门，他就看见钢琴漆上崭新的划痕。

"坏了吗？"

"没坏，你还操心这个？"

"我是想尽早通知你们来着……"

杰尔德竭力跟坐在钢琴凳上的弗朗茨和躺在床上的恩里希解释他们走后事情的经过，而两人乍一看根本没怎么听。

但当杰尔德说到他去施泰因赫灵的收容机构干活，有个不认识的男人来找他，那人是以前当过党卫军的看护长的上司，"名字叫维瑟曼博士"时，只见面前的两头恶狼立刻鬃毛倒竖，龇出尖利的獠牙。

沉默不语的弗朗茨捶墙踢地，恩里希则像身体里被填入火药的青蛙，怪叫着上蹿下跳。

两人面对面，像跳舞一样叩膝，拍手。然后弗朗茨抱住杰尔德，一个转身，把他按在地上，亲吻他的脸颊。恩里希一个虎扑盖住他们俩。

"Danke schön（谢谢你），我们的守护天使。"弗朗茨忽然站起来，略显冷酷地盯着杰尔德，"那家伙现在住哪儿？"

"我不知道。"

这话刚说出口，杰尔德整个人就仰天倒去。恩里希一只手揪住他的头发往后扯，另一只手拿着不知几时出鞘的刀。刀尖碰到杰尔德的喉咙。

"说！那家伙在哪儿？"

"我不知道！"

"信不信我一刀下去？"

"我真的不知道啊！"

弗朗茨双手搭上琴键，敲了两三个不和谐和弦。然后，他一边流畅地驱动手指，"然后呢？"一边催促杰尔德接着说。

杰尔德大致解释了一遍。

"你……真名是不是叫米夏尔啊？"弗朗茨问，"你妈叫玛格丽特吗？"

"不是啊。我就叫杰尔德，我妈叫布里姬忒。"

"一个字都听不懂。"恩里希摇摇头。

"布里姬忒是吗？"弗朗茨却再次确认。

"你听过这名字吗？布里姬忒。"恩里希问他。

弗朗茨一边弹钢琴，一边哼唱起来。

我的孩子，你的剑上沾满了血

我杀了一只黑猫呀，母亲

"这什么歌啊？"弗朗茨没回答恩里希的疑问，只是继续唱。

孩子啊，黑猫的血可没有这样红

我杀了一头恶狼呀，母亲

孩子啊，狼的血可没有这样红

我杀了一只秃鹰呀，母亲

孩子啊，秃鹰的血可没有这样红

我把父亲给杀了呀，母亲

那么，我的孩子，你今后打算怎么做

我要过流浪的……

弗朗茨停下手。"对了。有一个叫布里姬忒的女人要生那家伙的孩子……就是那个时候……"

"你还记得好多事，还能想起来。我那时候太小了，什么都没记住。"恩里希说。

"有些事不记得更好。"弗朗茨这么说，然后他继续唱。

我要过流浪的生活，母亲

那么，我的孩子，我的命运又将如何

母亲啊，你将会下地狱

因为，让我去杀死父亲的人

就是你啊，母亲

弹完最后一个和弦，弗朗茨合上琴盖，转向杰尔德。他脸上冷如利刃的表情丝毫未改。

"你就是布里姬忒和维瑟曼的孩子？"

"我不是。那个维瑟曼说他儿子肩膀上有胎记，但是我没有，所以跟他没关系。我妈只是碰巧跟那女的同名而已。"

"但就算这样，他还是给你做担保了。"

"嗯，他就一直缠着我不放。"

"就算你妈的名字只是刚好跟那女的一样，为什么他这么想把你留在身边？"

"我也搞不懂啊。他肯定没安好心，表情那么可怕……"

"只是表情可怕吗？他真的没下手打你？"

"对。"

"那你说的可怕，大概只是错觉吧？"恩里希取笑他，"你当初不也是怕那个赫尔穆特，才到处乱跑的吗？但是你逃到他家以后，不就又不怕了？"

"因为他是极右，我才怕他的。"

"你胆子也太小了吧？怕这个怕那个，整天到处逃跑。"恩里希轻而易举地戳中杰尔德的痛点，"白长这么大个头了，简直是个窝囊废嘛。"

"你妈现在还没回来？"弗朗茨问。话里透着一丝体谅：既然母亲抛下他离家出走，那杰尔德四处寻求庇护也是无可奈何的事。

"我不在家这段时间她说不定已经回来了，没准正找我呢。"

"那个维瑟曼真变态，纳粹时代肯定要进集中营。"

听见杰尔德自言自语，"那家伙是把别人送进集中营的。"弗朗茨说。

"哦对，以前是党卫军。你们俩……不会被他送进去过吧？集中营。你们是犹太人吗？"

"不是。"

"那是被他虐待过？"

"杀他十次都不够解恨的。"恩里希说。

"具体发生了什么事啊？"

恩里希看了弗朗茨一眼，弗朗茨摇摇头。

"你们打算去报仇？"

听杰尔德这么问，两人对视一眼。然后恩里希点点头。

"要打架的话，我可以帮忙。"杰尔德乘兴说。

"帮到什么程度？"弗朗茨立刻反问。

"什么程度……是什么意思？"

"是尽你所能帮我们呢，还是躲在安全的角落里，只给我们喊喊加油？"他语带讥讽，杰尔德听了有些退缩。

"我们不找胆小鬼帮忙，风险太大。这种人一旦遇到危险，就会立马背叛。"弗朗茨虽然抛下这句话，但思考片刻后，他又问，"那家伙知不知道你在这里住过？"

"那个看护长知道我，稍微查一下马上就知道了。他会不会来这里找我啊……"

"那家伙应该想不到你又往这里逃吧？"恩里希说，"你都跟他们一起来攻打这里了，按常理来说，这里对你而言就是敌营。我觉得哪怕是维瑟曼，也想不到你是个这么没有原则的家伙。"

"都说了我没打算攻击你们的！相信我好不好？"杰尔德一心想帮上两人的忙，于是拼命思考起来，"其他可能被那家伙盯上的地方……也就是我跟我妈住的公寓了吧。那个地址尼科斯也知道。"

"你说的那个施泰因赫灵的前党卫军看护长，知道维瑟曼住哪儿吗？"

"这我就不清楚了。"

"你去问问她。我们俩就算去打听，她八成也不会告诉不认识的人。"

"我是逃出来的……肯定会被臭骂一顿。而且就算我去问，她也不一定乐意告诉我吧。我一出现在那儿，看护长肯定要告诉维瑟曼，那我又要被绑架了。"

"如果你真有心帮我们，就去被他绑架吧。"弗朗茨说。

"被那个变态？"

"对。"

"被绑架以后呢？"

"我会跟着你，这样就知道他住哪儿了。"

"我也一起去。"恩里希立刻接上。

"他有条很大的狗，你们可能会被咬死的。"

"被咬死之前，就把它的喉咙……"恩里希龇着牙"咝"地一吸气，做了个撕咬的动作，"还有那家伙的喉咙。我们都是用猪练习怎么下刀的，先抓住大猪的耳朵，它越挣扎我们越要把它按倒。"

此时，杰尔德看见弗朗茨望向恩里希的眼神，就像一个母亲守望重病的幼子，充满了温柔和哀伤。但这意味着什么，杰尔德并不知晓。

"可是……"杰尔德有些畏惧。

"拜托了。"弗朗茨放低身段，"你是我们唯一的线索，我们在今天之前一点儿头绪都没有。"

"拜托了。"

见弗朗茨再次强调，杰尔德先是轻轻叹息，再深吸了一口气。"那我就去被变态绑架一回吧。"他很快又精明地加上一句，"但是……"

杰尔德一共跟他们提了两个条件。

对此，恩里希的评价是：你提的这些简直无理取闹，我都来不及生气就要无语了。

"你不想让莉萝误会，所以让我们帮你求情，这条还能理解。但是另一条……"

弗朗茨制止恩里希，道："莉萝那边我去跟她说。"

"他们逼着'行刑人酒馆'停业整改了，搞得莉萝没生意做。你现在跑去找她铁定挨骂，而且还会被撺出去。我先去跟她解释一下，等莉萝接受了你再去辩解个够吧。"

"还有一个呢？你们会答应吗？"

"我看觉得我们会答应那种请求的你就是个傻子。"

弗朗茨去找莉萝了，杰尔德和恩里希两个人留在屋里。

"你这人真的是毫无原则。"恩里希说。

"我既不是右派，也不是左派。我只是跟赫尔穆特关系很好，仅此而已。我们就像兄弟一样。"

杰尔德的第二个条件是，"我想去公寓看看赫尔穆特的情况，你们能不能开车带我去？"他说，"要是我独自行动，没准你们还没看见那个变态博士，我就被绑走了。这样对双方都没好处吧。"

恩里希回嘴道："那个极右不是攻击犹太巷的敌人吗？等你见到他，你又会倒戈支持他了！"

"不会的。我一定会遵守跟你们的约定，但是我被绑架也要命的啊，他很明显没安好心。说不定一不注意，我就被狗咬死了呢？所以我才想趁出事之前去看看赫尔穆特。就是想看看他伤得重不重……要是住院的话就去探个病什么的。"

弗朗茨半天没回来。

"看这样子莉萝肯定讨厌我了。"杰尔德哀号道。

"那不是废话！"

"我既想跟莉萝和你们俩搞好关系，也不想跟赫尔穆特闹僵啊。有那么奇怪吗？"

"敌人是敌人，同伴是同伴。"

恩里希这一句，让杰尔德回想起初次见面时弗朗茨说过的话。

——对我来说，只有敌人，和不是敌人而已。

终于走进房间的弗朗茨少见地涨红着脸。原本他已经收起听到维瑟曼的名字时那种狂热的兴奋，变回一如既往的冷静神色，这时却又双眼充血，好像发了高烧似的。

"莉萝那边我讲通了。"弗朗茨说，"但是她还在气头上，你想当面跟她解释还是再等等的好。你妈是个什么样的女人？有什么特征吗？"

"她很胖。不过年轻的时候很漂亮，跟个演员似的。"

"长得像哪个演员？"

"我给你看看照片你就懂了……但是照片被他拿走了啊。"

"谁？维瑟曼博士？"

"赫尔穆特啦。他以为照片上的是我女朋友，所以吃醋。"

"现在还在他手上？"

"不知道，可能扔了吧？"

"我这就开车送你去你那个'朋友'家。"弗朗茨说。

"你把我送过去就行了。然后找个地方打发下时间，回来再顺便载我一程吧。"

"我也去！"

见恩里希站起来，"你就留下跟莉萝说说话吧。"弗朗茨先是这么说，又很快改变主意，"也行，你也一块儿来。"两人各自收起他们的大折刀，又从抽屉里拿出两把手枪，开始装弹。

"你们这是去杀他吗！"

"要杀也是杀别人，我们不会动你男朋友的。"

"他才不是我男朋友，只是朋友而已。"

弗朗茨发动车子，"去你住的公寓怎么走？"他问杰尔德，"顺便帮你打听你妈的消息。"

他们去了一趟杰尔德原来住的公寓，却没有任何收获。

三人吃了点面包和香肠填肚子后，动身前往赫尔穆特家。抵达目的地，杰尔德正打算下车，却又立马缩回车里。他看见上校从屋里走出来，估计也是来探望赫尔穆特的。

"这人很危险吗？"目送在自然光下背影显得漆黑的上校慢慢走远，

恩里希小声问。

"他是'国防体育团'的团长。万一被他看见，又要把我抓回去了。"

"极右的老大吗？"

"这家伙特讨厌，只会吼别人做这做那，有风险的事自己一点儿都不沾。就连攻打犹太巷，他都只让'雅利安之子'动手，自己从头到尾都没下场。我马上就回来，你们在这等我一会儿。"

然而，弗朗茨把车停在路边，跟恩里希一起下了车，又锁好车门。

"杰尔德，你去见朋友可以，但是绝对不许告诉他我们盯上了维瑟曼。"

"你敢说一个字，我们就当场杀了你和你朋友。"恩里希补充道。

赫尔穆特躺在床上。头上的绷带有点脏，上面的血迹已经干涸。"他们放你出来了？"他眯起双眼看着杰尔德，下巴上还留有未刮净的浅金色软毛。

"这两个是我朋友，刚才开车送我过来。"

"Gruess Gott。"弗朗茨跟赫尔穆特打了个招呼，却没跟他握手。因为他的右手要随时做好拔刀的准备。

"你的伤很重吗？"

"没大碍。有点发烧，现在已经退了。"

"你额头上是？"

"被石块砸的。"

"头骨骨裂之类的？"

"没那么严重啦。"

"拍过片子了吗？去看医生了吗？你吃饭怎么办？"

"团员会给我送吃的，再说我也不是完全动不了。"

“上校来过了吧。”

“你碰到他了？”

“就看到他而已。”

“他们两个是你什么朋友？”赫尔穆特问杰尔德。

“犹太巷认识的，关系还不错。”

“你带虱子窝的人来找我报仇？杰尔德，你……”

“不是的！”杰尔德慌忙摇头。

“你好像说过什么钢琴吧。就是那个朋友？”

“对。”杰尔德点点头，扭头对弗朗茨和恩里希强调，“喏，我没骗你们吧？他们行动之前，我求过他不要动你们那架钢琴的。”

“看来你们的小团体里有间谍啊。”弗朗茨插嘴道。

“怎么说？”赫尔穆特用胳膊肘半撑起身子，问。

“事先有人通知了犹太巷你们要行动，警察也接到过匿名举报。”

“谁说的？”

“肯定是你们团里的哪个人喽。要不就是你们的计划还被泄露给了其他人？”

“我们团不会有人出卖同伴。再说，团里也只有少数几个人知道计划内容。”

“只有‘雅利安之子’吧？”杰尔德插嘴，“啊，贝姆队长也知道来着？那‘狼人部队’也肯定知道了。不过，他们又不可能去告密……”

“我们有事想请杰尔德帮忙。”弗朗茨说，“他答应了，但条件是让我们带他来探望你。既然这样，你的宝贝就借我们一用吧。”

“有风险吗？”

“对我们来说有风险。至于会波及他多少，就不清楚了。”

"妈的！"赫尔穆特咒骂道，紧接着他问杰尔德，"为什么非得帮这两个家伙的忙？"

"因为我们是朋友。"杰尔德回答。

"对了。"此时弗朗茨突然转移话题，"杰尔德他老妈的照片还在你手上吗？"

"老妈？不知道。"

"那张照片是我老妈啦。"杰尔德说，"就是你从我手里拿走的那张。"

赫尔穆特笑得扯到伤口，不禁皱皱眉。

"那就是你死了的老妈啊？抱歉，刚才上校来的时候瞧中了，被他拿走了。"

"为什么？"

"他说他以前认识那女人。"

"真的吗？上校以前认识我妈？"

"你妈不是离家出走了吗？"此时，恩里希问道。

"为什么你跟赫尔穆特说她死了？难道……有人通知你她已经死了？"

"因为你先前说了那种混话……我不想又被看扁……"杰尔德的声音越说越小，"就干脆说她死了。"

听罢恩里希开始笑，弗朗茨制止他，又问杰尔德："那你跟维瑟曼是怎么说的？说的离家出走？还是死了？"

"死了。"

"杰尔德，你为什么没直接回来找我？"

"我以为你住院了，而且我又不想再参加行动……"

"怎么，你要退团？这点儿小事你就嗷嗷叫了？真是个废物！"

"我才不是废物！我还要拼上性命去当诱饵呢！"

杰尔德发觉说漏了嘴，不禁一惊。他本以为两人会立刻拔刀砍来，弗朗茨却柔和地说："稍微把杰尔德借我们一下吧。"

"怎么回事啊，什么诱饵？"

杰尔德偷偷瞄了一眼弗朗茨和恩里希的表情。

"你们到底想让我弟弟做什么？"

"弗朗茨，你告诉赫尔穆特应该没关系的，他不会做为难我的事。再说，他早就知道维瑟曼一直缠着我不放了。"见两人没对他们实行"敢说就杀"，杰尔德的紧张松懈下来，口风也跟着松了不少。

"你也知道维瑟曼？如果你能告诉我们他的住处，我们就把杰尔德还你。"

"我不知道他的住处。"

"我们想堵到他家里去，所以才要让杰尔德帮忙。"

"杰尔德，你不是很怕那个男的吗？"

"所以才是拼命啊，我怕他怕得要死。"一个不注意，杰尔德又把要去施泰因赫灵的事说漏了嘴。

"你们为什么想知道维瑟曼住哪儿啊？"赫尔穆特问弗朗茨。

"我们有些事想当面找他问个清楚。"弗朗茨说，"仅此而已，与你无关。"

"那我也去。"言罢赫尔穆特就要下床，却瞬间一阵晕眩。他双手搭在床边闭眼忍耐，然后坐下。

"维瑟曼大概就住在慕尼黑市内或者附近郊区一带。"弗朗茨说，"我们不会带他走很远。"

其实我不想去的。杰尔德心里虽然这么想，但他没有说出口。如果他这个时候打退堂鼓，一辈子都会被恩里希看不起，弗朗茨也不会再原谅他，更没有脸去见莉萝。如果不跟弗朗茨混，那他就只有赫尔穆特了。可是，如果跟赫尔穆特住在一起，他又会被逼着制造炸弹或者发动袭击。

"弗朗茨……你是叫这名吧。我记住了，万一你们对杰尔德做了什么无法挽回的事，我就把你们俩视为'国防体育团'的敌人。"

"现在不也是敌人吗？"恩里希说，"不过，你只靠自己，不把那些毫无关系的团员卷进来就什么都办不到吗？"

妈的！赫尔穆特再次骂道。

"你们打算什么时候动手？能不能等两三天？"

"干吗要等？"

"再有两三天，我就能骑摩托了。我也去跟着杰尔德，但是不帮你们的忙。一旦找到维瑟曼的住处，你们的目的达到了，我就把杰尔德放跑。"

杰尔德拼命恳求弗朗茨点头。看到他哀求的眼神，"好吧。"弗朗茨说，"我可以答应。"

"时间定下来了就联系我。我屋子里没电话，但是房东有，可以打，或者就用电报。杰尔德，你找张纸给弗朗茨写一下电话号码和这里的地址。"

"我不管到时候你身体怎么样，三天后开始行动。"弗朗茨说，"我们早上八点动身去施泰因赫灵，然后让杰尔德从看护长那打听到维瑟曼的号码，给他打电话。"

"三天后早上八点之前，我也会到施泰因赫灵去。"

"不行就别来了，我们自己干。"

弗朗茨虽这么说，但即便身体不行，杰尔德也希望赫尔穆特能来。

"杰尔德，我柜子里有两把手枪，可以借你一把。对讲机也拿去吧。虽然通信距离只有一两千米，但只要在通信范围内我就可以跟你联系。你知道怎么用吧？"

出门后。"接下来要出趟远门。"弗朗茨对杰尔德说，"去一趟我们的老妈那儿。"

他们回到两人的家，弗朗茨除了拿上他赚钱用的鲁特琴，还拿了厚毛衣、皮夹克等等衣物，全部塞进车子。"那边是山上，很冷。"

他先把车开到加油站加满油，然后买了大量面包香肠，还有红酒、啤酒和火酒。

车子在高速公路上向着东方疾驰。

"这不是去施泰因赫灵的路吗？"

"还要再往前走一段。既然决战定在三天以后，在那之前，就去英格那儿待几天吧。"

"英格？"

"我妈的名字。她现在住在国王湖附近。"

"是农民吗？"

"她在当魔女呢。"恩里希说。

"老妈以前住在舍瑙。"弗朗茨单手握着方向盘，开始讲故事。杰尔德探出身子，手肘撑在副驾驶席的靠背上听。

"就在德国投降之前，上萨尔茨堡到贝希特斯加登那一带遭了大规模空袭。舍瑙明明没有军事设施，就是个僻静的小山村，那帮混蛋却顺便把舍瑙也一起炸了。当时老妈一家人都到村里公用的防空洞避难，听到外面警报声说敌机已经离开，正好趁她们出去的时候，后面又低空掠过来一架飞机——低得都能看清楚飞行员长什么样——用机枪扫射村民。老妈本来跟她女婿和两个孙子一家四口住在一起，那天他们都死了，只有老妈一个人活下来。"

"等一下。"杰尔德打断他，"听你这意思，你们俩不就是鬼魂了吗？"

"我们两个是战争孤儿。本来住在别的村里，也是因为同一天的空袭没了家人。我们以前跟英格认识，实在没地方去了，只好两个人去找她。我们当时不知道那边也被轰炸了。翻山越岭往那边走的时候，狼来咬我们，给恩里希留下了一辈子好不了的伤。我背着浑身是血的恩里希，好不容易才走到英格家。英格虽然失去了所有的亲人，但是她的房子没被烧掉。要不是英格给恩里希包扎，他早就死了。幸存下来的两个残缺的家庭变成了一个。英格跟村里申请，把我和恩里希收养做了儿子。要是不这么干，连配给物资都拿不到。村公所也被炸毁了，资料全部烧了个干净。当时还有难民拥进来，趁着那一片混乱，手续很简单就下来了。"

"但是，我们被从舍瑠那个家里赶出来了。"恩里希回过头道。

"房子和田都在威利叔叔……也就是英格的女婿名下。"弗朗茨继续说，"英格没有继承权，全都被威利叔叔的弟弟拿走了。说是如果原本继承这些东西的孩子死了，继承权就全部转移到他头上。而且他还请公证人做过正式的公证，公证材料上一个字都没提到英格。"

"国王湖附近的森林旁边，有一栋没人住的老屋子。主屋已经塌了，只剩下小仓库。后来我们就搬到那里去住。"恩里希说。

"你明明什么都不记得。"弗朗茨怜爱地笑了笑，"恩里希那时候一直昏迷，动都动不了。是我把他放在板车上运过去的，后来很长一段时间恩里希都躺在床上。附近没有医院，也没有医生。我还以为他会死呢。"

听了弗朗茨的话，恩里希害羞地笑了笑。

英格自己有一些存款。她把钱取出来，还借了一些钱，在家养牛养猪。因为是自给自足，即便外面通货膨胀得厉害，也不至于陷入城里那样的困难境地。后来很快遇上货币改革，存款冻结，货币贬值，因此她这个选择可以说是相当明智。他们开垦了周围的空地，种土豆和包菜。

之后弗朗茨去村里的学校上学，也开始到教堂做礼拜。教堂里有风琴，还有圣歌队。再后来，恩里希伤好了，也加入了圣歌队。

　　"我是个小不点儿，经常被他们看不起。"

　　"恩里希的声音很好。我教了恩里希声乐，比圣歌队的老师教得还好。"他们的生活渐渐步入正轨，也增加了饲养的牛和猪的数量。

　　"可是，都因为我……"恩里希说，"外面的人开始传英格是魔女。"

　　"为什么？"

　　"因为我一直没变声。他们不知道我的身体状况，如果告诉他们的话，英格也不用被传闲话了。可是我不想让别人知道。"

　　"不是因为你的声音。"弗朗茨打断他，"我们三个对那村子来说是外人，本来就很容易被人传闲话。"

　　"有人取笑我的声音，英格瞪了他一眼，那个人当天晚上就发起了高烧。所以后来，他们就说英格是有魔眼的魔女。但是，弗朗茨很聪明。"恩里希说，"他出去散播传言，说魔女也分好魔女和坏魔女，如果礼数尽到了，英格就会把魔力用在好的地方。后来村里的人就过来求她治病，或者施个让牛奶增产的魔法什么的。就连英格自己，都开始相信她可能真的有什么力量了。但是英格本人是虔诚的天主教徒，星期天一定会去教堂。"

　　"恩里希和我决定出去当巡回艺人挣钱。"

　　"英格总想让弗朗茨走，明明她自己也很依赖他的，可是有时候会说很重的话。弗朗茨很有耐心，都不会反抗她。后来是我实在忍不住了，才跟他说要不要搬出去。"

　　"老太太一个人过日子，不会有困难吗？"

　　"困难倒不会，她雇了一个老头做帮工。就算出来了，我们俩偶尔还是会回去看她。不过最近这段时间都没回去，这还是今年第一次。"弗朗

403

茨说。

"一开始她还挺高兴。可是后来几天,英格对弗朗茨就没有过好脸色。"恩里希插嘴道,"然后又得跟她说 Auf Wiedersehen(再见)。英格为什么老拿弗朗茨撒气啊?"

短暂的沉默过后,"每个人都会有想乱发脾气的时候。"弗朗茨说。

他们早就路过施泰因赫灵了。太阳已经西斜,天空染上像深渊一样浓烈的色彩。

"所以,那个维瑟曼跟你们又是什么关系?"杰尔德不经意地一问。

"你不要什么事都刨根问底!"弗朗茨突然怒吼,然后他严厉地命令杰尔德,"维瑟曼的事,你不许对英格说!"

III

城堡

1

> 时间俯身向我，将我触及
>
> 发出清澈的金属声音[1]
>
> ——里尔克

　　黄昏时分，弗朗茨驾驶着甲壳虫汽车抵达的时候，英格正蹲在猪圈里打扫卫生。恩里希冲进去，抢过她手里的桶往旁边一丢，紧紧抱住英格吵吵嚷嚷。英格拍拍他的屁股，佯装生气，嘴角却是笑的。来之前听说要见魔女，杰尔德本来还挺紧张，这时却只看到一个平凡的小个子婆婆。她有着黑色的头发和黑色的眼睛，就像斯拉夫人一样。

　　晚饭时，他们吃着弗朗茨带来的面包、香肠和酒。"难得你们几个来了，明天杀头猪吧。"英格说。

　　"交给我们吧！"连弗朗茨听了都大声欢叫。

　　这栋房子说是从仓库改造而来，但也有两层楼，还附带阁楼和地下室，一个人住足够了。

　　他们在阁楼里放了张稻草床垫，又铺上毛毯，这就是杰尔德的床铺。

1　参考《时间之书》1985年，方思译本。

第二天，先是一束晨光从天窗照进阁楼，接着又听到公鸡打鸣和猪的惨叫，于是杰尔德醒了。他发现，之所以会觉得有点儿冷，是因为现在赫尔穆特没有睡在他旁边。

他们可能已经开始了。杰尔德一脚踹开毛毯，飞快跑下楼梯。厨房的灶台上架着大锅，滚开的水在里面旋转翻腾。

杰尔德穿过门厅，跑进后院，只见恩里希正在跟猪搏斗。英格坐在三角凳上，弗朗茨站在外面冰冷的空气里一边看，一边抽一根细细的雪茄。

英格身旁的木桌上有个竹篮，里面是被切了大约三分之二的农民面包。她用巨大的菜刀给杰尔德切了一片。弗朗茨他们早就吃过了。

"呜呜，好冷……"见杰尔德冻得缩成一团，"喝了就暖和了。"弗朗茨递给他一杯火酒。杰尔德刚喝了一口就觉得烧喉咙，呛得他不住咳嗽。

他还是第一次见到弗朗茨抽雪茄。还没等杰尔德说什么，弗朗茨就说："在这里抽，不会伤到恩里希的喉咙。"雪茄刺鼻的气味慢慢融进清晨蜂蜜色的天空里。

"你第一次看杀猪吗？"英格跟他搭话。她脚边放了两只空桶。

"一般不会这么杀，拿手枪对脑壳儿打一枪就好了。有一种简单的手枪，是专门用来杀猪的，那样猪的痛苦也比较少。可是这两个孩子呀，一直是这样。"

明明他们也有手枪啊，杰尔德心想。

"以前的话，是用锤子对准猪的脑壳儿来一下，当场给它打死。猪会走得很安详，连自己死了都不知道，那样杀出来的肉更好吃。像现在这么吓它逼它，肉质会变硬的。"

垂死挣扎的猪和猛兽没有区别。恩里希被撞飞了，正当他爬起来打算再扑上去时，"换人。"弗朗茨叫住他，摁灭了手上短短的烟头。

弗朗茨正面对上四下发狂乱跑的猪，等它冲过来，先像斗牛士一样躲开，再抓住两只猪耳朵。他手上用力一扭，把猪压在地上，然后立刻用膝盖抵住它的腹部，拔出腰间的刀，划开喉咙。恩里希和英格用桶子接住喷出来的血。两只水桶很快就装满了，所有人都被温暖的猪血淋了一身。

为了省下拖去检疫所的一系列繁杂手续，这次是私自屠宰。接下来的一天就很忙了。他们让杰尔德帮忙把锅里的滚水倒进容器里，那容器足有对半切开的油桶那么大。然后，把放完血的死猪泡进去加热。残余的血溶进水中。接着四人齐上阵，一块儿用铁链摩擦猪皮。混有猪血的鲜红热水波纹激荡，猪毛渐渐被褪净，露出底下光滑的皮肤。

此时，英格雇的那个帮工老爷爷来了。

"哟，这个时候杀猪啊？季节不对吧？这都快夏天啦。"

"孩子们回来了，得让他们吃得饱饱的呀。"

老爷爷开怀大笑。"这个小孩儿是生面孔啊。没干过这活吧？我来。"他从杰尔德手里拿走铁链。杰尔德的手指泡胀了不说，手上都开始脱皮了。

"变成美女喽。"干完后，老爷爷看着变得光溜溜的死猪说。

他们给猪后腿系上绳子，把猪搬到后院的两根柱子旁，一边一根倒吊着捆好。

弗朗茨先搓洗干净被血水弄脏的双手，擦干后，两手高高举起一把斧头，纵向劈开了猪肚。

内脏呲溜一下全滑了出来。老爷爷扯出老长的肠子，把它随意切成几段，里外翻转。见杰尔德在旁边空着手不知该干什么，就把肠子丢给他，叫他去洗干净。

英格用盐腌渍弗朗茨从猪身上切下来的腿肉。恩里希把刮下来的肉绞成肉馅。猪肠洗干净后，扎紧其中一头，大家再一起往里灌肠料。这时候，桶里的血已经有点凝固了，英格把带着肥油的馅料和香料一块儿倒进去拌匀，用来做血肠吃。

剩下的肉装进铁皮罐头里，密封后丢进锅里炖煮。只要炖上四个小时，就能变成可以储存很长时间的罐头。"这样今年就不用担心没猪肉吃啦。"老爷爷说。

肉还剩了很多，英格把它们随便切了切，全部丢进锅里。煮熟了拿出来蘸盐吃，这就是今天的午饭。

"好吃吧？"其他人没吭声，倒是老爷爷自豪地问杰尔德。

杰尔德感到弗朗茨的心情一直不太好。而且除了老爷爷，其他人或多或少都有察觉，英格干脆直接问他："是不是杀猪累着了？"

庆典上亢奋过后，人会突然垂头丧气是很正常的事。等填饱了肚子，杰尔德也回想起后天那项讨人厌的使命，不禁心情沉重。

等把东西收拾完，下午也就过去了。晚饭只简单吃了点面包和香肠。厨房的裸地上还残留着生猪肉的气味和血腥味。

"明天我们去国王湖划船吧。"一听见弗朗茨这么说，"你们不是回来帮家里忙的啊？"英格的心情陡然变差，"我每天干活，腰疼得要死，你们俩倒轻松！街头卖艺，那就不是正经男人该干的活儿！"

"你还记得吧，英格？"弗朗茨平稳地说，"空袭之前，你请我们过来玩。那时候威利叔叔把我们带去国王湖玩了，我活到现在都没有哪天过得比那天还快乐。"

"带的是你和恩里希。"

杰尔德听得出英格话里带刺。

"我是不是从船边上探出去，差点儿掉进水里啊？"恩里希说。

英格好像有满肚子的无名火无处发泄，她暴躁地捶打桌面。

"会受伤的。"弗朗茨想看看她的手，却被英格一把拂开。

"英格！"恩里希叫她，"我们终于找到线索了！"

这次用拳头砸桌子的人是弗朗茨。

"别说，笨蛋！"

见他如此气势，恩里希的嘴唇惨白，不再说话。英格却没有漏听他的话语。

"什么线索？不会是……"

"英格，那件事，我们晚上单独聊吧。"弗朗茨低声却不容置疑地安慰英格。

深夜,杰尔德本来没打算偷听,可他啤酒喝太多了,实在是憋不住尿意。英格的卧室挨着厨房那片裸地，想去厕所的话，就非得从她门口经过不可。

"无论忘记还是原谅，我都做不到。"是弗朗茨的声音。

"战争已经结束了啊。"英格劝他，"杀人要进局子，要判死刑的，你知道吗？你要是杀了人被抓，我也没法在这儿待了！"

"我只是想知道他在哪里。然后好好制订计划，想个不会波及你的办法。"

"你不要再害那个孩子了！"

"我不会把恩里希卷进来的。真到下手的时候，我会一个人干。现在迫不得已，恩里希也知道了，所以我才把他带过来。后天我跟杰尔德出发的时候，你哪怕把他绑起来，也不要让他出门。"

"废话！唉，我当初就不该可怜你！"

"英格，别这样……英格……"

杰尔德愣在原地。他听到弗朗茨的声音里带上了啜泣。

"英格……"

"已经做了的事确实无法挽回。但是，你可以从头再来的。"

"我做不到，我做不到啊，英格。事情到了今天，你以为我一点儿都不痛苦吗……"

"我当然知道。我知道你对恩里希有多……每次那个孩子遇到不好的事，你就背地里偷偷用鞭子抽自己，这些我都看在眼里。可是，你非但没有重来，还把你的恨种在那个孩子心上。天主决不会宽恕你！"

"什么天主……英格，你不要误会。我虽然惩罚自己，却从来没为自己做的事后悔过。"

"你这个遭天谴的！"

清脆的耳光声。然后，"这是主给你的最后一次机会了。"英格的声音里带上了温和之色。

弗朗茨的啜泣转而变成号啕大哭。其间，"Nein！"他不停地说着，"Nein！"

"上床去睡吧，晚安，恶魔的孩子。我现在只能帮你祷告。"

后来英格又压低声音说了什么，杰尔德没听清，但听得出话中温柔之意更甚。

杰尔德很恼火。弗朗茨说，他不会让恩里希参与危险的复仇行动。那我去当诱饵就没关系吗？杰尔德感觉自己遭到了背叛。而且，弗朗茨居然还哭了。嘴上说得多厉害，其实心里还是怕的啊！

回阁楼之前，杰尔德先到二楼恩里希的房间看了看。房间的主人忘记拉窗帘了，月光从窗外探进来，照亮了恩里希的金发。杰尔德蹑手蹑脚地走过去，在熟睡的恩里希耳边悄悄说："你哥想把你留在这里，自己一个人动手呢。你可要小心哟。"

到了翌日早晨，杰尔德感觉昨晚听到弗朗茨大哭，倒像是他自己做的一场梦。弗朗茨摆着跟平时一样冷静的面孔，在牛棚里挤牛奶。早饭后，先等到老爷爷过来帮忙，他们一行人再乘上车。英格为他们准备了野餐吃的面包和香肠。弗朗茨把火酒、红酒和鲁特琴也一并带上，开车出发。

车子开始攀爬峡谷间的细长山路。"打仗的时候威利叔叔带我们去的那次，坐的是马拉的货车。那时候也没有这么好的路，路上全是小石子。"打着方向盘的弗朗茨说完，单手打开火酒瓶的瓶盖，对着灌了一口。

翡翠色的、细长的国王湖，沉睡在像峡谷一样九曲十八弯的山崖之间。游客们会在夏季一拥前来，但现在季节尚早，湖泊北部的船坞门可罗雀。闭门谢客的特产商店前有个停车场，弗朗茨把车停在那儿，三人各自穿上由他细心准备的毛衣和夹克。拂过湖面的风里还带着冰碴。

他们拎着鲁特琴、酒瓶和野餐包去店里租船。几艘掉了漆的游船拴在岸边，在水面上摇摇摆摆。游船出租店也没开业。弗朗茨于是擅自搭上一艘边缘描有白线，通体刷着深蓝色油漆的小舟。杰尔德和恩里希跟他一起上了船。弗朗茨解开拴索，用船桨捅了捅岸边。

岩壁脚下，针叶树绿意盎然，湖面映出它们的倒影。弗朗茨的船桨搅动湖水发出的声音，全被静谧的湖水吸了个干净。

这样的静寂，给人一种下一秒眼前的巴伐利亚阿尔卑斯山脉就要压到头顶上的错觉。杰尔德突然很想大叫。如果现在是夏天，是旅游旺季，湖面上满载着游客的游船来来回回，又繁华又热闹，肯定比现在开心得多。静寂对他而言太过沉重了。

弗朗茨默默划着船桨，中途停下来歇息时就灌一口火酒。

他平日里沉默寡言，前天在车里却健谈得出奇。而今天的他又像要补上差额似的，自始至终一言不发。就连性格开朗的恩里希，都被弗朗茨异样的沉默压倒，也不说一句话。

沉默渐渐变成刑具，紧紧扼住杰尔德的咽喉。我们不是来快乐划船的吗？连鲁特琴都带来了，却一首歌都不唱？明天我就要被维瑟曼绑架了啊。我真的能信任弗朗茨吗？赫尔穆特能赶上吗？杰尔德很想联系他确认一番，英格家却没有电话可用，附近也看不到邮局的影子。

弗朗茨僵硬的神情有些软化，他问杰尔德这里是不是很舒服。杰尔德觉得一点儿都不舒服。

但见到弗朗茨打破沉默，恩里希仿佛也松了口气。"呀嚯——"他大叫道，喊声回荡在山岩之间。

"当初来的时候，划船的人是威利叔叔。船上有叔叔的两个孩子，恩里希，还有我。"弗朗茨默念道，"无论恩里希，还是我，那天都是一生中最快乐的一天。"这话他曾经说过一遍，可现在的语气却像在谈论葬礼。杰尔德于是想起来，威利叔叔和他的两个孩子都被机枪射死了。

弗朗茨灌了一口火酒。

"你可别在湖上喝醉。"

听恩里希这么说，弗朗茨把船桨往旁边一放，拿起鲁特琴。

拿红酒来，格热戈日

我还没醉，不必挂心

恩里希也朗声合唱：

阿努尔卡在哪？带她来我身旁

库尔德西，库尔德西，库尔德西

杰尔德也一块儿唱起来：

库尔德西，库尔德西

他们试图强行调动起欢快的气氛，"库尔德西，库尔德西"，三个人一起不停地唱着。

2

忘了我们吧

忘了我们那一代

去活得像个人

就这样忘了我们

　　　　　　——鲁热维奇

恩里希在楼上骂声震天，嗓门儿高得声音直冲进在厨房吃早餐的杰尔德耳朵里。"下地狱去吧你，弗朗茨！"

"怎么了啊？"杰尔德问。弗朗茨直接堵他一句："不用你管。"

英格缩在门厅角落里捂着耳朵。

趁弗朗茨去解手的工夫，杰尔德溜到二楼偷偷看了一眼，便知道弗朗茨忠实履行了他前天晚上许下的诺言。

"快给我解开，妈的！"

"你就乖乖坐着被他捆啊？"

"我刚才在睡觉啊！你快点儿！"

杰尔德从口袋里掏出刀，切断了把恩里希捆在床上的绳索。

等弗朗茨进屋的时候，早已重获自由的恩里希怪叫着，扑上去就是一拳。

弗朗茨躲过他的拳头，把恩里希按倒在地。

"蠢货！"他愤怒地瞪了杰尔德一眼。

虽然重新把恩里希捆起来也行，但弗朗茨的手放松了力道。恩里希趁机挣脱，抽出压在枕头底下的手枪。他打开保险，把枪口对准自己的太阳穴。

"住手，你冷静点，恩里希！"

"冷静？我还想叫你冷静呢！弗朗茨，你疯了吗？你居然把我捆起来？你别过来！你再走一步我就开枪！所有的事你都自己一个人干，还当我是小屁孩儿！有权杀他们的人是我！他们抛弃了我们两个！而且还把我……他们什么都没对你做！我才是被他们害了的那个！要报仇，也该我去报仇！"

英格听见吵闹，上楼来查看情况。看见恩里希用枪口抵着自己的太阳穴，她差点当场昏迷。

"英格。没办法，只能带恩里希一起走了。"弗朗茨说着，扶住快要晕倒的英格，然后在她耳边静悄悄地说，"但是我不会让他动手的。"

英格绝望地挥动双臂，重重倒在地上："唉！唉！恶魔的孩子！"

之后，恩里希吃光了早餐，三个人一起上车。杰尔德担忧不已。弗朗茨正因为我解开了恩里希的绳子气得要命，等把我交到维瑟曼手上，他还会放我走吗？对他来说，我是死是活，八成无所谓吧？要是赫尔穆特没来，那我该怎么办……

杰尔德试图思考恩里希那句"我被他们害了"是什么意思，但终究没想到阉割上。因为他已经接受了被狼咬伤的那套说辞，最多只是怀疑两人还有别的秘密瞒着他。

差不多开到施泰因赫灵附近的时候，弗朗茨已经没那么生气了。

"不要那样叫啦。"他静静地劝导恩里希，"嗓子会喊坏的。"

"随便啊！干脆变成公鸭嗓算了，我又无所谓。坏了更痛快！"

"那可是我培养出来的嗓子。"

"谁求你培养了？"

眼看气氛又要剑拔弩张，就在这时，他们远远看见了收容所的屋顶。

弗朗茨把车停在附近，紧紧握住杰尔德的手，说："拜托你了。"杰尔德下车，弗朗茨把他的头揽过来，吻了吻他的头发。就像他以前对恩里希做过的那样。

就在所有人身穿登山服，背好登山包，准备一起出发的时候，电话响了。克劳斯拿起话筒，先是大叫道："什么？"然后是短暂的对答。"他真这么说吗？想见我？他这段时间都去哪了？啊？罢了。你把他留在原地，稍等我片刻。该怎么办……之后我要……那就推迟目前的计划……"他稍作沉思，"不了，我立刻开车过去。在我抵达之前，你一定要留住他。"

放下电话后，克劳斯烦躁地双手握拳又放松。"动作快点儿，出发了。"他催促所有人。

史密斯坐在车库里那辆崭新面包车的驾驶席上。

克劳斯往汽车的方向走，"战车"凑过来跟在他身边。正要上车的时候，玛格丽特却突然倒下。从玄关到车门还没走几步路，她就脚下一个趔趄，仰面朝天磕倒在地上。

冈特正要冲过去，却一瞬间有些犹豫。他先让克劳斯拦住狗，这时玛格丽特从地上缓缓爬了起来。克劳斯伸手去拉她，她却抽离了身体，连冈特的搀扶和米夏尔的援手都一并拒绝，一个人坐上车。

克劳斯把药递给玛格丽特。"中途去一趟施泰因赫灵。"他吩咐史密斯。

克劳斯让"战车"跟自己一起坐在副驾驶席上，玛格丽特和米夏尔并排坐他身后，于是冈特便一个人独占最后一排宽广的三人座。狗的存在让冈特难以冷静。虽然他努力尝试无视它，胫骨却总是隐隐作痛。

从冈特的座位上只能看到玛格丽特金色的后脑勺儿，看不见她的表情。她把头靠在车窗的框上。出发后没多久，冈特探身拍拍米夏尔的肩膀，问他玛格丽特的情况如何，得到的回答是"睡着了"。

他们在高速公路上往东开了大约半小时，进入施泰因赫灵村。新造的"五月柱"[1]带着蓝白色螺旋状的条纹，耸立在红色的屋顶之间。

克劳斯让史密斯在铁门前停车。门前，一棵巨大的西洋椴伸展它的枝条，树荫下有一座怀抱婴儿的女人雕像。里面的建筑红瓦白墙，是带有木制露台的四层小楼。

楼旁一块用带刺铁丝圈出来的空地上，插了好几块标语牌。

"要求前党卫军看护长赫斯拉立刻辞职"。

"我们绝不原谅法西斯"。

牌子上也缠了好几圈带刺的铁丝，防止轻易被人拔除。

一辆离报废只差一步的大众甲壳虫汽车停在标语牌旁边，一个看起来二十五六岁的男人和十七八岁的女孩在车外嬉戏。男人抓着女孩波涛汹涌的金发轻轻摆弄的模样，在冈特看来简直像是爱抚。两人都穿着宽松的上衣搭配棉裤，打扮得很休闲。

冈特感到自己的心脏被一只疯狂的鸟啄个不停。只见那女孩单手叉腰，脸蛋别向一边，全身的重量压在其中一条腿上，另一只脚轻轻打着节拍。跟那个谢肉节上的魔女一模一样。虽然这种站姿在模特或性感演员身上很

---

1 欧洲部分地区5月1日庆祝五朔节时，会砍伐一棵高大的树木，搬回空地用彩条、花草装饰，称"五月柱"。

常见，但这一定是她个人的习惯。原本只是为了看起来像女性，长久积累下来，却让"她"平时也会下意识地摆出扭腰的动作。如果她是恩里希，另一个就只能是弗朗茨。

冈特并不敢确定。不管怎么说也太巧了，他们是怎么知道我们要去上萨尔茨堡的？

男人把女孩赶进副驾驶席坐着，自己倚在车门边开始抽一根细长的雪茄。

克劳斯一个人下车，带着"战车"走进屋里。

冈特起身去看玛格丽特的情况。沉睡的玛格丽特的表情很安稳。

"博士到底要在这里办什么事啊，你知道吗？"冈特小声询问米夏尔。

"不，我也不知道。"

只见那个年轻男人摁灭烟头，坐进甲壳虫的驾驶席。不曾熄火的车子立刻发动，拐进岔路不见了。

克劳斯从大门里走出来，身旁跟着两个人。其中一位是保菈·赫斯拉，另一位是个大个子少年。他被赫斯拉小姐和克劳斯·维瑟曼一左一右夹在中间。

走到门口，克劳斯同赫斯拉握手，带着少年钻进车子。赫斯拉见到冈特，脸上飞起两抹红霞，却又立刻返身回屋，像对自己的反应感到恼火。

汽车继续前进。

"他叫杰尔德，是个孤儿。以后就由我照顾他了。"克劳斯对冈特说，然后他给杰尔德一一介绍，"睡着的那个是我妻子。过一会儿等她醒了，再介绍你们认识吧。旁边是我儿子米夏尔，这位是冈特·冯·弗吕斯滕堡先生。他是我的朋友，但跟我亲如兄弟。这是我的助手大卫·史密斯。"

少年表情僵硬地跟他们每个人握手。克劳斯站起来，想让杰尔德坐自己的座位。见杰尔德害怕地往后缩了缩，"你不会想说自己怕狗吧？那也太丢人了。'战车'很聪明，只要我不下令，它绝对不会袭击他人。不过杰尔德，要是你表现出要加害我家人的迹象，那么不须我命令它也会行动。"

克劳斯嘱咐完，在冈特身旁坐下。

被迫跟猛犬坐在一起的杰尔德，把脊背挺得活像在衬衫底下塞了一块铁板。

"我再同你详细讲讲那个男孩儿的来历吧，我不会瞒你任何事。"克劳斯十分坦诚地对冈特说，"其实我还有一个儿子。不过，不是玛格丽特所生，是别的女性。这其中有些缘故。她生了我的孩子，但我们在战火中失散，我至今不知道他们母子俩的行踪。"

尽管他压低了声音，但应当足以传进前排米夏尔的耳朵里。至于玛格丽特，也不知她是睡着，还是醒了但没有动弹，从身后看不出来。

"我连儿子叫什么名字都不知道。杰尔德在那个收容机构工作，是赫斯拉小姐告诉我，他的母亲跟我那个女人同名同姓。先前她不是致电来问候你康复训练的进度吗，就是那一次。于是我立刻赶去见他，却遗憾地发现他不是我的儿子。听说他是孤儿，我非常同情他。本想多少为他尽一点儿力，他却拒绝了我的帮助。不过，看样子他是回心转意。他说他不知道我的住处，才去找赫斯拉小姐说他想见我，希望她提供我的地址。"

"原来那通电话是赫斯拉小姐打来的。那么，你打算怎么处置那个男孩儿？"

"我打算亲自照顾他，就当是代替我失去的儿子。"

杰尔德缩了缩身子，那狗低低吼了一声，牵制他的动作。

"赫斯拉小姐以前是党卫军吗？"

这会儿已经看不到标语牌和那栋房子了。

"这么说来，我似乎听说过，那里曾经是纳粹下辖的机构啊。"

冈特若无其事地提及红线话题，所幸玛格丽特还在沉睡。

"我一直想不明白，你作为一个流亡者，怎么会跟一个前党卫军军人交好呢？我倒不是对赫斯拉小姐有偏见。如果排除所有的前纳粹成员，联邦共和国是无法成立的。无论是政治家，还是大学教授，曾经为纳粹效忠的人在战后全都身居要职。我在《明镜周刊》[1]上也读到过，外务省的高官有三分之一都是前纳粹党的外交官。"

"关于这个问题，日后有空我们再慢慢谈吧。"

汽车在高速公路上飞驰。冈特回头一看，只见笔直的道路尽头还有一辆小汽车。至于是不是那辆甲壳虫，冈特看不清楚。

途中他们路过贝希特斯加登。恰好此时，教堂的钟声响起，玛格丽特下了车。一群黑衣人聚集在中央设有大理石喷泉的集市广场上，列队前往教堂。玛格丽特穿着少女所穿的传统民族服饰，上身是蓬蓬短袖衣，下身穿百褶裙，再搭配缀有流苏的粉色披肩和配套的围腰布，也加入他们的队伍。

披着头纱的新娘往她手里丢捧花。莫妮卡·雪尼跟汉斯·施密特手挽着手，从头纱底下向每一个人播撒她灿烂的笑容。圣职者为跪在祭坛前的汉斯和莫妮卡施以祝福。玛格丽特站在后面的墓地里，金色的阳光照射在无数供有花圈的墓碑上。二十一岁战死……十九岁战死于东部战线……二十四岁战死。玛格丽特伸手去摸刻在墓碑上的名字——冈特·冯·弗吕斯滕堡。

圣歌队的孩子并排坐在祭坛旁，像水晶铃铛一样歌唱。男孩们全部赤

1　英占领军于1946年在汉诺威创办的德国周刊杂志，1947年更名为《明镜》。内容侧重调查性报道，揭露社会黑暗，针砭时弊等。

身裸体，像刚从蜂蜜里捞出来一样湿漉漉的。玛格丽特挨个儿把他们幼小的性器含在口中，恭敬的态度一如拜领圣体。

玛格丽特身旁站着一名高挑的少年。她环着他的脖子，稍稍踮起脚，去吻他的嘴唇。蜜糖从她体内汩汩涌出……弗朗茨……

钟声渐渐喧嚣，飞行大队的轰鸣声震耳欲聋。新娘剥下头纱，人们张皇失措。一枚炸弹直接击中钟楼，几只大钟应声坠落。就在那一瞬间，无数座错落有致的钟声响彻大地。

礼拜堂那面有天使浮雕的墙壁塌了。天花板上落下一只尖锐的铁烛台，直冲向倒在地上的莫妮卡。雪白的婚纱瞬间染上血色。

米夏尔！米夏尔不见了！

玛格丽特在尸骸之间四处徘徊。从瓦砾底下伸出一只濒死的手，一把抓住她的脚踝。玛格丽特甩脱它，一边喊"米夏尔"！一边继续前行。墓碑翻倒在地，花圈为那些从墓穴里跳出来的白骨添上装饰。

米夏尔！米夏尔！米夏尔在哪里？克劳斯，帮帮我！米夏尔不见了！克劳斯，帮帮我，米夏尔他……

汽车驶出贝希特斯加登，进入上萨尔茨堡山区。

克劳斯给她注射了镇静剂，玛格丽特睡着了。冈特让她枕着自己的大腿躺在后座上，轻轻抚摸她的头发。米夏尔回头紧盯着他们，克劳斯的目光也注视着冈特和玛格丽特两人。

那些在大规模空袭中被炸毁后暂时处于美军辖下的地区，如今已被修缮得干净整洁，其中一部分还变成了宽广的高尔夫球场。

树木枝头新芽隐现，影子在地上拖得老长，寄生植物在枝条间卷出一个个像鸟巢似的绿球。针叶树林沿着斜坡织出一片深绿色的黑暗，它们对面就是撕裂天空的巴伐利亚阿尔卑斯山脉。连绵不绝的山峰，让人恍惚想到远古时代冻作冰川的巨浪。

冈特没有见过军事基地时代的上萨尔茨堡，战后也不曾来访，这是第一次。

这里被改造成一个观光景点，也有配套商铺，但由于不在旺季，现在全都门窗紧闭。商铺旁立有一座电话亭。

玛格丽特在手记上事无巨细地描写的那些纳粹高官的宅邸、营房、设施等等，连残骸都没有剩下。也没看到维瑟曼一家当时住处的遗迹。唯有一项，就是希特勒的贝格霍夫山庄，依然保留着它被破坏时的样子。兼营餐馆业务的"土耳其人旅社"就建在它旁边。

旅社于一九四九年照着战前旧貌重新翻修过，整体由主楼与两侧的副楼构成，是一栋小巧而朴素的两层房屋。露台上装饰的花钵里满是娇艳欲滴的鲜花。

刚一下车，寒风便划过脸颊。这风好似宽阔的刀片一般，削过西沉的太阳表面，又惹得地面上拖长的树影一阵喧嚣。

出来接待他们的是一名约摸四十岁，气质优雅的小个子女性，她和克劳斯交换了一个拥抱。

"这位是沙芬贝尔夫人，是这家旅社的经营者。"克劳斯同他们介绍道，"尽管突然多出一人，但预订的是四间双人房，想来没有大碍。食物也先请你准备六人份。我妻子身体不适，不知能否进餐，但稍事休息应当就会好转。"

冈特把睡得毫无知觉的玛格丽特抱进房间。

夫人手上拿着一大串钥匙，带他们去二楼的客房。除了他们一行人以外没有其他客人，整个旅社显得十分冷清。"现在还是淡季呢。"她如此辩解道，"一到六月，游客就都来了。多亏了希特勒，上萨尔茨堡成了观光名胜。诸位还可以去参观希特勒的地堡哟，不过允许游客进入的只有其中一部分啦。"

夫人的神情既达观又落寞。

"诸位如果想参观凯尔施泰因山顶的'鹰巢'，就必须搭乘专线巴士，一般的车是上不去的。而且通往那边的山路在五月之前会被雪封住，要是几位再晚些时日来，就能连'鹰巢'也一并参观了。"

"这就是本店最宽敞的房间。"夫人说着，把钥匙递给克劳斯，"从这扇窗户眺望出去的景色，跟希特勒在贝格霍夫看到的完全一样呢。"

位置上，这里应当是餐馆的正上方。冈特把玛格丽特放在床上。

"夫人晕车了吗？还请保重身体呀。我准备了今年刚收获的第一批白芦笋，哪怕身体不适，应当也会合您的口味。稍后请到餐馆来吧。"言罢夫人下楼，克劳斯于是开始分配房间。

克劳斯和玛格丽特住最大的双人房，剩下的原本足够每人一间，但克劳斯想了想，让杰尔德和史密斯同住。

他看看表，指示道："诸位，时间都对得上吧？六点准时到餐馆进晚餐，注意不要迟到。"

等杰尔德跟着史密斯走远了，克劳斯打开房门，让米夏尔进去后，又从外面把门关上。钥匙留在克劳斯手里。米夏尔虽然可以出门，但再想回房间，就得去找克劳斯拿钥匙。这样一来，克劳斯就可以掌握他的行踪。

"你的钥匙也由我保管吧。"

"别开玩笑了。"冈特顶撞道。

"罢了，你先来我房里，咱们聊几句。"克劳斯请他进屋。

玛格丽特依然沉沉睡着。或许连梦都没有做，她的呼吸很平稳。

"我也有话要对你说。你明知这会引发她的病态……为什么要带她出来？”

“病态？就算玛格丽特并不和你生活在同一时空，你为何要否定她呢？有些事物是流动的，有些却是停滞的。你不能强行逼迫停滞的事物动起来。”

“你是想故意惹她发疯吗？”

“看来我与你之间的语言概念完全不同。尽管操同样的德语，却好似两个身居异界的住民啊。”

“你不是给她注射了催眠药物吗？就是因为玛格丽特的状态不正常啊！”

“肉体遭遇危险时，阻止其继续暴露在危险之下是医生的工作。”

“你丝毫不打算治疗她的心？”

“我们现在的状态就很完满了。”

“不是你们，完满的只有你。把钥匙给我。”

“我会把握一切。战争已经从我手中夺走了太多太多，我不会再让它得逞。”克劳斯伸手抚慰冈特的情绪，继续说，“你一定想说，不是只有我一个人在经历失去，对吧？但我实在无法忍受了。生来情感迟钝的人，哪怕失去也不会遭受太大的打击。而我的神经却太过敏感，就像元首一样。虽然你不得而知，但我们的元首其实是常常落泪的。

“每当事情不能如他所愿，元首便哭倒在地。为了不让元首落泪，高级干部会尽可能准确地贯彻他的意志。战败后，人们或戏说，或夸张，或丑化独裁者希特勒的形象。凡夫俗子通过嘲笑元首，试图让自己站在道德的制高点上。而我要说，元首是基督的另一面。基督曾经也很弱小。尽管基督教在他死后与国家公权结盟得以壮大，耶稣本人却是个得知自己要遭十字架刑，便跑去和天父哭诉，请求天父垂怜的懦夫。他无法忍受以人的身躯背负太过沉重的东西，是个最终走向自我毁灭的弱者。"

克劳斯那副神情，恰恰是把他自己的影子投射到了元首——以及基督的身上。

"基督自知他终将赴死，而从某个节点开始，元首也同样深知这一点。之后的一切就要看继承他们遗志的门徒如何表现了。元首的门徒们从地面上失去了踪迹，但他们决不会消失。他们将继续悄悄地传教布道。"

"可是纳粹主义不是宗教吧。"

"它是比宗教更像宗教的东西。就像犹太教徒宣称犹太人是被神选中的子民，而雅利安才是真正被选中的民族。那是一种意志，由最新、最优良的人种来创造民族共同体，那就是元首提出的纳粹主义。有一件事，我必须和你说清楚。关于我与曾经身为党卫军一员的赫斯拉小姐私交甚密一事……其实，我曾是她的上司。是的，我以前也是党卫军的军人。"

对方主动提出冈特想知道的情报。冈特佯装惊讶。

"但你不是说，自己因为反纳粹才流亡到美国……"

"如果初次见面，我就告诉你我曾经是党卫军，你一定会带着先入为主的观点看待我。我很想避免那种状况发生。'前党卫军'——战败后，光是听到这个头衔，就足以让普通人否定某人的一切。人们认为只有穷凶极恶，异常冷酷的人才会参加党卫军，但事实并非如此。整个德国最优秀的人才都集中在党卫军高层，尤其对于我们这样的科学家来说，成为一名党员，成为党卫军士兵，是让自己的研究得到国家支持必不可少的途径。我并不想一直欺瞒你。我本想把你放在身边，在得到你充分的理解和敬爱之后，再同你坦陈这一切的。"

"即便你曾经是党卫军的人，我也没打算指责你这一点啊。"

"这样啊。确实，我一直相信你会理解我的。之所以把同为党卫军的赫斯拉小姐派来辅助你做康复训练，也是为了慢慢引导你自己接近真相。她总是全身心奉献给自己的职务，现在她也依然为了身心有障碍者而努力工作。可是施泰因赫灵的人却看不到这一点，甚至还在本地发起抵制运动。她被地方政治团体利用了。"

"我无法理解的只是你为何能滞留在美国而已。你刚才跟我坦白说，因为反纳粹才流亡到美国是谎话，但你曾在美国生活应当是不争的事实吧？"

"我不喜欢你用'坦白'这个词，我只是在陈述事实罢了。关于滞留在美国一事，没有许可，我不能详细与你说明。请你将这些事项看作国家机密吧。"

"难不成你是国家间谍吗？"

克劳斯差点要爆发出他那种大笑，但或许是忌惮隔壁有人，他压低了声音。"我信任你，就告诉你一些无伤大雅的信息吧。若你是那种听了三言两语便开始大肆宣扬自己主张的顽固之辈——诸如社会正义，人道主义云云——或者，若你是闷头只想从中获利之徒，想必会从我话中推断出所谓的事情全貌，再卖到新闻报社大赚一笔。但就我的观察而言，你并不是那种类型。"

"连我自己都不知道自己是什么类型的人。"

"你觉得，身为胜者的美国想要什么样的战利品？其一是对抗苏联的情报，其二便是德国科学家的头脑。美苏两方都非常渴望得到优秀的科学家和他们的研究成果，然而，德国国内根本就不存在既是优秀科学家，同时又从未加入纳粹党或党卫军的人啊。"

克劳斯的下巴在颤抖。他忍着笑，笑意从下巴一路延伸到他的咽喉。

"一旦置之不理，这些头脑就会落入苏联手中。所以美国政府表面上谴责纳粹，背地里却不得不给予丰厚的待遇。他们采取特殊措施，引进德国科学家去美国本土。这叫作'阴云行动'。去年，国内的电台和媒体不是报道过，一个住在美国，名叫多恩伯格的德国人，获得了美国火箭协会的宇宙科学奖吗？"

"不清楚……"新闻太多了，冈特根本不会一条条去记。

他想起当时为了换取粮票被强制要求观看纪录片，那些他不愿回忆的画面在脑中重现。

"多恩贝格身为火箭研究开发第一人，在诺特豪森附近的废弃盐矿里挖出总长将近一千五百米的隧道，建起了一座地下工厂。说到这里，我要换个话题。"克劳斯稍稍改变了语气，"这座盐矿是个很有利用价值的场所。你知道阿尔陶塞盐矿的用途吧？它离这里很近。"

"那是用来保存希特勒四处搜集来的美术品的吧，但被英军发现后全都没收了。以防万一，矿路上似乎还装有炸弹，一旦落入盟军手里就直接炸毁一切。"

"是的。对于真心热爱艺术品的人来说，它们就等于自己的半身。与其交到不懂得它们价值的俗人手上，还不如一同赴死。"克劳斯眼中波光粼粼。

"那么，说回诺特豪森的地下工厂。"他很快又回到先前的话题，"多恩伯格派多拉的囚犯 [1] 去完成这项工程，并且继续压榨那些罪犯为他造火箭，用完就全部丢掉。现在全世界都知道这帮囚犯差点儿饿死了。那是多恩伯格制定的火箭生产时间表导致的结果。而我呢，丝毫不打算谴责他，

1　指关押在密特宝-多拉（Mittelbau-Dora）集中营的囚犯。该营位于诺特豪森和埃尔里西之间，由多拉集中营和附近的工厂群（Mittelbau）组成。以秘密开发V-1火箭和V-2火箭为世人所知，受害者超过六万人。

他的研究非常伟大。我唯一要谴责的是'美国人的谎言'。如果遵从纽伦堡法庭的审判结果，多恩伯格毫无疑问是要受绞刑的。可是美国却给了他最高的待遇。德意志崩坏时，他们还在跟日本交战，无论如何都想把德国的火箭弹技术导入自己的国家。他首先被郑重护送到美国本土参与导弹开发，之后被转去贝尔航空公司的研究所。如今的多恩贝格，已在德事隆跨国集团旗下担任贝尔航空的副总裁了。"

"什么人道主义、民主主义，都是狗屁！"克劳斯压抑的笑声更加松动，下巴上的肥肉不住颤抖，"而杜鲁门呢，明面上发号施令禁止纳粹及党卫军相关人士入境，却转头在第二年就开了后门。'仅在科学或专业技术上获纳粹政府表彰或取得社会地位者'，不在美国的限制名单之列。这个计划代号为'回形针'，属于国家机密。"克劳斯摆摆手指，"他们——我指的是回形针计划的工作人员——非常卖力地寻找曾经与纳粹和党卫军相关的科学家，送往美国本土。除了德国之外，美国大概是最钟爱纳粹的国家了！"

冈特心想，美国政府表面上谴责纳粹，背地里却只为特定人士提供丰厚的待遇……从美苏之间的冷战局势来看，这并非不可理喻。世上没有一个政党对布尔什维克的敌意比纳粹更强烈，希姆莱甚至将党卫军定义为"反布尔什维主义斗争组织"。并且就连英国首相丘吉尔，在战争结束几年后，也直言"我们搞错了该杀的猪猡"。

"也就是说，美国政府比起复仇的快感，更看重本国的利益吧。"

冈特这句自认为意义深远的哲言惹得克劳斯高声大笑。

"德国崩坏后，我和我的家人通过'阴云行动'一起前往美国，在那边受到了优待。"

"这正说明我值得他们的礼遇啊。"克劳斯自豪地说，"他们本来只想从我口中套出门格勒的研究内容。"

约瑟夫·门格勒的大名，与奥斯维辛集中营一起广为人知。由于他用收容者进行活体实验一事遭到揭发，被认定需要为约两千人和二十万人的死亡负主要和次要责任，但他目前依旧逍遥法外，无人知道他的行踪。

"门格勒和我，同样在法兰克福的歌德大学附属'遗传生物学及人种学研究所'供职。虽然他的资历长我一年，却视我为强大的竞争对手。门格勒是个直率且意志坚定的人，他心思缜密，又充满活力，即便遭遇困难，也依然践行最初的目标。作为党卫军的医师，他广受尊敬和爱戴。他才是理想的优秀德意志人。"

克劳斯的眼眶有些湿润。

"优生学旨在淘汰粗劣的遗传因子，同时保存优良的特质，在德意志的科学家手里，这门学科有了飞跃性的发展，并得到了光辉灿烂的成果。然而，即便美国再想利用他的智慧，世界却不会允许他们给门格勒颁发免罪金牌。于是他们盯上了既跟集中营没有关联，研究内容也与门格勒分庭抗礼的我。而我的业绩远远超出了美国当局的预期。"

"你在学校里也学过人种卫生学吧？"克劳斯问，"'优秀的民族如果为那些治不好的精神病人和毫无生产力的流浪汉花费巨额钱财，就是对国家和民族的犯罪。'如今他们禁止人们这样说，但数据会忠实地呈现一切。"

克劳斯这一番话，让冈特从自己的记忆深处挖出课本上的数学题。

假如：某市将用于救助残障人士及流浪汉的款项，共计205,740帝国马克改用于建造公共设施，一栋约需花费3,000帝国马克，问最多可建造多少栋？答案是168栋。设劳动者年收入为每年1,500帝国马克，而维持一个社会低能儿一年的生计，需要赔上几个健康劳动者一年的收入呢？答案是 133 人。

"基因的变化性；遗传因子在代谢过程的运作方式；对黄体酮作用的研究；不孕不育。想来你大概无法理解这些专业术语，我就省去了，但今后数十年——不，数百年间，所有与人类基因相关的分析研究，恐怕都不得不建立在由我主持的研究得出的成果之上。"

冈特回想起他是怎么处理那对双胞胎的。那间接导致了玛格丽特发疯。

"越在美国所谓民主主义的幌子下生活，我就越是厌恶那个国家。民主主义！那不过是一个空有巨体，头脑却还没针尖大的古代生物罢了！于是我决心回国。"

冈特心想，既然他在美国举足轻重，美国人不太可能同意他回国。既然同意了，多半会在慕尼黑大学给他一个生理科学研究所之类的职位。或者是个体经营，那他也应当会前往规模更庞大的研究所担任要职。

而他却和助手两人单独窝在自己家里……总觉得不太对劲。冈特觉得，他反倒像一个被榨干所有情报后闲置不用的弃子。

"德意志是优秀的民族。"克劳斯继续说，"世界却不愿承认这一点，他们害怕承认这一点。我们如今佯装弱小，缩手缩脚地过活。一旦挺起胸膛，又会被世界批判为德意志人的傲慢。然而身为优秀的种族，却要戴上枷锁去配合劣等生物的步调，这毫无疑问是错误的。"

"我也是德意志人，所以很乐意认为自己国家的国民优秀。可是平心而论，匈牙利人也曾组建起强大的帝国啊。而德意志完成统一的时间比其他国家迟了很多，这也是历史上不争的事实。在十八世纪的启蒙主义运动中，标榜自己为世界市民而非单纯的德意志人，才是当时的德国人——尤其是普鲁士人之间最为推崇的态度。"

冈特本以为自己的反驳会激怒克劳斯，想不到对方却心情大好。

"当时的人都被法国带坏了。"说着，他拍了拍冈特的肩膀，"能有旗鼓相当的对手与我辩论实是一件乐事。你果然担得起做我的弟弟。"

"对了，"克劳斯探身来问，"你如今已对我怀有充分的敬爱，也理解我的做法，那么我有一事相求。"

"什么事？"

"我想请你担任我的护卫。"

冈特心下一惊，看来克劳斯果真看过玛格丽特的笔记——或者看过那张写了"我们决不遗忘"并且带有署名的纸片。所以，他早就知道弗朗茨和恩里希恨他了？住在美国时，两个复仇者离他很远。可现在克劳斯在谢肉节上发现了他们。原来，用近乎监禁的手段硬把我留下，是为了拉拢我站在他那边？还有，他是否已经察觉了那两人在施泰因赫灵守株待兔，并一路跟着他们过来？

"你不是有史密斯保护了吗？"

"我正是希望你能从他手上保护我。"克劳斯凑得很近，声音小到几乎听不清。

"史密斯不是你忠实的助手吗？"

"但他同时也负责监视我的一举一动。"

"我为美国做了许多杰出的贡献。"克劳斯挥舞着双手说，"他们已经没有理由阻止我归国。但是，我同时又熟知美国军方的科技机要，'阴云'和'回形针'都是由陆军情报部从通常预算中拨款支持的。也就是说，尽管行动本身是高度机密，但依然属于美国的公开政策。你方才从我口中听说的，只是我所掌握的大量情报中极微小的一部分，但若此事公之于众，也将会极大损伤美国在国际上的信用。他们惧怕的还有一点，要是德国科学家知道得太多，万一落入苏联手里就麻烦了。史密斯是 JIOA 派来的，他既是我的助手，也是贴身护卫，更肩负监视我的职责。"

"JIOA？"

"是'美国国防总省综合情报管理局'的缩写，我的一举一动都会被史密斯上报给JIOA。"

"请不要告诉我这些。这些与我无关，我也不想扯上关系。"

"但你现在知道了。"

"那你雇一个专业保镖不就好了吗？"

"他们不可信。我拒绝把护卫工作交到自己不爱的人手上。好吧，我也可以退一步，如果你愿意常伴我左右，我就放弃把米夏尔打造成全世界独一无二的艺术品。这是我最大限度的让步了。"

说到这里，克劳斯稍作停顿，像是想确认自己发言的成效。而后他继续说："如果我提出要巡视废墟，史密斯一定会与我同行。你想想，一座无人的废墟，这可是他抹杀我的绝好机会。所以我才带上你和所有的家人同来，被这么多双眼睛盯着，他是无法贸然行动的。"

"照这么说，看来史密斯有什么非得杀你的理由啊？"

"唉，我没想到你竟是这么愚钝的人。你是故意装作听不明白吗？难道要我跪在你脚边，苦苦恳求你的同情才满意吗？美国榨干了我的头脑，我对他们来说已经没用了。虽然没用了，若是储存在我头脑中的军事机密被他国劫去，那就大事不妙了。但同时他们又不能轻易把我抹除，万一闹到公权机关，他们也会难做。对JIOA而言，本人——克劳斯·维瑟曼，可以说是一个无从下手的负担。"

"可是，你先前不是来看过城堡的状态吗？你说有熟人带路，那时候史密斯在哪里？"

"那只是表面上的说辞罢了，因为那时我还不能向你详细解释原委。

明天我们要进入城堡内部，你不认为那是个秘密杀人再伪装成意外事故的绝佳地点吗？如果我死于意外事故，警察也不会介入。如今我能依靠的只有你了。"

"史密斯真的想杀你吗？"

冈特怀疑，这一切要不就是维瑟曼被害妄想过度，要不就是瞎编的谎话，企图以此巩固两人之间的关系。如果史密斯真想趁机杀害维瑟曼，再伪装成意外身亡的话，机会多得是，根本没必要等到现在。

"你让那个叫杰尔德的男孩与我们同行，又是什么用意？"

"怎么，你现在又要审问我？我不是在车上跟你解释过了吗？"

"只凭他母亲和你的女人同名同姓，就要收养他当儿子，你倒真是菩萨心肠。"

"我的确菩萨心肠。"克劳斯大大点头，"虽然那是战争年代的事了……我还曾抚养过两个孤儿，只不过因空袭而失散，至今再未碰面。更不要说，我又是多么慈爱地抚育玛格丽特所生的你的孩子！在那个资源匮乏的饥荒年代，我不但确保家人的生活毫无困难，也从来不区别对待别人的孩子与自己的骨肉。我是美国的牺牲品。美国在想方设法利用战败的德国。你知道战争是什么样，而如今，我们遭到美国文化毒害的新一代对什么都一无所知。你和我都曾爱过希特勒，在这点上我们是一类人。史密斯是敌人，你是我的同伴。我要你发誓，发誓你将保护我。这是我们的契约，明白吗？"

"保护你不受史密斯侵害，是吗？"

"不，是保护我不受来自 JIOA 的任何侵害。"

弗朗茨和恩里希的复仇计划与 JIOA 无关。

"那作为交换，你不能人为改造米夏尔。"

"好吧。但我希望你记住，是你亲手断送了一个天籁之音。"

"天籁之音……就因为他不是你的亲生儿子，你就要……"

听冈特这么说，克劳斯从喉咙深处憋出一阵诡异的笑。"若他是我的亲生儿子，我更会毫不犹豫地把他献给美神。"

"你为什么不允许米夏尔上学？每个孩子都有受教育的权利。"

克劳斯忍不住笑出声，仿佛刚听了个天大的笑话。"怎么连你都大谈民主主义那一套！你是认真的吗？学校教育？错误的教育只会让孩子走上弯路。只是把那些低劣的思想植入孩子们柔软的大脑！米夏尔的学识、教养，都比他同龄人丰富不知多少倍，已经足够了。"

"我可以答应，但是我赤手空拳，实在很难胜任护卫工作。"

听冈特这么说，克劳斯取出一把手枪，郑重地把它交到冈特手上。

"弹匣是空的。明天我们先去某个地方交换誓言，之后我会用九毫米子弹填满这把瓦尔特的弹仓。"

冈特虽然不信克劳斯所谓不会伤害米夏尔的鬼话，但得到武器让他踏实了不少。

"把外套脱了，随便坐吧。"杰尔德遵从史密斯的建议脱衣服的时候，留心过不要让室友看见大衣内侧，但他的动作反而引起了对方注意。史密斯从他手中夺过外套，抖了抖衣服掂量重量，又探进内兜一阵摸索，从里面抓出一把手枪。

"这东西小孩子拿着太危险了，我帮你收着吧。"

他或许是满足于这项重大发现，此后再没对杰尔德进行任何身体及持有物的检查，包里的对讲机因此逃过一劫。

这时候，克劳斯来找杰尔德，叫他去自己的房间。

"跟我详细说说吧。"克劳斯·维瑟曼先把狗放出屋外，然后悠闲地靠进扶手椅里。

"请问要说什么？"

"你母亲去世时的经过。她什么时候死的？"

"去年秋天。"

"死因是什么？"

"肺炎。她在车站的面包店当柜员，因为天气太冷冻出了感冒，后来就恶化成肺炎了。"

"肺炎吗？"

杰尔德先是点头，然后突然反应过来，他们初次见面时，自己说的是"去年夏天死于车祸"。这就像在警察反复审问下露出马脚的罪犯一样。虽然他祈祷克劳斯不记得先前那套说法，但遗憾的是，对方并未罹患健忘症。

杰尔德体会到，愤怒可以让一个人显得无比巨大。见克劳斯下一秒就要揪他的领口，杰尔德连滚带爬逃离扶手椅，只想开溜。

开门一看，只见那条杜宾犬蹲坐在楼梯旁，活像地狱里的看门狗。刚踏出一步，那狗就皱着鼻子龇出满口獠牙，狺狺低吼恐吓他。杰尔德慌忙关门。

"谁给你的胆子？为什么要撒谎？"

"她没死！"

"她没死？那她现在在哪儿？"

"不在！她不见了，离家出走了。"

"是真话吗？"

"是真的！"

"为什么离家出走？"

"她跟一个男的好上了，所以把我抛弃了。"

"她本人对你这么说的吗？说自己去跟男人同居，所以要抛弃你？"

"不是，她就是突然不见了。"

"以前有没有过这种事？"

"有过。"

杰尔德又不由自主地说了谎。如果说这是第一次，感觉对方又会烦人地问"那你为什么觉得她这次是跟男人跑了"……甚至在他冒出这个念头之前，谎言就脱口而出。

"至今为止，你总共撒过两个谎。你能证明刚才那句话不是第三个谎言吗？"

"你可以去问尼科斯……或者问我家公寓的房东也行。"

"我想问的是你撒这些无趣谎言的理由。直接说一句不见了，到底有什么难度？你为什么非要说她死了？"

杰尔德告诉他是自尊心的问题，克劳斯听罢便爆发出一阵大笑。可是他脸上却没有丝毫笑意，空有像机关枪一样断断续续的笑声。

笑声陡然停止，"那个男人在公寓里留下痕迹了吗？"克劳斯问道。

"倒也没有。"

"真的一点儿都没有吗？"

"没有。"

"那你怎么知道她和男的跑了？"

"是尼科斯说的。她在中央车站被一个男的叫住……所以，我觉得只有这个可能。"

"尼科斯是谁？"

"在面包店上班的希腊人。"

"他亲眼看见那个男的跟你母亲搭话是吗？"

"对。"

"那个希腊人现在在哪里？"

"为什么问这个？"

"在哪里？"

"施泰因赫灵的那家机构……"

"在那儿？叫尼科斯是吧，姓什么？"

"佩拉基斯。"

"他是怎么描述你的母亲和那个男人重逢时的场景的？"

"他说我妈很开心，还请那个人去家里玩。"

但男的看起来不怎么开心——尼科斯确实是这么说的——那人个子很矮，下巴肉胖胖的垂下来，看着大概四五十岁，好像很有钱，穿很好的衣服……

到了这个时候，杰尔德才终于发现，尼科斯口中男人的外貌完全符合克劳斯的每一项特征。

"请问……您为什么对我妈的事……"

……这么上心？他正要问，却把话吞了回去。这个问题很危险。克劳斯刚才说的是"你的母亲和那个男人重逢"，可是杰尔德分明还没告诉他尼科斯说两人"很久没见"呢。

只要太阳一落山，外面就冷得像寒冬腊月。透过树林，远远可以望见"土耳其人旅社"窗户里的灯光。

赫尔穆特放下贴在耳边的对讲机，走向小卖店旁的公共电话亭。

——昨天，赫尔穆特去跟上校请假，不出席今天的训练活动。上校吼他，"既然有力气请假，就给我滚过来训练。"赫尔穆特告诉他，"杰尔德为了帮助朋友，不得不舍身成为诱饵去找维瑟曼，所以自己必须去救人。"

听罢，"维瑟曼博士是杰尔德的父亲，这不是你该管的闲事。"上校说，"前几天杰尔德被抓的时候，哭着来求我找熟人去保他的人不是你吗？所以我才联系我的老相识——维瑟曼博士啊。"

上校跟维瑟曼是旧相识的事，赫尔穆特还是头回听说。

"那时候我不知道他们是父子，但看了你手上那张杰尔德母亲的照片我就知道了。那女的我很熟。看来维瑟曼博士不知道他是自己的亲生儿子，稀里糊涂就去保他了啊。"

"不是的，杰尔德不是维瑟曼的儿子。维瑟曼亲眼看到他没有胎记，自己跟他说的。"

"博士跟那个布里姬忒·卡芬生的孩子本来就没有胎记。她生孩子的时候我在场，绝对没错。"

"可是杰尔德很怕维瑟曼啊！"

"他肯定误会了吧。哎我说，怎么每次扯上杰尔德，你就这么激动？团员都开始传你们的闲话了。"

"我没有亲人，所以把他当弟弟一样。而且上校，不是您命令我把他带回来的吗？"

"那是因为纵容逃兵会对其他团员造成恶劣影响，但我看你的固执早就超出我的命令范围了嘛。"

"我只是忠实执行命令而已。"

"同性恋是基本法条明令禁止的，一旦发现就要坐五年牢。你应该很清楚吧，那些肮脏的基佬跟卖淫的、赌博的、偷渡的，都是我们'国防体育团'要消灭的对象。团员都很敬重你，你再追着那个娈童不放，只会辜负团员对你的信赖！那两个让杰尔德当诱饵去接近维瑟曼的人有什么企图？"

"……我不知道。"

"长什么样？"

"他们是住在犹太巷里的街头艺人。详细情况我也不清楚，我只跟他们说好帮杰尔德逃走。"

"犹太巷的杂种啊！"上校啐了一口，"杰尔德是明天跟博士见面是吧？"

"他会先去施泰因赫灵，在那边跟维瑟曼联系上，然后等待他进一步指示。我想，维瑟曼大概会来接他，再把他带回自己家吧。"

上校稍作考虑后，"行吧，特别批准了。"紧接着强硬地说，"随时报告状况。听见没？一定要随时报，越详细越好。"

听到赫尔穆特用公用电话第一次报告，说他们住进了上萨尔茨堡的旅社时，上校显得非常吃惊，然后要求赫尔穆特跟杰尔德进一步打听更详细的情况。赫尔穆特告诉上校，杰尔德现在跟其他人在一起，他不能主动联系对方。

第二次报告时，呼叫音才响了一声，上校就接了。

"杰尔德主动联系我了。明天维瑟曼一行人似乎要去一座废弃的城堡。"

"什么，废弃的城堡？"赫尔穆特的耳朵差点被电话那头的上校震聋，"城堡？喂，他真这么说？"

"是的。"

"确认无误是吧？"

"杰尔德是这么说的。"

"再详细问！他们去废弃城堡干什么？那地方在哪？在上萨尔茨堡附近吗？"

"似乎离得不远。"

"去掌握正确的情报再来报告！去问杰尔德！"

"我不能主动用对讲机联系他。杰尔德跟维瑟曼的助手住在一起，他是趁那个助手上厕所的时候联系我的，只有说上两三句话的时间。"

"维瑟曼带去的都是什么人？"

"他自己，他的夫人、儿子，他的朋友、助手，再加上杰尔德，一共六个人。"

"都带武器了吗？"

"看起来像全家出游，我想应该没有武器。"

"你不确定是吧？"

"是的。"

"不要说推测，只说准确消息。他们明天几点出发？"

"杰尔德说七点吃早饭，吃完就出发。"

"继续监视。"

赫尔穆特回答"是"，正想就此挂掉电话时，"等等。"却被上校制止。

"你说的杰尔德那两个朋友，为了跟维瑟曼博士见面也到那里了是吧？"

"是的。"

"他们已经见过了？"

"还没有。"

"为什么？去旅社立刻可以见到，为什么不直接去？你，明早之前给我打听清楚那两个人找维瑟曼博士究竟有什么事。一有消息马上通知我，听明白了吗？必须马上通知我！"

无论出于什么理由，弗朗茨和恩里希都会紧咬住维瑟曼不放，杰尔德的使命已经完成了。赫尔穆特本想直接带他离开旅社，可是他在对讲机里跟对方提的时候，杰尔德却回答"外面有条狗看着，现在出不去"。

赫尔穆特挂掉上校的电话，竖起领子挡风。冻得牙齿打战的他走向那辆甲壳虫，只见弗朗茨和恩里希在车里裹上他们所有的毛毯，紧紧靠在一起取暖。

赫尔穆特敲了敲车窗，请他们让自己上车御寒，然后坐进汽车后座。弗朗茨给了他一条毛毯。车上虽然没有暖气，但总比在外面吹冷风好得多。

赫尔穆特把从杰尔德口中听来的信息，包括维瑟曼一行的具体成员和目的地都告诉两人。

"维瑟曼和玛格丽特有一个儿子？"弗朗茨向他求证。

"对。另外，杰尔德说晚饭的芦笋和冰腿很好吃。"

"怎么把宝贵的时间浪费在这种无聊信息上，别的事哪个不比这个重要？比如维瑟曼那个朋友，还有助手，看起来能不能打？那个儿子多大？有没有带武器？"

赫尔穆特也跟弗朗茨说了先前报告给上校的推测：他们看起来就是来郊游的，应该不会带武器。

"那个朋友和助手太碍事了。"

听恩里希这么说，"你不用动手，跟你说几次了……看来不行啊。"弗朗茨的声音沉了下去。

"别老抓着这事儿啰唆个没完。"

"不会像杀猪那么顺利的。"

恩里希从鼻子里笑了一声。

"怎么，你们要杀维瑟曼啊？"赫尔穆特插嘴道。

"如果我说是，你想怎么样？去告密？"恩里希把手枪架在座椅靠背上，枪口对准赫尔穆特。

"你们干吗这么恨他？这事跟我没关系，我本来没打算问的，但看情况，我有可能需要跟那家伙对峙。如果他是个值得我恨的家伙，那会好办很多。"

"你不是极右吗？"恩里希说，"维瑟曼以前是党卫军，是你们信奉的纳粹党。他们企图灭绝其他种族，践踏波兰……"

"我只是想让国家承认，为国捐躯的士兵是英雄。我想证明我哥没白死……你们是犹太人吗？"

弗朗茨摇摇头，喝了一口火酒，又劝赫尔穆特也来几口。

"……是母亲把我们杀害……"恩里希开始哼歌。

"我和你不一样。算我求你，别动玛格丽特。"弗朗茨紧紧抱住恩里希，吻了吻他的头发。

"我们所有的不幸和屈辱，都是来自那两个人，你怎么能忘记呢？"

"……我本来以为这辈子不会再碰到他了。战争结束后，我去过施泰因赫灵，以前见过的人我一个都没找到。不过，就算当时见到他了，我也什么都做不了吧。"弗朗茨又喝了一口火酒，"极右。"他喊赫尔穆特，"我爹妈生我的时候，给我取的名字叫塔迪修·奥勒布里斯基。"

"破烂佬啊？"

听到这个蔑称，弗朗茨依然面不改色，简短地阐述了自己小时候被强行绑来德国的经历。

等到恩里希正要说自己的声音是被谁，又是用什么方法制造出来的时候，"别说！"弗朗茨打断他。但恩里希却没有停下，"我非得告诉这个土豆佬不可，那家伙骨子里就是个无药可救的偏执狂！"他把自己曾受过的残忍对待一口气全讲出来，摆在赫尔穆特面前。

"那你们不会回国吗？国内不是还有亲人吗？"

良久，赫尔穆特终于开口。接着他有些不服气地说："你们之所以留在德国，就是因为这里的生活条件更好吧。"

"我跟一个犹太女孩儿睡过。"弗朗茨说，"她是从比克瑙[1]出来的。集中营里头，在党卫军手下工作的有波兰人、希腊人，还有从马赛来的家伙。她说她被一群打杂的破烂佬轮奸，每一个参与过的人的名字，她都像文身一样刻在自己的脑子里。"

而其中一个人就姓奥勒布里斯基——赫尔穆特听见了弗朗茨近乎无声的话语。

弗朗茨小声地唱起歌谣，柳树摇曳着枝条哭泣。

少女也哭成了泪人儿。玛格丽特从床上爬起来，把窗帘微微拉开一条缝。窗外只有黑夜。柳树啊，不要哭，我们的心也会痛。那凿穿了数千个夜晚的空洞被一个四肢着地的婴儿填满。玛格丽特委身在弗朗茨胸口那鲜红的洞里，于是洞壁被静静地缝合，她在血肉之中小憩。你的心脏被我吃了。玛格丽特自己变成了弗朗茨的心脏，将血液输送向他的四肢。奔腾的血液流成一条河，那河得名"期待"，又为心脏冠名"绝望"。世上再没有一张床，比一具四分五裂又剜有空洞的胴体更加舒适。我爱你，像核桃的壳和肉一样毫厘无隙地爱着你，弗朗茨。没有任何的不幸。

1　即奥斯维辛集中营。

3

怪物存在的证据

就是有牺牲者

————赫伯特

天还没亮，外婆就起床揉面。玛格丽特也去帮忙，用上了全身的力气。外婆把揉好的面团放进稻草篮里，四个小时……五个小时……面团涨成满满一篮。揉好的面团要送到教堂旁边的公用面包炉去烤。外婆拎着篮子，玛格丽特揪着她的裙摆蹦蹦跳跳地前进。星期六是村里的烤面包日，面包师傅一边往灶里添柴一边等她们来。Gruess Gott，格蕾琴。炉子烫得像一大块烈火，村里的女人们拎着装面团的篮子陆续前来。师傅从炉子里抽出木柴，又扫干净炉渣，把面团放进滚烫的炉洞，盖上盖子。玛格丽特揪着外婆的裙摆回家。

烤好了吗？外婆，烤好了没有啊？还没好呢，格蕾琴。等到太阳升得老高，稍稍有些偏西的时候，外婆就会说，走吧，咱们去取面包。面包被炉灶的余热烤得恰到好处。玛格丽特根本等不及回家，就先让外婆帮忙切下一个边角，塞进她的嘴里。满口都是面包的香气和纯粹的味道，就连吹来的风都那么舒服。玛格丽特品尝着美味的面包，露出微笑。她的表情让冈特既惊又喜。明亮的晨光透过窗户照进餐厅，冈特也撕开一块刚刚出炉的圆面包，涂上许多黄油。融化的黄油柔软地渗进面包里。

昨天用晚餐时，玛格丽特吃了些肉丸汤，新鲜的煮白芦笋，还有从国王湖捕来的黄油烤鳟鱼，吃得还挺开心。冈特发觉，她之所以没有发病，恐怕是因为现在的上萨尔茨堡全无战时的面貌，没有唤醒她记忆的钥匙。但她仍旧对四周环境漠不关心，也毫不打算跟新来的杰尔德说话，仿佛他就是一个与她没有关系的陌生人。"美国的面包很难吃啊。"克劳斯和蔼地说。

喝完一杯咖啡，克劳斯的目光投向放在餐馆一角的钢琴。冈特还没来得及阻止，他就已经走到琴旁，掀开盖子，手指在琴键上游走了。

"刚吃完饭，确实比较难发声，但总比停练一天好。"

米夏尔开始了他单调的发声训练，冈特有点担心玛格丽特会陷入错乱状态。

玛格丽特静静地听着。

妈妈，妈妈，我好饿
求你给我面包，我快要饿死了

幼小的恩里希唱道。

等一等，我可爱的小男孩
明天，我就去割麦

少年弗朗茨唱道。一群孩子肩并着肩，有气无力地走在农道上，每人都有一头熟透的麦穗般金黄的头发。

妈妈，妈妈，我好饿

站在最前面的弗朗茨把孩子们护在身后，倔强地瞪着前方的人。

求你给我面包，我快要饿死了

弗朗茨用锋利的刀割下自己侧腹上的肉，像滋养秃鹰的普罗米修斯那样分给其他孩子吃。玛格丽特也有样学样。两人把伤口贴在一起，弗朗茨的血在玛格丽特体内循环，玛格丽特的血也流进弗朗茨身体里。玛格丽特走在通往"会唱歌的城墙"的路上。汽车在沥青山路上蜿蜒前进，一路走来极少看到别的车。

野兔横穿山路，消失在草丛里。

汽车终于停在路旁，所有人各自背包，转而徒步行走。四月末的山地上还残留着浓厚的冬日气息，路边连个花的影子都见不着。一行人踏入深邃的森林，拨开杂草，寻找被它们覆盖的兽径。

曾经遮天蔽日的森林，在漫长的人工开发和战争中几乎全毁，现在的枝繁叶茂多半是事后人工手植的成果。不过在这一带，尚有几棵足足一抱粗，上生苔藓的大树，还算余留一些太古风貌。蕨类植物和蔓草占领了地表，遍覆青苔的树干倒在脚边，天空藏在冷杉枝条后面。

他们早已偏离了远足路线，脚下也没有像样的道路可循。虽然能靠磁铁和地图辨认方向，克劳斯的脚步却没有一丝迷茫。

冈特有些不耐烦地看着米夏尔频频差点被树木绊倒，就连玛格丽特的步子都比他踏实得多。虽然信奉享乐主义，但冈特既了解军队铁则，又拥有战场经验，这导致无法容忍他人软弱的强者意识已经在他心底深深地扎了根。再说杰尔德，别看身板结实，但在冈特看来，他举手投足都太过于散漫。

杰尔德一直用小刀在树干上刻痕。他辩称，这是为了回去的时候不至于迷失方向。

"想玩少年团游戏就趁现在吧。"克劳斯豁达地说，"这一带要是被划作国家森林公园，那就连一根树枝都不能随便砍了。"

七八百年前，在城堡还作为边境据点发挥其作用的时代，城主用马刺催动马匹，拉弓猎鹿射熊。而潜藏在黑暗里的魑魅魍魉和狼，会袭击过往的旅人。时光积压在深邃的森林里，越是深入，就越会淡化和过去之间的距离。

像影子一样贴在克劳斯脚边形影不离的杜宾犬神经过敏地抽抽耳朵，吸吸鼻子。被人驯化的家犬接收到森林中野兽的敌意，伏下双耳不愿前进。每当此时，克劳斯总对它又骂又踢。

爬坡再下坡，渐渐地，冈特连自己在往上攀还是往下走都分不清了。

弗朗茨、恩里希和赫尔穆特沿着被踩倒的草和杰尔德留下的标记前进。森林繁茂的枝条制造出大片黑暗，散碎的白昼一片片嵌在枝丫里。

弗朗茨停下脚步，竖起耳朵聆听。他拔出手枪，藏在手臂阴影处。"后面有人来了。"恩里希也如法炮制。

好几个脚步声渐渐逼近，追过了弗朗茨、恩里希和赫尔穆特。

那是一支身穿登山服的五人团体，但全都是赫尔穆特认识的面孔。他们是狼人部队的队员。他们瞟了赫尔穆特一眼，默默地继续前进。

后面又来了几个人。赫尔穆特回头一看，只见布鲁诺·贝姆带着他的狼人部队缓缓接近，除队长之外还有五人，所有人都架着手枪。

"哟！"布鲁诺轻松地跟他打招呼，走上前来，"我们奉上校的命令来支援你了。"

"你出卖我们！"恩里希把枪口对准赫尔穆特。

"是友军，把武器收起来吧。"布鲁诺笑着说，但他手里也握着枪。

"你昨晚没报告情况吧？上校可是担心得不得了啊。"

赫尔穆特用眼神示意布鲁诺，不要当着两人的面提起这个话题。原本趁着醉意，弗朗茨毫不掩饰自己的杀心，但之后他便慎重不少。两人中总有一人盯着赫尔穆特，害得他从昨天晚上开始就没找到打电话的机会。

此时前面五个人回来了。他们前后包夹，渐渐逼近三人，每个人都握着手枪。

"把枪放下！"赫尔穆特下令。

"前提是他们先放。"布鲁诺说。

"你们到底来干吗？"

"帮你抢回杰尔德啊。"

"如果是友军，那就友好一点儿，而不是举着枪威胁人。"

"因为我看他们举着枪啊。"

"只要你们把枪收起来，这事就能和平收场。他们俩也不希望在这里打枪战。"

"你好像很向着这两个犹太巷的杂种嘛。"

"犹太巷的杂种？"赫尔穆特反问道。

"不是你跟上校报告的吗？我都是听上校说的。"

恩里希的脸色越发凶险，手指眼看着要扣下扳机。所有队员一齐把枪口对准了他。

"把枪扔了！赫尔穆特·查修威茨，你来说服他们，叫他们把枪丢掉。我也不喜欢搞得这么吓人。"

"先把枪收起来吧。"赫尔穆特对弗朗茨和恩里希说，"他们是友军，自相残杀没有任何意义啊。"

弗朗茨没理他，目光炯炯地寻找破绽。

"还是先赶路比较好，再这么浪费时间……"赫尔穆特一心劝导。

"你不可信。"恩里希啐道。

"就因为你们表现出敌意，事情才会变得这么麻烦的。"

嘴上说着，可是连赫尔穆特也搞不清楚上校和布鲁诺究竟想干什么。上校说过，维瑟曼是他的熟人。那么他派布鲁诺来，是想阻止两人杀维瑟曼吗？但是……赫尔穆特转变想法。就连他自己，也是昨天晚上才明确知道弗朗茨和恩里希打算杀人的。上校那边，他只说两人想知道维瑟曼的住处而已。

"赫尔穆特·查修威茨，你该不会跟他们一伙了吧？这两人为什么盯上维瑟曼博士？上校不是命令你打听出来吗？你为什么没有报告？"

包围圈逐步缩小。

这里所有人，除了布鲁诺以外，没有一个真正开枪打过人的。赫尔穆特心想，名头叫得挺响亮，实际上全是外行。

他在心里一个个呼喊所有举枪对准他们的队员的名字。住手吧，求你们住手——他盯着对方的眼睛，默默表达制止之意。而对方面无表情。

"布鲁诺，你们先把枪放下吧。弗朗茨和恩里希没打算对你们开枪，只要你们不先动手的话。"

"你能保证？"

"可以，他们的目的不是杀你们。"

"好吧。"布鲁诺点点头，率先把枪收回皮套。见到队长的信号，队员也纷纷效仿。弗朗茨和恩里希于是稍有松懈。就在那一瞬间，所有人赤手空拳冲向他们两人，从背后箍紧脖子，制住他们的双手。

赫尔穆特正要拔枪，对方的枪口却已经抵在背后。"把手举起来，放到脑后！"布鲁诺命令道。

他让队员把两人反手绑住，又命令其中一个去报告上校。

"上校在哪里？"

布鲁诺没理会赫尔穆特，只是催促"快去"！

就在此时，恩里希撞飞捆他的人，同时弗朗茨也踢倒队员，两人一起跑远了。

"别开枪！"布鲁诺阻止手下，"追！抓住他们！"

他害怕让游客听见这里的枪声。

两人的手还被捆在背后，却敏捷地伏低身子往前冲。队员横向散开，一边组成半圆队形一边追。森林一视同仁，把追捕者和被追捕者都藏在树荫里。

"上校真的让你杀了他们吗？不经过法庭，擅自杀人是犯罪啊！我们应该专注于夺回杰尔德！"

"你不会真以为，狼人部队会尽全力去抢你家亲爱的吧？"布鲁诺嘲笑道，"死基佬！你简直就是'国防体育团'的耻辱！"他继续用枪顶着赫尔穆特的背，让他向前走。

"你打算怎么处置我？"

"你要是违背上校的命令，那就不得不处刑了。"

"我没有接到任何命令！"

"因为你昨天没给他打电话。"

"我一直跟他们两个在一起，根本没有机会打电话！仅此而已。你快把枪拿开，我凭什么要被你拿枪指着？上校的命令是什么？保护维瑟曼吗？"

"是赶尽杀绝。"

布鲁诺回答的瞬间，赫尔穆特被地面上的树根绊到，向前一个踉跄。他由此和枪口拉开了距离。同样失去平衡的布鲁诺压了上来。赫尔穆特返身，双腿照着布鲁诺的腹部一蹬，这又给他制造了拔枪的机会。他顺势朝着蜷成一团惨叫的对方的头部狠狠一敲。

布鲁诺陷入昏迷，赫尔穆特缴了他的枪，顺便搜身寻找其他武器。他先抽走布鲁诺的皮带，把布鲁诺的双手捆到背后，又用毛巾把脚腕绑在一起。紧接着拖到不起眼的洼地旁，一脚把他踹了下去。

不仅视野陡然开阔，脚下的地面也变成了岩盘。等转过巨大的岩山，崩塌的城墙和耸立的高塔便进入冈特的视线。

冈特看了看表。从他们离开旅社到现在，已经过去了两个多钟头。

为了抵达城堡脚下，他们需要先下溪谷过河，然后再次攀登岩山。

最终抵达的古城，尽管只剩下一部分城墙和主塔，却依然巨大无比，需要仰望才能看到顶端。整座城堡与岩山融为一体，直冲向天。在旁看来，城墙仿佛受到岩石侵蚀，甚至连材质都被山岩同化。塌毁的上半部分，仿佛本想靠着城体接天连地，却被无情的奥丁一锤砸碎。

"这是与'时间'斗争后落败的勇士的遗骸。"克劳斯说，"是远比有血有肉的人类造成的战争废墟更为激烈、残酷的斗争痕迹，创造了那座巨大的墓碑。这座废墟，正是勉勉强强将'时光'固定成形的产物。"

你打算怎么把修复所需的巨石运过来？这需要极为庞大的人力物力！——这些问题固然现实，但冈特也看城堡看入了迷，没有开口发难。

城门塔早已土崩瓦解，与岩山化为一体。护城河被掩埋其下，完全消失了踪迹。分隔内外城郭的城墙两端原本建有圆塔，如今只勉勉强强留下了根部。城墙继续延展，主塔耸立在尽头。筑成时，外墙上应该刷了石灰，在太阳光下闪耀着白银的色彩，但在数百年岁月洗礼之下，它变得黑黢黢，最终化为巨大的沉默结晶。

方形城墙的四角各建有一座塔。克劳斯掏出指南针，道："我们暂且把那四座塔按照方位，分别称为东塔、西塔、南塔、北塔吧。外形保存最完整的那座就是西塔。"其余的塔都拦腰崩塌了。

主塔的外观很简单，但一进入其中，却发现不规则的隔墙突然制造出高低差，就像迷宫一样。

中央没有天花板，直到天空都是打通的。"这庭院就像一座巨大的四角水井。"冈特说。"设计师这么说可不行。"克劳斯纠正他，"那不是庭院，只是好几层房梁和地板，木制部分年久失修，腐朽塌陷了而已。原本那上面有好几层厨房、客厅、私室、寝室。不过方便起见，称呼它庭院倒没什么大碍。"

玛格丽特把耳朵贴在石墙上。她究竟在听什么，看什么，冈特都无从窥知。如果把他绑在现实之中的肉体力量变得微弱，就像当时被"战车"咬了之后那样，或许他就能看到玛格丽特所在之处的幻象了。但很可惜，区区两小时的登山旅程并没有消耗冈特多少体力。

赫尔穆特隔着山谷望见了那座废堡。他往下一瞧，恰好看到仍然被反绑双手的恩里希堪堪躲过狼人部队成员刺向他的尖刀，打算踩着小溪里的石头逃往对岸。队员们忠实执行布鲁诺不许开枪的命令，只用刀子攻击，这对恩里希来说倒是万幸。

看样子有几个人迷了路，全部追击者加起来总共七人……不，八人。

恩里希站在湿滑的石块上，队员们朝他丢石块和刀。如果双手不能自由活动，哪怕只是掉进水里都能要了他的命。在溺死之前，融化的雪水就会令心脏结冻。只见恩里希闪躲、踉跄，重新取得平衡，再跳往下一块岩石。追击者的石块紧随其后。

弗朗茨还留在这边岸上。他的双手也同样受制，只能靠轻快的步法躲避袭击。

本来赫尔穆特有义务帮助团员，或者，他完全可以按照最初的计划，直接入城去找杰尔德，不管弗朗茨他们的死活。

赫尔穆特看了看地上的树干。他决定相信弗朗茨的身手，把树干从斜坡上推了下去。树干卷起落叶，撞散沙土，裹挟着无数的石子往下翻滚。队员们手忙脚乱。好几个人掉进水里，其他人为了救助同伴，四处寻找可用的树枝。

赫尔穆特看到弗朗茨往树干后面跑，紧接着跳到了水面的岩石上。树干撞上障碍物停了下来，赫尔穆特藏在阴影里朝对面开了几枪。他没打算杀人，开枪只是为了牵制他们，起到掩护弗朗茨和恩里希的作用。

队员们也开枪反击，但他们看不到赫尔穆特的所在地，只是盲目地射击罢了。趁此机会，弗朗茨和恩里希顺利跑到对岸，钻进树林里消失了踪迹。

赫尔穆特对自己下意识的行动有些困惑。虽然"狼人部队"是布鲁诺的手下，但他们同为"国防体育团"的成员。虽然他对上校突然更改命令颇有微词，却也从未考虑过不惜做到与同伴为敌，也要掩护弗朗茨和恩里希。他严守队规，诚实向上校报告他们的行踪，却反而让两人陷入不利境地。如果上校没有介入，事情本该轻松作结的。赫尔穆特只需放跑杰尔德，弗朗茨和恩里希找谁报仇是他们的事，就这样而已。他又想起布鲁诺的枪口抵着他后背的感觉。

他明明没告诉上校两人要找维瑟曼报仇，为什么上校要赶尽杀绝？赫尔穆特想不通。能想到的可能性，只有昨晚听过赫尔穆特报告后，上校直接打电话到旅社找维瑟曼，从他本人那里接到了护卫的委托。

赫尔穆特翻找弹夹补充过弹药后，沿着斜坡往溪谷下方走去。

一行人以克劳斯为首，按照杰尔德、玛格丽特、冈特、米夏尔的顺序攀登主塔的楼梯，由史密斯殿后。快要崩塌的石梯坡度很陡，让人产生一种坠入地底的眩晕感。

"夫人，您要是累了，可以在那边坐着歇一歇。"

楼梯中央的平台很宽，贴着墙根摆有一溜石阶，像是供人歇息的座椅。史密斯指着它们，劝玛格丽特休息。

座椅的中央穿了一个洞。

"前提是我妻子不介意当着他人的面坐在马桶上。"

听了克劳斯的话，史密斯发出怪叫。

"这是马桶啊？！"

他的语气无比轻快，听了昨天克劳斯那番话，实在很难想象他能发出这样的声音。

"那么粪便就是从这个洞掉下去吗？"史密斯用手电筒照了照，探头窥视洞内。但照到途中，亮光就被黑暗吞噬。

"现在下面被崩塌的石墙掩埋了，但以前是直线通往地下便槽的。有个名叫'厕农'的岗位，负责用铲子把排泄物铲到桶里，再运出去倒掉。"

史密斯被克劳斯的说明逗得大笑。他对粪便相关知识展现出来的孩子气，究竟是真情流露呢，还是为掩盖本性装出来的模样。冈特实在猜不透。

"不过上面的人拉的屎会不会……"史密斯抬头去看。天花板上没有洞。

"这里是阶梯式构造，不会发生你担心的那种情况。"

"也考虑到了啊。"

"厕所的竖洞会成为敌人攻入城堡的绝好通路。"

"那岂不满身是屎！"史密斯看起来更开心了，他又探头去看洞内，"不过这洞这么窄，哪怕敌人爬上来，太肥的话也会卡在半路啊。要是这样，打扫起来不得发疯？是不是用棍子捅下去的？"

"那时的人惩罚叛徒，是斩首后挂在城墙上示众。为了防止腐烂，要先把人头泡进防腐液，在那之前还会用锅煮一煮。"

冈特不由得皱皱眉头。倒不是他装高雅，要放在平时，他怎么说也会揶揄两句，比如要煮几分熟啊，是不是还得跟腌包菜一块儿摆盘之类的。可是当着女性，尤其是当着玛格丽特这样有精神疾病的女性说这类话题，实在太不合适了。

克劳斯察觉到冈特的不快，语气变得真诚起来。

"作为医学研究者，在制作完整标本的基础上，应当把防止尸体腐烂看作极度重要的课题。对医学研究者重要，即意味着对全人类重要。"

"防腐的问题可以下次再谈，我们是不是应该优先参观城堡呢？"

听见冈特这么说，克劳斯没有像往常一样指责他发号施令，只是迈开步子往前走。可是玛格丽特突然脚下不稳，像全身的骨头都被抽走似的瘫软下去，恰好倒进走在她身后的冈特怀中。

冈特接住她，拦腰抱她起来。如今他怀里这个人，是装满了那本笔记上所有时光的易碎容器。玛格丽特的脸靠在冈特肩窝处，微微的鼻息喷在脖子上。此时的冈特忘记了狗的存在，也忘记了克劳斯，甚至朝他贴过来的米夏尔，在这一刻也淡出了他的心。

四周找不到可以让玛格丽特躺着休息的地方。冈特走下石阶，墙壁另一头有亮光。他绕过走廊，只见内墙的上半部分有个拱形出入口，通往一片形似露台的空间。那空间虽然宽广得足以放下两张双人床，但旁边没有护栏，边缘缺损，无措地浮在空中。

也不知这里相当于几楼。往下一看，裸露的岩石地面显得十分遥远。头顶上就是被城墙圈出来的方形天空，鸟的影子快速从中掠过。

冈特脱下上衣铺在地上，让玛格丽特躺上去。米夏尔跪在一旁，把自己的上衣卷成一团，垫在母亲头部下方。冈特也跪下来，握紧她冰凉的手。玛格丽特微微睁开眼睛，却由于难以忍受强光，很快又再闭上。

四面皆是高耸的石墙，一旦抬头仰望，意识便坠入苍穹之中。冈特把手放在米夏尔肩上，突然察觉，现在这里只有他们三人。自称惧怕史密斯的克劳斯，没有冈特护卫，却不知跑去了哪里。JIOA会来袭击，史密斯负责监视……看来那席话，果真只是为了拉拢我而编造的谎言罢了。如果他真的害怕，是绝不可能离开我身边的。

冈特用手梳理玛格丽特的金发。没有遮挡的天空十分明亮，在这个季节相当罕见。光照在仰面朝天的玛格丽特脸上，眼窝处聚起两团深深的阴翳。冈特的手伸到背后把她抱起来，让她的脸凑近自己。他的影子落在玛格丽特脸上。冈特碰到她的嘴唇，玛格丽特却把脸别向一边，拒绝了他。

城墙阴影下，恩里希把头埋进弗朗茨的衣摆，叼住插在皮带上的刀柄，把它拔了出来。他来到弗朗茨身后，把刀尖捅进绳结，换个角度叼住刀柄，再往自己的方向一扯。刀尖划伤了弗朗茨的手。双手重获自由后，弗朗茨用刀切断了绑住恩里希的绳索。

恩里希舔了舔弗朗茨手上的伤，为他止血。

"多了几个计划外的敌人。"弗朗茨说。

"十二个。"恩里希回应。

"十一个。赫尔穆特好像不是敌人。"

"如果不是他告密，谁会知道我们要来？"

弗朗茨指出，是赫尔穆特放下树干，他们俩才得以逃到对岸。

"我不明白，只是想抢杰尔德的话，极右有什么必要派那么多武装人员过来。克劳斯那边，除了玛格丽特和他们的孩子，总共就三个男人。我本来以为收拾起来很轻松，但如果对上十一个带枪的人，那还没等找到克劳斯，我们就要受伤了。"手枪被抢走了，现在手头的武器只有刀。"维瑟曼也不可能连续几天都留在城里。如果我们趁他回家的时候跟在后面，就能抵达他的住处。然后只要再想办法对付他一个人就行。现在不得不耐着性子等待时机了。"

说是这样说，弗朗茨还是握紧了刀柄。

"我们等得太久了！"恩里希反驳道，"我耐不住那么久。刚才只是大意，所以才上了当。要动手，就该趁现在！"

"你现在回头，还能过上原来那种生活，还来得及。"

"都到这一步了，你想打退堂鼓啊？"

"我一个人动手。"弗朗茨说，"我……实在不能忘记那一切。可是你……"

"快看！"贴在裂缝上窥视外界的恩里希指了指对岸。

十来个背着背包的新面孔，正从岸上沿着斜坡往溪谷底下爬。

"是极右的队友！"

"加上刚才那帮，总共二十个人……"

"他们就是攻击犹太巷的家伙，妈的！"

"那帮人有一个算一个，全是纳粹走狗。想想他们是维瑟曼的翻版……好像也有下手的价值了。"弗朗茨在胸前画了一个小小的十字。

看到冈特像抱新娘一样抱着玛格丽特下楼时，杰尔德以为克劳斯也会跟他一起走。可是，克劳斯挨到杰尔德旁边，用眼神示意他走另一个方向。狗钻进两人之间填补了空隙。另一边史密斯也挨上来，牢牢贴着不让他动弹。

他们在走廊里穿行。被两个成年人和一条狗夹在中间，杰尔德瑟瑟发抖，感觉就像马上要被带去刑场的死刑犯。惨叫声堵在喉头。他要是敢叫，那条狗立马会给他一口。这种恐惧让他发不出声音。

杜宾犬频繁地吸鼻子。杰尔德也把神经集中在嗅觉上，在冰凉的岩石和空气的味道之中，他似乎嗅到了一丝皮革，或者是某种油的味道。是赫尔穆特夹克的味道。这并非是他嗅觉灵敏，而只是迫切的愿望带来的错觉。但赫尔穆特一定看得懂树干上的刻痕，那是他在"国防体育团"训练中学到的记号。穿越溪谷，往对岸的城堡走时，他也同样做了标记。

杰尔德心想，至少冈特、玛格丽特和米夏尔不是我的敌人。刚一跟他们分开，克劳斯就再也不掩饰他的恶意了。史密斯脸上也没了刚才谈论粪便时那种愉快的笑容。

两人一狗的脚步声整齐划一。杰尔德的脚步声有点迟缓。他把手伸进口袋，若无其事地吹起口哨。只见狗的耳朵抖了抖，但并没有攻击他，于是杰尔德开始吹奏旋律。

他想起在同伴的葬礼上遇到克劳斯时，团员们合唱突击队之歌，克劳斯也跟着他们一起哼。

"高举战旗！"杰尔德大声唱道。他希望，如果赫尔穆特在附近，可以听到他的声音。

"不要发出太大的声音！"史密斯阻止他。

杰尔德顺着史密斯的目光看去，发现墙上有裂缝。砂砾从裂缝里崩落。

"总不会是唱歌唱裂的吧？又不是雪崩。"

"原理都一样。空气震动会扩大裂缝，一开始还是沙子，然后变成砂砾，再来就是石块了。最后整面墙都会塌。"

他们穿过走廊，沿着隔墙拐了好几个弯。杰尔德感觉心脏跳得快要爆炸了。这时，他们左手边出现了一个上下都有楼梯的平台。

看了一眼墙上的窗户，从这里？——史密斯做了个推人的动作，克劳斯点点头。

两人的目光射向杰尔德。

杰尔德的速度比史密斯的长胳膊还快，不等对方伸手，他就一溜烟跑下石阶。

"追！"

杰尔德听到背后的克劳斯给史密斯下令。

完好的石阶只有两三级，此后的都塌成了斜坡。一脚踩滑的杰尔德摔了个大屁蹲儿，跟崩落的砂砾一起顺坡滑到底下的黑暗之中。

他想扶着旁边的墙，墙却晃了晃。杰尔德用肩膀一顶，石墙轻松倒塌，现出一个大洞。他钻进洞里一看，有一条必须匍匐前进的狭窄通道向着斜上方延伸而去。站起来会撞到头，杰尔德只好挤进那条斜缝，扭动着往上爬。

这条路实在太窄太矮，还夹在两座石墙之间。砂砾打在杰尔德脸上。

墙要塌下来了！杰尔德差点儿尖叫起来，又慌忙憋住。

他在背包里摸索一番，取出小型手电筒。见这东西其他人都有，所以杰尔德擅自拿了旅社房间里的储备品给自己用。

现在开灯的话，可能会被博士和史密斯发现他的所在，可是一片漆黑也无法行动。要不用衣角捂住再开灯吧。就在此时，前方右侧的黑暗里突然出现一丝亮光。

杰尔德关掉手电筒，紧紧靠在墙上，屏住呼吸。只见史密斯拿着手电筒走过他面前。

等到脚步声完全消失，杰尔德扶着右侧的墙，一点点在黑暗中前进。手感突然变了。他摸索一番，发现这里是个铁牢。他摸到了门闩。上面挂着锁头，但是没有上锁。史密斯恐怕是从这间房里出来的。杰尔德还缩在通道都算不上的狭缝里挣扎的时候，史密斯就先他一步抵达了这里。由于史密斯已经找过一遍，确定杰尔德不在此处，所以一时半会儿应该不会回来。

杰尔德正想进去，脑袋却磕到门框。入口又小又矮，他只好曲着身子往里钻。杰尔德反手关上身后的门，打着手电调查周围的环境。

正对面的墙上有扇对开的大铁门。推开一看，里面有好几级石阶，但石阶的尽头不是地面，而是水。这扇门看上去不是中世纪遗产，而是现代人掘开墙壁装上的新门。

杰尔德从包里找出对讲机，把天线的长度拉到极限。"赫尔穆特，赫尔穆特，这里是杰尔德。请回答。"

没有回应。

杰尔德又呼叫了好几次，最后他终于放弃，转而环视四周。

小房间正中央的一张桌台上，仰面躺着他的母亲。

第一眼看去，杰尔德没发现那是谁。虽然是人头人身，可是胴体一丝不挂，且没有四肢。颜色和硬度也都像树脂造的，肚子上开了个大洞，里面空空荡荡，就像一只船形的容器。旁边的玻璃瓶装的似乎是内脏。

心脏那瓶里头充满液体。至于旁边看上去像肝脏的东西，还有青黑色大约拳头大小的东西，则装在没有液体的玻璃瓶中。青黑色那瓶的标签上写着 GEBÄRMUTTER[1]。

胴体一旦没有手脚，就会显得非常娇小。树脂色的表皮上有青紫色的斑点，看起来既像是在腐烂的同时完成了蜡化，又像是蜡像上长了霉斑。

杰尔德稀奇地看着。

台子旁边放着一件小物品，它似乎也是树脂做的。之所以没有立刻发现是青蛙，是因为它腹腔大开，堂堂正正地展现着内容物。它的内脏也是树脂色，摸起来硬邦邦的。

杰尔德去看尸体的脸。两颊瘦削，眼窝凹陷，像是原原本本地保留着衰弱病死时的状态。由于眼球被取出，只剩两个大洞，面相看起来有点不同，但杰尔德觉得她很像母亲。虽然消瘦了不少，但表皮仿佛打过蜡一样充满光泽，看起来相当漂亮。

空洞的胴体和头部之间有一道切痕。杰尔德战战兢兢地伸手去摸，结果胴体纹丝不动，头颅径自滚向一边。

他出了一身汗，此时却突然觉得很冷。手更是冻得生疼。不仅仅这个房间，整个地下的温度一直很低，但先前杰尔德根本没来得及注意。

他又瞟了好几眼，终究无法否定那就是他的母亲。坐在地板上只觉得冻屁股，放母亲的那张台子是木制的，比石地板暖和得多。他转身不看台上的东西，在边缘处坐了下来。看来我碰上麻烦了，他心想。

---

1 德语"子宫"之意。

他从包里拿出同样从旅社"借"来的毛巾，盖在尸体下腹部。那是他作为儿子不想看到的部分。

背包里装有红酒和火酒。红酒是出发之前克劳斯给的，每个人都有一瓶。除此之外，杰尔德还自己从餐馆顺走了一瓶火酒。这是他为很可能要碰面的弗朗茨准备的一份心意。

包括克劳斯在内的其他人，出发前早都把一切调配妥当，但中途被拉来参加的杰尔德，只能自己想办法搞到紧急情况下可能用得上的玩意儿。就这方面来说，旅社正是个相当方便的补给点。

他发现自己很渴，于是打开火酒瓶盖。才喝了一口，他的嗓子就疼得像着了火似的，但等他想起来这回事，喉咙已经再次被火酒点着了。又因为对着酒瓶喝，火焰从口腔一直烧到腹中。肚子里滚烫一团，热血一路冲进每个脚趾里去。他又喝了一口。这次脑袋开始发热，心跳也越来越快。他想着还是掺点儿水比较好，于是又喝了一口红酒。他也给母亲空空如也的腹腔里倒了一些火酒，又同样用红酒调淡。

他又拿起火酒灌了一口，口腔里有烧灼感。那再喝口红酒中和吧。他拿出对讲机，尝试呼叫赫尔穆特。没有回应。

"你好点了吗，格丽塔？"

归来的克劳斯向他们搭话。不等冈特上前帮忙，克劳斯就扶起玛格丽特，托起她的手臂。狗忠实地跟在饲主脚边。

"杰尔德和史密斯他们呢？"冈特问。

虽然外面的太阳高高挂在中天，但往走廊里踏出一步就是黄昏。

"他们先走了。玛格丽特，看这样子，让你继续赶路不太现实啊。你先回车上休息吧。"

"那可不行！"冈特叫道。

"为什么？"

冈特一下子想不到借口，只好抓住克劳斯的手臂，拉着他走到离玛格丽特和米夏尔稍远的地方，小声道："我有件事要告诉你。"

杜宾犬也跟了过来，它就像是克劳斯的影子。

"其实我在战场上还收到过玛格丽特另一封信。内容跟你看过的那封差不多，但是上面说，除了米夏尔，她还收养了两个波兰的孩子。名字叫弗朗茨，恩里希。"

克劳斯瞪大双眼："没错，我也是这么跟你说的。战争中我收养过两个孤儿。"

"你在谢肉节上看到了他们两个。"

"对，你直觉很准嘛。"

"你那时候跟丢的两个人就是……"

没等他说完，克劳斯就叫道："他们两个怎么了？"

"他们跟着我们来这里了。"

"真的吗？你是怎么知道……"

"在施泰因赫灵的时候，有辆汽车停在机构附近。站在车旁的人就是弗朗茨和恩里希。"

"你认出来了？"

"他们就是谢肉节上那两个人。"

"他们乔装了吗？扮成中世纪吟游诗人和魔女的样子？"

"不是，就穿着普通的衣服。"

"那真亏你能认出来啊。你确定没认错？"

"我的眼神和记性都不差。我看到他们俩的车一路跟我们过来了。"

"你为什么没有马上告诉我？要是早点儿知道，我就能抓到他们了。"

"我当时不确定，也不想搅乱玛格丽特的心情。"

"你简直像绝对忠于我妻子的骑士。是醉心于桂尼薇儿王妃的兰斯洛特吗？那我就是亚瑟王了。"这比喻似乎戳中了他的笑穴，克劳斯爆发出空洞的大笑。

"他们恨你们。"

"没有那样的事。你不知道实情，你不知道我给了那两个孤儿多么优渥的生活条件。"

"德意志把他们强行跟亲生父母分开了。"

"玛格丽特在信上这么跟你说的吗？"

"没有，但纽伦堡审判的结果不是说得很清楚吗？劫掠，绑架……"

"胜者发起的战争审判里有多少欺瞒世人眼球的东西，你难道不知道？"

"然后，你就剥夺了恩里希的性征。"

"年幼的恩里希所拥有的正是天籁之音，他反倒应该感谢我。你说他正在追踪我们，是真的吗？我必须去见见他，必须去。我要看看战后十五年，他是否接受了正确的训练……不能让那个声音浪费在街头卖唱上。谢肉节上那首'纺车旁的格蕾琴'唱得不行，照那样下去完全不行。唉，怎么会这样！恩里希天生的声音应该更加……现在还来得及。从现在开始重新训练的话，还来得及矫正。"

"恩里希是来杀你们的。"

"为什么？不，也许他们误会了。很有可能是弗朗茨十五年来一直向恩里希灌输对我的恨意。因为我对他没兴趣，所以他忌妒恩里希吗？弗朗茨没有唱歌的天分，但他的智力倒还算优秀。只要见上面，聊一聊，恩里希会理解的。"克劳斯忽地一笑，"聊一聊就能理解？我真是……"他高声大笑起来，震得砂砾纷纷散落。

"哪怕恩里希真有心要害我，那也得制伏他，花点儿心思好好说通。你来帮我吧。他们追到哪里了？抵达这座城堡了吗？"

"我想，应该是杰尔德一路引他们来这里的。"

"为何？他是怎么办到的？"

"杰尔德让你去施泰因赫灵找他，弗朗茨和恩里希也在那里。然后他们才尾随你过来。"

"少年团游戏就是为了这个吗？一帮蠢货。根本没必要费这么多心思，我反倒会张开双臂欢迎他们呢。"

"只要问一问杰尔德，就能知道他们的动向了。杰尔德在哪里？"

"他先和史密斯一起到地下去了，我们也动身前往吧。"

"我去不了。"

"为什么？"

"我要避免带玛格丽特一起到地下室。"

"为什么？"

"她的心早就疲惫不堪了，待在古堡的地下室里不可能舒适。而且，无论你说什么，要我在明知有袭击者的前提下离开她身边，我办不到。"

克劳斯大步走进光中，用半命令式的口吻对逆光而立的玛格丽特说："去地下室。"

玛格丽特顺从地照办，米夏尔也跟着她一起迈开步子。没办法，冈特只好追上去，并肩走在玛格丽特身边。

"稍等一下。"克劳斯从口袋里掏出笔记本，写了简短的句子后撕下来。他把纸条放在墙缝里，又压了几块石子固定。

"恩里希，我在地下等你。你的父亲——克劳斯·维瑟曼博士。"

他一边走，一边四处摆放了好几张同样的纸条。

他们正要沿着螺旋式阶梯往塔中平台走，却被克劳斯制止。"那条路不行。"他说，"中间的石梯塌了，从西塔那边下去吧。"

他们拐着弯穿过走廊，来到另一座塔里。克劳斯走在前头，一边照亮泥沼般浓厚的黑暗一边下行。光亮在他脚边形成一个圆。

冈特也学着他的样子照明。身体渐渐沉入脚边的黑暗，就像沉入深暗的沼泽，光明就像靠不住的泳圈。冈特感到殿后的杜宾犬那粗重的鼻息喷到自己背上。螺旋式阶梯前方的黑暗吞没了克劳斯的身影。

水精灵——外婆给玛格丽特讲故事。水精灵紧紧抱住因背叛而不得不被处死的骑士，哭啊哭啊，像要哭干自己的整个灵魂。眼泪流进骑士的眼睛，一路渗透到他的心里，骑士就这样停止了呼吸。"我用眼泪杀死了他。"水精灵说着离开了公馆。人们为骑士举行葬礼的时候，埋有尸骨的土地旁，跪着一个身穿白衣的女子。从女子消失的地方涌出一汪小小的清泉，那泉水环绕墓碑一周，就像一双环抱骑士的手。这名骑士曾经是个叛徒。

"我曾经是个叛徒。"冈特轻轻地说，"玛格丽特，我爱你。我爱着你。米夏尔，我会不停地对你的母亲说'我爱你'。玛格丽特也许会忘记，可是，等你长大了，也像这样揽着她的肩膀，说不定能唤醒玛格丽特心中的一点点记忆。曾有人对她说过'我爱你'，我爱你。我想抢走你。玛格丽特，你还记得吗？求求你不要说Nein，说Ja。不许说Nein！永远只有Ja。我爱你，玛格丽特……"

克劳斯忽然转身，用手电照亮紧紧揽住玛格丽特肩膀的冈特。"就连兰斯洛特都不会当着国王的面和王妃私通，你倒是胆子不小啊！"他的笑声又震得砂砾从墙上的裂缝里滑落。

他们来到地下广场。只见墙上开有形状不规则的长方形洞穴，差不多是一块垒石的大小。克劳斯俯身往里钻，其他人纷纷效仿。两侧的墙渐渐迫近，石阶的宽度也越发狭窄。护栏四处崩落，一不注意就会一脚踏空。冈特一只手扶着墙，另一只手把玛格丽特拥往怀中，让两人的身体几乎贴合为一，小心地继续前进。米夏尔死死抱着他的腰，配合他的步伐。杜宾犬一直跟在他们身后。走在最前方的克劳斯频繁地举起手电筒四下挥舞，告知自己的位置。

"杰尔德和史密斯在哪儿？"

"不用担心，史密斯知道该怎么做。"

光照出的墙壁上星星点点地闪烁着许多细碎的亮光。冈特舔了舔手指，摸摸墙壁又放进口中。有股咸味。

螺旋式阶梯贯穿了黑暗，石墙上的裂痕仿佛遍布墙体的脉络，时光顺着血管流淌，又从中滴落。石壁表面粗糙的突起深深陷进人的手掌。

越往前走，两面的墙向中间包夹，逼得道路越窄。走到岔路口，一部分墙壁开了个大洞，巨岩压在头顶。大大小小崩塌的石块堆积成山，又有一堵石墙突然挡住去路。他们绕过石墙，一会儿爬坡，一会儿又下坡。

走在最前面的克劳斯只有头部在微弱的光里显出黑色的影子，除此之外，从背部到臀部全掩埋在黑暗之中。

米夏尔小声尖叫："墙要塌了！沙子……"

"没事的，安静点儿。"

走了一会儿，空间终于足够他们直立前行了。光源下，脚边是一摊黑得发稠的死水。

岸边有艘筏子。那是个削去了四角的长方形筏子，装有木栅栏般坚固的扶手。克劳斯打光示意，让所有人上船。筏子载着四个人一条狗，却依旧纹丝不动。岩窟的墙上钉有钢索，船上的人拉着这些钢索就可以前进。内含大量盐分的湖水支撑着筏子轻快地前行。

"你……不是第一次来了。"冈特颤抖地说。

他的声音被洞壁放大，回荡在洞窟内。克劳斯的笑声比它更加刺耳。

"赫尔穆特，赫尔穆特，这里是杰尔德。请回答。傻子！你的耳朵呢！我醉了，太棒啦！赫尔穆特，请回答！你耳朵被耳屎堵上了吗！请回答！我是杰尔德。发现我老妈啦！老妈在睡觉，很祥和呢。还有啊，我发现女生了。而且是两个，还都没穿衣服呢。老妈只有一半变硬，另外一半烂掉了，但是女生整个都是硬的，是木乃伊！哈，哈。两个人是一个。听不懂吧？请回答。求求你回答我啊。那两个女生啊，好小啊，像玩偶一样。而且她们的腰黏在一起，被恭恭敬敬地摆在墙上的岩洞里耶。报告。杰尔德·卡芬，要把老妈的心脏摆到女孩子旁边去。啊，你听到刚才的声音没？我手滑了……打碎了。我打碎了装心脏的玻璃瓶。报告结束。好臭啊！酒精味儿！赫尔穆特，穆特……穆缇……救救我……"

赫尔穆特打着笔形手电，在黑暗的地下空间里寻找杰尔德。他时不时用对讲机尝试呼叫，对方却没有回应。想不到要来这种地方，事先没做好充分的准备，应该带强光手电来的。不过弗朗茨和恩里希要想掩人耳目地杀了克劳斯，选在这里倒是很合适。

克劳斯坐在一张扶手和靠背都雕有镂空花纹的宝座上，缓缓摆好双手，邀请另外三人也围着圆桌落座。冈特刚一坐下就觉得触感冰凉，他想往桌边挪近一些，座椅却纹丝不动。

这里是个将近圆形的多边形大厅。岩盐雕就的圆桌坐镇中央，与墙壁构成两个同心圆。桌旁是十三把同样材质的椅子，头顶上垂下一盏枝形吊灯。所有东西都由宝石般闪亮的岩盐雕刻而成。

——黑色的卡美洛……

听见冈特自言自语，克劳斯点点头。

"没错，这里正是希姆莱长官'维威尔士堡'的仿品。不过，尽管形状是模仿的，但这里才是真正的阿斯加德。"

"阿斯加德？那是什么？"

"难道你对神智学一无所知吗？"

战败前，冈特经常阅读鲁道夫·斯坦纳那些涉及神秘灵智的神智学著作。

"学生时代还算稍有涉猎。"

内容他不敢苟同。

战后的揭秘类书籍中提到，纳粹高层醉心于神智学，甚至靠占星术决定作战计划。但冈特只觉得那是不入流的野史，根本不屑一顾。

"人类是由物质体、生命体、感受体，以及作为人性最崇高要素的'自我'来区分的，这你知道吗？"

"似乎在书上读到过。"

"那么阿斯加德没有留在你的脑海里吗？"

"我不记得了。"

"我来解释吧。普通人的感受体与'自我'，是无法驱动可视的肉体，即物质体与生命体的。能完成这项任务的只有'灵我'，听得懂吧？"

"听不懂，因为我不太承认这些东西存在。"

"不论你承不承认，存在的东西就是存在。所谓'灵我'，用你们习惯的说法来讲，就是大天使。这里就是日耳曼人在遥远的古代受到大天使之力影响的地点——即伟大灵感的中心地——阿斯加德。我们参加了由希姆莱长官举行的秘密仪式，而我是被长官选中的十二人之一。奥丁对我们的灵魂施加力量，因此我获得了'灵我'。"

希姆莱身为党卫军的最高指导者，同时又是灭绝犹太人政策的负责人，在帝国行将就木之际，他无视希特勒，一手策划了德国投降计划。被希特勒剥夺所有实权后，希姆莱在逃亡途中被英国宪兵抓获，自杀身亡。什么"灵我"，什么阿斯加德，不都没派上用场吗？

"既然这里就是黑卡美洛，也就是说，上萨尔茨堡的地下防空洞跟这座废弃盐矿，还有城堡的地下空间，是连在一起的了？"

"这里恰好是中间点。当年派集中营的俘虏建设地下防空洞，又让他们把地道跟盐矿打通，到了建黑卡美洛的时候，挖出来的岩窟就跟盐湖和前面的大空穴相通了。然后他们发现那里是废弃古堡的地下室。

于是黑卡美洛无意中有了两个出入口。上萨尔茨堡，还有古堡地洞。从地面走都是险峻山路，绕路起码要花上两个小时，但转入地下，上萨尔茨堡、黑卡美洛、古城三点就处在一条很短的直线上。然而上萨尔茨堡一侧的出入口在空袭中被炸毁，如今已无法通行了。"

"所以为了确保通往这里的出入口，才需要我的古堡吗？那没有必要重建古城啊……"

"现实点考虑，如果这里一直保持废墟状态，首先无法保证是否有陌生人入侵，这是其一。更重要的是，这座城堡与我追求真实的志向一致。你会怎么称呼脚边这些支撑我们的东西？岩石？地壳？那是你的错觉。真实存在的，只有自下而上运作的力，和从宇宙空间注入下方的力，以及这两种力之间的邂逅。我们暂称这样的力量平衡为所谓的'地表'，但只有力量平衡才是真实存在的。要与地底的黑卡美洛抗衡，必须得有一座直入苍穹的古堡主塔才行。

"被使役建造这里的俘虏都死了。如今，知道古堡和卡美洛连接在一起的人，就只有我了。

"在美国时我只能袖手旁观。如若这一带被划定为国家森林公园，即便是私人财产，也不可能再随意改建。如果让州政府列入文化古迹保护单位则更是如此，于是我不得不加快进度。现在把你的手放在桌上，我们来立誓。"

冈特根本不想回应，可喉咙深处却径自冒出一句"Ja"。

"原原本本重复我说的话。'我冈特·冯·弗吕斯滕堡'……"

"我冈特·冯·弗吕斯滕堡。"

"无论遭遇何种变故……"

"无论遭遇何种变故。"

"愿以身家性命，保护克劳斯·维瑟曼博士……"

尽管感到排斥，但听到命令时，冈特却又觉得内心一阵平静。

"以个人之名誉……"

冈特瞥了一眼玛格丽特。他原本担心她受不了这种状况，玛格丽特的表情却很沉静。

"起誓！"克劳斯催促他复述。

"我将保护你，不受 JIOA 之侵害。"

说出这句话需要很大的气力，就像用力拨开如大山般倾覆而来的黏浪。某种不可见的力量支配着这个空间，冈特体内也存在着直指"服从"二字的箭头。内在力量与外部力量遥相呼应，压迫着冈特的精神。

克劳斯双手抚摸岩盐圆桌，就像在等待古老的力量充满他的躯体。

笔形手电那萤火虫般的光点在铁栅栏之间闪烁不停。杰尔德钻进母亲躺卧的台子底下，关掉了手电筒。在他搞清楚来人是谁之前，不能轻易被对方看见。

　　"杰尔德！"他听到赫尔穆特本人的声音就在门外。

　　"你在哪儿？"

　　"这里！地下的小房间。有个铁门洞可以钻进来。"

　　"这个吗？"听到门吱呀一声打开，杰尔德打开手电筒往外蹿。曲着身子钻进来的赫尔穆特抱住他一阵狂吻。

　　杰尔德一把推开对方，又钻回台下。一阵轰鸣声紧随其后。之所以推开赫尔穆特，是因为他看到了那支从入口处伸进来的枪管。

　　就差那么一瞬，子弹擦过两人刚刚站立的地方，击中了墙壁。赫尔穆特坐在地上拔枪回击。

　　袭击者没有继续射击。

　　"我们快往外逃吧。"杰尔德紧紧抱住赫尔穆特，轻声对他说。

　　他顺着赫尔穆特的目光看去，有些不好意思地道："是我妈。"

　　"这不是蜡像吗？"

　　赫尔穆特拿起头颅看了看切口，发现确实是真的。

　　"也不是木乃伊。到底怎么硬化的啊？那个倒应该是木乃伊。"他又看了看侧腹长在一起的少女。

　　"就像娃娃一样小。还有青蛙。这里是什么地方？标本陈列馆吗？你怎么一个人在这？维瑟曼呢？"

　　杰尔德说，他发现克劳斯想让史密斯把他从塔上推下去，所以逃走了。

　　"史密斯是谁？"

"博士的助手。博士是想杀了我才带我来的。"

"他杀你干吗？"

"我不知道。不过，刚才从门口开枪的人就是史密斯。"

"这玩意儿真的是你老妈吗？"

"你不是看过吗？照片。"

"那女的又年轻又漂亮啊。"

"就是我妈没错，我根本没想到会变成这样。弗朗茨和恩里希呢？"

"我们走散了，他们现在应该在到处找克劳斯吧。我先带你去安全的地方。"

枪声突然响起。杰尔德抢先一步钻进木台底下，手电筒滚落在地。

赫尔穆特紧紧靠在墙上，举着枪瞄准入口一步步往外挪。

对方没有继续攻击，打着手电观察他们俩的情况。

赫尔穆特用下巴和眼神示意杰尔德。

"啊？"

"快点儿！"

杰尔德不情愿地抱起母亲的躯体。空空如也的躯干很轻，手感也与树脂别无二致。他以此为挡箭牌，稍稍朝入口处前进了几步。对方开枪了。赫尔穆特朝子弹飞来的方向跳出去，也扣下扳机，很快又缩回墙后。杰尔德也再次缩回木台下，用躯干挡在身前。

史密斯右手持枪，左手拿手电筒，一边四下照明，一边走进房间。杰尔德屏住呼吸。那束光照亮了两人一体的少女，照亮了母亲的头颅。史密斯脸上毫无惊讶之色。

以灯光为靶子，赫尔穆特的手枪吐出火舌。射偏了。史密斯立刻用手电照过去，灯光捕捉到贴墙站立的赫尔穆特。史密斯单手扣下扳机，赫尔穆特快速下蹲，开枪回击。碎石四下飞溅，墙壁出现裂纹。

那束无比执拗地寻找杰尔德的光捕捉到了赫尔穆特。子弹擦过他的手臂，赫尔穆特的枪掉在地上，整个人缩成一团。史密斯的枪口瞄准赫尔穆特的脑袋。杰尔德悄悄伸手，在木台上摸索玻璃瓶。他微微踮脚，把瓶子朝着史密斯丢了出去。然后又立刻缩回台下。

瓶子命中侧头部，史密斯捂着脸，脚步踉跄。赫尔穆特重新捡起手枪，单手扣下扳机。子弹射中了史密斯的脚，他惨叫着蹲下。赫尔穆特仔细瞄准后，开枪打中对方的后脑勺。史密斯缩成一团趴倒在地，赫尔穆特又补上最后一枪。他捡起史密斯掉在地上的手枪交给杰尔德，从头顶掉下来的碎石屑落在他们肩上。

4

我只想就这样沉沉睡去

等到战争结束时我再醒来

那女孩闭着双眼如此说道

——鲁热维奇

于是玛格丽特在黑暗之中苏醒，巨大的白色包裹漂浮在盐湖之中。小船逼近，见到船上身着黑袍的圣职者，玛格丽特感到无比怀恋。她乘上小船，蹲在圣职者脚边，像要丢弃肩上无法承受的重荷。莱娜和阿莉切也在船上，腰部被缝合在一起的双胞胎就靠在船沿。

不知从何处照来的微光让她倍感安宁。那昏暗的光既不是日光，也不是月光，更不是人造光，只仿佛天主的恩宠。玛格丽特尝试活动自己沉重的手臂。上次这样放下自己的手，好像还是放在某个人的肩上……弗朗茨。

她置身于一团柔软如猫毛的光中，幸福得像一只渐渐走向死亡的小鸟。在这里，什么都不会改变。存在的东西会一直存在，不存在的事物永不出现。在曾经失去的一切中，她用身体作容器，盛放愉悦的蜜糖。容器被填满了。少年像贪恋李子果酱一样索求玛格丽特的吻。希望你替我记住它，我的名字叫……你的名字叫，塔……我忘了。鸟儿在体内展翅飞翔。弗朗茨。密密麻麻布满湖面的无数死者蠢蠢欲动，黑暗与金发编织成一张挂毯，上面嵌有蓝色的眼珠。

　　杰尔德跟着赫尔穆特钻过门洞，来到宽阔的地下空间。原本还有几道障壁，但大部分已经崩塌，碎石堆积成山。前面就是通往上层塔的楼梯出口。"还有这条近路啊？我过来的那个地方根本没法走。你来之前就知道这条路吗？"

　　"我到处找你的时候发现的。"赫尔穆特率先出发。

　　从下方远远传来枪声。

　　赫尔穆特停下脚步，杰尔德扯了扯他的衣角。

　　"快走吧。"

　　他们爬到石阶顶端，外面的青天白日简直像个奇迹。队员们的背囊放在庭院里的露台下，另有两个队员站在旁边看守。

　　一看到赫尔穆特和杰尔德，两名队员先是僵在原地，然后颤抖着要朝他们举枪。但是赫尔穆特的速度更快。他瞄准了脚，子弹打中石头，弹开了。

　　"罗尔夫，马克斯，你们冷静点儿，是我啊！把枪扔了吧。"

　　队员搭在扳机上的手指猛烈颤抖，眼看着就要走火。

　　"把枪丢掉！"马克斯扣下扳机。赫尔穆特回击，亲眼看着对方倒下。

　　"快跑！"

　　他轻轻一拍杰尔德的屁股。杰尔德跑出去，很快便没了踪影。

　　"外面的人只有你吗？"听到赫尔穆特发问，剩下的人——罗尔夫拼命点头。

　　"狼人部队有接到保护维瑟曼的命令吗？"

　　对方摇摇头。

"你好像没参加半路上那场袭击啊。"

"我是后面跟着上校一起来的。"

赫尔穆特继续问，你们来了几个人？现在都在哪？随后得知，前后加起来共有二十人进入古堡，布鲁诺·贝姆被殿后的部队救起，也一起过来了。

问答期间，罗尔夫的双手一直捏着枪，但依然顾不上瞄准。他只是护住自己胸前，身体僵直不动。

脚边响起枪声。是倒地的马克斯开的枪，子弹偏得离谱。赫尔穆特的子弹立刻击碎了马克斯的头。罗尔夫也反射性地扣下扳机，子弹却空虚地飞向远方。赫尔穆特再次把枪口对准罗尔夫。

"那两个盯上维瑟曼的人后来怎么样了？"

"我不知道！"

"你说你们不是来保护维瑟曼的，那来这里干什么？"

"赶尽杀绝！"罗尔夫大叫的同时扣下扳机。赫尔穆特开枪反击。

倒地的罗尔夫张着嘴，舌头眼见失去血色，变得发紫发黑。他的表情看上去仿佛获得了解脱。

世界颠倒了。在古堡里射杀史密斯，是因为那是个与日常生活隔绝的异空间，而且对方拥有明确的杀意，让赫尔穆特没有杀人的实感。可是在太阳底下，射杀两名既不恨他，也没有多少杀意的同伴，让赫尔穆特感到自己身体和意识之间的联系分崩离析。

他拿走两人的枪，补充子弹，同时只觉得手上做着这些事的自己像个陌生人。

一度暴露在阳光下后，想要再次进入古堡，重点就在于不能给自己醒悟的时间。他无法再生活在阳光下了。架空的战场、架空的尸体，他不得不忘记被他枪杀的两名队员有着自己的名字，有着自己的人生轨迹，有着跟社会上其他人之间的联系。

我大可以直接逃走，赫尔穆特心想。上校无法告发他，"国防体育团"必须尽可能避免牵扯上刑事案件或官司。他们去攻击犹太巷那帮土巴子和茨冈贼，警察并不会积极响应，但这件事情万一闹大，警方一定会捣毁整个团体的。

二十名全副武装的队员正在古堡里伺机加害弗朗茨和恩里希，就因为赫尔穆特跟上校打了小报告。

赶尽杀绝。可为什么连我都不例外？布鲁诺、马克斯和罗尔夫一定理解错了上校的意思。赫尔穆特劝说自己这样去想。保护维瑟曼，杀了弗朗茨和恩里希——上校的命令应该是这样才对。布鲁诺出于对我的反感，才擅自扭曲了上校的命令。肯定是这样——他说服自己。

赫尔穆特踏入城中。没有人影，他靠着手电筒来到地下。就在他照亮脚边的路，下到崩塌的石阶底部时，黑暗中打来一束灯光，晃得他眯起眼睛。

"查修威茨队长？"

"是我。"

枪声就在他回答的一瞬间响了，同时有一道热风擦过耳畔。碎石打到他的脖子和后脑上，是从身后被子弹击中的墙里飞出来的。赫尔穆特把手电筒丢得老远，伏低身体。枪声轰鸣，他的手电筒被击中，化为碎片。

就在赫尔穆特瞄准对面的灯光，正要开枪还击时，对方的手电随着呻吟声一同掉在地上。某种类似于呕吐的声音和什么沉重的东西砸在地上的声音也一同混杂其中。

温暖、黏稠的飞沫溅了他一身。

几个亮光渐渐在黑暗中聚集到一处，大大小小的石块和粉尘在微弱的光源里缓缓飘散。

被照亮的弗朗茨脸上满是黑色的血，他旁边站着同样浴血的恩里希。两人的右手更是黑得活像刚握着刀伸进沥青桶里泡过。

倒在地上的袭击者也被灯光照亮。从他们的颈动脉和腹部两处喷出的血液，慢慢在地上形成血泊。都是狼人部队的队员。

他问过我的名字，然后才开的枪……"赶尽杀绝"。布鲁诺这么说了，罗尔夫也是这么说的。看来赶尽杀绝的名单上真的有我。

刀片在杂乱的灯光里闪闪发亮，黑色的血液随着杀猪般的惨叫一同往外喷溅。

队员一方人数众多，因此特意不开枪，避免流弹击中同伴。而弗朗茨和恩里希的枪虽然被抢走了，但论起用刀的技巧，他们比队员不知高明了多少倍。

赫尔穆特捡起掉在地上的手电筒，照亮四周的环境。

上校的面孔浮现在光里，对方的光也同样捕捉到了赫尔穆特。

"开枪！"上校下令。赫尔穆特被巨大的冲击吹向一边，石粉和小石块洒在倒地的他的脸上。那灯光走上前，完整地映出他的面孔。

"开枪！"上校再次下令，其中一名队员举枪瞄准赫尔穆特的前额。一个浓重如黑块的影子从他身后掠过，血沫溅了赫尔穆特一身。

上校关掉手电，藏在黑暗里。赫尔穆特摸索着在地上爬行。他碰到了墙壁，被那阵冲击震得一度麻痹的身体此时掠过一阵剧痛。他咬紧牙关，忍耐着不发出声音。

好几盏散开的灯光渐渐聚成一个大光圈，光圈中央被照亮的人正是弗朗茨和恩里希。光圈散开变成半圆，两人背后是上半部分已经崩塌的墙壁。

弗朗茨站在恩里希身前护着他。

几个人同时把枪口对准站在半圆中心的弗朗茨，这样就不用担心打中同伴了。赫尔穆特转为匍匐，找了个即便打偏也不会误伤他们两人的位置瞄准队员。周围环境太暗，他想瞄准也看不清手边的准星。只能靠自己的直觉了，但即便没打中，只要能打乱队形，就能给两人制造一条生路。

还没等赫尔穆特开枪，枪声就响了。

弗朗茨仰天倒下。

赫尔穆特扣动了扳机。灯光由此被打乱，包围圈中，弗朗茨和恩里希不见了踪影。

杰尔德拼命往外跑。他总觉得身后还听得到脚步声和枪声，一路上频频回头。没有人追过来。他踩着水面上的石块蹚过溪流，攀上斜坡，翻过横倒的树木，再次回头去看，却没看到他本以为会跟上来的赫尔穆特。杰尔德虽然有点担心，但他也没有勇气折返。

凭借着来时自己留下的标记，杰尔德跑下山。

感觉浑身就像血液被抽干了一样乏力。杰尔德以为自己生病了，却很快发现是饥饿所致。

他把装有食物的背包丢在那个房间里了，身上也没几个铜子儿。如果到英格家去，就能有很多猪肉吃。

杰尔德跑到山路上，看到博士的面包车，弗朗茨和恩里希的甲壳虫，赫尔穆特的摩托都在这里。还有狼人部队的二十余辆摩托也停在路旁。

他正在物色没有上锁的摩托时，"Gruess Gott。"突然被人打招呼。是一群拖家带口来玩的背包客，四十来岁的夫妻带着三个孩子。父亲除了背着背包，还让最小的孩子骑在他肩膀上。

"Gruess Gott。"杰尔德尽可能用自己最开朗的声音回应。看杰尔德两手空空，对方似乎有些怀疑，但并没有追问，只是用穿着登山靴的脚踏平路上的尘土，不多时便走远了。

杰尔德跨上其中一部摩托，发车前进。他把油门加到最大，80——100——120——就像身后有人追击般一个劲儿加速。视野变得狭窄，眨眼间就与古堡拉开了距离。

他回了好几次头。本该跟在身后的赫尔穆特没有跟来。

左胸口有个硬邦邦的东西。他用右手摸出来一看，是对讲机。杰尔德单手握着车把，用机器呼叫赫尔穆特。没有回应。

"这个废物！"

他来了个一百八十度急转弯。车头歪斜，车体严重侧倾。

杰尔德堪堪扶正差点翻倒在地的摩托，顺着来时的路返回。

就在他沿着直线公路全速前进时，眼前掠过一只野兔。杰尔德立刻扣下刹车。

摩托车悬空了，杰尔德的身体被抛向半空。就在他脸朝下狠狠砸在地上时，躺在地面的对讲机映入眼帘。杰尔德伸手去够机器，摩托车此时重重压在他身上，碾碎了他的胸膛。

赫尔穆特一边沿着墙壁爬行，一边四处摸索。如果能爬进那个小房间，就可以稍微休息一会儿了。每次呼吸，剧痛都从他的胸口传遍全身。

耳边传来粗重的鼻息。赫尔穆特正要架枪，"赫尔穆特，是我。"有人压低声音悄悄地说，"弗朗茨，看来你不是敌人。"

弗朗茨看到了他打的掩护。

"恩里希呢？"

"他在这儿。"

"这么黑你都能看到我的脸？"

"我的眼力比你们好多了。"

"弗朗茨，你也受伤了吧？"

"对。"

"看来维瑟曼不在这儿。"

"不在。"

"我们先撤退吧。我告诉你一个可以休息的地方。"

队员们拿着手电四处乱照。赫尔穆特把从罗尔夫和马克斯手里缴来的手枪分给弗朗茨和恩里希。每当他们回击，石粉便四下飞舞。他们沿着墙壁一点点前进，终于摸到了洞口。

赫尔穆特很难确定这是不是同一个门洞。他没观察过墙壁的状态，但是至少可以暂时离开空旷的广场了。

除了擦伤之外，恩里希似乎没什么显眼的伤口。赫尔穆特把笔形手电递给他，让他在前方领路。赫尔穆特和弗朗茨时不时就要停下来歇口气。右手的枪重得要命。赫尔穆特本想把枪换到左手，却不慎弄掉了，在地上摸索好一会儿才捡起来。

"这里吗？"恩里希压低声音问。

"有扇铁牢门。"

"就是这儿。"

小房间仍旧维持着杰尔德和赫尔穆特离开时的模样。地板上是后脑勺开花的史密斯，打碎的玻璃瓶，装在里面的内脏，还有像空摇篮一样的躯干。玻璃碴在他们脚下被碾得更碎。酒精虽然蒸发了，但气味还弥留在空气中。头颅依然放在台子上仰面朝天。

弗朗茨瘫在地上缩成一团，同时给恩里希下指示。

"把台子放倒，抵住那个门洞。"

赫尔穆特躺在入口旁。

他们俩都没法帮忙，恩里希只能一个人完成弗朗茨的要求。

"好轻啊，顶板和底板之间好像是空的。我们连维瑟曼的影子都没见到，却来了一堆不相干的人。我说，事情变得这么麻烦可都是你的责任啊！"

恩里希一边用衬衫下摆擦干净刀子，一边把责难的矛头对准了赫尔穆特。

"就怨你！引了一大帮危险的家伙来。"

"所以……我也……回来了。"

赫尔穆特吐了几口。呕吐物里混杂着血泡。

恩里希看过弗朗茨的伤势，问赫尔穆特："你知不知道枪伤怎么处理？"

"开枪的方法学了，护理倒是不在训练内容里头。"

"那帮人是你的同伴吧。"

"曾经是。"赫尔穆特用过去式回答。

"那你为什么也被打了？"

"他们把我看作敌人了。大概是因为我没有忠实执行向上反馈的命令吧。"

说是这么说，可连他自己都不太能接受这个理由。上校是看清楚了来人是他，才下令开枪的，丝毫不给他辩解的机会。

赫尔穆特想起袭击犹太巷时，情报被事先泄露给那里的居民和警察。而接到攻击命令的，只有他和"雅利安之子"的成员们。

袭击失败了。不对，也不能说完全失败。尽管犹太巷发动自卫，但在社会舆论看来，动用暴力的是他们。因为前去突袭的人甚至出现了死者，犹太巷将会以加害者的身份沐浴在狂风骤雨般的批判之中，人权团体也很难再提出抗议。"国防体育团"作为右翼团体将会声名大振，警察也得到了拆毁犹太巷的借口。

但经此一役，"雅利安之子"却大受打击，战力遭到极大削弱。

上校没有派狼人部队去突袭……

恩里希看了看仿佛刚刚在红色颜料里浸过的刀身。

"这样刀会变钝，得想办法磨一磨。"

那扇对开的铁门仍然开着。恩里希走到地下河边，蹲下来洗刀子。他舔了舔被河水打湿的手指，"好咸。这是盐水，会生锈的。"

"外面是死海吗？"弗朗茨躺着回应他，"河会通往哪里呢……会从地下一直流到维利奇卡矿山吗？"

"我们得找到维瑟曼躲在哪儿。一直窝在这里，你的伤只会越来越重。我出去看看情况。"

恩里希站起来。

"你别一个人去！"弗朗茨本想起身制止他，却疼得痛叫一声。

筏子抵达岸边，他们再次在复杂的石墙迷宫里穿行。

来到地下广场时，冈特看到起码十多个光点在黑暗中四下蠢动。对方立刻举枪瞄准他们一行人。JIOA 会派人来袭击原来不是瞎编的吗？就在冈特这么想的瞬间，克劳斯对着灯光里那人说："怎么是你啊，下士？你怎么在这里？"

"是博士吗？"对方确认道，"您没事吧？太好了，您现在面临危险，我是来保护您的。那几个暴徒很凶恶，我们已经交过手了，牺牲了不少人。"

倒地的尸骸、在地上痛苦翻滚的伤者、漆黑的血泊。灯光按顺序照亮这一样样东西。

"有两个想找您报仇的人潜进城堡来了。"

"你怎么知道这件事的？"

上校说明缘由。

"多谢。"克劳斯说，"他们就交给你处理吧。但有一点你必须遵守，那就是恩里希。你不仅不能杀他，还要确保不让他受到一点儿伤害，抓住他带到我身边来。我要先把我妻子和儿子领去安全的地方。"

冈特看见一道金色的影子快速从手电筒的光中掠过。

"现在出去更危险。"上校阻止他。

外婆给玛格丽特讲起日耳曼之夜的故事。被众神欺骗的芬里尔与奥丁展开最后的决战。大地轰鸣，撕裂天空，从天顶到地底都在摇晃。漂在盐湖湖面上的白色包裹站了起来，开裂的腹腔和红色的空洞以及失去了子宫的骨盆一同哄笑。就在此时，一阵雷声轰鸣。是空袭！盐窟里的十三扇门全被打开，死去的战士们再度复苏，手持利剑、盾牌和刺枪前进。湖面荡起波纹，芬里尔和约林格尔两兄弟正面迎上奥丁的战士们。芬里尔疾驰向前，狂风吹拂它头上金黄色的狼鬃。名为"期待"的血河汩汩注入挤满了金发婴儿幼儿的湖面。芬里尔大张着嘴，下颚擦过湖面，上颚直通往黑暗的天空。约林格尔体内奔腾欢跃的火焰映得他全身通透。

雪就像火花一样从岩石天空中飘落。

世界正下方，海拉被丢弃在雾与黑暗的间隙里，她活着的一半是粉红色，死去的一半是腐烂的暗绿色。她站着唱歌。

吾血即汝血，汝血即吾血，吾肉即汝肉，汝肉即吾肉

双胞胎的手指像太阳一样熊熊燃烧。

吾命即汝死，汝死即吾命

小船被包在透明的薄膜里，径直穿过战场中心前进。

"我们先回卡美洛了。"克劳斯说，"期待你们的表现。"

"史密斯在哪里？"冈特把米夏尔和玛格丽特护在身后，问道，"杰尔德呢？"

"你不必在意这些。玛格丽特，米夏尔，上船。回去了。"克劳斯说道。上校突然拔枪，抵住他的侧腹。

"我要请您带路。"

"去哪儿？拿开你的枪口。"

克劳斯微微打个手势，"战车"立刻要扑上来。但它瞬间吃了布鲁诺一枪，倒在地上。

"您是从卡美洛来的吧！"上校的声音无比欢快，"果然这里和卡美洛是连通的！中间隔了个地底湖。这位博士的友人，烦请您丢掉武器吧。"

毕竟您之后应当没什么机会用到它——上校愉快地说。队员的手在冈特身上四处摸索，抢走了他的枪。

就在此时，一个硬邦邦的东西紧紧抵住米夏尔的侧腹。

"安静点儿。"有人在他耳边悄悄说，"别出声！"

黑暗中看不清对方的长相。

"你敢出声，我就打死你。跟我来。"

对方紧紧捏住米夏尔的手腕，拉着他往前走。米夏尔没有反抗。

在场没有一个人发现他被带走了。

"你就是维瑟曼和玛格丽特的儿子？"

依旧躺在地上的弗朗茨凝视着被恩里希带进小房间的米夏尔。他的眼神恢复了气力。

"叫什么？"

"米夏尔。"

弗朗茨轻声尖叫，他想爬起来，却痛得直呻吟。

"你们两位就是弗朗茨和恩里希吗？"

"你怎么知道的？"恩里希恶狠狠地说。

"你是听玛格丽特说的吗？"弗朗茨问道。

"我在母亲的笔记里读到过。"

"'我来保护你了，你不要哭了，我的、我的……米、米夏尔……'"

"笔记？"

"你就是弗朗茨……"

"玛格丽特连你出生的地方也写了吗？"

"施泰因赫灵的'生命之泉'。"

"你今年多大？"

"十七岁。"

弗朗茨再次痛叫一声。

"那你怎么还没变声？"恩里希说，"你也被那家伙害了吗？为了保存你的声音。"

米夏尔摇摇头。

"你每天都要训练吗？"

"他要求我这么做。"

"'用横膈膜支撑全身，放松上半身，不要往舌根用力'。"弗朗茨说。

"对。"

"'绷紧肛门'。"

"对。"

"看，我的教法没错吧。"弗朗茨灰黄的嘴唇扯出一个微笑。

"那又怎么样？"恩里希回嘴。

"不就是在路边用男人的身体唱女人的声音，引来一帮屁都不懂的家伙看个稀奇，挣那几个可怜的钱！"

弗朗茨的微笑静静地僵在脸上。

冈特发现，米夏尔的身影一次都没有出现在摇曳的灯光里。

他正想呼喊米夏尔的名字，却有些犹豫。要是知道米夏尔不见了，玛格丽特一定会陷入混乱。

就在此时，一个尖细的声音撕裂了黑暗。

"维瑟曼，玛格丽特。米夏尔现在跟我们在一起，你们两人单独过来。"

"是谁？你是谁？"

"才过去十五年，你就忘了自己亲手制造的声音吗？"

"恩里希吗？你是恩里希吗？"克劳斯大叫，"恩里希，我终于见到你了！"

"博士，你现在必须为我带路。"上校用枪口捅了捅克劳斯，下令，"开枪！"

众人朝着身处于黑暗之中的恩里希扣下扳机，枪声轰鸣。

"别开枪！别打恩里希！"

石粉从天花板上倾盆而下。至今为止四处产生的裂缝一口气扩大版图，石块和粉尘开始像瀑布一样落向地面。

震动导致其他裂缝也开始崩坏。构成迷宫的墙壁四处崩塌，数百年来被时光侵蚀的墙壁里封印的力量在此刻一同爆发。裂缝伸展它们的拳脚，眼看着变得越来越大。

"在哪儿？米夏尔在哪儿？"冈特的声音越发迫切。

"这与你无关！"恩里希回答。

"有关，米夏尔是我的儿子。"

队员们呆站在开始崩塌的地下广场里手足无措。大地鸣动处，石块与粉尘像瀑布一样产生雪崩。体积足足有一立方米的岩块坠落下来，好几个人被压在了下面。

"维瑟曼，过来！"

"去哪里？"

"有木乃伊的房间。"

"你怎么知道那个地方的？"

"玛格丽特，你能听懂我说话吗？"冈特问她。

"我们必须去救米夏尔，但是我又不能让你离开我的视线。"无论哪方出了事，冈特都不会原谅自己。

"米夏尔！啊啊，米夏尔！"

"我们先出去吧，这里实在太危险了。我把你送到旅社去。"

先拜托沙芬贝尔夫人照顾她，自己再折返来救米夏尔吧。冈特下定决心，握着玛格丽特的手就要往外走。可玛格丽特却往反方向前进。那是恩里希消失不见的方向。

"那边太危险了！"

"米夏尔在哪里？"

又有石块掉下来了。

"他好像和弗朗茨在一起。"

"啊，这样的话，我就放心了。"

"玛格丽特，你知道我是谁吗？"

"嗯，当然知道。你是冈特·冯·弗吕斯滕堡先生。"

上校一边用枪限制克劳斯的行动，一边命令布鲁诺清点手下人员。

"还有七个人没受伤。"布鲁诺报告道。

"请你为我们带路吧。"上校气势汹汹地命令克劳斯。

"去哪里？"

"那座藏有你贵重物品的仓库。"

"你不是最熟悉那个地方吗？"

"当初是从上萨尔茨堡的碉堡运进去的，我不知道从这边怎么走。弗美尔，还有其他无比贵重的物件。"

"我倒不知道你还关心美术。"

上校无视克劳斯的讽刺，"当时真是运去了一大批……"他忍不住笑出声，"来吧，请你带路。"

"这就是你的目的？"

"那是自然，博士。"

"我看你连弗美尔是什么都不知道吧。"

"我只知道它的价值几乎无法估量，就够了。"

"猪猡！来个人扶我一把，我被落石砸伤了腿。"

由一名队员架着手臂，克劳斯拖着腿，钻过刚才恩里希离开的墙洞。

"烦请你不要浪费时间。"上校的枪口深深埋进克劳斯的背，"带我们去卡美洛。如果从那里前往仓库，我就知道怎么走了。"

"不穿过米夏尔所在的那个小房间，是去不了的。"

"不要撒谎！"

"哦？你以为只有你知道什么是真实吗？"

抛下这句话，克劳斯拖着一条腿继续前进。

上校半信半疑，但还是跟着克劳斯往前走。队员们前后包夹他们两人，冈特则护着玛格丽特前进。

抵达铁牢门前，克劳斯停下脚步。

"恩里希，是这里吧？"

"博士，等候多时了。请进。"弗朗茨说道。然而克劳斯根本没听出是他在说话。

牢门的门缝被放倒的木台堵得严严实实。恩里希稍稍移开台子，把门开了很小的一条缝。克劳斯一把推开扶着他走路的队员，连滚带爬钻进其中。其他人都以为他伤了脚，因此被找到可乘之机。一呼一吸间，门便紧紧关闭了。

奉上校之命，布鲁诺麾下的队员尝试用人力破门。但这里没有足够的空间可供助跑，他们只好把全身的重量压在门上。才刚刚撑开十厘米左右，里面射出的子弹便穿透了队员试图踏入其中的脚。门再次被关闭。

开枪的巨响引得石屑又是一阵散落。

躺在入口附近的赫尔穆特用尽最后的力气扣下扳机，阻止多余的人闯入后便断了气，嘴角还挂着几丝血泡。石块和粉尘如雨点般降下，仿佛为他吊唁的花瓣。在场没有一个人注意到他的身亡。也没有人发现，最后一刻他的手之所以放开握柄，是想去捏紧胸前口袋里的骑士十字勋章。

"你就是恩里希……"

克劳斯目不转睛地看着仿佛戴上了血色面具的年轻男子们。

"而你是弗朗茨吗？"

"妈妈……"米夏尔朝着门外小声呼喊。

"玛格丽特！"克劳斯也喊道，"我们的小恩里希就在这里！"然后他给弗朗茨下令，"你让玛格丽特进来。"

从外面射入好几发子弹，但贯穿木台后就失去了大部分威力。

"恩里希，我们何苦要在这样的地方重逢？我一定会张开双臂迎接你的到来啊。"

史密斯的尸体映入克劳斯的眼帘。他叫道："莫非是杰尔德……竟然被那么点儿大的孩子干掉……"但很快，他的注意力又回到了恩里希身上。

"恩里希，你天赐的声音现在如何了？"

"我教导、培育他……"话说到一半，弗朗茨的声音转为痛苦的呻吟。

克劳斯摸了摸弗朗茨胸口的枪伤。

弗朗茨痛叫起来，"住手！"恩里希拔刀相向。

"我只是看看他的伤口，再这样下去他会失血过多而死。"

"给他止血！"恩里希说。

"用绑带止血不过是一时权宜。这里没有医疗器材，没救了。"

克劳斯淡淡道，而后他抬手做指挥状，命令道："唱吧，恩里希。"

"谁管你狗屁唱歌！"恩里希骂道，把刀尖对准克劳斯两腿之间，"速战速决吧。米夏尔，你把眼睛闭上。"

"等等，先让我听听你的歌声！"

"唱吧。"弗朗茨也说。

"恩里希，我太想听到你的歌声了。谢肉节上那曲《浮士德》不行，那样根本不行！你是一块无论用什么方法都能打磨的原石。如果这十五年来没有损坏，那倒是万幸。就算你受到错误的指导，只要从现在开始矫正就还来得及！"

"多管闲事！"

"为什么你不明白我的爱？唉，元首是多么爱他的子民，他的国民又是何等愚钝，理解不了他的爱意！我太能体会元首的焦躁了！"

那个门洞很窄，一次只能进去一个人，里面还有人持枪等着他们。想到这里，就不能贸然入侵了。此时上校突然发现，其实他完全不必冒险，也能达到自己的目的。

"维瑟曼夫人——"上校殷勤地对被冈特搀扶着的玛格丽特开了口。

武器刚被缴走，冈特现在两手空空。他立刻把玛格丽特护在身后，自己站在光下。

"开枪！"布鲁诺正要下令，却被上校阻止。

"不是要赶尽杀绝吗？"

"等会儿。"上校走上前，"您忘记了吗？我在命名仪式上担任米夏尔的教父。您一定认不出来我了。十五年过去了，您倒是丝毫没有变化。"

甚至变得更加美丽——上校对光中浮现出的那张面庞一边说，一边毫无破绽地举枪抵在冈特的胸口。

"为什么不马上干掉？"布鲁诺渐渐逼近。

"她是重要人质。"上校回答。

"那这家伙没有用吧？"布鲁诺用枪捅了捅冈特。

"贸然开枪有引发塌方的风险。我们先去存放贵重物品的仓库。"

"用刀就不会塌方了。"

"你是从黑卡美洛渡湖来的吧。"上校向冈特确认。

"对。"

"带我们去盐湖。"

"除了维瑟曼博士，没人知道那条路怎么走。"

"你跑过一个来回，肯定多少记得一点儿。要是不肯带路，我就直接打死夫人和你。"

"我唱不出声音。"恩里希用双手护住喉咙。

"因为你干了蠢事！"克劳斯训斥道，"你的身体是无比神妙又精致的乐器！而你们对它做了什么……"

他忽然看了赫尔穆特的尸体一眼，"这是谁？怪可惜的。"克劳斯喃喃道。

"这样只会腐烂。要是能用树脂浸透固定，就能永远保持他现在的样子了。"

然后他把地上的头颅重新摆进岩洞架子里。

"真是个烦人的女人。只不过生了个小孩儿，怎么就自以为有权做我的妻子呢？不过，作为研究成果，她倒是我有史以来的最高杰作。"

侧腹愈合在一起的小木乃伊掉在地上。"这个畸形儿是珍贵的出土品。"克劳斯小心地把她们和头颅摆在一起，目光随即回到恩里希身上，责备他，"你明知我在旅社，怎么不立刻来找我？旅社里还有钢琴呢。"

"弗朗茨！"恩里希把他的焦急全表现在手里的刀子上，"因为米夏尔在场，你才不敢动手吗？当着小孩儿的面，我也很难下手。要不把米夏尔放出去吧。"

米夏尔摇摇头，摸了摸赫尔穆特的尸体。"还不是很凉。死后会很轻松吧，也感觉不到可怕。可是，死之前很可怕。"

"流动的人生里不存在'绝对'。"克劳斯说，"正义变为邪恶，值得赞赏的行为沦为遭受处刑的对象。我正是要把存在于这座城堡里不变的

'绝对'纳入自己囊中啊，我的儿子们。"

"别把我称作你的儿子！"恩里希抛下这句话。弗朗茨的眼神却变得柔和，"我从你手中得到了显微镜。"他说。而克劳斯已经不记得那件事了。

"恩里希，按我教你的那样唱吧。"弗朗茨催促道，"放松上半身，想象你嘴里有一个肥皂泡泡，尽可能地不要弄破它。"

队员们拉扯墙上的绳索带动筏子前进。上校一边迫近黑卡美洛，一边暗自窃喜。

战败前，士兵曾多次往返从上萨尔茨堡经过盐矿通往仓库的路线，搬运打包好的货物。当年负责监督的人正是他。他们渡过横亘仓库与废城地下的那片盐湖，沿着从湖中分离出去的盐河继续前进。仓库就建在河道中途往左手边延展的矿道里。

铁门上挂着一把坚固的大锁，其中一把钥匙由他保管。每次搬运时都要找维瑟曼拿钥匙也太麻烦了，还常常出现失联的情况，因此持有这把钥匙，非常近似于拥有仓库的所有权。整整十五年来，他保存着这把钥匙，就像保存一块梦的碎片……

最后一批货物搬进来后，仓库里装上了引爆装置。两只装有六个百磅炸弹的木箱被放置在入口附近。如果不先解除引爆装置，开门时就会触动导火管，引爆炸药。解除的开关装在入口外侧的铁匣内，铁匣的钥匙只有维瑟曼有。

就算不知道从古堡出发的路线，但只要抵达卡美洛附近的湖区，再重新开始寻路，就可以找到仓库了。但就算他一个人去，也无法得到那些贵重物品。

先让维瑟曼解除引爆装置，然后杀光所有人，他就可以得到活上十辈子也赚不到的巨大财富。他要去南美洲。纳粹的高官都在南美洲舒舒服服过日子呢。

他准备只带布鲁诺，还有几个信得过的部下一同前往。其他人，比如那个满嘴理想的愣头青赫尔穆特·查修威茨，还有什么政治、训练这些狗屁玩意，全部消失个干净。不过，真希望还能带上玛格丽特一起走。上校美美地打着他的算盘。

筏子突然撞上湖岸。他们暂时下船，先把筏子划到对面的岩壁附近。高浓度的盐水使筏子的动向变得无比轻盈。

玛格丽特坐在于深邃的盐湖中前行的筏子上。它仿佛排除万难的破冰船，仿佛无情锯开胸骨的铁锯，仿佛要上溯已经失去的时光，在有无数死物蠢动的湖面上前进。玛格丽特想不起那团猫毛般柔软的光了。就连她曾经幸福得像只渐渐死去的小鸟一事，也缓缓沉入她意识的底层。苏醒的轻微预感包裹着玛格丽特。格丽塔会保护你们的。祖母对幼小的玛格丽特说，太阳最终会被吞噬而死吧。不过，在死去之前，一定会生下一个不逊于她的女儿。女儿一定会和母亲一样走过天上的栈道，照亮整个世界。

"不对！"克劳斯大摆其手，"别唱了！"他喝停了恩里希的歌声。

"还是不对，你不是恩里希。弗朗茨，你把我的恩里希怎么了？"

一阵沉默。

"刚刚奋战过，不好发声也很正常，你不要凭这几句就妄加判断。"良久，弗朗茨终于开口。

"凡人是不会懂的。但哪怕经过十五年，我依旧听得出来。这不是恩里希的声音。你确实是个阉伶，但你不是恩里希。我在谢肉节上听到的时候就怀疑了。但又想到除了我亲手制作的恩里希以外，世上不可能还有其他的阉伶，所以想确认一番，才到处找你们……弗朗茨，你把这个假货带来，究竟有什么企图……"

话说到一半，克劳斯突然陷入沉默，凝神静听。外面的水声越来越响。

对开的大门外，一艘筏子沿着洞壁上的绳索在盐河上前进，最终停在门口。

"尊敬的维瑟曼博士，上校让我们给您带话。"筏子上站着三名队员，"我们在仓库门口。劳烦博士屈尊，前来解除装置。"

"猪猡！就让他在仓库门口傻站到死好了。"

"这就是您的答复吗？"

"没错。"

"维瑟曼夫人在我们手上。如果您拒绝接受委托，夫人将有性命之虞。"队员对陷入沉思的克劳斯说，"尊敬的博士，我们只需您单独前来。"

克劳斯点点头："我对假货没兴趣。可以，走吧。"

"你以为你走得了吗！"恩里希架起刀。

但是，"如果我们回程时，三名队员哪怕缺了一名，夫人都将遭到报复。"那队员说。

"不要！"米夏尔死死扒着恩里希不放，弗朗茨也拼命阻止他。

这一次的沉默无比漫长。

"有什么好犹豫的啊，弗朗茨？那女的也是我们的敌人，就算她死了……"

"你去吧，博士。"弗朗茨说。

克劳斯·维瑟曼坐上上校派来的木筏。

片刻后，又一艘木筏被推到水面上。那曾是布里姬忒的卧榻，此时被翻了个底朝天。

恩里希和米夏尔搀扶着弗朗茨爬上船，弗朗茨让赫尔穆特的尸体也跟他们同行。

越是前进，水就越渗透进台子上的弹孔，吃水线慢慢上涨，甲板被湖水濡湿。可尽管下沉的台面眼看就要和水面持平，强大的浮力却依然避免了沉船。

门口的小块空地上，冈特护在玛格丽特身前，队员们举枪指着他。

门锁已经被打开了，只要一拧门把就能开门。但两箱六百磅的炸药也会同时引爆。

"来，开锁吧。"

"如果我说'Nein'，你下得了手杀玛格丽特吗？"

"那是自然。"上校夸口道。

"那我就说了。"

"慢着！"

克劳斯无视冈特的制止，"Nein。"他冷笑道。

"你杀不了她。看来你也多少懂点儿美丽事物的价值，你无法毁掉她。"

"维瑟曼夫人！"上校朝玛格丽特叫道，"请您让您的丈夫打开那扇门吧！如果您敢拒绝，我就射杀这个男人！"

布鲁诺的枪口就抵在赤手空拳的冈特太阳穴上。

几近沉没的木筏正是在这个时候抵达的。

玛格丽特从队员手里抢过手电筒，照亮了他们几个。

"米夏尔……"

玛格丽特走上前去，伸出双手："米夏尔……"

"格丽塔……"弗朗茨低低的声音里蕴藏着畏惧，"你能认出来……"

"米夏尔！"玛格丽特再次重复。

记忆明确地复苏了。她在灼烧的残迹上缩成一团沉睡。醒来时，本该睡在她身边的米夏尔不见了，只留下一张纸片。是母亲把我们杀害……定来杀死你们的孩子。

玛格丽特陷入混乱。前往美国后，她生下了克劳斯的孩子。她没有发现帝国垮台时，自己已怀有身孕。米夏尔不就在你怀里吗？克劳斯说。在空袭与紧随其后的战败的混乱之中，尽管他一度丢失，却也仅仅只在一刹那。米夏尔正健健康康地吃奶呢。为了消除时间上的矛盾，许多记忆就此消失。米夏尔总是还在哺乳期。有时，玛格丽特也会感到诧异。这个可爱的，会叫我"妈妈"的少年，到底是谁呢？

现在，她可以清晰地感觉到，这里有两个米夏尔。

恩里希往回一缩，想要逃离伸出双手的玛格丽特。

"玛格丽特！"弗朗茨的声音清晰地传递到玛格丽特耳中。

玛格丽特瞪大双眼。啊啊，弗朗茨……

"弗朗茨！"

就这样，她也再次呼唤恩里希。

"米夏尔。"

"Nein。我是恩里希。"

冈特来回看看自称"恩里希"的年轻人和米夏尔两人。

"玛格丽特，这是怎么回事？"

不知道——玛格丽特缓缓摇头。第一眼产生的直觉渐渐变得模糊。米夏尔突然不见了，这是事实。一旦她想查看记忆，破布上的孔洞就会扩大。然后——他是不是又回到我的臂弯里了？一度以为清晰起来的回忆，此刻又蒙上一层迷雾。

玛格丽特走到弗朗茨身边，拿走握在他手里沾满鲜血的刀。她用刀尖对准愣在原地的恩里希的裤腿，划开了长裤。

"米夏尔……"

被玻璃划伤又得到缝合的痕迹没有减淡，依然原样留在他腿上。

年幼的米夏尔总想抓起伤痕丢掉，坚称有蛇咬他，还会因为伤口疼痛而生气……

于是，少年弗朗茨便用刀刺伤自己的腿，惩罚了自己。玛格丽特清晰地回想起这一切。

弗朗茨从玛格丽特手里抢回那把刀，对准克劳斯。

"博士，是你杀了恩里希。"

"是我？"

"你把恩里希阉了！"

"对啊，那又怎么了？"

"又是轰炸，又是机枪扫射，恩里希被麻醉了，总也醒不过来！我抱着恩里希找安全的地方，不知道往哪里逃才好。我把恩里希放在别人丢下的板车上，想带他去英格家。山路太险，恩里希好几次从板车上滚下来。我把他又放回去，继续往前走。等我到英格家的时候，恩里希已经死了……

"土层好硬。我挖了坑，让恩里希躺在里面。没让任何人帮忙，也没让英格帮忙，我一个人挖的。可是，往他身上盖土的活是英格干的。我实在做不到！

"第二天，我又回上萨尔茨堡去了。

"那边已经变成了废墟，满地都是被炸死的尸体。四处找人的时候，玛格丽特，我发现你和米夏尔两个人躲在瓦砾堆里避难。

"等到了晚上，我就偷偷把米夏尔从睡着的你怀里抱走了。"

"在回英格家的山路上……"弗朗茨说到一半，声音哽咽起来，"被野狗追了。我没能……保护好米夏尔。"

他抱着两腿间满是鲜血的两岁的米夏尔回去，给英格看。

"我对英格说，'我把恩里希抢回来了'。"

"你骗人！！"

恩里希大叫道。

"你骗人！那么我不是必须以德国人身份活下去的波兰人，而是一直以为自己是波兰人的德国人吗！你骗人！我不是跟你共享对德国人的恨的恩里希，而是被你夺走了一切的婴儿吗？！我该恨的不是克劳斯·维瑟曼……弗朗茨，难道我该恨你吗？我不要！都是骗人的！我是恩里希·库诺克！波兰名字是……安杰伊……是你让我不要忘记的！在国王湖差点掉进水里的孩子不是我吗？你骗人！"

"那是我唱给自己听的摇篮曲。"弗朗茨说，"那些是我讲给你听，种在你心里的恩里希的记忆。"

玛格丽特单手抱住以十四岁之龄被当作十七岁少年看待的米夏尔。然后，她向着实际十七岁，却被当作二十二岁的恩里希——久别重逢的儿子——伸出另一只手。恩里希摇摇头。

"玛格丽特，他说的是真的吗？那是我儿子吗？"冈特不知所措。

弗朗茨尽力挤出声音："玛格丽特，我把米夏尔还给你，你能原谅我吗？"

"我不要！"就在恩里希大叫时，"烦死了，别讲这些派不上用场的往事！"烦躁的上校射出的子弹直接击中了弗朗茨。

同时恩里希也开枪，但子弹没有击中上校，而是擦伤了布鲁诺。见布鲁诺身形晃动，冈特趁机挣脱。他绊倒对方，又全身压在摔倒在地的布鲁诺身上，抓起旁边的石块敲晕了他的脑袋，又从晕头转向的布鲁诺手里抢过他的手枪，瞄准上校，扣下扳机。

上校仰天倒下，落入水中。他先是下沉，却很快又肚皮朝天，浮上水面。

冈特下一个目标是试图起身的布鲁诺，他以此威胁队员解除武器。队员们纷纷把枪丢在地上。

弗朗茨颤巍巍地站起来，架好小刀。

他整个身子撞向克劳斯，刺中腹部，打横一扯。

"别过来！你不要过来！"他朝着恩里希大叫道。

倒在地上的克劳斯钳住弗朗茨的手腕，以此作为支点，用尽全身力气起身。他狰狞得像一具死而复活的尸体，单手捂住腹部外流的血液和肚肠，仿佛感受不到痛苦一般，一步步走向紧闭的门扉。弗朗茨也被他拉着一起过去。

克劳斯靠在铁门上，招手呼唤玛格丽特。

"直接开门的话，炸弹就会引爆。玛格丽特，你过来。如果你肯一个人过来，我可以给其他人逃跑的时间。"

弗美尔就在这里面——克劳斯柔声道。

"是你喜欢的那幅画。我想等城堡完工了，就把弗美尔挂在我们的卧室里。玛格丽特，过来吧。"

"那么这个米夏尔是你的亲生儿子。"冈特揽着米夏尔纤弱的肩膀说，"你很清楚，却以此来欺骗我！"

"让她相信米夏尔没丢，是为了她好。"

"玛格丽特——"克劳斯朝着她不住招手。

"要么你一个人死，要么所有人一起死。"

脸色苍白的玛格丽特呼唤弗朗茨："你的名字叫塔迪修·奥勒布里斯

基。我记得的，我一直帮你记着……"

冈特拉住正要往克劳斯身边走去的玛格丽特。克劳斯的双手已搭上了门把。

"等等。"冈特说。

"我等得够久了。"克劳斯回答。

"再等一等。我会和玛格丽特一起留下，你让其他人走吧。但是，在那之前，我想听听儿子的歌声。或者说是儿子们的歌声吧。两个米夏尔都是我的儿子。"

"我才不想承认你是我父亲呢。"

冈特用眼神安抚挑衅的恩里希，"弗朗茨，让他们俩唱首歌给我听吧。"他再次重申。

他必须拖延时间。不知被开膛破肚的克劳斯还能坚持多久。

弗朗茨理解了冈特的意图，他对茫然的米夏尔和情绪激动的恩里希说：

"唱《圣母悼歌》吧，佩尔戈莱西的。"

二重唱流淌在满是血腥味的洞窟里。这里没有管弦乐团，在既无前奏，更无伴奏的阿卡贝拉之中，沉浸在悲伤里的圣母不住呜咽，伫立在钉有圣子的十字架前。两个米夏尔的歌声融合为一。

这首歌原本由男女高音一同合唱，此时由恩里希唱其中的女高音部分。

他先娇艳而刚强地唱起柔软的咏叹调："她那哀叹的灵魂忧郁又悲伤……"而后两人合唱"天主的独生子……"接着，米夏尔接上一句"慈悲的圣母，见证尊贵的圣子之苦楚"。

克劳斯倾听着恩里希的独唱，道："那个恩里希的声音永远地消失了。"

"博士……"弗朗茨喃喃道，"我会留下来。"

他把刀扎进克劳斯的喉咙，割断了喉管。两人缠在一起倒下。

弗朗茨脸上毫无血色，他对慌忙赶来的恩里希说：

"我跟博士说好了，我留下。"

玛格丽特跪在两人身旁。她拥着弗朗茨的头，另一只手搭在克劳斯身上。

然后她呼唤冈特的名字。"冈特。"她说，"你带上两个米夏尔离开这里吧。"

冈特用枪柄敲晕了叫嚣着自己也要留下的恩里希，把昏迷的他搬到木筏上。

"你也是我的儿子。"冈特把米夏尔也领往木筏，之后回到抱着弗朗茨的玛格丽特身边，让她跟他们一起走。

玛格丽特把他伸出的手拂开。

"玛格丽特。"弗朗茨的声音里带着温柔之色，"以后只有你能一直为我祷告了，请你离开这里吧。"

他伸出满是鲜血的手，罩住玛格丽特的双眼。

"请你为我祷告吧。"

他决然地说。

"求求你了。"

弗朗茨一直等着木筏漂远。他眼前浮现出他们远离古堡，蹚过溪流的图景。在自己体内的血流尽之前，他站了起来。

帝国的好儿郎就该这样……他喃喃道，握住铁门的门把，准备往下按。

此时，他感到一只柔软的手叠在他的手上。

"玛格丽特……"

嘴唇就像身体上一道小小的伤口。如果把两道伤口贴在一起，就能让同一套血液在其中流通。

从弗朗茨受伤的肺里冲出的血灌入玛格丽特的喉咙，两只搭在门把上的手掌，融合成同一股力量。

奔腾的血液流成一条河，那河的名字就叫"期待"。他们沿着地下洞穴里的永恒之河逆流而上。

石墙用异常妖娆的女高音歌唱。那歌声兼有夏日的骤雨和冬日的寒光，既是天籁之音，也是地狱之吟。那歌声将把每一个听到的人诱进扭曲的秘境。

那是我亲手打造的声音——弗朗茨说。

穿黑衣的外婆伸手为玛格丽特戴上一条铁链，铁链的最底部吊着一颗兽牙。那是芬里尔的牙。

城堡缓缓开始崩塌。

铁链吊着一颗巨大的铁球，砸向犹太巷的墙壁。

"莱娜，要打扮就快点儿！"莉萝催促道。墙上开始出现裂痕。

莱娜用梳子梳梳头。她拿着梳子的手肿得像皮肤下积满了水，苍白的手指胖嘟嘟的，小巧的指甲盖却反而给人以可爱的印象。上面涂着指甲油，是浓浓的玫瑰红色。

"可是，我们得等弗朗茨和恩里希回来呀。"莱娜慢吞吞地，口齿不清地表示抗议，"他们俩的钢琴可怎么办呢，阿莉切？"

就在此时，提奥探头进来。

"我带显微镜来了哟。看他们俩不在，就放在钢琴上了。"

莉萝微微耸肩，为双胞胎姐姐褪色的金发绑上粉红色的丝带。

地面隆隆作响，从天花板的裂缝里落下粉尘，染白了三人的头发。

代 后 记

本书为冈特·冯·弗吕斯滕堡所著长篇小说 *Die spiralige Burgruine* 之全译本。书名若直译，应作《螺旋废堡》。此次的引进版标题旨在揭露"生命之泉"的本质，定名为《死亡之泉》。

在此，我谨向给予我本次翻译机会的早川书房《悬疑杂志》编辑长——竹内祐一先生表示感谢。

我得到原著的经过如下：

前年——1968 年，在书店的外文书刊区，一本新书映入我的眼帘。我被封面上可爱的孩子的照片深深吸引，于是买走了这本书。虽然它的标题 *Die Kinder*（孩子们）相当不起眼，内容却是与纳粹的收容机构"生命之泉"有关的报告。我正是凭借这本书，才得知有一群孩子成了纳粹种族改造计划的牺牲品。

那年暑假，我前往慕尼黑访友。聊到生命之泉的话题，友人便说，施泰因赫灵的"生命之泉"建筑尽管经历了改建，但原址依然留存，目前那里是一栋儿科医院。

我心想，恐怕德国人不太愿意被外人触及纳粹的问题。但还是提出想去参观。

我预约好时间，借友人的车前去探访那座施泰因赫灵的设施。那是一栋红瓦白墙的建筑，在这片地区很常见。

接待室里，我向一名与我年龄相仿的职员提及"生命之泉"时代的事后，对方非常认真地回答他们也在调查同样的资料，并未显出不快之色。他说，当时的记录在帝国垮台之前被烧毁了大半，目前还没找到正确的记载，但可以先把他们调查整理的记录借给我看。说着，职员就动身去里面拿文件了。

我无意间拿起一本书架上的书。因为封面的设计和书名都给我一种消遣读物的感觉。

就在我随性翻动书页时，职员回来了。

"那是一本以生命之泉为题材的小说。"职员道。

我拜托对方为我复印文件，之后他带我参观庭院。宽广的地界一角积了厚厚的枯叶，旁边摆着一座石像。雕的是一个年轻女人在给孩子喂奶。

"那东西从生命之泉时代起就在这里了，不过并没有摆在原来的地方。我也不知道它本来被放在哪里。书的作者倒是写了放在门边。"

"我可以借走那本书吗？既然是写生命之泉的书，那我很感兴趣。"

"这倒是无所谓，不过书中也有一些错误的内容。如您所见，我们这里是儿科医院。原本有几年打算改造成身心残障者的收容机构，但就算改建完成，境况也决不至于像小说里描写的那样惨。经营者一定会怀着爱意，清洁有序地运营它。那些所谓的小说家呀，总是写一些不负责任的谎话。"

当晚，我就开始阅读从职员那里借来的 *Die spiralige Burgruine*。白天到处奔波，所以只能晚上在床上看，大约花了一周才全部读完。我回国的日子临近了。为了还书，我再次前往施泰因赫灵，对职员说"既然这本书有一部分基于生命之泉的真实状况，那么我希望能直接跟作者会面聊一聊"。听罢，职员满不在乎地说他知道作者的电话号码。

"我曾经为了指出书中的谬误特意去查过。结果联系上作者本人，他说就算与事实不符也无妨，这只是一部虚构作品。毕竟谬误没到闹上法庭那么严重，我就放着没管了。"

我回到朋友家尝试联系后，作者本人接了电话，并把会面定在两天后。恰好是我归国前一天。

我开朋友的车，看着地图往作者家行驶。去的路上想随身带着那本书，就去书店求购，结果书店里没有。店员说可以从出版社调度，但那书上根本没有写经手出版社的名字，且我次日就要回国，只好放弃。我在隔壁的花店里买了一束玫瑰。

从慕尼黑出发前往作者的住处，总共需要花上两个小时。那是一片背临森林的僻静土地。地界大得令人羡慕，跟公路之间隔着低矮的砖墙和树篱。砖墙眼看要塌了，我抵达时，一个身强体壮的年轻工人正准备重新砌好它。

作者平易近人地在客厅迎接我的到来。客厅两侧有巨大的落地窗，可以直接看到明亮的庭院。庭院里的装饰活用了天然的坡度，整栋建筑就像建在森林里一样，四周是茂密的林子。

我送的玫瑰花被作者插在茶几上的花瓶里。旁边有一架三角钢琴，架子上摆着不计其数的唱片。

作者本人和小说中"冈特"的形象相差极大，是一个又矮又胖，大腹便便的中年男人。

我为自己没能在书店买到他的书深表遗憾，结果作者在手边的书上签过名后，直接送给了我。

"冈特·冯·弗吕斯滕堡先生在作品里也是以真名登场呢。"

"那是把谎言包装得煞有介事的手段。"

"我对战争年代的生命之泉很感兴趣，因此拜读了您的作品。"我先是这么说，之后犹豫片刻，还是添上一句对内容的评价，"作中的冈特这一人物，前半部分给人以重要角色的印象，但在后半部分似乎就没有什么戏份了。"

短暂的沉默过后，"多余的行动，会在受到多余的称赞之后，同样遭到多余的批判。凡庸的面具最适合用来抵挡来自凡庸社会的抨击。"对方回答。

我无法理解他的言外之意，于是问了个真真无比凡庸的问题：

"请问书中出场的角色有原型吗？"

"有实际存在的人物，也有虚构的人物。其中也有并非参考特定人物，而是糅合了数名原型的特征后，修整成一个人物的例子。大部分写小说的人都会采用这种手法。"

"那么玛格丽特的笔记是……"

"战争年代她在生命之泉写下的东西于空袭中焚毁了。几年前，我在她生日当天送了同样装帧的空白书本。于是她又开始回忆，并把那些东西记录下来。"

说着，对方无声地笑了。克制的笑声震得从他下颚垂到喉头的肥肉不住颤动。

"我想听她讲一些与生命之泉有关的事项，可以劳烦您为我引见吗？"

"关于生命之泉，笔记上记载的内容已经足够了吧。都是基于事实的。"

他从架子上抽出一张唱片，放在播放器的唱盘上，并把唱片封面展示给我看。

"我来告诉你实际存在的其中一位人物的结局吧。"

上面是一位俊美的青年与可爱少年的合影。

"这个就是米夏尔。"他指了指那名青年。

那青年的脸蛋像握拳一样紧致，宽额头下深深刻着一双阴郁的蓝眸，头发又仿佛金色的蛇鳞。

曲目是乔瓦尼·巴蒂斯塔·佩尔戈莱西的《圣母悼歌》。封面上写着，这首歌由童高音与假声男高音联合献唱。

对音乐不甚了解的我，不明白所谓"假声男高音"是什么意思。

"就是可以让声音从男性音域扩展到女性音域的男歌手。"

"就是……阉伶吗？"

"所谓的'假声男高音'，是指通过修习某种技巧得到高音域的男性歌手。早在十几年前，英国便有利用这种唱法的男性歌手出现，名叫艾尔弗雷德·德勒。我国的假声男歌手，目前还不广为人知，但近年来终于也有了自己的热烈拥趸。"

他静静地把唱针放在旋转的唱片上。唱机开始播放弦乐前奏。

"包括德勒在内的所有假声男歌手，最多不过到男高音音域罢了。"他嘴边浮起一抹微笑，笑得很冷，"而我亲手制造的米夏尔可以抵达女高音的音域。"

他的话让我有些在意，"我亲手制造的"……

我正想反问他，却被此生从未听过的歌声紧紧揪住了心。那歌声充满官能的甜蜜，超越了性别界限，自由自在地在天空中疾驰。它既清冽，又甜美，同时还拥有一种异样的妖娆。它兼有女高音的优雅，和童高音那惹人怜爱的天真无邪，同时，又有男性宽阔的胸腔演奏出的丰富特质。那是一种酷似痛苦的恍惚。我感到自己的核心被注入媚药，肉体就此消失无踪，唯独听觉还残留在意识里。那是融合夏日骤雨和冬日寒光的歌声，那是只可能存在于幻觉之中的歌声……

我听到细小的铃声。是从门后传来的。

"失陪一下。"他起身前往邻室。

依旧深深沉醉在歌声中的我望向书架，红色的皮革书脊映入我的眼帘。我下意识抽出了它。

翻开第一页。上面排列着用钢笔写下的文字。

我想起了"唱歌的城墙"。

那座城堡就建在环抱村庄的群山之中。把耳朵贴到城墙上，有时能听见孩子的歌声。据说听过的人既有交好运的，也有受诅咒的。而给我讲这个故事的人……

我跳着翻阅那本书。"慈悲如泉的圣母啊……"《圣母悼歌》的旋律依然流淌进我的耳朵。

中途看到一句话，我不禁停下了翻书的手。

来访的男性自称叫冈特·冯·弗吕斯滕堡。

弗朗茨！

与小说第二部分对应的内容，在这本笔记里，是以玛格丽特的视角记述的。我快速阅读起来。

……克劳斯命令孩子唱歌。我恳求他不要这么做。

孩子的歌声总会让我在噩梦般的现实中醒来。木筏漂浮在暗沉的死水上，我自己在上面缩成一团。

弗朗茨冲到我身边。"战车"一跃而起，咬断了他的喉咙。

从那以后，

文章就断在这里，之后的书页都是白纸。

我陷入混乱。虽然玛格丽特在笔记里写的是弗朗茨被狗咬死了，但这个时候被她称呼为弗朗茨的人，只有可能是冈特·冯·弗吕斯滕堡。那么，现在，这个自称"冈特·冯·弗吕斯滕堡"的作者，到底是谁？我到底在跟谁会面？

隔壁传来响动。我连把笔记放回原处的时间都没有，作者就开门进来了。

那双灰色的小眼睛捕捉到手上抱着红皮书的我。

我浑身一阵恶寒，不禁脱口而出："您是……您是……"

对方爆发出惊天动地的笑声。

他反手关上门。就在那一瞬间，我窥见了邻室的情况。一个脸色发青的女人无力地靠在沙发上，如同大理石圣母像一般散发出淫猥的气息，她呆滞的双眼凝视着虚空。

"哪怕肉身死亡腐朽……"她和着米夏尔的歌声，微微抽动嘴唇。那掩在浅蓝色天鹅绒膝毯下的双腿旁，另有两条纤细而孱弱的腿，正轻轻地摇晃。

——记于 1970 年 5 月

译者简历　野上晶，生于东京。译有《颠倒塔杀人案件》（约亨·舒尔茨著）（早川书房）、《蔷薇密室》（汉娜·卡里埃尔著）（沧幻社），编译有《德国幻想短篇集》（妖精书房）等。

死亡之泉

| 1970 年 7 月 20 日 | 第 1 次印刷 |
| 1970 年 7 月 31 日 | 第 1 次发行 |

作　者　冈特·冯·弗吕斯滕堡
译　者　野上晶
发　行　早川浩

出版社　株式会社早川书房
东京都千代田区神多田町 2-2
电　话　03-3252-3111
账　户　00160-3-47799

印　刷　中央精版印刷株式会社
制　作　大口制本印刷株式会社

Printed and bound in Japan

ENDE

后　记

皆川博子

位于施泰因赫灵的"生命之泉"霍格兰产院，在战争结束后曾一时改制为儿科医院，后来变成收容身心有障碍者的养护设施。

去年春天，我前去取材时，设施内的氛围十分明朗，年轻的职员和入所者们就像朋友一样友好相处。

建筑本身多多少少受到改建，尽管内部装潢没有改动，但外观几乎完全得到修复，令人得以凭吊其战争年代的影子。

在初夏明媚的阳光里，职员指着庭院中一尊比真人更大的母子石像对我说，这是从生命之泉时代就留存下来的东西。给我留下了很深刻的印象。

我初次知道"生命之泉"的存在，要追溯到二十余年前看过的一本译著，叫《疯狂的家畜人收容所》。战争让孩子遭受的不合理对待化为深深的心灵创伤，那时我就想，总有一天要把这个素材用在故事之中，然后岁月流逝。

1989 年，时任《悬疑杂志》编辑的竹内祐一先生联系我，说因为《早川悬疑推理世界》系列已经开始启动，希望我能新写一册长篇故事。我于是毫不犹豫地选择了"生命之泉"为题材。

友人曾寄给我一卷磁带，令我深深陶醉于假声男高音那充满魅力的世界。近年来，随着约亨·科瓦尔斯基、斯拉瓦·鲁涅·雅可夫斯等人来日献唱，假声男高音歌手有了许多拥趸，但当时知道的人不多，我也是听了那卷磁带才首次接触到这个领域。阉伶、假声男高音，还有纳粹的"生命之泉"……

一旦确定好题材，坩埚中美、爱与邪恶融合在一起的状态便历历在目。

完成这个故事的过程中，我受到了各方的关照。

我在此记下他们的姓名，并深深表示感谢。

首先是制造了令我沉迷于假声男高音契机的两位老师——杉本典已和中岛芳。以及，为我解说假声男高音与阉伶的濑高道助先生。

协助我一同前往德国取材，此后也给予我诸多建议的小森收先生。

取材旅行之际受到井上敏子女士、缪拉·和子女士、小久保劳滕堡美穗子女士、伊金·邦加德夫妇、科赫教授，以及因名片丢失无法得知姓名的司机多方照顾。

在取材地点，不辞辛劳亲自过目"生命之泉"相关资料——由 Georg Lilienthal 所著 Der „Lebensborn e.V". 并告知我内容的柴崎雅子女士，还有教导我声学发声方法的金星薰老师。

给予我准确建议的森田文老师。

最后是长期热情鼓励我的《悬疑杂志》前任编辑长竹内祐一老师，承担校对工作的井上均老师，以及负责检查军事相关知识的各位老师。

非常感谢诸位。

——记于 1997 年 9 月

谢 辞

*经译者同意后，本书引用了以下著作中的文段。在此深深感谢各位老师。

[『ドイツ名詩選』生野幸吉，檜山哲彦編（1983 年，岩波文庫刊）]

作中 p.274，p.320，p.406 诗分别引自生野幸吉译《犹豫时间》（巴赫曼作）、《诅咒》（格奥尔格作）、《时光俯身向我》（里尔克作）。

作中 p.207，p.222，p.361 诗分别引自桧山哲彦译《我的秘密之歌》（拉斯克–许勒作）、《盘货》（艾希作）、《我为看而生（守塔人之歌）》（歌德作）。

[『ポーランド文学の贈りもの』関口時正他訳（1990 年，恒文社刊）]

作中 p.415，p.476 诗引自《别再管我》（塔迪修·鲁热维奇作）；p.445 诗引自《我思的怪物》（兹比格涅夫·赫伯特作），全部引自沼野充义所译作品。

[『5000 年前の男——解明された凍結ミイラの謎』（DER MANN IM EIS，1993）コンラード・シュピンドラー著／畔上司訳（1994 年，文藝春秋刊［1998 年，文春文庫刊］）]

作中登场人物介绍后的题词来自此书 p.102，并对部分译文做了改编。

［『増補修訂　ポーランド音楽史』田村進著(1991 年,雄山閣出版刊)］

作中 p.91 诗与 p.261 诗来自田村进译（下同）《柳条摇曳如泣》（R·施连泽作）；p.245，p.258—259，p.413—414 诗来自《库尔德西》（波赫莫雷茨作）；p.246-248 诗来自《劳拉与斐洛》（F·卡尔匹努斯基作）。

「ペルゴレージ：「スターバト・マーテル，合奏協奏曲（コンチェルト・アルモニーコ）」エットーレ・グラチス指揮，ナポリ・スカルラッティ管弦楽団ほか（1989 年，ポリドール / ドイツ・グラモフォン）］

作中 p.504 与 p.512 诗引自附在上文 CD 说明书中的今谷和德老师的译文。

参考文献

＊向作者及译者表达由衷的感谢

AU NOM DE LA RACE (1975) by Marc Hillel，Clarissa Henry

『狂気の家畜人収容所』マーク・イレル，クラリッサ・ヘンリー著 / 鈴木豊訳（1976 年，二見書房刊）

SZKOLA JANCZARÓW (1969) by Alojzy Twardecki

『ぼくはナチにさらわれた』アロイズィ・トヴァルデッキ著 / 足達和子訳（1991 年，共同通信社刊）

DER„LEBENSBORN E.V." (1993) by Georg Lilienthal(Gustav Fischer Verlag)

MASTER RACE:THE LEBENSBORN EXPERIMENT IN NAZI GERMANY (1995) by Catrine Clay&Michael Leapman

『ナチスドイツ支配民族創出計画』キャトリーン・クレイ，マイケル・リープマン著 / 柴崎昭則訳，芝健介解説（1997 年，現代書館刊）

KEINE VOLKSGENOSSEN DER WIDERSTAND DER WEIBEN ROSE (1993) by Michael C. Schneider & Winfried Suβ

『白バラを生きる――ナチに抗った七人の生涯』M・C・シュナイダー，W・ズュース著 / 浅見昇吾訳（1995 年，未知谷刊）

STUDENTEN AUFS SCHAFOTT (1968) by Christian Petry

『白バラ抵抗運動の記録――処刑される学生たち』C・ペトリ著 / 関楠生訳（1971 年，未來社刊

A DICTIONARY OF THE THIRD REICH (1987) by James Taylor &Warren Shaw

　　『ナチス第三帝国事典』ジェームズ・テーラー，ウォーレン・ショー著／吉田八岑監訳（1993 年，三交社刊）

　　SECOND WORLD WAR (1989) by Martin Gilbert

　　『第二次世界大戦——人類史上最大の事件(上・下)』マーティン・ギルバート著／岩崎俊夫訳（1994 年，心交社刊）

　　ÄRZTE IN AUSCHWITZ (1976) by Friedrich Karl Kaul

　　『アウシュヴィッツの医師たち——ナチズムと医学』F・K・カウル著／日野秀逸訳（1993 年，三省堂刊）

　　LA SCIENCE SOUS LE TROISIEME REICH (1993) by Josiane Olff–Nathan

　　『第三帝国下の科学 ナチズムの犠牲者か、加担者か』ジョジアンヌ・オルフ＝ナータン編／宇京賴三訳（1996 年,法政大学出版局<叢書・ウニベルシタス>刊）

　　THE GERMANS : WHO ARE THEY NOW? (1992) by Alan Watson

　　『ドイツとドイツ人』アラン・ワトソン著／ロタ翻訳研究会訳（1994 年，エディション q 刊）

　　DIE DOPPELTE STAATSGRÜNDUNG : DEUTSCHE GERSCHICHTE 1945–1955 (1991) by Christoph Kleβmann

　　『戦後ドイツ史 1945–1955——二重の建国』クリストフ・クレスマン著／石田勇治，木戸衛一訳（1995 年，未來社刊）

　　BLOWBACK: AMERICA'S RECRUITMENT OF NAZIS AND ITS EFFECTS ON THE COLD WAR (1988) by Christopher Simpson

　　『冷戦に憑かれた亡者たち——ナチとアメリカ情報機関』クリスト

ファー・シンプソン著／松尾式之訳（1994 年，時事通信社刊）

HITLERS LANGER SCHATTEN (1995) by Uwe Richter

『ヒトラーの長き影』ウヴェ・リヒタ著／石川求，鈴木崇夫，渡部貞昭訳（1995 年，三元社刊）

AUFERSTANDEN AUS RUINEN (1992) by Bernd Siegler

『いま、なぜネオ・ナチか？——旧東ドイツの右翼ラジカリズムを中心に』ベルント・ジーグラー著／有賀健，岡田浩平訳（1992 年，三元社刊）

IFLEW FORTHE FÜHRER (1953) by Heinz Knoke

『空対空爆撃戦隊——メッサーシュミット対米四発重爆』ハインッ・クノーケ著／梅本弘訳（1992 年，大日本絵画刊）

DER GRÜNE HEINRICH (1879–1880) by Gottfried Keller

『緑のハインリヒ』ケラー著／伊藤武雄訳（1940 年，岩波文庫刊）

HOW AND WHY WE AGE (1994) by Leonard Hayflick,Ph.D.

『人はなぜ老いるのか——老化の生物学』レオナード・ヘイフリック著／今西二郎，穂北久美子訳（1996 年，三田出版会刊）

GYPSIES OF THE WORLDS (1989) by Nebojša Bato Tomašević & Rajko Djurić

『世界のジプシー』ネボイシア・バト・トマシェヴィッチ，ライコ・ジューリッチ著／写真：ドラゴリュブ・ザムロヴィッチ，カルロ・イノセンテイ，ロバート・ハーディング・ピクチュア・ライブラリー（ロンドン）／日本語版監修：相沢好則（1993 年，恒文社刊）

HISTOIRE DES CASTRATS (1989) by Patrick Barbier

『カストラートの歴史』パトリック・バルビエ著／野村正人訳（1995

年，筑摩書房刊）

THE CASTRATI IN OPERA (1956) by Angus Heriot

『カストラートの世界』アンガス・ヘリオット著／美山良夫監訳，
関根敏子，佐々木勉，河合真弓訳（1995 年，国書刊行会刊）

CASTLE (1977) by David Macaulay

『キャッスル──古城の秘められた歴史をさぐる』デビッド・マコ
ーレィ著／桐敷真次郎訳（1980 年，岩波書店刊）

CROSS–SECTION CASTLE (1994) by Richard Platt & Stephen Biesty

『輪切り図鑑 ヨーロッパの城──中世の人々はどのように暮し、
どのように敵と戦ったか』リチャード・プラット文，スティーヴン・ビ
ースティー画／桐敷真次郎訳（1994 年，岩波書店刊）

GASPARD,MELCHIOR & BALTHAZAR (1980) by Michel Tournier

『オリエントの星の物語』ミシェル・トゥルニエ著／榊原晃三訳
（1983 年，白水社刊）

THE NORSE MYTHS (1980) by Kevin Crossley–Holland

『北欧神話物語』キーヴィン・クロスリイ－ホランド著／山室静，
米原まり子訳（1983 年，青土社刊）

BAYERISCHER WALD (1989) Fotografie: Raimund Kutter & Text: Gabriele
Greindl (Südwest)

MEMENTO 1945: MÜNCHNER RUINEN (1995) by Herbert List (Schirmer/
Mosel)

THE OBERSALZBERG AND THE 3.REICH

BERCHTESGADEN

OBERBAYERN

『ホプロフスキー詩集』神品芳夫，田中謙司編訳（1994年，小沢書店刊 < 書20世紀の詩人17>）

『ボンヌフォア詩集』宮川淳編訳（1975年，思潮社刊）

『ナチズムの記憶──日常生活からみた第三帝国』山本秀行著（1995年，山川出版社刊）

『武装SS──ナチスもう一つの暴力装置』芝健介著（1995年，講談社刊 < 講談社選書メチエ >）

『廃墟をさまよう人びと──戦後ドイツの知的原風景』山口知三著（1996年，人文書院刊）

『戦後ドイツ──その知的歴史』三島憲一著（1991年，岩波書店刊 < 岩波新書 >）

『ドイツの社会──民族の伝統とその構造』大西健夫，ウルリヒ・リンス編（1992年，早稲田大学出版部刊）

『ドイツからの報告』川ロマーン惠美著（1993年，草思社刊）

『中世の森の中で』堀米庸三編（1980年，河出文庫刊）

『ドイツ民俗紀行』坂井洲二著（1982年，法政大学出版局刊 < 教養選書 >）

『「図説」人体博物館』養老孟司監修／荒俣宏，坂井建雄，吉田穣著（1995年，筑摩書房刊）

『第三帝国と音楽』明石政紀著（1995年，水声社刊）

『ドイツの詩と音楽』荒井秀直著（1992年，音楽之友社刊）

『ヨーロッパ中世の城』野崎直治著（1989年，中央公論社刊 < 中公新書 >）

『ドイツの古都と古城』魚住昌良著（1991年，山川出版社刊）

图书在版编目（ＣＩＰ）数据

死之泉 /（日）皆川博子著 ; 戴枫译 . —北京：
北京燕山出版社 , 2022.3

ISBN 978-7-5402-6291-4

Ⅰ . ①死… Ⅱ . ①皆… ②戴… Ⅲ . ①长篇小说—日
本—现代 Ⅳ . ① I313.45

中国版本图书馆 CIP 数据核字 (2021) 第 251691 号

死之泉

作　　者	［日］皆川博子	
责任编辑	王迪	
责任校对	石英	
封面设计	李宗男	
地　　址	北京市丰台区东铁匠营苇子坑 138 号 (100079)	
网　　站	http://www.bjyspress.com/	
微　　博	http://weibo.com/u/2526206071	
电　　话	（010）65240430	
传　　真	（010）63587071	
印　　刷	北京盛通印刷股份有限公司	
开　　本	880mm×1230mm　1/32	
字　　数	408 千字	
印　　张	16.75	
版　　次	2022 年 3 月第 1 版	
印　　次	2022 年 3 月第 1 次印刷	
定　　价	89.00 元	

出版发行　　北京燕山出版社
BEIJING YANSHAN PRESS